Una y mil veces

Sofía

Una y mil veces
Sofía

THAIS LIMA

SEQUOIA

UNA Y MIL VECES SOFÍA
© Thais Lima

Sobre la presente edición:
© Sequoia Editions, 2025
© Sequoia Editions, 2025

Edición: Sequoia Editions
Diseño general y maquetación: Sequoia Editions
Diseño de portada: Alavante

ISBN: 979-8-218-81162-4

email: publicatulibro@sequoiaeditions.com

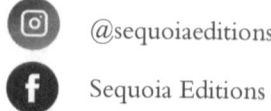
@sequoiaeditions

Sequoia Editions

Hay en mí una terquedad que nunca puede soportar asustarse por la voluntad de otros. Mi valentía siempre crece ante cada intento de intimidarme.
Orgullo y prejuicio. JANE AUSTEN.

Riverside, California
Otoño del 2025.

Para ti _____,

Por atreverte a este libro,
y a Sofía...

Por elegirte, por escucharte,
por no ser igual.

Por ser el loco, o la loca,
el torbellino.

Por entender que es más importante
Iluminar que brillar.

Para ti,
por no traicionarte
y vivir a cuenta y riesgo.

Deseo, que al final de esta novela,
te encuentres contigo
y te sientas, tremendamente orgullos@
de ser,
Una y mil veces, _Tú_.
¡Que nadie interrumpa tu grandeza!

Thais Lima

Dedicatoria

Esta novela es para Sofía y para sus amigas.

Para la Sofía que vive dentro de ti y para tu tribu de mujeres fieles. Para esas que comparten contigo el vino y también te sostienen cuando sientes los huesos destrozados.

Para la mujer que fuiste hace diez, veinte o treinta años; para la que eres hoy y para la que serás mañana.

Para las mujeres reales: las que dudan, las que se rompen, las que se levantan, las que descubren que, incluso en su fragilidad, habita la fuerza.

Y sí, también es para ellos.

Para Adam y para sus semejantes.

Para el hombre que nos teme, pero no se retira. Para el que se intimida, pero, aun así, lo intenta.

Para los que nos retan, nos presionan, nos hacen dudar; para los que no saben amarnos y se deshacen en el intento. Para los que nos hieren y para los que nos ayudan a sanar.

Para los que permanecen y, también… para los que se van.

QUERIDA LECTORA, QUERIDO LECTOR:

Gracias por atreverte a este libro.
Si llegas a la última página, nuestro abrazo será inevitable. Estaremos irremediablemente más cerca. Pero antes de empezar, hay algunas cosas que debo contarte.

Primero:
Esta es una novela de ficción, sus personajes han sido construidos sobre pieles mixtas e historias mezcladas... Nada de lo que leerás a continuación tiene explicaciones justas, nada es real... ¿O acaso sí?

Segundo:
Para que esta historia te llegue más adentro, te he preparado un playlist que encontrarás al final del libro. Cada canción acompaña momentos clave, vibraciones y emociones que los personajes viven. Resultará una experiencia sensorial e inmersiva extraordinaria.
Búscalas en la lista cuando surjan mientras lees, y prepárate para que se desboquen tus latidos, se te erice la piel, te suden las manos... y termines sintiéndote como otro personaje más. Permite que la música sea un puente invisible hacia los recovecos y los secretos ocultos en estas páginas.

Tercero, y es una advertencia:
Si pasas esta página..., entrarás en un viaje sin retorno, en el que quizás te encuentres contigo mismo/a, y no puedas huir. No sé si quieras tomar el riesgo..., pero te prometo que valdrá la pena.

Thais Lima

Índice

Prólogo

Antes de empezar a hablarles de ella, debo hacer un par de aclaraciones, justas y necesarias: La primera: Sofía no me ha dado permiso para contar su vida a los cuatro vientos. La segunda: tampoco se lo voy a pedir. Conozco muy bien sus irreverencias. Así que tomaré el riesgo.

Si no la conoces, te advierto: ella es de esas mujeres que caminan por la vida con tanta ligereza que desconcierta —incluso, molesta— a mucha gente. Y, cuando esto se haga público, probablemente hará lo de siempre: seguirá de largo con su sonrisa ingobernable, como si nada tuviera que ver con ella... aunque, en el fondo, sabrá perfectamente que sí. Y lo disfrutará. Fingir lo contrario le da aún más poder. Con eso bastará para que todas estas noches de escritura y desvelo valgan mi tiempo. Podría parecer hedonismo, pero no. Quien la ha conocido de verdad sabe que es otra cosa.

También conviene decir que cada personaje en esta historia carga con su propia novela a cuestas, y podrá narrarla desde lo más hondo: desde sus heridas, sus risas y sus cicatrices. Yo los he mirado desde mi lugar, y ellos, desde el suyo, también han observado a Sofía. Por eso, esta historia puede no ser la misma para todos. Porque la verdad no nace de los hechos, sino de lo que esos hechos despiertan en cada uno.

¿Que si es esta una historia de amor? No me atrevería a asegurarlo... Quizá sea de eso otro raro y peligroso que intenta parecerse. ¿Que si es real? Pues... lo que los haga más feliz.

Este es un fragmento de la vida de Sofía, narrado desde la corteza cerebral de quien la ha observado, dominada por emociones profundas, de las que se sienten en los huesos y con el corazón latiendo en cada sinapsis, en cada neurona. Esta es su historia desde una piel testigo… Aunque, claro, tal vez, Sofía la habría contado diferente.

«Resultó que ella
tampoco era la más fuerte de todas,
era un pedazo de mí,
y un pedazo de otra…
un pedazo de todas
cuando imploramos en silencio una mano
que agarrar —al menos—
de vez en cuando».

Esta historia comienza en Santa María del Puerto del Príncipe, una ciudad de tinajones y adoquines detenida en el tiempo, ubicada en el centro de la isla de Cuba. Transita por muchos lugares y termina en… Bueno, eso ya lo decidirán ustedes.

Capítulo I

Labios rojos y café

Aquella tarde de enero llovía a cántaros. No había alternativa: café en el bolso, sombrilla en mano, y a buscar un taxi que me llevara al hospital para hacer mi guardia. Después de caminar un rato, por fin encontré uno que me haría «el favor» de llevarme por solo 50 pesos en un viaje que costaba 30. «Y eso porque era yo...»

Llegué, como siempre, antes de tiempo... y estaba conversando con un par de colegas en la entrada de Urgencias, cuando pasó por mi lado, casi corriendo, aquella muchacha de cabello largo, negro y labios rojos. Parecía que llegaba a una fiesta, no a trabajar veinticuatro horas seguidas. Venía con sus auriculares puestos, tarareando en voz alta *25 años*, una canción de Raúl Paz que se había dedicado a sí misma, como quien se pierde y se descubre en las melodías que escucha.

♫ *1- Provocan los labios. En el gesto, algo de más. Toda musa de mar y de sal. Tiene 25 años. Siempre pregunta por qué. Y no para de opinar...* ♫

Estaba algo mojada por la lluvia... y sonreía como si llegara al hospital a cumplirse un sueño.

—Muchacha, ¿y tu sombrilla? —le preguntó una enfermera de Urgencias—. Yo no uso eso —respondió con un guiño de ojo y siguió a toda velocidad...

Esa fue la primera vez que me crucé con Sofía.

Nunca me han gustado las tendencias ni las imposiciones ni esas leyes de vida inventadas por gente que nadie conoce. Estaba por cumplir veinticinco cuando logré desprenderme —sin culpa— de los dogmas que limitaban la expansión de mi mente... y de mis alas. Fue entonces cuando decidí creer que, a pesar de todo, la vida era demasiado bella. Y empecé a sacar algunas conclusiones definitivas sobre lo que **no** quería en la mía.

Ahí comenzaron los problemas. Porque eso de andar diciendo que no —cuando una lo tiene clarísimo—, la gente no lo suele tolerar muy bien. Y yo, que soy de esas que sienten en superlativo y disimulan con dificultad —de esas a las que se les salen los subtítulos, aunque consigan, con mucho esfuerzo, no decir nada—, pues claro que no la he tenido muy fácil.

Pero en aquel entonces me vi obligada a hacer una pausa. Sentía que el tiempo no me alcanzaba mientras me lo cuestionaba todo. Creía que los diseños preestablecidos sobre la vida tenían cimientos endebles. Que no me bastaba aprender de los otros. Que tenía que crear mis propias experiencias: arriesgar, desafiar, ser inconforme, querer más..., pero ni todas las horas del día me parecían suficientes.

Fue por eso que me conmovió su ligereza. Se trataba de alguien que, quizás estando igual o peor que yo, elegía mojarse con la lluvia en vez de escapar de ella. Parecía flotar. Y eso —en un mundo tan denso— incomoda a más personas de las que uno cree.

Presentía que Sofía sería como ese tipo de misterio que nadie quiere descifrar del todo para que no se acabe. Se mostraba muy libre para ser y hacer: traslúcida, directa, instintiva, sin miedo a las consecuencias. Ardía con solo mirarla.

La verdad es que con ella nunca se sabía. Sin dudas, era una muchacha difícil de comprender: un ardid para las dudas y, a la vez, un filtro de duendes.

Todo eso lo fui confirmando poco a poco, después de aquella tarde en la que —por esas mañas raras del destino— terminamos compartiendo el agotamiento, el hambre y el café frío de la madrugada en la Sala de Urgencias del hospital.

Recuerdo muy bien el suspiro que soltó mientras discutíamos la conducta a seguir con un paciente que teníamos en común:

—Este hospital es lindo, después de todo... —filosofó contemplando, casi con ternura, una de las grietas enmohecidas de la pared de enfrente. De esas que, misteriosamente, nunca aparecen en las telenovelas cubanas.

Yo me preguntaba dónde ella podía verle la belleza. A veces pensaba que estaba suspendida en otra dimensión... o que venía de otras vidas.

Con el tiempo, fui descubriendo —y hasta sintiendo— su fuerza, su ímpetu. Llegué a admirarla mucho. Me enorgullecía que formara parte de mi vida y contara conmigo para asuntos importantes. Nos hicimos muy buenas amigas. La vi crecer y elevarse. Dueña de un andar firme, marcando puntos completados en su *bucket list.*

A medida que nos fuimos acercando, empecé a notar algo extraño: había momentos en los que podía anticipar sus pasos, adivinar el temblor escondido detrás de su sonrisa, escuchar los pensamientos que ella callaba. Llegué al punto de saber qué música estaba escuchando, aunque no la pusiera alto, como si también esa melodía se filtrara hacia mí sin que nadie la anunciara. Ese vínculo se convirtió en una especie de código de acceso a sus secretos más profundos, incluso a lo que ni ella misma alcanzaba en lo más hondo de su ser. A veces sentía que la comprendía mejor de lo que ella misma se permitía. Quizás por eso nunca dejé de mantenerme alerta, siguiéndola con una mezcla de protección e intromisión, atenta a cada movimiento, cada sombra, cada giro inesperado en su vida.

Pero aquella mañana, que prometía ser igual a todas, fue la primera vez que la vi dudar. Pálida y sudorosa, hiperestésica, como yo..., con todos los subtítulos en mayúsculas. Fue uno de esos estímulos externos que atraviesan la piel, la médula espinal y se quedan trabados en el tálamo. No llegan nunca a la corteza cerebral, no se hacen del todo conscientes, aunque se sienten como fuego. Esos que se piensan poco —o no se piensan nada—, pero no se olvidan.

Esa mañana fue cuando lo vio a él, por primera vez. Él, en cambio, ya la había visto a ella... varias veces.

Capítulo II
Una grieta en la armadura

Cuando Sofía conoció a Adam, avanzaba a toda velocidad rumbo a sus veintiséis años. Estaba entrando en una etapa desafiante de su vida, de expansión profesional, llena de retos. Sin pretenderlo, había logrado desprenderse de toda distracción emocional. Segura y tranquila, creía conocerse lo suficiente como para manipular sus instintos más básicos y convertir las coincidencias en oportunidades.

Su principal objetivo era aprender tanto como fuera posible. Empoderarse. Ser la mejor. No quería perder el tiempo sintiendo demasiado; prefería invertirlo en hacer del conocimiento su carta de presentación.

La tenía difícil: joven, enérgica, hermosa y muy atrevida. Tal vez por eso estaba en la mira de los juicios estandarizados que asocian la belleza con estupidez. Y mucho más dentro de un hospital. Le tocaba impresionar, romper patrones, darle libertad a su cerebro, conquistar mentes extraordinarias… y demostrar que había mucho, más allá de su sonrisa.

Estudiar el sistema nervioso no era precisamente el camino más fácil para lograrlo, mas no tenía prisa. El hospital era su lugar seguro, su hogar. Allí se sentía como pez en el agua.

Una de esas mañanas en las que el pase de visita amenazaba con eternizarse, no porque hubiera muchos casos en la sala, sino porque el profesor a cargo disfrutaba la tortura colectiva ante cada respuesta ambigua, errada o tardía, más aún, si venía de los que, como Sofía, acababan de aterrizar creyendo que habían entrado al paraíso con acceso directo a la torre de control de todas las especialidades médicas.

Sofía se sentía poderosa. Creía que el miedo ya no tenía lugar en ella. Después de seis largos años de universidad y casi dos como graduada, trabajando en Emergencias fuera del país, por fin estaba de regreso a donde siempre había soñado estar, el mismo sueño que, a sus diecisiete años, la había obligado a elegir entre las ciencias y las letras.

Mas la realidad era distinta: historias clínicas interminables, analíticas por transcribir, altas pendientes. Y, encima de todo, acababa de llegar. Estaba perdida en los protocolos, con pocos amigos al alcance. Karen y Mariam eran sus compañeras más cercanas, pero llevaban seis meses adelantadas en la Residencia. Se las veía seguras, acostumbradas, tranquilas.

Sofía pretendía creer que no tenía miedo. Pero lo tenía. Ahora era «la nueva», en el mismo sitio donde seis años atrás se paseaba como una niña hambrienta de saber, sin más responsabilidades que absorber todo lo que los doctores quisieran enseñarle. Ese día, en cambio, ya era uno de ellos y debía actuar como tal. Tocaba enfrentarse al sueño —ese que tanto había idealizado— y comenzaba a notar que el paraíso podía estar más lejos de lo que imaginaba.

En silencio, rezaba para que el doctor Rolando se complicara y llegara un poco más tarde a abochornar a los residentes. Aún no se sabía de memoria las indicaciones de sus pacientes y siempre le había tenido pavor a decir «no sé», pero, con solo una semana trabajando en el servicio de Neurología, reconocer la ignorancia resultaba más sensato que improvisar.

El caso estrella de la sala —para más estrés— era su paciente de la cama ocho. Todas las sospechas apuntaban a un tumor cerebral. Necesitaba una interconsulta urgente con el neurocirujano de estancia.

«Zona de difícil acceso», decían. «A los dioses no se les molesta». Así les llamaban a los neurocirujanos que se creían los más importantes y necesarios del hospital, pero que casi nunca estaban localizables.

A Sofía le tocaba encontrar a uno y lograr que hiciera «el favor» en cuanto su preciado tiempo se lo permitiera.

—Hay que ir mil veces a buscarlos —le advertía Karen.

La evaluación debía hacerse antes de la discusión de imágenes a las doce del mediodía para decidir la conducta a seguir. Sofía solo había logrado hacer una llamada, sin respuesta. Corría de un lado a otro, abrumada, pero feliz. Tomaba el café de la enfermera Rosa, con la que ya empezaba a simpatizar. Se distrajo por unos minutos y, al voltearse a chequear a su paciente de la cama ocho, se encontró con tres médicos desconocidos que ya lo estaban interrogando y examinando.

Eran tres aprendices de dioses. Aunque ella todavía no lo sabía.

—Buenos días, doctora. ¿Este es su paciente? —preguntó el más alto de todos, con un fuerte acento foráneo.

Tenía unos treinta años, piel trigueña y cabello negro, lacio, peinado al descuido. Una camisa de cuadros grises se asomaba bajo la bata blanca de mangas largas, que parecía hecha para él. Era de esos hombres que congelan con la mirada apenas hacen contacto visual. Por si fuera poco, además de esa voz segura y serena y mostrarse bien plantado, tenía unos ojos cobrizos, directos y profundos, capaces de sostener la mirada sin pestañear. Parecía un hombre de esos: «Tan seguro. Tan concentrado. Tan suyo».

Sofía alzó la vista buscando alguna aliada entre sus compañeras, pero esta vez le tocaba enfrentarse sola a aquel inminente e indisimulado exceso de magnetismo y carácter con bata blanca.

—Sí, es mi paciente. ¿En qué puedo ayudarlo? —respondió con la mayor ecuanimidad que pudo reunir.

—Soy el doctor Adam, residente de tercero de Neurocirugía. —Se presentó mientras extendía la mano y dejaba escapar una sonrisa que amenazaba con ser perfecta—. Estaba examinando a su paciente. Tiene papiledema bilateral. ¿Quiere comprobarlo?

Le ofreció un oftalmoscopio con naturalidad, liberando de sus ojos una mirada tierna e insidiosa al mismo tiempo. Al instante la sonrisa se hizo amplia, sarcástica, digna de quien sabe exactamente el efecto que provoca.

Sofía quería que la tierra se la tragara y la devolviera en cualquier sitio, a miles de leguas del hospital. «Papiledema, oftalmoscopio, neurocirujanos, tumor cerebral, Dr. Adam de sonrisa perfecta y mirada insidiosa… ¿Qué se supone que debo responder?», pensaba para sí, sabiendo que debía actuar de modo natural en cuestión de segundos.

Antes de decir nada, sonrió. Esa era su carta letal o, al menos, eso creía hasta hacía unos minutos, cuando lo vio sonreír a él.

—Pues claro, doctor. ¡Déjeme ver! —respondió, tomando el oftalmoscopio como si lo hiciera todos los días.

Llevaba meses que no practicaba un fondo de ojo, pero prefería arriesgarse antes que perder el chance o despreciar lo que parecía una cortesía profesional. Contra todo pronóstico, el papiledema era inminente, y Sofía lo constató sin mayores problemas. En lo que quizás no tuvo éxito fue disimulando su sorpresa.

—¿Pudo verlo, doctora?

—Sí, muchas gracias. Es cierto, tiene papiledema bilateral.

—No se preocupe —anunció él—. Yo discutiré la imagen al mediodía y lo trasladaré a mi sala. Un placer, ¿doctora…?

Supongo que por gajes del acento ella tardó un segundo en percatarse de que la entonación al final de sus palabras era una manera muy sutil de preguntarle su nombre.

—Sofía. Dra. Sofía. El placer es todo mío.

«¿En serio era neurocirujano? ¿Cómo es que todo había salido tan bien?», pensaba mientras lo veía alejarse, conversando en voz baja con sus dos compañeros.

—¡Qué suerte tuviste! —le dijo Karen, acomodándose los espejuelos. Al parecer, había estado más pendiente de la visita de los doctores que de su propio paciente—. Él es uno de los mejores… y de los menos engreídos. ¿En serio, viste el papiledema?

Sofía no respondió de inmediato. Solo lanzó esa sonrisa que usaba cuando quería guardar un secreto que ni ella misma terminaba de entender hasta que asintió con la cabeza y agarró a

Karen del brazo, avanzando hacia la cama uno para comenzar el pase de visita.

Sentía que los ojos le brillaban sin permiso, y ya no le importaba que el doctor Rolando no se hubiera retrasado. Tampoco le asustaba decir «no sé» si desconocía alguna respuesta.

Había conseguido la interconsulta de Neurocirugía sin el menor esfuerzo. No tendría que luchar como fiera por una resonancia magnética a las doce del día. Había logrado un traslado de sala sin pedirlo. Y hasta había visto su primer papiledema en la Residencia. Decir «no sé» no arruinaría su día. Además… Ese «además»… no estaba permitido.

Capítulo III
Más allá de lo elemental

Pasaron las semanas. Entrando la primavera Sofía se concentraba en los libros de Neuroanatomía. Poco a poco fue ganándose el respeto y la admiración de colegas y profesores. También el cariño. No le costaba, tenía un carácter abierto y una extraña habilidad para quedarse con lo mejor de cada persona.

A sus compañeros de guardia les encantaba verla entrar como si estuviera a punto de comenzar una fiesta. No era común que alguien llegara feliz a pasar veinticuatro horas sin dormir. Pero, para Sofía, cada guardia era mucho más que eso. Cargaba su termo como quien carga una extensión del alma: café fuerte, sin pretensiones, indispensable en un hospital sin *Starbucks* ni máquinas de *espresso* disponibles en la madrugada. Llevaba los labios pintados de rojo y esa energía suya que no se apagaba ni cuando el hospital estaba patas arriba. Funcionaba como una batería recargable. Una mezcla de seguridad, pasión y ese grado justo de miedo necesario para no perder la precisión.

Con Adam y el resto de los «dioses» ya conversaba sin nervios. Se entendía con ellos con sorprendente facilidad, y hasta había logrado que las discrepancias profesionales resultaran agradables, a veces, hasta divertidas.

Ya no rezaba para que el doctor Rolando se apareciera tarde al pase de visita. Al contrario, había logrado construir con él una relación profesional basada en la empatía y el respeto. Sin atajos. Sin transgresiones.

Sofía estaba en paz. Tranquila. Hablaba del amor en pasado, recordaba con ternura e imaginaba futuros lejanos con protagonistas aleatorios. Tenía claro su orden de prioridades. Quizás en esos días también había sentido un *click*, una chispa inesperada que no sabía clasificar. Y eso la molestaba un poco. No estaba en su plan. Su lógica le exigía calma, enfoque, control absoluto. Sin embargo, había percibido una grieta traviesa en ese blindaje… por la cual desconocía si estaba dispuesta a mirar.

Una parte de ella se desconcentraba ocasionalmente al pensar en el próximo regreso de Alberto. Él había sido una especie de amor platónico a los veinte. Luego se convirtió en la transición brusca de la idealización a la realidad. En aquel entonces, él era el residente apuesto de Neurología, y ella, la alumna de tercer año de Medicina, deslumbrada por todo lo que se imaginaba y se inventaba sobre él. Ahora Alberto retornaría convertido en colega. Tal vez, incluso, en su profesor.

La idea de volver a verse no le parecía ni inquietante ni descabellada. Más bien divertida. Un juego sutil del destino. Un reencuentro desde su presente que, con todos sus logros y certezas, se sentía como abono para su autoestima. No es que lo necesitara, pero un desquite espontáneo, sin esfuerzo, tampoco le venía mal.

Y, pese a que se repetía que ya no sentía nada, que solo era parte del pasado, una pequeña fisura en el control aparecía cada vez que lo imaginaba entrando por la puerta del hospital. Por algún lugar, muy en el fondo, quería que él notara la diferencia, que se sorprendiera, que viera, con claridad, cuánto había crecido.

Fuera del hospital su vida era igual de activa. Rodeada de amigos maravillosos, siempre dispuestos a inventar locuras o encuentros para distraerse. Y, si no, pues las inventaba ella. Sus amigas más cercanas también estaban solteras, lo que facilitaba las noches largas, los planes improvisados y la ausencia de culpas.

Disfrutaba la soledad. En vez de sentirse sola, la agradecía. No había vacíos: solo espacio para la calma. Todo en sus días ocurría en armonía. Estaba donde quería estar y hacía lo que quería hacer. No necesitaba enfrentarse a sí misma ni luchar contra lo que no quería. Eso... era paz.

Su vida privada no tenía grandes complicaciones. De vez en cuando, alguna relación esporádica para contrastar, pero nunca las definía. Sexo casual y abrazos superficiales le bastaban para recargar sus baterías y mantener equilibrados sus neurotransmisores. Evitaba amanecer acompañada. A veces la cortesía la obligaba a esperar el sol, pero era ella siempre la primera que se iba.

Había aprendido a identificar las señales de alerta: hombres que decían «te amo» a los tres días, en medio de la calle, por ejemplo. Ese pobre ser, claro, causaba baja automática. Y, aunque reía con sus amigas al contarlo, en el fondo sabía que no era frialdad sino otra forma de protegerse, de no perder el rumbo, de elegir.

Era viernes. Sofía llegó al hospital como siempre: antes que todos. La ciudad aún bostezaba, pero ella ya estaba bien despierta. Subió directo al quinto piso, lista para comenzar su ronda con los pacientes. Al abrir la puerta de la sala se detuvo en seco.

Adam estaba sentado en el puesto de enfermería, con la cara marcada por el cansancio de la postguardia, escribiendo una historia clínica. Llevaba la bata blanca algo arrugada y un *scrubs* azul oscuro que acentuaba su aire serio y desafiante. El cabello, algo despeinado, mantenía su estilo descuidado habitual. Tenía ojeras, sí, pero seguía con esa expresión tranquila e imperturbable. Esa tranquilidad molesta de los que nunca pierden el control.

La sorpresa no le desagradó. Al contrario, la descolocó un poco... y no de forma negativa. Verlo ahí, tan centrado, tan ensimismado, le provocó una sensación rara, una mezcla de desconcierto y desafío. Había llegado antes que el día, como quien sentía que todo empezaba con él.

Sofía intentó restarle importancia. Esperaba encontrarlo vencido por el sueño, pero ahí estaba, seguro, enfocado. Como siempre, ella se repitió que no pasaba nada. Que era solo Adam, trabajando. Pero, por dentro, una parte suya ya se acomodaba a su presencia como si fuera algo inevitable.

—Buenos días, doctor —lo saludó sin dramatismos, pero con más atención de la necesaria—. ¿Usted por aquí tan tempranito...? ¿Qué me perdí?

—Paciente nueva, doctora Sofía. Ingresó anoche —dijo Adam haciéndole un guiño de ojos, sin dejar de escribir—. Hemorragia subaracnoidea. Un aneurisma de la arteria comunicante posterior. Así que, pronto… estará en mi sala.

Sofía alzó una ceja, intrigada.

—Ah, ¿porque ya se le realizó la angiotomografía?

Adam sonrió sin levantar la vista. Esa sonrisa suya: serena, casi perezosa.

—No, doctora. Todavía es muy temprano —respondió entregándole la historia clínica con gesto despreocupado—, pero a veces la angiotomografía no es necesaria para saber dónde está el aneurisma. Mírele los ojos cuando la examine… y entenderá por qué se lo digo.

Hizo una pausa breve. La miró de frente. Y ahí, entregándole el historial con un tono perfectamente medido, añadió:

—Por cierto, está usted muy bonita hoy. Aunque, bueno…, eso ya no sorprende a nadie.

Sofía lo miraba fijo, sin darse cuenta de que él también la observaba. Estaba absorta, casi enternecida, mientras escuchaba su voz. Cuando oyó sus últimas palabras, giró la vista y sonrió. No dijo nada. Fingió que el comentario no la había afectado. Que no importaba. Aunque sí importaba. Y ambos lo sabían.

En tanto él se marchaba sin apuro, Sofía se dirigió hacia la enfermera Rosa, que ponía en orden la estación antes de que llegaran los demás médicos.

—Tan inteligente y bonito… y qué agradable es, ¿no te parece? —le susurró Rosa, con esa voz suya que decía las cosas como al pasar, pero nunca al azar.

—¡Buenos días, Rosa…! ¡Buenos días! —repitió Sofía, riéndose y negando con la cabeza, alejándose rumbo a la cama de su nueva paciente.

Todos parecían tener algo que decir sobre Adam, pero Rosa, como siempre, lo dijo primero.

La paciente era una mujer de 47 años, en apariencia estable, conversadora, con el rostro plácido. Sin embargo, cuando Sofía se acercó a examinarla y la miró directo a los ojos —como le había sugerido el doctor—, notó algo inquietante: la pupila derecha dilatada, con muy poca reacción a la luz. «Tan inteligente el muy pillo…», pensó de inmediato. Adam no había hecho magia. Solo había aplicado, con precisión quirúrgica, lo que otros aún estudiaban con dudas: semiología, neuroanatomía y lógica clínica.

Abrió el historial clínico y leyó la evaluación que él había hecho. En lugar de escribir la habitual frase prudente «Hemorragia subaracnoidea de **posible** etiología aneurismática…» él había sido directo: «Hemorragia subaracnoidea por aneurisma de la arteria comunicante posterior». Nada de «posible». Ni siquiera «probable».

Dicen que en cuestiones de Medicina dos más dos no siempre es igual a cuatro, pero ella misma escuchó a Adam una vez decir que sí era cuatro, solo que alguna gente no sabía sumar. Sofía levantó las cejas con discreción. Esa seguridad brutal, sin adjetivos atenuantes, era una rareza en su mundo, donde los diagnósticos se redactaban con guantes. Pero él era reincidente en esto de acertar y permanecer invicto, no tenía miedo a equivocarse. Ella no sabía si admirarlo… o desconfiar de tanta certeza. Y, aunque por un segundo se reprochó no haber llegado antes y ser la primera en atar todos los cabos clínicos, reconocía que él, además de saber sumar bien, sabía detectar señales más allá de lo elemental.

Cuando llegó el momento de presentar a la paciente en la entrega de guardia, repitió casi textual el planteamiento de Adam. Nadie se enteró de su visita previa. La jefa de servicio indicó interconsulta urgente con Neurocirugía. Sofía solo asintió. Ya estaba hecha. Y el mérito… flotaba en el aire. Rosa le sonreía con complicidad desde la esquina del salón.

Horas después, bajó al segundo piso a buscar el resultado de la angiotomografía. En el ascensor, tres médicos se sumaron al viaje. Entre ellos… Adam. La tensión le subió por la nuca, como una gota helada. Sintió el olor tenue de su perfume que ya podía reconocer sin esforzarse y, por un segundo, deseó que no le hablara, pero eso no sucedió:

—Dra., ¿cómo está su paciente? —preguntó desde atrás, con voz controlada.

—Muy bien. Tiene una midriasis hiporreactiva en el ojo derecho…, pero eso usted ya lo sabía, ¿verdad? —respondió sin girarse, fingiendo calma mientras se apretaba la historia clínica a su pecho para contenerse.

Adam solo sonrió. Silencioso. Las puertas se abrieron. Caminaron juntos hacia el Servicio de Neuroimagenología. A cada paso, Sofía intentaba ajustar su expresión: neutral, profesional…, aunque sentía cómo el pulso le latía en la garganta.

Él le abrió la puerta. Fueron juntos a observar la neuroimagen. Allí estaba: el aneurisma, claro como el día, justo donde él lo había dicho. Sofía no lo miró, apenas levantó una ceja e hizo un microgesto sutil, pero suficiente para admitir que tenía razón, aunque ya eso lo sabía.

—Bueno, toca programar la cirugía. Yo mismo iré a evolucionar el caso todos los días y a indicar los exámenes, así que no se preocupe.

Ella pensó en soltarle algo sarcástico: «Gracias, pero eso es parte de su trabajo, doctor». Pero, cuando lo miró —ahí, revisando la imagen una y otra vez, atento a cada detalle como si fuese su propio familiar—, supo que no era soberbia. Era compromiso. Era ética.

No usaba la palabra «posible» porque no lo necesitaba. Y esa convicción que en otro le habría parecido arrogancia, en él se sentía limpia. Verdadera.

—Yo me ocupo de los exámenes, doctor. No se preocupe —dijo Sofía finalmente, con voz neutra.

Él levantó la vista, sorprendido, y, justo cuando ella ya estaba por darse la vuelta para irse, se le acercó y le susurró en el oído:

—Pero, si lo haces todo tú…, ¿qué excusa me dejas para ir a tu sala todos los días?

Ella sintió un escalofrío, bajó la vista y sonrió con las mejillas ruborizadas…, luego continuó su paso.

En el ascensor de regreso, se cruzó de brazos. Respiró profundo. Y pensó, sin querer pensarlo: «Este hombre va a ser un problema».

Capítulo IV

¿Quién te lleva a casa?

Cuando llegó a la sala, Lidia, otra residente del servicio, la esperaba ansiosa con una invitación en la mano.

—Sofía, estamos invitadas a la fiesta de graduación de Ernesto esta noche.

Ernesto era uno de los «dioses» que recién terminaba la Especialidad.

—¿Solo tú y yo? —preguntó Sofía, desconfiada, mientras buscaba la historia clínica de su paciente para anotar los resultados de la imagen.

—Bueno, no sé… Esta invitación solo tiene tu nombre y el mío. ¿Vamos?

—Pues… un poco raro, ¿no crees?, porque tan amigos no somos. Pero, bueno…, tú no estás de guardia, ni yo tampoco, así que claro que vamos.

Sofía, sin saberlo, estaba firmando una sentencia anticipada al aceptar esa invitación. Se repetía que era una buena oportunidad para socializar con sus colegas fuera del hospital y distraerse… Eso era lo que se decía a sí misma para no admitir que lo que más la estimulaba era la posibilidad —absurda, según ella— de que Adam estuviera allí, pero se sentía lo suficiente madura como para cuidar sus pasos, evitar accidentes… y no hacer el ridículo.

Para calmarse, prefirió convencerse de que sería, al menos, una ocasión distinta: una pausa en la rutina, un paréntesis que podía servir para cualquier cosa…, aunque ni ella misma supiera bien para qué.

Lidia y Sofía salieron del hospital a las cuatro de la tarde. Acordaron un punto de encuentro para llegar juntas a la fiesta, que comenzaría a las ocho.

Era la primera vez que Sofía asistía a una actividad social con sus nuevos colegas. No estaba nerviosa, pero sí algo escéptica. Venía de otro tipo de fiestas: aquellas parrandas épicas con sus amigas de sangre, donde mantener el *glamour* salía natural y no había necesidad de ponerle frenos a la diversión. Ninguna de ellas era médico, ni lo pretendía. Vivían en otra frecuencia. Esta noche, en cambio, tocaba mantener la compostura. Y menos mal que lo sabía.

No es que Sofía no fuera seria —lo era, y mucho—, pero su alegría, por momentos, era difícil de contener. Las ganas de vivir se le salían por los ojos, hasta por la piel.

Cerca de las siete comenzó a arreglarse. Eligió un vestido gris *strapless* que le encantaba, tal vez porque equilibraba sus excesos: su risa amplia, su energía indomable, su manera de decir las cosas sin filtros. Para combinarlo, se puso unos tacones altos que, más que necesidad, eran una declaración de poder. Esos zapatos eran un atrevimiento, una forma de intimidar aún más con su estatura y esbeltez. No los necesitaba, y lo sabía, pero, igual, los usaba. Porque sí, porque podía.

Antes de salir, se miró un instante al espejo, se soltó el cabello y, por supuesto, pintó sus labios de rojo. Se sostuvo la mirada como quien se lanza un reto. «Seriedad», dijo en voz baja. Pero en su subconsciente se sentía lista para cualquier cosa…, menos para fingirse ajena a sus propios deseos.

Llegaron a la fiesta poco después de las ocho. Ya había más de cincuenta personas entre residentes, especialistas y sus acompañantes. Las mesas estaban casi todas ocupadas, la música sonaba en tono bajo, pero animada, y el lugar, cálido y decorado con luces tenues, parecía recién estrenado para esa noche. Un aroma a vino y flores frescas flotaba en el ambiente.

Ernesto las recibió de inmediato. Sonriente, galante, las condujo a una mesa junto a otros invitados. Lidia y Sofía se acomodaron y empezaron a conversar, pese a que Sofía apenas prestaba atención.

Estaba inquieta. Su mirada se movía con sigilo por la sala, escaneando cada rincón con la esperanza de encontrar... algo. Aunque se esforzaba por disimular, sabía muy bien lo que buscaba, y esa expectativa la incomodaba. La avergonzaban sus propios deseos, como si esperar ver a Adam fuera una frivolidad. Sin embargo, el hecho de que no apareciera comenzaba a convertir la fiesta en una de esas reuniones donde todo parece correcto, pero nada vibra con fuerza.

Tomaba su primera copa de vino con elegancia reforzada. A su alrededor, conversaciones médicas volaban de mesa en mesa, nadie intentaba desconectarse de guardias y diagnósticos, y ella no había salido esa noche para hablar de patologías.

El vino bajaba lento por su garganta. Empezaba a notar el ritmo de la música con los dedos, apoyados con delicadeza en el borde de la copa. Y, sin proponérselo, una necesidad creciente empezó a burbujearle por detrás del esternón.

Tenía ganas de bailar, no por cortesía, no para acompañar a nadie. Quería moverse, sacudirse, soltar. Porque al final, lo que de verdad deseaba era encontrar una excusa para desarmar ese nudo invisible que llevaba apretado desde que había llegado. Y bailar..., bailar podía ser la forma más digna de confesarlo sin decir una sola palabra.

—¿Ese que llegó no es Adam? —preguntó Lidia con los ojos entrecerrados apuntando hacia la entrada.

Sofía giró apenas la cabeza. Fingía curiosidad casual, pero el pulso la traicionó antes de confirmar con la vista. Y sí..., era él.

Lo reconoció al instante, su cuerpo lo percibió antes que sus ojos. Sintió una oleada de alivio —casi placer— estallándole en el pecho. Puede que hasta le brillaran los ojos. Puede que un salto involuntario en el estómago delatara el entusiasmo que intentaba ocultar.

Ahí estaba Adam. Vestía sencillo, elegante, como quien sabe que no necesita hacer esfuerzo para imponerse. Llevaba el cabello un poco al descuido, cruzándosele por los ojos, la camisa abierta en el cuello y esa postura suya —un equilibrio entre distancia y dominio— que lo hacía destacar, incluso, entre los más seguros de sí.

Sofía se quedó quieta. Lo observaba desde su rincón estratégico, protegida por la penumbra del salón, en un ángulo donde él difícilmente podría verla. Agradecía ese anonimato momentáneo. Podía permitirse mirarlo sin reservas.

Lo veía buscar con la mirada algún sitio donde sentarse, aunque no se movía. Para Sofía estaba como suspendido en el aire. Su sola presencia parecía contener a toda la sala.

Ella se llevó la copa a los labios sin apartar los ojos de él. El vino ya no sabía igual. Todo el cuerpo le vibraba con esa atención clandestina que solo quienes han deseado en silencio conocen. Sonrió, sutil, aceptando la emoción con una mezcla de indulgencia y vergüenza.

Y justo entonces —como una nota discordante que arruina el compás perfecto de una sinfonía— una muchacha joven, de cabello teñido de rubio, simpática, sonriente, se acercó a él con paso decidido y lo tomó de la mano.

No dijo nada. No preguntó. Solo lo hizo. El gesto fue sencillo, pero en la mente de Sofía sonó como un portazo. La sonrisa se le congeló en la cara antes de desaparecer del todo. Parpadeó dos veces. Bajó la copa. Se quedó quieta, pero por dentro algo se desarmó. Como una grieta que se expande en silencio sobre una superficie pulida, sin hacer ruido…, pero dejando marca.

No supo cuánto tiempo pasó. Solo sintió el vino estancado en la garganta y una incomodidad invisible que tensaba su esófago. Trató de convencerse de que no pasaba nada. Pero sí pasaba. No entendía tanta somatización, no debía ser para tanto…, pero lo era.

Pasaba que no quería mirarlos más, que se sentía tonta y se descubría vulnerable en un sitio donde no había margen para mostrarse débil. Se giró hacia Lidia, como queriendo hablar, pero no dijo nada. Solo deseó, con una fuerza difícil de admitir, no haber ido a la fiesta.

El recién llegado y la chica comenzaron a caminar juntos, saludando a los invitados con naturalidad. Lidia los siguió con la mirada hasta que soltó, sorprendida y algo ácida:

—¡Ah, pero si tiene novia!

Sofía la escuchó, pero fingió no hacerlo. Apenas vio la escena —la mano, la cercanía, el gesto inequívoco—, giró la vista en dirección opuesta. Se acomodó de inmediato en una conversación con el profesor Fernando, que se encontraba con su esposa en la mesa contigua.

—¡Sofía! —insistió Lidia, inclinándose hacia ella— ¿Viste que Adam vino con su novia?

—No, no me fijé... ¿y eso qué tiene de alarmante? ¿Es que te gusta? —respondió con una sonrisa forzada, fingiendo indiferencia.

—No, ¡qué va! *Too much* para conservar la calma. Me cae bien, pero no es mi tipo. Solo que... creía que vendría solo. Y no creas que no me he fijado cómo se miran los dos cuando les coinciden los pacientes.

—¿De qué hablas, Lidia? Ya estás alucinando —dijo Sofía con voz serena.

Pero por dentro sabía otra cosa. Ese día, sin dudas, las buenas vibras del universo habían decidido esquivarla. Lidia no insistió. Pero sabía que tenía razón. Continuaron bebiendo vino y, con un suspiro disfrazado de ligereza, cambiaron de tema.

Adam se sentó con su acompañante. Intercambiaron algunas palabras, pero pronto él se levantó. Solo. Comenzó a recorrer el salón saludando a sus colegas con cortesía, pero manteniendo esa distancia que le era tan propia.

Cuando se acercó a la mesa del profesor Fernando, Sofía ya lo había notado. No lo miró, pero su cuerpo sí. Reacomodó la postura, cruzó las piernas con elegancia, y comenzó a tararear bajito la canción que sonaba, como si toda su atención estuviera en el ritmo..., aunque cada fibra de su piel supiera que él estaba justo detrás.

Sofía giró apenas el rostro, pero pudo mirarlo directo a los ojos. No le bastaba con escuchar, tenía que constatar su presencia. Y allí estaba él, sin bata, sin urgencias, sin la coraza de la Neurociencia entre ambos.

—Buenas noches, doctoras. ¡Qué sorpresa encontrarlas acá! —dijo él en tono provocador.

—Buenas noches, doctor. Yo también estoy un poco sorprendida, la verdad…, de que Ernesto nos haya invitado —respondió, midiendo cada palabra, eligiendo con cuidado dónde poner el filo.

El silencio entre ambos pesó un par de segundos más de lo necesario. Luego él sonrió con sigilo, apenas un destello, pero suficiente. Ella lo notó, era ese tipo de cruce que no necesita explicaciones, donde el aire cambia de densidad sin pedir permiso.

—Bueno…, Ernesto y yo conversamos bastante sobre la lista de invitados —dijo Adam, con un guiño que tenía más de confesión que de casualidad—. Al final, lo convencí de que ciertas presencias eran… imprescindibles.

Sofía ya lo había intuido, pero no sabía entrar más profundo en la mente de Adam. Sin embargo —algo en su mirada, en la forma en que se demoraba, en cómo no se apuraba a volver con su acompañante—, le susurraba que tal vez, solo tal vez, él no estaba del todo satisfecho con su elección de compañía esa noche, que, de hecho, estaba lamentando mucho haber ido con alguien más. Pero ella sabía que, aunque quizás él sintiera ganas de cualquier cosa, también era todo un caballero. Y con eso bastaba para mantenerla alerta. Y un poco en llamas.

Tan pronto él siguió su camino, Lidia no se pudo contener y con una sonrisa cargada de ironía, soltó:

—Ah…, o sea, que en realidad no nos invitó Ernesto, sino Adam. Qué curioso, ¿no? Me pregunto por qué será.

Sofía llevó el vino a los labios y bebió un sorbo lento, fingiendo que la frase no había sido pronunciada.

Llegó la hora del brindis y la cena. Las mesas se reorganizaron, las sillas chirriaban contra el suelo, el murmullo crecía como una marea desordenada. Sofía no quería comer. Estaba experimentando en el cuerpo una urgencia distinta: quería bailar, moverse, descargar. Sabía que era cuestión de tiempo. Los médicos, una vez cumplido el ritual de los discursos y las fotos, soltaban las riendas. Y entonces sí... la fiesta comenzaba.

Se acercó a la mesa de comida con paso tranquilo. No tenía hambre, pero algo quería llevarse a la boca. Algo pequeño que, a la vez que le ocupara las manos, le diera excusa para mirar hacia otro lado. Y en eso estaba, eligiendo distraídamente una empanada, cuando alzó la vista y lo vio.

Adam estaba justo frente a ella. A unos metros. De pie. Inmóvil. Mirándola. No pestañeaba. No disimulaba. Era una mirada fija, deliberada, insolente de tan sostenida.

Sofía sintió una punzada en el pecho. No supo si era deseo o alarma. Miró hacia los lados, buscando una salida emocional, una distracción, una duda. Pero no. Él la contemplaba a ella. Solo a ella. Y algo en esa mirada era distinto, más íntima, más riesgosa.

Ella lo sabía. Lo sentía en la garganta, en el estómago, y hasta en la pelvis. Y, aun así..., no apartó la vista. Le devolvió la mirada como quien camina descalza sobre brasas: sin detenerse, pero sabiendo que algo puede arder.

A ella le gustaba que él la mirara así. Le gustaba más de lo que le convenía. Pero no podía permitirse el temblor. No ahí. No en ese momento. Así que sonrió, con cautela, con filo, con la dosis exacta de provocación que no se puede castigar.

Tomó la empanada con movimientos lentos, casi ceremoniales. Luego se dio la vuelta con toda la elegancia que el autocontrol permite cuando el cuerpo quiere otra cosa. Y caminó hacia el centro del salón. A cualquier sitio. Como si no pasara nada. Como si no acabara de ocurrir algo.

Sofía lo supo en ese momento. No era una simpatía pasajera. No era un coqueteo fugaz. Era algo más físico y peligroso. Sentía una atracción distinta hacia Adam. Una que no se podía empujar hacia ningún recodo de la mente. No obstante, trató de convencerse —con esa frialdad que a veces usaba para no perder el equilibrio— de que no sería algo tan difícil de manejar. Nada demasiado serio. Nada que la desbordara. Solo un fuego menor. Controlable.

Pero lo cierto era que su fascinación por lo complejo, por lo que no se entrega de inmediato, la convertía —sin querer— en un blanco perfecto para el tipo de deseo que no se negocia. Adam no se movía. No bailaba. Apenas salía de su sitio. Observaba. Y entonces Sofía, inofensiva y libre…, decidió bailar sola y se sumó a un pequeño círculo de colegas que ya se habían lanzado al centro del salón. El ritmo era alegre, tropical, vibrante con Leoni Torres de fondo y aquella canción:

♫2- *Por qué me miran esos ojos que algo están buscando*
y hacen blanco en mí. Suave que me estás matando, amor.
Suave que me vuelves loco, amor. ♫

Ella comenzó a moverse con una cadencia distinta. No bailaba para entretenerse. Bailaba para reconocerse en su cuerpo y gobernarlo. En plena conciencia de sus líneas, sus curvas y sus límites. Bailaba…, y en cada movimiento lanzaba un mensaje cifrado al único que sabía leerlo.

Su vestido gris se desplazaba con ella, ajustado donde debía, suelto donde se necesitaba. Los labios rojos, intactos. La mirada, a veces baja, a veces afilada. Sabía que Adam la contemplaba y sentía una presión invisible en la piel, una electricidad tibia que le recorría la espalda. Podía percibirlo todo: el recelo, la sorpresa, la incomodidad, el deseo. Y eso…, eso la encendía.

Ella no lo miraba de frente, pero le lanzaba destellos. Lo justo, lo suficiente para mantenerlo atado. Porque, si algo había aprendido, era que a veces, no mirar fijo a alguien… era la forma más provocadora de decir: «Te estoy mirando».

Fue entonces cuando apareció Dany, desenfadado y divertido. Se acercó con una sonrisa amplia, tambaleando algo por el efecto del ron, y le tendió la mano con un gesto audaz, casi infantil.

—Hasta que al fin aparece un valiente —dijo Sofía con tono irreverente, y le tomó la mano. Aquel gesto se sentía como una victoria compartida.

La pista se abría. La música subía. Sofía se entregó al ritmo como si no hubiera nadie más que ella, su cuerpo, y el eco de una mirada que aún sentía clavada en la espalda. Adam se puso de pie en el acto. No dijo nada, no avanzó, solo la miraba. Tenso, inmóvil, conteniéndose.

Ella bailaba con Dany con una libertad elegante, medida, pero sensual. El vino le había soltado los frenos precisos. Movía las caderas con ritmo seguro, los ojos brillantes, la sonrisa encendida. Y lo sabía. Sabía que Adam seguía allí, sin dejar de observarla. Y eso le bastaba para seguir bailando sin importar lo que pasara al terminarse la canción. Antes de que esta acabara, él se acercó inesperadamente, interrumpiendo el momento con una excusa seca:

—Me voy. Vine a despedirme —dijo, lanzando una mirada general a sus colegas.

Sofía no se inmutó. Apenas giró la cabeza. No paró de moverse.

—¿Ya? Pero es temprano —comentó Dany sin dejar de bailar.

—No me siento muy bien —respondió Adam sin apartar la vista de ella.

La miró con insistencia. Había rabia en sus ojos. No era descontrol, pero sí un filo peligroso de algo que no podía decirse en voz alta. De repente ya no pudo sostener el silencio, se dirigió directo a ella, en un tono que bordeaba el reproche:

—¡Sofía! ¿Quién te llevará a tu casa?

Ella detuvo un segundo el baile. Lo miró de frente. Le sostuvo la mirada con una calma filosa.

—Mis pies, doctor. No le tengo miedo a la oscuridad.

Dany, sorprendido, trató de intervenir:

—Yo la llevo —dijo zigzagueando, con la voz arrastrada por el alcohol.

Adam lo miró como si calculara el nivel de riesgo clínico. A ese ritmo, imaginaba a Dany en una camilla antes del amanecer, con suero y una enfermera aburrida al lado.

—Bueno…, vayan con cuidado. No la dejes sola, Dany. Yo ya me voy.

Sofía bebió el último sorbo de su copa y esbozó una sonrisa trémula.

—Adiós, doctor. Buen viaje —dijo con una dulzura sarcástica que cortaba como bisturí. Y siguió bailando.

Lidia ya se había ido. Y sus amigas —las que siempre sabían cuándo era momento de callar o desaparecer con gracia— no estaban allí para rescatarla del ridículo. Estaba sola. Y era consciente de eso.

Le resultaba ambigua, incluso molesta, la preocupación de Adam por su seguridad. Porque, si en verdad le preocupaba…, «¿por qué había llegado de la mano de alguien más? ¿Por qué su inquietud tenía, con toda probabilidad, reflejos rubios?»

Pasaron más de treinta minutos. La fiesta se iba apagando. Faltaba poco para el final. Casi todos se habían marchado. Dany seguía bebiendo cerveza, el tiempo para él no existía. Y Sofía…, Sofía seguía danzando al compás de la música. Mareada, sí, pero estable. Tenía la certeza de que, si se sentaba, el mundo le daría vueltas. Así que se sostuvo en el movimiento. Bailaba sin precisión, pero con toda la intención de mantenerse consciente a fuerza de ritmo.

Cantaba, o creía cantar. Y entre una nota y otra, volvió a verlo a él. «Comenzaron las alucinaciones», pensó, medio riendo por dentro. Lo veía sentado frente a ella, serio. Mirándola fijo, igual que media hora antes: profundo, inquisitivo, soberbio, con la intención de desnudarla con los ojos… o de leerle en los pliegues del pensamiento, ese mapa oculto de lo que nunca se dice. Esa imagen de él, reconocía, la tenía grabada en su corteza visual, casi tatuada. Pero, en ese momento, se percibía tangible.

Cerró los ojos. Intentó reajustar sinapsis, sacudirse el alcohol. Pero el holograma no se iba, seguía ahí, igual de intenso. Se detuvo. Abrió los ojos y reaccionó, no estaba alucinando. Adam estaba ahí. En carne y hueso. Sentado en silencio con una botella de agua en la mano y la mirada fija, penetrante, como si la hubiese estado esperando todo el tiempo y verla así, agotada, desarmada, brillante de sudor y vino, fuese exactamente lo que quería y no quería ver.

—¿Qué hace usted aquí... si ya se fue? —le preguntó Sofía, con la voz entrecortada por la sorpresa, la confusión... y algo más difícil de nombrar.

Adam no respondió de inmediato. Se tomó unos segundos para mirarla y calcular cada palabra que diría. Luego, con tono contundente, pero firme y una media sonrisa, le respondió:

—Vine a llevarte a casa. No porque no puedas cuidarte sola. Ya sé que tienes tus... maravillosas piernas —le dijo mientras se las observaba con intención—, pero es solo que... no confío en ellas a esta hora, y mucho menos en el cerebelo de Dany.

Sofía intentó abrir la boca para decir algo sarcástico, pero el mareo le robó la agudeza. El suelo no giraba, pero su cuerpo sí. Fue en ese instante que apareció Dany, con los ojos vidriosos y la lengua suelta:

—Bueno, Sofi..., ¿dónde es que vives?

Adam giró el rostro de inmediato. Lo miró desde arriba, sin agresividad, pero con una claridad de jerarquía que no necesitaba gritarse.

—No te preocupes, Dany. Ve a tu casa. Date un baño. Descansa. En cinco horas estás de guardia. Yo me encargo.

Dany apenas reaccionó. Solo asintió con una sonrisa tonta y aceptó la orden, que se sentía como un alivio.

—Ah..., regresaste. Ok. Mejor así. Chao, cuídense.

Se alejó tambaleando junto a otro colega, arrastrando los pies en una dirección que ninguno de los dos supo identificar. Ni falta que hacía.

Sofía no se movía, solo lo miraba. Adam no le había cuestionado nada, tampoco sus copas de más. No parecía molesto ni incómodo, como cuando había abandonado la fiesta un rato antes. Esta vez se mostraba imperturbable. No intentó salvarla. Solo había regresado. Y, aunque no lo dijo, Sofía lo entendió con claridad: no había vuelto para rescatarla, había vuelto porque no podía no hacerlo.

—Bueno…, Sofi…, ahora sí, ¿dónde vives? —preguntó Adam, acercándose lo justo para colocarle el brazo, como quien ofrece algo más que apoyo.

Ella lo miró de reojo. No dijo nada. Se limitó a sentir el calor del contacto, la firmeza sutil del músculo bajo la tela, la diferencia de temperatura entre su piel y la de él. Y se sujetó fingiendo que no lo hacía por equilibrio, cuando lo que más deseaba era probar cómo se sentía encajar allí.

—Usted no tiene acceso al servicio solicitado —soltó, con voz baja, preparando una especie de hechizo sin mirar a los ojos—. ¿No cree que va muy rápido, doctor?

Adam se rio, con ganas. No de burla, pero sí por genuina sorpresa. Y luego bajó la voz, como si de pronto estuvieran solos en el universo:

—Estoy de acuerdo. Yo tenía pensada otra estrategia, pero usted me ha dejado sin opciones, doctora.

La calle respiraba un calor húmedo de madrugada. Ella se aferraba a su brazo con la naturalidad de quien siempre ha pertenecido allí. Él caminaba con paso seguro y atento, sosteniéndola sin hacerla sentir frágil.

El mundo estaba en silencio. Pero el cuerpo hablaba. Y entre ellos dos… el idioma era claro. Sofía sonrió con una de esas sonrisas que se sienten en las piernas, en la nuca, en el centro mismo del torso, vibrando con cada latido. Caminaba por la calle, en plena madrugada, agarrada del brazo del Dr. Maravilla. Y, aunque aún no lo sabía, esa escena se iba a quedar anclada en su cuerpo… mucho más que en su memoria.

Sofía había olvidado lo agradable que podía ser algo tan «insignificante» como caminar del brazo de alguien. Sin embargo, lo que aún no comprendía del todo —o no quería comprender— era que Adam no solo había regresado a la fiesta por ella. Había regresado por lo que no podía permitir perderse.

—Es por aquí —murmuró con voz de niña cansada, mientras apoyaba con suavidad la cabeza en su hombro.

El roce fue mínimo, pero bastó. La piel de Adam se tensó bajo su camisa. Ella lo sintió. Gracias a los tacones, su rostro quedaba a la altura perfecta para refugiarse allí. Su cuerpo ya parecía conocer ese espacio; lo había reclamado mucho antes.

—Tengo mucho sueño —dijo casi en un suspiro.

Adam tragó saliva. No respondió de inmediato. Se detuvieron frente a su casa a un par de pasos de la entrada, bajo una farola apagada. Y fue ahí, en esa mínima porción de tiempo suspendida, que ocurrió lo que ninguno de los dos había planeado. Sofía se giró para buscar las llaves en su bolso. Adam se quedó frente a ella, muy cerca. Demasiado cerca. El cuerpo de él proyectaba un calor que ella podía sentir en la cara, en el pecho, en los muslos. Cuando levantó la cabeza, sus rostros quedaron a milímetros. Los ojos de él bajaron lentos a su boca. Los de ella... también a la de él. No hubo palabras. Solo un silencio denso. Una respiración compartida. Un pulso duplicado. El aire entre ambos cortaba. Y entonces, sin moverse del todo, sin tocarla más allá del brazo ya entrelazado, Adam susurró:

—Esto es probable que mañana no lo recuerdes..., pero tengo que decirte algo.

Sofía lo miró, apenas pestañeando, estaban demasiado cerca...

—Estás preciosa... Eras la mujer más hermosa de toda la fiesta.

Ella sonrió, sin retroceder.

—Doctor... ¿en serio eso le funciona? Va a tener que esforzarse un poquito más.

Adam soltó otra carcajada legítima. Sofía seguía lanzando dardos con una puntería impecable, incluso con cierto grado de alcohol en la sangre... El instante se sostuvo unos segundos más hasta que algo la despertó e hizo que se girase bruscamente hacia la puerta.

—¡Llegamos! Esta es mi casa —anunció—. Gracias por ir a rescatarme como un *lord* inglés. Seguro que nunca voy a olvidar este... detalle del siglo XIX.

—Seguro que no lo harás —murmuró Adam.

Y, antes de que pudiera decir algo más, Sofía ya había abierto la puerta, deslizándose al interior y cerrándola sin decir adiós tras de sí.

Ni beso. Ni abrazo. Ni promesa. Solo la certeza de lo que *no* pasó y de todo lo que estuvo a punto de pasar.

Capítulo V

¿Y ahora... qué hiciste?

Era la mañana del sábado, pero 11 a. m. ya. El sol se imponía a través de las cortinas del cuarto y Sofía despertaba con una avalancha de notificaciones en el móvil: *¿Y ahora... qué hiciste?*, rezaba el nombre del grupo de WhatsApp que compartía con sus seis amigas.

Camila: *¿Alguien llegó viva anoche?* 😄

Rachel: *¡Sofíaaaa! No te hagas de rogar, repórtate YA.* 😣

Paula: *Soldado caído. Déjenla dormir, parece que hubo fuego cruzado.*

Sarah: *Ja, ja, ja..., ustedes no tienen compasión. Denle un chance.*

Camila: *¿Qué ropa se habrá puesto? No mandó ni fotos.* 🤔

Amber: *Este silencio tiene cara de enfermedad inflamatoria pélvica. Yo advertí de algunas posiciones, pero nadie me escucha.*

Rachel: *¡Queremos detalles!*

Camila: *Yo necesito acción para sobrevivir esta rutina.*

Amber: *A mí cuéntenme algo interesante, no quiero novelitas rosas.* 🙄

Paula: *Si hubiera pasado algo, ¿ya lo habría contado... o es que no tuvo tiempo?*

Veintitantos mensajes más esperaban su atención. Sofía los leyó duplicado, sin energía para responder, con la cabeza a punto de estallar y los ojos ardiendo..., además, no tenía el discurso claro todavía.

Se incorporó lentamente. Un dolor sordo la envolvía desde la base del cráneo hasta las sienes, con luces centelleantes que amenazaban con convertirse en migraña. La boca le sabía a vino viejo y tenía sed, sed de océano.

El estómago le dio un vuelco. Las imágenes comenzaron a alinearse: luces, copas, risas... Adam. Su voz en el oído, el calor de su aliento. Sonrió sin querer. Estaba en su cama. Sola, con la ropa puesta. Y dio gracias al cielo por eso.

Lidia también había escrito: «¿Cómo llegaste?», pero no respondió a nadie de inmediato. Primero necesitaba una ducha fría, que le corriera por la nuca como un castigo reparador. Luego, un café bien cargado.

En la ducha, el agua helada le arrancó un gemido. El recuerdo apareció nítido: él inclinándose, susurrando sobre su cuello y sintió una especie de calambre recorrerle las caderas. Cerró los ojos con fuerza, reprimió un suspiro. «Tranquila», se dijo, «no pasó nada». Y se sacudió como si la hubiera poseído un demonio.

Ya vestida, mientras se secaba el pelo, Isabel, su hermana menor, irrumpió sin llamar, con la certeza de que ese también era su cuarto.

—¿Y? ¿Fue el susodicho a la fiesta?

Sofía la miró con una sonrisa débil. Isabel, con sus veinte años, trigueña, temperamental, estudiante de Odontología, siempre era un juicio de valor disfrazado de sororidad. Le contó todo: la llegada, el cruce de miradas, la tensión, el final inesperado. Isabel la escuchó sin interrumpir, hasta que llegó el dato de la «acompañante rubia». Su cara era un poema. Ya Adam iba en desventaja, tenía el primer punto en contra en el Senado.

—No bajes la guardia, por favor. No confío —dijo protectora antes de salir.

Sofía la vio marcharse, respiró hondo y volvió al celular. Las notificaciones seguían cayendo. Sabía que tarde o temprano tendría que hablar. Pero todavía no.

Primero necesitaba ordenar el corazón. No podía describir la imagen exacta de aquella chica del cabello rubio. Su aparición le parecía un eco distante. No sabía si sentir alivio o celos. De cualquier modo, no importaba, pero el hecho de no saber cómo se veía la joven le sacó una punta de incomodidad. ¿Tan concentrada había estado en Adam?

Se sonrió. No era dispersa; solo sabía en qué quería encontrar su foco. Tenía la certeza de que no debía pensar demasiado en eso. La decepción era un riesgo real, pero algo la inquietaba en su interior: «habían sellado un pacto sin saberlo». Y eso era… aterradoramente excitante.

Se vistió, más ligera que otras mañanas. Desayunó con apetito voraz. El dolor de cabeza cedió tras la cafeína, y por fin consiguió sentarse frente a su escritorio. Abrió el libro de Neuroanatomía, pero el intento fue en vano, no podía encausarse. Cada línea que intentaba leer se deshacía en imágenes sueltas: la música, la fiesta, Adam regresando a buscarla, inevitable.

Pretendía orientarse a la vía visual, pero su cuerpo tenía otra agenda. Se cruzó de piernas, cambió de posición varias veces, tratando de sacudirse el recuerdo. Nada. Seguía ahí.

El móvil vibró otra vez, ella dio un salto: «Dr. Rodrigo llamando». De repente, un nuevo latido. Rodrigo existía. Habían estado viéndose sin ataduras desde antes de conocer a Adam. Y, ahora, por alguna razón, su nombre le quemaba en la garganta.

Respondió sin entusiasmo:

—Hola, Rodrigo, ¿cómo estás?

Y la tensión entre pasado reciente y futuro posible se hizo estruendosa.

—Pues con ganas de que sea mañana para verte —respondió con tono cálido.

Sofía, aún aturdida, se llevó la mano a la frente. Tampoco recordaba que él había cambiado su guardia para coincidir con ella, un detalle que solo ahora le parecía una carga.

—Oh, sí, ya casi… Falta poco —dijo fingiendo alegría—. Recuerda llevar la tesis para revisar juntos los arreglos finales.

Su tono se volvió mecánico. Estaba en otra frecuencia, una dictada por el cuerpo y hasta por el alma, de la cual aspiraba fugarse sin éxito. Rodrigo hablaba, pero ella pensaba en Adam. En lo que había sentido al recostar la cabeza en su hombro. En la forma en que él la había mirado cuando pensaba que ella no lo notaba. Rodrigo seguía explicando algo sobre un protocolo nuevo para la fibrilación auricular. Ella no lo oía. Pensaba en otra arritmia, una más peligrosa: la suya.

Rodrigo no esperó demasiado.

—Bueno…, ¿y cómo te fue en la fiesta anoche?

Sofía sintió cómo algo le contraía el estómago. Apretó el celular con más fuerza de la necesaria, necesitando anclarse a algo para no salirse de sí misma. Su mirada se perdió en el suelo, sin ver realmente nada.

—Bien…, tranquila —respondió con una pausa que no supo disimular.

La mentira era tan ligera como un soplo, pero pesaba como una piedra. Igual, a ella no le interesaba demasiado darle explicaciones y él lo sabía muy bien. Rodrigo no preguntó más, era un hombre inteligente, reconoció en el tono de su voz la falta de entusiasmo… y ella agradeció ese silencio.

Pasó su mano por el cuello, ansiando disipar el calor que le subía en oleadas. Lo peor no era haber visto a Adam. Lo peor era la sensación de que ella había sido vista por él de una forma distinta y de que algo en ella se hubiera quedado más expuesto de lo que debería.

Se despidió rápido, con la excusa de que tenía que estudiar. Al colgar, se quedó unos segundos inmóvil, con el celular aún en la mano. Constataba que algo había cambiado, el aire alrededor se sentía más liviano, y el silencio habitual de las paredes le resonaba distinto, extraño. No sabía qué, pero lo sentía en lo profundo.

El Dr. Rodrigo era un «casi especialista» en Cardiología, de 34 años, al que Sofía había conocido tras varias coincidencias clínicas. Alto, apuesto, con cabello oscuro, piel de porcelana y unos ojos expresivos que parecían estar siempre a punto de decir algo..., pero nunca lo hacían. Su timidez no era sutil. Hablaba bajo, evitaba miradas largas, y prefería las zonas comunes del hospital donde no pasaban demasiadas cosas.

A Sofía le resultaba simpático, pero demasiado correcto. Su torpeza social le parecía enternecedora al principio, hasta que se convertía en silencio incómodo. Le costaba conectar con alguien más fuera del personal de enfermería, que lo mimaba abiertamente, o con María —una paciente de 50 años, enamorada de él con ensañamiento—, que aparecía en cada guardia con café en termo, cena casera y un nuevo delineado en los ojos.

Aquella mujer le divertía más de lo que le molestaba. Sofía ya había presenciado la escena en un par de ocasiones, ganándose de regreso la mirada envenenada de María, que detectaba en ella competencia directa por su «cardiólogo de cabecera». Rodrigo, en cambio, se ponía rojo hasta las orejas, sin saber dónde esconderse, balbuceando cualquier frase de escape. Era dulce después de todo, incómodo, pero dulce.

Y sí, Sofía creía por momentos que con el tiempo podían llegar a ser algo. Algo más que amigos o lo que fuera ese extraño punto de no-definición en el que estaban. A veces, pensaba que él podía funcionar como bálsamo, que tal vez la hacía reír, que era buena gente.

Pero, si el viernes a las ocho de la noche aún no tenía prisa por averiguarlo, el sábado a las once de la mañana tenía menos aún. Mucho menos.

Le preocupaba más esa intranquilidad en su epidermis, la que provocaba el neurocirujano impetuoso que se le enredaba como hiedra en las curvas de su mente.

Interferencias 1

Yo sabía que Sofía me necesitaba, aunque no siempre quisiera escucharme. Siempre acudíamos la una a la otra en momentos de emergencia. Y esta, sin duda, lo era.

Quise advertirle que estaba en peligro. Que lo que se avecinaba era más fuerte que la intuición, más oscuro que el deseo. Que la única cura era la profilaxis emocional, la huida a tiempo. Pero ella ya venía tarde…, como casi siempre.

Sofía nunca fue fan de mis ataques de madurez. Los toleraba como quien escucha una alarma mientras corre directo al precipicio. Intenté hablarle, intenté frenarla, mas ya la conocía bien: si no giraba de golpe las agujas de su brújula, iría directo a un capítulo largo y accidentado.

Podía verla desde mis orillas, lanzándose al agua, nadando contracorriente, con una fe suicida en que el amor —o lo que fuera— no la rompería.

El aire olía a tormenta, a pérdida, a una mezcla espesa de traición, orgullo y algo peor que el miedo: lo correcto.

Quería contarle todo lo que intuía durante mis escasos minutos de paz interior, esas visiones fugaces que me llegaban cuando cerraba los ojos…, pero entonces ella me miraba. Sí, me miraba sin verme. Fija. Íntegra. Con esa sonrisa sarcástica que decía: «No intentes salvarme. Yo siempre he sido más valiente que tú».

Y entonces yo callaba. Porque, en el fondo, era cierto.

Yo no sabía si la causa de la tormenta sería Adam o, simplemente, la forma en que Sofía tomaba las decisiones. Sin embargo, presentía que estaba a punto de enfrentarse al enemigo invisible de todo lo bueno que pudiese suceder. Ese fantasma que llega cuando te empiezan a pasar cosas hermosas… y algo dentro de ti se encarga de sabotearlas.

Aunque..., tampoco confiaba del todo en mis propias visiones, pues ya mi prudencia me había robado más de una alegría. Quizá Sofía tenía razón. Quizá vivir era eso.

Yo, mientras tanto, intentaba enfocarme en mis libros, en mi desarrollo profesional, porque esa extraña capacidad alienígena de Sofía —la de tener tiempo para todo— yo no la había adquirido aún.

—Sofía, vas a una guardia, no a una pasarela. Recuerda que a veces hay que correr por los pasillos, y, cuando el ascensor no funciona, se te corre el delineado y pareces una loca.

—En todo caso, una loca sexy —me lanzó, con esa irreverencia suya—. Me voy, que mi día promete. Ya te contaré.

Y se fue como siempre. Como si la vida fuera un juego de resistencia. Como si siempre pudiera salir ilesa. Como si ya no tuviera suficiente con lo vivido... Sin la más mínima idea de que comenzaba un ciclo inexplicable y peligroso, sobre todo para ella que anhelaba... no ser contaminada con otros ruidos que no fuesen los de sus propios sueños.

Capítulo VI
Fantasmas y neurocirujanos

Sofía caminaba hacia el hospital con el pijama azul delimitando su cuerpo bajo la bata blanca, la trenza negra cayéndole al lado izquierdo del pecho como un cordón ceremonial. Llevaba sus zapatillas más cómodas —por supuesto, a juego con el atuendo—, gafas de sol para el camino, mochila al hombro cargada con todo lo necesario para sobrevivir las próximas treinta horas, y un bolso pequeño, artesanal, hecho en Panamá, regalo de uno de sus amigos más queridos de la universidad, donde guardaba sus armas inmediatas: lapiceros, miniagenda de emergencia, martillo percutor, etc.

Avanzaba con ritmo relajado y, como siempre, tarareando la canción que escuchaba, esta vez de Joaquín Sabina:

♫ *3- Yo no quiero domingos por la tarde.*
Yo no quiero columpio en el jardín.
Lo que yo quiero, corazón cobarde...,
es que mueras por mí. ♫

Sí, era domingo... día, en teoría, más tranquilo, pese a que nadie se atrevía a decirlo en voz alta, por el mito de invocar la mala suerte. Aun así, Sofía no deseaba precisamente paz. Lo último que le apetecía era tener tiempo libre para ayudar a Rodrigo con su tesis, una idea que ya empezaba a parecerle tan incómoda como una jaqueca mal tratada. Intentaría esquivarlo a toda costa.

Lo sabía: esconderse un domingo en el hospital no era tarea fácil. Pero estaba de guardia con la Dra. Nerina, jefa del servicio y su casi amiga, lo cual le abría una puerta estratégica. Podía contar con ella para desaparecer si la situación lo ameritaba.

Y de pronto lo sintió otra vez: el impulso repentino, el subidón nervioso. Como si la anticipación se transformara en electricidad estática bajo la piel, pero logró contenerse. Aceleró el paso, respiró hondo y sonrió sola, sentía que acababa de ganar una pequeña batalla invisible. El edificio del hospital se alzaba ya frente a ella.

Solo quedaba concentrarse en sobrevivir la guardia… y evitar todo lo que su estado emocional no estaba listo para enfrentar.

Entrando al hospital, Sofía pensaba en cómo sería el amanecer del lunes pues después de una guardia larga, nadie se veía glamuroso, y, sin embargo, el lunes era el día de la novedad. Todos llegaban arreglados, perfumados, listos para impresionar. Ella incluida y, por supuesto, él también.

Ver a Adam sería inevitable, tenían una paciente en común. Él la operaría y ella… pensaba esconderse.

«Mejor delego mis funciones. Me encierro con las historias clínicas, lo que sea», murmuraba en su cabeza mientras se acomodaba las gafas de sol y tragaba saliva. No quería ese encuentro. No ahora. No con las emociones tan cerca de la piel.

«¿Qué haces pensando en Adam, mujer? Concéntrate en la vía visual, que mañana tienes seminario con Rolando…»

Pero su cerebro no obedecía. Se adueñaba de la curva de sus labios e intentaba contenerle la risa que surgía al recordar, una y otra vez, el momento exacto en que él que se habían quedado tan cerca que casi...

Un grupo de enfermeros la saludó desde el *lobby*, y ella respondió con una sonrisa automática. Justo en ese momento, bajó la vista a su reloj: iba con cinco minutos de retraso. Aceleró el paso hacia las escaleras —siempre le impacientaba esperar el ascensor—, pero una punzada le subió por el estómago. Un *déjà vu* acaso.

—¡Dra. Sofía!

El aire se le cortó en seco.

«No puede ser..., no puede ser», imploró mentalmente en tanto se aferraba al pasamanos. Las palmas húmedas, el estómago revuelto, ese revoloteo visceral del que nadie se salva. Ya conocía esa voz. Podría reconocerla entre un millón. Parecía que la hubiese escuchado toda la vida, aunque apenas fueran semanas. El tiempo se dilató. Cada paso sería en falso, cada latido, se volvía un ruido blanco. Iba a darse la vuelta, pero no le dio tiempo.

Adam apareció rodeándola por un costado, colocándose justo frente a ella. Un escalón más arriba. Siempre sabía dónde estar para desestabilizarla.

La miró. No, la recorrió, de arriba abajo, con descaro evidente pero calmado. Como si analizara una obra de arte que le perteneciera desde antes de conocerla. Los ojos fijos, la mandíbula relajada. Y esa sonrisa...

Sofía percibió que su reloj interno se detenía. No era solo su dentadura perfecta. Era la seguridad con la que sonreía, sin esperar nada, pero preparado para todo.

—Doctora —insistió él, con picardía, bajando la voz apenas, como si estuvieran en una conversación secreta—, usted sabía que yo estaba de guardia hoy, ¿verdad?

Sofía lo miró fijo. Le gustaba ese atrevimiento sutil, pero también la irritaba su confianza absoluta. Era el tipo de hombre que estaba acostumbrado a que lo esperaran, a no a ser cuestionado.

Respiró hondo. Enderezó la espalda. Alzó las cejas como quien prepara un contraataque elegante.

—¿Y si fuera al revés? —soltó cruzando los brazos sobre la bata— ¿Y si quien sabía que yo estaba de guardia era usted? —Hizo una pausa. Sabía que lo tenía escuchando cada palabra—. Sobre todo, considerando que el viernes en la mañana lo encontré en mi sala... y usted estaba de postguardia. ¿Menos de 48 horas y vuelve a aparecer? Permítame notar la coincidencia... un poco sospechosa, ¿no cree?

Avanzó escaleras arriba, deslizándose por su izquierda apenas rozándolo, pero con una firmeza que parecía un desafío. No iba a dejarle el control tan fácil.

Él se rio, sin vergüenza. Subió de inmediato y le volvió a cortar el paso, esta vez más cerca. Casi tocándola. El calor de su cuerpo se sentía a través de la bata. Sus ojos se fijaron en los suyos con un dejo de travesura contenida.

—Y, si yo le dijera que tiene toda la razón..., ¿qué me diría?

Se quedó ahí. Esperando. Con esa expresión de quien sabe que está a punto de salirse con la suya... o de rendirse con gusto.

Sofía sintió que el corazón le martillaba dentro del pecho. Los instintos básicos solían vencerla con facilidad. «Dios, si de verdad existes, demuéstramelo ahora. No me dejes hacer una locura», pensó, en tanto se mordía con discreción el labio, para contener la carcajada nerviosa que le subía por el estómago.

—Pues... lo entiendo. Si yo fuera usted, seguro hubiera hecho lo mismo —dijo con una sonrisa rápida, casi imperceptible, y reanudó la subida por las escaleras—. Estoy atrasada, Adam. Nos vemos... más tarde.

«Adam». Decirlo en voz alta le provocó una corriente eléctrica que le recorrió la espalda. Él la miró fijo, sentía que acababa de conseguir lo que estaba esperando.

—Guárdame café, Sofía, que huele bien... Y, por cierto, me dejaste con algunas dudas el viernes cuando regresábamos a tu casa. Quiero aclararlas.

Ella lo miró desde arriba, sin dejar de subir, y movió la cabeza despacio como diciendo que no con ironía. Un gesto escueto, casi elegante, casi distante. Pero, en su pecho, seguía encendiéndose algo y no sabía bien si quería apagarlo o dejarlo arder.

Era la primera vez que se decían sus nombres sin los títulos. Se sentía como un secreto dicho en voz baja. Una línea había sido cruzada. Con suavidad, pero sin retorno.

No se preocupaba por las «dudas». Estaba convencida de que había dicho tonterías, pero nada que no pudiera atribuirse con justicia al vino.

«¿Y este qué hace aquí, justo hoy?», pensaba mientras caminaba por el pasillo como en piloto automático, aunque también percibía que su equilibrio emocional pendía de un hilo.

Los jueguitos de adrenalina la estimulaban, sí…, pero esto ya era otra cosa. Esto era un campo minado con varios frentes abiertos.

Rodrigo seguía estando de guardia en Emergencias, lo cual convertía en casi inevitable algún encuentro. Pero ahora le daba igual, aunque sí le resultaba incómodo. Era una molestia que no lograba ubicar. Intentar algo con Rodrigo había dejado de ser una opción. Y no precisamente por culpa de Rodrigo, aunque tal vez un poco sí.

Cuando llegó a su sala, el puesto de enfermería estaba vacío. Entró al cuarto médico esperando encontrar a Nerina, pero tampoco había rastro de su mochila ni del típico bolsito con los caramelos de menta. Se quitó la bata despacio, como sacándose de encima un peso invisible, y dejó sus cosas en la taquilla. Se acercó a la ventana. Afuera no había nada más que los árboles inmóviles del jardín trasero, una brisa apenas perceptible y un cielo que no decidía si nublarse o despejarse.

Suspiró profundo, agarró su móvil y escribió un mensaje en *¿Y ahora... qué hiciste?*

> **Sofía:** *Chicas, Adam está aquí.*
> *Estoy casi segura de que cambió*
> *su guardia para coincidir…, pero*
> *Rodrigo también. Las mantengo al tanto.*

Se sentó en una de las dos camas y empezó a revisar los historiales clínicos. Fingir concentración era más fácil que asumir lo que fuera que experimentaba. Entonces vio su nombre: «Paciente: Alicia Contreras – Cirugía programada: Dr. A. Figueroa».

Adam no había pasado a evolucionarla. O sea, volvería. Y ella… lo estaba esperando. Aunque no soportara admitirlo.

Escuchó pasos fuertes acercándose por el pasillo. La puerta se abrió de golpe y, cuando alzó la vista…, dio un brinco del susto. Entonces sí quiso que la tierra se la tragara.

—¡Alberto Domínguez…! ¡¿Qué rayos haces tú aquí?! —exclamó Sofía, con los ojos como platos.

—Pues de guardia, mujer. ¿Qué manera es esa de recibir al amor de tu vida? —respondió él con una sonrisa ancha y el mismo tono burlón de siempre.

Ella se quedó paralizada por un segundo. Intentó reaccionar rápido, pero la bata se le había torcido en la carrera por el pasillo y el cabello le caía a medio rostro. Trató de acomodarse con dignidad, pero, al levantar la vista, lo único que vio fue su propia imagen reflejada en el cristal de la puerta: despelucada, respirando agitada y con el escote de la blusa del pijama ligeramente abierto. Se sonrojó. «Perfecto, el desastre personificado. Muy profesional, Sofía» pensó, y tuvo que reírse de sí misma.

Sin sopesarlo mucho, fue hacia él y lo abrazó. El cuerpo de Alberto seguía igual: fuerte, cálido, con ese perfume emboscado que su cuerpo recordaba mejor que su cabeza. Habían pasado tres años desde la última vez que lo había visto. Y, pese a que, no lo diría nunca, su presencia le removía cosas que prefería mantener bajo llave.

No era «el amor de su vida», pero sí había sido el punto de quiebre. Con Alberto Sofía aprendió que amar también puede doler sin catástrofes, que a veces se quiere más de lo que conviene, y que hay hombres que dejan huellas sin tener que hacer promesas. Él fue su primer vértigo emocional real. Su primer «casi». Y el origen de más de una cicatriz con disfraz de lección.

—¡Qué alegría verte, mujer! Cada año estás más linda.

Sofía demudó el rostro, odiando que aún pudiera provocarle eso.

—Bueno, a ti los 40 no te sientan nada mal —respondió, mientras escaneaba su fisionomía intimidante de dios griego. Bata sanitaria, pijama de guardia, martillo percutor en el bolsillo— ¿42, o no?

Alberto ignoró la pregunta en tanto ella sentía una punzada de alerta cruzando su pecho, ese espacio era demasiado grande solo para ellos dos.

—¿En serio tú estás de guardia hoy… conmigo?

—Sí, como en los viejos tiempos. —Rio—. Cuando todavía no tenías cuño médico.

—¡No puede ser! —dijo Sofía entre risas y desconcierto.

—Mi guardia era el próximo domingo, pero Nerina me llamó anoche. Necesitaba cambiar la suya por un asunto personal.

—No te lo puedo creer, demasiada casualidad. Discúlpame que dude, pero tú eres Alberto —dijo Sofía, lo conocía demasiado bien.

Alberto seguía igual de imponente. Su estatura siempre había sido demasiado atractiva para ella, se mantenía delgado, pero con esa constitución fuerte que parecía no necesitar gimnasio, el cabello castaño oscuro ahora salpicado de canas que le daban más sensualidad que años. Él siempre había sido el tipo de hombre que a las mujeres nos gusta presumir, y solía tener ese don para aparecer en los momentos menos oportunos... o más desestabilizantes.

«El universo está conspirando en mi contra… De pronto mi vida se pone más dramática que *Grey's Anatomy* en un dos por tres. Solo falta una bomba, bueno…, otra».

—La verdad, ella me propuso que incorporara a la guardia a un residente de tercer año, pero, en cuanto supe que eras tú quien estaba hoy, le dije que no era necesario —dijo Alberto, guiñándole el ojo con esa maldita seña que no había cambiado en lo absoluto. Y tampoco su sonrisa, esa mezcla de picardía y calma que antes la dejaba sin defensas.

—Por Dios, no has cambiado nada —dijo Sofía, y lo decía con sinceridad—. Me encanta que estés de vuelta. Pero no te relajes tanto y vamos a trabajar, que hay doce pacientes por evolucionar. Cuéntame las novedades de la entrega de guardia.

—Oye, déjeme recordarte que hace 5 años tú eras estudiante de tercer año de Medicina, y yo era un residente de segundo año de esta especialidad. Ahora, tú eres residente de primero, pero yo…

—¡Sí!, está clarísimo que tú eres el especialista…!, pero debiste considerarlo mejor antes de rechazar la propuesta de incorporar a un residente de tercero… —le cortó Sofía con una sonrisa burlona—, porque conmigo te va a tocar trabajar. En serio.

Esa confianza entre ellos no se había evaporado, al contrario, parecía más asentada, más madura, menos reticente. Sofía hablaba sin reservas, sin filtros, con la certeza como arma de resistencia. Con él no había necesidad de formalismos.

Alberto sonrió con regocijo. Su expresión tenía algo más que nostalgia: admiración. Sabía quién era Sofía. Sabía lo que valía. Y le gustaba tenerla cerca, incluso, cuando ella le ponía los puntos sobre las íes. Volvió a abrazarla, con una mezcla de nostalgia y alegría por el reencuentro.

—Vamos con la paciente de abajo. Sospecha de Esclerosis Múltiple, 25 años, diabética. Glucemias altísimas.

—Sí, y esto se complica si usamos esteroides —completó Sofía.

Alberto apenas parpadeó. No le sorprendía la rapidez con la que ella pensaba.

—Exacto —respondió satisfecho.

En ese momento, Sofía no pudo evitar pensar en Adam. Con él, los diagnósticos llegaban como flechas certeras hasta sin neuroimagen. Pero este era otro caso. La Esclerosis Múltiple era una maraña de síntomas e incertidumbres. Nadie podía ser tan categórico sin usar otros estudios. Ni siquiera él.

—Pues vamos a verla a ella primero —aseveró Sofía con determinación y ajustó el estetoscopio sobre su cuello.

—¡Cómo has crecido, muchacha! —exclamó Alberto abriéndole la puerta con un gesto teatral.

«Tú no lo sabes bien» pensó ella, lo miró de reojo y sonrió sin responder. No necesitaba halagos, pero tampoco podía negar que le agradaba escucharlos…, al menos cuando venían de él.

No tenía tiempo para pensar en las consecuencias de los pedidos desaforados que le había hecho al universo el día anterior, rogando por una guardia que no le diera ni un segundo libre. Ahora le hablaba mirando hacia arriba como una loca, refunfuñando: «Universo, contén tu euforia. Me parece que no había que exagerar… Te has pasado mil millas».

Comenzaron la ronda. Examinaron juntos a los pacientes, empezando por Rita, la joven con sospecha de Esclerosis Múltiple. Sofía mantenía la compostura, atenta a los datos clínicos, a las respuestas de la paciente, a las observaciones de Alberto. Pero había algo que no lograba evitar: su mirada se desviaba cada tanto, como reflejo involuntario, hacia las manos de él. Grandes, rudas, cuidadas. Pasaban con precisión por las hojas del historial de la paciente, tomaban el bolígrafo con ese gesto técnico y fluido que, a ella, en otro tiempo, le resultó hipnótico. De pronto las recordó sobre su espalda… y se *frizó* par de segundos hasta que sacudió la cabeza con disimulo, como para espantar el recuerdo. Pero ahí estaba, inevitable, nítido.

Alberto fue el primero que le enseñó a explorar a un paciente neurológico. Con él aprendió a examinar los pares craneales, a identificar una marcha atáxica, a sospechar una hemiparesia. Fue junto a él que pronunció por primera vez palabras como «sinestesia», «nistagmo» o «hemianopsia». Fue con él que dio sus primeros pasos en la Neurología… y se apasionó intensamente, con la Neurología…, claro está.

La ironía la hizo sonreír y disimuló mirando el historial de Rita. Recordar ese tiempo era como mirar una película antigua. Tenía la nostalgia del blanco y negro, pero también la certeza de que no quería volver a vivirlo. Había admirado a Alberto, había aprendido de él, incluso lo había deseado con la ingenuidad desaforada de los veinte años…, pero todo eso estaba lejos. O eso se repetía a sí misma cada vez que esos recuerdos se le colaban por alguna rendija del presente. Suspiró y regresó al ahora.

—La respuesta neurológica parece más estable —comentó haciéndole un guiño a Rita—. Aún queda mucho por evaluar, pero va mejorando.

—Coincido —dijo Alberto, sin dejar de escribir—. Y bastante, considerando cómo comenzó todo.

Sofía asintió. Profesional, imperturbable. Aunque por dentro, algo pequeño y absurdo seguía latiendo. Quizás era ese viejo eco de las primeras veces. De cuando la Neurología le cambió la vida… y Alberto, sin querer, también.

Escribieron juntos todas las notas médicas, como en los viejos tiempos. No obstante a que los especialistas rara vez se molestaban en escribir más de lo necesario, Alberto lo hacía y Sofía conocía la causa de aquel empeño. Él quería recuperar algo. Ganarse de nuevo su atención o, tal vez, más que eso.

Ella se dejaba consentir, sin prisa, sin culpa. Total, estaba convencida de que, por mucho que él lo intentara, todo su esfuerzo sería en vano. Pero ahora tocaba utilizar a su favor sus excesos de bondades, ¿o no? Ya ella dominaba el arte de la manipulación con tanta pericia, que nadie se daba cuenta.

—No sabía que los especialistas todavía escribían historiales tan completos —dijo con una ceja en alto, sin levantar la vista del papel—. ¿Será que la nostalgia rejuvenece la vocación?

Alberto sonrió, le siguió el juego. Ella también, pero sin dejar fisuras. El cinismo de Sofía no era un escudo, se había convertido en su lenguaje natural. Y, aunque la complicidad seguía ahí, el vértigo ya no estaba, se había esfumado, gracias a Dios.

Así que se dejó llevar por la rutina, por el ritmo de trabajo, por la responsabilidad que disfrutaba. Era consciente de que él lo notaba. Y, en el fondo, eso también le daba cierta satisfacción. Porque esta vez tenía muy claro hacia dónde quería mirar y no pensaba perder el tiempo. O eso creía.

—Sofía…, ¿y si mañana en la noche te invito a cenar? —preguntó él sin pensarlo mucho, osado y soberano, adornando su impulso con su clásica señita.

Sofía se mordió los labios y alzó la mirada con dulzura como si estuviese a punto de decirle que sí:

—Tu esposa va con nosotros, ¿verdad? —le preguntó con todas las intenciones del mundo de neutralizarlo.

Quizás era más fácil decirle que no y punto, pero ella no podía perder una mínima oportunidad para demostrarle a Alberto que ya no era la niña de antes, gracias a él.

—Nunca lo vas a olvidar, ¿verdad?

—¿Cómo podría? Si fue el año en el que hubieras ganado el Oscar por mejor actor, y yo el Nobel de la tontería… ¿Quieres café?

A Sofía no le habían dolido tanto las mentiras de Alberto en aquellos años como su propio nivel excelso de ingenuidad.

—A la paciente de la cama 7 le falta la evolución del neurocirujano —dijo él cambiando de tema mientras agarraba la taza de café.

El olor del café subió hasta la nariz de Sofía justo cuando el nombre de Adam se instaló de nuevo sin permiso en su cabeza. El salto en el estómago fue inmediato, casi ridículo. Esa mezcla de alerta y expectativa que no podía disimular ni siquiera consigo misma.

«Genial, justo lo que necesitaba. Quizás tendría que haber aceptado la cena solo para evitar este *déjà vu* emocional».

—Debe estar al pasar. Hoy está de guardia el neurocirujano que está llevando el caso —dijo, midiendo cada palabra, sin mirarlo, mientras esquivaba la mirada pícara que lanzaba la enfermera Rosa desde su escritorio.

—Muy bien —respondió Alberto, clavado en su asiento. Serio y concentrado, con la taza en su mano.

Sofía no levantó la vista, pero sabía que él la estaba observando. Y eso, lejos de incomodarla, le daba cierta calma. Ella sabía quién llevaba el control ahora. Comenzó a sonar el teléfono de la sala.

—Es de Emergencias —anunció Rosa desde su puesto.

—Seguro es un caso para evaluar —murmuró Alberto sin levantarse.

Sofía sintió un frío súbito en la nuca. Ya sabía quién era.

—Dra. Sofía, es para usted —añadió la enfermera tras unos segundos.

Sofía respiró hondo y tomó el teléfono. Se alejó un poco, bajó la voz intentando disminuir el peso del momento.

—Hola, Rodrigo, buen día. Estoy un poco complicada, en cuanto adelante trabajo hago un tiempo y bajo para ver lo de la tesis…

—No, no, deja lo que estés haciendo y baja urgente con tu especialista —interrumpió Rodrigo serio—. Acaba de llegar una materna con una eclampsia severa, está en estatus convulsivo. Tiene que venir el especialista. Por favor, no demoren.

Sofía notó que todo su cuerpo se reprogramaba. La mente clínica le ganó a cualquier otra cosa. Colgó sin decir más y se giró hacia Alberto.

—Hay que bajar. Urgente.

Él solo asintió. Ya le había visto la cara y no necesitaba más explicaciones.

Bajaron a toda velocidad hasta Emergencias. El pasillo parecía más largo de lo habitual, y el tiempo se estiraba en cámara lenta. Al llegar, Sofía reconoció de inmediato el cuadro clínico. La paciente estaba pálida, sudorosa, con la mandíbula tensa entre espasmos. Rodrigo les dio un resumen rápido y Alberto se puso en acción sin titubeos.

Sofía se mantenía firme, aunque el zumbido de la tensión aún le vibraba en los oídos. Escribía con rapidez en el historial, intentando atrapar cada palabra que salía de boca de Alberto y evitaba cualquier cruce de mirada con Rodrigo.

Luego de la tormenta clínica, Rodrigo y Alberto se saludaron con la naturalidad de quienes ya compartieron guardias en tiempos pasados. Fue rápido, cordial, cercano.

«La verdad es que no me puedo quejar», pensó Sofía escribiendo sin levantar la vista. «Debería concentrarme en pedir otras cosas más interesantes... si es que me las van a cumplir así de fácil». Apretó la mandíbula, agarró el lapicero con más fuerza y volvió al foco: «No te desconcentres, Sofía. Escribe».

—¿El día no comenzó bien verdad? —le susurró Rodrigo acercándosele, con genuina sonrisa y una confianza mal calibrada. Parecía feliz de tenerla ahí, aunque fuera en esas condiciones. Se acercó un poco más y bajó la voz: —Estás muy linda.

Sofía apenas levantó los hombros, lanzó una sonrisa tibia —más mecánica que halagada— y retomó la escritura como si aquel comentario fuese solo ruido de fondo. Escribía y acomodaba los papeles sobre la mesa, intentando que ese pequeño gesto pudiera devolverle el control de la escena.

Rodrigo seguía conversando con Alberto, preguntándole, incluso, por la familia. Sofía se mantuvo en silencio, escuchando a medias, pero cuando oyó a Rodrigo preguntar por la esposa y el hijo de Alberto delante de ella, no pudo evitar que se le escapara una sonrisa torcida. «Por fin un poco de justicia», pensó, con el tipo de alivio que no se dice en voz alta, pero se disfruta.

—¿Te falta mucho trabajo en la sala, Sofía? —preguntó Rodrigo con una sonrisa ladeada, queriendo sonar casual, pero con una provocación apenas disimulada.

Sofía giró con sutileza hacia Alberto, que estaba parado con los brazos cruzados, como esperando el veredicto de un jurado. Ella percibía el dilema y, aún más, la mirada expectante de Rodrigo buscando una respuesta favorable.

—Sí, la verdad es que quedan algunos pacientes por evolucionar… y tenemos a una muchacha bastante delicada. Estamos un poco enredados —dijo mientras seguía mirando a Alberto de reojo, midiendo la salida.

Pero Alberto, que la conocía mejor que nadie en esa sala, leyó el subtexto sin necesidad de traducción simultánea, soltó su risita cínica y, con tal de ponerla en apuros, la cortó sin titubear:

—Tranquila, Sofía. Si tienes algo que hacer, quédate un rato. Yo me ocupo de lo que falta. Cualquier cosa que necesite, te aviso… Eso sí, me quedo con el café.

Y salió triunfante, con un termo de café que no era suyo en la mano y esa satisfacción elegante que da el saber cuándo ganar con estilo. Sofía lo miró salir, apretó los labios y giró los ojos como si fuese a estrangularlo en público. Pero no dijo nada. Esa escena era de él.

—Rodrigo, lo siento —dijo entonces, ya con tono más formal—. Él es el especialista y solo quiso ser amable, pero es la primera guardia que hacemos juntos, y no está bien que él esté trabajando y yo no. Voy a ayudarlo y, cuando termine, bajo y hablamos con más calma.

No esperó su respuesta. Salió rápido, con pasos decididos y rabiosos. Quería alcanzar a Alberto, no por él, sino por ella, para dejar en claro que no necesitaba aliados, excusas ni rescates.

Alberto había hecho una parada para saludar a una doctora de Medicina Interna, cuando Sofía lo alcanzó. Él le lanzó una mirada burlona al notar lo rápido que se había escapado.

—¡Politraumatizado! —gritó alguien desde el pasillo.

«Plis, plis, plis, que no tenga nada en la cabeza», murmuraba Sofía para sí con los dedos crispados.

—Glasgow 9 de 15. Tiene estigmas de trauma craneal occipital izquierdo. Llévenlo a Emergencias —ordenó una voz contundente.

Ella ya no necesitaba verlo. Esa voz la desajustaba sin remedio. Era Adam. Lo vio acercarse, resuelto, concentrado. No existía nada más que el cuerpo en peligro frente a él.

—Dra., ¿cómo va su guardia? —le dijo al pasar, apenas girando la cabeza y casi corría con la camilla.

Sofía no respondió. Ni falta hacía. Su mirada sostenida hablaba el idioma exacto que él dominaba.

—Voy para el quirófano, pero guárdeme café —añadió con una sonrisa ladeada antes de desaparecer tras la puerta.

—¿El neurocirujano, eh? —comentó Alberto con tono neutro, pero con una ceja discretamente alzada—. ¡Mira tú…! También le gusta tu café.

—El que está de guardia —respondió ella sin mirarlo, tratando de convencerse a sí misma de que no era tan importante.

Y, aunque aceleró el paso, porque su cuerpo pretendía dejar atrás lo que acababa de suceder, dentro de su estómago «das mariposas», apenas comenzaban a instalarse. Por mucho que se distrajera, no lograba retomar el control. El universo insistía en colocarle una verdad ante sus ojos, pero ella intentaba convencer a su cerebro sobre otra necesidad: escapar.

Interferencias 2

—Menos mal que contestaste. No imaginas lo que me ha pasado. Estoy en el balcón del 5to. piso, necesito coger un poco de aire para convencerme de que estoy exagerando, que no pasa nada grave.

«Comenzó el drama», pensé.

—Estoy segura de que todo está bajo control —le dije—. Inspira profundo y cuéntame.

—Alberto, Rodrigo y Adam… están aquí los tres.

No me sorprendió en lo absoluto. Sofía tenía una predisposición innata —casi genética— para atraer casualidades catastróficas. Jamás tenía tiempo para aburrirse, y, por más que intentara posar de estresada, lo cierto era que disfrutaba esos escenarios cargados de adrenalina y testosterona. Le fascinaba sentirse deseada, estar en el centro de una historia que parecía escrita para ella. Lo que yo no terminaba de entender era qué hacía Alberto allí.

—¿Y Alberto por qué está ahí?

—Pues de guardia. Es el especialista. Nerina no pudo venir.

—Vaya casualidad… bastante inoportuna. Ese cuento seguro tiene más páginas —le dije recordando que yo también conocía bien al Dr. Alberto y lo había tenido que sentar más de una vez para hacerlo entrar en razón. No aceptaba un «no» sin luchar.

—¿Y qué te preocupa realmente? —quise saber, porque hasta entonces nada parecía grave.

Sofía se quedó en silencio. Cuando hablaba conmigo, su discurso se volvía introspectivo. Yo no hacía nada especial, pero ella encontraba en mi escucha ese espejo que le permitía entender sus emociones sin tanto adorno. Respiraba, y se calmaba.

En el fondo, yo percibía que lo que ciertamente la inquietaba era no poder compartir tiempo con Adam. Pero aceptarlo le parecía una forma de derrota. A Alberto podía manejarlo. A Rodrigo podía postergarlo hasta que se disolviera como una aspirina. Pero con Adam…, no era tan simple.

—¿Sabes qué? —me dijo al fin en un tono más reflexivo—. La verdad es que no me preocupa nada. Todo estará bajo control. Gracias por estar ahí.

Esa era Sofía, cuando me disponía a responderle, ya me había colgado. Más que buscar consuelo, solo quería dejar constancia de que estaba siendo deseada, observada, disputada. Estaba en el centro de un triángulo —sin dudas, escaleno— y no era difícil intuir cuál de los lados se llevaría su atención. Sofía era experta en dramatizar emociones, en bucear hasta el fondo de sus pasiones solo para volver a la superficie sin una gota de arrepentimiento. No es que sufriera con cada historia: le gustaba el fuego, pero temía la cicatriz. Hacía años que no lloraba por amor.

Había aprendido a soltar con desgarro, pero también con decisión. Desde entonces, podía ilusionarse, sí, pero no se permitía el dolor.

Cada episodio era intenso, inolvidable, pero superficial en lo profundo. Su trabajo, en cambio, era sagrado. Nada lo alteraba, ni una crisis emocional. A veces lloraba, sí, pero solo después de haber terminado su trabajo. A veces bailaba hasta tarde, pero al regresar se sentaba a estudiar como si nada. El deber no se postergaba. La diversión, tampoco.

Aun así, esta vez mi instinto se revolvía con una inquietud particular. Algo se iba a descontrolar. Lo sentía en los huesos.

Capítulo VII
Demasiado para un domingo

El grupo de WhatsApp entraba en efervescencia y Sofía no podía prestarle la justa atención. Ya tener que explicar que Alberto también estaba ahí suponía demasiado desgaste. Pero cuando abrió el chat, le dio *play* al último audio de Camila... a ver si traía resumen.

> **Camila:** *Bueno, niñas, no es que me sienta orgullosa, pero... me he follado a un cura.*
> *Bueno..., a uno en proceso.* 🎤

Sofía apartó el teléfono como si quemara, lo volvió a acercar, pensando que quizá había oído mal. Le dio reproducir otra vez. No se había equivocado. «Madre mía..., pero vaya nido de arpías en el que convivo», pensó, y solo escribió:

> **Sofía:** *Esto es demasiado para un solo domingo...*

Cerró el chat. Quiso seguir tomando aire, pero no podía evitar pensar en las crisis venideras de anorexia nerviosa que se desatarían en Camila. Estaba loca por saber más, pero no era el momento. Habría que verse esa semana. Obligatorio.

—¡Doctora Sofía! Apresúrese —le gritó Rosa desde la ventana, con un tono más zalamero que urgente y un guiño de ojos. El neurocirujano está en la sala evaluando a la paciente de la cama 7 y dice que la necesita.

Sofía sonrió sin darse cuenta. «Al fin podré verlo».

—Dígale al doctor que enseguida estoy con él.

Se acomodó la trenza sobre el hombro izquierdo, se revisó en el reflejo de la ventana —el delineado parecía intacto— y entró en la sala con paso controlado. Allí estaba él, sentado junto a su paciente, conversando, parecían viejos conocidos.

—Doctor, ya estoy aquí. Dígame, ¿para que soy buena? —preguntó Sofía, con una sonrisa aparentemente inocente…, pero cargada de intención.

Adam levantó la mirada, cruzó los brazos con deliberada calma y esbozó una sonrisa provocadora.

—Eso aún está por verse…, pero para cerrar puertas tiene una destreza admirable.

Sofía contuvo una carcajada, girando la cabeza hacia la paciente, que también sonreía con complicidad, como si estuviera viendo un episodio que ya conocía. Sin palabras, le hizo una seña a Adam para que la acompañara al escritorio de enfermería que estaba libre.

Él se despidió de la paciente con calidez profesional y caminó tras Sofía, con esa expresión suya entre curiosa y entretenida.

—Además…, eres gracioso —soltó ella mientras se sentaban, dejando la frase en el aire.

—¿Además? —repitió él arqueando una ceja—. Interesante uso del adverbio. ¿Qué más hay en esa lista?

Sofía rodó los ojos. No le daría el gusto de enumerarla. Pero la sonrisa que dejó escapar hablaba por ella.

—¿Cómo te fue en la cirugía? ¿El paciente de Emergencias sobrevivió? —le lanzó como quien cambia de tema, aunque no del todo.

—Está en recuperación. Estable… y, posiblemente, sin secuelas neurológicas. Supongo que eso responde ambas preguntas.

«¿*Posible*mente? ¡Wow!», pensó Sofía. Incluso el Dr. Maravilla se permitía un margen de incertidumbre.

—Bueno, tuvo suerte.

—¿Quién… yo? —replicó él ladeando la cabeza.

—No, tu paciente —le respondió con una mirada filosa, directa, que casi decía «pero no te me agrandes».

—Hoy es un buen día —dijo Adam sosteniéndole la mirada—. Lo supe desde que amaneció. Por cierto, casi la una. ¿Ya almorzaste?

—No, de hecho… —dijo Sofía, escaneando el entorno—. Justo iba a buscar al especialista de guardia para que esté pendiente de la sala y yo poder salir, pero parece que se me adelantó sin avisar…

«Seguro anda detrás de alguna falda», pensó. Aunque, para su sorpresa, no le molestaba tanto como debería.

—Los especialistas hacen eso, desaparecen sin dar explicaciones —respondió Adam, guiñándole un ojo—. ¿Qué tal si…, cuando reaparezca, almorzamos juntos?

Sofía fingió pensarlo, solo por deporte.

—Vale…, me parece una buena idea.

Se levantó con calma y le sirvió una taza de su café. Adam lo probó y entrecerró los ojos, aprobándolo con entusiasmo.

—Estaba loco por decírtelo, el vino y tú, hacen un equipo… explosivo. No podía dejar de mirarte el viernes cuando volví a la fiesta —dijo sonriendo con un dejo de nostalgia—. Tardaste como diez minutos en notar mi presencia. Fue un espectáculo exquisito. Me rio solo, al recordarlo.

—No deberías.

—¿Qué cosa? ¿Reírme solo?

—No…, recordarme así.

Fue entonces cuando una voz cortó el momento como un bisturí:

—¡Sofíaaa! —gritó Rosa desde la sala—. ¡Rita! Se ha quedado profundamente dormida, respira muy lento.

En la cama 3, la escena era inequívoca: Rita apenas respiraba, su piel pálida, los párpados pesados. Adam le presionó las uñas, buscó respuesta. Nada.

—Estupor profundo —diagnosticó él en voz baja, evaluando con rapidez su estado neurológico—. Solo responde a estímulos dolorosos profundos.

Sofía auscultó el tórax. Silencio. El aire casi no entraba. Un escalofrío le cruzó el cuerpo. Rita y Sofía tenían la misma edad, y, por un instante, se quedó inmóvil.

—¡Hay que intubarla ya! —ordenó Adam abriendo la vía aérea con las manos.

Sofía no reaccionaba.

—¡Sofía! ¡El laringoscopio, ahora!

La sacudida verbal la trajo de vuelta. Corrió hacia la estación, rebuscó entre los estuches, volvió con el equipo en las manos. El Ambu ya estaba en uso. Adam ventilaba manualmente mientras la enfermera intentaba localizar a Alberto por teléfono. «¿Dónde estás...?», murmuraba Sofía entre dientes.

Le pasó el laringoscopio con dedos temblorosos, sosteniendo el tubo endotraqueal con la otra mano.

—No consigo visualizar las cuerdas... —gruñó Adam frustrado.

Sofía lo miró. No era el procedimiento. Era él. Estaba tenso. Y eso le bastó para entender que ambos estaban navegando fuera de lo habitual.

—Déjame intentarlo yo —pidió respirando hondo—. Lo he hecho antes.

Adam asintió y se apartó. Hizo silencio.

Sofía cerró los ojos un segundo. Recordó aquella guardia en el extranjero, el equipo precario, la presión extrema. Y cómo, contra todo, lo había conseguido. Colocó el laringoscopio con firmeza. Las miradas la quemaban por la espalda. Visualizó las cuerdas vocales. Tubo adentro. Adam auscultó.

—Está ventilando.

Conectaron el viejo *Oxylon*, un ventilador mecánico de unos 40 años que por lo visto en pleno siglo XXI solo se usaba en los hospitales de Cuba. El sonido del aire devolvió algo de control al caos. Pero la urgencia no había pasado. Rita necesitaba UCI. Ya.

—Buen trabajo —dijo Adam, genuino, impresionado—. Lo hiciste.

Sofía todavía temblaba por dentro.

—¿Dónde diablos está Alberto? —disparó, la voz quebrada, los ojos a punto de desbordarse.

—No respondió el celular, doctora —informó la enfermera, evitando su mirada.

«Lo mato…, juro que lo mato», pensó, tragándose el impulso de gritar. Adam hojeaba el historial clínico como si cada línea pudiera darle sentido a lo que acababa de pasar. Sus ojos cobrizos se movían rápidos sobre el papel, pero de reojo no dejaba de mirarla. Había algo en Sofía en ese instante —temblando apenas, sosteniendo la compostura— que lo tocó de un modo que no esperaba.

—Sospecha de Esclerosis Múltiple… y es diabética. Hay que trasladarla a Intensivos —concluyó, con la voz firme de quien ya ha enfrentado cientos de urgencias—. Voy a coordinarlo. Quédate con ella. No la pierdas de vista.

Sofía asintió, todavía con la respiración agitada.

—Gracias…, si no hubieras estado… No terminó la frase. Adam la miró entonces, no solo como colega. La miró como quien ha visto a alguien crecerse ante el miedo y, aun así, quiere apartarla de todo lo que le asusta. Había orgullo en esa mirada, pero también un instinto feroz de protegerla.

—Tranquila. Lo hiciste tú —dijo con una calma que sostenía más de lo que sonaba.

Le agarró una mano y le rozó con su pulgar el dorso para calmar el oleaje. Para su ego, no haber podido intubar a la paciente él mismo, era una derrota que le pesaría; pero ver a Sofía mantenerse en pie, pese al susto, le provocó algo que no podía nombrar.

—Ya vuelvo —añadió sin apartarle la mirada, antes de girarse para irse.

Sofía se sentó al lado de la paciente. Rita seguía inconsciente, aferrada al murmullo regular del ventilador. Intentó repetirse que era solo un turno más, otra guardia cualquiera. Pero sabía que no lo era. Ni por lo que había pasado, ni por lo que se estaba jugando frente a esa cama.

Para los residentes de primer año —sin importar la especialidad—, este tipo de urgencias no solo son difíciles; son brutales. Los colocan de frente a una responsabilidad inmensa, arrinconándolos contra sus propios límites y enfrentándolos a lo que nadie les enseña, porque hay cosas que solo la vida —cuando se vuelve ineludible— puede enseñar. Y en medio de ese momento, tan clínico como existencial, muchos comienzan a hacerse un inventario silencioso de sus propios miedos: si están en el lugar correcto, si alguna vez estarán listos, si la Medicina es realmente para ellos.

Y justo cuando Sofía hacía autopsia mental de sus certezas, como si el guion llegara tarde a su propia escena, la sombra de Alberto por fin atravesó la sala, con la bata abierta y los ojos desorbitados al ver a Rita conectada a un *Oxylon*.

—¿Qué pasó? ¿Qué pasó aquí?

Sofía lo fulminó con la mirada. Esa expresión no necesitaba palabras. Y Alberto la reconoció al instante. La había visto antes. La conocía bien.

—Tranquila…, dime qué pasó —pidió, con voz baja, sin moverse aún.

—Pasó que no contestas el móvil. Que Rita entró en estupor profundo. Que dejó de respirar. Que tuvimos que intubarla. Que no estabas. Y que… —Su voz se quebró. El final se le atragantó y par de lágrimas brotaron sin permiso, rabiosas.

Se cubrió el rostro con ambas manos, estaba muy tensa. Alberto no dijo nada. Solo se acercó. La rodeó con los brazos, la atrajo hacia él, y le acarició la espalda con una suavidad que no era solo profesional.

—Lo siento…, de verdad. Pero lo hiciste bien. Muy bien. Estos momentos son los que… nos hacen mejores médicos —le susurró.

Sofía no respondió. Ya conocía ese tipo de frases. Pero en ese instante, el cuerpo de Alberto sosteniéndola se parecía bastante a la tierra firme.

—Estaba en el Cardiocentro —continuó él—. Me llamaron por un ACV. Salí volando. Dejé el teléfono en la taquilla…

Ella asintió en silencio. No necesitaba oír más. Le creía. No había mentira en su voz. Pero eso tampoco le daba paz.

El contacto despertaba otras cosas. No solo el alivio. El olor tibio en su cuello la arrastró a otro tiempo: una cama desordenada, una guardia compartida, una risa que se le quedó pegada en la piel. Caos, ternura, deseo. Todo mezclado.

Alberto la mantuvo entre sus brazos más tiempo del necesario. Y ella no se apartó. Hasta que él, como obedeciendo una alarma invisible, le besó el cabello con dulzura mientras se giraba hacia la paciente y la puerta se abría con decisión.

—Cama 12 de UCI —anunció Adam, entrando con paso seguro.

Pero se detuvo en seco. Los vio. El abrazo aún reciente. La proximidad. No era explícito, pero bastaba. Él no dijo nada de inmediato, su rostro se transformó apenas. Hizo una pausa mínima, casi imperceptible…, pero suficiente para que Sofía la sintiera como una punzada en la nuca.

—Ya está reservada para este caso —añadió, con un tono más bajo, para recuperar el control de su propia voz.

Sofía se apartó completamente de Alberto. Su cuerpo reaccionó antes que su mente. Se alisó la bata, reacomodó los bolígrafos del bolsillo con torpeza, y caminó hacia Adam sin levantar la vista. El calor le subía por la garganta y se traducía en un sonrojo silencioso, implacable.

Alberto, en cambio, no se dio por enterado. Siguió revisando los signos vitales de Rita inmutable. Pero su cuerpo proyectaba algo más: presencia, pertenencia, historia compartida.

—Gracias, Adam. Ahora redacto la hoja de traslado. En serio…, gracias por todo —dijo Sofía, con la voz más baja, queriendo calmar lo que ni siquiera se había dicho.

Adam asintió. Pero no la miró. Sus ojos seguían enfocados en Alberto, casi midiendo su estatura simbólica en la sala.

Cuando Alberto salió al balcón a tomar aire, Adam dio un paso hacia Sofía. Su voz no subió, pero tenía filo.

—¿Quién es él?

Sofía demoró en contestar unos segundos. Bajó la mirada. Sintió que las palabras se le llenaban de plomo.

—El especialista de guardia. El doctor Alberto.

—Aaaah —respondió Adam, estirando la vocal con una sonrisa contenida—. No lo había visto antes.

—Estaba fuera del país. Se reincorporó hace poco.

—Ya veo —dijo lanzando una rápida mirada por la ventana—. Un poco… afectuoso, ¿no?

—Somos amigos —respondió Sofía, esta vez con firmeza. Pero sus manos seguían en movimiento, ordenando papeles que no necesitaban orden. Tampoco estaba segura de que debiera darle explicaciones.

—Lo puedo notar —añadió Adam con una ceja casi arqueada y el tono más inquisitivo—. ¿Y así eres con todos tus amigos?

Sofía se quedó inmóvil. «¿Qué derecho tenía él de hacer esa pregunta y de ese modo?». El oxígeno parecía reducirse, como si la sala hubiera cerrado puertas invisibles a su alrededor. No respondió de inmediato. Contuvo la presión que amenazaba con romperla por dentro. Luego alzó la vista, con una expresión afilada, pero sus pupilas la traicionaron. Se dilataron, un gesto involuntario, pero revelador. Algo en su interior se anticipaba: furia, sorpresa o, quizás, un nervio expuesto.

Adam no necesitó más. Sabía leer cuerpos con la precisión de quien se ha entrenado en quirófanos y silencios. Esa mínima variación en sus ojos fue como una descarga. Había tocado una fibra. Tal vez sin querer. Tal vez queriendo.

Sofía sostuvo la mirada sin pestañear. Pero en su interior, hervía. Irritación, sí. ¿Culpa? Quizá. ¿Deseo? También. Todo junto. Y eso la enfurecía aún más. Sabía manejar colapsos respiratorios, sí. Pero no insinuaciones que la reducían a un papel que no había elegido. No ese domingo. No con él. Y, sin embargo, ahí estaba. Expuesta. Emocionalmente alterada. Justo frente al único hombre al que menos quería mostrarle vulnerabilidad.

Adam tampoco habló. Pero en su cuerpo algo se endureció. Una tensión que no venía de la Medicina, sino de otro lado más primitivo. El momento había quedado sellado. Ninguno saldría de ahí intacto. Y Alberto…, Alberto era otra historia.

A Sofía no le gustaba el rumbo de sus indirectas. Ni el tono. Sabía que no era buena con las medias tintas, y menos cuando algo la tocaba en el lugar exacto donde más le molestaba.

—Puede ser, no lo tengo claro —dijo, al fin—. Pero lo que sí tengo claro es que ninguno de mis amigos «cariñosos» entra conmigo de la mano a las fiestas.

Cada palabra fue un disparo seco. Cortante. Definitivo. Adam la miró, midiendo el golpe. Y, en vez de retroceder, hizo lo que tantos hombres hacen cuando se sienten tocados en su orgullo: redirigió el ataque, como si nunca hubiera sido el agresor.

—A lo mejor no entran…, pero algunos sí salen. ¿A que sí? —ironizó dando un golpe bajo de los que quiebran las rodillas.

La atmósfera entre ellos estaba a punto de estallar. El oxígeno se volvió hierro. Sofía sintió el calor subirle a las mejillas. Le ardía la cara. Le zumbaban los oídos. Las palabras de Adam le cayeron como sal sobre una herida que apenas empezaba a cerrarse.

«¿Él? ¿Justamente él? ¿Tenía que ser él quien usara eso como arma?».

—Algunos sí, tienes razón —dijo ella con frialdad afilada—. Pero parece que, lamentablemente, no los escojo bien.

Y sin esperar respuesta, se giró y caminó con pasos decididos hacia Alberto que ya estaba de vuelta frente a Rita. Pero las manos aún le temblaban.

Adam la observó alejarse. El eco de sus propias palabras mal puestas le golpeó el pecho como un latido tardío. Ya se había arrepentido de cada una. Bajó la mirada, sintiendo una vergüenza que no esperaba. Se quedó apoyado contra el marco de la puerta. En silencio. Observando a la paciente y a Sofía. Y, por primera vez en mucho tiempo, no sabía qué hacer con lo que sentía.

—Sofía —dijo Alberto con tono reflexivo—, ¿y si nos arriesgamos y le ponemos el esteroide ahora? La primera dosis antes del traslado.

Ella parpadeó. Agradeció el cambio de tema, como quien toma aire tras una inmersión abrupta. Pero no lograba despegar del todo el veneno de la escena anterior. Todavía sentía el calor en la nuca.

—Pero… mmm… ¿y la glucemia elevada? —balbuceó, intentando volver al terreno clínico.

Sus ojos, sin querer, se desviaron un segundo hacia la puerta. Adam seguía ahí.

—Riesgo-beneficio —replicó Alberto—. Si esto es un brote de Esclerosis Múltiple, hay una buena probabilidad de que el esteroide la estabilice, al menos en parte. Tiene 25 años.

—Mi edad —murmuró Sofía, soltando el aire—. Hagámoslo. Su última glucemia no fue tan alta. Ajustamos insulina y avisamos al intensivista. Vale la pena. No puede empeorar.

—Esa es mi chica —dijo Alberto sonriendo mientras escribía las indicaciones. Luego lanzó una mirada deliberadamente jovial hacia Adam, que seguía inmóvil en la entrada—. Doctor, no se quede allí. Pase y tome café antes que se enfríe. El de Sofía es el mejor del hospital.

La ironía subía por las paredes frías del hospital y se le metía a Adam en la sangre.

—Ya me iba, pero, gracias…, doctor —respondió Adam, forzando una sonrisa—. Espero que Rita evolucione bien. Que tengan buena tarde los dos.

Y se fue sin mirar atrás.

—¿Y él qué hacía aquí? —preguntó Alberto, intentando sonar casual, pero con el ceño ligeramente fruncido.

Sofía sintió la pregunta como una astilla bajo la piel. Estaba harta de justificar cada movimiento, cada gesto. Pero respiró.

—Vino a ver a su paciente de la cama 7. La operan mañana. Por suerte, estaba cuando ocurrió lo de Rita. Me ayudó.

—Vaya…, atento el colega —susurró Alberto, procurando parecer neutro—. Solo espero que no tengamos una urgencia cardíaca… porque me imagino a quién tendríamos que llamar, ¿no?

Sofía lo miró con los ojos entrecerrados haciéndole la clásica mueca de «Ay, qué gracioso». Ese tipo de comentarios la fatigaban.

No contestó. Pero, por dentro, algo se removía. El gesto de superioridad de Alberto, su comodidad en escena, su manera de leerla…, todo eso la incomodaba más de lo que le gustaba admitir.

Y, sin embargo, sus pensamientos no estaban allí. Seguían en otra puerta. En otra voz. En unos ojos cobrizos que, aunque le molestara, se habían instalado en su memoria y plantaban bandera.

Alberto, casi ajeno a eso, no dejaba de mirarla con perversión mientras revisaba la hoja de indicaciones con aire satisfecho. Como quien cree haber recuperado un espacio. Sofía lo notó. Y también notó que su paciencia estaba a punto de evaporarse.

—Concéntrate, Alberto —dijo, cruzando los brazos con un suspiro—. Por favor.

Él no se inmutó. Ladeó la cabeza y soltó esa risa peligrosa con una mezcla de encanto y arrogancia.

—Eso intento…, pero me lo pones difícil estando tan cerca.

Sofía le sostuvo la mirada, sin embargo, esta vez no sonrió. Demasiadas piezas en juego. Y no todas estaban bajo su control.

CAPÍTULO VIII

¿Latidos o sinapsis?

—Están especiales estas costillitas de cerdo, deberías probarlas —sugirió Alberto saboreando con entusiasmo.

—¡Qué va! Ya con el espagueti tengo suficiente. Luego, un cafecito… y listo —respondió Sofía, moviendo el tenedor sin apetito real.

Su mirada flotaba más allá del plato. Ese almuerzo no había sido planeado con él. Pero así se habían dado las cosas.

Eran las tres. Después del traslado de Rita y de un caso en Urgencias, el hambre vencía. Cuando Alberto le propuso ir a almorzar, aceptó sin pensarlo. Su cabeza estaba demasiado cargada como para discutir lo básico.

El comedor del hospital olía a comida recalentada, café viejo y charolas plásticas. Sofía masticaba sin ganas, la mente vagando entre pacientes, miradas y silencios rotos. De pronto, el recuerdo la sacudió: «¡Dios mío, Rodrigo!» Nunca regresó a ayudarlo. Sintió un pinchazo de culpa. Él no la había llamado, cierto. Pero, como en ese momento, Adam pasaba a ocupar un lugar incómodo en su eje emocional, la agenda de repente estaba más… disponible.

«Cuando termine aquí, voy a verlo», se prometió. Urgencias hervía. Maritza estaba al mando. Era una residente de segundo año de Medicina Interna, amiga entrañable desde la carrera. De esas que te decodifican con una ceja. Estudio, fiestas, confesiones…, una historia compartida de intensidad.

—¡Maritza Zambrano! —exclamó Sofía al entrar—. Justo lo que le faltaba a mi domingo. Contigo nunca hay paz.

Maritza tomó su brazo apenas la vio con Alberto. La apartó unos pasos, bajó la voz:

—¿Tú me puedes explicar qué significa este dúo de guardia a estas alturas? Por favor, no vayas a recaer. Mira, que está bueno, no te lo discuto, que es encantador tampoco..., pero que es un tornado demoledor, espero que no lo hayas olvidado. Mantente fuerte, amiga.

Sofía sonrió con complicidad y calma. Esa voz amiga era refugio. Maritza había visto la caída libre de hacía cinco años. También la ayudó a salir. Volteó los ojos como que no era para tanto...

—Mejor explícame tú cómo lograste que Mariano esté escribiendo historias clínicas como si fuera un interno.

—Eso, querida, se llama amor verdadero —respondió Maritza pretenciosa, lanzándole un beso a distancia a su novio—. Y chantaje emocional bien aplicado. Igual que tú, que logras que tu especialista esté evaluando pacientes mientras tú estás en la bobería conmigo.

Sofía rio bajito, mirando de reojo a Alberto. Aún sentía la electricidad estática que había dejado Adam. Pero se juró que no dejaría que eso arruinara el resto del día. Al menos no del todo.

—Vamos a trabajar. No te preocupes que Alberto es pasado. Estoy concentrada en el estudio.

—Sí, toda la vida has estado «concentrada en el estudio», pero bien sabemos que eso no te ha salvado de algunos «extra-curriculares» —dijo Maritza con una sonrisa filosa y afectuosa a la vez.

Sofía negó con la cabeza, divertida. Saludó a Mariano, aún absorto en sus notas. «Increíble lo que logra esta mujer. Un urólogo de experiencia escribiendo como interno». Eso sí era poder en la pelvis, y en el cerebro... Maritza era una cabrona «intelectual», pensó.

Pasaron dos horas admitiendo pacientes, cruzando criterios. El cuerpo pedía cama, pero la cabeza seguía activa. Al despedirse de su amiga, Sofía le prometió:

—Cuando me bañe y coma algo, te llamo. Si la guardia no se pone intensa, hablamos.

—Te espero.

Alberto le sostuvo la puerta.

—¿Estás muy cansada?

—Lo justo. ¿Y tú?

—Ya no recordaba lo que era una guardia completa aquí.

Tomaron rumbos distintos. Sofía le insistió en que la llamara si necesitaba algo. Él asintió sin preguntas. Ella caminó directo a Emergencias. Había algo que saldar.

Rodrigo estaba solo, frente al ordenador. La luz azul de la pantalla dibujaba sombras en su rostro.

—Hola, doctor..., ¿interrumpo?

—¡Sofía! Pensé que no te vería más hoy. Estoy con la tesis.

—Más vale tarde... —dijo sentándose junto a él—. A ver, muéstrame qué tienes.

Veinte minutos de correcciones. Comentarios. Referencias. Pero ella no estaba presente. Respondía, leía, sugería..., pero no sentía. Algo en su interior se había desplazado. El interés ya no estaba ahí. Rodrigo lo notó.

—¿Te pasa algo?

Sofía respiró hondo. Lo miró, pero no sostuvo la mirada.

—Rodrigo..., no quiero disfrazar lo evidente. No sería justo —su voz era suave, pero definitiva—. Estos días han cambiado cosas para mí. No tengo claro qué quiero. Pero sí sé que seguir acercándome a ti sería irresponsable. No porque no me importes..., sino porque no siento lo que debería. Y fingirlo sería cruel.

Fue honesta. Limpia. Sin adornos. Y eso dolía más.

—Vaya..., pensé que me ibas a salir con lo de «me absorbe el estudio», «no tengo tiempo para nada», «mi carrera es lo más importante ahora» … —dijo él, con amargura disfrazada de ironía, aunque ya lo estaba esperando.

—Sabes que el estudio es importante. Pero también sé que hay vida más allá del hospital. Y no pienso esconderme tras una excusa tan tonta.

—¿Hay alguien más?

Sofía suspiró.

—Espero que no. Por mi propio bien.

—Bueno…, siempre quedará María —bromeó, con una sonrisa pálida.

Ella rio, ligera.

—Si te puedo ser sincera, me parece que, «María» es una opción muy desesperada.

Rieron juntos y hubo un alivio, aunque breve.

—Pero no te perdono que no me trajeras café.

Volvieron al trabajo. Referencias otra vez, plazos, tribunal. Todo más neutro. Más claro.

Hasta que la puerta se abrió bruscamente. Un residente de Neurocirugía entró con prisa, pidiendo cama disponible. Rodrigo se levantó, le reclamó por las formas, y le recordó que debía darle contexto y presentar al paciente para él decidir si le daba la cama o no.

Y entonces… apareció Adam. Como una ráfaga. Su sola presencia alteró el aire. Sofía lo vio, y su cuerpo entero entró en alerta. Un golpe seco en el estómago. El mundo se contrajo a su figura. Y supo —sin admitirlo— que ya no tenía escapatoria. «Otra vez no», pensó.

Adam la vio antes de procesarlo. Detuvo el paso, parecía que algo invisible le hubiese tirado del pecho. Sus ojos la recorrieron con una intensidad hostil y acusadora, sin disimulo. Había algo en él que había cambiado. Ya no era solo el neurocirujano brillante que iluminaba quirófanos. Increíblemente, ahora, era también un hombre con los nervios expuestos.

—¡Doctor, necesito la cama ya! —le dijo Adam a Rodrigo con un tono seco y tajante que no dejaba lugar a discusión—. Y no me dé lecciones, que conozco las normas. Pero este paciente viene de recuperación y la sala de terapia sigue sin disponibilidad.

No era una petición. Era una exigencia que no admitía debates.

—Sí, claro, Dr., no se sobresalte demasiado que le puede subir la presión —respondió Rodrigo con diplomacia y un cinismo apenas velado, pero con voz firme—. La cama 4 está libre.

Luego, se inclinó hacia Sofía y murmuró con complicidad sarcástica:

—¿Ves lo que te decía? Los neurocirujanos... son una especie rara. Brillan en cirugía y fallan en humanidad. Tal parece que les extirparan un trozo de humor como con cada tumor que sacan.

—La presión la tengo alta hace rato, pero agradezco su preocupación —intervino Adam, con voz suave pero cargada.

Le inquietaba —más de lo que admitía— que Sofía estuviera en todos los sitios donde había alguien con cualidades considerables para competir con él. Le molestaba su popularidad, su sociabilidad sin filtros, su forma natural de brillar en cualquier grupo.

Sofía no respondió. Ni siquiera sonrió. Tenía los músculos entumecidos. Seguía mirando a Adam, como quien observa un incendio desde la ventana sin poder moverse ni gritar «¡Auxilio!»

Él daba indicaciones exactas, como era rutina, pero había una tensión distinta en su cuerpo. Una contención agresiva. Y Sofía, que ya había aprendido a leerlo más rápido de lo que deseaba, sintió la vibración bajo la piel.

Entonces entró Vivian, la jefa de enfermeras de Emergencias. Su presencia era imposible de ignorar. Esbelta, voluminosa, piel nívea y cabello azabache. Caminaba con una seguridad escénica, siempre generosa con sus afectos. Se abalanzó sobre Adam con un abrazo ruidoso, y una frase que mezclaba alegría desbordada con coquetería descarada.

Sofía apretó los dientes. «Joder, Vivian, qué bien me caes, chica, pero tenías que estar tú de guardia justo hoy».

Vivian susurró algo al oído de Adam. Él se sonrojó, sonrió —esa sonrisa—, y le respondió con soltura, relajado. Hasta empujó al residente que estaba a su lado con el codo, en broma, como si el ambiente se hubiera convertido de pronto en una comedia ligera.

Y entonces la miró, y recordó que Sofía estaba allí. Que había estado viéndolo todo. Pero ya era tarde. Ella lo detallaba con los labios apretados, el cuello contraído, y la mandíbula incómoda de quien mastica algo agrio. ¿Celos? No, no era tan simple. Era frustración. Un desajuste emocional que no terminaba de ceder. No le dolía Vivian —la conocía bien, sabía que no era personal—. Le dolía su propia lasitud, ese punto débil que creía blindado y que él acababa de tocar, otra vez, sin siquiera notarlo. Le dolía que la versión de una Sofía más expuesta la sobrepasara.

¿Y si todo lo que había sentido no era más que una proyección, una ficción autoinducida? ¿Una construcción emocional sin cimientos? ¿Y si Adam era solo otro hombre con el ego bien puesto y el cuerpo bien hecho, experto en manejar sus efectos, sabiendo exactamente cómo moverse en una sala, cómo dejar una frase flotando, cómo regalar una sonrisa en el momento justo... y ya?

La idea le revolvió el estómago. Pero no pudo dejar de mirarlo. Tenía esa forma de estar en el mundo que la excitaba y la irritaba a partes iguales. Lo imaginó por un segundo encerrado con ella en el cuarto médico: el *scrubs* caído al suelo, la espalda contra la pared, sus bocas sin protocolo, sin filtros, sin anestesia. Rápido, excitado, sucio, y terminar lo que apenas estaba empezando. De una vez.

Él seguía sonriendo irreverente, con esa dentadura de propaganda y el aura de quien cree que el universo le debe algo. «Esa sonrisa debería ser más cara», pensó, apretando el bolígrafo cual jeringa lista para inyectar veneno. «No puede andar regalándola así. No si sabe lo que provoca. Y lo sabe. Lo sabe a la perfección».

Sacudió la cabeza para controlar el fuego que se estaba apoderando de su cuerpo y desplazar todas esas imágenes de su cabeza. Volvió al foco: la tesis, Rodrigo... Se obligó a clavar los ojos en la pantalla. Pero lo que necesitaba urgente era un baño de agua fría.

Rodrigo, por su parte, no era ajeno a la energía del momento. Sintió la incomodidad flotando en el aire como un gas invisible.

—«No me dé lecciones, que conozco las normas» —imitó con fingida seriedad, calcando el tono de Adam—. ¿Qué tal? Creo que me salió más como villano ruso de telenovela que como neurocirujano...

Sofía rio. La sonrisa no era auténtica, pero venía en piloto automático, en defensa propia, desde un lugar interno donde se mezclaban el orgullo, las ganas crudas y la necesidad urgente de volver a tener el control.

Y fue esa risa —esa risa que no era para Rodrigo— la que le torció la mirada a Adam desde el otro lado de la sala. Ella lo supo. Y le sostuvo la vista un segundo... solo para después ignorarlo con saña calculada.

Pero adentro, algo dolía o estaba faltando. Tal vez era una fractura sigilosa que, en vez de colapsar, intentaba alinear sus bordes por supervivencia o por ese problema que tenía ella con no dejar las cosas a medias.

«¿Qué estoy haciendo?», pensó. Pero no tenía respuesta. El silencio de su propia confusión latía muy fuerte, como una herida nueva que aún no sangra, pero arde. Sin embargo, decidió volver a centrarse en terminar de revisar la tesis con Rodrigo. No iba a quedarse allí presenciando más coqueteos ajenos ni un segundo más.

—Doctora Sofía —se acercó Adam, sin dejar de mirarla—. ¿Cree que podamos hablar un momento?

Sofía se levantó con lentitud, recogió el bolso... y con él, la sonrisa.

—Sí, doctor. Pero en otro momento. Ahora tengo cosas que hacer...

Se giró hacia Rodrigo.

—La tesis va a ser un éxito. Te veo luego.

Y salió como volcán dormido, soberana, intacta en sus propias llamas. Dueña de sí.

Adam la siguió. La alcanzó en el pasillo con el ritmo acelerado.

—Sofía, por favor…, espérame cinco minutos en el *lobby*. Solo cinco. Necesito hablar contigo.

Ella se detuvo. Lo miró fijo. Había ternura, quizás algo de arrepentimiento, sinceridad en sus ojos. Lo vio. Lo sintió. Y, aun así, no dijo nada. Solo siguió caminando.

Llegó al *lobby*. El elevador estaba abierto, esperándola como un destino inevitable. Pero, en vez de entrar, se dejó caer en un sofá. Respiró, exhausta, confundida. Agitada interiormente.

Pasaron ocho minutos. Nadie aparecía.

«Qué idiota eres, Sofía», se dijo mirando las escaleras con la intención de irse. Pero el cuerpo no cooperaba, estaba agotado… Entró finalmente al ascensor, cuyas puertas seguían abiertas, como si también esperaran algo.

—¡No cierre, que subo! —gritó una voz a lo lejos.

Ella extendió el brazo para evitar que se cerraran. No necesitaba mirar. Era él. Ese acento. Esa urgencia.

Subió con el pulso ajustado y la respiración entrecortada. Al verla allí, su expresión cambió: asombro, alivio, un toque de vergüenza. Miró su reloj. Calculó y entendió. Ella lo había esperado. Aunque no quisiera admitirlo.

Entró y dio unos pasos lentos. Se colocó detrás de ella, guardando una distancia no demasiado prudente. No podía contener la sonrisa que se le escapaba. No de burla, sino de triunfo corporal, íntimo, animal. El cuerpo sabe cuando está donde quiere estar.

Sofía no se volteó. No necesitaba verlo para saber lo que hacía. Lo sentía: el calor, su respiración cerca, y el pulso acelerado que no podía disimular. El ascensor subía demasiado rápido. Ella lo lamentaba. Quería que ese encierro durara un poco más. Solo un poco más.

Cuando la pantalla marcó el piso cinco, Adam se acercó bastante. Su sombra la envolvió como una manta tibia.

Él notó —para su secreto alivio— que le quedaban más de diez centímetros por encima de ella. La recordaba más alta en la fiesta. Eran los tacones.

Ella seguía inmóvil, fija en la rendija entre las puertas. Entonces, sin tocarla, se inclinó con cuidado sobre su hombro derecho. Su rostro quedó cerca del cuello, justo en el claro donde la trenza dejaba expuesta la piel. Cerró los ojos. La olió.

Sofía sintió su aliento. No solo eso. Sintió su presencia como un voltaje, como una corriente eléctrica que subía por su entrepierna y le erizaba cada centímetro de piel. Cerró los ojos. El cuerpo le ardía. Se aferró al bolso como a una tabla de salvación. No había palabras. Solo la tensión suspendida entre dos cuerpos que se sabían, que se deseaban y que se resistían. Y, justo cuando las puertas comenzaron a abrirse…

—Perdóname —le susurró él con sus labios sobre el pelo que le cubría el oído.

Y salió primero, sin mirarla, directo hacia la sala de Cuidados Intensivos. Ella se quedó paralizada, con los latidos desordenados y el deseo atravesándola. Aquel susurro le recorrió la piel como un chispazo. Un escalofrío tenue pero persistente vibraba justo en el lado derecho de su torso, marcando el lugar donde sus cuerpos se habían rozado. Cerró los ojos un instante: «Él sabe perfectamente lo que hace». Una verdad incandescente que la quemaba. Cuando las puertas comenzaron a cerrarse, reaccionó y salió al pasillo con un temblor contenible en el cuerpo.

No lograba entender del todo lo que le estaba pasando. No era solo atracción. Era algo visceral, irracional: una vulnerabilidad pura que la desarmaba. «Por Dios… este hombre me gusta demasiado», advirtió su mente.

Se conocían desde hacía meses. Su comunicación, sutil y cargada de mensajes no dichos tenía una precisión poética: ella hablaba con los ojos, él respondía con gestos. En lo profesional eran un engranaje perfecto: cuando uno de sus pacientes necesitaba Neurocirugía, lo buscaba a él, no solo por placer cercano, sino por confianza absoluta.

Se detuvo frente a la puerta de Cuidados Intensivos. A través del cristal, lo vio de perfil conversando con un intensivista. Rectoral, concentrado, perfecto. Por fin empujó la puerta de su sala. Entró al cuarto médico sin aviso, con toda la intención de romper esa apabullante calma interior y se topó con Alberto, sin camisa, sonriente, con la toalla al cuello.

—Ups…, lo siento —dijo ella—. Olvidé que estabas aquí.

«Pero qué cabrón eres, universo», pensó. No se disculpaba del todo. Alberto sin camisa era un imán inesperado. Una imagen refrescante e inquietante al mismo tiempo.

—¿Qué sientes? —preguntó él con algo de brillo en los ojos, colocándose la camisa del *scrubs*. Insidioso como siempre.

—Nada —respondió Sofía muy ecuánime acercándose a la taquilla—. Aunque me reconforta saber que sigues tan en forma.

Alberto sonrió percibiendo la falta de importancia que le daba Sofía a sus pectorales. Sabía que lo hacía a propósito.

—Dime algo… ¿estás enamorada, Sofía? —murmuró mientras se colgaba su estetoscopio.

Ella se detuvo. Su corazón se tensó con la pregunta. Por un segundo, pensó en las puertas del ascensor, en la respiración de Adam en su cuello.

—No que yo sepa —respondió, cerrando la taquilla con un golpe seco que marcaba distancia—. Ahora, si me permites, vete a otro lugar a ver pacientes que yo necesito un baño.

Alberto abandonó el cuarto sin pensarlo demasiado para darle privacidad. Ella por fin entró a la ducha. Luego se puso un uniforme limpio, se soltó el cabello, lo acomodó con los dedos hacia un lado. No usó peine. Por suerte, tenía su perfume favorito en la mochila. Lo roció con arte. Un poco de labial, nada exagerado, pero suficiente para sentirse como ella misma otra vez. Agarró su bolso y alcanzó a Alberto en la sala justo a tiempo para la ronda.

Rita estaba estable. Buena respuesta al esteroide, sin complicaciones. Un alivio. Habían tomado una decisión valiente y, por ahora, acertada. Pero sabían que al amanecer el Dr. Rolando exigiría explicaciones. Y les daría una clase magistral sobre todo lo que podría haber salido mal.

Al terminar la ronda, Alberto bajó a cenar. Sofía, en cambio, no tenía apetito. Decidió regresar al cuarto médico. Quería, al menos, intentar descansar treinta minutos. Aunque sabía que, con ese tipo de calor interno, el descanso era una promesa difícil de cumplir.

Se acostó en una de las dos camas. Escogió la más cómoda —la de los especialistas— sabía que Alberto no se la reclamaría. Flexionó el codo derecho sobre la frente y se quedó mirando al techo. El televisor estaba encendido en un canal de noticias, pero no prestaba atención.

Pasaron cinco minutos. Dos toques suaves sonaron en la puerta. Pensó que era alguna enfermera o uno de los alumnos dando vueltas. Dio permiso sin apartar la vista del techo.

—Hola. ¿Estás ocupada?

—Estoy descansando, Adam —respondió Sofía sorprendida, pero sin tensión.

Esta vez el cansancio le había ganado al nervio. Diez minutos mirando el techo le calmaron el pulso y aplacaron ese salto epigástrico que tanto detestaba.

—¿Qué quieres?

—Hablar contigo —dijo sin titubear.

—Ya lo estás haciendo. No te detengas —murmuró. No lo miraba.

—¿Estás molesta?

—Creía que sí..., pero, cuando entendí que no valía la pena, dejé de gastar energía. Todos hablamos sin pensar alguna vez.

Adam sonrió. Lo sabía. Estaba molesta, pero fingía indiferencia. Y ese esquive perverso, lo atraía aún más.

—Creo que me puse... un poco celoso —confesó con voz baja, casi infantil.

Sofía giró apenas el rostro. Una chispa de picardía asomó en sus ojos. Se incorporó con lentitud, se sentó en la esquina de la cama y recogió las piernas, tejiendo un ritual de tregua.

—Ven. Siéntate. No te quedes ahí parado como si fueras a desmayarte.

Adam se acercó. La luz opaca lo envolvía. Se sentó junto a ella, lo bastante cerca como para que sus rodillas casi se rozaran. Apoyó los antebrazos sobre los muslos, los dedos entrelazados, la espalda apenas encorvada. Transparente.

Sofía lo observaba. Volvía a ser el hombre del primer día: vulnerable, humano, transparente. Ese que ella admiraba.

—¿Puedo saber por qué te pusiste celoso? —preguntó con calma—. La verdad, me perdí con la noticia.

—Tu perfume... —murmuró él, evitando su mirada y su pregunta.

—Adam —dijo con dulzura, obligándolo a girarse—, ¿por qué estabas celoso?

—No lo sé —dijo bajando la vista—. Sé que es una tontería, pero cuando te vi con ese... Alberto, sentí lo mismo que cuando Dany te sacó a bailar aquella noche. Y hoy... cuando mi residente soltó que Rodrigo parecía tu novio. Fue la misma punzada. No sé por qué me afecta, pero es un hecho: me afecta.

La miró. Necesitaba respuestas, sí. Pero más aún, un poco de consuelo.

—¿Y qué fue con exactitud lo que sentiste? —preguntó ella sin adornos—. Cuando Dany me tomó de la mano, cuando Alberto me abrazó, cuando Rodrigo parecía más que un amigo..., ¿qué sentiste?

Adam se quedó quieto. Apenas respiraba. Luego, sintió que algo en su corazón cedía, y respondió con los ojos brillando:

—Miedo.

Sofía no dijo nada. Pero lo había escuchado todo. Lo sintió en su piel, hasta en su estómago.

Ella se le acercó sin avisar. Parecía que el cuerpo se le moviese solo. Quedaron frente a frente, a escasos centímetros. Las narices se rozaron por accidente. El aliento de ambos era cálido. Adam le retiró un mechón del escote. Le rozó apenas la clavícula con los nudillos. El aire entre ellos estaba cargado, y el cuarto marcaba su propio pulso.

—Dany solo es buen bailarín. Alberto es mi amigo. Rodrigo no es mi novio —susurró ella, con una sonrisa afilada, los labios muy cerca—, y tú y yo…

—¿Tú y yo qué? — la interrumpió

Lo vio temblar. Le centelleaban los ojos. Lo tenía ahí, atrapado en la red que ambos habían tejido sin querer.

—Tiene las pupilas dilatadas, doctor. Y aquí hay demasiada luz —le susurró al oído con sarcasmo antes de levantarse.

Adam no se movió. Pero le sujetó la mano, justo cuando ella estaba a punto de cruzar la puerta.

—Las pupilas también se dilatan ante estímulos complejos…, no solo por placer o adaptación a la poca luz, mi querida doctora —replicó acariciándole el dorso con el pulgar.

Sofía observó la caricia en su mano, luego le sostuvo la mirada unos segundos más de lo necesario. Bajó la vista. Respiró. «Esto me da miedo… y, sin embargo, se me está metiendo en el cuerpo como una certeza». Volvió a sonreír y tarareó en voz baja:

♪4- […] *Sus pupilas contaban historias para no dormir…* ♪

—Sabina… siempre opinando de todo —respondió él con otra sonrisa, reconociendo la melodía sin necesidad de decirlo.

Sofía asintió, satisfecha. Que identificara esa música era un punto a favor. Uno grande.

—Vamos, doctor —le soltó la mano con cuidado, pero con teatralidad, ese contacto merecía una despedida digna—. Tengo que bajar a Urgencias. El deber me llama.

Adam se levantó y le abrió la puerta con gesto ceremonioso, aún le pesaba dejarla ir. Caminaron juntos hacia el ascensor. Antes de entrar, una estudiante de sexto año se les cruzó con apuro:

—Doctor, qué bueno que lo encuentro. Hay una fractura de base de cráneo en Emergencias. Su celular no tiene señal. Están dándole los primeros auxilios.

—Tranquila —dijo Adam, desplegando una sonrisa que, sin pretenderlo, desarmaba voluntades—. Justo iba para allá.

La estudiante se sonrojó al mirarlo y bajó corriendo por las escaleras. Sofía, que lo había observado en silencio, arqueó las cejas con ironía, sin ocultar cierta diversión:

—No deberías hacerle eso a la gente. Es casi inhumano. Cruel, incluso.

—¿Qué cosa le hago? —preguntó él, de verdad desconcertado.

—Eso —dijo ella, señalando con la mirada—. Sonreírles así. Sin advertencia ni defensa posible.

Adam negó con la cabeza, divertido, y de pronto aceleró el paso. Se paró frente a ella, bloqueándole el camino por tercera vez en el día. Pero esta vez no fue solo un gesto. Se inclinó de nuevo, más lento, más cerca. Le apartó un mechón de cabello con los dedos otra vez, y se detuvo a centímetros de su oído.

—El perfume… está fenomenal —le susurró como quien deja una herida dulce y abierta.

Sofía se estremeció. La piel respondió antes que la razón. Las puertas del ascensor se abrieron.

—Usted primero, doctora.

Ella lo miró, ya sin máscara, con una media sonrisa afilada.

—Gracias…, pero esta vez, tomaré las escaleras.

Capítulo XIX

Noche de chicas

Era miércoles, ocho de la noche, y Sofía y sus amigas habían improvisado un encuentro de contingencia. Nada formal: un par de botellas de vino tinto, una pizza compartida y la promesa tácita de ponerse al día sin filtros. Estaban todas reunidas en la habitación de Sofía, dispersas entre la cama y un par de butacas estratégicamente acomodadas. Almohadones, mantas, risas a media voz y copas listas completaban la escena.

—¡Alberto en tu vida otra vez! No sé de qué te quejas, mujer —exclamó Paula con esa mezcla de ironía y entusiasmo tan suya.

—¡Qué graciosa, Paula! No confundas las cosas. Alberto volvió a su vida, no a la mía…, como siempre hace —respondió Sofía segura de haber cerrado un ciclo que ya no era suyo—. Y ya lo tenía claro. Yo sigo adelante.

—¿Y hacia dónde? —preguntó Rachel, alzando una ceja cómplice, girando su copa de vino como quien estudia una revelación.

—A ver, volvamos a empezar esta conversación —interrumpió Camila con gesto teatral, lanzando un cojín al aire—. Porque a mí no me sacaron de mi cama un miércoles por la noche para ocultarme información. En serio, Sofía…, dinos la verdad. ¿No pasó nada con Alberto esa noche? Los dos… solos… de guardia… después de tanto tiempo.

Sofía sonrió por fuera. Por dentro, hervía. Lo de Alberto siempre fue físico, salvaje, imposible de apagar ni con la rabia más feroz. Le había enseñado a rendirse al deseo sin romanticismos, pero nunca hubo amor: ocultaba que estaba casado, que tenía un hijo. Más de tres meses de mentira. Una caída brutal. Irreversible.

—Bueno, eh… —tartamudeó—…, trabajamos toda la noche. Yo entré al baño a las 3 a.m. Al salir, él estaba casi sin camisa, con toda la luz encendida. Agresivo. Tentador. Me dio risa, lo confieso.

—¡Seguro te reíste sin querer! —saltó Paula, divertida.

—Se acercó y me acorraló —continuó Sofía.

—Y lo devoraste, obvio —afirmó Rachel sin pestañear.

—No. Solo nos besamos. El beso fue inevitable, lo admito. Tenía ganas desde que lo vi…, pero me supo diferente. No era solo por él. Llevaba todo el día con la tensión sexual desbordada, acumulada por demasiadas razones. Tal vez por eso no pude contenerme. Pero justo cuando empezó a escalar demasiado, lo empujé. Me fui a mi cama.

—Y él, a la tuya —insistió Camila, con tono pícaro.

—Que no, Camila. ¡No lo dejé! Cada uno durmió en su cama. Aquí la que cayó en camas celestiales e impuras fue otra… ¿o no? —dijo devolviéndole la mirada con sagacidad.

Todas rieron.

—Seguro te arrepentiste al amanecer —musitó Camila cruzando las piernas.

—Casi siempre me arrepiento al amanecer —confesó Sofía con media sonrisa—. ¿Y tú, Camila? ¿Te arrepentiste?

—Yo creo que Camila nos ha demostrado que no se debe quedar uno con hambre cuando hay tanta comida…, ¡aunque después llegue la anorexia nerviosa! —exclamó Rachel bebiendo de su copa otra vez.

—Cuenta tú, Camila…, y ese cura, ¡por favor! Solo imaginarme el acto ya me intriga demasiado —añadió Paula entre risas.

—Bueno, hace cuatro días que no me pasa la comida —dijo Camila bajando un poco la voz—. Tuve un desliz. Mi alma necesitaba un poco de paz…

—…y tu pelvis, Terapia Intensiva —remató Paula sin piedad.

Las carcajadas no se hicieron esperar.

—La verdad…, no me siento culpable —continuó Camila, con esa naturalidad suya que siempre rozaba el escándalo—. Él ya tenía dudas con su vocación. Yo solo fui el catalizador. Igual…, esta ruptura ha sido más jodida de lo que imaginé.

Camila era una odontóloga de 24 años, puro caos emocional y encanto físico en un solo cuerpo. Bella, presumida, su risa despertaba alarmas. Tras una ruptura amorosa fuerte e inesperada, luchaba contra la anorexia nerviosa con humor y fragilidad cruzada.

Hubo un pequeño silencio, esa pausa donde todas saben que algo dolió. Rachel la miró con ternura y Paula le ofreció otra copa sin decir nada.

—Sofía, por favor…, actualízanos sobre el Doctor Maravilla —agregó Rachel con una sonrisa curiosa.

Sofía sonrió. Solo recordarlo bastaba para sentir la revolución en el estómago. El ascensor. Su respiración. Su boca. Su cuello…

—¡Sofía, *hello*! ¡Aterriza! —interrumpió Paula chasqueando los dedos frente a sus ojos—. Te estás yendo por la tangente y no te lo vamos a permitir.

Y, entre risas, halagos, preguntas inquisitivas y vasos medio vacíos, Sofía contó algunas cosillas. Intentó sonar neutral, profesional. Pero sus amigas la conocían demasiado bien. Todas entendieron que estaba desbordada. Sin frenos. Rumbo al abismo, aunque aún no lo admitiera.

—¿Pero… al final con quién fue a la fiesta? ¿Quién era la rubia que lo acompañaba? —preguntó Rachel siempre con su olfato fino para detectar alertas emocionales.

—Ni idea —respondió Sofía con un dejo de molestia—. Lidia tampoco sabe.

—¿Y no se han visto más después de la guardia? —Camila se acomodó como detective de novela negra, lista para una confesión.

—El lunes en la mañana, cuando fue a ultimar los detalles de la cirugía de una paciente. Me dio los buenos días con una

sonrisa… enorme, pero había demasiada gente. No hablamos…
Ya han pasado tres días.

Esa ausencia pesaba más que un grito. Se respiró un silencio
inquisidor en la secta. Cuando un hombre está interesado, se
nota… y, cuando deja de estarlo, retumba. No hacía falta mirar
a Sofía para saber que a ella sí le importaba, y mucho. Entonces
llegaron los pronósticos.

—Si no se mueve pronto, bórralo —sentenció Paula con su
tono de arquitecta emocional en demolición.

Estaba superando una separación estoica, y hablaba del amor
como quien habla de un contrato vencido. Tenía 23 años y estaba en plena consolidación profesional, con una autosuficiencia
sólida y una autoestima bien cimentada que no dependía de vali-
daciones externas. No era vanidad. Era convicción. Con ella no
había lugar para dramas ni medias tintas. Pragmática al extremo,
le gustaba presumir que no creía en los rodeos emocionales, y,
aunque a veces le temblaran las certezas por dentro, jamás lo dejaría ver. Si algo tenía claro, era que una mujer no debía mendigar
afecto, ni tiempo, ni presencia. Para Paula lo que no se daba con
naturalidad, simplemente no valía. Había conocido a un chico
hacía poco tiempo, pero aún no era digno de ser presentado.

Rachel, en cambio, tenía otro enfoque. A sus 32, también
arquitecta, era más espiritual que romántica. Creía en los gestos
sutiles y en las conexiones inevitables. Tenía una elegancia natural que no dependía de marcas ni maquillaje, pese a que resultaba
experta en eso. Era de esas mujeres que entran a un sitio y lo
ordenan todo con su energía excelsa. Le gustaba lo bello, la armonía, lo bien hecho, tanto en lo estético como en lo emocional.
No había tenido suerte en el amor, cierto. Pero en vez de lamen-
tarlo, aprendió a disfrutarse como pocas. Era libre, y esa libertad
la llevaba como una joya invisible. Sabía leer entre líneas, ver más
allá del ruido. Aquella noche, tras escuchar a Sofía, sentenció
con una convicción inquietante:

—Ese tipo va a volver… y, cuando lo haga, no vas a estar
lista.

Camila, que jugaba entre la lucidez brutal y la ternura de quien se está reconstruyendo, soltó:

—Tú tranquila que, si ese hombre no vuelve, lo invoco yo. Y tú sabes que me sale.

Faltaban Amber y Sarah. Amber no acudió por una cita misteriosa. Sarah, algo rara últimamente, se excusó con que tenía demasiado trabajo acumulado.

Sofía las miró a todas. En sus ojos, en sus posturas, en sus bromas cargadas de amor, vio algo que la anclaba. Estar con ellas era un bálsamo. Entre carcajadas, confesiones y miradas que no necesitan traducción, podía respirar. Y allí, entre risas y heridas compartidas, recordaba quién era…, incluso, cuando atrapada en el deseo parecía olvidarlo.

Interferencias 3

Sofía y yo habíamos quedado para estudiar al concluir el juicio —así llamaba ella a ese tipo de reuniones con sus amigas, donde cada confesión era una evidencia y, cada copa, una sentencia suspendida. A pesar de haber sobrevivido con éxito al seminario del lunes y de que nuestros protocolos de tesis fueron aprobados sin sobresaltos, teníamos la costumbre de repasar los casos de sala y adelantar algún tema del examen de pase de año cada noche. Pero, por primera vez en tres meses, Sofía decidió dormir. O al menos eso decía.

Estaba ensimismada, disuelta en pensamientos que no me invitó a compartir. Esa noche eligió no invocarme. No porque no me necesitara, sino porque no quería interferencias. Nada que interrumpiera sus ensoñaciones.

Adam le daba vueltas en la cabeza como un misterio apetecible. Y, francamente, hasta para mí resultaban difíciles de resistir todos sus encantos. Aun así, hice un último intento por bloquearle los impulsos, recordarle su enfoque. Pero ella me evitó. Cerró la puerta. No necesitaba contradicciones, ni razones. No esta vez.

Insistía en que todo estaba bajo control..., incluso cuando la disautonomía se hacía evidente: esa súbita palpitación al recordarlo, la presión arterial emocional que subía y bajaba sin permiso, el vértigo epigástrico de la anticipación.

Ella no sabía aún quién era ese neurocirujano de sonrisa inhumana y cerebro luminoso, pero sí que esa sonrisa y ese cerebro juntos eran una combinación muy peligrosa y exquisita.

Sofía no quería amor, ni amar, ni dispersarse. Pero, evidentemente, tampoco estaba dispuesta a quedarse con la curiosidad... ni con las ganas.

Y yo, esa noche, también bajé la guardia. No deseaba ser la culpable de sus futuros reproches. Porque, si algo tenía claro Sofía, era que jamás se enfrentaría al «¿qué hubiera pasado si...?». Prefería los golpes a las dudas.

¿Masoquismo? No. Simplemente, su concepto de vivir no contemplaba los términos medios. Tampoco las oportunidades perdidas.

Capítulo X
Neuroimágenes

El resto de la semana pasó sin señales de Adam. Solo su letra firme y exacta aparecía en la historia clínica de la paciente operada, que evolucionaba bien. Eso confirmaba que seguía allí, en el hospital…, pero invisible. Imaginó que estaría horas metido en el quirófano, pero algo no cuadraba: después de un domingo tan intenso, ni un cruce en el pasillo, ni un mensaje. Nada.

Por el momento, Sofía se mantenía a salvo de las tormentas internas. No justificaba su ausencia, ni minaba su autoestima. Quizás aún sostenida por la convicción que le dejó su última charla con él. Pero el silencio de Adam empezaba a ganarle espacio en la cabeza. No la desbordaba…, pero la picaba. Era una pregunta sin respuesta.

El viernes de guardia fue distinto. El Dr. Rolando, de turno como especialista, apenas apareció. Delegaba con la confianza de quien sabe que su residente puede manejarlo todo. Y así fue: la guardia se deslizó entre rutinas clínicas y papeles firmados. Sofía trabajó sola. Y sí, extrañó a Alberto…, aunque solo por la eficacia de su compañía. Nada más.

El fin de semana lo pasó estudiando y descansando…, le dejo poco espacio a sus pensamientos insidiosos, pese a que alguno que otro siempre la distrajo más de una vez.

A las 6:00 a. m. sonó el despertador.

—Otra vez lunes… —murmuró, refugiándose bajo la almohada.

El despertar fue brutal. Justo en el umbral del sueño más profundo. Aun así, Sofía jamás posponía la alarma. Su cuerpo rogaba cinco minutos más, pero su voluntad decidía primero.

Tenía jornada completa. De 8:00 a. m. a 5:00 p. m., con la temida discusión de neuroimágenes al mediodía. Ese el *ring* favorito de su rutina. En ese instante había competencia, estrés y tenía que usar la lógica clínica como arma. Allí, se sentía como pez en el agua.

Cada mediodía, los residentes se presentaban ante el jefe de Imagenología para defender los casos de pacientes que necesitaban estudios. Solo se priorizaban tres resonancias magnéticas diarias. En Cuba, estos equipos son contados y las piezas de repuesto tardan años en llegar —o nunca llegan—, así que, lejos de sustituir el juicio clínico, las máquinas lo ponían a prueba.

Era entre las doce y la una de la tarde cuando comenzaba el duelo: neurólogos contra neurocirujanos. Argumentos clínicos, signos neurológicos, tiempos de evolución… todo se jugaba en ese espacio. A veces Sofía ganaba, a veces no. Pero cuando su convicción era sólida, peleaba con la precisión de un bisturí, aunque no fuera esa su destreza principal. Incluso llegó, más de una vez, a conseguir que le aprobaran una cuarta resonancia.

Ese día venía preparada y no solo clínicamente. Algo en ella —una tensión imperceptible— la mantenía alerta. Una esperanza indecorosa de que, entre caso y caso, podría volver a verlo.

Le tocaba conseguir una resonancia magnética para Rita, la paciente que se había complicado durante la guardia de aquel domingo y que, ahora, tras recuperar su nivel de conciencia y encontrarse estable, estaba apta para realizarse el estudio. La mañana transcurrió sin grandes contratiempos, y Adam no aparecía por ninguna esquina; parecía que se lo había tragado la tierra.

Llegó el mediodía. Sofía tomó el historial clínico, ajustó su bata y bajó las escaleras con pisadas contundentes y postura ganadora. Ya conocía el efecto que la primera impresión tenía sobre los otros. Sin embargo, el eco de sus propios pasos le devolvía una anticipación que no quería admitir. Al entrar al salón, divisó a William sentado con cuatro solicitudes en mano.

—¡Sofía, en serio…! ¿Tú? ¿Cuántos casos vienes a discutir? —preguntó William un poco inquieto.

William, residente de primer año en Neurocirugía, era moreno, de estatura mediana y muy buen carácter. Inteligente, capaz, admirador confeso de Adam, a quien consideraba su tutor. Se habían hecho buenos amigos y en muchos aspectos era su mano derecha. Con Sofía tenía excelente química: compartían pacientes, guardias y un respeto mutuo matizado por una confianza que permitía bromas sin reservas.

—Tranquilo, William —respondió Sofía con una sonrisa de suficiencia—, solo vengo por una resonancia. Así que elige bien dos de las tuyas… porque ya hay una con nombre y apellido.

William recogió la sonrisa y alzó las cejas, preocupado. Era seguro de sí mismo, pero ya sabía lo que implicaba enfrentarse a Sofía en ese escenario: había salido derrotado antes.

—Menuda manera la suya, doctora, de intimidar a mis residentes —susurró una voz por su espalda, rozándole la nuca con su aliento.

Sofía se tensó de inmediato. Era él: Adam.

—Ve a Emergencias, William. Acaba de llegar un trauma que hay que evaluar. Yo me encargo de discutir las imágenes hoy.

El corazón de Sofía dio un vuelco. Las manos sudaban y la impecable presentación que tenía preparada en su cabeza comenzaba a deshacerse como tinta en agua. No se giró. Inspiró hondo y bajó la vista.

Traía tacones de ocho centímetros. Perfecto. Labios pintados. Cabello suelto y brillante, con olor a jazmín. Bata blanca, falda ceñida, camisa color hueso con el primer botón desabrochado. El perfume «fenomenal», él así lo había bautizado. Y esos lentes que la hacían parecer más severa de lo que era. Entonces se volteó.

Allí estaba Adam, apoyado contra la pared, a menos de un metro: brazos cruzados, uniforme quirúrgico azul marino… y, por supuesto, la sonrisa de guardia.

—Doctor Adam —dijo Sofía, cargando su saludo con teatralidad—. Ha pasado el tiempo desde la última vez que lo vi.

—Ciertamente. Un milenio, diría yo —replicó él, sin borrar la sonrisa.

Sofía sonrió, complacida. Pero él no dio tregua.

—No obstante, Sofía —añadió, dando un paso hacia ella y bajando la voz—, hace siglos que no discuto imágenes…, pero te ahorro el esfuerzo. Hoy tengo cuatro casos. Si llegara a haber una resonancia número cuatro, no será para ti.

—No te equivoques —replicó ella sin pestañear—. No necesito la cuarta. Más bien serás tú quien necesite un par extra. Y mejor ten cuidado porque cuando el orgullo se adelanta a la inteligencia, el caos es inevitable. Además, no entiendo… ¿no es que tú eres tan grandioso que no necesitas imágenes para diagnosticar?

Adam curvó los labios, ladeando la cabeza e inclinándose un poco, como para confiarle un secreto que ardía.

—Para diagnosticar, no. Pero para operar, sí. ¿Tienes idea de lo que significa «operar», doctora?

El subrayado fue innecesario. La provocación estaba servida. Esa vieja cizaña entre neurólogos y neurocirujanos seguía viva entre ellos. Tal vez, más viva que nunca.

Sofía sintió cómo la adrenalina le encendía las venas. Esa chispa, ese fuego competitivo que tanto había extrañado. En un segundo, recuperó el hilo argumental de su caso y reorganizó mentalmente su estrategia. Justo antes de que comenzara la discusión, se inclinó un poco hacia Adam —que aún estaba a su lado— y le susurró al oído con una media sonrisa:

—Creo que operar significa: pérdida aguda y, con suerte, transitoria, de la capacidad de pensar con coherencia.

Lo soltó justo a tiempo, sin darle espacio para responder. Adam reprimió la sonrisa, mirándola de soslayo con una mezcla de advertencia y rendición. Ella ya estaba atenta al doctor Javier, quien comenzaba la sesión con su voz grave y segura.

En un primer momento las tomografías fueron asignadas sin mayor disputa. Algunos residentes se retiraban apenas obtenían su número; otros, por vocación o estrategia, se quedaban hasta el final. Entonces vino la parte álgida:

—Bueno, ahora las resonancias. ¿Quiénes tienen casos para resonancia?

Sofía y Adam levantaron la mano al mismo tiempo.

—¡Claro!, neurólogos y neurocirujanos, como siempre —bromeó el doctor Javier—. Bueno, doctora, las damas primero.

Sofía giró con perspicacia la cabeza hacia Adam, luego alzó la voz con una serenidad impecable:

—Creo que hoy el doctor Adam merece la cortesía. Trae cuatro casos complejos para discutir. Prefiero escucharlo antes de decidir si el mío debe presentarse hoy.

Adam la miró de reojo. Sabía muy bien lo que Sofía estaba haciendo.

—Aclaro —intervino Javier— que no se otorgarán más de tres resonancias. Mañana vienen casos transferidos de otras provincias. No hay espacio.

Sofía sonrió. Su gesto, amable en apariencia, era una jugada de ajedrez. Adam, lector experto de intenciones, lo captó al instante.

Él presentó sus cuatro casos con su acostumbrada tenacidad: tres tumores cerebrales y una hernia discal extruida. Clínicamente defendibles, aunque solo uno comprometía de forma inmediata la vida del paciente. Sofía tomaba nota mental, sin perder la compostura. Su carta aún no estaba sobre la mesa.

El doctor Javier la miró con duda. Sofía se volvió hacia Adam y le susurró un «lo siento» cargado de compasión y sarcasmo… justo antes de lanzarse:

—Doctor Javier, mi paciente es una joven de veinticinco años —empezó con firmeza—. Está hospitalizada desde hace diez días con un brote activo de Esclerosis Múltiple.

Adam se pasaba la mano por la nuca, mientras la miraba enternecido… y ya derrotado. Esto era un golpe bajo.

—Ahora está fuera de peligro, pero con alto riesgo de recaída. Necesitamos realizar la resonancia ya, para definir la conducta terapéutica antes de que ocurra otra crisis irreversible.

Se ajustó los lentes con determinación. Su voz era directa, sin titubeos:

—He escuchado con atención los casos del doctor Adam y, sin restarles importancia, considero que mi paciente debería tener prioridad absoluta, porque...

Y entonces desplegó su artillería clínica: analizó caso por caso, contrastando los argumentos de prioridad con la urgencia real. Precisa. Implacable. Sin arrogancia, pero con autoridad. Adam la miró sorprendido. No solo se defendía con argumentos irrefutables, también había usado, con sutil inteligencia emocional, aquel domingo... y su presencia en él.

El doctor Javier arqueó las cejas, luego miró a Adam con una sonrisa compasiva:

—Doctor Adam, seleccione ahora los dos casos más urgentes de los cuatro que presentó. Los otros dos quedarán pendientes para rediscutirlos mañana.

Sofía exhaló en silencio. No estaba sorprendida. Pero sí muy satisfecha.

Salieron juntos del salón. Avanzaron en silencio por el pasillo, alejándose del resto. Sofía contenía una risa sutil, mientras el rostro de Adam permanecía impenetrable. Hasta que no pudo más y la detuvo:

—Sofía, tú eres fuerte. Muy fuerte —soltó con impotencia, pero a la vez con cierta admiración que no podía disimular.

—Y eso, es obvio que te molesta —respondió ella, encogiéndose de hombros mientras seguía caminando.

—Es que... no me creo haberme quedado callado —confesó él.

—Porque no podías ripostar, y lo sabes. Rita necesitaba esa resonancia más que cualquier otro —replicó Sofía, con tono directo y sereno.

Volvieron a caminar.

—Me pones la vara alta, eso me gusta.

—Dicen que lo peor que puede pasarle a un ser humano es tener la vara bajita y que le vaya bien. Así que míralo por la parte buena. Te genero conflictos de superación —dijo ella presionando el botón del ascensor.

—Sí, conflictos de superación... y provocación —agregó Adam con énfasis.

—¿Será posible provocarte? Tengo mis dudas —musitó Sofía presionando el botón del ascensor.

—Tendrás que esforzarte más, pero sí. No pierdas las esperanzas —le respondió apoyándose a la pared.

—¡Lástima que no quedara más público al final de la discusión!

—¿Lástima por qué? —preguntó exasperado.

—Las derrotas en público son un remedio eficaz contra la prepotencia —remató Sofía con media sonrisa.

—¿Prepotente yo? Igual..., esto no es una competencia —protestó él.

El ascensor se abrió y entraron, junto a dos personas más.

—Doctor, este es su piso —señaló Sofía al notar que no se movía cuando el ascensor se detuvo en el segundo.

—En realidad voy hasta el quinto, tengo pacientes en UCI —respondió Adam sin despegar los ojos de ella.

Se quedaron en silencio mientras la puerta se cerraba con una lentitud irritante.

—Eres prepotente, sí —comenzó ella en murmullos para que los demás no escucharan—. Quieres disimularlo, pero no te sale... El tema es que a mí no me intimidas.

Adam esbozó una sonrisa y se inclinó hacia ella, demasiado cerca.

—Tenga cuidado con el tonito, doctora. Recuerde que soy cirujano. Opero. Y a veces... pierdo la capacidad de pensar con coherencia.

Las puertas se abrieron. Sofía salió sonriendo, pero veloz, con el corazón retumbando. Volteó una última vez. Adam se quedó recostado en el fondo del ascensor, riendo sin ruidos ni esfuerzo, diciéndolo adiós con los dedos.

Ella sintió una rabia embriagadora, y algo que se alejaba peligrosamente del triunfo, mientras el ascensor lo tragaba de nuevo hacia el segundo piso… donde, según él, no tenía que quedarse.

Sofía caminó directo al cuarto de descanso, el pulso todavía estaba alterado. Había ganado la resonancia, sí, pero la victoria tenía un sabor extraño. No le gustaba la forma en que Adam la sacaba de eje, cómo lograba agitarle las certezas, cómo la enfrentaba sin violencia, pero con un magnetismo incontrolable.

¿En qué momento había pasado de rival médico a distracción emocional? Se miró en el espejo mientras se quitaba los lentes. El reflejo era el de una mujer que fingía control, mas su estómago aún se retorcía como el de una adolescente, y su respiración delataba un suspiro roto.

«Cuidado, doctora…», se repitió mentalmente, imitando su voz. Ese tono. Esa cercanía. Esa certeza de que la conocía más de lo que ella misma había permitido. Sofía no era de las que se dejaban arrastrar por el vértigo. Al menos, eso quería seguir creyendo.

Y, sin embargo…, «¿por qué había desaparecido esa semana? ¿Dónde se había metido? ¿Por qué ni una llamada, ni una excusa, ni un mensaje?»

Ese silencio inesperado la inquietaba más de lo que estaba dispuesta a reconocer. Aún no se había dejado caer en los abismos del insomnio ni en los juegos de minar su autoestima, pero la duda comenzaba a carcomerle los bordes del juicio.

«¿La estaba evitando? ¿Se arrepintió? ¿Lo que sucedía entre ellos era solo una chispa efímera para él?»

«Esto no es una competencia», había dicho él. Pero claro que lo era. No por una resonancia. Era una guerra, entre deseo y control. Peor aún, entre egos. Y Sofía, sin saber cómo, sentía que empezaba a perder terreno.

Capítulo XI

Las cosas que no se dicen

Era sábado por la noche. La ciudad susurraba, cansada y me-
lancólica, libre de urgencias clínicas y de prisas. Sofía aceptó
sin pensarlo la invitación de su mejor amigo, Eddy. No quería
seguir atrapada en casa, repitiendo en bucle mental la ausencia
de Adam, pues…, de nuevo, no había mensaje, no había señal.
Y la incertidumbre ya le pesaba más de lo que estaba dispuesta
a admitir.

Se encontraron en su restaurante de siempre, el de luces me-
lancólicas y pinturas desteñidas donde solían contarse la vida y
arreglar el mundo. Eddy, ingeniero civil e hijo de una doctora
reconocida del hospital, era su amigo incondicional desde hacía
años. Alto, trigueño, con unos ojos verdeazules que cambiaban
de tono según la luz, ese día lucía más relajado que nunca. «Modo
soltero sin dramas», decía, pero con Sofía bajaba la guardia. Se
entendían sin máscaras; sabían cuándo el otro mentía y cuándo
solo necesitaban silencio. A veces eran coartada. A veces refugio.

—Estás rara —soltó sin anestesia—. Rara, despistada, perdida. ¿Qué pasa?

Sofía levantó los ojos, forzó una sonrisa y bajó la cabeza.
Eddy la miraba con ojos de rayos X.

—¿Y ese tal Adam del que me contaste el otro día? ¿No es el
neurocirujano de quien medio hospital no para de hablar? —insistió.

Ella chasqueó la lengua, se acomodó un mechón y dirigió la
mirada hacia la copa.

—Ay, no es para tanto. Es… un tipo más. No entiendo por
qué tanta fama —dijo con desdén.

Eddy ladeó la cabeza y añadió, como nota al pie:

—Me lo presentaron en una cena el otro día. Sí me pareció un tipo elegante, la verdad. No estoy seguro…, pero juraría que estaba con una muchacha medio rubia. Tal vez me confundo.

En ese instante, la expresión de Sofía se fracturó. Se quedó inmóvil. El rostro se endureció como una máscara. La mandíbula se tensó. Su mano sudaba, apretando la copa como si pudiera exprimir del vidrio alguna respuesta. «Una muchacha rubia». Otra vez… La chica ahora pasaba de ser «una» a ser «la».

Eddy lo notó todo, sin esperarlo: el parpadeo contenido, el trago inconcluso, la decepción en sus ojos.

—Espera… —dijo él bajando la voz con una empatía que dolía—. Tú… no te ves, ¿verdad? ¡Madre mía!, pero si estás jodida… Y no te enteras.

Una revelación punzó en su interior. Sofía intentó cubrirse con una carcajada hueca, pero enseguida se quebró.

—No tiene sentido, Eddy…, ni siquiera hay nada —mintió sabiendo que él no le creería.

—¿Entonces por qué se te encoge el pecho? ¿Por qué se te quiebra la voz? —La desnudó con la mirada—. ¿Por qué… esa cara, Sofía?

Ella tragó saliva. Sintió el pinchazo del orgullo. Frente a Eddy, siempre era la más dura. Él la veía como un ídolo femenino y emocional, una figura invulnerable. Así que no respondió. Miró otra vez la copa, mientras en su cabeza retumbaban las palabras: «Estás jodida». Eddy, con suavidad, le tomó la mano sobre la mesa, un gesto breve pero suficiente.

—Tú lo ves todo, Sofía. Siempre ves a los demás —susurró con cariño—, pero cuando se trata de ti… te ciegan las ganas de ser fuerte. Te apartas o quieres apartarte de la verdad.

El silencio se hizo pesado, pero no incómodo. Ya se había logrado entre los dos una tregua invisible, necesaria.

—Hay otros libros que leer, y también uno por escribir —le recordó, sabiendo que ella trabajaba en un proyecto sobre neurociencias—. Hay pacientes que te buscan y personas que te necesitan. Hay gente que espera verte llegar por cómo les transformas el día. *Move on.*

Sofía exhaló largo, dejando escapar la tensión. Fue un respiro luminoso, un instante a contraluz donde, lentamente, se calmaron las olas internas. Miró a Eddy con gratitud, él era lugar seguro, alguien que estaría, después de cualquier tormenta, para sostenerla. Al escucharlo sintió un leve alivio…, aunque sabía que no duraría mucho. Porque el cuerpo puede mentir menos que la mente. Y el suyo aún vibraba con una ausencia que no terminaba de entender.

El domingo transcurrió tranquilo: visitas familiares, películas ligeras, nada que demandara energía. A las 9:00 p. m., mientras Sofía alistaba la cama en pijama, el teléfono vibró sobre la mesita de noche.

Adam: *Hola, ¿estás despierta?*

Era él, irrumpiendo de nuevo sin permiso, inesperado, directo…, porque aparecer cuando le diera la gana era su derecho inalienable o, al menos, eso pensaba. Sofía contuvo el impulso de dejarlo en visto. Respiró hondo, deslizó la sábana, apagó la luz. Un silencio inoportuno le agitaba los latidos.

Tenía la certeza de que contaba con dos opciones: herirlo con su silencio y no responder o fingir indiferencia y actuar como si nada. Entonces esperó cinco minutos que se sintieron eternos.

Sofía: *Hola, sí, estoy despierta.*

Adam: *Tengo ganas de verte.*

El estómago le dio un vuelco. Un calambre eléctrico subió desde los muslos, recorriéndole la pelvis hasta el vientre. Se sentó de golpe; el pelo le rozaba el cuello. Calor. Confusión. Deseo. Miedo. El bucle volvía…, pero, esta vez, ella jugaría con estrategia y sin prisa. O eso creía.

112

Sofía: *¿Oh sí? No es que se note mucho, eh.*

Esa respuesta él no se la esperaba así que no perdió tiempo:

Adam: *¿Puedo ir a buscarte, ahora mismo?*

Ella se abrazó las rodillas, su respiración se volvió contenida, casi inaudible.

Sofía: *¿Estás loco? ¿Para qué?*

Adam: *Pues para tomarnos algo, conversar, mirarte un rato.*

Ella sintió el corazón golpeando contra las costillas. Su piel se erizó. El pulso le latía en la sien, subía y bajaba como un metrónomo fuera de compás.

Sofía: *Ya es tarde. Ahora todo está cerrado.*

Adam: *Mi casa sigue abierta. Tengo una botella de vino, buena música… y repito, muchas ganas de verte. ¿Qué se te ocurre que podamos hacer con todo eso?*

Con el teléfono entre sus dedos, casi sin fuerza, repetía internamente: «¿Qué rayos está pasando aquí?» Deseo, incertidumbre, y un orgullo malherido se debatían en su mente. Adam era un incendio inesperado, días perdido y de pronto, la ausencia y el exceso colisionaban en un segundo. «¿De dónde surgía esta intensidad?»

Reflexionó: lo correcto habría sido decir «no», pero lo correcto no le encendía la sangre como las ganas de tenerlo cerca en ese momento.

Sofía: *Ven.*

Adam: *Estaré ahí en 20 minutos.*

La noche ya no era un refugio. Iba camino a convertirse en torbellino, en desequilibrio. Al final daba igual que pasara lo que fuera hasta que el presente la revolcó y las palabras de Eddy volvieron a intoxicarle el impulso: «Estás jodida».

Así que lo pensó mejor... se levantó de la cama y se paró frente al espejo, respiró de nuevo. Sintió el control volver. Su mente se agudizó, repiqueteó ideas y límites. Decidió que ahora estaba en la posición perfecta para poner ella las reglas del juego... y obtener, todas sus respuestas. Esos 20 minutos de espera, serían decisivos en el desenlace de la noche, dio un paso hacia atrás y preparó con pericia a su cerebro para lo que venía.

Entonces, pulsó el botón verde y le hizo una videollamada a Rachel, la puso en contexto rápido y comenzó a elegir la ropa.

—¿Qué tal este? —preguntó levantando un vestido negro en apariencia inocente.

Era corto, a mitad de muslos, con tirantes finos que parecían diseñados para deslizarse solos apenas con el movimiento justo. El escote era moderado, pero caía con una naturalidad provocadora, ajustado en el busto y suelto desde las caderas, como si la tela supiera dónde quedarse y dónde escapar. No era un vestido atrevido, más bien, peligroso: uno de esos que, bajo la luz adecuada y con la actitud precisa, podía desarmar a cualquiera, uno que susurraba sensualidad por los cuatro costados. De esos que una mujer lleva cuando finge que no quiere llamar la atención, pero lo consigue inevitablemente desde la sencillez. Contrastaba perfecto con su piel blanca.

Rachel, con su voz baja y ese tono de cómplice veterana en guerras de bandidaje, sentenció sin titubear:

—Ese es perfecto. Deja tu cadena de siempre, sandalias planas, pelo suelto, aros sencillos, poco maquillaje... y perfume apenas. Que huelas más a piel que a fragancia. Camina tranquila. Lo demás cae por gravedad. Pero... ¿y por abajo?

114

—Encaje negro. Igual no creo que eso sea relevante hoy…
—respondió Sofía, soltando un suspiro entre temblor y risa, agradecida de tener al otro lado del teléfono a alguien que sabía con certeza cómo moverse en esos arrebatos físicos y mentales.

Rachel soltó una carcajada:

—Si quieres autoconvencerte tú…, síguetelo diciendo, pero no insultes a mi experiencia así, por favor.

Ambas se rieron en complicidad.

—Tenerte de asesora en esta operación es muy injusto para él —añadió Sofía jadeando de nervios—. Esa experiencia tuya es una ventaja letal.

—Querida, no te engañes —replicó Rachel con una sonrisa de suficiencia—. Ya tú no me necesitas para estas cosas. Tener que conquistarte a ti… eso sí que es injusto para él, lo pintes como lo pintes.

Sofía colgó la llamada con el corazón latiéndole en la garganta. El vestido ya no era solo un vestido. Era una declaración silenciosa, un reto, un escudo y una rendición, todo a la vez. Se miró en el espejo y se reconoció poderosa, pero no tenía un plan, improvisaría.

Con un último retoque en los labios —apenas un brillo tenue— se calzó las sandalias y salió al encuentro de lo inevitable. Afuera, la ciudad palpitaba tibia, cómplice. Y Adam, aunque aún no lo supiera, ya estaba en jaque.

Vibró el celular y el mensaje estremeció la pantalla

Adam: *Estoy afuera.*

Sofía no respondió. Caminó directo a la puerta, sin prisa, aunque el corazón le martillaba el pecho. Hacía mucho que no sentía los nervios tan vivos, tan físicos.

Lo vio apenas abrió, parado sobre una bicicleta, apoyando un pie en el pavimento, inmóvil, bajo la luz cálida de una farola que escasamente lo delineaba.

En Cuba, la bicicleta no era solo un medio para moverse; resultaba un ritual de supervivencia. Con un transporte público tan escaso que parecía un recuerdo que se desvanece, y los autos privados más difíciles de hallar que la señal de WiFi, subirse a una bici era aceptar un reto diario. No importaba si eras neurocirujano o constructor. Pedalear era un acto de rebeldía, nostalgia y resistencia contra un sistema político que, roto y absurdo, mantenía al país atrapado en la miseria.

Él no se bajó. Llevaba pantalones crema y un pulóver blanco. Contra la oscuridad, parecía todavía más alto, más presente. El rostro se le notaba cansado, como si el día lo hubiera golpeado, pero, aun así…, estaba guapo. Muy guapo. Cuando la vio, quedó hipnotizado y sonrió, víctima de una emboscada.

—Ese vestido…, ¡wow! —soltó casi sin pensarlo—. Te ves preciosa.

Sofía dio unos pasos hacia él. No lo miró directo. Se acercó y le rozó la mejilla con los labios. Lento, medido, preciso.

Adam la rodeó por la cintura con una mano para devolverle el saludo. La observaba como tanteando un terreno que se moría por explorar. La otra mano seguía firme en el manubrio. Estaba enternecido con el contorno de sus piernas perfiladas en el contraste exacto entre el vestido, su piel y la noche.

—¿Lista? —preguntó Adam señalando el espacio que quedaba justo delante de él en la bicicleta. El lugar exacto donde quedarían demasiado cerca. Demasiado pegados. Demasiado inevitables.

—¿En serio, ahí? —dijo Sofía arqueando una ceja.

—Siempre podemos caminar, si prefieres —respondió él, sin perder la calma.

Pero en ese instante, para Sofía, aquella bicicleta no era un simple vehículo ni un desafío. Era el carruaje de una princesa, un paseo distinto, un salto a lo que se moría por descifrar.

—No, está bien. Solo que no recuerdo cuándo fue la última vez que hice esto… Supongo que han pasado años —le respondió mientras se situaba con cuidado agarrada al timón y se le cruzaban imágenes borrosas de su novio de la secundaria.

Adam esperó a que se acomodara. Luego colocó las manos en el manubrio, encerrándola entre sus brazos y su pecho. Su rostro quedaba peligrosamente cerca de su cuello, y, cada vez que se inclinaba, le rozaba el cabello.

Avanzaron en silencio unas cinco cuadras. Las manos de ambos sudaban, pero nadie decía nada. De pronto, Adam frenó en seco. Sofía se tensó, a punto de preguntar, pero no hizo falta. Él se acercó más. Hundió la nariz con lentitud en el costado de su cabello. Cerró los ojos. La olió como quien está por saborear algo prohibido y muy deseado.

Sofía se contrajo. Un escalofrío le recorrió los muslos. Flexionó el cuello, un acto reflejo, casi una defensa inútil.

—¿Ya llegamos? ¿Por qué te detuviste? —preguntó en un hilo de voz.

—Shhh… —murmuró él sobre su oído—. No hables. No te muevas. Quédate así.

Le enredó un mechón de cabello entre los dedos. No había lógica, solo instinto. Sofía cerró los ojos. La respiración de él se volvió más pesada, más nítida. Su torso, pegado a su espalda. El latido, palpitándole en el cuello. Y esa sensación nueva que le hervía bajo la ropa.

—Hueles bien —susurró él.

—Lo sé —respondió ella, sin moverse, dejando que el cuello se le inclinara lentamente, pidiendo más. «No me tortures así», pensó. Pero no lo dijo. No podía.

Debajo del vestido, el calor era evidente. La ropa interior de encaje se volvía liviana, húmeda. La noche lo sabía. El silencio del domingo, también.

Por fin, Adam volvió a pedalear. La ciudad, casi apagada, los envolvía. Llegaron al destino unos minutos después: una casa colonial, discreta, a tres cuadras del hospital. Desde la acera, parecía guardar un secreto.

Capítulo XII

Lo inevitable también se elige

Subieron unas escaleras pequeñas y Adam abrió la puerta para que Sofía pasara. Luego entró él y acomodó la bicicleta en una esquina de la sala.

Era una casa de puntal alto, antigua pero bien cuidada, con pocos muebles, distribuidos con sobriedad. Había un sofá ancho, estilo *vintage*, frente a un cuadro abstracto de colores tenues con salpicaduras rojas que, a primera vista, le pareció a Sofía una representación visual de la turbulencia de un orgasmo… seguida de la calma que viene después.

«Sofía, deja la perversión», se dijo para sí, consciente de que el trayecto aún la tenía exaltada.

La luz era íntima, solo una lámpara de luz amarilla iluminaba toda la sala.

—Ponte cómoda… ¿Quieres agua?

—No, estoy bien. Gracias.

—Vale. Ya vuelvo. Voy por el vino —dijo Adam desplazándose por un pasillo lateral que, sin invadir las habitaciones, conectaba la sala con la cocina.

Adam se veía extenuado, con el rostro desarmado, se notaba que en ese instante no tenía fuerzas para fingir firmeza. No intentaba parecer inquebrantable; sus gestos revelaban una rendición silenciosa; era evidente que algo le pesaba más de lo habitual.

Sofía se dejó caer en el sofá con delicadeza. Volvió a mirar la pintura, esperando que le revelara un secreto. Sonrió, casi sin darse cuenta. Luego sacó el móvil y le escribió a Rachel:

Sofía: *Estoy en su casa…*
¿Crees que hoy deba ceder?

Rachel: *Pues no lo sé. No dejes de hacer nada*
de lo que te arrepientas después…
Es lo único que puedo decirte.

Sofía:…

Rachel: *Tranquila, en su momento lo tendrás claro.*

Adam regresó con una botella de vino tinto descorchada y un par de copas. Le alcanzó una a Sofía, se sentó a su lado y, mientras le servía un poco, comentó con una sonrisa ladeada:

—No sé tú, pero a mí siempre me ha parecido que el vino tinto es un tanto perverso… Lo ves así, quieto en la copa, y parece que te susurra: «Hazlo ya».

Sofía tembló un poco. Él lo notó.

—Te has puesto roja… ¿Por qué brindamos?

Ella lo miró con picardía y respondió, mientras apoyaba su mano libre en el muslo de él, presionando levemente:

—Por el autocontrol…

Adam bajó la vista hacia su mano y volvió a preguntar con voz grave:

—¿Para conservarlo… o para soltarlo?

Sofía deslizó la mano un poco más arriba, sin apartar la mirada de sus ojos.

—Brindemos porque lo que sea que pase cuando se acabe esta copa… sea inevitable.

—Si es que nos da tiempo a terminarla antes de que pase —replicó Adam juntando su copa con la de ella e intentando acercarse aún más a su boca después del primer sorbo—. Sabes bien cómo me pones... y te aprovechas.

Sofía se levantó despacio y caminó hacia una esquina donde había una reproductora de música.

119

—De saber, lo que se dice saber…, tengo mis reservas —acotó, mientras husmeaba entre los CDs—. ¿Cómo estuvo tu día?

Adam se dejó caer hacia atrás, adoptando una posición más cómoda en el sofá.

—Difícil. Pero ya está.

—¿Por eso me escribiste? —insistió ella, sin mirarlo.

—Digamos que… para poder escribirte, el día tuvo que volverse así de difícil —añadió Adam dejando que su vista se perdiera en el fondo de su copa.

Eso podía significar muchas cosas. Sofía no supo si debía profundizar. Eligió el silencio.

—¿Qué música quieres escuchar? —preguntó él cambiando el aire con una naturalidad que no engañaba del todo.

—Sorpréndeme —respondió ella, casi segura de que elegiría al autor de *19 días y 500 noches*.

Se sentó a esperar… mientras Adam se encargaba de lo suyo. Y, de pronto, comenzó a sonar una melodía completamente inesperada:

♫5- *When a Man Loves a Woman*, de Michael Bolton. ♫

«¡Wow, esta sí no me la esperaba!» pensó Sofía.

—¿Bailamos? —sugirió él.

Sofía no respondió de inmediato. Lo miró desde el otro extremo de la sala, como quien calibra la magnitud del peligro…, pero decidió avanzar igual.

Adam le extendía la mano.

—Vamos…, no muerdo. Al menos no sin consentimiento.

Sofía soltó una risa breve. Se acercó despacio, sin apuro, con ese andar suyo que parecía coreografiado por una fuerza natural. Tomó su mano, y al hacerlo, notó el calor que él aún guardaba en los dedos. Era firme, mas no invasivo.

De repente, Michael Bolton parecía cantar como si supiera en detalles lo que estaba ocurriendo. Adam colocó su mano en la espalda de Sofía, apenas por debajo de la cintura y la otra sostenía la mano derecha de ella con una suavidad que desmentía toda la tensión de su cuerpo.

Comenzaron a moverse lentamente. Nadie guiaba del todo. Nadie seguía. Era una danza sin estrategia ni técnica, hecha de impulsos y silencios.

Sofía apoyó la mejilla en su hombro y se pegó aún más a su cuerpo. Su respiración se acompasó con la de él. Ahora era ella quien lo olía sin pudor, sin piedad. Todo lo demás se disolvió.

Él bajó un poco el rostro y rozó con los labios su sien. No la besó. Solo se quedó ahí, suspendido, respirando con ella.

—Tenía ganas de esto —murmuró.

—¿De qué? —preguntó Sofía, sin separarse.

—De tenerte así…, sin prisas y bien cerca.

Ella cerró los ojos. No respondió. No le cabía en una oración todo lo que deseaba en ese instante.

—¿Está muy mal que ahora mismo tenga muchas ganas de averiguar con mis manos todo lo que hay debajo de ese vestido? —susurró él, con los labios entreabiertos rozando su oído.

Sofía se estremeció y tragó en seco.

—Me encanta tu atrevimiento… Y no, no está mal. Supongo que es un instinto básico.

—Te equivocas. Es mucho más que eso. He fantaseado contigo —susurró Adam, con una sonrisa entre cínica y reverente— con mucho éxito… desde antes de hablarte por primera vez. Sinceramente, me has hecho pasar muy buenos ratos.

Sofía sintió que se ruborizaba demasiado, en tanto él seguía hablándole, su mano bajó por su espalda, lenta, precisa, hasta la parte alta de sus nalgas, presionando apenas con la yema de los dedos. Ella temblaba, pero se contenía. Con la sangre alborotada y las ganas ardiéndole bajo la piel, podría haber tomado el control. Pero no. Adam sabía lo que hacía. Y ella no pensaba interrumpirlo.

Él retiró la mano en una caricia ascendente por el brazo, hasta llegar a su hombro, donde recolocó con sutileza el tirante que ella misma había dejado deslizarse con un gesto imperceptible.

Entonces se apartó con cuidado, acarició sus mejillas con ambas manos y le dijo, con voz grave y delicada:

—Tranquila…, hablemos. Creo que debemos.

«¿Hablar, ahora…?», pensó Sofía mientras temblaba, sin saber cuál de las dos cosas la desajustaría más: una conversación que prometía ser peligrosa o traspasar con Adam todos los límites físicos y sexuales, de una vez y sin retorno.

Recordó a Rachel: «Tranquila, en su momento lo tendrás claro». Y se aferraba a ese consejo por si llegara a necesitar culpar a alguien de lo que estaba a punto de hacer.

Se acercó a sus labios, rozándolos con los suyos en un vaivén mínimo, y susurró:

—¿Hablar, ahora…? ¿Estás seguro?

Adam se mordió el labio inferior, conteniéndose.

—No juegues con mi mente Sofía. No me pongas a prueba.

—¿A prueba? No, qué va, yo no necesito que me pruebes nada.

Sin pensar más, la haló de la cintura con firmeza, atrayéndola hacia él. Su mano subió por su espalda, y la besó en el cuello. Lento. Luego le acarició el hombro con sus labios tibios para luego besarlo también. Colocó la mano en su nuca y acercó su rostro al suyo con decisión. Ella no se apartó.

Y, por primera vez, comenzó a besarla como había querido hacerlo desde el primer día. Sofía respondió con la misma intensidad.

La sujetó con fuerza, y la cargó sobre él hasta llevarla al sofá. Ahora ella quedaba debajo, con el vestido subido hasta medio muslo y el corazón latiéndole en el cuello.

Se miraron un segundo. Lo suficiente para entender que lo que venía ya era inevitable.

—¿Estás segura? —preguntó él con la voz cargada de humo y duda.

—Yo siempre estoy segura —respondió ella, devolviéndole la misma frase que tantas veces había sido suya, pero esta vez sostenida por el fuego de su propio deseo.

Eso lo encendió todavía más. Le sostuvo el rostro con ambas manos y volvió a besarla, más lento, más profundo, deseando tatuar el momento en su memoria. Descendió con la boca por su cuello, bordeó el escote y deslizó los tirantes del vestido, descubriendo su piel palmo a palmo cual parte de un ritual. Ella, sin titubear, le arrancó el pulóver blanco casi sin que él alcanzara a notarlo.

Cuando las manos de él encontraron el encaje negro, se detuvieron un segundo. Le quitó por fin el vestido, solo para mirarla. Y luego la tocó sin necesitar un mapa. Sin límites. Sin pausas.

Sofía recorrió su pecho desnudo con las yemas de los dedos, bajando hasta la cintura. Lo quería todo. No para poseerlo, sino para rendirse. Para perderse justo donde él la estaba esperando.

Él deslizó las manos por sus muslos, hasta enredarse en sus bragas y se las retiró con una lentitud precisa, casi ceremonial. La acarició entera con las yemas de los dedos, hasta sentir la humedad tibia que confirmaba todo lo que el cuerpo de Sofía ya gritaba en silencio.

Ella, sin dejar de mirarlo, percibía la urgencia contenida bajo sus pantalones. Buscó el cierre y comenzó a bajarlo con indicios de ansiedad y temblor. En segundos, se quedaron desnudos. Sin ropa. Sin escudos. Sin nada que imaginar. Cada movimiento tenía el peso de lo inevitable. No fue suave. Fue real.

Los gemidos eran incontenibles. Hubo fallos, desbordes, torpeza, y la desesperación cruda de dos cuerpos que por fin se encuentran después de haberse dicho «no» demasiadas veces. Se sincronizaron hasta llegar al orgasmo casi al mismo tiempo. Sofía tomó el control de ese reloj. Se desvaneció sobre él con el temblor residual en los músculos, el pulso acelerado, la piel aún tibia y reactiva.

Adam la miraba como si, al fin, hubiera entendido por qué sentía tanto. El corazón le latía con fuerza, sofocado. El cerebro le zumbaba en un éxtasis adictivo. Peligroso.

Sofía giró hacia el costado, recostando la cabeza sobre su pecho. Lo sintió respirar.

—Me gustas mucho, Sofía. Y necesito que lo sepas bien, estoy sintiendo que se me va de control —murmuró.

—Shhh…, por favor, no digas nada. No ahora —susurró ella.

Él la abrazó en silencio, besando su pelo mientras a ella se le perdía la mirada en el cuadro de enfrente… sonriendo apenas. Estaba satisfecha. Y, al mismo tiempo, llena de miedo.

Eran casi las dos de la madrugada y Sofía y Adam se habían quedado dormidos —incómodos, pero en la gloria— sobre el sofá. De pronto, un teléfono sonó como una alarma. Pero no despertaba el cuerpo, sino la sospecha. Ambos se levantaron de golpe, asustados, taquicárdicos.

Sofía, instintivamente, agarró el vestido del suelo y se cubrió lo que pudo del cuerpo. Adam, de un solo movimiento, se puso el pantalón. Se apresuró a localizar su teléfono, y al ver la pantalla, lo apagó sin pensarlo.

Sofía se preocupó. Eran las dos de la mañana. «¿Quién llamaría esas horas?»

—¿Está todo bien? —se limitó a preguntar.

Adam le sonrió con una ternura inusual, casi con amor.

—¿Cómo podría no estarlo? —respondió mientras volvía a sentarse a su lado. Le besaba los labios y le acariciaba el brazo.

—¿Nos terminamos el vino o tienes mucho sueño? —preguntó justo cuando Sofía se abrochaba el sujetador.

—Creo que es bastante tarde… y mañana hay que trabajar.

—Pues, vale, entonces vamos a dormir —dijo él, extendiéndole la mano y señalando una puerta blanca junto a la entrada del pasillo largo—. Vamos a mi habitación. Ese sofá es buenísimo para muchas cosas, pero no para dormir.

—¿A dormir? ¿Aquí?

—Sí, claro. ¿O pretendes volver a tu casa a estas horas?

—Pues… sí, creo que es lo más sensato, ¿no?

—Lo más sensato es descansar. Te llevo en tres horas, así llegas temprano al hospital.

Sofía se quedó un instante en silencio. Estaba un poco predispuesta. Eso no entraba en sus códigos y le parecía apresurado. La duda se le notaba en el rostro… y en la inmovilidad.

—Son solo tres horas, mujer. Vamos a dormir, imagina que estamos de guardia. No pasa nada.

Sofía lo siguió callada por el pasillo. La puerta blanca se abrió con un leve chirrido y dejó ver una habitación amplia, sobria, con paredes claras y una cama bien tendida. Nada recargado. Nada impersonal. Todo demasiado íntimo.

Adam encendió una lámpara de mesa y la luz amarilla dibujó sombras suaves sobre los bordes de la cama.

—Puedes usar lo que quieras —dijo señalando un pullover suyo que le dejaba sobre la silla—. Lo digo por si prefieres dormir más cómoda.

Ella asintió sin decir nada. Se cambió de espaldas, con movimientos lentos, mientras él observaba su cuerpo desnudo consternado, sin disimulo. No había prisa ni palabras de más.

Se acomodaron en la cama. Él la abrazó por detrás, como si el gesto pudiera protegerla del mundo. Sofía cerró los ojos extasiada, pero no se durmió. El calor del cuerpo de Adam la envolvía. Su respiración en la nuca era constante, tranquila. Sin embargo, algo en ella seguía alerta. No por miedo. Por intuición. «¿Quién llama a un hombre como él a las dos de la mañana?». No hizo la pregunta. Solo la pensó. La anotó mentalmente, como un pendiente inevitable.

Él la besó en el hombro y murmuró un «buenas noches» casi inaudible. Sofía no respondió. Tampoco durmió de inmediato.

A las cinco y treinta, Adam la despertó con un beso en la frente y una voz suave.

—Vamos, dormilona…—Le acarició el cabello, alcanzándole una taza de café—. Te llevo a casa.

Ya estaba vestido con *el scrubs* azul, impecable, parecía que había dormido ocho horas. En tanto Sofía se incorporaba, él revisaba la habitación en silencio: el teléfono, las llaves, el reloj. Se movía con rapidez, pero con esa ternura de quien cuida sin hacer ruido.

A Sofía le sorprendió verlo tan listo a esa hora. Lo observó con un gesto de ligera desconfianza. Él lo notó y sonrió.

—Tengo que pasar a ver unos pacientes antes de entrar al quirófano… y sí, tengo mis rasgos de TOC —dijo. Y abrió la puerta para sacar la bicicleta.

En el camino tontearon un poco. Él le repetía que había pasado una noche genial, y lo mucho que le gustaba su olor, pero no hablaron de nada serio.

Sofía llegó a casa justo cuando Isabel se levantaba. Se quitó los zapatos en la entrada y, al cruzarse con su hermana, solo dijo:

—No me preguntes. Luego te cuento.

Isabel la miró de arriba abajo y soltó una sonrisa.

—Con ese vestido…, ni falta que hace. Vaya, qué ejemplo el que me das. Eres una floja, no tienes autocontrol.

Capítulo XIII

Las señales que no vimos

En el camino al hospital, Sofía coincidió con Sarah en la parada del bus. Hacía días que no se veían.

—Estás perdida —le dijo después de saludarla—. Y ya en las tardes no te veo...

—Es que... —Sarah bajó la voz, con ese tono entre tímido y travieso que la caracterizaba— me mudé.

—Pero... ¿cómo que te mudaste, mujer? ¿Adónde? —inquirió Sofía frunciendo el ceño.

—Pues a casa de Ariel —respondió Sarah, encogiéndose de hombros, como si hablara del clima.

—¿Peeero..., tan pronto?

—¿Ves? Sabía que dirías eso. Por eso no fui al último encuentro. No estoy lista para dar explicaciones...

En eso llegaba el bus de Sofía y no pudo contestarle como debía. La abrazó rápido y le susurró con cariño:

—Ay, Sarita..., Sarita..., ¿cuándo aprenderás? Tienes 48 horas.

—¿Para qué? —preguntó Sarah casi gritando.

—Pues para contarlo en el grupo.

Sarah tenía 24 años, era licenciada en idiomas, y siempre traía una sonrisa de cascabel que parecía tener la función secreta de resolver todos los problemas del mundo. Trigueña, de cabello negro y voluminoso, con ojos grandes y expresivos; de esas personas que nunca se daban por vencidas. Había pasado años esperando a quien fuese su sórdido «gran amor», pero el tal gran amor nunca volvió..., ni la mandó a buscar y, aun así, no se amargó. La amargura no formaba parte de los ingredientes de su temperamento.

Ahora, con Ariel —un colega músico con alma ligera y mente fuerte—, parecía haber encontrado cierta paz. Se implicaba emocionalmente con rapidez e intensidad, sí, pero lo hacía con valentía. Su forma de amar era auténtica, sin disfraces. A veces ingenua, pero siempre luminosa.

Ya sentada en el bus, Sofía desenredó su celular y respondió al mensaje de Rachel que decía:

Rachel: ¿...y?

Sofía: Done. *Luego hablamos.*

Rachel: *No me dejes así, di algo...*

Sofía: *El búcaro encaja perfecto en la decoración.*

Escribió sonriendo por el mensaje críptico. Esa era su forma de hablar sin hablar, un código oculto entre ellas. Había búcaros de todas las formas y tamaños, pero no siempre funcionaban en los diseños interiores.

De pronto un escalofrío de nervios la atravesó. El seminario de Hipertensión Intracraneal le esperaba en el hospital, y su mente estaba en otra parte. Afortunadamente, sería con Fernando, el profesor más experimentado del servicio de Neurología —una enciclopedia con bata blanca—, un maestro que, por suerte, era más generoso que exigente con los residentes.

Al mismo tiempo, su conciencia la embistió: «Estás distraída, Sofía. Ya van siete días sin tocar la tesis, ni avanzar en el libro, ni estudiar para los seminarios».

Sintió un impulso y con la mano izquierda rozó su cuello, sin darse cuenta. Las imágenes de la noche anterior aún le latían fuerte. Cuerpos entrelazados, jadeos en la penumbra. Su respiración cambió, se hizo más profunda. El calor revivió en su vien-

128

tre, insistente, urgente. Trató de sacudir esa imagen bajando la cabeza. Pero una sonrisa —mezcla de culpa y deseo— se le escapó. Contó hasta tres. Se obligó a cerrar los ojos, pero su cuerpo no obedecía: hormigueo en la piel, aumento del pulso, piernas tensas. Y en la mente una duda que le daba miedo: «¿Y ahora qué va a pasar? ¿Qué sigue después de todo esto?»

Tenía activa una alarma emocional. Y sabía que debía afrontarlo, justo cuando atravesara las puertas del hospital.

En el parqueo se cruzó con Maritza, quien llegaba oronda, como quien no le debe nada a nadie, a pesar de haber firmado trescientos pactos con el demonio. Comenzaron a caminar juntas hacia adentro.

—Vaya, Sofi…, pero qué radiante te veo hoy. Tienes más brillo en el pelo —le dijo, acariciándole una onda con gesto curioso.

Sofía sonrió entre dientes.

—Espera…, ¿tú follaste anoche? —le susurró Maritza al oído, bajando el tono con picardía.

—¡Maritza, por favor!

—No me jodas que cediste con Alberto… No puede ser que seas tan necia.

—Que no, mujer. Alberto está fuera del juego —dijo con seguridad.

—Ah, qué alivio… Pero, entonces, ¿con quién?

Sofía hizo un gesto con la mano, marcando distancia y no le dio entrada. Afortunadamente trabajaban en salas distintas, así que subió por las escaleras sin mirar atrás. Al llegar a la sala de Neurología casi todos estaban ya presentes…, incluido Alberto, quien la saludó con alevosía, como quien guarda tareas pendientes. Ella no le siguió el juego. Esta vez, no. Mientras se alistaban para la entrega de guardia, su celular vibró.

> **Adam:** *Espero que no tengas mucho sueño,*
> *y que pases el día bonito…*
> *Si pudiera, no habría venido a trabajar* 😍
> *y habría pasado la mañana en la cama contigo.*

> **Adam:** *Ya quiero verte otra vez.*
> *Que salgas bien en el seminario.*
> *Escríbeme cuando te liberes.* 😊

Sofía sintió un vuelco. El pulso se le aceleró. No respondió de inmediato. «Suave», se recordó a sí misma. Guardó el teléfono en silencio. Sonrió por dentro. Desde una esquina, Alberto la observaba sin disimulo. Ella ni lo notó. Eso, a él, le molestó más de lo que admitiría. ¿Había pasado de moda realmente?

El seminario estaba por comenzar. Los residentes de primer año se acomodaban en el salón de clases de la sala. Sofía se sentó junto a Mariam y comenzaron a dividirse la presentación, preparando también la jornada de estancia que les tocaría compartir.

Todo salió perfecto. Con el profesor Fernando al frente —la enciclopedia viva del servicio—, el seminario se convirtió, como siempre, en una conferencia magistral. No era solo una exposición. Era una experiencia.

Mariam y Sofía se disponían a bajar a evaluar algunos casos reportados en Urgencias, cuando se dieron cuenta de que el especialista al frente de la estancia era, «coincidentemente», Alberto. Por suerte, estaban en dupla, lo que reducía las posibilidades de que él se hiciera el gracioso. Aunque Sofía sabía bien que a él poco le importaba desentonar.

—¿Y se van solas? —preguntó él con tono insinuante.

—Ya estamos acostumbradas, doctor —respondió Mariam con soltura—. Quédese por aquí descansando. Si hay algo complicado, le avisamos.

Alberto se contuvo. Miró a Sofía, que se reía apenas, de medio lado. Sabía que él no quería quedarse.

—Pues muy bien —respondió cediendo—. Estaré atento. No dejen de avisarme cualquier cosa.

Bajaron las escaleras. Mariam insistió en entrar a la sala de Neurocirugía en el segundo piso: debía recoger una indicación de resonancia magnética para uno de sus pacientes. Sofía la siguió, aunque sintió, de inmediato, cómo le comenzaban a sudar las manos. A esa hora era probable que Adam ya hubiese salido del quirófano. Y eso bastaba para alterar sus sensores internos.

Iba tan absorta en la expectativa de un posible encuentro con él que hasta chocó por el hombro con otra doctora que venía saliendo. Fue un roce fuerte, que casi la hace perder el equilibrio. Sofía se giró de inmediato para disculparse, pero la mujer ya doblaba por uno de los pasillos. Solo alcanzó a notar que llevaba un *scrubs* rojo decorado con pinzas quirúrgicas que, por un instante, le pareció gracioso.

«Aterriza, Sofía…; estás en las nubes», pensó, obligándose a racionalizar y a recomponer la postura mientras respiraba hondo. La sala de Neurocirugía estaba justo ahí… y, quizás, Adam también.

Siguió a Mariam hasta el cuarto médico. Tocaron la puerta. Una voz desde dentro las invitó a pasar. Al abrir, el ambiente las envolvió de inmediato: poca iluminación, olor a café viejo y cinco residentes tirados en las camas riéndose con soltura. Puro clima de testosterona y excesos de arrogancia.

—Eh, neurólogas en la casa —anunció William enderezándose con sorna y llamando con disimulo a la compostura en su clan.

Desde el rincón, Adam asomó la cabeza. La buscaba, y la encontró. Se sonrojó un poco, aunque no apartó la mirada. Sofía hizo contacto visual, pero lo interrumpió enseguida.

—William, por favor, dame la orden de resonancia, que voy a discutir la imagen por ti. Si no, no te la van a dar —dijo Mariam, sin perder el filo ni la ironía.

Hubo risas, silbidos. William solo alzó las manos:

—Con estas dos mujeres juntas, yo mejor ni hablo.

Sofía sonrió con satisfacción. Adam la observaba con ternura inamovible. Entonces se levantó, y con tono formal y serio, se dirigió hacia ella:

—Doctora, ya que está aquí, acompáñeme para presentarle al paciente con epilepsia que comentamos. En breve lo trasladaremos a su sala.

Sofía parpadeó. No recordaba ninguna conversación sobre algún paciente, pero lo siguió. Su corazón tamborileaba sin permiso. Caminaron por el pasillo. Él se acercó por detrás y susurró muy cerca de su cuello:

—Lo haces a propósito, ¿eh?

—¿Qué cosa?

—Vestirte así, con esa elegancia tan provocativa como innecesaria… —se mordió apenas el labio antes de añadir—. Aunque uno intente resistirse, es imposible no mirarte.

Sofía no respondió. No necesitaba hacerlo. El comentario se le quedó entre el cuello y la boca del estómago. Comenzó a recordar sus manos bajo sus bragas la noche anterior, apretó los muslos y reaccionó:

—Bueno… ¿y el paciente?

—Justo aquí —dijo él señalando la segunda cama del cubículo.

—Ah, ¿porque es verdad? —sonrió ella algo aliviada.

—Por supuesto. ¡Mira que te crees importante, muchachita! Por cierto, no respondiste mi mensaje.

—Estaba en el seminario… y luego se me pasó —dijo quitándole peso con una sonrisa traviesa—¿Cómo te fue en el quirófano?

—Bien…, aunque al final terminé solo. Entró conmigo Daniel, pero no coincidimos en nada. Y llegó un punto el que me cerré y dejé de hablar. Me pongo muy pesado cuando estoy operando, lo reconozco —dijo con un gesto de resignación—. Tengo otro caso en 20 minutos.

Sofía sonrió. Recordó que William le había contado una vez que, dentro del quirófano, Adam se transformaba y toda su atención se concentraba en el paciente y en el plan trazado con precisión. Que no admitía desvíos, ni toleraba bromas o palabras de más. Para él, no existía nada más fuera de esa mesa que su mente y sus manos, unidas a una técnica quirúrgica estudiada con rigor y una vida humana que dependía de él.

Se notaba que los demás lo respetaban, quizá por su agilidad y precisión, pero también era evidente que trabajar a su lado podía resultar áspero. Su carácter se blindaba ante cualquier intento de distender el ambiente, y bastaba una palabra fuera de lugar para que todo se hundiera bajo el peso de su silencio férreo. Sofía no estaba segura de que sus colegas lo admitieran en voz alta, pero intuía que para muchos era incómodo seguirle el ritmo. Ella, en cambio, entendía que para sostenerse en ese quirófano había que entregarse con concentración absoluta, hasta el final.

—Pero, bueno —dijo Adam cambiando el tema—, ¿qué me dices? ¿Nos tomamos algo juntos esta tarde?

—Puede ser —respondió Sofía alejándose un paso más de él y acercándose al paciente.

Tenía muchas ganas de acercarse…, incluso, de olerlo, pero sabía que no debía. Trabajaban juntos; esa cercanía podría hacerlo incómodo. «¿De verdad era solo eso?». La duda le punzaba: había preguntas que no se animaba a formular y que ya no podían ser pospuestas, había que gestionar el momento y responderlas, pronto.

La tarde transcurrió sin sobresaltos. Almorzó con Maritza, quien —entre confidencias y risas— le habló de Mariano. «Me estoy enamorando…, pero no quiero atarme, eso sería fallarme a mí misma después de pasar tantos años recluida de la realidad por culpa de mis padres», confesó.

Maritza había pasado toda la universidad custodiada por sus padres que no la dejaban ni respirar, ni salir, ni dormir fuera, ni quedarse con sus amigas… y, de pronto, se había liberado. Sentía que enamorarse de Mariano podía volver a encerrarla de otra forma. Y no había fallas en sus miedos, pero no tenía por qué ser así.

Sofía la escuchaba y la entendía, aunque su mente estaba en otro lugar, y tampoco encontraba algo comparable para contarle. Todavía no tenía o no estaba convencida de tener algo importante que compartir.

Al terminar la estancia, Alberto se le acercó muy zalamero y le dijo con picardía…

—Te llevo a casa… ¿y así recuerdas viejos tiempos?

133

Sofía le viró los ojos.

—No, gracias…, no tengo mala memoria.

Y en lugar de seguirle la corriente, tomó el teléfono y llamó a Adam. Él contestó al segundo timbre:

—¡Wow, me estás llamando! Esto debe ser muy fuerte para ti —dijo él, sarcástico y con una sonrisa en la voz.

—No tienes idea —respondió Sofía—. Acabo de terminar. ¿Nos tomamos algo por fin? —arriesgó sin rodeos.

Él tardó apenas un segundo:

—Pues, claro. Estoy un poco complicado ahora, pero puedo pasar por ti a las 7 si te parece.

Sofía sintió un escalofrío. Leía el mensaje con el corazón latiendo fuerte. Pero una voz mínima, aguda, casi imperceptible, le susurraba desde adentro: «No te apresures». No era el plan inicial, pero funcionaba. Podría llegar a casa, darse una ducha, recomponerse, elegir atuendo… y esperar por él sin prisa.

Decidió caminar para relajarse, eran casi tres millas hasta su casa, pero iba escuchando a Carlos Varela en sus auriculares para calmar el pulso:

♪6- *Una verdad no dice nada, y al mismo tiempo lo esconde todo, como una hoguera que no se apaga, como una piedra que nace polvo.* ♪

Mientras cruzaba la calle, decidió cambiar de ruta y eligió la que implicaba pasar por frente a la casa de Adam. Caminar por ahí reviviría con más fuerza las imágenes que no dejaban de rondarle en la cabeza… y quizás hasta se encontraba con él «de casualidad».

Ya estaba a unos quince metros de la puerta cuando alzó la vista… y se paralizó. Las piernas le flaquearon, la respiración se le quebró en un suspiro agudo. Una mujer esbelta sacó una llave del bolso y abrió la puerta. Vestía un *scrub* rojo estampado con pinzas quirúrgicas. Su cabello… era rubio, como un presagio.

Capítulo XIV

Pronóstico reservado

Sofía retrocedió un paso. El corazón le retumbaba en las costillas. Bajó la mirada, se giró despacio… y comenzó a caminar, aunque ya no sabía hacia dónde. Sacó el teléfono del bolso con la mano aún temblorosa. Un nudo en la garganta le apretaba la voz, y los ojos le ardían por unas lágrimas de rabia que no estaba dispuesta a soltar.

La mujer del *scrubs* rojo —la misma con la que había chocado en el hospital— acababa de entrar como quien entra a donde pertenece: con una llave, con naturalidad… al mismo lugar donde Sofía había dormido la noche anterior. El suelo le tembló bajo los pies. Y se sintió tonta.

Marcó a Eddy sin pensar. Él respondió de inmediato, con la respiración entrecortada, quizá todavía en medio de su rutina en el gimnasio.

—¿Qué pasa, cariño?

—Eddy… ¿crees que puedas venir a buscarme? Rápido, por favor.

—¿Dónde estás?

—Justo afuera del hospital —dijo mientras se decidía a regresar.

—Vale… en diez minutos llego. ¿Pero te pasa algo?

—No. Todo está bien. Solo ven pronto, por favor.

Eddy no insistió. Detectó la urgencia en su voz y bastó eso. Dejó las pesas a un lado, se puso la camiseta sin siquiera secarse el sudor y agarró el auto de su papá sin cambiarse.

Ocho minutos después se detuvo justo donde ella lo esperaba. Sofía subió sin decir palabra y se hundió en el asiento, como quien se resguarda de una tormenta interior.

—¿Te llevo a tu casa? —preguntó él con suavidad.

—No. Vamos a la tuya. No quiero que mi madre me pregunte por mi «mala cara».

Eddy asintió sin palabras y arrancó.

Sofía se llevó las manos al rostro. Tenía las mejillas ardientes, la mandíbula tensa. Movía la cabeza de lado a lado, murmurando:

—Esto no me puede estar pasando a mí… No puede ser. No puede ser…

Sentía el pecho oprimido, como si alguien le hubiera vaciado el aire con un puño invisible. Le costaba tragar. Las sienes le palpitaban. El pulso le zumbaba en las muñecas. Y lo peor era la confusión: no saber qué significaba lo que había visto, ni si tenía derecho a sentirse traicionada.

La mujer rubia no era un personaje aleatorio en esta historia. No era un error. Era una pieza de ese rompecabezas que Adam nunca le mostró del todo. Trabajaba en el hospital. Era parte de su mundo. Y tenía las llaves de su casa. Quizás aquí la aleatoria era ella.

«¿Cómo no lo vi antes? ¿Por qué no hice las preguntas que debía? ¿En qué momento me dejé llevar tan rápido por las apariencias, por el deseo?»

Eddy, atento a su silencio, no hizo preguntas durante el trayecto. La miraba de reojo, presente, disponible.

Al llegar a su apartamento, Sofía se quitó los zapatos, le parecía que llevaba siglos caminando. Entraron sin encender más luces que las necesarias. Ya en el cuarto de Eddy, se sentó en la cama con lentitud, como temiendo romperse por dentro. Cruzó las piernas, apoyó los codos sobre un cojín y se cubrió la cara con ambas manos. Permaneció así, respirando hondo, como buscando el centro exacto de su frustración.

Eddy regresó con un vaso de agua. Se sentó a su lado, le rodeó los hombros con el brazo y la atrajo con delicadeza. Ella se recostó en su hombro. En ese momento, lo único que necesitaba era un lugar donde caer. Y ese lugar era él.

Sus amigas no estaban listas aún para escuchar esta historia… Primero tenía que entenderla ella. ¿De verdad le gustaba tanto Adam? ¿O le dolía más el ego?

—Voy a preparar café. ¿Te apetece? —preguntó Eddy.

—Seguro. Gracias —respondió ella, un poco más calmada.

Cuando volvió con las tazas, se sentó con firmeza a su lado.

—Ahora es inevitable que me cuentes.

Sofía le contó todo con detalle, incluso lo que él aún no sabía de los avances que habían tenido… Él la escuchó con dulzura, pero sin compasión.

—Mira, yo que soy hombre, te digo algo: no es para tanto. No puedes andar suponiéndolo todo. No puedes emitir juicios sin hablar con él. Algo tendrá que decir, ¿no?

Sofía sabía que tenía razón. Pero no podía dejar de sentirse estúpida.

—Puede ser…, pero sospecho que lo que va a decir no será bueno. A menos que mienta.

—Tienes que darle el chance. Y luego decides. Vamos, que yo sé que estás jodida, pero estás a tiempo… ¿verdad?

—«Estás jodida» …, otra vez. No hace falta que me lo repitas tanto —dijo ella fulminándolo con la mirada.

—Dijiste que iba a pasar por ti a las siete, ¿no? Para ir a tomar algo…

—Sí. ¿Crees que deba ir?

—Es tu oportunidad, mujer. Pues claro que sí. Si quieres, me preparo con mi mejor versión y, «de casualidad», estaré junto a ti en el portal cuando llegue… Un poco de fantasmas se merece.

Sofía no pudo evitar reírse. Eddy imponía con su físico, sí, pero más con su carisma. Le tomó la cara con cariño y le agradeció con la mirada por estar ahí, por ser especial, tarareándole aquella canción de Kany García que un día sin querer adoptaron como himno de su amistad.

♫7- *Yo te necesito, pa salvarme* ♫

Las amigas de Sofía creían que Eddy era solo un figurín apuesto e inmaduro. Pero ninguna lo conocía de verdad. Tenía un corazón enorme. Y a Sofía…, ciertamente, la quería. Mucho.

Eddy fue a ducharse antes de llevar a Sofía a casa. Se puso una camisa blanca remangada muy casual y los botones superiores desabrochados, acompañado de un pantalón azul oscuro. Iba muy perfumado y con la determinación de intimidar un poco a Adam si este llegaba a aparecer. Sofía lo piropeó; a él le encantaba que ella lo hiciera.

En el trayecto a su casa ella iba más calmada, aunque llena de preguntas… y, por alguna razón, también de miedo. Eddy rompió el silencio:

—¿Tú realmente sabes lo que quieres con él, Sofía? ¿Lo tienes claro?

Sofía se quedó pensativa. A ciencia cierta, solo sabía de la fuerte atracción que Adam ejercía sobre ella. Admiraba su talento profesional, el desafío que él representaba, ese coeficiente intelectual altísimo que la retaba constantemente. Eso, para ella, era un ancla demasiado poderosa…, no obstante a que, intuía que podría ser su perdición. ¿Lo que quería con él? Jamás se lo había cuestionado, y caía en cuenta de ello en ese preciso instante.

Eddy aprovechó su introspección para poner todas las cartas sobre la mesa e insistió:

—Supongamos que todo fluye, que desaparecen los obstáculos y comienzan una relación. Que todo el hospital se enterara y los ven llegar de la mano cada mañana. ¿Eso te haría feliz?

Aunque imaginar esa escena producía una descarga inevitable de serotonina, Sofía ya no era una adolescente. Además, estudiaba el cerebro, así que, con esfuerzo, se reconfiguró. Había cosas que no quería perder ni cambiar, cosas que, en ese momento de su vida, no eran negociables. Su estilo de vida le brindaba mucha paz… y, en realidad, nunca se había planteado si quería ir tan lejos.

—Ahora que me lo preguntas…, en serio, no tengo ni puta idea de cuál es la respuesta.

—Entonces, ¿a qué se debe tanto malestar? —inquirió Eddy con tono relajado.

Sofía se quedó en silencio, reflexionando. Cuando llegaron a la puerta de su casa. Ambos entraron, y ella fue directamente a darse un baño. Eddy se quedó en la sala, poniéndose al día con Isabel, a quien no veía desde hacía días.

Ya envuelta en la toalla, Sofía recibió en su celular el mensaje que había estado esperando, respaldado por una duda inquietante de que no fuera a llegar. Su ritmo cardíaco se aceleró con imprudencia. Eran casi las 6:30 p. m.

Adam: *Contando los minutos para verte…*
¿Ya estás lista? 😌

Se tomó un par de minutos para responderle:

Sofía: *Casi.*

Adam: *Nos vemos a las siete.*

Sofía se vistió más relajada que la noche anterior, aunque no tenía muchas ganas de impresionar a nadie. Un mal síntoma tratándose de ella. Se puso un pullover blanco con cuello de V, y un pantalón *jeans*, bastante ceñido al cuerpo y ajustado a la cintura, con unos tenis blancos. Llevaba el cabello suelto, aún húmedo, y un leve aroma a jazmín. Eddy la inspeccionó y le dio el visto bueno.

—Estás muy en plan «me da lo mismo todo, pero soy sexy igual». Me gusta tu actitud.

Ambos rieron y se sentaron a tomar otro café con Isabel en el portal. Se divertían con los cuentos de Eddy, que se recostaba en la baranda con ese aire desenfadado y atractivo que lo volvía casi imposible de ignorar. Vestía sencillo, pero el porte y la seguridad le daban una presencia que imponía sin esfuerzo.

De pronto una bicicleta se paró frente a la puerta. Sofía se enderezó, sin mirar aún, pero sabiendo perfectamente quién era.

Sus entrañas se contrajeron, pero su rostro... impecable. Ni un rastro del nerviosismo que la estaba desbordando por dentro.

Adam apareció con una mochila negra al hombro y el cabello un poco más revuelto de lo habitual. Alzó la vista y allí los vio. Su mirada se transformó. Lo reconoció enseguida, aunque su expresión apenas se alteró. Frenó con suavidad y bajó de la bicicleta. Eddy dio un paso al frente y le tendió la mano con naturalidad. Isabel se presentó sola, como siempre.

—Soy su hermana —inquirió mientras le daba un beso en la mejilla, y él se presentaba de vuelta.

—¿Qué tal? —le dijo Eddy, extendiéndole la mano derecha, con una sonrisa que podía ser tanto una cortesía como una advertencia.

Adam dudó un segundo antes de responder el apretón.

—Todo bien... ¿Qué tal?

—Pues muy bien —replicó Eddy, midiendo cada centímetro de su lenguaje corporal.

Sofía, ignorando deliberadamente el cambio de energía, intervino con voz ligera:

—Adam, él es Eddy, mi mejor amigo.

—Sí —interrumpió Eddy sin dejar de mirar a Adam—. Ya nos hemos conocido antes.

Adam sostuvo la mirada, intentando mantener la compostura.

—Ah, ¿sí?

Sofía miró a ambos, fingiendo asombro, y percibiendo esa corriente subterránea que aún no podía descifrar. Dio un paso adelante y se despidió de Eddy con un beso en la mejilla.

—Gracias por todo. Te llamo luego.

—Cuídense —dijo Eddy, con la sonrisa aún fija, pero ya sin rastros de cortesía.

Sofía se montó en la bicicleta, acomodándose en el marco como antes, con la naturalidad de quien no quiere pensar en lo inquietante que ha sido todo. Adam arrancó sin decir palabra. El viento comenzaba a refrescar la tarde.

Y allí estaba otra vez. La sudoración tibia en las palmas. El escalofrío recorriéndole la espalda. Esa cosquilla eléctrica en la nuca que anunciaba peligro, deseo, y algo más. La sensación de no tener nada bajo control. Y, por supuesto…, las ganas irrefrenables de comérselo vivo.

Adam no se pudo contener:

—Eres una mujer de muchos amigos. Tienes suerte.

Sofía percibió la ironía, pero ese no era el *ring* adecuado para ripostar e iniciar ningún combate, así que lo ignoró.

—¿A dónde vamos? —prefirió preguntar.

—A un sitio que me gusta mucho. Es el restaurante de un amigo —respondió mientras se inclinaba hacia ella para olerle el cabello más de cerca—. Tengo muchas ganas de darte un beso.

—¿Y qué te lo impide? —replicó Sofía, volteándose con rudeza, ya un poco cansada de silenciar su mal genio.

Adam sonrió, pero no ejecutó ninguna acción, siguió escuchando música en silencio.

—¿Qué escuchas? —preguntó ella para dispersar un poco la energía.

Él no respondió, pero le colocó en el oído uno de los auriculares. Era Alejandro Sanz:

♫8- *Ya no duele… porque al fin ya te encontré. Hoy te miro…
y siento mil cosas a la vez.* ♫

A Sofía aquella canción le resultaba una ironía fuera de lugar, mientras le subía el fuego. Le quedaban minutos para soltar un «ya no más», pero la canción la contuvo.

Llegaron al lugar poco después. Una fachada sobria, con detalles de madera y luces cálidas. El anfitrión, un hombre con acento extranjero, de unos cincuenta años, los recibió con entusiasmo:

—*¡Bienvenuti!* Pasen, por favor.

Los condujo hacia una terraza reservada, donde solo otra pareja ocupaba una mesa en el extremo opuesto. La decoración era cuidada, íntima: velas, flores frescas, música suave. Pero para

141

Sofía, nada de eso tenía el sabor del romance. Más bien olía a estrategia. A escondite.

Se sentó con el ceño un tanto fruncido, predispuesta, a la defensiva. Adam, como si nada, hojeaba el menú con familiaridad.

—Te recomiendo la lasaña de champiñones. Es mi favorita.

—Prefiero la carbonara —dijo ella con decisión, sin levantar la vista.

Compartieron par de copas de vino, mientras hablaban del hospital, Adam mucho más que ella y comieron en silencio. Al menos durante los primeros minutos. Hasta que Adam, sin mirarla, rompió la tensión:

—¿Te pasa algo?

Sofía dejó el tenedor con un gesto agudo. Lo miró con franqueza.

—Sí. Sí me pasa algo.

Adam bajó la cabeza. Ya estaba esperando esa respuesta.

—Creo que ya sé qué es.

—¿Lo sabes? —preguntó ella cortante—. Sí, claro que lo sabes.

—Anoche te dije que teníamos que hablar. Tú no quisiste.

—Y tú no insististe.

—Me pudieron más las ganas que te tengo… Hablar lo habría arruinado todo.

—¿Y qué te hace pensar que no va a arruinarlo ahora igual?

Adam sonrió apenas, como si lo tuviera todo bajo control, como si no hubiera nada que temer.

—Mejor comamos en paz. Disfrutemos la cena. Luego vamos a mi casa… y lo hablamos.

Sofía cruzó las piernas bajo la mesa. Empezó a contar en su cabeza, como en los entrenamientos de manejo emocional: uno… dos… tres…, pero no funcionaba.

«¿Cómo puede ser tan cínico? ¿Cómo puede seguir comiendo como si nada?»

Era hombre. Macho. Varón. Masculino. Claro, ahí estaba la explicación exacta del fenómeno. Mucha testosterona, poca oxitocina.

—¿A tu casa? ¿En serio?

—No veo por qué no… Dudo que esto podamos hablarlo en la tuya.

Ella enarcó una ceja. No dijo nada. Solo exhaló con esa mezcla de rabia y asombro que solo provoca el descaro sin remordimiento.

—Bueno —dijo al fin—. Supongo que no puede ser en un parque…, al aire libre, ¿verdad?

Él bajó la mirada. Soltó el tenedor de un golpe. Por primera vez, descolocado.

—¿Nos vamos? —le preguntó.

—Me parece lo justo —respondió ella segura.

Adam pagó la cuenta en silencio. Salieron sin mirar a los lados. El dueño del restaurante levantó la mano para despedirse, pero se quedó con el saludo congelado y las palabras muertas en la boca.

El camino fue un silencio inevitable, una carretera de pensamientos que ninguno quiso transitar en voz alta. Llegaron a la casa. Adam desmontó de la bicicleta, abrió la puerta sin mirarla y subieron la pequeña escalera sin cruzar palabra. Giró la llave y se quedó un segundo detenido antes de empujar la puerta.

—Pasa —dijo.

Sofía se detuvo en seco.

—¿Estás seguro de que no hay nadie? —replicó con ironía y prepotencia.

Adam le lanzó una mirada cortante. Inquisitiva. Como un cuchillo que no corta la piel, pero apuñala las intenciones.

—Entra, Sofía —reiteró, irrefutable.

Ella obedeció. Se sentaron en la sala. Él en el sofá, con los codos sobre las rodillas. Ella al borde de una butaca, como quien no está segura de querer quedarse.

—¿Qué quieres saber? —preguntó él sin rodeos.

—Todo lo que tengas para decirme.

Adam asintió, mas no habló enseguida.

—Está bien. Te lo diré todo. Pero dime tú primero… ¿por qué? ¿Por qué quieres saber? ¿Qué es lo que quieres conmigo?

Sofía sintió el hielo recorrerle los hombros. Esa era la pregunta que no había previsto. Que no quería responder. El interrogatorio se le devolvía como un espejo sucio, que no reflejaba respuestas, sino más dudas. «¿Qué quiero?», pensaba a la vez que se sentía de frente a un espejo cuyo reflejo la desafiaba. El silencio se estiró. Por dentro, peleaba con la verdad: no lo sabía. No del todo. Solo tenía claro lo que no podía permitir.

—No lo sé —respondió, al fin—, pero me gustaría descubrirlo. Solo que sé muy bien bajo cuáles condiciones puedo hacerlo... y bajo cuáles no.

Adam asintió de nuevo, esta vez más despacio intentando calibrar sus próximas palabras.

—Muy bien. Pues te lo cuento todo entonces.

Se acomodó en el sofá, como si encontrar la posición correcta fuera parte del esfuerzo de ordenar lo que venía.

—Tengo una relación desde hace dos años. Bueno..., tenía. Con la mujer que viste en la fiesta. La misma con la que me vio tu amigo hace unos días —soltó sin anestesia.

Sofía cruzó los brazos, clavó la mirada en la alfombra, y apretó los labios tratando de contener una verdad que no quería salir, pero que ya se imaginaba.

—Ha sido difícil romper algo que estábamos luchando por recomponer. Las cosas no iban bien, lo sabíamos los dos, pero ha sido más complicado de lo que imaginé..., sobre todo, por la relación que tengo con su familia. Han sido muy buenos conmigo. Ella está sufriendo mucho. Y no acepta la decisión.

Sofía bajó la mirada. La garganta se le cerró. No por celos. No por rabia. Era otra cosa. Una mezcla de decepción y lucidez que dolía más que cualquier arrebato. Aunque no pudo evitar pensar: «Me tiró la excusa clásica». Y, de pronto, como un disparo en la memoria: Alberto. «No..., no sucederá de nuevo».

—¿Por eso estabas tan agobiado cuando fuiste a buscarme ayer?

—Fue una tarde fuerte, tuve que decir cosas que pueden resultar dolorosas para alguien que sabes que te quiere... y no se lo tomó muy bien. Reaccionó descontroladamente. Fue ella quien llamó en la madrugada —respondió en tono bajo, preocupado.

—Pero ella estuvo aquí hoy… ¿verdad? —se arriesgó a preguntar.

—Vino a recoger unas cosas, me dijo. Yo no estaba…, pero ¿tú cómo lo sabes?

Sofía tragó saliva. No quería parecer una acosadora desesperada. Aunque quisiera preguntar si todavía tenía las llaves y podía aparecer allí de un momento a otro…, era exponer demasiado su interés en todo esto.

—Justo pasaba por aquí en un taxi cuando la vi entrar.

—Ah…, ya. Las casualidades —dijo él sin énfasis.

—Bueno. ¿Y cómo defines ahora tu estatus civil?

«Que no diga "es complicado", por favor». Adam respiró profundo, pero no tardó en responder:

—Pues…, es complicado.

Sofía recogió el rostro con una tensión que no pudo disimular. Volvían a salirle los subtítulos a sus silencios.

—Ahora mismo estamos separados, aunque ella hace múltiples intentos por hacerme entrar «en razón» —acotó haciendo comillas con los dedos—. La tengo difícil. Su madre tampoco para de llamarme. Me pide que pase por allá a tomar café todos los días.

—¿Ella trabaja contigo?

—Es residente de tercer año de Angiología en el hospital. No trabajamos juntos, pero compartimos espacios. ¿Tú no la conoces?

—No, gracias a Dios, no. Se me caería ahora mismo la cara de vergüenza.

Sofía comenzaba a aterrizar ideas. Había que poner límites claros desde ya. Y eso le convenía, aunque fuera contradictorio.

—¿Ella me conoce a mí?

—Bueno, ya me ha preguntado por ti… Creo que nos vio conversando hace unos días en una entrega de guardia.

«Entonces hoy en la mañana no tropezó. Me empujó».

La conversación, de alguna forma, era un muro de contención. Sofía sentía que debía mantener la compostura. No por él sino por ella. No podía permitirse chismes ni intromisiones en su vida privada y, menos, dentro del hospital.

—Bueno, Adam. Ahora vamos a lo importante. ¿Qué pinto yo en toda esta historia? ¿Qué quieres tú exactamente, conmigo?

Él levantó la mirada, ya sin defensas.

—Si supieras…, tú tienes mucho peso en esta historia. Sobre todo, por las noches que dejé de ir a su casa, para quedarme aquí estudiando. Pensando con tranquilidad y sin culpa cómo haría para acercarme a ti. Yo contigo quiero probarlo todo. No te voy a engañar. Y te hablo a ciegas, porque apenas te conozco…, pero eso es lo que siento.

Se levantó del sofá. Se acercó. Le tomó la cintura. Le besó la frente, los ojos, las mejillas… y luego, al llegar a los labios, se detuvo un instante. Se mordió los suyos. Entonces la besó. Con ternura, pero también con pasión. Ella siguió el ritmo. Luego la abrazó fuerte… y se quedó allí. Solo un instante.

Había muchas cosas que acomodar. Pero, al menos, los asuntos esenciales parecían haberse puesto sobre la mesa. No definieron reglas, sin embargo, conocer el terreno… parecía un buen comienzo.

—Tengo seminario mañana. ¿Estudias conmigo un rato? —preguntó el extendiéndole la mano.

Ella asintió. Fueron a su cuarto. Ella en la cama. Él en la silla del buró desgranaba con maestría la anatomía de los tumores de la fosa posterior y sus posibles abordajes quirúrgicos, y ella, extasiada, lo escuchaba, y aprendía.

Esa noche no se quedó. Se fue con la frente en alto, el deseo en pausa… y las reglas claras. Ya no quería besos con asteriscos. No iba a jugar a ciegas, no esta vez. Mañana sería otro día. Y esta vez, sería distinto. Con ella al mando… ¡Ilusa!

Interferencias 4

Esa noche, Sofía me llamó.

—¿Por qué me preocupa tanto...? —susurró—. ¿Por qué quiero saber más...? ¿Por qué tengo miedo?

Yo la conocía mejor que nadie. Ella no estaba lista para asumir que estaba enamorada, no todavía. Solo diría que estaba deslumbrada por Adam y por todo lo que él representaba. Lo quería para ella, aunque no supiera del todo por qué. Y la existencia de la doctora rubia —todavía sin nombre, pero ya con demasiada presencia— la incomodaba más al ego que al corazón.

Estaba en desventaja. Débil. Enredada en ese conflicto que la arrastraba entre lo que deseaba con urgencia y lo que de verdad le convenía. Entre lo que la encendía... y lo que la hacía bien.

Pensó en contarle a sus amigas lo que estaba pasando, disfrazándolo de anécdota, para que no doliera tanto si todo se derrumbaba. Pero no lo hizo. Sabía que, aunque ella fingiera ligereza, sus amigas leerían la verdad entre líneas. Para eso estaban. Y, por eso mismo, calló. Porque si hablaba, se le caía la armadura. Porque si hablaba, acabaría aceptando un hecho al que no quería ni podía plantarle la cara.

—¿Crees que deba dar un paso atrás? —me preguntó con esa voz que parece pedir consejo, pero que, en el fondo, solo busca consuelo.

Pero no era una pregunta. Ya le estaba entregando a Adam el poder que él necesitaba para instalarse en su mente. Y él, astuto, sabía qué decir, en qué tono hablar, dónde tocar. Lo sabía y lo hacía. Ya no había remedio.

Le pedí que se mantuviera alerta, que respirara y viviera un día a la vez, porque eso era lo único que podía hacer: caminar con los ojos entrecerrados por el laberinto en que se estaba convirtiendo este intento a ciegas con el doctor Adam, pues lo peor no era lo que Adam escondía. Lo peor era lo que ella estaba dispuesta a ignorar.

Capítulo XV
Nidos invisibles

Durante las semanas siguientes, algo se instaló entre ellos. No fue una declaración ni una promesa. Fue una secuencia de gestos, rutinas y silencios compartidos, entre quienes acomodan un nido invisible a dos cuerpos que se reconocen, se desean y se buscan con urgencia contenida.

Cada mañana, sin fallar, coincidían en el piso subterráneo frente al ascensor antes de que el hospital despertara por completo, lo hacían incluso si habían pasado la noche anterior juntos. Era una especie de ritual. A veces llegaban con minutos de diferencia; otras, se sincronizaban sin necesidad de palabras. El breve trayecto hasta el quinto piso se convertía en una ceremonia muda: besos apasionados cuando no había nadie, roces insidiosos cuando tenían público, respiraciones cercanas, miradas sin traducción y leves ajustes de postura, como si el cuerpo del otro ya perteneciera al propio espacio vital.

Sofía sabía que no era casualidad. Él llegaba temprano por ella. Y ella, sin admitirlo en voz alta, también lo hacía por él.

Durante ese mes, el hospital fue su escondite. Se camuflaban entre pacientes, emergencias y protocolos, pero entre cada evolución y cada indicación quirúrgica, flotaban señales invisibles. Se dejaban mensajes cifrados en los historiales clínicos, imitaban sus firmas para asegurarse de poder compartir los mismos casos cuando fuera posible, conspiraban con disimulo en los márgenes del sistema. Las miradas sospechaban. Los pasillos también.

Coordinaban las guardias como quien comete un descuido voluntario. No lo era. Era un pacto tácito, sellado entre libros de Neuroanatomía, cafés fuertes y noches compartidas de sexo, estudio y desafíos profesionales. Se retaban a aprender más, discutían con fiereza... y se reconciliaban de la mejor forma posible. Aprendieron a leerse. A resguardarse. Se admiraban con esa intensidad que, en el fondo, da miedo.

En los días libres se inventaban paseos, compartían películas, pasaban tiempo juntos con cualquier excusa. Pero no lo hablaban, no lo necesitaban... o eso creían. Se entendían con los ojos. Y en las guardias, cuando el cansancio los vencía, bastaba una excusa, «revisemos este caso», «ven al salón de imágenes», para volver a encontrarse, para volver al centro.

Adam era discreto. Tal vez aún por la sombra de su ex, que flotaba por los pasillos con la supuesta herida a cuestas. Sofía lo intuía en sus silencios, en sus pausas antes de tocarla frente a todos. Pero no lo cuestionaba. No era su estilo. No todavía.

No se hablaba de «nosotros». No se discutía qué eran. No había planes. Solo el ahora. Solo la electricidad bajo la piel. Solo esa urgencia amable con la que se tocaban cuando nadie miraba.

Durante las guardias, se las arreglaban para dormir juntos donde fuera: en la sala de descanso, en oficinas ajenas. Se encontraban por segundos, se buscaban con deseo contenido. Bastaban más de cuatro horas sin olerse, sin tocarse, para que el cuerpo lo pidiera todo de nuevo.

Pasó poco más de un mes de acercamientos sin nombre, de pasión sin etiquetas, y de una certeza cada vez más nítida: lo que tenían era un secreto a voces. Un «nosotros» sin nombre, pero con cuerpo, olor y rutina. No sabían lo que eran, pero ambos sentían que no querían dejar de serlo.

Capítulo XVI
Nos vemos en la noche

Era viernes. Adam estaba atrapado en el quirófano con un caso complicado y Sofía ya se disponía a salir del hospital a las cuatro de la tarde cuando el grupo de WhatsApp de sus amigas entró en ebullición. El motivo: el cumpleaños número 25 de Amber.

Amber: *Vámonos al Templo esta noche.*

El Templo era un sitio popular en la ciudad. Una especie de refugio para desconectar, bailar sin excesos, escuchar música inteligente y conversar si se daba el caso. Un lugar bohemio, de trova y juventud, con aroma a vino barato, Havana Club con cola y teorías existenciales.

Paula: *Confirmen todas para cancelarle a Iván, que ya habíamos quedado.*

Iván era un cirujano plástico del hospital donde trabajaba Sofía. Treintañero, alto, de piel trigueña, cuerpo de gimnasio «tres días no y uno sí», ojos cafés, cejas anchas, cabello castaño y labios gruesos. Llevaba un par de meses en un romance informal con Paula. Estaban estables, según ella, aunque hablaba de él con una soltura que no convencía a nadie. Todas ya lo conocían y había pasado el filtro del Consejo. Sin embargo, en privado, coincidían en que a ella le gustaba más de lo que admitía. Pero le seguían la corriente.

Él no hablaba mucho. Tenía esa típica pared emocional de los que se creen profundos por no decir nada… o de los que saben que mientras menos se sepa mejor. Pero, supuestamente, a Paula eso no le afectaba.

Una por una fueron confirmando su asistencia. Sofía dudó por un momento: tenía planes con Adam para repasar juntos algunos casos clínicos raros antes de la guardia —esa excusa suya tan funcional—, pero en el fondo sabía que no podía faltar a la cita con sus amigas. Esa noche era sagrada.

> **Sofía:** *Ahí nos vemos. Dejen la hora y el código de vestuario.*

> **Sofía:** *Paula, me quedo en tu casa que la noche va a ser larga... y mañana tengo guardia.*

> **Paula:** *No hay problema, Sofi. Código de vestuario: «No estoy pa na». ¿¿¿QUEDA CLARO, Camila???* 😐

Porque Camila no entendía de códigos de vestuario. Ella siempre llegaba elegante y perfecta, lista para una alfombra roja. Desentonaba…, pero con estilo. Había que mirarla sí o sí.

Sofía se apresuró a dejarle un mensaje a Adam antes de que el ritmo de la noche comenzara:

> **Sofía:** *Hoy es el cumple de una de las chicas. Esta noche no podré ir. Igual mañana estamos de guardia y nos desquitamos* 😊.

El mensaje fue recibido, pero no leído. Y, ese silencio, aunque pequeño, dejó una vibración sutil en el pecho.

A las 9:00 p. m., ya estaban todas en la entrada de El Templo. Cumplieron con el código de vestuario, incluso Camila —que fue la última en llegar, a pesar de vivir a dos cuadras—, apareció con unos tenis blancos relucientes y una falda que parecía un tutú. Su estilo decía claramente: «No estoy pa na, pero soy glamourosa de todos modos». Inolvidable, como siempre.

Se saludaron con entusiasmo, rodearon a Amber para felicitarla, pero ella —seca como tierra cuarteada— no se dejó envolver en abrazos.

—Ya, suficiente. Vamos a beber y a pasarla bien un rato. Ya sé que me aman —sentenció, cortante pero genuina.

Era pesada, sí, pero era de las suyas. Y así la querían todas.

Entraron directo a la mesa que habían reservado: una ubicación privilegiada, con vistas a todo el patio.

El Templo era mucho más que un bar. Era un refugio con alma. Un patio colonial al aire libre, en el corazón de la ciudad, donde la juventud no tenía edad y los amores efímeros se alimentaban de vino, de tragos improvisados y de trova. Bajo techo, la barra reunía a los de siempre; afuera, mesas más libertinas y un pequeño escenario que se convertía en pista de baile a las once de la noche.

Las paredes, de ladrillo desmaquillado y tono cálido, estaban cargadas de historias fugaces de una noche que casi nadie contaba por ahí, y también de amores que se habían hecho largos sin querer. Era habitual encontrarse con algún profesor universitario, algún músico *amateur* o un poeta disfrazado de economista. Se respiraba un aire renovador, cargado de miradas que pensaban, de risas con fondo filosófico y de ese tipo de flirteo intelectual sin necesidad de contacto para ser físico.

Un grupo local tocaba en vivo, y desprendía mucho *soul*. La gente hacía coro sin esfuerzo y se extrapolaba. Ellos no buscaban sonar en la radio, sino tocar las fibras, y mira que sí lo lograban. Siempre había más de dos guitarras al hombro entre los espectadores esperando ser invitados a la tarima. Y no podía faltar el negro Salvador, con sus rastas, su tabaco lento y su parsimonia. Se movía casi flotando de esquina en esquina, en ese sitio que parecía llevar impregnado en su sangre desde vidas pasadas, haciéndolo honor a su nombre, desbordando la buena vibra necesaria para pasarla genial.

—Bueno, Sarah —comenzó Sofía con tono insidioso—, cuéntanos cómo va la vida de casada...

—¡Qué graciosa! —respondió Sarah entre risas—. Pues la verdad, nada mal. Ariel es muy cariñoso y comprensivo…, solo tengo que educarlo un poco sobre nuestros encuentros, porque no se toma muy bien que andemos solas a estas horas.

—Los cubanos son machistas. Pasarán décadas antes de que eso cambie. Habrá que mudarse a España para que los absorba otra cultura —dijo Rachel suspirando con una mezcla de hastío y resignación.

Rachel andaba callada, casi invisible. Llevaba semanas dándole vueltas a su vida, como si cada pensamiento se tropezara con el siguiente. A sus casi treinta y tres, los conceptos de felicidad que antes la impulsaban se le estaban desmoronando entre las manos: lo que soñó a los veinte ya no tenía el mismo brillo, ni la misma urgencia. Aquella noche, sin embargo, no buscaba respuestas ni discursos; no quería ser protagonista de nada. No tenía fuerzas para eso. Se quedó al margen, observando de lejos, como quien se sabe en pausa y aun así respira.

—¿Pau, y cómo van las cosas con Iván, no se molestó porque le cancelaste? —le preguntó a Paula, con una intención disfrazada de curiosidad.

—No, qué va. Estamos bien, nos lo tomamos con mucha calma —respondió Paula, quitándole peso al asunto—. Ahora andamos reuniendo para irnos unos días de vacaciones a los cayos.

Todas soltaron una bulla burlona, entre risas y silbidos.

—Solo me preguntó a dónde iba y me dijo que saldría a cenar con unos amigos del hospital. Así que... quedamos a mano —agregó.

—Muy moderno, así me gusta —acotó Rachel lanzando una mirada fugaz a Sarah, quien ni se inmutó.

Ella vivía en su mundo, donde no explotaban bombas.

—Camila, ¿y el cura qué? —preguntó Amber, siempre fascinada por las historias más descolocadas.

—Ya se me pasó el fuego. Resultó que era demasiado intenso, y ya no quiero volver a verlo. Nosotras no somos de hombres así, ¿verdad? —dijo Camila, necesitando justificar su decisión.

—Vaya, pero qué buena chica me has salido. Después de desviarlo del camino…, lo abandonas a las tinieblas. Espero que en el infierno no te arrepientas —comentó Amber, divertida—, pero eso no va a pasar porque ustedes son unas duras. No les gustan los intensos… hasta que les gusta uno de verdad y no les hacen caso. Ahí sí quieren intensidad, ¿o me equivoco?

Todas bajaron la vista, esquivando el tema mientras ella ya se disponía a levantarse para bailar con esa desproporción tan suya. Sofía seguía absorta mirando el móvil. Su mensaje a Adam seguía sin ser leído.

—¿Y tú, Sofía? ¿Cómo va todo con el Doctor Maravilla? —preguntó Camila, a propósito de la intensidad, con una sonrisa en los labios.

—Déjenme volver a sentarme —ironizó Amber, volteando los ojos.

Ya todas sabían que las historias de Sofía solían ser las más largas, como si fueran también las más «serias» e «importantes» del grupo.

Pero Sofía ni se enteró.

—¡Sofía…, *hello*! —le dijo Rachel, chasqueándole los dedos frente a la cara.

—¿Eh? Ah…, todo bien. Nada de estrés. Nada nuevo que contar.

—¿Eso es todo? —preguntó Paula levantando una ceja con sospecha.

Amber le tocó la frente:

—¿Estás bien?

—Voy por un mojito —respondió Sofía con evasiva—. Las veo en la pista.

Al regresar de la barra, sonó la notificación de un mensaje.

Adam: *Vale, diviértete. Igual terminé ahora mismo*
y estoy muy cansado.
Pórtate bien. 😌
Nos vemos mañana. ¡Te quiero!

Sofía se quedó en *shock*. Era la primera vez que «te quiero» salía de uno de los dos. Leerlo la descolocó por completo. Responder con un «yo también» iba contra todas las reglas. Un emoji, en cambio, le parecía frío, casi despectivo. Nada parecía estar a la altura.

Corrió hacia sus amigas. Llamó a Paula y le mostró el mensaje. Paula lo leyó y reaccionó como si hubiera visto un fantasma.

—¡Oooh, qué miedo…! ¿Y ahora qué vas a responder?

—¡Pues para eso te lo he enseñado a ti! ¡Para que me digas! —le soltó Sofía, desesperada.

—¿Yo? ¡Si tú eres la que responde por todas cuando no sabemos qué decir! A mí no me preguntes...

Rachel se unió al momento, levantándose con una copa en la mano.

—¡Qué fuerteee! —dijo al ver la pantalla—. Ponle «gracias» y ya —añadió riendo mientras se ponía a bailar.

—¡No sirven para nada! —gritó Sofía, alzando la voz para hacerse oír por encima de la música.

«¿Y ahora qué coño escribo yo aquí?», pensaba, con el pulso acelerado, cuando llegó una nueva notificación.

Adam: *No entres en pánico.*
No tienes que responder de vuelta 😊.
Te mando un beso.

Sofía: *Otro para ti* ♥.

Suspiraba aliviada y escribía con una sonrisa. Se había evitado el colapso. Sin embargo, se debatía entre la sensación de haber dejado pasar una oportunidad y ese inoportuno cargo de conciencia que surge en los comienzos de una relación, cuando las definiciones, los deberes y los derechos aún están difusos. Pero eligió no pensarlo demasiado y se sumó al baile con sus amigas. Ellas eran sus cómplices, sus almas gemelas, su zona segura..., su cable a tierra.

A la una de la mañana, sonó la última canción en El Templo. Esa que siempre ponían justo antes de cerrar, como ritual de despedida. Las chicas, algo más contentas de lo habitual tras varias copas, no tenían intenciones de que la noche terminara ahí.

Fue entonces cuando Camila lanzó la propuesta con una sonrisa traviesa:

—¿Y si nos vamos al Pulp Fiction?

El entusiasmo fue inmediato. Pulp Fiction era el bar de moda en la ciudad. El antónimo perfecto de El Templo. Si este último era bohemio y contemplativo, el otro era rojo, negro y visceral, con la sensualidad flotando como niebla en cada rincón. Las luces vibraban tenues, estratégicas. La música, provocadora. No se iba allí a conversar: se iba a buscar, a desear, a dejarse ver. Era un bar amplio, vibrante, diseñado para estimular todos los sentidos. La pista parecía un campo de caza elegante, donde los cuerpos se rozaban con naturalidad.

Desde el primer día que abrió, ellas lo habían hecho suyo. Llegaran a la hora que llegaran, siempre había una mesa o un espacio reservado, como por arte de magia. El DJ y el presentador ya las había declarado hijas ilustres del lugar. Formaban parte de la decoración, de la leyenda nocturna del lugar.

Sin pensarlo demasiado, todas aceptaron. Todas menos Sarah, que se fue con Ariel, su novio rescatador, que llegó puntual a buscarla y con cara de «no me convence esta bohemia». Las demás sí partieron rumbo al Pulp Fiction, el espacio ideal para sentirse invencibles y poderosas.

Apenas entraron, fueron directo a la tarima. Paula y Rachel se movían de tal forma que parecían parte del cuerpo de baile del local: fluidas, sensuales, con una precisión natural que volvía imposible no mirarlas. Amber, por supuesto, lo hacía a su manera: con energía salvaje, con una desconexión tal del ritmo que daba la vuelta y se volvía arte. Ella y la música hablaban en idiomas distintos, pero se entendían igual.

Media hora después, se les unió Erick. Amigo común, pero incondicional de Paula. Ya estaba allí, como si lo hubiera adivinado. Se lanzó a la pista con ellas de escolta.

A las 2:00 a. m. el lugar estaba en su punto más alto. Luces, sudor, pieles brillantes y una atmósfera que olía a deseo bien mezclado.

Y fue entonces que ocurrió. Camila apareció entre la multitud, abriéndose paso con el rostro transformado. Blanca como una sábana, llegó hasta Paula con pasos rápidos y torpes, parecía que el suelo se le hubiese movido bajo los pies.

—Iván está aquí —susurró, aferrándose a sus manos como quien se sostiene de un borde.

Paula se quedó inmóvil. Por fuera no hizo un gesto, pero por dentro sentía que le lanzaban un cubo de agua helada. El rostro de su amiga gritaba más alto que su propia imaginación. Sin darse cuenta, apretó las manos de Camila con tal fuerza que los nudillos se le pusieron blancos, como si así pudiera sostenerse de algo para no hundirse. Había notado una vibra densa al entrar, un aviso silencioso que prefirió ignorar... hasta entonces.

Levantó la vista hacia Camila. En esos ojos había algo más que aviso: había lástima... e ira.

—Y está con otra, ¿verdad? —preguntó Paula con la voz contenida y los labios temblándole apenas antes de sellarse en una línea firme.

Sus ojos se clavaron en los de Camila como un bisturí, aunque interiormente la herida ardiera y se abriera más con cada segundo.

Camila no respondió con palabras. Solo sostuvo la mirada. Y eso bastó.

Todas se acercaron. El ambiente había cambiado. Algo pesado, amargo e inesperado, se instaló de golpe. La música seguía sonando, pero ya no bailaban. Se miraban entre ellas intentando entender. Camila, aún pálida, explicó lo ocurrido en voz baja, con frases cortas y mirada fija: lo había visto. A Iván. Y no estaba solo.

Mientras tanto, Paula escaneaba el lugar con los ojos como radares, la respiración cada vez más rápida. Lo buscaba entre sombras, entre risas y copas, hasta que lo encontró. Ahí estaba: en una de las mesas más oscuras, rodeado de compañeros del hospital, riéndose con una copa en la mano… y otra mujer, demasiado cerca, inclinada hacia él.

Algo se quebró. Fue un latigazo. Y antes de pensarlo, antes de medir nada, le brotó el grito desde un sitio tan hondo que hasta sus amigas se estremecieron:

—¡¡¡Ivaaán!!!

El nombre salió rasgado, cargado de rabia y dolor, con la intención de atravesar las paredes. Su voz resonó varias veces, hinchándose en el aire, golpeando contra la música y la conversación hasta que el lugar entero se tensó. Las cabezas giraron. Un silencio eléctrico flotó unos segundos…

Él, sin embargo, fingió no oírla. Ya la había visto hacía un rato. Había observado cómo bailaba con esa sonrisa amplia, luminosa, que no era para él. Y, aun así, se mantuvo impasible, como si no la conociera. Esa indiferencia le golpeó el alma a Paula, era un puñetazo invisible, sentía algo helado subirle por la espalda. Lo llamó otra vez, más fuerte, la garganta a punto de quebrarse, pero él seguía inmóvil, riendo con aquella muchacha como si nada.

Hasta que la mujer —pelinegra, esbelta, incómoda— le tocó el hombro y le señaló el escenario:

—Te llaman.

Las chicas, algo pasadas de alcohol, vibraban entre la tensión y el atrevimiento, sintiendo cómo el corazón se les subía a la garganta. Paula, en cambio, se quedó clavada en el suelo, temblando sin poder evitarlo. El calor de la sala se volvió de pronto insoportable, pero internamente sentía frío, un frío que le mordía los huesos. Iván, por fin, se levantó. Su andar fue lento, altivo, casi aburrido, y esa calma fingida fue como un filo que se le hundió en el pecho. Cada paso de él hacia ella era un latido doloroso que se le encajaba en la piel.

Todas lo miraban como si asistieran a un juicio. Él no miró a nadie. Fue directo a Paula, con una sonrisa cortada, dura, que no alcanzó a suavizar nada. La distancia entre ellos se volvió un abismo que la tragaba por dentro.

—Eh…, ¿y tú qué haces aquí? —preguntó, mirándola de arriba abajo sin acercarse demasiado, sin darle nada de lo que ella necesitaba—. Voy a fumar afuera.

Paula se paralizó. El golpe fue seco, absurdo, como un portazo en la cara. Las palabras apenas le llegaron, y cuando lo hicieron fue como sentir un vacío inmenso, un hueco desgarrante que se expandía desde el estómago hasta los labios. El alcohol enturbiaba sus reacciones, pero no alcanzaba a amortiguar el dolor que le quemaba.

Sofía, rápida, se le acercó, intentando sacarla de ese trance:

—Hey…, ¿qué quieres hacer?

Paula no contestó. No podía. Solo salió tras él. El cuerpo le pedía moverse, sabía que quedarse ahí la rompería en mil pedazos.

Lo encontró afuera, en una esquina junto al callejón lateral del bar. Él fumaba con un amigo que, al verla, se retiró discretamente. Iván no se inmutó. Ni una mirada. Paula lo enfrentó de pie, con los ojos ardiendo y el corazón atragantado.

—¿Qué está pasando, Iván? ¿Qué es todo esto?

Él exhaló el humo despacio, mirándola de soslayo, y le respondió seco, defensivo, como quien dispara sin apuntar:

—No tengo que darte explicaciones.

Paula percibió un latigazo, sintió cómo se desmoronaba todo lo que habían construido, como si todo el tiempo compartido se hiciera ceniza entre sus dedos.

—¿En serio? ¿Después de meses haciendo planes juntos me sales con esto? —la voz le temblaba, pero no le retiró la mirada— Yo creí que ya estábamos en otro punto Iván.

Él apartó la vista, con una indiferencia que pesaba más que cualquier mentira. Paula lo entendió en ese gesto: no había nada que valiera la pena rescatar. Tragó la rabia y, desde un lugar donde solo queda la dignidad como defensa, habló con una calma helada:

—Ok…, como prefieras. Esto se acabó hoy. Solo dos cositas —dijo, levantando el índice con precisión casi cruel—. Primero: Este sitio es nuestro. ¡Búscate otro! Y segundo, grábate esto muy bien: Me vas a extrañar.

Se giró con elegancia, firme, y regresó a la pista. Fingiendo que el corazón no le temblaba.

Iván se quedó quieto. Inmóvil. Sin pestañear. La cabeza hecha agua. Pensando cómo irse. Cómo desaparecer del lugar. Paula, en cambio, bailó al principio, con energía forzada, pero la adrenalina no le duró mucho y de pronto lo sintió en la médula. Los músculos se rindieron a traición, las piernas ya no respondían.

Erick la atrapó por la cintura justo a tiempo.

—Está bien…, respira. Esto tenía que pasar —le susurró.

Ninguna dijo nada más. No hacía falta. Se conocían lo suficiente como para saber cuándo el silencio es la forma más noble de acompañar. No se quedaron hasta el final. Veinte minutos después, no había rastros de Iván en el Pulp Fiction, y, por fin, Paula lo dijo sin drama:

—Quiero irme a mi casa.

Todas entendieron que la noche había terminado. En la puerta del bar, se despidieron con abrazos tibios y silencios elocuentes. Ninguna dijo demasiado. Solo acordaron que al otro día hablarían.

Paula vivía a cuatro cuadras del lugar. Erick las acompañó a ella y a Sofía en el camino, sin decir palabra, pero ella repetía en voz alta, tratando de masticar el recuerdo para deshacerse de él:

—Le he dicho «me vas a extrañar» … Eso fue lo único que se me ocurrió. «Me vas a extrañar». Por Dios…, ¿en qué estaba pensando? ¡Qué dramática!

Sofía solo la miraba con una sonrisa comprensiva. Erick también sonrió con esa ternura de quien sabe cuándo no debe opinar. La risa fue breve, compartida, como un gesto de apoyo más que de burla.

Ya en la casa de Paula, prepararon la cama sin mucho hablar. Sofía se quitó los tacones, Paula se lavó la cara. Todo en automático, porque el cuerpo no funciona bien cuando la mente se queda atrás. Por fin se tumbaron, la habitación quedó en penumbra. Sofía se giró hacia ella; apenas la veía, pero la sintió despierta.

—¿Qué sientes? —preguntó con suavidad.

—Nada —respondió Paula tras una pausa larga—. Sencillamente..., no siento nada. Y eso es lo peor.

Lo dijo sin melodrama, sin lágrimas. Pero por dentro, las palabras eran como un eco hueco que no dejaba de rebotarle en la conciencia. Porque sí sentía, y demasiado: un dolor profundo, punzante, que le mordía el estómago y le apretaba el corazón. Sin esperarlo, se vio a sí misma aterrizando en algo que había esquivado: estaba enamorada, a pesar de sus durezas, de todo lo que había jurado no volver a sentir. Y eso la golpeó con la crudeza de quien sabe que eligió mal y entregó algo valioso en un lugar equivocado.

En su cabeza, la frase giraba una y otra vez: «Mi reacción no ha sido coherente con mi personalidad». Pero debajo de ese análisis había un vacío inmenso que se abría cada vez que recordaba su sonrisa, su indiferencia, la otra mujer a su lado.

Sin darse cuenta, Paula se abrazó a una almohada bajo las sábanas, como si se abrazara a sí misma e intentara contener los pedazos que sentía se desprendían. Ese gesto mínimo, instintivo, fue lo único que la sostuvo mientras aceptaba lo que no quería admitir: ella también lo iba a extrañar... con un dolor que ya empezaba a instalarse, lento, en cada rincón de su cuerpo.

Sofía no supo qué más decir. No por la situación, sino porque se trataba de Paula, y Paula, tenía murallas... altas, gruesas, impermeables. Tal vez no quería que le dijeran nada. Tal vez sí. Era imposible saberlo.

Paula apagó la lámpara y cerró los ojos. Sofía se dio la vuelta, callada. Entre el murmullo lejano de la ciudad dormida, comenzó a pensar. No en Paula. En ella misma.

Se descubrió pensando en lo jodido que era confiar, en lo traicionero que resultaba proyectar futuros con alguien cuyo rostro verdadero nunca terminas de conocer. «¿Quién era Adam, en realidad?» —se interrogó, mientras una punzada áspera le contraía el estómago.

La situación de Paula la había empujado a ese lugar oscuro que llevaba semanas evitando: la duda. La sospecha. El miedo al vínculo. Pero no llegó a ninguna conclusión. El cansancio, el alcohol y el golpe emocional la vencieron. Y se quedó dormida.

A las seis de la mañana, sonó la campana de la puerta. La mamá de Paula había pasado a dejarles leche y café. Ambas despertaron de un salto.

Por un instante, Paula se quedó inmóvil, sin reconocer del todo la habitación. Sintió una tregua fugaz, esa vacilación transitoria y salvadora: quizá todo lo de la noche anterior había sido una pesadilla, un mal sueño que se disolvería al abrir los ojos. Pero, apenas respiró hondo, la verdad le cayó encima como un muro. No, no había sido un sueño. Iván, la otra mujer, su voz quebrada gritando su nombre…, todo estaba intacto. El dolor la atravesó cual rayo incontenible, y junto con él llegó la ira, un ardor que la hizo apretar los puños bajo la sábana.

Se miraron aún desorientadas, y después de unos segundos, se sonrieron. Paula, con una mezcla de vergüenza y cansancio. Sofía, con sororidad. No hacía falta hablar para entenderse.

La vergüenza de Paula no venía solo del dolor, sino de haber tenido que vivir esa escena frente a todos. Frente a sus amigas, a los testigos del bar, al espejo incómodo de su orgullo. Y esa conciencia renovada, esa claridad hiriente de la madrugada, la aflojó un poco, la desmanteló en lo más íntimo. Sintió que el aire no le alcanzaba, y que una parte de ella se había quedado allá, congelada en esa esquina del bar.

Pero, al final, qué bueno que había sido así. Sin farsas, sin silencios y con la compañía perfecta. Aunque sentía que algo se desplomaba con violencia, se obligó a incorporarse.

—Qué fuerte todo… —dijo poniéndose de pie y estirando los brazos con lentitud, cada músculo cargaba el peso de la noche.

Sabía que se avecinaba un duelo. Y tal vez no iba a ser tan fácil como había creído. Tal vez ninguna despedida lo era. Sofía, desde la puerta del baño, le lanzó una frase como quien entrega una llave:

—A veces el universo nos revienta las cosas en la cara para que no sigamos confundiendo sus señales. Pero tú…, tú siempre has sabido caer de pie.

Paula bajó la vista. No contestó. Por dentro, seguía intentando reconstruirse con las manos temblorosas de quien se sabe rota, intentando convencerse, de que en algún momento volvería a respirar hondo sin que le doliera. Pero a ella no había que recordarle quién era, ni cuánto valía. Lo sabía, con todas sus letras. Y también sabía, con igual certeza, que quien había perdido en esa historia no era ella. Pero, aun así…, dolía. Dolía bastante.

Sofía se metió a la ducha. Tenía guardia en el hospital y necesitaba recomponerse. El agua cayó sobre su cuerpo como un telón entre el presente y el caos de la noche anterior, arrastrando consigo los restos de alcohol, de tensión y de preguntas sin respuesta. Un rato después se vistió rápido, se acercó a Paula y la abrazó largo, de esos abrazos que no buscan resolver nada, mas sí sostienen.

—Te llamo luego —murmuró antes de salir.

Paula asintió en silencio. Caminó hasta la puerta y la cerró con suavidad. El clic del cerrojo resonó en la casa como un eco vacío. Y fue ahí, en esa soledad inmediata, cuando algo dentro de ella se aflojó.

Apoyó la espalda en la puerta, bajó la cabeza y se permitió lo que no había hecho en toda la noche. La primera lágrima rodó silenciosa, como un hilo caliente abriendo paso a todo lo que había estado conteniendo. Y detrás de esa lágrima vino otra, y otra, hasta que sintió el pecho ceder, y comprendió que no era solo tristeza, era el reconocimiento doloroso de que había amado, pero había elegido mal, y ahora le tocaba convivir con un vacío que nadie más podría llenar.

A solas, dejó que el llanto la desmantelara despacio. Cada lágrima era una pieza que se desprendía, dejándola desnuda y expuesta…, pero al menos, por fin, verdadera.

Capítulo XVII

Fracturas silenciosas

Sofía, ya en la calle, caminó con paso sereno, pretendiendo que nada podía sacudirla. Pero por dentro, su mente era un remolino. Lo de Paula le había dejado una marca innombrable. No por el drama. No por la traición. Sino por la claridad brutal que deja ver lo frágil que es todo.

Porque, al final, todas jugaban con fuego. Y ella también. «¿Y si Adam no era quien creía?» «¿Y si su historia también estaba por romperse?» La pregunta le atravesó como un viento frío. No tenía respuestas. Solo esa certeza incómoda que se acomodó en su cuerpo, como un peso. Esa mañana, el miedo volvió a hacer nido bajo su piel, con la forma de una premonición que no se atrevía a formular en voz alta.

Y entendía que, tal vez, ninguna estaba tan a salvo como creía. Quizá vivir con el corazón blindado por miedo era una trampa silenciosa. Tal vez la única salida era soltar, dejarse llevar y aceptar que, pasara lo que pasara, la vida no garantizaba nada... salvo que doliera de vez en cuando.

Igual el destino suele ser cabrón y esa mañana, en el hospital, algo no encajaba. El reloj marcaba con precisión la hora exacta en que solían encontrarse en el ascensor. Pero Adam no apareció. Sofía fingió revisar mensajes en el celular, con una calma ensayada para dilatar el tiempo, mientras por dentro la inquietud comenzaba a treparle por el pecho como una sombra muda.

«Probablemente tuvo una urgencia con un paciente», se decía, obligándose a razonar, pero la explicación no lograba apagar esa punzada sorda que comenzaba a instalarse. Le escribió un mensaje escueto:

Sofía: *¿Todo bien?*

La respuesta llegó cuatro minutos después:

Adam: *Perdona, me surgió algo.*
Paso a verte en un rato.

No era un mal mensaje. Pero no era «su» mensaje. No tenía ese tono, ese guiño, esa cercanía casi táctil con la que Adam solía escribirle. Era… neutro. Y eso, entre ellos, resultaba raro.

Intentaba no darle más vueltas, así que subió al tercer piso a revaluar a un paciente de Medicina Interna que había admitido el día anterior. Necesitaba cambiar el foco, obligarse a una normalidad urgente, pero al doblar hacia el pasillo que conducía a la sala de Angiología, se detuvo en seco.

Allí estaba Adam. Apoyado con naturalidad en la baranda del balcón del fondo, inclinado hacia adelante como quien se sentía cómodo en su espacio, conversando con ella. Con la doctora rubia. No había dudas.

Ella lo miraba con una expresión entre confianza y complicidad. Sonreía con la boca, pero también con los ojos. Tenía esa manera de mirar que parecía reclamar una historia compartida. Adam, en cambio, se mostraba más serio, más medido. La sonrisa apenas insinuada. La postura, menos relajada que la de ella. Siempre parecía que, internamente, estaba haciendo cálculos.

Fue solo un instante. Pero resonaba con la fuerza de todas las preguntas no hechas. Sofía bajaba la mirada. Sentía cómo el abdomen se le encogía con una contracción involuntaria, como si algo caliente y ácido le subiera por el esófago. El corazón le martillaba en el cuello, pero trataba de contenerlo.

«Al parecer no solo se sincronizan nuestros ciclos menstruales cuando estamos juntas», pensaba con una ironía defensiva al recordar el incidente entre Paula e Iván. Pero la imagen no se borraba. Algo en esa escena no se sentía del todo inocente. O quizás era ella, intoxicada por los celos, leyendo más de lo que había. Intentaba convencerse de que era solo una charla de pasillo. Un cruce inevitable. Un comentario clínico. Pero la verdad era que no sabía qué dolía más: la posibilidad de que Adam tuviera algo con ella... o la sospecha de que, si así fuera, él no sabría cómo contárselo.

Y mientras bajaba la mirada, comprendió algo inquietante: la rabia no era solo por Adam, sino porque lo de Paula había abierto una herida propia. Al fin y al cabo, detrás de la rabia siempre se esconde el miedo. El cuerpo lo maquilla, la mente lo esquiva, pero tarde o temprano termina por desbordarse.

Lo que Sofía no sabía... era que Adam, en ese mismo momento, estaba más concentrado en cómo contárselo a ella que en la conversación que estaba teniendo.

Sin pensarlo demasiado, Sofía retrocedió un paso y se deslizó hacia dentro de un cubículo desde donde, por la ventanita angosta, tenía una vista perfecta del balcón. Se apoyó contra la pared, sin respirar, como si estuviera cometiendo un acto prohibido. Sacó el teléfono. Sus dedos temblaban apenas al escribir:

> **Sofía:** *Te estás haciendo de rogar...*
> *y tengo ganas de verte.* 😌
> *Pero creo que nos veremos en*
> *la entrega de guardia.*

Envió el mensaje. Y esperó. Del otro lado del vidrio, Adam tomó el celular como si lo hubiera estado esperando. Lo desbloqueó, leyó... y apareció esa sonrisa mínima que se dibuja con el simple pliegue de los labios, pero tan sincera que no necesitaba palabras.

La doctora rubia lo notó al instante. Su expresión cambió. Dejó de sonreír. Se quedó quieta por un segundo, luego giró el rostro con frialdad y dio un paso hacia atrás, cortando abruptamente la conversación. Adam parpadeó, sorprendido. Iba a decir algo, pero ella ya se alejaba por el pasillo.

Él bajó la vista otra vez al celular. Pensó en escribirle de inmediato. Pero algo —quizás el momento, quizás el instinto— le dijo que no. Que esperara. Que se lo dijera más tarde, cuando la tuviera enfrente.

Sofía observó todo en silencio. No podía escuchar las palabras. Pero había entendido suficiente, sin embargo, eso no bastaba para calmarla.

Ella esperó a que Adam se marchara y luego caminó directo al ascensor rumbo al quinto piso. Evaluaría al paciente más tarde, cuando estuviera más serena. En ese instante, necesitaba una sola cosa: llegar al puesto de enfermería, sentarse y respirar.

Durante las siguientes dos horas, se concentró con rigor clínico en sus tareas. Le pidió a Nerina, la especialista de guardia, que asistiera sola a la entrega. No se sentía lista para enfrentar a Adam. No todavía.

Revisó evoluciones, discutió casos, atendió visitas de familiares. Mantuvo una compostura impecable, pero algo se había desordenado. No era celos, no del todo. Era desubicación emocional. Una sensación de estar fuera de lugar que le calaba hondo.

Cuando Adam notó su ausencia en la entrega de guardia, sintió una punzada y la llamó al salir. Ella contestó, por diplomacia más que por ganas.

—No viniste. ¿Qué pasó?

—Me quedé atorada con un ingreso nuevo…

—Y yo pensando que era porque aún no superas mi mensaje de anoche.

«Oh…, el «te quiero»», pensó. Lo había olvidado por completo.

—La verdad…, los mensajes de texto no me pueden tanto —dijo fingiendo una sonrisa que no llegaba ni a parecerse.

—Pues habrá que decírtelo mirándote a los ojos entonces.

El silencio se apoderó del momento. Sofía no sabía fingir. No estaba en ella. Y en ese instante no creía en nada.

—Habrá que probar —respondió con voz baja. Luego añadió, casi como escapando—. Nos vemos luego, estoy enredada y colgó sin más.

Adam miró el teléfono, algo desconcertado. Pero no insistió. Sabía que el día apenas comenzaba. Y que sería largo. Poco después del mediodía, mientras escribía indicaciones con la cabeza baja, Sofía sintió una sombra cruzar sobre el escritorio. Levantó la vista. Adam estaba allí.

—Hola —dijo él, con tono suave—. Vine a evaluar a la señora de la cama 10 —informó haciéndole un guiño—. ¿Tienes un minuto?

Sofía asintió sin mirarlo demasiado. Cerró el expediente con calma y se hizo a un lado, señalando el espacio con un movimiento sutil.

—¿Estás bien? —preguntó Adam, bajando un poco la voz, casi con ternura, sentándose a su lado.

—Sí, claro. Solo un día pesado y he dormido poco. Mucho trabajo desde que llegué. Por eso no he podido ir a verte yo antes —respondió ella, sin despegar la mirada del monitor.

Su tono era neutro, medido, casi áspero. Una cortesía bien estudiada. No le sostenía la mirada. No porque no pudiera…, sino porque verlo tan cerca, con ese gesto familiar que conocía bien, la desestabilizaba. Lo deseaba. Y no era el momento.

Adam vaciló. Había pasado por allí con la intención de hablarle, de contarle que esa mañana se había cruzado con su ex y habían intercambiado unas palabras sobre un asunto pendiente. No era algo trascendente, pero quería decírselo para no dejar huecos entre ellos. El problema era que no sabía cómo empezar. Y la forma en que Sofía evitaba su mirada, ese hielo invisible en el aire, no le dejó margen.

—Sí, se te nota cansada —dijo al fin—. Yo también estoy…, no sé. Raro hoy. Medio aturdido.

Lo dijo sin saber si eso abría o cerraba la conversación. Como quien tantea sin mapa. Ella no respondió. Solo hizo un gesto ligero con la cabeza, como diciendo «te entiendo». Y volvió al expediente con una concentración milimétrica.

Ambos sabían que esa noche compartirían guardia. Pero, por primera vez en semanas, no se sentía como un regalo. Se sentía como un crucigrama que estaba difícil resolver.

Eran cerca de las cuatro de la tarde. Afuera, el hospital seguía latiendo con su ritmo incesante, pero en el cuarto médico, todo estaba en pausa. Sofía y Nerina descansaban en sus camas una al lado de la otra, con las tazas de café tibio en la mano. La luz suave de la tarde se colaba por las persianas, dibujando líneas sobre el suelo.

Habían hablado poco. El silencio entre ellas no era incómodo. Era de esos compartidos que solo existen entre personas que se entienden sin explicaciones. Sofía miraba el techo, pensativa. Y, sin buscarlo demasiado, soltó:

—¿Tú conoces a la angióloga esa que estaba con Adam? La rubia…

Nerina giró la cabeza con calma, ya sabía que esa pregunta iba a llegar.

—¿A Julia? Sí…, claro. Desde hace años. Es una buena muchacha —respondió sin darle importancia—. De esas que se pasan de ser muy tranquilas, muy de sus casas, muy serias.

Sofía no dijo nada. Solo asintió en silencio, dando un sorbo al café ya casi frío. Sentía cómo lo de «buena muchacha» se le quedaba pegado al paladar como algo amargo.

Nerina prosiguió:

—Mira, ella es de las que no se salen del guion. Muy conservadora. Reservada. No me la imagino con un grupo de amigas como el tuyo, ni yéndose de copas a filosofar sobre la vida. Es… otra cosa. La clásica mujer entregada. La que sueña con la estabilidad, con la rutina y con las certezas. Ella es el tipo de mujer con la que los hombres se sienten seguros. La mujer perfecta para casarse, para tener hijos, para ser la madre dedicada que organiza desayunos los domingos y guarda los álbumes familiares en perfecto orden.

Sofía volteó los ojos. Sintió una contractura en el estómago que no esperaba. «Pues yo soy el anticristo», pensó con una mezcla de sarcasmo y algo parecido a la tristeza. Porque ella era el otro extremo de la cuerda: la que se resistía a ser predecible, la que prefería las madrugadas con amigos y las conversaciones infinitas, a la rutina domesticada. La que prefería la taquicardia a la bradicardia.

Sofía mantuvo la vista fija en el punto ciego del fondo, para que su mente volara hacia otro lado.

—¿Y tú crees que... haya algo entre ellos todavía?

Nerina la interrumpió con delicadeza:

—No lo sé... Yo no los he visto más juntos.

—Y es buena en lo suyo, ¿no?

—Brillante —afirmó Nerina, sin titubeos—. Discreta, metódica. No llama la atención, pero sostiene. Es de las que uno siente que puede confiar con los ojos cerrados.

Sofía suspiró despacio. No sabía si quería seguir hablando. No sabía si había algo más que decir. Ella no contemplaba ni por un minuto competir en ese tipo de ligas, jamás había querido pertenecer a ese molde..., pero por primera vez sintió que, desde ese lado de la balanza, llevaba las de perder. Que, frente a alguien como Julia, ella era el riesgo. Y no pudo evitar sentir que esa mujer, de algún modo, representaba una amenaza distinta. No por lo que era..., sino por lo que «no era ella».

El día transcurrió sin más sobresaltos que los habituales: almuerzos interrumpidos, solicitudes cruzadas, diagnósticos difusos y ese cansancio sigiloso que se instaura en el cuerpo como si viviera allí desde siempre.

La guardia avanzó movida. Cada uno absorto en lo suyo, apenas cruzaban palabras que no fueran estrictamente necesarias. A Sofía no le molestaba. Al contrario. No sentía que tuviera espacio emocional para otra conversación pendiente. Hasta que llegó el paciente de la cama 6 de Observación Clínica.

Varón, cincuenta y tantos. Nivel de conciencia degradado. Glasgow 13/15. Antecedente de hipertensión mal controlada. Admitido por un probable evento hemorrágico cerebral. El residente de Neurocirugía lo había etiquetado como una

«Hemorragia subaracnoidea no traumática, de localización parieto-occipital derecha».

Sofía revisó la tomografía como parte del pase habitual. Se detuvo. Amplió. Volvió a mirar. Algo no le encajaba.

Sí, había una hemorragia subaracnoidea. Pequeña. Focal. Pero no explicaba del todo el estado del paciente. Había un detalle más, algo que a simple vista podía pasar desapercibido, pero no para ella. Allí estaba: un halo semilunar más anterior. Un hematoma subdural. Pequeño, pero real. Entre la tabla interna del cráneo y el parénquima cerebral, localizado en el mismo lado del otro sangrado, casi contiguo.

Mandó a buscar al familiar. Un hombre de mediana edad, nervioso. Le preguntó cómo lo habían encontrado.

—Estaba en el piso del baño, doctora, boca abajo. Al parecer se golpeó en la cabeza, pero no sangró...

Sofía sintió una chispa, un aviso incómodo dentro de sí. El caso quizás no era espontáneo. No del todo. Existía la probabilidad de un trauma craneal encubierto. Y Sofía no podía pasarlo por alto. Tomó aire, respiró hondo, y mandó a buscar a Adam al salón de Radiología.

Él llegó acompañado de William. Observaron juntos la imagen y la discutieron en voz baja.

—Mira bien esto —dijo Sofía señalando con el cursor—. Hay una subaracnoidea, sí. Pero también un subdural. ¿Lo ves?

Adam entrecerró los ojos, cruzó los brazos y soltó una media sonrisa. Antes de mirar la pantalla, dirigió la mirada hacia ella. Elevó apenas las cejas, sorprendido y gratamente impresionado, y en sus ojos se encendió una chispa limpia, una alegría silenciosa que hablaba sin palabras: «Por fin te veo». No obstante, no hubo gestos exagerados ni efusividad; su rostro permaneció contenido, reservado, porque aún no entendía por qué ella no lo había buscado en todo el día. Entonces volvió a fijar la mirada en la pantalla y retomó el tono profesional.

—Brillante observación, Sofía. Pero no estoy de acuerdo. Eso es una hemorragia pasiva al espacio subdural. Se reabsorberá sola.

—Adam, al paciente lo encontraron en el piso. No hay testigos, pero es perfectamente posible que haya tenido un evento hipertensivo, y producto de esto se haya caído y golpeado en la cabeza, quizás el diagnóstico sí sea traumático. En cualquier caso, requiere observación neuroquirúrgica.

William los observaba en silencio. La tensión era evidente y prefirió no intervenir. Había algo más que desacuerdos en ese intercambio: la mirada fija de Sofía, la forma en que Adam se cruzaba de brazos, la fricción contenida que se notaba desde que coincidieron en el salón de imágenes.

—No es quirúrgico aún —replicó Adam más cortante—. Tengo dos pacientes en preoperatorio con prioridad real. No voy a llevar a este al quirófano para evacuar un sangrado menor que probablemente se va a reabsorber.

Sofía volvió a respirar profundo. No era solo el caso. Era el día. Era la ira que le fermentaba la paciencia desde el amanecer y que ahora se mezclaba con esa necesidad urgente de que él al menos considerara la posibilidad de que ella tuviera razón. No quería bloquearlo, no quería discutir por ego, solo quería que valorara lo que había visto en la imagen, que le diera un mínimo crédito a su criterio.

—Piénsalo bien, Adam. Su nivel de conciencia no es bueno… No te digo que lo lleves a quirófano ahora mismo, pero debe estar en el Servicio de Neurocirugía por si el estado neurológico sigue degradándose y la hemorragia se expande…

Él tomó la historia clínica, escribió rápido, luego giró hacia ella, entregándosela, con la voz más grave que nunca:

—Ya lo discutí contigo, Sofía. No seas bélica —le dijo, con fastidio contenido—. Hagan una angiotomografía mañana para descartar aneurismas. El diagnóstico está asentado. Y no necesito que me corrijas, menos frente a otros residentes. Si tienes algo que decir, usa el canal oficial o habla con tu especialista. Acuérdate que eres R1. No te extralimites. Y, por favor…, no insistas. Este paciente es tuyo.

Sofía guardó silencio. Aquella frase, «no seas bélica», la descolocó: él solía usarla en otro tono, casi lúdico, en discusiones

173

privadas que terminaban en juego, no en regaños públicos. Pero ahora la jerarquía se imponía, tajante. Apretó el historial contra el pecho con la rabia contenida de saberse en lo cierto y, al mismo tiempo, con la impotencia de reconocer que él no era cualquier colega. Adam era residente senior, a un paso de ser especialista, con años de quirófano y decisiones sobre la espalda. Esa superioridad formal la cercó sin compasión. Al final, debía acatar su criterio, aunque la consumiera la certeza de no haber sido escuchada.

El silencio posterior, entre la respiración contenida y el roce de los papeles, era tan denso como todo lo que ninguno de los dos se animaba a decir.

Aun así, no dejó pasar lo suyo. Si en algo era buena Sofía era dejando las notas muy claras y legibles… No tenía letra de médico. Se sentó en la estación de enfermería y redactó un informe a detalle. Incluyó hallazgos, hipótesis diagnósticas, razonamiento, sugerencia de conducta. Firmó con mano fuerte. Llamó a Nerina. Ella valoró el caso, coincidió y también dejó su nota. Ambas sellaron la historia.

Sofía llamó a William y le explicó todo lo que habían escrito, que el paciente se quedaría en la sala de Observación Clínica hasta que apareciera una cama disponible en UCI, pero la nota de que requería seguimiento neuroquirúrgico estaba bien esclarecida.

No volvió a ver a Adam esa noche. La guardia se fragmentó. Sofía lo agradeció. Tampoco hubo mensajes…, nada.

Al amanecer, una llamada de Observación la paralizó.

—El paciente de la 6: deterioro neurológico agudo. GCS 8. Imagen evolutiva: Hematoma subdural agudo.

Sofía llamó de inmediato a Neurocirugía. Adam estaba en el quirófano; no respondió. Entonces habló con William otra vez.

—Ayer Adam estaba alterado —le dijo él con la voz cansada—. No se detuvo a escucharte.

Sofía lo cortó sin darle lugar a excusas. Bajó a la entrega de guardia. Allí estaban todos. Adam llegó apurado, todavía con la

174

ropa de quirófano, el rostro marcado por una noche de trabajo sin pausas. También estaba el director del hospital… presidiendo, como siempre, la reunión. Entonces llegó el turno de la cama 6 de Observación Clínica.

Revisaron el historial, las notas, las imágenes. Todo estaba allí, detallado. Sofía no titubeó; se giró despacio hacia Adam y lo miró directo. Él ya estaba pálido.

Entonces el director habló:

—Doctor Adam, ¿puede explicarnos por qué no se adoptó una conducta quirúrgica cuando había hallazgos clínicos e imagenológicos suficientes y las neurólogas de guardia lo dejaron claramente asentado?

El silencio era como un filo invisible, insoportable.

—Quiero que todos salgan, excepto la doctora Sofía, la doctora Nerina, y los doctores Adam y William —dijo el director con firmeza.

El salón se vació sin una palabra. Nadie protestó. Sofía se mantuvo erguida, los dedos entrelazados y la frustración palpitándole bajo la piel. No solo porque no la habían escuchado, sino porque ahora Adam —agotado por una noche interminable— pasaba la vergüenza frente a todos. Y ella no quería eso. No de esa manera.

Él se sostuvo en tensión hasta el final. Nerina, imperturbable. William parecía cargar con un arrepentimiento silencioso, la mirada caída y el cansancio a cuestas. La reunión no pasó de quince minutos. No hicieron falta gritos: la lección del director quedó escrita entre líneas: jerarquía, escucha activa, valoración del juicio clínico… y reconocimiento del acierto, viniera de quien viniera.

Cuando salieron del salón, William se acercó a Sofía que recogía sus cosas, con los ojos apagados y la piel cetrina de tantas horas sin descanso. La tensión entre ellos flotó un momento, como un hilo tirante que ninguno se atrevió a romper.

—Sabes que lo que acaba de pasar lo cambia todo, ¿no?

Sofía lo miró, desconcertada.

—¿Cómo?

—Ustedes dos no pueden estar juntos. Son demasiado intensos, demasiado lúcidos. Van a vivir compitiendo… y en esa competencia, el amor se empieza a rendir ante el ego. Me duele decírtelo, porque no creo que haya otra mujer que él pueda amar con tanta admiración. Pero… lo tengo tan claro.

—Ay, William…, exageras. «Amar» es una palabra muy fuerte —intentó Sofía, cortando la frase.

—Precisamente porque soy testigo de la forma en que te venera es que esto, no puedo decírselo a él. Tú eres mi amiga, pero él es mi hermano. Y presiento catástrofe.

William era un tipo muy profundo y reflexivo, pero tierno y empático a la vez. Le pasó la mano por el hombro a Sofía y agregó:

—Lo acaban de humillar. Acaban de herirle su soberbia… Eso es muy fuerte para él. Yo casi que me atrevo a jurar que ninguna Neurocirugía ha sido tan desafiante para él como el hecho de que esta confrontación silenciosa, la hayas ganado tú…, pero, bueno, de alguna forma tendrá que aprender que la necedad anula la sabiduría.

Sofía se quedó callada. No sabía qué decir. El miedo se le instaló con la idea de que el desenlace fuera, simplemente, perderlo. Cuando todo terminó, puso lo demás en pausa y lo buscó.

—¿Desayunamos?

Adam la miró sin frialdad, pero tampoco con el calor de siempre.

—No. Mejor no. Tengo que ver cómo evoluciona este paciente… y la doctora Karla, seguramente me está esperando para regañarme. Así que cuando termine, me iré directo a casa. Estoy agotado. Mejor nos vemos mañana.

No fue el tono. Fue la frase. «Mejor nos vemos mañana». Era la primera vez que, ante la oportunidad de estar juntos, el orgullo le ganaba al deseo.

Sofía asintió. Y mientras lo veía alejarse por el pasillo, con la bata algo arrugada y la espalda recta, entendió que algo se había fracturado. No se rompía del todo. Pero sí…, empezaba a doler.

El final de la guardia había sido desastroso. Ni siquiera recordaba cuántas horas llevaba sin dormir, pero lo sentía en cada vértebra, en los párpados pesados, en el hilo frágil con el que mantenía la compostura. Esta vez no se esforzó en salir del hospital con los labios rojos ni el delineado intacto. No quedaba nada de su habitual energía luminosa. Solo cansancio. Y un leve temblor en las manos.

Antes de irse, recordó que debía evolucionar a su paciente de Medicina Interna. Cargó su mochila como quien arrastra los restos de una batalla y se encaminó hacia la sala con paso lento, sin ganas de encontrar a nadie más, sin ánimos para fingir siquiera.

Y entonces, la vio otra vez. Julia estaba allí. Radiante, serena, con su bata impoluta y el cabello recogido en una coleta baja que dejaba al descubierto un rostro tranquilo, dulce… y peligrosamente hermoso. No era exuberante. No llamaba la atención con estridencias. Pero tenía algo. Algo que Sofía no había notado antes. Algo que ahora, bajo el lente de la fatiga y la vulnerabilidad, se volvía imposible de ignorar.

La observó en silencio mientras hablaba con un paciente. Sus gestos eran suaves, sus ojos grandes y sus labios gruesos dibujaban una expresión de comprensión constante. Transmitía esa mezcla letal de dulzura, paciencia… y previsibilidad. Como si fuera de esas mujeres que nunca incomodan, que siempre saben cuándo callar, cuándo asentir, cuándo esperar.

Y fue en ese momento cuando algo se quebró dentro de Sofía. Una premonición que no supo de dónde venía, le apretó el pecho como una advertencia.

Nunca había detallado su físico. «Es más bonita de lo que imaginé», pensó. Y al instante se sintió amenazada. La contradicción la sacudió como una bofetada: ella era la última en llegar, la que se suponía que debía sentirse en ventaja, la que no tenía nada que perder. Pero ahí estaba, de pie, exhausta, desarmada… frente a alguien que, sin hacer nada, parecía tenerlo todo.

Julia terminó de anotar algo en el historial clínico del paciente y levantó la vista. Sus ojos se encontraron. No dijo nada. Solo la miró fijo, con intención, con una calma ambigua, imposible de descifrar si era cortesía o advertencia. Y sostuvo la mirada un segundo más de lo necesario. Lo suficiente para dejar claro que la había visto, que la había medido.

Sofía sintió que la sangre le zumbaba en los oídos. Bajó la vista un instante, más por instinto que por decisión. Y en ese acto entendió que había una batalla implícita entre ellas. No se libraría con frases ni con gestos afilados, sino con presencias, con resistencia, con esa clase de estrategia en la que nadie se atreve a disparar, pero cada movimiento decide quién llega primero al otro lado del campo minado.

Y, sin embargo, no se movió. Porque si algo definía a Sofía, era no retroceder. Inspiró con calma, sostuvo la mirada de Julia una última vez y giró hacia la cama del paciente, pero sabía que ese cruce no sería el último, aunque quizás sí, el más silencioso.

Capítulo XVIII
Tus luces sobre mí

Sofía salió del hospital con el cuerpo dividido en dos: agotamiento físico y mental en proporciones iguales. Cada paso era un arrastre, los párpados le pesaban y las neuronas parecían desconectadas. La guardia había sido una tormenta en cámara lenta, de esas que no hacen estruendo, pero dejan charcos por dentro. Aun así, postergó cualquier reflexión. En ese estado, pensar era inútil.

Era domingo, y, aunque el cuerpo pedía cama, ducha y encierro, el corazón la desvió del camino. Había algo más importante que descansar. Incluso más que Adam y las secuelas de su ego.

Antes de llegar a casa, se desvió unas cuadras y pasó por una cafetería. Compró dos sándwiches, una bolsa de papas y dos latas de refresco. Sabía que el refrigerador de Paula era un desierto: apenas hielo... y, con suerte, un perro caliente vencido. No era una visita planeada, pero sí necesaria.

Subió los escalones con la mochila colgando del hombro y el pelo recogido en un moño alto, sin intención de parecer funcional. Paula la recibió con cara de pocas horas de sueño: rostro hinchado, moño deshecho y un pulóver largo que le caía de un hombro. Pero sus ojos, aunque cansados, no esquivaban.

Sofía entró sin decir palabra. Paula puso la cafetera. El silencio era cómodo, casi sagrado. Se habían acostumbrado a habitarlo. La luz de la mañana se colaba en ángulos, dibujando sombras suaves sobre la mesa.

—Te traje sustento. No puedes darte el lujo de ayunar —bromeó Sofía, apenas.

—Menos mal. Solo quedaba hielo. Ni siquiera el perro caliente —respondió Paula, con una sonrisa fugaz, como un parpadeo.

Prepararon el café sin rituales. Paula se sentó, con el moño deshecho cayéndole al cuello, y sopló la taza deseando que en ese gesto se fuera algo más que vapor. Sofía la observó callada, con la impotencia atascada en la voz.

—Ya sé que esto era inevitable —empezó Paula de pronto, con la voz baja, como si hablara consigo misma, con la taza temblando ligeramente entre sus dedos, pero sin soltarla—. Algo en él siempre me mantuvo alerta…, pero no quise admitirlo.

Sofía no dijo nada. Solo inclinó la cabeza, permitiéndole el espacio.

—Me duele. Más de lo que pensé. Porque Iván… era más importante para mí de lo que creía. No por lo que fue, sino por lo que yo proyectaba en él. —Hizo una pausa, con la mirada perdida en el borde de la taza—. ¿Sabes? Creo que lo que más destroza no es perder a alguien, sino perder la versión de ti que habías construido con él.

La frase flotó en el aire, pesada, verdadera. Sofía sintió cómo esa reflexión le rozaba sus propios miedos, esos que todavía no decía en voz alta.

—Me voy a permitir sentir todo lo malo que esto trae. Sin resistencia. Sin lecciones. No quiero fingir que soy de hierro —continuó Paula con un hilo de voz más fuerte—. Pero también sé que no me voy a quedar aquí demasiado tiempo. No soy de esas. Tranquila, que ahora no…, pero voy a estar bien.

Sofía se sintió orgullosa de ella. No por la fortaleza, sino por esa claridad que pocas personas tienen en medio de un duelo.

—Me alegra escucharte así…, sin drama, pero sin disfraz —dijo rozándole la mano con ternura.

Paula sonrió, esta vez un poco más largo, pero con los ojos aún húmedos.

—Ya no necesito fingir. Ni justificar. Solo quiero entender lo que significó. Y después…, dejarlo ir. Supongo que todo esto que me duele forme parte del proceso.

El reloj marcó un minuto largo de silencio. Sofía apretó la mano de su amiga.

—Te admiro —murmuró al fin—. Hay algo en tu forma de caer que siempre me enseña.

Paula respiró hondo, permitiendo que algo se asentara en ella.

—A veces —susurró, como quien revela un secreto en tono de broma— «hace falta el caos para que surjan las estrellas», ¿no?

—No jodas que me vas a salir ahora con frasecitas rosa —respondió Sofía relajando la conversación—. Tú no necesitas caos para ser estrella, no lo pienses ni por un minuto.

—Ya lo sé —respondió Paula secándose una lagrimilla desobediente que no pudo contener.

Después del café, se despidieron con un abrazo largo y silencioso. De esos que sellan complicidades y no precisan palabras. Sofía salió del apartamento con el corazón pesado, pero también lleno de algo distinto: esa mezcla rara de tristeza y gratitud que deja un encuentro verdadero.

Ya en su casa, Sofía se desvistió con la parsimonia de quien arrastra un cuerpo ajeno. Se metió bajo la ducha y dejó que el agua se llevara las sobras del hospital, de la discusión, del cansancio. Después, con el pelo húmedo y el pijama más cómodo que encontró, se dejó caer en la cama sin mirar la hora.

No logró dormirse enseguida. El pensamiento giraba en espiral: la guardia, la discusión, la cara de Adam, el silencio posterior. Miraba el celular por inercia, esperando un ruido que no llegaba. Lo dejó sobre la almohada. Se quedó quieta. Y, finalmente, el sueño la venció.

Despertó agitada a las seis de la tarde. El celular vibraba con notificaciones viejas. Tres llamadas perdidas de Adam y un mensaje:

Adam: *Me gustaría que nos viéramos.*
Puedes venir a mi casa si quieres...
o, si prefieres, te voy a buscar.

Se quedó inmóvil. Sintió una mezcla extraña de alivio, deseo... y advertencia. El mensaje no era urgente, pero sí claro. Y, aunque una parte de ella anhelaba ir, otra se resistía. No por orgullo, sino por necesidad de poner límites. Adam estaba demasiado acostumbrado a ser el centro de su propio mundo... y del de quienes lo rodeaban.

Se sostuvo en un instante de calma. Sabía que tenían que hablar. Lo que acababa de vivir con Paula le había activado demasiadas alarmas. No quería desperdiciar su energía emocional ni desviarse del foco por sensaciones intensas que no la llevaran a ninguna parte.

Tenía claro que Adam era inevitable. Pero también que debía empezar a dosificar lo que entregaba... hasta que él la viera realmente. No como un deseo inmediato, sino como alguien con peso propio.

Dejó pasar unos segundos, necesitaba asegurarse de que la decisión era suya. Y escribió:

Sofía: *Vale, estaré allí en un rato.*

Adam: *Tráete las cosas de mañana. Quédate hoy acá conmigo..., por favor.* ☺

Esta vez no contestó enseguida. Se quedó mirando el mensaje como si sus palabras tuvieran volumen. Y lo tenían. No era una orden. Tampoco una súplica. Era una invitación peligrosa. Una curita anticipada. Un «perdóname» encubierto que tal vez le evitara pedir disculpas después. Pero, también..., era algo que, muy en el fondo, necesitaba oír.

Apagó la pantalla. Se quedó quieta. Y por primera vez en las últimas veinticuatro horas, sintió que algo dentro de ella... volvía a despertarse.

Preparó sus cosas sin apuro. Eligió un vestido largo, cómodo y fresco. Dejó el pelo suelto, esperando que el viento hiciera el resto. Aun cansada, se puso en movimiento. No iba con intención de ceder, pero sí de entender y marcar límites, de dejar claro que, más allá de cualquier magnetismo, ambos tenían metas igual de importantes y que ella tampoco pretendía perderlas de vista.

El sol ya empezaba a bajar cuando salió rumbo a la casa de Adam. El cielo se extendía como un telón pastel, y ella… una contradicción en movimiento: predispuesta, pero en alerta. Iba con la firmeza de quien se conoce, con las reservas justas para no exponerse demasiado. Lo que ignoraba era que Adam llevaba toda la tarde atrapado en un estado completamente distinto. Inédito.

En su casa reinaba el silencio. Ni videos de cirugías, ni series en el televisor, ni libros abiertos. Solo la espera. Una espera obsesiva, cargada de ansiedad. Había intentado leer. Fracasó. Tomó café tres veces, más por distracción que por hábito. Repasó dos veces las notas de los casos del día siguiente. Nada servía. Porque en su mente había un único nombre, repitiéndose sin tregua: Sofía.

Recordaba el rostro de Sofía esa mañana: profesional, distante. Esa forma tan suya de mantenerse al margen lo había sacudido más que cualquier discusión. Sí, se sentía culpable por la soberbia de la noche anterior, por haberla empujado con palabras filosas solo porque ella defendió su criterio incluso por encima de él. Pero, más que culpa, lo que lo atravesaba era miedo, un miedo real a perder algo que todavía no terminaba de ser suyo.

Como si no bastara, la doctora Karla, su profesora y también su jefa, lo había reprendido por el incidente en cuestión y por haber consignado mal la frecuencia del manitol en un postoperatorio. Para Adam, aquella llamada de atención era una derrota. Y lo peor era que, de un modo u otro, todo tenía como epicentro a Sofía.

El sonido del timbre lo estremeció. Caminó hacia la puerta como quien se acerca a un punto de inflexión. No sabía qué palabras saldrían, solo que tenía que pronunciarlas.

Sofía lo miró fijo y lo esquivó, entró sin ceremonias. Fue directo al cuarto. Dejó su mochila sobre la silla y se sentó en la cama sin relajar la postura, su cuerpo necesitaba marcar un límite invisible. Estaba tensa, expectante, pero entera. Y bella, dolorosamente bella.

Adam la observó un segundo como quien reconoce algo que ha decidido no seguir negando.

—Sofía… —dijo sentándose en la silla y haciéndola rodar hacia ella.

Ella no respondió. Solo lo miró, con los ojos abiertos y una expresión contenida que decía más que cualquier palabra. Rara, muy rara en él.

—He pasado todo el día…, intentando concentrarme. Y no he podido. Lo que pasó ayer, cómo te traté… —bajó la voz—, no fue justo. Me siento mal. Y lo peor fue darme cuenta, después, de cómo te habías cerrado. Eso me dolió bastante. Hoy en la mañana, cuando te vi… tan fría conmigo… pensé muchas cosas. Malas. Dolorosas.

Sofía lo observaba tratando de entenderlo, pero no pudo evitar interrumpirlo:

—¿Te molestó que yo tuviera razón?

—No, lo que me molestó fue que mi juicio se nublara en tu presencia. No dejo de pensar que si no hubieras sido tú quien me hubiera presentado el caso, quizás me habría detenido un poco más a valorar esa posibilidad —le respondió.

—Eso que dices es muy peligroso, Adam.

—¿Y tú crees que yo no lo sé? Estaba molesto porque no me habías buscado en todo el día… Luego te pusiste un poco soberbia y creo que me bloqueé. No sé, no sé qué me pasó — le dijo bajando la mirada.

Pero Sofía iba comprendiendo, recordaba las palabras de William. Eso no le gustaba nada… Apretó los labios e hizo silencio. No era lo que ella esperaba.

Adam prosiguió:

—Es la primera vez que vivo un momento tan incómodo, incluso humillante, en el trabajo. Y lo que más me dolió no fue eso, sino tu frialdad, tu distancia. Entiendo que tenías motivos, lo entiendo. Pero yo… —se detuvo un segundo, buscando aire antes de lanzarse— no quiero seguir fingiendo que esto no importa.

Se quedó inmóvil, la miró con los ojos brillosos y dejó caer los hombros en un suspiro corto:

—Sofía, creo que me estoy enamorando de ti.

Las palabras cayeron como una descarga. Ella abrió los ojos, sin respuesta. Parte de ella lo había esperado, pero otra no estaba lista para recibirlo sin defensa. Menos aun cuando en su memoria seguía viva la frase «fue que mi juicio se nublara en tu presencia», que la aterraba. Porque si algo definía a Adam era su lealtad a la brillantez, a la coherencia, a su juicio quirúrgico impecable. Y en el momento en que él decidiera que ella interfería en eso… la sentencia estaría dictada.

Adam notó que algo en el rostro de Sofía se fracturaba, y creyó que había sido su declaración, pero no retrocedió.

—No tienes que decir nada —agregó, acercándose con una calma feroz—. Solo quería que lo supieras. Para mí esto no es un juego, no es un pasatiempo. Sí, soy orgulloso, a veces torpe para expresar lo que siento. Pero quiero que esto funcione. Quiero aprender contigo cómo se hace.

«Aprender conmigo, dice» «¿Quién coño le dijo a él que yo sé cómo se hace?»

El silencio entre ambos se volvió físico. Sus cuerpos se adelantaban a cualquier intento de pensar con claridad: pupilas dilatadas, piel en vilo, la respiración de ella alterada, la de él, contenida. Un campo eléctrico intenso los envolvía. Había algo brutal en ese momento: la vulnerabilidad de él, el terror de ella.

Sofía sintió que le temblaban las rodillas. No por debilidad, sino por exceso de verdad. Quiso hablar, pero no le salieron palabras. No en ese instante. Porque ella había ido a pelear y no se esperaba encontrarlo así: rendido, despojado de su prepotencia, y, además, diciendo lo que nunca creyó que él diría tan pronto.

Y entonces pasó algo simple: Adam levantó la mano y rozó su brazo con la yema de los dedos. No fue un intento de tocarla, sino una señal, un pulso, una presencia. Ese roce leve, casi reverente, bastó para quebrar el dique que ambos contenían. La piel

185

de Sofía se incendió, y sintió cómo el aire se le desacomodaba en el pecho. Sus ojos, aún húmedos, buscaron los de él. No hizo falta hablar.

Fue ella quien se levantó primero. Despacio, con el cuerpo decidiendo borrar el mal trago de las últimas 24 horas. Lo deseaba demasiado, aunque a veces le bastaba un solo abrazo para olvidar lo complicado que podía volverse todo. Adam no se movió. Solo la miraba. Esperando. Dispuesto a contenerla o rendirse, según lo que ella pidiera.

Y entonces Sofía, sin aviso, lo besó. No fue un beso tímido. Fue de esos que nacen con el pecho apretado y el cuerpo temblando. Con los miedos al borde de la boca. Él respondió al instante. Sus manos en su cintura, firmes, seguras, con el permiso recién concedido. El beso creció, se volvió urgencia. Piel contra piel. Pulso contra pulso.

Ella lo empujó hacia la cama y cayó con él, sin dejar de besarlo. La ropa se volvió estorbo. El vestido resbaló por su cuerpo como agua. Las manos de Adam temblaban apenas, no por duda, sino por la intensidad de lo que contenían.

Se desvistieron con desesperación. Se tocaban intentando memorizarse, acariciándose en los sitios justos donde el roce se volvía un relámpago incontenible, de esos que desbordan.

Adam descendió por su cuerpo como si lo adorara. Como si besarla fuera un acto de devoción. No había apuro, pero sí una necesidad intensa. La olió, la recorrió con la boca, respiró sobre su vientre, sobre sus muslos, sobre el hueco exacto entre sus costillas. Sofía jadeaba con los ojos cerrados, arqueando el cuerpo como si por fin hubiera encontrado el lugar donde podía soltarse sin miedo.

Él la acariciaba, la habitaba, no para poseerla, sino para entregarse también. Sofía gemía contra su cuello, le arañaba la espalda, le mordía el hombro. Lo sentía todo. Cada centímetro. Cada latido. Se miraban a los ojos con una profundidad que desarmaba. No se escondían ni se resguardaban.

Él la tomó por las caderas, la alzó apenas, y la hizo suya una vez más. Ella se sentó sobre él con la seguridad de quien domina… y, sin embargo, se dejaba caer. Se entregaba entera. La piel sudaba. Los cuerpos se buscaban en cada embestida. Pero no había furia. Había rendición. Una forma irrevocable de decir «te reconozco», «te quiero aquí», «no quiero irme».

El orgasmo llegó como un derrumbe. Primero ella, mordiéndose los labios, con los ojos abiertos en asombro y la espalda arqueada. A los pocos segundos él, estremecido, verla derrotada de placer le ponía demasiado, y luego se quedó allí como quien suplica permanencia. La abrazó fuerte, temiendo desaparecer dentro de ella.

Quedaron enredados con los cuerpos exhaustos y los corazones acelerados. El silencio era el único aire posible. Adam le besó la clavícula. Después el hombro. Después algo más profundo. Sofía decía con su cuerpo lo que no lograba pronunciar. Pero él necesitaba oírlo. Tal vez no esa noche. Pero, tarde o temprano, sí.

Sin avisar, Sofía se recostó contra el espaldar de la cama y se sentó, lenta, como quien aún no sabe si está a salvo. Respiraba entrecortado. Aún vibraba por dentro. Lo miró con los ojos húmedos, sosteniéndole la mirada, temerosa de lo que estaba por decir:

—No me esperaba esto hoy. No estaba lista —murmuró.

Adam se acercó sin decir nada y apoyó la cabeza sobre sus muslos, buscando paz allí, o permiso. Cerró los ojos un segundo. Luego la miró desde abajo, con la voz más honesta que había usado en mucho tiempo.

—Yo tampoco estaba listo. Pero ya me cansé de hacerme el que no siente. Es muy agotador. Me cansé de esconderme detrás del trabajo, del sarcasmo… de todo eso que uso para no mostrar lo que me pasa contigo. No me sale, Sofía. No me sale.

Ella tragó saliva. Sus dedos, casi sin darse cuenta, le acariciaban el cabello. Pero su voz se deshizo en un temblor.

—Yo… es que no sé cómo decirlo. —Inspiró hondo—. También siento cosas muy fuertes por ti. Cosas que no me atrevo a nombrar porque me asustan. Me asustan mucho.

Hizo una pausa. Tenía el corazón en la garganta, pero siguió hablando.

—Y quiero intentar esas cosas contigo. Me dan ganas de todo: de vivir, de probarte en mi rutina, de compartir mis intimidades. Pero aún no te conozco, Adam. Y eso me frena. Porque lo que siento ya sobrepasa lo poco que tú me has dejado ver de ti. —Bajó la mirada y lo dijo en un hilo de voz —Te quiero, pero me das miedo, Adam. Mucho miedo.

Él se incorporó. Se sentó frente a ella en la cama. La miró como si todo lo que necesitara estuviera justo ahí, en su respiración nerviosa. Y entonces habló, sin adornos:

—Yo también me doy miedo a mí mismo, sobre todo por como tú me desarmas. Me obligas a mirarme de frente. Y eso no me pasa con nadie. Pero, si hay algo que sé, es que no me da miedo estar enamorado de ti. Me da miedo cagarla…, eso sí. Pero no sentir lo que siento.

Sofía no se movía. Lo escuchaba sin parpadear, sentía que cada palabra le abría una puerta.

—Yo tenía un plan —continuó—. Lo tenía todo muy claro. El próximo año es mi último de Residencia. Todo lo que había pensado era concentrarme, aprender lo máximo posible, graduarme con honores y volver a mi país… donde me espera mi madre, que se ha dejado la piel para que yo esté aquí. Convertirme allá en el mejor neurocirujano que pueda ser.

Hizo una pausa. La voz ya no le temblaba, pero sí pesaba.

—Todo estaba claro, Sofía. Planeado, incluso, con una calma fría y calculada. Y ahora…, todo parece necesitar reajustes para que tú estés. Y eso me da un miedo terrible. Porque tú apenas estás comenzando. Eres R1. Porque todo esto es tan nuevo y tan fuerte…, que me cuesta sostenerlo. Pero no puedo, no quiero, ignorar lo que me pasa contigo.

Le tomó una mano. No la apretó. Solo la sostuvo, eso le bastaba para no soltarse.

—En ese plan estaba ella, ¿verdad? —preguntó Sofía casi de forma inevitable.

—Sí, en ese plan estaba ella —dijo Adam bajando el tono y la vista—. Incluirla a ella no lo alteraba, al contrario…, lo afincaba bastante.

Sofía bajó la vista con una sonrisa sarcástica, recordando su conversación con Nerina.

—Incluirme a mí, lo desestabiliza… ¿Cierto?

Sofía no era tonta. Sabía perfectamente que esa declaración era una alarma que no podía ignorar.

Adam le contestó, pero no a eso:

—No quiero correr. Quiero ir paso a paso. Quiero que me conozcas. Que me preguntes lo que necesites. Que no te quedes con la duda, que me enfrentes si hace falta. Pero no te recortes. No cierres esta puerta a lo que podemos ser, por miedo. La voz se le quebró apenas:

—Vamos a asustarnos juntos. Y vemos cómo nos va —le dijo mientras le daba *play* a una canción que no paraba de tararear:

♫9- *Sé que andabas intentando refugiarte en un pasado. Que a la vez es parecido y diferente a mi presente. No sé si podré darte el futuro anhelado. No sé si estaré a tu lado para siempre, aunque puede que lo intente* ♫

Sofía lo miró y le sonrió a su falta de melodía, Pero, en el fondo, estaba más asustada que al inicio de la conversación, aunque ahora con una rendición más serena. Parecía que por fin se permitía quedarse, sostenida por esa idea salvadora de que él sí la estaba queriendo en serio. Y entonces lo abrazó temblando… como abrazan los que aman más allá de los ojos cerrados, pero con la esperanza perdida en la duda solemne de si, realmente, algún día, ella podría formar parte de su plan.

Capítulo XIX
Nubes grises

El lunes llegaron juntos al hospital. Discretos, sin saber aún si era demasiado pronto para mostrarse. Sentían que algo había cambiado: caminaban en sincronía y los silencios, antes afilados, empezaban a volverse habitables.

Sofía llevaba el pelo suelto y la mirada limpia. Adam, más callado de lo habitual, no dejaba de contemplarla mientras avanzaban por el pasillo de entrada.

Fue Maritza quien los vio primero. Una ceja alzada, una sonrisa maliciosa apenas contenida. Al minuto, un mensaje vibró en el celular de Sofía: «Hoy me buscas para almorzar. Tienes mucho que explicar».

Sofía sonrió en silencio. No dijo nada. Guardó el teléfono y miró a Adam de soslayo, con un destello de ternura y esa pizca de precaución que todavía no sabía cómo desactivar.

Durante algunos días, todo pareció fluir otra vez. Cafecitos breves entre pacientes y quirófanos, almuerzos compartidos, turnos tranquilos. Dormían juntos con más frecuencia. Parecían cómodos, aunque expectantes. Se contaban muchas cosas, estudiaban lado a lado. Adam lo enseñaba con una pasión contagiosa; era, sin duda, su mejor profesor.

A pesar del miedo que no terminaba de irse, Sofía —con él— se sentía en las nubes.

El jueves por la tarde, Sofía preparaba una pasta en casa de Adam cuando recibió una llamada de Rachel. La puso en altavoz; tenía las manos ocupadas.

—Oye, querida, te extrañamos… Vamos a vernos mañana en El Templo. Solo nosotras. Dile al doc que te devolveremos sana y salva.

—Vale, ahí nos vemos —respondió Sofía, sonriendo—. Estoy en su casa, haciendo una pasta.

—¡Wow! El amor hace milagros —dijo Rachel, burlona, antes de colgar.

Adam, desde la silla del comedor, escuchaba en silencio. Se levantó y se acercó despacio, apoyando las manos en el respaldo de la silla en tanto se inclinaba hacia ella, besándole el cuello y susurrándole apenas:

—¿Y si esta vez no vas? Podríamos ver una peli, pedir comida…, descansar.

Sofía se apartó con sutileza y detuvo sus ojos en él, arqueando una ceja.

—¿Me estás pidiendo que no salga con mis amigas?

Él dudó, intentando domar el impulso que ya se le había escapado.

—No, no es eso… Solo que mañana es viernes y me gustaría terminar el día contigo. Todo esto entre nosotros empieza a sentirse real y no sé, ese plan tan de chicas solteras, con copas y confesiones…, me deja con la sensación de que puedo perderte en cualquier brindis.

Sofía dejó el tenedor sobre un plato y se sentó frente a él, buscándole la mirada.

—Adam, no me hagas esto —dijo contundente, pero calmada—. Mis amigas son un sitio seguro. Saben que estoy feliz contigo, que te quiero. Nosotras cuidamos la felicidad de las otras. Son mis amigas, sí…, pero, si tú me haces feliz, también son tus aliadas.

Él respiró hondo.

—¿Y yo te hago feliz?

Sofía curvó los labios en una sonrisa traviesa, ladeando la cabeza:

—Bueno, eso aún está por verse, pero es lo que les he dicho para mantenerte a salvo.

Continuó riendo y, más empática, añadió:

—Quizás ya es hora de planear algo para que las conozcas de una vez por todas.

Adam inclinó el rostro, incapaz de sostenerle la mirada.

—Tranquila. Tú ve mañana a lo tuyo. Ya me quedo yo eligiendo las películas que me gustan sin pelear con nadie —dijo, fingiendo una conformidad que no alcanzó a sus ojos.

Sofía notó la fractura. Pequeña, pero real. Era apenas una frase, pero la incomodidad de Adam dejó una sombra en el aire. Suspiró para que entrara aire limpio y volvió a la cocina, removiendo la salsa con parsimonia. Sabía que no debía ceder. Que él tendría que integrarse a su mundo con la misma libertad con la que ella estaba entrando en el suyo. Sin demasiadas reglas.

Esa noche estudiaron hasta pasada la una de la mañana. Ambos tenían el examen de pase de año cada vez más cerca, y el cansancio se les colaba en los párpados. Aun así, siguieron repasando, comentando casos, apuntando detalles. Cuando al fin apagaron la luz, durmieron abrazados, pese a que el verano ya comenzaba a dejar su marca y el calor se pegaba a la piel como una segunda sábana.

El tiempo avanzaba sin tregua. Desde mediados de abril sus vidas se habían ido entrelazando casi sin darse cuenta y, ya cerca de julio, los días se confundían en una misma hebra de turnos, clases, encuentros y rutinas compartidas.

A la mañana siguiente llegaron de la mano al hospital. Sus pasos resonaban en el pasillo principal hasta que se toparon con uno de los profesores de Adam, un hombre mayor con fama de mordaz, aunque entrañable.

—¡Pero miren qué linda pareja! —bromeó al verlos lado a lado—. Da gusto encontrarlos así.

Sofía sonrió ligera, sin responder. Adam, en cambio, endureció el gesto y siguió caminando. No fue brusco, pero sí distante. Cuando se apartaron del profesor, Sofía le susurró, casi sin mirarlo:

—¿Te pasa algo?

Adam tardó en responder.

—No…, nada. Solo que no me gusta mezclar las cosas. Ni que mis profesores opinen o se metan en mi vida personal.

Sofía no insistió, pero por dentro, algo no terminaba de convencerla. La inquietud seguía allí, amagando. Esa forma tan blindada de Adam en el hospital, ese muro que levantaba entre ella y su mundo… no le gustaba, pero se lo guardó, por el momento.

El resto del día transcurrió sin incidentes. No pudieron almorzar juntos; Adam estaba en el quirófano. Sofía se quedó en planta y fue asignada para hacer interconsultas junto a Christian, un R3 de Neurología que siempre había mostrado una disposición especial para enseñarle.

Christian era alto, de pelo castaño y sonrisa fácil. Tenía esa mezcla de inteligencia nata y humor ligero que hacía que todos se sintieran cómodos a su lado. Era noble, atento y, sobre todo, un excelente neurólogo. Sofía se sentía a gusto con él; la ayudaba a entender conceptos complejos y la impulsaba a pensar más allá de lo evidente. Entre ellos había una química genuina, una camaradería de pasillos y cafés rápidos que no necesitaba explicación.

A Christian no le gustaba Adam. Sofía lo había notado desde hacía tiempo. Cada vez que él aparecía, el gesto de Christian cambiaba, se calzaba una máscara distinta. Más de una vez, a solas con ella, había dejado caer comentarios irónicos —mitad broma, mitad verdad— sobre lo autosuficiente que parecía «el Doctor Maravilla». Sofía nunca quiso darle cordel ni debatir al respecto; no pensaba abrir puertas que no iba a cruzar.

Adam, por su parte, hablaba de Christian casi como si no existiera. A veces fingía olvidar su nombre, otras, soltaba algún sarcasmo casual, un comentario provocador que quedaba flotando en el aire. Él había notado también esa química entre ellos, pero hasta entonces no le había dado más importancia… salvo por esas punzadas de ironía que reservaba para sí mismo.

Mientras recorrían los pasillos, Sofía sintió la vibración de su teléfono en el bolsillo de la bata. Lo desbloqueó al vuelo, entre un expediente y otro, y leyó el mensaje:

> **Adam:** *Qué ganas tengo de quitarte la ropa otra vez pero supongo que me tendré que aguantar hasta mañana…* 😜
> *Ya hoy no nos podremos ver, sigo atrapado en el quirófano.*

La sonrisa se le escapó, amplia, casi con picardía. Christian la notó al instante.

—Están juntos, ¿verdad? —preguntó, mirándola de reojo, sin dejar de caminar.

Sofía le sostuvo la mirada un segundo, sin perder la sonrisa.

—Algo así —dijo, breve, y enseguida se inclinó sobre el historial de un paciente, refugiándose en una nota urgente que revisar.

El momento pasó rápido, pero quedó flotando. Christian volvió a su tono amable, retomando la explicación de un nuevo protocolo mientras hacían anotaciones. Pero Sofía, aunque escuchaba, sentía que el aire se le espesaba alrededor.

Guardó el teléfono. El mensaje de Adam seguía ardiendo en su bolsillo, pero por debajo de esa chispa había algo más: la intuición de que el equilibrio era frágil. Que las miradas, las bromas veladas y los silencios contenían algo que pronto iba a romperse.

Capítulo XX

Las dueñas de la noche

Llegó la noche y la ciudad se acoplaba al verano intenso, siempre presente. El calor flotaba en el aire cuando Sofía salió de su casa rumbo a la de Amber, donde cenarían juntas para luego irse hacia su sitio favorito y recuperar ese rato de carcajadas que hacía días no encontraban.

Después de la cena tomaron el *boulevard*, ese paseo iluminado que las llevaría casi directo hasta el Templo. Caminaban riendo, comentando cualquier cosa, hablando de películas malas y planes imposibles, porque no era momento ni lugar para confesiones íntimas.

Cada una llevaba su sello: Amber, magnética y exagerada, con sus *leggings* de *animal print;* Paula, juguetona con su *body* ajustado y una falda de vuelos; Camila, relajada pero impecable con su camisa abierta y *jeans* a la cintura ceñidos al cuerpo; Sarah, radiante con un vestido azul ajustado con la espalda al aire. Sofía eligió un vestido *beige* drapeado de tirantes finos, que dejaba los hombros al descubierto y se adaptaba con suavidad a su figura.

Y Rachel…, Rachel esa noche llevaba un vestido negro sencillo como hecho a la medida, y un collar de perlas diminutas que, lejos de recargarla, le daba un toque de provocación contenida. No necesitaba más accesorios: su elegancia estaba en la forma en que caminaba, con pasos seguros y un vaivén natural atrayendo todas las miradas sin proponérselo. Hablaba despacio, midiendo cada palabra, con una cadencia que transmitía dominio y calma. Todo en ella —desde el gesto al inclinar la cabeza hasta el modo de sostener una copa— evocaba una perfección silenciosa, de esas que no gritan, pero no se olvidan. Y ella lo sabía. Estaba preparada para que la noche fuera suya, lo que no sospechaba era hasta qué punto eso sucedería.

Esa diversidad era parte del hechizo. Había algo hermoso —y brutalmente poderoso— que solo ocurría cuando estaban juntas. Seis estilos, seis temperamentos, seis historias de ímpetu y cicatrices… terminaban latiendo en una sola vibración. Una sola frecuencia. Cada una con su luz, con sus rarezas, con sus maneras de sobrevivir al mundo. Pero juntas…, juntas eran otra cosa. Una tribu sin reglas y con códigos sagrados. Una constelación de mujeres capaces de sostenerse, sostener a otras y, si hacía falta, quemarlo todo para empezar de nuevo.

Caminaban seguras de que no lo hacían solas. Con la espalda recta y la mirada en alto, no por vanidad, sino por memoria: la memoria de todas las veces que se levantaron unas a otras. Esa certeza no venía del maquillaje ni de la ropa —aunque el estilo les sobraba—. Venía de saberse rodeadas de amor leal, de carcajadas de madrugada, de silencios compartidos y manos que no soltaban, ni en el más violento de los incendios.

Tal vez por eso, cuando estaban juntas, parecía que el aire cambiaba. Era otra atmósfera. Una donde cabía la ternura, la rabia, el vino, el perdón y los planes locos. Una donde nadie tenía que explicarse demasiado. Eran un espectáculo, sí, pero no de los que se admiran desde lejos. Sino de los que sienten con el cuerpo, de los que dan ganas de pertenecer, de quedarse, de bailar alrededor del fuego. Y ellas lo sabían. Vaya si lo sabían.

En el trayecto, tres turistas españoles que venían en dirección contraria se quedaron mirándolas con descaro. Pasaron de largo, pero apenas diez metros después regresaron sobre sus pasos y se acercaron, casi con timidez:

—Perdonen que seamos tan indiscretos, pero… ¿se puede saber a qué lugar van? ¿Dónde van a estar?

Las chicas se miraron entre sí, y en lugar de responder, se echaron a reír. Eran risas amplias, francas, que resonaban sin pedir permiso en la calle. Luego siguieron caminando, dejando a los tres hombres en la vereda, confundidos y fascinados a la vez. Esa noche, nada les robaría la certeza de estar vivas y juntas, capaces de arrasar con lo que se interpusiera. Y los adoquines de la ciudad, bajo sus pasos, parecían saberlo.

Porque no hay nada que imponga más, que intrigue más y que desafíe más… que una mujer segura de sí misma. Una mujer que camina libre, que sabe que tiene las armas para conquistar y aun así no las usa. Que se sabe admirada y observada y, sin embargo, no lo necesita… Imaginen si, encima, son seis a la vez.

Llegaron al Templo entre risas. Había fila para entrar, pero ellas pasaron directo: tenían su espacio reservado. Cruzaron por la derecha de la puerta grande de madera, que dejaba escapar olor a ron y hierbabuena. La música flotaba suave, el murmullo de las mesas dibujaba un ambiente íntimo. Se acomodaron en su rincón del patio, en una mesa que parecía esperarlas. Minutos después, una ronda de daiquirís, margaritas y mojitos llegó como una invitación imposible de rechazar.

—Estas van por la casa —dijo Sofía haciendo un guiño, pues ella ya se había hecho amiga del *barman*, de tantas veces que había ido a explicarle cómo prepararle su mojito.

Paula fue la primera en recibir la pregunta inevitable.

—¿Y, bueno, Paula, ya cuenta? —le dijo Amber, apoyando la barbilla en la mano— ¿Cómo vas con todo…?

Paula soltó una carcajada breve, sin rastro de amargura.

—No quiero hablar del asunto. Hoy no. —Hizo una pausa, jugueteando con su vaso—. Aunque no puedo evitar contarles algo que me dio mucha risa… y soberbia al mismo tiempo.

Se inclinó hacia el centro de la mesa, bajando un poco la voz y arrastrando su margarita hacia ella:

—Iván osó decirme que no perdería el tiempo dándome excusas, pero que, de las dos, yo era la oficial… —soltó una carcajada rabiosa— Que, si yo le decía que sí, dejaba a la otra.

Hubo un silencio incrédulo, seguido de risas ahogadas.

—¿En serio? ¡No te creo! —dijo Camila, llevándose la mano al pecho.

197

Paula sonrió con ironía, levantando la copa como brindis:

—Bueno… ¡Salud! Ya saben para dónde lo mandé. Le devolví el dinero del viaje que teníamos planeado y lo bloqueé porque no paraba de llamarme. No quiero volver a saber de él.

Las demás aplaudieron y brindaron por ella. Sofía sintió un calorcito en el pecho, orgullosa de la entereza de su amiga…, pero consciente de sus dolores.

—¿Y tú, Amber? ¿Y tu novio que nunca aparece? —preguntó Sofía, insidiosa.

Amber puso los ojos en blanco.

—Pues, gracias a Dios, lejos de ustedes, arpías venenosas. ¿No tienen otros temas para hablar que no sean de hombres?

Todas rieron.

—Cuando alguna salga del clóset y se declare lesbiana, variamos…, de momento lo veo jodido —remató Paula, provocando otra carcajada.

Sarah, risueña y serena, intervino:

—Pues yo no tengo mucho drama. Ariel y yo estamos… bien. Más que bien. —Sus ojos brillaron—. Él ya no se pone celoso con estas salidas. Creo que ha entendido que las necesito. Estamos pensando en crear algo juntos…, una academia para dar clases de inglés. Algo nuestro.

Un coro de «¡aww!» recorrió la mesa. Camila se encogió de hombros con una sonrisa felina:

—Yo no tengo nada nuevo, muchachitas…, pero quizá esta noche me ponga de cacería.

Todas se rieron al unísono, chocando los vasos. Paula, todavía sonriendo, giró la vista hacia Sofía:

—¿Y tú? ¿Qué tal Adam?

Sofía jugó con el borde de la copa, bajando la mirada por un instante.

—Bien…, creo —dijo con una pausa cargada—. No le encantó que viniera hoy. Creo que se puso celoso.

Paula entrecerró los ojos, pensativa.

—Eso es normal, Sofi. Cuando alguien empieza a tomarte en serio, esas cosas aparecen. Pero hay que equilibrar. Sé comprensiva… y al mismo tiempo déjale claro que tienes tu vida. Que no hay fantasmas que inventarse. Eso lo ayuda a sentirse seguro… Mira a Sarah como lo resolvió.

Sofía asintió, mordiéndose el labio, dejando que las palabras calaran. Por un segundo imaginó que él podía estar allí, viéndola reír, sintiendo el mismo orgullo que ella sentía por sus amigas. Sacudió la cabeza con una sonrisa breve y volvió al presente: la música, el ron, la hermandad.

Rachel llevaba rato removiendo el hielo de su margarita sin probar un sorbo. Sus dedos temblaban sin notarse al borde del vaso, pretendía que el roce contuviera su pulso. Su mirada danzaba entre la música, la barra y las caras conocidas que se cruzaban frente a ella, ajenas al huracán que se formaba por dentro. Finalmente, Paula fue la que lo notó.

—¿Y tú? —dijo, mirándola con suspicacia—. Estás rarísima.

Rachel se acomodó el cabello detrás de la oreja y soltó una carcajada nerviosa.

—Chicas…, estoy en problemas.

Todas se giraron al unísono. Rachel respiró hondo y añadió, con esa voz que se esfuerza en el humor para ocultar el temblor interior:

—Ay, muchachitas, es que yo ya estoy en una edad en la que quisiera parar, ¿saben? Ya no tengo 20. Ya no me da para andar probando y probando. Pero… —se encogió de hombros y quedó ausente un segundo—, también me cuesta soltar esta vida tan libre. Tengo casi 33, y ya va siendo hora de algo serio.

Aquellas palabras flotaron en el aire. Nadie rio. El grupo, ese ambiente festivo, se detuvo un instante. Todas reconocieron la fisura que mostraba: el miedo al tiempo, al borde invisible que muchas mujeres sienten al pensar en hijos, en familia, en estabilidad comenzaba a asomarse. Esa presión sutil que hace que cada decisión cuente, que cada elección duela.

¿Quién reconocería esa tensión más que ellas? Veían en Rachel a la amiga brillante y segura, y ahora admitía lo que casi todas maquillan. Rachel estaba un poco más cerca del borde, de ese trance silencioso donde el reloj se vuelve enemigo y una siente que hay que decidir… rápido.

Rachel miró su copa con una sonrisa autocompasiva.

—Algunas veces pienso que la vida me quedó corta para todo lo que soñé… y otras solo siento que soñé con lo equivocado. Que se me va el tiempo y no estoy haciendo lo que toca.

Paula dejó la servilleta sobre la mesa, sin dejar de mirarla, levantando una ceja.

—¿Lo que toca?... ¿Lo que toca según quién, Rachel? ¿Quién decidió que tenemos que casarnos antes de los 35, tener hijos a los 37 y una vida ordenada a los 40? Nos venden un guion que no todas escribimos igual.

Rachel bajó la voz, casi un susurro:

—Deja que llegues aquí. A tus 25 no te lo imaginas, pero ya a los 33 puede ser duro sentir que te saliste del guion… y que todos te miren como si fueras una página en blanco que ya no tiene arreglo, como si ya hubieses dejado pasar todas las buenas oportunidades para lograr… algo.

Sofía intervino con ese tono que siempre la hacía sonar mayor que sus años:

—Yo estoy con Pau. ¿Quién dijo que el guion es obligatorio? Hay quien no quiere tener hijos, no quiere casarse. Hay quien elige construir su vida de otra manera. Eso no te hace menos mujer ni menos completa. Creo que lo más importante es sentirte suficiente para ti misma y no traicionar eso solo por encajar en lo que otros consideran correcto.

Paula asintió, con una sonrisa sarcástica pero cómplice.

—Yo pienso lo mismo, muchachitas, de verdad —aseguró Rachel—. Pero es muy jodido que, a veces, el silencio de los otros grite más fuerte que mis propias decisiones.

Sofía le tomó la mano a Rachel, transmitiendo compañía, pero nunca lástima:

—Entonces hay que aprender a escucharnos más a nosotras mismas que a la gente. No se trata de alcanzar la meta que otros dibujaron, sino de sentirnos en casa con nuestros propios diseños de vida…, aunque esa casa no se parezca a lo que los otros esperan.

—Ustedes están un poco profundas ¿no les parece? —agregó Amber.

—Yo me perdí un poco —dijo Sarah—. Todavía no he pensado en casarme. Pero creo que me gustaría.

El grupo hizo un silencio fugaz, necesario, de esos que envuelven como un abrazo. Y en ese momento, todas respiraron un poco más libres.

Entonces avanzaron sus confesiones.

Rachel mencionó a Gabriel, un anestesiólogo del hospital: serio, preciso, casi perfecto. Todo en él parecía estar en su sitio… hasta que ciertos gestos —ligeros, pero constantes— la hicieron dudar. No era un juicio ni una burla, pero había algo en su manera de hablar y de moverse que le despertaba una inquietud difícil de nombrar. No lograba definir si la deseaba como mujer o si, en realidad, la quería como fachada en una historia que él aún no se atrevía a contar.

También habló de Jamal, el estudiante de Medicina árabe, de ojos azules y sonrisa de anuncio. Un tipo de belleza que entraba con facilidad por los ojos, pero no llegaba más lejos. Atractivo, sí. Pero sin raíces. Siempre con una excusa para no quedarse del todo.

Y, finalmente, contó de Rafa. El chico del gimnasio. Dulce, encantador, con un cuerpo que parecía esculpido a mano y una ternura que desarmaba. Pero ocho años menor, sí… corriendo a otra velocidad, deseando otras cosas, habitando un universo distinto al suyo.

Rachel tenía ante sí la seguridad vacía de lo «estable», la fugacidad divertida de lo sin rumbo y un deseo inexplicable por lo prohibido. El deseo la dominaba casi siempre, no la razón. Pero debajo de ese impulso había algo más: intuición pura. Esa sensación tácita que a veces nos guía, aunque no sepamos por qué… y que, sin ella saberlo, algún día la llevaría directo al amor de su vida.

Cuando terminó de hablar, se sintió ligera y agitada. Sus manos dejaron el vaso, pero no dejaron de temblar. Su boca lo decía con humor, pero sus ojos gritaban urgencia. Camila intentó romper la solemnidad:

—¡¿Tres?! ¡Tú sí suenas! Mi estómago nervioso no lo aguantaría.

—¡Ya! Pero eso no es todo… —Rachel bajó la voz, con media sonrisa—. Dos de ellos están aquí. Me han saludado desde dos esquinas distintas y yo lo que quiero es que la tierra me trague.

—Ay, querida. Sé lo que se siente —dijo Sofía risueña recordando aquella guardia y levantando su copa.

Las chicas se miraron entre sí y soltaron risas cómplices. Amber propuso un brindis:

—¡Por ti, Rachel! Por mantenernos entretenidas y recordarnos que no podemos vivir sin los hombres —agregó con sarcasmo poniendo los ojos en blanco.

Rachel se rio, pero sus ojos la traicionaron un segundo, mostrando un cansancio más arraigado.

—Es que…, ¿se dan cuenta lo que les digo? En serio quiero algo que dure y…, sin embargo, aquí estoy, esquivando miradas como si tuviera 17 otra vez.

Camila le tomó la mano con ternura:

—Tranquila, Rachel. Si algo tienes, es tiempo y encanto de sobra. Ya llegará quien te aguante el paso… y que valga la pena. De momento concéntrate en cómo vas a salir ilesa esta noche.

Rachel se relajó, agradecida, y bebió un trago largo. La música subía de tono y El Templo parecía girar a su alrededor. Las luces seguían tintineando, y las chicas se movían entre sorbos, risas y conflictos compartidos. La noche apenas comenzaba, pero cada una cargaba con sus propios universos.

De pronto, el ritmo se volvió irresistible y, sin darse cuenta, todas se dejaron llevar y se levantaron de la mesa. Primero fue Amber quien jaló a Sarah y a Camila al centro de la pista improvisada, moviéndose con esa naturalidad exuberante que siempre la distinguía. Paula y Rachel las siguieron entre risas.

Sofía dudó un segundo, con la copa aún en la mano, pero el ambiente la fue arrastrando: había algo liberador en bailar sin más, sin esperar nada, solo sentir el cuerpo moverse al compás. Giró sobre sí misma, dejando que el vestido *beige* drapeado acompañara el movimiento, ligera, como si el resto del mundo se hubiera detenido. Por un segundo se sintió completa, pero una pequeña sombra la cruzó por dentro, y cuando observó a la entrada los vio entrar...

Era Christian con su sonrisa de confianza fácil, que apareció junto a Dany, el R2 de Neurocirugía que no la abandonó en la pista en aquella inolvidable fiesta. Christian la saludó con un gesto amable desde lejos y Dany levantó la mano con una sonrisa amplia. Sofía sintió una descarga helada por la columna: sabía cómo se ponía Dany después de un par de tragos. Sonrió de vuelta, educada, y al acercarse los saludó con un beso en la mejilla.

—¡Pero miren quiénes están aquí! —dijo Christian, que ya conocía a las chicas de otros encuentros previos en El Templo, acomodando su vaso de ron—. ¿Se puede?

—Claro —respondió Sofía con un gesto invitador, mientras las chicas saludaban. Pero en su estómago se retorcía una punzada de culpa, la sensación de estar cruzando un límite—. Vengan, únanse.

Se incorporaron al grupo sin estridencias; todo parecía sano, educado, normal. Christian se integró rápido, comentando la música del lugar, mientras Dany lanzaba alguna broma sobre el calor sofocante de la noche. Pero en Sofía habitaba algo extraño, un latido retrasado, una alarma de la conciencia, como si Adam la estuviera observando desde una rendija invisible.

Y lo vio en su mente con nitidez: esa camisa blanca que tanto le gustaba, el olor discreto a madera y hospital, las manos en los bolsillos, esa forma de estar que la hacía sentir segura. Sonrió sola, convencida de haberlo invocado. Realmente le habría encantado tenerlo allí, mostrarle de cerca ese pedazo maravilloso de mundo que tanto la sostenía: sus amigas.

Sacó el celular y, sin pensarlo mucho, se tomó una *selfie* improvisada con algunas de las chicas riendo detrás y le escribió un mensaje:

Sofía: *Te extraño*♥

Adam respondió al cabo de unos segundos. Su mensaje llegó con una sonrisa que se intuía coaccionada, entre celos y ternura:

Adam: *No creo que me estés extrañando mucho* 😌. *Estás demasiado linda*
para estar ahí sin mí.

Sofía sonrió, aunque supo de inmediato que no era solo un halago; había un reclamo escondido en esas palabras. Empezó a teclearle un «no seas pesado», pero antes de enviarlo apareció otra notificación: una foto de Adam con los espejuelos puestos, recostado en la cama, acompañada de un texto que le aceleró el corazón:

Adam: *Quien sí te extraña mucho soy yo.*
¿Quieres que vaya a buscarte cuando termines? 😌

Sofía se quedó mirando el mensaje, sorprendida. No se lo esperaba: era la primera vez que Adam se atrevía a mostrarse en un lugar público junto a ella. Incluso, si era al final de la noche, ya era un avance. Sintió que el calor del lugar le subía al rostro, no por el ron ni por la música, sino por ese impulso inesperado. Se descubrió sonriendo con una ingenuidad que casi dolía, hasta que un pensamiento la atravesó como un relámpago: le asustaba que todo se sintiera tan bien. Esa facilidad, esa intensidad, eran también una advertencia de no confiarse ni dejar que las ilusiones llegaran demasiado pronto.

Aun así, no podía —ni quería— rechazarlo. En el fondo ya deseaba que la noche terminara rápido para encontrarse con él. Porque enamorarse también es eso: la urgencia por el próximo abrazo, por el siguiente instante a solas. Y mientras intentaba disimularlo, los dedos temblaban sobre la pantalla, escribiendo la respuesta por ella:

Sofía: *Me parece perfecto.*

En la pista, Amber, Sarah y Camila bailaban al ritmo de Raúl Paz; sin reservas, tarareando y riendo como niñas.

♫10- *Chica Mala... Me mira, me besa, no termina. Ve que hay gente afuera, se maquilla.* ♫

Paula y Rachel quedaron un momento sentadas, pero no por mucho tiempo. De pronto y sin enterarse cómo, ya estaban rodeadas por los dos hombres que, sin saberlo, se disputaban la atención de Rachel: Gabriel, el anestesiólogo de sonrisa impecable y modales medidos, se acercó primero, con un gesto seguro a dar las buenas noches; del otro lado, Jamal, el estudiante árabe de Medicina, de ojos azules centelleantes y juventud inquieta había llegado ofreciéndole un trago.

Como si no hubiese ya suficiente adrenalina, ambos invitaron a Rachel a bailar casi al mismo tiempo; pero Paula siempre anticipándose al desastre, soltó una carcajada, intentando romper la tensión, y se levantó, arrastrando a Rachel al centro para que la situación no explotara en la mesa.

El ambiente sacaba chispas: música saturada, luces parpadeantes, cuerpos que se movían sin descanso. Rachel reunió a todas las chicas en un mismo grupo de baile para diluir la tensión y evitar quedar atrapada entre los dos al mismo tiempo. Pero, al bailar sola, algo distinto la atravesó: un escalofrío súbito, sin aviso. No era el roce de Jamal ni la insistencia elegante de Gabriel. Era otra mirada: más intensa, más eléctrica, más lejana.

Se giró instintivamente, buscando entre las sombras de la pista... y entonces lo vio. Era Rafa, el muchacho del gimnasio.

Rafa, estaba de pie al fondo, quieto, mirándola con una intensidad que la atravesaba como un relámpago. Su mirada era limpia, franca, pero tan directa que le hizo olvidar dónde estaba. Ella le había comentado en el *gym* esa tarde que estaría allí en la noche.

Su corazón dio un salto violento. La copa en su mano tembló y el hielo tintineó como un puñado de campanas diminutas. En ese instante, toda la lógica que repetía para sí misma —la edad, el tiempo que corre, la urgencia de construir algo estable— se desmoronó. No era una madre en potencia ni una mujer con un reloj apretándole las costillas. Ahí, frente a él, era solo ella. Deseando. Sintiendo.

Paula la miró de soslayo, captando la transformación en su rostro.

—¡¡Rachel…, no me jodas!!, ¿este también está aquí? —susurró, entre asombrada y divertida, pues a Rafa ya ella sí lo conocía también del *gym*.

Pero Rachel ya no estaba allí. Algo en esa mirada la jalaba, la quemaba, como si llevara un mensaje cifrado que no podía ignorar. Y, sin saberlo, se estaba inclinando hacia un futuro que no figuraba en sus planes pero que la esperaba con los brazos abiertos.

Dio un paso hacia atrás, luego otro, apartándose de Gabriel y de Jamal, como quien se arranca de una conversación sin sentido. Se inclinó hacia Paula, casi sin aliento:

—Pau…, *please*…, resuelve esto cómo puedas. Necesito hacer algo.

—¿Queeeeeeé? ¿Cómo que…? Hey…., Rachel, no te vayas…, ¡oye!

Paula apenas alcanzó a reaccionar cuando Rachel ya se alejaba, siguiendo ese hilo invisible que parecía arrastrarla y se quedó ahí, atónita, mirando a aquellos dos hombres frente a ella —Gabriel y Jamal—, sin tener idea de cómo manejar la tensión rara que había quedado flotando entre ellos. Se pasó la mano por el cabello, nerviosa, y al final soltó lo primero que se le ocurrió, forzando una sonrisa:

—Bueno…, eh…, Gabriel, Jamal. Jamal, Gabriel —los presentó como quien apaga un incendio con palabras improvisadas—. Ambos son médicos, así que seguro tendrán mucho de qué conversar.

Gabriel enarcó una ceja en un gesto incrédulo; Jamal solo sonrió de costado, como si no pudiera creerlo. Paula sintió que le ardían las orejas y necesitaba desaparecer, así que se unió a Sofía y sus amigos del hospital, dejando a los dos hombres solos y desconcertados.

—Lo que me ha hecho Rachel no tiene perdón —dijo, mirándola desde lejos—. ¿Y ya la viste cómo está? Flotando en otro mundo, a salvo del desastre.

Sofía siguió la dirección de los ojos de Paula y sonrió con contemplación al verla. Rachel conversaba con Rafa con una elegancia despreocupada, parecía inmune a todo lo que la rodeaba. El vestido negro enmarcaba su silueta y la noche parecía rendirse ante ella. En ese momento se veía feliz. Había algo radiante en la manera en que se entregaba a la vida más que cualquiera de las otras. Y Sofía la contemplaba deseando que ese vacío, que a veces asomaba en sus ojos, se llenara pronto… para que también lograra sentirse en casa dentro de sí misma.

Entre música, tragos y conversaciones cruzadas, la noche comenzó a desarmarse. Las luces ya no brillaban igual, la gente empezaba a pedir cuentas y las mesas se vaciaban poco a poco. Las chicas se fueron reuniendo cerca de la salida, entre abrazos y comentarios dispersos, guardando ese cansancio dulce que dejan las noches largas.

Rachel llegó última, todavía con un brillo raro en los ojos, proveniente de un lugar al que las demás no podían acceder. Jamal, se inclinó hacia ella antes de salir; su voz fue un murmullo apenas audible para las demás:

—Llámame cuando puedas.

Rachel asintió, mordiéndose el labio, y él se perdió entre la multitud.

Justo entonces, Gabriel también se acercó a despedirse. Le tomó la mano con un gesto firme —demasiado firme— y la miró a los ojos con una expresión cargada de decepción.

—Ha sido un verdadero «desplacer» conocerte —dijo, con una seriedad helada, pero con un tono teatral.

El silencio se hizo alrededor. Las chicas se miraron entre sí, perplejas, sin saber qué decir y aguantando la carcajada al mismo tiempo. Rachel parpadeó, abrió la boca para contestar, pero nada salió. Solo retiró la mano con elegancia y dio un paso atrás, sintiendo cómo las miradas de todas la seguían.

Aquella frase quedaría para la historia… y regresaría afilada, como recuerdo inamovible de aquella noche por el resto de sus días.

Paula fue la primera en soltar aire, había estado conteniendo la respiración por horas:

—¡Wow…! ¡Qué nochecita! —murmuró.

Rachel se sentía ligera, casi flotando, había disfrutado mucho la compañía de aquel chico. La diferencia de edades se había disuelto entre risas y miradas, hablando el mismo idioma sin ni siquiera notarlo.

—*Good catch*, querida…—soltó Sofía tras detallar lo apuesto que era el joven, guiñándole un ojo—. Uno nunca sabe, a lo mejor el padre de tus hijos es 8 años menor.

—Rachel —intervino Sarah, reflexiva y un poco atrasada para variar—, ¿has oído eso de que cuando tiramos la moneda, mientras está en el aire, ya sabemos cuál cara queremos que caiga?

—Mmmm, ¡sí! ¿Por…? —respondió Rachel confusa.

—Es que tú has dejado muy claro cuál cara de tu moneda de tres, querías que cayera al suelo esta noche —le respondió Sarah entre risas.

—¡Dímelo a mí! —agregó Paula levantando las cejas.

Salieron todas al parque de enfrente, entre risas cansadas y pasos lentos, coordinando cómo regresarían a casa. Paula, con ese tono travieso que nunca perdía, le preguntó a Sofía:

—¿Y tú? ¿Te quedas en mi casa esta noche?

Sofía dudó un segundo antes de sonreír, bajando la voz:

—Pues… no. Me vienen a buscar —dijo con destellos de orgullo.

Acababa de enviarle a Adam un mensaje rápido, casi temerario:

> **Sofía:** *Te espero en la esquina del parque, donde está el café.*

La reacción fue inmediata: un coro de gritos, silbidos y risas, esa bulla clásica de tonteo y acoso que surge de las noticias inesperadas. Entre palmaditas y miradas cómplices, Rachel levantó la mano como quien dicta una sentencia:

—¡Pues de aquí no se mueve nadie hasta que llegue Adam! ¡Esta es la oportunidad, muchachitas…, que solo lo conocemos por fotos!

Sofía sintió cómo el corazón se le aceleraba. Sonrió, pero por dentro el pulso le golpeaba las sienes. No sabía si estaba lista para eso… o, mejor dicho, no sabía si Adam estaba listo para eso.

Adam llegó unos diez minutos después, pedaleando despacio hasta detenerse en la esquina del parque. Sin bajarse de la bici, apoyó un pie en el contén mientras buscaba a Sofía entre la gente. Llevaba un pulóver gris sencillo y un pantalón cómodo, más propio de la casa que de una salida. Le costaba encajar en aquel ambiente. Afuera del Templo todavía quedaban grupos: guitarras, voces cantando bajo, tertulias desperdigadas en bancos y jardineras. Ese no era su mundo. Esa no era su noche. Y, aunque intentó aparentar calma, sus ojos lo traicionaban, era obvio que se sentía fuera de lugar.

Por fin la vio. Sofía estaba a unos metros, rodeada de sus amigas y, cuando lo señaló, todas giraron a mirarlo al mismo tiempo. Él levantó apenas la mano en saludo, sin bajar de la bicicleta, y esperó.

Sofía avanzó hacia él…, pero no sola. Lo hizo acompañada de 5 mujeres intimidantes que venían detrás, riendo y comentando como si la acompañaran a una ceremonia importante. Adam sostuvo la sonrisa, pero a Sofía —y a todas— no les pasó inadvertido cómo se tensaron sus hombros, y sus ojos se apagaron un poco ante la comitiva inesperada.

Ella lo saludó con un beso discreto en la comisura, pero él estaba demasiado ocupado evaluando el momento y, por un segundo, en cómo ese vestido *beige* le moldeaba el cuerpo y la hacía resaltar más de la cuenta.

—Mira…, estas son mis amigas —dijo Sofía, esforzándose por sonar ligera, presentándolas una a una mientras ellas levantaban la mano y sonreían entre sí.

—Por fin te conocemos, hemos oído mucho de ti —se lanzó Rachel, divertida.

Paula soltó un codazo y un susurro sigiloso:

—¡Eso no se dice! —provocando risitas contenidas.

—Encantado… —dijo Adam desde lo alto de la bicicleta, con una sonrisa tenue, pero con tal entusiasmo que no logró ocultar del todo su incomodidad—. Yo también he oído mucho de ustedes.

El comentario cayó tibio. Hubo un silencio breve en el que las miradas de las chicas se cruzaron, expresivas, como diciendo todo lo que Sofía temía.

—¿Nos vamos? —preguntó Adam, directo, sin bajar de la bicicleta.

Sofía asintió, tragando saliva.

—Sí…, claro.

Se despidió de las chicas con abrazos rápidos, sintiendo cómo las miradas cómplices y los comentarios quedarían flotando entre ellas apenas se alejara. Se subió al marco de la bicicleta con el corazón acelerado, preguntándose si había hecho bien en tender ese puente entre dos mundos tan complejos como vitales. O si, en cambio, acababa de regalarles una escena que comentarían durante semanas.

Capítulo XXI

Entre la realidad y el mar

La bicicleta avanzaba despacio por calles casi vacías, con el aire de la madrugada rozándoles la piel. Sofía iba delante, sentada en el marco, mientras Adam pedaleaba detrás con las manos tensas en el manubrio y los ojos fijos en la ruta. El silencio duró lo justo para incomodar. Entonces Adam habló:

—Oye, verdad que son preciosas todas tus amigas.

Sofía parpadeó, sorprendida. Por dentro se preparaba para hacerle un reclamo inevitable, por esa espina que seguía clavada desde el parque..., pero esa frase la paró en seco.

Sintió la ironía subirle a los labios —algo sarcástico, algo defensivo—, sin embargo, se contuvo. En vez de eso, se limitó a decir, sin mirarlo:

—Más que eso, son inteligentes y geniales.

Adam soltó una risa breve.

—No tengo dudas... —hizo una pausa, bajando el tono—. Pero hablando de asuntos más preocupantes... ¿ese vestido hoy? ¿En serio?

Sofía giró apenas el rostro, incrédula, con el cabello moviéndose al viento. Miró hacia abajo, hacia ese *beige* drapeado que abrazaba sus formas con elegancia.

—¡Sí..., en serio! Soy muy selectiva con la ropa que uso —soltó entre una carcajada incrédula—. Y si esperas que use un hábito de monja, estás muy equivocado.

Sintió cómo Adam se tensaba un segundo detrás de ella. Él pudo haber contestado algo, pero se contuvo. En vez de eso, le rozó el hombro con los labios, inclinó el torso hacia adelante y, sin dejar de pedalear despacio, se acercó al hueco de su cuello.

El roce fue sutil, pero muy electrizante… En ese preciso instante ella olvidó todo lo que la estaba molestando.

—Yo solo sé —murmuró Adam contra su piel— que quiero quitar ese vestido de mi vista de una vez y por todas.

Sofía rio bajito y echó la cabeza hacia atrás lo justo para sentirlo más cerca. Pero aún quedaba un reclamo latiendo, caótico, en su mente:

—Creo que fuiste un poco distante con mis amigas —dijo Sofía.

—Ideas tuyas —respondió él, sonriendo—. Solo no estaba preparado para impresionarlas.

—Sabes que no siempre tienes por qué ser perfecto, ¿verdad? —insistió ella.

—Ya estás bélica de nuevo, Sofía. No busques problemas donde no los hay. El conflicto es tu pasión —dijo provocándola.

Por fin llegaron y Sofía endureció el gesto. No podía ceder tan fácil…, aunque él sabía bien de su inconformidad y, en el fondo, disfrutaba esos intentos de ella por ser indomable. Entraron casi sin palabras. La puerta se cerró de golpe y la penumbra de la sala los envolvió como un secreto. Sofía dejaba el bolso sobre una silla cuando Adam la tomó por la muñeca y la empujó hacia atrás hasta sentir la pared fría en la espalda. Se inclinó sobre ella, cerrándole toda salida, y tarareó en su oído una melodía de Kelvis Ochoa, obligándola a seguirle un baile improvisado, sensual y torpe a la vez.

♫11- *Yo quiero estar en lo más bello de tu vida. Quiero dejarme seducir por tus encantos. Voy a perderme en ti a plena luz del día. Ser tu verso y tu canto, vivir en tu corazón* ♫

Sofía se dejó arrastrar: ya estaba en la gloria, ya no había reclamos posibles.

Los ojos de él ardían. Había en ellos algo feroz, implícito, que no necesitaba explicación. Le sostuvo la nuca con una mano mientras la otra descendía por su cintura hasta el borde del vestido.

—Este maldito vestido… —gruñó entre dientes, bajo y cortante.

Deslizó la tela hacia abajo con una urgencia indisimulada. El cierre cedió con un susurro casi animal, y la piel de Sofía se erizó al contacto con el aire. Su respiración se volvió irregular; todo lo demás desapareció.

El vestido cayó a sus pies. Adam desabrochó el sostén con un gesto preciso, seguro. Sus manos encontraron sus pechos con una reverencia feroz. Primero, un roce leve, casi promesa. Después, la presión exacta: dedos que giraban, atrapaban, exploraban, como si tocara una obra de arte que se revelaba bajo su contacto.

Algo la atravesó desde la pelvis hasta el cráneo, un temblor silente que la dejó sin aliento. Arqueó la espalda, los labios entreabiertos, temblando bajo la cadencia que él marcaba con una exactitud peligrosa. Ella se entregaba, rendida a lo inevitable.

El cuerpo de Sofía aún temblaba contra el sofá, latiendo al ritmo de lo que acababa de suceder. Su mejilla descansaba sobre el pecho de Adam, siguiendo un vaivén ya más sereno. Afuera, la ciudad murmuraba su propia historia. Dentro, la mano de él recorría su espalda, lenta y precisa, escribiendo un idioma nuevo sobre su piel.

Y en ese instante, un poco liberada del instinto visceral, Sofía lo pensó con una lucidez que la golpeó: «Este hombre me gusta demasiado… No me deja pensar con claridad, todo se me va de control cuando estoy así con él». La incomodidad que le había dejado el parque, las miradas de sus amigas, todo se borró como si nunca hubiera existido. Solo quedaba él. Solo quedaba el fuego.

—Vamos a la cama… Tenemos que levantarnos temprano —susurró Adam, sin dejar de acariciarla.

—¿Temprano?… ¿Por qué? —preguntó Sofia algo incrédula.

Adam inclinó la cabeza y rozó sus labios contra su cabello húmedo de sudor.

—Es una sorpresa —dijo en un susurro.

La luz del amanecer apenas despuntaba cuando Sofía sintió unos dedos tibios recorriéndole el brazo. Abrió los ojos despacio y lo vio inclinado sobre ella, aún con el cabello revuelto de la noche anterior, la mirada encendida y esa sonrisa tan suya que la desarmaba sin remedio.

—Arriba, dormilona… —murmuró Adam, rozándole la mejilla con los labios—. No vamos a quedarnos aquí. Tenemos que pasar por tu casa.

—¿Mi casa? —balbuceó Sofía, aún bostezando.

—Necesito que agarres una mochila, un par de mudas de ropa… y algún traje de baño.

Ella lo miró, todavía incrédula.

—¿Vamos a una piscina?

Adam sonrió apenas, mientras le acomodaba un mechón de cabello.

—Ya te enterarás. Pero avisa en tu casa que no llegarás hasta mañana por la tarde.

Sofía sintió cómo la emoción le subía por dentro, como un chispazo que la puso completamente despierta.

—¿Esto es en serio? —preguntó, y la sonrisa se le escapó sin remedio.

—Pues claro, que yo no ando con bromas. Anda, vamos.

Salieron juntos y llegaron a la casa de Sofía cuando el barrio apenas empezaba a moverse. Entró con prisa, buscó la mochila y cuando iba saliendo se encontró a su madre en el pasillo, mirándola de arriba abajo.

—¿Pero y ahora adónde vas si es que acabas de llegar? —preguntó, con ese tono que no admitía tonterías.

Sofía se encogió de hombros mientras ajustaba la cremallera de la mochila.

—Pues no lo sé…, supongo que me tienen una sorpresa.

Su madre frunció el ceño, cruzándose de brazos.

—Es que no te estás tranquila nunca. Ten cuidado y mantenme informada. Y no hagas locuras.

—Lo prometo —dijo Sofía, dándole un beso rápido en la mejilla antes de salir veloz por la puerta.

Adam la esperaba afuera recostado a la baranda del portal. Se miraron con esa complicidad que ya no necesitaba palabras y caminaron juntos por veinte minutos hasta llegar a la parada de los autobuses que salían para la playa.

El aire de la mañana olía a sal y a algo nuevo. Sofía estaba feliz…, buscó su teléfono, envió un audio en su grupo de WhatsApp, repleto de mensajes sin leer aún.…

🎙 **Sofía:** *Chicas, ya sé que Adam tiene que hacer mucho para ganárselas, pero quería contarles que me voy con él a la playa… hasta mañana.*

🎙 **Rachel:** *Hmmm. ¿Cuánto dura la etapa de prueba? Porque lo está intentando con todo.*

Paula: *Qué eficiente el tipo. Va en* fast track *a la amnistía. Pero ojito👀, ¡eh!*

Amber: *Ese sabe que la cagó anoche cuando ni caso nos hizo.* 🙄

Y de inmediato todas empezaron a opinar, pero Sofía no hizo mucho caso. No podía. Si no estaba en las nubes, se hallaba cerca.

El viaje en autobús se sintió como un pequeño universo aparte. Aun en el bullicio de los pasajeros y el poco confort de los ómnibus en Cuba, Sofía iba en la gloria recostada en el hombro de Adam, mientras él la rodeaba con su brazo como si fuese suya. Ella se dejaba llevar por el paisaje y la música de fondo, tratando de no idealizar lo que le estaba pasando…, pero no podía evitarlo.

—¿No te gusta aquella casa? —preguntó Adam, señalando una finca escondida en un pueblo de campo.

—¿No me digas que te ves viviendo ahí? —bromeó Sofía.

—¿Yo? No…, pero a ti sí te veo, regando flores y cuidando gallinas —ahora bromeó él.

—¿Flores y gallinas yo? —Rio ella—. No me parece.

Se reían bajito, como quien comparte un secreto en medio de desconocidos. El traqueteo del autobús, los asientos gastados y la brisa cálida quedaron en segundo plano frente a la sensación de estar juntos sin prisas.

Por fin llegaron a la entrada de un hotel rodeado de bugambilias. Sofía se detuvo en seco, mirando a Adam con los ojos muy abiertos.

—¿Aquí? —preguntó, apenas en un susurro.

Adam solo le sonrió, tomó su mano y la guio hasta la recepción.

El sonido del mar ya llegaba desde algún lugar cercano, la brisa desestresante, limpia… Un cóctel de bienvenida los acaparó al instante. Recogieron sus llaves y caminaron hacia su habitación en silencio.

La habitación era amplia, luminosa, con paredes en tonos arena y detalles en madera clara. Las sábanas blancas impecables caían suaves sobre la cama enorme, y el balcón con barandas de cristal se abría a una vista directa al mar, como una respiración infinita. Una brisa salada se colaba por la ventana abierta.

Sofía dio un paso adentro y luego otro, con los hombros relajados sin que se diera cuenta. Giró sobre sí misma, mirándolo con los ojos abiertos, extasiados:

—Adam… —dijo, y la voz le tembló levemente—. Esto es hermoso.

Él dejó la mochila a un lado y se acercó despacio, tomándole la cara entre las manos.

—Quería que lo sintieras así —respondió, simple, sincero, antes de besarla.

Ella sonrió, pero sus ojos se llenaron de un brillo nuevo. «¿Qué significaba todo esto?» Y sin buscar respuestas, se dejaron llevar y se abrazaron, mirando el mar, como quien reconoce un refugio.

El resto del día se escurrió como agua entre los dedos. Bajaron a la playa, se bañaron juntos un buen rato, perdiéndose entre besos y caricias. Caminaron descalzos por la arena y jugaron en el oleaje. Hablaron de tonterías, de películas, de cosas que no habían tenido tiempo de compartir en medio de tantas guardias y noches agotadoras. Y se fueron descubriendo en los silencios que arropaban, en las risas fáciles, en los gestos que no pedían explicación.

Cenaron en una terraza frente al mar, con velas pequeñas que apenas alumbraban sus rostros. La brisa salada jugaba con el mantel y con los cabellos de Sofía, mientras Adam charlaba —más de lo habitual— de sueños, de ciudades remotas, de un velero en Croacia. Hablaba de planes a largo plazo que no llevaba anotados, pero que en su voz relajada esta vez, sonaban casi reales, casi posibles.

Sofía se sorprendió a sí misma escuchándolo con calma y con vértigo, sintiendo que los dedos entrelazados bajo la mesa no eran solo un gesto, sino un pacto. Por primera vez, se sintió parte de ese futuro, aunque él todavía no lo anotara oficialmente en su cronograma.

Entonces, la música cambió. La voz de David Torrens comenzó a sonar de fondo, como si alguien hubiese leído la escena desde afuera y pulsado *play* con premeditación.

♫12- *Voy tratando de cambiar, mis impulsos sobre ti... y no voy a permitir que me traicione el corazón. (...) Y alejarme significa un suicidio. Yo te amo más que a nadie... y sin ti jamás viviré.* ♫

Se miraron en silencio. No hacía falta decir nada. Adam se levantó, estiró la mano y la invitó a bailar. Se abrazaron despacio, con los cuerpos encajando con la naturalidad de quienes se han encontrado en otras vidas. Bailaron al borde del mar, tarareando esa melodía que desnudaba cualquier intento de fingir irreverencia. No había ironía posible. Ni coraza. Solo el alma entendiendo que estaba bien quedarse. Que a veces el amor —cuando sabe a verdad— no grita, no duele, no exige. Solo baila.

Cuando regresaron a la habitación, el deseo se desbocó inevitable, pero esta vez fue distinto. No hubo prisas ni urgencias. Fue una prolongación natural de todo lo compartido durante el día: caricias lentas, miradas cómplices, risas apagadas entre besos. No fue la cama el centro, sino la sensación de pertenecer. Hicieron el amor sin relojes, como quienes ya estaban seguros de que no sería la última vez.

Durmieron abrazados, con el rumor del mar entrando por la ventana.

Al amanecer, Sofía despertó antes que él. Se incorporó despacio, cuidando no hacer ruido, y se quedó mirándolo dormir. El cabello de Adam caía desordenado sobre la frente, y en esa quietud parecía menos inaccesible, casi vulnerable.

Ella levantó una mano y, sin pensar, le apartó un mechón, dejándolo deslizar entre sus dedos. Sonrió plena, percibiendo algo de orden en medio de su incertidumbre.

Hay un punto ciego en el cerebro femenino —incluso en el más lúcido y entrenado— que se rinde ante ciertos gestos precisos: un rescate a tiempo, una mano en la espalda, una mirada que no se apura…, un mar hermoso contrastando con la persona que se ama. Podemos haber levantado muros con doctorados en defensa emocional y, aun así, basta un solo detalle —si es el indicado— para atravesarlos. No por fragilidad, sino porque, en el fondo, todas deseamos lo mismo: ser elegidas sin tener que pedirlo.

Sofía, en ese instante, no solo reconocía que estaba enamorada. Empezaba a sentirse segura. A creer que Adam, con todas sus sombras, le estaba abriendo la puerta de verdad. Que tal vez, solo tal vez, lo suyo podía sostenerse más allá del hospital, y más allá del deseo. Pero… ¿cómo decirle eso sin desarmar el encanto? ¿Cómo decirle que lo amaba sin derrumbar su coraza?

Se deslizó con cuidado fuera de la cama. Caminó descalza y en ropa interior hasta el balcón y se apoyó en la baranda, dejando que la brisa salada le despeinara el cabello. Frente a ella, el mar respiraba lento, profundo, y el mundo entero se reducía a ese horizonte azul.

Detrás, Adam comenzó a moverse entre las sábanas, revoloteando perezoso mientras abría los ojos. La vio de pie, a contra la luz y, por un instante, se quedó inmóvil, observándola. Se sintió orgulloso… y enternecido. «Estoy donde quiero estar, la quiero para mí», pensaba, con una certeza que casi le dolió. Por un momento cerró los ojos y bajó la cabeza, algo inesperado lo distraía, un pensamiento fugaz que no quiso enfrentar.

Se levantó suspicaz y caminó hacia ella. Se detuvo a su espalda y, sin decir nada, le dio un beso suave en la cabeza antes de abrazarla por detrás al borde del balcón.

—Es perfecto, ¿verdad? —dijo él, con la voz todavía rasposa de sueño.

Sofía se sobresaltó un poco, girando para mirarlo con una sonrisa temblorosa.

—Buenos días —murmuró—. ¿Qué dijiste?

—El mar… que es perfecto —aclaró él, mirando al horizonte.

Ella siguió su mirada, dejando que el viento la acariciara.

—Sí…, sí que lo es —respondió con una calma nueva—. Es mi lugar feliz.

Y se quedaron ahí, en silencio por unos minutos, mientras el día apenas comenzaba y algo en ellos, sin necesidad de palabras, se afianzaba un poco más.

Se fueron a desayunar a la terraza frente al mar. El sol ya estaba alto, pero la brisa aún era fresca. Comieron despacio, entre anécdotas pequeñas y sonrisas inevitables, mientras sus ojos se perdían en el horizonte. Después se recostaron en unos sofás bajos, compartiendo un *cappuccino* en silencio, disfrutando simplemente de estar ahí, juntos y sin relojes.

Quedaban ya pocas horas para el regreso, así que bajaron otra vez a la playa. Caminaron por la orilla, dejando que las olas les mojaran los pies, a veces hablando de nada, dejándose llevar.

De pronto, Adam se detuvo frente a ella. Sonrió de medio lado, la tomó de la cintura y le robó un beso rápido, apenas un roce intenso… y sin aviso la empujó hacia el agua. Sofía soltó un grito ahogado mientras caía, riendo, sintiendo cómo la tela blanca de su vestido de lino se pegaba a su piel. Él cayó detrás, con la camisa y *shorts* empapados, riendo también como hacía tiempo que no reía.

Se quedaron un segundo mirándose, mojados, sorprendidos, como dos niños descubriendo algo por primera vez. Adam levantó las manos hacia el rostro de Sofía, enmarcándolo, apartando con cuidado el cabello mojado de sus mejillas. Sus ojos se hundieron en los de ella, intensos, sin intención de esconderse.

—Te amo, Sofía —dijo despacio, con una voz que se desgarraba al salir, como si hubiera esperado demasiado para pronunciarse, pero sincera, nacida de adentro—. Ya no tengo dudas… y sé que eso no basta, pero necesito que lo sepas. Que no lo olvides ni un instante… Pase lo que pase.

Titubeó un segundo, queriendo decir más casi sin saber cómo.

—No soy bueno en esto. Lo sabes. Pero contigo… necesito que entiendas todo. Incluso lo que no sé decir.

Ella sintió un nudo en la garganta. Quiso hablar de inmediato, pero las palabras se le quedaron detenidas justo antes de salir. Sabía lo que sentía, lo tenía claro… No obstante, decirlo era abrir una puerta que había mantenido cerrada por miedo a perderse, por haber confiado antes y no haber salido ilesa. Y, porque Adam, con todo lo que la había conmovido en ese instante, también era torpe e incongruente a la hora de enfrentar lo que sentía. Sabía que apostarle a él era un riesgo.

Una lágrima —o tal vez el mar— le cruzó el rostro.

—Yo también… —susurró, hundiendo sus ojos en los de él—. Yo también te amo, Adam.

Y lo dijo sabiendo que le dolía. Que amarlo era quedarse sin defensas. Que no había lógica ni blindaje posible frente a esa verdad que se le imponía como un pulso. Al decirlo, algo se le rompió y, al mismo tiempo, algo se alineó dentro de ella. Era el orgullo bajando la guardia y el alivio de haber soltado la armadura. La certeza de lo que ya no podía seguir negando.

Se abrazaron sin filtros, sin distancias. Las fachadas desaparecieron, los miedos quedaron en pausa y el mundo alrededor dejó de importar. Se besaron con urgencia, aferrándose al momento, al cuerpo del otro empapado de mar, a esa confesión irrebatible que los acababa de anclar o desarmar por completo.

Regresaron a la habitación riendo, todavía con la ropa mojada. Se cambiaron y decidieron que no necesitaban un almuerzo pesado; el desayuno y la emoción seguían a flor de piel. Prepararon las mochilas con calma, recogiendo los zapatos aún húmedos y doblando con torpeza las prendas, mientras el sol del mediodía se filtraba por la ventana.

El tiempo de espera antes de que llegara el autobús lo pasaron sentados en el balcón, cada uno con un mojito en la mano, mirando el mar que brillaba, despidiéndose también. Esta vez el silencio era un bálsamo necesario, de esos que solo se comparten con alguien con quien estás verdaderamente bien.

De pronto, Adam habló, casi escapándosele:

—En un año, máximo dos, tengo que volver a mi país —dijo, sin mirarla al principio—. Tú todavía vas a estar metida en la Residencia…

Hizo una pausa y giró el vaso entre los dedos, necesitando ordenar los pensamientos antes de mirarla.

—Si lo nuestro funciona y se pone serio —continuó, ahora con los ojos fijos en ella—, ¿qué vamos a hacer, Sofía?

La pregunta quedó suspendida entre los dos, enorme, densa, más grande que el mar que tenían enfrente. Sofía sintió un escalofrío, no por el dilema práctico que planteaba, sino por lo que realmente significaba: Adam estaba proyectando. Estaba incluyendo su nombre en un diseño de futuro. Estaba pensando en términos de ajustar pasos, decisiones, estructuras. Lo suyo no era vivir en una aventura. Para él, amar implicaba trazar mapas.

Sofía hundió la mirada en el mojito y respiró profundo. El hielo tintineó en el vaso, un ruido mínimo que la devolvió al presente. Luego levantó la cabeza, con la espalda recta, impecable, y respondió:

—Dejemos que llegue el momento. Vivamos el hoy, sin anticiparnos. Tenemos tiempo.

Adam le sostuvo la mirada. Sonrió, pero dudoso, sus pensamientos bordeaban la incertidumbre. Porque la pregunta era real. Él tenía que ver el terreno con claridad para poder dormir tranquilo. Necesitaba hacer planes, ensayarlos como si se tratara de una cirugía de columna.

Sofía lo tenía claro… pero también sabía algo sobre sí misma. Lo que más miedo le daba era perder esa parte suya que se negaba a vivir atada a un cronograma. A Sofía le gustaban las sorpresas, lo imprevisto. No podía permitirse vivir el amor como un proyecto; para ella debía ser una experiencia. Diseñar cosas con él la ilusionaba, sí… pero también la empujaba a un terreno peligroso, donde quizás tendría que ceder partes de sí que aún no estaba lista para negociar. No todavía.

Por dentro, era un huracán; por fuera, seguía entera. La voz no le tembló. Pero algo se desmoronaba en las entrañas. No era un escudo lo que caía, era la intuición asfixiante de que, si pasaba algo, ninguna de sus defensas bastaría.

Capítulo XXII

Pase lo que pase

Sofía llegó a su casa cuando ya caía la noche. Después de un baño de agua tibia se dejó caer sobre su cama, aún con el cabello húmedo y la toalla enredada. Se quedó boca arriba, mirando el techo, y sonrió sin querer.

Todavía no lo creía. Lo que acababa de suceder era tan intenso que no terminaba de caberle en el cuerpo. Un cosquilleo le recorría el estómago. Sentía una presión sorda bajo las costillas. Y un miedo dulce, persistente, que la mantenía alerta. No le permitía cantar victoria, pues, al cerrar los ojos, aún sentía que podía desvanecerse todo.

No dejaba de pensar en el instante en que él le sostuvo el rostro y, tras decirle «te amo», lanzó con ímpetu aquella otra frase: «Pase lo que pase» como una curita adherida a la amenaza de lo efímero. Y se quedó repitiendo esas palabras en silencio, mordiéndose el labio, sintiendo cómo el corazón le golpeaba en una duda que la descolocaba, porque ese «te amo» parecía no alcanzar para darle paz.

En otro punto de la ciudad, Adam hacía lo mismo, tumbado en su cama, el techo a oscuras y la brisa entrando por la ventana. Se cubrió los ojos con el antebrazo, repasando en silencio cada palabra de aquella conversación, preguntándose si había hecho bien en abrirse tanto. Entonces volvió a ese momento en que le preguntó cómo iban a sincronizar sus planes… y ella no respondió. Ese silencio se le quedó dentro como una astilla, inquietándolo. «¿Y si nunca se entrega del todo?», pensaba.

Adam no era un hombre de arriesgar demasiado ni de poner sus emociones en bandeja para nadie. Nunca se había mostrado tan vulnerable... hasta entonces. Y, aun así, cada vez que evocaba lo vivido con Sofía esa tarde, cada vez que se sorprendía imaginando un futuro a su lado, los argumentos en contra se deshacían como arena entre los dedos... sin que ella lo supiera.

Había preguntas, miedo, un temblor que no conseguía aplacar. Pero también algo que lo sostenía: lo mucho que la había disfrutado, la hondura de sentirse habitado por ella. Quizá eso alcanzara... al menos por el momento.

El lunes en la mañana se encontraron como de costumbre en la entrada del ascensor. A Sofía le temblaron las piernas al verlo avanzar por el pasillo. Había esperado —no podía evitarlo— que algo cambiara después de ese fin de semana. Que, de algún modo, su relación se hiciera visible para los demás: un gesto, una mirada que no se escondiera. Pero nada ocurrió. Fue el mismo ritual de siempre. Adam se colocó detrás de ella, tan cerca de su cuello que podía sentirlo, y guardó silencio mientras las puertas se cerraban.

Quizá —pensaba Sofía— ninguno de los dos quería renunciar a esa adrenalina que nace de lo prohibido. Y, sin embargo, mientras el ascensor subía, buscó en el reflejo del acero su mirada y solo halló esa expresión neutra que él dominaba con maestría.

Al llegar al quinto piso, Adam por fin rompió el protocolo. No se conformó con el roce de siempre: tomó su mano, la atrajo hacia sí y le acarició la mejilla con el pulgar, despacio, como si memorizara cada línea de su piel. Nadie más estaba dentro, pero a través de la rendija de las puertas ya entreabiertas se adivinaban pasos en el pasillo. El riesgo le heló la respiración.

Justo antes de que el ascensor se abriera por completo, él rozó sus labios con un beso fugaz, apenas un instante, pero suficiente para encenderle la piel.

Sofía salió con la bata blanca sobre el brazo y una sonrisa imposible de disimular. Adam permaneció dentro, observándola alejarse mientras las puertas se cerraban. Alcanzó a notar cómo dos enfermeras que pasaban, se miraban entre sí con ojos brillantes de curiosidad.

Ella siguió hasta su sala. Él bajó a la suya.

Adam intentaba concentrarse en la rutina. Tenía un seminario esa mañana y conversaba con sus compañeros en el salón de su servicio. El ambiente era ligero, lleno de risas y comentarios sueltos, hasta que Dany se giró hacia él con esa sonrisa de quien está a punto de soltar algo sin filtro.

—Hey, Adam, ¿por qué no fuiste el viernes al Templo?

Adam frunció el ceño, recapitulando.

—¿El viernes? —repitió, ganando tiempo.

—Sí, mira… —dijo extendiendo el teléfono.

En la pantalla aparecieron una serie de fotos: vasos de plástico, guitarras, un grupo riendo. Y, de pronto, un estallido directo: Sofía, con tres de sus amigas, tragos en mano, Christian y Dany al fondo levantando una botella de cerveza y señalando la cámara.

—La pasamos fenomenal —comentó Dany, sin maldad—. Ustedes son unos aburridos. Se perdieron una noche increíble.

Adam se quedó tieso. Sintió que la piel ardía y que la sangre se le subía de golpe a la cara. Intentó sonreír, pero no pudo. William lo observaba en silencio; él sabía perfectamente lo que había pasado ese fin de semana y estaba consciente de que esto podía joderlo todo. Esas cosas, entre hombres con ego, bastaban para romper cualquier tipo de calma. Solo Dany, perdido en su burbuja, no notaba nada. Para él, Sofía y Adam eran solo buenos amigos.

Un zumbido llenó los oídos de Adam mientras las imágenes seguían clavadas como tatuajes en su corteza visual. Christian tan cerca. Las risas de todos. Sofía con ese vestido *beige* que él no podía olvidar, el mismo que lo hacía sentirse tan inseguro.

El teléfono tembló en sus manos antes de devolverlo.

—Sí…, ya veo —murmuró, evitando la mirada de Dany.

Se reclinó en la silla, pero ya no escuchaba nada de lo que decían. Las imágenes del fin de semana se mezclaron en su mente como relámpagos centelleantes: «Te lo dije, Adam. Te lo dije. Te apresuraste demasiado».

Y entonces un pensamiento más oscuro se abrió paso, rápido y punzante: «¿Y si siempre va a ser así... y si resulta que hay algo que nunca me dice?» Sintió la urgencia de levantarse, de salir de allí y llamarla de inmediato..., pero se contuvo, aferrándose a la silla mientras el control se le resquebrajaba. Comprendió que Sofía no había hecho nada malo, que la verdadera batalla estaba dentro de él, y era contra sus propios miedos.

No eran celos, era inseguridad y frustración. Frustración por no ser lo bastante valiente como para lanzarse de lleno y compartir esos espacios con ella, sin importar quién los viera o los acompañara. Le había confesado que la amaba, sí, pero tenía terror de vivir en coherencia con eso.

Comenzó el seminario. Adam no lograba seguir el hilo; las dudas le hervían por dentro. No levantaba la vista, no respondía preguntas, no anotaba nada. Solo movía la pierna con un vaivén nervioso y tamborileaba los dedos contra una carpeta. El profesor notó aquella desconexión inusual en él. Lo observó un segundo de más, pero decidió callar... por ese instante.

Al terminar, mientras todos recogían sus cosas, el profesor carraspeó para captar la atención:

—Por cierto... —dijo dejando que el murmullo se apagase—, los veo muy atrás. No los siento enfocados en lo importante. Los neurólogos se están robando el *show*.

Algunos se miraron entre sí, incómodos; otros sonrieron de lado. El profesor prosiguió como si compartiera una simple noticia:

—El trabajo de Esclerosis Múltiple que presentó la doctora Sofía en la jornada científica será publicado. Y, no solo eso..., lo seleccionaron para un evento internacional de Neurología y Neurocirugía en la capital.

El murmullo de sorpresa recorrió la sala. Adam sintió un frío súbito atravesarle la cabeza.

—Ninguno de ustedes clasificó, algunos ni se presentaron —añadió el profesor y, con una sonrisa torcida, soltó la estocada—. Parece que el amor los tiene muy distraídos.

El comentario fue directo a Adam, aunque nadie lo dijo. Un par de compañeros se agacharon disimulando la risa.

William, desde el fondo, se pasó la mano por la cabeza como quien piensa: «El profe no sabe la bomba que acaba de soltar». Observó a Adam. Reconocía ese gesto en él: los hombros rígidos, los nudillos blancos contra la mesa, la mirada fija como quien se traga algo que quema.

Sabía que esa mezcla de orgullo herido y amor, fertilizaban un terreno resbaladizo. Porque siempre que un hombre se siente cerca de algo grande, de una felicidad que no sabe manejar, su propio ego suele convertirse en la cuerda que lo arrastra de nuevo al piso. Y al verlo allí, callado, inmóvil, supo que su amigo, estaba peleando justo contra eso.

Los susurros se transformaron en un zumbido lejano en la cabeza de Adam, mientras una idea fría y lacerante se abría paso: «Ella ni siquiera me lo ha dicho». Y detrás de ese pensamiento irrumpió otro, más áspero, más brutal: no era solo lo del viernes. Era también el peso de estar, por segunda vez, bajo cuestionamiento en el terreno profesional. Y, otra vez, con Sofía en el centro de su distracción. No porque ella fuera más brillante —él lo era también, y lo sabía—, sino porque estaba permitiéndose priorizar lo que sentía por encima de todo lo que había sacrificado para ser impecable. Ella recogía elogios; él empezaba a acumular advertencias.

Todo esto era una conmoción abrupta. Una incisión que no se abría desde el amor, sino desde el desorden interno que le provocaba. Para Adam, aquello no era menor, era una interferencia peligrosa en su sistema. Un conflicto de fondo entre el hombre que había construido… y el que se dejaba llevar.

En ese mismo instante vibró su teléfono. Un mensaje.

Sofía: *Acabo de enterarme que gané un premio en la jornada científica.* 😄 *No tengo detalles aún, pero quiero celebrarlo contigo en el almuerzo.*

Adam leyó y sintió las pulsaciones de nuevo en las mejillas. Aquello, en otro momento, lo habría hecho sonreír. Pero en ese minuto... no alcanzaba. Eligió no responder. No con la sangre tan caliente.

Tenía que ir a consulta con William, quien caminaba a su lado intentando romper el hielo:

—¿Por qué no pasamos primero a felicitar a Sofi? —soltó, con una media sonrisa.

Adam lo fulminó con la mirada. William levantó las palmas de las manos en un gesto de «ok, ok».

—Bueno..., es lo que yo haría —murmuró bajando la voz.

Adam no respondió. Siguió caminando con el rostro implacable y los hombros acorazados, como si cargara algo que no quería soltar. William lo observó de reojo. Lo conocía lo suficiente para saber que ese silencio era peor que cualquier palabra. «Esto lo está devorando. Y Sofía ni se lo imagina», pensó.

Sacó el teléfono casi por instinto y escribió:

William: *Felicidades por el premio, Sofi* 🎉 🏆

Sofía: *Gracias!* 😍
¿Adam está contigo en la consulta?

William tragó saliva. Miró a Adam, que ya estaba revisando papeles con el ceño fruncido, sin mirar a nadie. «Ella no merece esto», pensó en Sofía. «Debería poder disfrutar su momento». Entonces escribió:

William: *Sí..., pero está bastante ocupado ahora mismo.*

Guardó el teléfono con un suspiro silencioso, deseando que el tiempo enfriara lo que acababa de encenderse en el pecho de Adam.

A Sofía la habían sorprendido con la noticia en el Servicio de Neurología justo después de la entrega de guardia. No tenía ni idea.

—¡Sorpresa! —exclamó Alberto orgulloso, entregándole un ramo de flores con una nota, mientras un par de residentes entraban con una bandeja de café y sonrisas cómplices.

—¡Felicidades, doctora! —dijeron otros, y las palmas llenaron la pequeña sala de residentes.

Sofía parpadeó, desconcertada al principio, hasta que las palabras comenzaron a cuajar: su trabajo había sido elegido para publicarse y representaría al hospital en un evento internacional. Sintió cómo el corazón se le aceleraba y una risa nerviosa se le escapó mientras recibía abrazos y palmadas en la espalda.

—¡Pero si yo no sabía nada! —decía, sin dejar de sonreír.

—No es que me sorprenda, pero no deja de admirarme lo genial que eres —le dijo Alberto besándole la frente.

El momento fue breve pero intenso. Cuando se disipó la pequeña celebración, Sofía se ajustó la bata y se incorporó al pase de visita. El trabajo la reclamaba y ella lo retomó con la misma entrega de siempre…, aunque la curiosidad la detuvo antes de salir. Entre las flores, desplegó la nota de Alberto:

No podía pasarlo por alto, me haces sentir orgulloso.
No dejes que nadie interrumpa tu grandeza… Sería un crimen no verte brillar.

A.

Sofía se estremeció. La frase le atravesó la respiración, le dejó un calor extraño y un nudo en la garganta. Lo que pensaba Alberto sobre ella seguía importándole más de lo que estaba dispuesta a admitir. Ella lo admiraba mucho como neurólogo, lo tenía como referente desde hacía años… y recibir esas palabras de él la sacudía de un modo íntimo y silencioso.

Volvió a ponerse en marcha, repasando historias clínicas, escuchando a pacientes, pero una parte de su mente seguía vagando lejos de allí. Cada tanto miraba el teléfono de reojo, como quien espera un hilo de voz en medio del ruido. Había escrito a Adam temprano, con la ilusión de compartirle la noticia. Nada. Pasó una hora. Luego otra. Se obligó a pensar que estaría ocupado, que era solo eso.

Casi dos horas después, al fin vibró la pantalla:

Adam: *Felicidades, amor.*
Nos vemos en el almuerzo y lo celebramos.

Sofía lo leyó, dos veces. El mensaje era correcto… pero helado. Ni un signo de exclamación. Ni un emoticono. Ni una palabra de orgullo. Sofía lo guardó en el bolsillo y siguió con su ronda, tragando la punzada que le dejó en el pecho. Intentó convencerse de que no importaba, que él debía estar agotado o con la cabeza en otra parte. Pero le mortificaba que la nota de Alberto hubiera calado más hondo que ese mensaje, aun así, algo se le encogió adentro. Algo que prefirió ignorar.

A la una de la tarde, el teléfono de Sofía sonó. Ella contestó al segundo timbre:

—Te estoy esperando en el restaurante de enfrente —dijo Adam al otro lado, con una voz serena, pero sin matices—. Ya tengo mesa. Ven en cuanto puedas.

—Ya voy en camino —respondió ella, guardando el móvil con rapidez.

Atravesó la calle bajo el sol de la tarde, sintiendo el calor en la espalda y ese leve hormigueo en el estómago que siempre surgía cuando se trataba de él. Al entrar al restaurante lo vio enseguida: Adam estaba sentado junto a la ventana, la luz dibujando líneas en su rostro mientras hojeaba la carta sin atención. Cuando la vio, se levantó y se acercó apenas para darle un beso rápido en la comisura, casi protocolar, sin la chispa que ella esperaba.

Sofía se acomodó la bata con un tirón seco, esquivando su mirada. Después de un beso breve como saludo, tomó asiento frente a él. El murmullo de platos y conversaciones sonaba más agudo de lo habitual, amplificando el silencio entre ambos.

Pidieron sin mucha charla; cada uno eligió lo suyo, y las palabras se extinguieron antes de nacer. Comieron en silencio. Adam levantaba los ojos de vez en cuando, pero los apartaba enseguida, como si no supiera qué decir ni qué mostrar. Hasta que, de pronto, rompió el mutismo con una frase lanzada como quien recuerda un dato al azar:

—Felicidades por el premio.

Sofía parpadeó, sorprendida por la frialdad. Tomó aire y decidió sonreírle.

—Gracias… —contestó, y añadió con sutileza—. Siento lo de tu trabajo. Sé que también participaste, aunque la verdad, para mí esto no es tan importante… no soy de este tipo de eventos.

Adam alzó la vista y, en ese instante, percibió en ella el intento de suavizarlo todo: esa ternura casi instintiva, con un dejo de culpa que no tendría por qué cargar. Algo se le encogió por dentro. Hundió los ojos en el plato, respiró hondo y dejó el tenedor a un lado.

—Disculpa, Sofía… —dijo al fin, con la voz más baja, casi ronca—. No es que no esté feliz por ti, ni que no me importe tu premio.

Hizo una pausa breve, tragando saliva, alistándose para esculpir la herida.

—Es que estoy… un poco perturbado. —Se inclinó apenas hacia adelante, bajando más la voz—. Dany me enseñó una foto de ustedes el viernes, en El Templo.

La voz se le quebró apenas al final, dejando al descubierto lo que había estado conteniendo:

—Me jodió mucho no haber estado allí contigo.

Las palabras quedaron flotando entre ellos, pesadas, mientras el bullicio del restaurante parecía apagarse de golpe.

—Oh, sí —respondió Sofía tras un breve silencio—. Dany y Christian estuvieron allá el viernes.

Bajó la mirada, se acomodó un mechón de cabello detrás de la oreja y añadió con una sonrisa débil:

—No te lo comenté porque no me pareció importante, no lo archivé en mi hipocampo.

Por dentro, sintió el peso de su mentira blanca. Sabía que no se lo había dicho porque ya intuía que sería un problema, aunque para ella no significara nada.

Adam la observó en silencio unos segundos callado. Sus ojos se oscurecieron, fue casi imperceptible, alistándose para soltar las próximas palabras:

—Ese es tu problema, Sofía, que no te parece importante comentar nada. A veces creo que no tienes idea de cómo es estar en pareja.

Sofía parpadeó, sorprendida, y se inclinó hacia adelante:

—¿Perdón?

Adam apartó la mirada hacia la ventana, frotándose la nuca en un intento de contener algo. Luego volvió a mirarla, con los ojos endurecidos:

—Lo primero que tenías que haber hecho era contarme. Dany trabaja conmigo y es bastante hablador. Lo veo todos los días. Las personas a mi alrededor saben lo que tenemos… —Hizo una pausa, tragó saliva—. Sentí vergüenza.

—¿Vergüenza? —la voz de Sofía se quebró ligeramente—. Ah…, vergüenza es una palabra muy fuerte.

Lo miró directo a los ojos, dolida.

—¿Sientes vergüenza de mí? ¿Es eso?

Adam alzó una mano, como queriendo detener la interpretación.

—No, Sofía…, no me malinterpretes ni voltees la tortilla. —Suspiró, bajando la mirada hacia la mesa, buscando el hilo de lo que quería decir—. No siento vergüenza de ti. Tú serías el orgullo de cualquier hombre, y lo sabes.

Le costó encontrar las palabras:

—Siento vergüenza de no saber. De enterarme por otras personas lo que deberías decirme tú. —Se pasó las manos por la cara, agotado. No quería pelear, pero no podía evitarlo—. Por favor, no seas infantil… ¡Madura!

Sofía bajó la cabeza. Sintió un colapso en la garganta y, contra su orgullo, también una pizca de culpa. Se frotó las manos sobre las piernas, buscando algo que la calmara antes de reaccionar, y logró amarrarse la lengua, para no responder como tenía ganas a ese «madura» que le había lanzado.

—Ok…, perdón por no contártelo —dijo al fin, serena—. Pero es que no sé ni por qué pido perdón, realmente no me pareció para nada importante. —Lo miró de nuevo, buscando respuesta e insistió: —¿Por qué es tan importante para ti?

Adam asintió con un movimiento breve, casi automático, mientras recogía sus cosas.

—Vamos, Sofía. Vámonos ya. Mejor dejemos esta conversación aquí… que no vamos para ningún sitio bueno. Sencillamente no quieres entender.

Ella se levantó frustrada, pero antes de dar el primer paso, se detuvo y volvió a sentarse. Lo miró de nuevo, seria, con esa calma que precede a una verdad incómoda.

—Espera un segundo, Adam, antes de irnos. Déjame preguntarte algo…

Él frunció el ceño, girando hacia ella.

—¿Qué tipo de mujer estás esperando que yo sea?

Adam la miró, sorprendido, sin haber previsto esa pregunta.

—¿Cómo? —preguntó, inclinándose sobre la mesa frente a ella.

Sofía sostuvo su mirada, sintiendo que algo dentro de ella se alineaba, por fin diciendo lo que debió dejarle claro desde el día cero.

—Eso…, ¿qué es lo que esperas de mí? —repitió Sofía, sin que le temblara la voz—. ¿Qué tipo de mujer estás esperando que sea?

Lo enfocó de frente, sin parpadear, con cada palabra cayendo como un golpe preciso.

—¿La que encaja perfecto en el catálogo de novia ideal? ¿La que tu madre aprueba? ¿La que cocina, cría, organiza y se queda en casa mientras tú sales a conquistar el mundo? ¿La que renuncia a sus noches con amigas, a su caos, a sus pasiones, para no incomodarte? ¿La que reestructura su vida para hacerte la tuya más fácil? ¿La que deja de ser ella para calmar tus inseguridades?

Hizo una pausa. Un silencio espeso, punzante mientras en sus ojos brillaba una chispa de impotencia. Luego añadió, más bajo, pero con más filo:

—Porque si es eso lo que estás buscando, Adam..., entonces estás en el lugar equivocado.

»Esa mujer no soy yo, Adam. ¡Esa no soy yo! Y te lo advierto desde ahora... Me llamo Sofía, no Julia.

El silencio cayó pesado entre ellos. El murmullo del restaurante se convirtió en un telón lejano. Adam la miró unos segundos más, como si de pronto la estuviera viendo por primera vez... reviviendo el magnetismo que no lo dejaba alejarse, pero entrecerró los ojos y la soberbia, como casi siempre, volvió a ganarle.

—Eso me queda muy claro —dijo, con un hilo de voz tenso, antes de darse la vuelta y marcharse sin mirar atrás.

Capítulo XXIII
Y sin embargo el oleaje...

Sofía no se movió de la silla cuando Adam se alejó. Arrugaba sin querer su servilleta mirando el espacio vacío que había dejado, no solo en la mesa sino en su cabeza. Todo se volvió borroso; el mundo seguía y ella quedaba suspendida.

Su corazón latía rápido, caótico. Las palabras de Adam rebotaban en su cabeza: «Vergüenza..., madura...» Le ardió la cara de repente. Trató de tragar saliva, pero la garganta no respondió. Se frotó los ojos con las puntas de los dedos, más para aclararse que para evitar lágrimas. No lloró. No podía. Sentía un nudo áspero de rabia y decepción mezclados.

Miró su mano temblorosa sobre la mesa. Tomó la bata, la acomodó sobre el brazo con movimientos torpes y se levantó. Las piernas le pesaban, agotadas, como después de un maratón. Había notado que Adam había pagado la cuenta antes de salir, así que caminó hacia la puerta sin mirar a nadie.

Al otro lado de la calle, Adam caminaba rápido con las manos en los bolsillos y los hombros tensos en dirección al hospital. De pronto se detuvo y descargó un golpe seco contra un poste. Cerró los ojos un instante y siguió. La voz de Sofía lo perseguía: «Me llamo Sofía, no Julia». Y sí, lo tenía demasiado claro.

Julia era calma, era un río sereno donde nada se desbordaba. Con ella no había vértigo, no existían los sobresaltos; sus planes encajaban como piezas exactas. Era una mujer brillante, impecable, de esas que avanzan con la velocidad justa para acoplarse a la de cualquiera.

Sofía, en cambio…, Sofía era torbellino, una corriente eléctrica que desarmaba cada certeza y llenaba el aire de preguntas, llevaba su propio ritmo y eso de acoplarse al de otros no se le daba muy bien, quizás porque consideraba que mantener su propia velocidad también era importante. También era brillante, también era admirable, pero imposible de prever.

Adam no tenía respuestas…, pero no soportaba que se le desordenara el destino. Solo sabía que lo que le retorcía las vísceras, y además le hacía tambalear la mente y el corazón… No era la calma sino el tornado. Y ese dilema lo perseguía como una verdad incómoda: ¿es amor lo que te sostiene o lo que te sacude?

Horas después, la rutina había vuelto a tragarse a Sofía. Caminaba por el pasillo del hospital con un café en la mano, cortesía de Luis: un interno de sexto año que Maritza le había enviado para presentarle un caso de Urgencias. El chico parecía sacado de una campaña de publicidad de pijamas quirúrgicos: casi un metro noventa, sonrisa radiante, voz grave y esa manera de mirar que podía transformar en relato apasionante hasta el historial más insípido.

Entonces entró un mensaje:

> **Maritza:** *Para que veas que buena amiga soy…*
> *Después me agradeces* 😜 😜

Sofía arqueó una ceja, divertida. Pero, cuando Luis empezó a explicarle los detalles del paciente, moviendo las manos con naturalidad y salpicando su exposición con comentarios ingeniosos, no pudo evitar soltar una risa pícara, de esas que hacen olvidar los malos tragos por un segundo, aunque los fantasmas no se hagan esperar demasiado.

Y fue justo al doblar una esquina, camino a Urgencias, cuando se cruzaron con Adam. Venía apurado, discutiendo con William, pero se detuvo un instante al verla reír junto al interno, tan cerca que hasta los codos parecían rozarse.

El brillo furioso en sus ojos fue un chispazo. Apretó los papeles entre las manos hasta arrugarlos, y los pliegues de su frente se marcaron. Sin disimulo, le lanzó a Sofía una mirada afilada, cargada de celos, como un rayo silencioso que la atravesó antes de seguir de largo.

Sofía lo notó, claro que sí. Y, lejos de cortarse, volvió a reír ante otro comentario de Luis que ni gracia daba, sin acelerar el paso, sin justificar nada. Esa era ella: demasiado libre, demasiado radiante como para dejar que las inseguridades de Adam decidieran por ella... y bastante consciente de que, provocar torbellinos, era uno de sus encantos.

Justo cuando Sofía recogía su bolso para salir del hospital, escuchó una voz conocida en la entrada de la sala. Era Carlos, uno de sus grandes amigos en la universidad, ahora residente de primer año en Anestesia. Siempre con ese aire despreocupado, pero con un fondo de responsabilidad que a Sofía le inspiraba mucha confianza.

—Menos mal que te veo antes de irte —dijo, llegando hasta ella con un poco de prisa—. Necesito hablar contigo.

Sofía se acomodó la correa del bolso en el hombro y lo miró con curiosidad.

—¿Y esa cara? ¿Te pasa algo?

—No, no a mí —Carlos negó rápido, sacudiendo la cabeza—. Pero tengo un tío que está presentando unos síntomas neurológicos que me preocupan bastante.

Ella se inclinó hacia adelante, atenta.

—¿Cuándo crees que lo pueda traer para que lo valores?

—¿Mañana en la tarde te viene bien? Es que estoy de guardia y es más fácil hasta para hacer neuroimagen de urgencia si hiciese falta.

Carlos sonrió, como quien recibe una solución que necesitaba.

—Vale, amiga, perfecto. Mañana en la tarde te lo traigo. Muchas gracias, de verdad.

—No hay de qué —respondió Sofía, devolviéndole la sonrisa.

Él le dio un golpecito amistoso en el hombro antes de salir. Sofía quedó unos segundos viéndolo alejarse, y entonces cayó en cuenta: «Mañana en la tarde» ... Recordó de pronto que esa guardia coincidía con Adam. Ya estaban programadas todas las guardias del próximo mes juntos. Sintió el bolso pesarle un poco más; quizás lo que pesaba era la certeza de que el próximo día no iba a ser nada fácil.

Esa noche no hubo mensajes. No hubo llamadas. El silencio se extendió entre ellos como un muro invisible que ninguno quiso romper.

Adam, por su parte, llevaba un buen rato tumbado en el sofá, todavía con la ropa del hospital y la espalda hundida en el respaldo. Se pasaba la mano por el rostro, repasando cada palabra del restaurante, cada gesto de Sofía, esa última sonrisa en el pasillo que no fue para él y que lo había encolerizado más de la cuenta.

De fondo sonaba el *playlist* que Sofía había dejado programado en Spotify, justo esa canción de los Backstreet Boys que a ella le gustaba cantar bajo la ducha:

♫13 *Don't pretend you're sorry. I know you're not. You know you've got the power to make me weak inside* ♫

No podía evitar sentir que ella, si quería, podría prescindir de él y seguir adelante sin titubear, como si nada. Esa idea le escocía en un lugar de su conciencia que lo paralizaba.

El hemisferio izquierdo tomó la delantera, frío, racional y vanidoso: «¿Qué estás haciendo? ¿Por qué permites que ella te saque así de tu eje? No puedes darte el lujo de distraerte de tus planes... no ahora. ¡Reacciona, Adam!»

Pero entonces irrumpió el derecho, con un peso distinto; no cursi, sino firme, hondo: «Es que no quieres dejar de verla. Con ella todo se reordena y, al mismo tiempo, se sacude. Te obliga a salir de la burbuja en la que has vivido, a cuestionar tus planes inamovibles y tus metas intocables. Por eso le temes tanto, pero a la vez te descubres disfrutando otros colores, otras formas de ser feliz. Sofía desmonta tu rigidez y te hace arriesgarte a algo que no puedes controlar del todo. Ella te da ganas de atreverte a vivir diferente. ¿Cómo puede ser eso malo?»

Trató de meditar un rato más, pero la paz mental era imposible. Fijó la mirada en aquel cuadro que a Sofía le había parecido un orgasmo y que, a él, en ese instante, solo le evocaba caos. Entonces pensó que tal vez el verdadero riesgo no era perderse en ella..., sino seguir como estaba y terminar perdiéndolo todo sin atreverse jamás a intentarlo.

Esa pregunta casi nunca tiene finales felices para la mujer que la provoca; menos aún si es un hombre como Adam quien se la hace. Este tipo de hombre, tan seguro de sí mismo, se contrae cuando es una mujer quien tiene la última palabra, o cuando simplemente les cuestiona sus verdades absolutas.

«Tú eres Adam, un neurocirujano brillante» se dijo en voz baja, casi en un susurro, como si necesitara escucharlo para poder diseccionar sus propias limitaciones. Dentro de sí, sabía que debía reestructurar sus patrones, dejar de reaccionar con tanto orgullo. Si de verdad la quería en su vida, tendría que luchar por ella de otra forma. Atreverse a amarla así, sin temerle a su «demasiada» luz.

Aislada en su habitación, Sofía se secaba el cabello con movimientos distraídos. Se sentó en la cama con las piernas cruzadas, el teléfono apagado a un lado. Paula había pasado más temprano; ella le contó todo...

Su amiga era muy aguda, no disfrazaba las cosas y después del modo en que conoció a Adam el pasado viernes, el idilio del fin de semana no le resultaba suficiente para la indulgencia. Así que sus palabras quedaron dando vueltas por horas: «La mujer que eres, no es negociable. Tu manera de ser no es negociable. Quien te ame tiene que amarte tal cual eres... y si no, pues ¡chao!».

Sofía se recostó en la almohada, la mirada fija en el ventilador del techo. Sentía un peso áspero que le apretaba por dentro, doloroso pero nítido, sin dejar espacio a la duda: «Yo no puedo permitirme desaparecer ni dejar de ser yo para que otro se sienta cómodo o seguro».

El reloj marcaba casi la medianoche cuando ambos apagaban las luces de sus habitaciones, cada uno perdido en sus propios pensamientos. El día siguiente se perfilaba como cualquiera, pero el vacío entre ellos ya era otro.

Al amanecer, Adam llegó al hospital a la misma hora de siempre. Se quedó unos minutos en el sótano, sentado frente al ascensor, pretendiendo que alargar ese instante pudiera devolverle algo de normalidad. Finalmente se levantó y entró. Ella no estaba. Por primera vez en semanas, ella no estaba.

Subió solo, en silencio, la vista fija en el suelo metálico mientras un miedo punzante le desordenaba el pulso… con la sensación extraña, casi física, de que algo muy suyo lo había dejado atrás esa mañana.

Pasó las primeras horas del día inmerso en una rutina incapaz de distraerlo. Caminaba de una sala a otra con historiales clínicos en la mano, pero cada esquina le devolvía algo de Sofía: la máquina de café donde solían cruzarse, el pasillo de Radiología que ella recorría siempre apurada. La buscó sin querer buscarla. No la vio. Tampoco llegó un mensaje. Y en el fondo agradeció no encontrarla, porque no estaba seguro de cómo sostenerle la mirada.

En un descanso, apoyó la espalda contra la pared de la sala de residentes y se frotó la nuca con la mano. «¿Qué demonios estoy haciendo?». En tanto otra frase de la noche anterior le sacudió: «Tengo que luchar por ella… pero ¿cómo?». La bata blanca le daba más calor de lo habitual.

Sofía, por su parte, había decidido no darle espacio a lo que sentía, al menos no allí. Con su bata de mangas largas, zapatos altos color hueso, los labios rojos y una sonrisa impecable, se concentró en lo que más le gustaba hacer: informar imágenes y plantear diagnósticos.

Por dentro, sin embargo, la herida seguía abierta. Y ella, mejor que nadie, sabía que la hemorragia interna era peligrosa, pero estaba «convencida» de poder contenerla a tiempo y sin estridencias. Se obligaba a mantener la voz neutra, a no mirar el teléfono, a no imaginarlo. Paula tenía razón: «Quien la quisiera debía aceptarla como era». Repetirlo la fortalecía, reforzando la coraza que necesitaba para sostenerse en pie.

Estando en la UCI, se cruzó de nuevo con Luis, el interno dulce del día anterior. Él le lanzó una de esas miradas que elevan la autoestima de cualquiera, y Sofía no pudo evitar una sonrisa auténtica. «Estos niños insidiosos…» pensó divertida, mientras avanzaba por el pasillo.

Minutos después, a la salida de la sala, se encontró con Adam. Hubo un segundo en que sus miradas pudieron encontrarse, pero Sofía mantuvo la vista al frente, giró apenas la cabeza y cambió el foco.

Adam se quedó quieto, sintiendo cómo el frío de esa indiferencia le llenaba el cuerpo de un silencio insoportable. «Inmadura sí que es un poco», pensó, creyendo que esa crítica podría amortiguar lo que realmente le dolía.

Poco después del mediodía, un llamado de urgencia a la guardia de Neurología levantó a Sofía de la cama donde descansaba unos minutos, ya en pijama de guardia.

—Se solicita valoración inmediata en la sala de Angiología. Paciente con síntomas compatibles con un ACV —le avisó la enfermera Rosa.

Sofía dejó lo que estaba haciendo, tomó su bolsito mágico y se apresuró por las escaleras. El ritmo de sus pasos resonaba contra las paredes blancas, y un nudo inesperado se le formó en la garganta, porque, tal cual decretaba Murphy en sus leyes, «no hay nada tan malo que no pueda ponerse peor».

Entró a la sala de Angiología… y lo primero que hizo fue verla. De pie junto a la camilla, conversando con la acompañante del paciente y revisando un monitor con gesto concentrado, estaba la doctora Julia. Bata blanca impecablemente planchada, falda entallada que seguía la línea de su cuerpo sin resultar atrevida y sandalias discretas que completaban una imagen intachable. Todo en ella transmitía sobriedad: la coleta baja sin un cabello fuera de lugar, los movimientos medidos, y una serenidad capaz de inspirar confianza inmediata a cualquier paciente.

Por un instante, Sofía sintió el aire enrarecido. Se pasó los dedos por el cabello, domando un mechón rebelde antes de que Julia la mirara, y se obligó a comedir la sonrisa, como quien se prepara para una escena que no había ensayado y que hubiera preferido no vivir nunca. Ese no era el mejor día para la casualidad. Tenía la soledad en pausa.

Julia levantó la vista al notar su presencia. Sonrió de lado, con esa mezcla de ironía y calma que, era evidente, dominaba a la perfección. No se esperaba la coincidencia.

—Lo que me faltaba —murmuró entre dientes, pero Sofía lo oyó nítido y enarcó una ceja.

Aun así, eligió ignorarla, mantuvo la mirada neutra y se acercó a la camilla.

—¿Cómo la ayudo, doctora Julia? —preguntó sin ceremonias.

Julia hojeó el expediente, se ajustó la bata y, por último, la miró directo a los ojos:

—Doctora Sofía, ¡qué placer tenerla por aquí! —dijo en total discordancia con su expresión facial.

Comenzó a describirle el caso con precisión: antecedentes, síntomas, evolución de las últimas horas. Su tono era impecable, ya sin asomo de su incomodidad personal.

Sofía asintió, tomó notas rápidas y le agradeció por cortesía antes de girarse a examinar al paciente, en tanto Julia retomaba una conversación que había quedado pendiente con la esposa del enfermo, una mujer de ojos cansados que la miraba con ansiedad.

—Doctora… —preguntó la esposa en voz baja—, ¿pero de verdad cree que, si se recupera, va a volver a casa?

Sofía levantó otra ceja como si la escena le pareciera tremendamente ridícula, pero nadie la vio.

Julia bajó el bolígrafo, como si sopesara cada palabra. Apoyó una mano ligera en el brazo de la mujer, y mirando de soslayo hacia Sofía, respondió con una seguridad tajante:

—Yo pienso que sí. Al final, ellos siempre buscan tierra firme donde anclar. El oleaje es divertido al principio, pero luego se vuelve muy agotador. Tenga paciencia.

Sofía captó la frase al vuelo. No levantó la vista. Siguió escribiendo en silencio, pero con rabia e impotencia, sintiendo cómo esas palabras quedaban flotando en el aire, como una marea que arrastra sin remedio... y preguntándose, desde el fondo, si acaso tenía razón.

Unas horas más tarde en la sala de espera de Urgencias, Sofía revisaba unos papeles cuando escuchó su nombre.

—¡Sofía! —la voz de Carlos sonó urgente al final del pasillo.

Giró y lo vio venir acompañado de un hombre mayor, delgado, con el ceño fruncido y una mano apoyada en la sien. Carlos traía esa expresión entre preocupación y alivio de quien, al fin, encuentra ayuda.

—Menos mal que te encontré rápido —dijo al acercarse—. Este es mi tío, Edel.

—Encantada —respondió Sofía, ofreciéndole la mano—. Vamos a la sala para estar más cómodos.

Una vez allí, Sofía comenzó a indagar mientras observaba con atención. Carlos se pasó la mano por la nuca, visiblemente nervioso.

—Mira, está presentando una cefalea frontal progresiva... meses ya. Pero, en los últimos meses —miró a su tío y luego a ella—, ha estado más lento para hablar, como si le costara encontrar las palabras. Y ciertas cosas raras... Se desinhibe, dice comentarios fuera de lugar. Y a veces dice que no huele bien. Nunca fue así, pero ahora, cada día es un poquito más evidente.

Sofía asintió, mientras sus pensamientos clínicos empezaban a formarse. Cefalea progresiva, cambios de conducta, enlentecimiento... Su mente recorrió con detalle todas las posibilidades y se detuvo en una que le preocupó más que el resto: «Esto suena a algo expansivo, probablemente tumoral. No parece nada agudo». Se agachó frente al paciente con ternura, buscando sus ojos.

—¿Desde cuándo le duele la cabeza, señor Edel?

—Mmm…, no sé…, hace tiempo. Pero ahora es más fuerte aquí. —Señaló la frente con un gesto torpe.

—¿Ha notado algún cambio en la visión o en el olfato? ¿Mareos o dificultada para mover alguna parte del cuerpo?

—Los olores, que a veces no los siento. Pero lo más molesto es esta presión en la cabeza, y a veces me trabo un poco al hablar —contestó despacio.

Sofía lo guio a través de un examen neurológico exhaustivo: que siguiera su dedo con la mirada, que apretara sus manos, que repitiera palabras sencillas, que movilizara las extremidades…. Cada respuesta confirmaba la sospecha que se iba solidificando en su mente.

Cuando la oftalmóloga hizo el fondo de ojo, su preocupación se consolidó: los bordes del nervio óptico estaban borrosos: tenía papiledema, un signo claro de hipertensión intracraneal. «Esto no es algo pequeño», pensó otra vez. Respiró hondo, manteniendo el gesto profesional.

—Carlos, voy a hacer la orden para llevarlo a Imagenología. Necesito una tomografía ya.

Menos de media hora después, Sofía estaba frente a la pantalla junto al radiólogo de guardia. Las imágenes se desplegaron en cortes axiales, grises y nítidos. Ahí estaba: una lesión de aspecto tumoral en el surco olfatorio con compresión discreta del lóbulo frontal izquierdo. El radiólogo la miró y asintió con gravedad.

—Esto explica todo. Y no puedes dejarlo ir así.

—Sí, ya sé —respondió Sofía tragando saliva—. Hay que llamar a Neurocirugía y coordinar su admisión.

Se quedó unos segundos frente a la pantalla, sintiendo el peso de la responsabilidad sobre los hombros. Sabía lo que significaba. Sabía a quién tenía que llamar. Carlos se acercó, con el rostro tenso.

—¿Y entonces? ¿Qué tiene mi tío, Sofi?

Ella se giró, buscando las palabras más claras y serenas. Le mostró la imagen.

—Carlos…, tiene una lesión, parece un meningioma, en el surco olfatorio, está creciendo hacia el lóbulo frontal izquierdo y generando presión en el cerebro. Necesita valoración de un neurocirujano cuanto antes.

Carlos tragó saliva y asintió.

—Lo que haga falta… pero, por favor, recomiéndame a alguien bueno.

Sofía tomó aire; retrasar lo inevitable no serviría de nada. Aunque había dos residentes más de Neurocirugía de guardia, quería para su amigo al mejor. Miró la hora en su reloj y llevó la mano al teléfono.

—No te preocupes. Vas a tener al mejor. De casualidad está de guardia hoy —dijo con certeza, aunque por dentro sentía cómo se agrietaba la muralla que había levantado horas atrás—. Él es la única persona a quien dejaría entrar en mi cerebro.

Se le escapó una sonrisa burlona para sí misma: «Como si no hubiera entrado ya», pensó mientras marcaba el número. Apenas sonó el primer timbrazo.

—¿Sí? Dime —respondió Adam al instante, con una urgencia imposible de disimular.

A Sofía se le notaba el movimiento de la garganta al tragar, sintiendo cómo se le aceleraba el pulso solo de escucharlo.

—¿Estás muy ocupado? —preguntó, con la voz neutra, sin siquiera presentarse.

Hubo una pausa breve al otro lado y luego su respuesta, directa, con un matiz que ella reconoció al instante:

—Un poco…, pero si es para ti, puedo reestructurar mis prioridades.

Sofía cerró los ojos un segundo, forzándose a centrarse.

—No es para mí —respondió, retomando el tono clínico—. Es para un paciente mío. Un posible meningioma del surco olfatorio. ¿Puedes bajar a radiología y ver la imagen? Es familiar de un médico del hospital.

Adam no contestó de inmediato. Se escuchó un roce de papeles, un suspiro contenido.

—Dame media hora —respondió al fin—. Estoy concluyendo un caso. Por favor, escribe ya en la historia clínica por mí, ¿de acuerdo? No quiero que Robert lo vea primero que yo y anda por allá abajo. Trata de mantenerlo lo más discreto posible hasta que pueda bajar.

—De acuerdo. Acá te esperamos —dijo Sofía calmada.

Colgó y se quedó con el teléfono en la mano unos segundos antes de moverse. Caminó hasta la computadora, redactó una valoración breve y falsificó su firma, copiando con precisión el número de registro profesional, como ya había hecho otras veces cuando la dinámica de la guardia lo exigía, para que él se encargara de operar los casos neuroquirúrgicos que ella diagnosticaba. Lo conocía demasiado bien, sabía que ese caso le iba a fascinar.

Carlos se acercó con los brazos cruzados y una ansiedad que no lograba disimular.

—¿Entonces viene alguien? —preguntó buscando certezas.

—Sí —respondió Sofía mirándolo con calma—. Ya lo llamé. Es el mejor que tenemos aquí. Está cerrando un caso y viene en cuanto pueda.

Se quedaron conversando unos minutos. Carlos le preguntó por la posible cirugía, por el pronóstico, y Sofía respondió con cautela, manteniéndose en lo seguro mientras miraba de reojo la puerta cada tanto.

Veinte minutos después, Adam apareció con su *scrubs* azul que le quedaba impecable. Se presentó con Carlos sin preámbulos, pero sus ojos, inevitablemente, se desviaron a Sofía. Se colocó a su lado frente a la pantalla, escuchando con atención mientras ella le resumía la clínica y la presentación del paciente. Sofía, con los brazos cruzados, mantenía la mirada fija en la imagen, aunque sintió el roce casi imperceptible de su codo con el suyo.

—¿Tienes los cortes completos? —preguntó él con la voz más grave de lo habitual.

—Aquí están —respondió Sofía, inclinándose adelante y señalando con el puntero.

Le pasó el *mouse* con cuidado y, al hacerlo, sus dedos se rozaron. Un roce mínimo, inadvertido para Carlos, pero suficiente para encenderle la piel desde dentro. Ella no retiró la mano de inmediato; él tampoco.

Adam desplazó las imágenes con destreza y dejó escapar un suspiro breve.

—Es justo lo que dijiste… —susurró, más para ella que para el radiólogo—. Buen diagnóstico, Sofía. Pensaste rápido. ¿Viste el fondo de ojo?

—Lo hizo la oftalmóloga, aquí el único neurocirujano que hace fondos de ojos eres tú… Nadie más tiene oftalmoscopio —inquirió Sofía enfatizando con los ojos—. Pero sí, al parecer el papiledema es bastante evidente.

Sus palabras fueron cortas, pero cargadas de un reconocimiento que Sofía no esperaba en medio de todo aquello. Ella tragó saliva, bajó la mirada un instante y volvió a la pantalla como si nada hubiera pasado.

Adam se giró hacia Carlos, cambiando al modo profesional:

—Mira, Carlos…, esto que ves aquí —señaló la masa hiperdensa en el surco olfatorio— es un tumor, probablemente un meningioma. Por la localización y el efecto de masa, está presionando estructuras importantes y provocando los síntomas que ya has notado.

Carlos apretó los labios, preocupado.

—¿Qué tenemos que hacer? —preguntó en voz baja.

—Lo vamos a operar —respondió Adam con calma—. Necesitamos ingresarlo hoy mismo. Mañana presentaré el caso en la entrega de guardia. Antes de programar la cirugía debemos obtener su consentimiento, coordinaremos una resonancia, exámenes preoperatorios y hablaremos con los de anestesia para evaluar riesgos… Si deseas puedes ocuparte tú mismo de elegir el anestesiólogo, aunque no puedas participar.

—¿Qué tan difícil lo ves? —insistió Carlos.

—Bueno, como ya sabes toda cirugía cerebral tiene sus riesgos —admitió Adam—, pero este tipo de tumor, por lo que vemos, suele ser benigno. Lo importante es el tiempo. Entre más rápido lo resolvamos, mejores serán las posibilidades de que no se siga expandiendo y no quede ninguna secuela.

Adam hizo una pausa, dejando que Carlos asimilara. Sofía observaba en silencio. El roce fugaz de antes seguía latiendo en su piel, recordándole que había una atracción magnética e incontenible entre los dos.

—Te voy a pedir que llenes unos papeles para iniciar la admisión —continuó Adam, con tono sereno— y no te preocupes, yo me encargo de lo demás. Dame cinco minutos y te alcanzo para ir juntos a conversar con tu tío y darle la noticia como algo positivo…, porque, de hecho, lo es. Encontramos lo que tiene y lo vamos a solucionar.

Carlos asintió, respirando más lento, agradecido.

—Gracias…, a los dos.

Cuando Carlos salió para hacer las gestiones, el radiólogo también se excusó y se fue a su sala de descanso. De pronto, quedaron solos frente a la pantalla. El silencio no era neutro; pesaba, se interponía entre ellos como un tercero invisible; solo se oía el zumbido constante de los monitores.

Adam volvió a señalar la imagen, midiendo dimensiones y distancias con la mirada fija, el ceño fruncido, los labios apenas entreabiertos.

—Este tumor está una zona delicada… vascularizada y muy cerca de nervios importantes —murmuró, como hablándose a sí mismo—. La operación…, más que riesgosa, será compleja. Ya hay demasiada inflamación. Creo que tendré que dividirla en dos tiempos quirúrgicos y eso no le va a gustar a los profesores.

—Pues qué suerte que te tiene a ti —dijo Sofía, girándose de inmediato. Necesitaba escapar de esa escena. De él. De sí misma.

Avanzó apenas un par de pasos cuando lo sintió: la calidez firme de su mano tomándola por la muñeca, suave pero inquebrantable, como quien no piensa soltarla. Él la giró con lentitud, sin brusquedad, hasta tenerla de frente, tan cerca que el aire entre ambos parecía compartido. Sus miradas se encontraron como dos fuerzas implícitas que finalmente colisionan. Y en ese instante, Sofía se odió un poco por descubrirse tan vulnerable al contacto físico con Adam, más de lo que jamás habría querido admitir.

—Te extraño —susurró Adam con una voz baja y rasgada. Decirlo le costaba más que cualquier cirugía.

Para Sofía, el tiempo se comprimió en ese momento. El eco de esas dos palabras, tan simples y tan suyas, le sacudió la razón.

—Este no es el lugar ni el momento —logró decir, con una voz que intentaba mantenerse enérgica, aunque un temblor involuntario la traicionaba.

—¡Sofía!... Pase lo que pase... ¿Te acuerdas?

No necesitaba explicarle más. Ella lo entendió de inmediato. Esa frase se convertía en una contraseña emocional entre ellos. Un «te amo» encriptado con delicadeza en la memoria compartida.

El corazón se le trabó en la garganta. Lo miró, con una mezcla de ternura y melancolía. Respiró profundo, queriendo volver a ese centro que tanto le costaba sostener.

—Vamos. Tenemos que hablar con el paciente —susurró por fin. Y entonces, con una delicadeza casi ritual, extendió su mano hacia él, para que la tomara.

Se concedió ese paréntesis, disfrutándolo, eligiendo no darle demasiada importancia a la soberbia de Adam en las últimas veinticuatro horas.

Adam agarró la mano de Sofía con una devoción que contrastaba con todo su afán de control. Entrelazó sus dedos con los de ella como quien se aferra a un ancla. Y caminaron así, juntos, en silencio, por el pasillo. Sin necesidad de más palabras: el gesto lo decía todo.

Antes de llegar al cubículo del paciente, Adam se giró hacia ella:

—Gracias por escribir por mí en el historial. Es un caso fascinante.

—No te me agrandes que no fue por ti. Fue por el paciente —le respondió Sofía con una sonrisa cínica pero perspicaz.

Adam apretó los labios para enmascarar su risa:

—¿Te das cuenta de que eso también es un halago, verdad? —le preguntó con voz provocadora.

Sofía rodó los ojos y negó con la cabeza, sin molestarse en contestar. Pero Adam la detuvo antes de que llegaran a su destino.

—Espera —dijo, sacando algo del bolsillo—. Toma.

Era su oftalmoscopio. Se lo colocó con cuidado en el bolsillo de la bata, como un secreto compartido.

—Para que a partir de ahora hagas los fondos de ojo tú misma. Tú no necesitas un oftalmólogo para eso.

Sofía bajó la mirada y tocó el instrumento con asombro y ternura. Se sintió niña otra vez, como cuando le daban dulces inesperados. La memoria la llevó de golpe al primer día que se vieron: Él, seguro: ofreciéndoselo por primera vez. Ella, nerviosa, intentando hacerlo bien. Y aquella frase… «¿Pudo verlo, doctora?».

—Pero ¿cómo…? Es tuyo.

—Ya buscaré otro después. Este es especial —dijo él bajando la voz—. Y quiero que lo tengas tú. Para mí es un símbolo, un recuerdo del primer paciente que compartimos…, de la primera vez que hablamos.

Sofía apretó el oftalmoscopio dentro de su bolsillo. No era solo un objeto: era una llave. A un pasado, a una conexión, al justo instante en el que su sola presencia le cambió el ritmo a sus días.

Interferencias 5

Sofía me buscó esa noche, pero no venía como las otras veces. Esta vez ya venía con los hombros cargados de un amor que la hacía brillar y doler al mismo tiempo. Habló de todo…: de la ternura, del deseo, y también de cómo sentía que se le quebraban los huesos por dentro solo de pensar que lo que vivía con él pudiera acabarse.

Me sorprendió verla tan entera y, al mismo tiempo, tan vulnerable. A pesar de ese dolor manso, había en sus ojos una certeza: no iba a ceder. Había construido una lealtad feroz hacia la mujer en la que se había convertido, y por mucho que amara —¡y cuánto lo amaba!—, eso jamás sería suficiente para renunciar a sí misma.

Yo discrepaba un poco en cuanto a su posición tan drástica…, pero no era justo entrar en ese debate cuando ella se percibía tan digna.

Ella me lo decía como quien sabía un secreto antiguo y trataba de convencerse de ello: «La vida no siempre se acomoda a nuestros deseos, y, si las cosas no fluyen, una debe apartarse antes de perderse».

Esa noche Sofía tenía claro algo que pocas nos atrevemos a sostener: El hombre que se quedara a su lado no iba a recortarla. El elegido —si es que existía tal cosa— tendría que aprender a amar también sus alas. Pero, mientras lo decía, sus pestañas temblaban. Pensar que no fuera Adam…, eso —me confesó— le dolía hasta en los lugares que no tienen nombre.

La abracé. Noté que respiraba más lento y sentí que, tal vez, ya yo no era tan necesaria. Quizás Paula había tomado mi lugar con elegancia y sabiduría. Y yo, ¡qué ironía!, hasta agradecí en silencio que alguien más supiera sostenerla cuando a mí se me agotaban los intentos de contener sus explosiones.

Pero algo estaba cambiando… Sofía crecía, y, por primera vez estaba conociendo un amor distinto, ese amor que no siempre es cómodo, al que no todos se atreven: el amor propio. Ese que arde y salva al mismo tiempo.

Mientras ella me hablaba, yo podía seguir viendo la tormenta detrás de sus ojos. Sofía estaba enamorada y lo sabía, pero... estaba muy segura de que él también lo estaba. Lo percibía en cada segundo juntos, en cada roce, incluso, en cada silencio..., pero de lo que sí no estaba segura era de si ese amor iba a bastar para que la historia entre ellos funcionara. Y tenía miedo, mucho miedo, de tener que recoger su corazón en pedacitos.

Se atormentaba con pensamientos que le llegaban en oleadas: Adam arrastraba conceptos de vida tan distintos a los suyos, tan anclados en tradiciones antiguas, tan hechos de hilos heredados. Ella creía que él estaba asustado porque lo que sentía con ella no se parecía a nada de lo que siempre había creído correcto. Él pensaba —decía ella— que el amor era encontrar a la mujer adecuada, la que cumpliera con todos los requisitos, y elegirla para casarse. Como si eso fuera posible... ¿o acaso sí lo era?

Esa noche la veía contrariada, sí..., pero no me preocupaba que se hundiera en el oleaje. Era como si por fin hubiese aprendido a flotar en sus propias aguas.

Capítulo XXIV
Habitando el caos

La guardia se complicó para ambos con varios casos nuevos a la vez. Compartían el mismo espacio en Urgencias, y más de un paciente los reclamaba al mismo tiempo. Se cruzaban miradas fugaces entre historia e historia, y hasta rieron cuando uno de los pacientes, aun con su lenguaje disártrico, les preguntó si eran novios.

Sofía dijo «No» justo cuando Adam respondió «Sí», y la risa terminó por convertirse en un silencio espeso que ninguno quiso romper.

Maritza, que era la clínico de guardia, apareció en medio del caos con un gesto salvador.

—Sofía, ven un segundo, nos han traído café —dijo, señalando la mesa donde Mariano había dejado un termo.

Sofía fue de inmediato, tomó una taza y comenzó a remover el azúcar. La cucharilla tintineaba demasiado, delatando el temblor de sus dedos. Maritza, atenta, arqueó una ceja y, con esa complicidad que solo se comparte entre personas que se conocen bien, levantó la voz:

—Adam, venga, que aquí hay café para todos.

Adam se acercó. Los ojos de ambos se encontraron y todo el ruido de la guardia parecía apagarse en ese momento.

—¿Así que no? —le preguntó él, casi en un susurro, mientras se servía café.

Sofía sonrió apenas y movió la cabeza.

—¿Así que sí? —replicó, recostándose con naturalidad a la mesa donde Maritza escribía historias clínicas.

Maritza soltó un bufido y no pudo evitar meterse:

—¿Y ustedes cuándo van a dejar de actuar como si nadie se enterara? ¡Relájense y sean felices de una vez!

Sofía lanzó una carcajada breve, seca.

—No creo que eso sea tan fácil como lo pintas.

Adam no respondió. El café cayó en su vaso de plástico como un goteo de suero: preciso, medido. Se notaba que había dormido poco, pero el silencio que lo envolvía no era por cansancio. Era otra cosa.

—Mmm, noto cierta tensión aquí —insistió Maritza, dándole un codazo leve a Sofía—. Y no es por los pacientes, estoy segura.

Adam, que detestaba las intromisiones en su vida privada, clavó la mirada en Maritza.

—Pregúntale a tu amiga. Ella es bélica, y no se da cuenta de que no todo el mundo sabe vivir en el caos con una sonrisa.

Y ahí estaba Adam transparente, exponiendo su miedo a las tormentas, su cuerda floja emocional. El comentario cayó con más fuerza de la que parecía. Sofía alzó la vista, haciendo un mohín:

—Algunos somos afortunados...

Maritza los observaba divertida, testigo de una batalla entre campos magnéticos que se buscaban y se negaban al mismo tiempo. Pero, sin dudas, orgullosa de su amiga.

—Bueno... ¿y al final quién se queda con el paciente de la cama 3? —los interrumpió ella.

—La neuróloga, no hay nada difícil ahí —ironizó Adam.

Sofía sonrió con calma, pero con filo en la voz:

—Por supuesto que yo..., ¿cuándo has visto a un neurocirujano tratar bien una epilepsia?

Adam rio de costado y prefirió no contestar más. Maritza, entretenida, siguió observándolos hasta que, buscando distender el ambiente, preguntó:

—¿Quién es hoy tu especialista de guardia, Sofía?

—Es Alberto, pero me dijo que llegaba sobre las nueve —respondió ella sin pensarlo demasiado.

La cucharilla de Maritza dejó de moverse mientras sutilmente giraba la vista a Adam, tragando saliva.

Adam detuvo el vaso a medio camino y clavó la mirada en Sofía.

—Como si ya no tuviéramos bastante —murmuró con voz baja, los labios apretados, masticando la decepción.

Sofía sintió un vuelco. Recordó, de pronto, que Adam no sabía la verdad sobre Alberto. Contársela en ese instante sería un suicidio, pero callarla… también era una sentencia. El pitido intermitente de un monitor en la sala vecina le devolvió el aire; parpadeó rápido, obligándose a aterrizar. La culpa la atravesó, pero antes de hablar de eso, había otros asuntos que necesitaban ponerse sobre la mesa con Adam.

Él ya se alejaba de Urgencias por el pasillo, despacio e indeciso. Sofía, sin pensarlo demasiado, se apresuró para alcanzarlo.

—¿Vas con prisa o tienes unos minutos? —preguntó, intentando sonar casual.

—No, iba a descansar un rato —respondió, bajando un poco el ritmo.

—¿Por qué no subes conmigo y descansamos juntos?

Adam sonrió sorprendido. No se lo esperaba, pero la tregua le venía de maravillas. Le pasó el brazo por el cuello y, sin que le importara el entorno, le besó en el cabello, allí mismo, estrechándola contra él. Y así, juntos, siguieron caminando rumbo al ascensor.

Cuando entraron al cuarto de descanso de la sala de Neurología, Adam se dejó caer sobre una de las camas y Sofía se sentó al borde, pero de inmediato él la jaló con decisión, como quien reclama lo que es suyo, hasta acomodarla sobre su pecho.

Entonces la besó. Y ella le respondió, sin pensarlo, dejándose perder otra vez en su olor, en esa mezcla de piel, perfume y cansancio que la desarmaba. Las manos de él, cálidas y seguras, se deslizaron en su espalda por debajo de la ropa; y entrelazándose apretaron con fuerza sobre su cintura, marcando un territorio del que él se sentía dueño. El latido de Sofía se aceleró, sintiendo cómo todo lo anterior —los celos, los silencios, las discusiones— se esfumaban sin esfuerzo.

Era apenas las siete de la noche. El reloj aún les concedía tiempo, y la puerta cerrada les ofrecía un refugio breve. El contacto de sus pieles les prometía una tregua peligrosa. Sofía cerró los ojos, dejándose llevar unos segundos más... hasta que el eco de la discusión pendiente se abrió paso entre el deseo, cortante, imposible de silenciar.

—Creo que tenemos que aprender a comunicarnos. No podemos caer en estas actitudes infantiles cada vez que peleemos por algo —dijo, separándose de él y empujándolo con la mano, justo en el instante en que sus labios pretendían volver a encontrarse.

—Y también creo que debemos hablar en serio.

Él se apartó con ternura y se recostó a la pared detrás de la cama, asintiendo en silencio. Sofía respiró hondo. Aún sentía la piel encendida por sus manos, pero necesitaba decirlo antes de que el calor le nublara la cabeza otra vez.

—Tengo que ser sincera contigo. —Levantó la mirada, clavándola en sus ojos cobrizos, cansados—. No me gustó ni un poco la escena de ayer. Esa manera en que me hablaste, como si mi sonrisa fuera un problema, como si te estuviera engañando o no estuviera tomando lo nuestro en serio... como si fueses un dios griego al que hay que venerar.

Él cerró los ojos un segundo y chasqueó la lengua, dolido, aunque ya estaba esperando el regaño.

—Tienes razón —admitió, frotándose la frente—. No fue justo. Me dejé llevar... y no tenía por qué. Mi mañana se sobrecargó. Estoy asustado con lo que estoy sintiendo, me desconcentro y no me gusta, siento que pierdo el control.

—Pero, Adam..., es que de eso también se trata enamorarse. No puedes luchar contra algo que es natural y, además, maravilloso.

Sofía bajó la vista, jugueteando con la manga del *scrubs* de Adam.

—Yo también me alteré de más, lo amplifiqué. Pero tengo terror de que quieras cambiarme, y de que, para poder estar bien, uno de los dos deba renunciar a lo que le gusta ser. —Lo miró de reojo y sonrió ligero—. Y tú…, tú no me la pones fácil tampoco.

Adam soltó una risa baja, casi inaudita.

—Es que no dejo de pensar que debe ser muy difícil ser el novio de Sofía. Aquí, en este hospital…, no hay quien no se voltee a mirarte o susurre algo sobre lo bien que te ves, lo elegante que andas…, lo inteligente que eres. Yo era uno de ellos, hasta el otro día.

—¿Y por qué eso te afecta tanto? ¿No confías en mí?

—No es eso… Es que tú eres mía, y no quiero que nadie más se confunda.

—¡A ver…! Yo no soy tuya, yo soy mía… y es preciso que eso quede claro.

Adam sonrió ladeando la cabeza, como quien no da crédito.

—Pero sí sé muy bien lo que quiero, y actúo en coherencia —agregó ella—. La pregunta es: ¿No crees que yo sea capaz de marcar los límites cuando sea necesario?

Adam se quedó pensativo… y le preguntó:

—¿Y estás segura de que eso que quieres soy yo? ¿En serio me amas, Sofía?

—Mucho —respondió ella sin analizarlo, tomándole el rostro entre las manos—. Dicen que el amor más fuerte no es el que sube desde la impresión, sino el que desciende desde la admiración, y yo…, yo te admiro como no te imaginas.

A Adam se le encendió el rostro. Eso era muy importante para él…, sentirse admirado. La atrajo otra vez contra sí. Sus labios entreabiertos se rozaron sin prisa. La disculpa debía completarse en ese beso. Se quedaron así un rato, abrazados, con la respiración acompasándose poco a poco. El ruido del hospital parecía un murmullo lejano, y, por primera vez en horas, Sofía sintió que la tormenta interna se calmaba.

—Yo confío en Dios, le tengo mucha fe. No puede ser que te haya cruzado en mi camino para traerme problemas —dijo él con la mirada perdida.

—¿Dios? —preguntó Sofía— ¿En serio crees tanto en Dios?

Eso le parecía un tanto irónico dado lo pragmático y lo lógico que era.

—Pues claro, con los ojos cerrados… ¿y tú? ¿En qué crees tú? —le devolvió la pregunta.

—Pues mucho en mí. Digamos que soy una librepensadora de esas, a veces científica, a veces espiritual. No me gusta atarme a las definiciones. Siento que eso me limita.

Adam la escuchaba con atención, cuestionando sin querer lo que fuera que significara para Sofía tener fe.

—¿Y Dios? ¿No crees en Dios?

Sofía calculó su respuesta, notaba que era un asunto delicado…, pero no estaba dispuesta a decir lo que él necesitaba escuchar.

—A ver…, creo que todos necesitamos creer en algo. Pero más que en Dios, creo en el poder de la fe, sobre el cerebro mismo. No soy una persona muy religiosa, la verdad… Cuando converso con Dios, que se me aparece en múltiples formas y avatares, no lo visualizo perfecto, más bien lo percibo humano… pues, obviamente, se equivoca demasiado. Es un tema complejo —respondió ella filosofando.

—Si mi madre te escucha…

—Ya sé. No me dejará entrar a su casa —y se rio como si hiciese chiste, pero lo decía en serio.

Sofía ya lo había notado en conversaciones sueltas, en los indicios que se le escapaban a Adam cuando hablaba de su familia: su madre parecía ser una mujer correcta, aferrada a principios de otra época. Sabía que, ante sus ojos, ella nunca sería la candidata adecuada para su hijo perfecto…, pero en ese instante, eso no le importaba en lo más mínimo. Fingir para encajar en otros moldes, no era los suyo.

—¿Sabes qué? —murmuró él, sin abrir los ojos—. Tenemos el pase de año a la vuelta de la esquina. Los dos necesitamos tranquilidad.

—Lo sé… —respondió ella, apoyando la mejilla en su pecho—. Y nuestros horarios son de locos. Pero podríamos organizarnos, estudiar juntos cuando coincidan temas.

Adam la miró, no eran muchos los temas que les coincidían, pero no lo necesitaban para sincronizarse, los dos adoraban aprender, y sonrió.

—Aunque sean repasos de madrugada, ¿eh? —preguntó con sarcasmo, porque ella, cuando se dormía, era una piedra.

—Aunque sean repasos de madrugada —confirmó, divertida—. Tú me ayudas con las topografías, yo te enseño un poco de electroencefalograma y del manejo de las epilepsias —le dijo muerta de la risa.

Él la revolcó sobre la cama y la puso debajo, sintiendo cómo el colchón crujía bajo su peso.

—Trato hecho —dijo antes de volver a besarla y recostarse a su lado.

Se quedaron callados. Ya no había prisa. El silencio era cómodo, casi dulce. De pronto, el móvil de Sofía sonó. Era Alberto.

—¿Sí? —contestó ella, apartándose despacio, como en piloto automático.

—¿Cómo va la guardia, pequeña? —preguntó Alberto.

Eso de «pequeña» ya a ella no le hacía ninguna gracia, pero no podía reclamárselo en ese instante.

—Todo está bajo control. Nada complicado.

—Genial, porque estoy un poco ocupado en casa… ¿Necesitas que vaya o puedes manejarlo sola?

—De momento puedo manejarlo sola… Si se complica te avisaré enseguida.

—Pues muy bien… yo confío en ti. Además, yo te enseñé a hacerlo, ¿recuerdas?

—No te des tanto mérito… Quédate tranquilo —respondió antes de colgar.

Observó a Adam, pensando si quizás debía ya contarle de ese asunto. Pero no era momento de abrir esa puerta. Así que se volvió hacia él, acarició su rostro con el dorso de la mano y le susurró con un rastro de provocación:

—Podemos empezar a estudiar ya… Tenemos este cuarto solo para nosotros esta noche.

Adam respiró aliviado, poniéndose de pie. No tener que lidiar con Alberto esa noche aligeraba mucho su estrés. Soltó una carcajada suave y la abrazó más fuerte, como si con ese gesto pudiera espantar cualquier fantasma.

—Me parece muy bien…, pero creo que el estudio comienza mañana —le susurró, mientras sus manos volvían a apretarle la cintura por debajo de la blusa, con un deseo feroz.

Capítulo XXV
Marcando territorio

La guardia volvía a complicarse. Entre ingresos urgentes y papeles pendientes, las horas pasaron sin piedad. Cuando Adam llegó al cuarto de descanso ya eran casi las tres de la mañana. La luz grácil del pasillo se filtraba por la rendija de la puerta. Sofía dormía profundamente, hecha un ovillo sobre la cama, con el pijama arrugado y el cabello suelto sobre una almohada.

Adam se quitó la bata, cuidando no hacer ruido. Se dejó caer a su lado y, al percibir su olor, sintió cómo se le aflojaba algo en el pecho. No quiso pensar demasiado. La abrazó de costado, cerró los ojos y se rindió también al sueño.

La alarma sonó a las cinco y treinta. Se despertaron casi al mismo tiempo, sobresaltados por el pitido del teléfono. Adam se incorporó primero, la acarició, la besó en el hombro y le susurró un simple:

—Tengo que irme, ya es hora.

Ella asintió, aún somnolienta, y lo vio salir rumbo a su sala antes de levantarse a toda prisa para preparar la entrega de guardia.

El hospital amaneció bullicioso. Sofía ya estaba parada fuera del salón de reuniones para la entrega de guardia, repasando en su cabeza los casos, cuando por fin apareció Alberto: radiante, descansado, como quien había dormido en paz toda la noche gracias a su guardia localizable.

Él se recostó enseguida contra la pared del pasillo, justo a su lado.

—Amaneciste preciosa —dijo con esa sonrisa provocativa que ella conocía bien—. Te hace bien estar de guardia.

Sofía giró el rostro hacia a él, obligándose a no sonreír ante el halago; en cambio, frunció el ceño.

—Por favor, Alberto…, ya para con estas cosas.

Él la miró con seriedad, evaluando sus palabras, y luego se apartó un paso. Ella creyó que ahí terminaría, pero Alberto se inclinó apenas, acercando los labios a su oído.

—No puedo parar, me sigues gustando mucho —le murmuró, intentando removerle los recuerdos.

Sofía reaccionó de inmediato: lo empujó del hombro con firmeza, molesta. Alberto alzó las palmas en un gesto de rendición, sin borrar la sonrisa insolente de su rostro.

De pronto percibió una energía a sus espaldas y se volteó de manera instintiva. Adam venía caminando desde el fondo del pasillo. Sus ojos cobrizos se clavaron primero en ella, luego en Alberto. Hubo un instante en que Sofía creyó que explotaría, pero vio cómo él hundía las manos en los bolsillos, conteniéndose, y lo reconoció: ya lo conocía lo suficiente como para saber lo que le costaba.

—Buenos días —dijo Adam con voz tranquila, pero con ojos ardientes.

Ella tragó saliva. El pulso se le aceleró, pero no dudó: avanzó hasta él, se puso de puntillas y apoyó una mano en su pecho antes de besarlo en la boca. Fue un beso breve, pero revelador, como una sentencia. Un manifiesto, casi un desafío público, tanto para Adam como para Alberto. Sofía no se quedaba en el papel de mujer pasiva que espera la reacción de los demás: marcaba la cancha ella misma.

Sintió cómo su respiración se mezclaba con la de Adam, y el brazo de él flexionado sobre su cuello le dio un ancla en medio del torbellino. Sorprendido, se inclinó para recibirla, y una chispa de orgullo le encendió la mirada.

Alberto esquivó la vista con una risa irónica, de satisfacción y celos al mismo tiempo.

—Buenos días también para usted, doctor Alberto —le dijo Adam, extendiéndole la mano y confrontándolo con la mirada.

Luego se apartó con Sofía, apoyando una mano en la pared y colocándose frente a ella para hablarle de cerca.

—Tranquila. No estoy molesto. Vi lo que hiciste…, pero yo no nací ayer, Sofía. Entre ustedes dos hay una tensión que incomoda. Cuando estés lista, si crees que es necesario, me lo cuentas todo. No quiero que haya secretos entre nosotros. Vamos a hacerlo bien —concluyó, dándole un beso en la frente.

Sofía sintió que podía respirar otra vez; esta vez él la miraba sin exigirle perfección.

La entrega de guardia concluyó al rato y quedaron en llamarse, cuando resolvieran sus pendientes de la mañana, para irse juntos a casa de Adam, pedir comida y descansar un poco.

Eran las 9:15 a. m. El pasillo de Radiología estaba casi vacío. Las luces frías caían a plomo sobre el suelo encerado. Adam caminaba con paso firme, aunque la noche de guardia todavía le pesaba en los párpados. La bata abierta sobre el uniforme quirúrgico azul oscuro, el ceño fruncido y los ojos afilados en dirección a la sala de informes, pero se detuvo en seco.

Allí, de espaldas, estaba Alberto, inclinado sobre una pantalla, revisando una tomografía. Su silueta alta, relajada, irradiaba la seguridad de quien se sabe dueño de su espacio. Algo en el pecho de Adam se encendió. Ni siquiera se dio tiempo de analizarlo, lo dominó un impulso primitivo.

—Doctor Alberto —su voz sonó grave, controlada, casi seca, resonando en el aire vacío del pasillo.

El otro giró con calma, con esa sonrisa que no se disculpa por nada, como si esperara cualquier cosa menos una confrontación.

—¿Sí?

Adam acortó la distancia hasta quedar a menos de un metro. Sus ojos repasaron cada detalle de su «posible» rival. El oxígeno se volvió áspero. Allí estaba la testosterona en duelo, contenida como un choque eléctrico en espera de estallar.

—Voy a ser muy claro —dijo, con una calma que vibraba de tensión—. Sé que Sofía no es fácil de soltar…, pero por respeto a ella misma, ya déjala en paz.

Alberto arqueó una ceja, midiendo cada palabra como quien juega con fuego, sorprendido por el atrevimiento.

—¿Amenaza o consejo? —preguntó, cruzándose de brazos con una lentitud estudiada.

—No voy a entrar en juegos de niños. —Adam no pestañeó—. Estoy seguro de que tú entiendes perfecto lo que significa marcar límites. Así que te lo digo de hombre a hombre: déjala en paz.

Alberto, par de centímetros más alto y con algunos años más de experiencia en el hospital —y en la vida—, dejó que la sonrisa se esbozara apenas. Su voz bajó, pero se afiló como un bisturí:

—Tú llegaste hace tres días, «amigo». Nosotros tenemos una historia. Y, aunque terminó… —se tocó el pecho con dos dedos, sin apartar la mirada, con esa crueldad elegante—, nos dejó cicatrices. Además, créeme… Sofía no es una mujer que se deje manejar. Es difícil estar a la altura.

Adam sintió la sangre latirle en las sienes, como un tambor. Aquellas palabras habían sido una daga disfrazada de sentimiento que atravesaba directo su orgullo. Un calor sofocante le trepó por el cuello. «¿Cuánto de eso era cierto? ¿Cuánto de ella seguía siendo un territorio desconocido para él?» Trató de tragar la punzada de celos, pero su expresión lo delató.

Inspiró hondo. Parpadeó lento, recobrando la máscara de control.

—Eso es pasado —dijo al fin, cada palabra calibrada—. Y ese pasado no tiene cabida en lo que hoy somos ella y yo. Estamos en el mismo hospital, vamos a coincidir a menudo. Por ética, y, si en verdad te importa como parece, evita ponerla en situaciones incómodas.

Esta vez Alberto no sonrió. Hundió la mirada en la pantalla, como si la imagen que tenía enfrente de repente fuera fascinante. Y, sin mirarlo, lanzó otra estocada:

—¿Estás seguro de estar listo para ella?

La soberbia latente se comía las palabras. Adam apretó los labios, y respondió contundente:

—Yo siempre estoy seguro.

Alberto asintió, con la resignación de quien entrega a la reina en un juego de ajedrez.

—Bien. Entonces confía en ella y no lo eches a perder. No hay otra Sofía en ningún sitio.

Adam le sostuvo la mirada un segundo más, sin pestañear, y antes de darse la vuelta señaló la tomografía con la arrogancia calculada de quien sabe incomodar:

—Ese sangrado que ves allí es por un aneurisma de la arteria comunicante posterior. Cuando la angiotomografía lo compruebe, estoy disponible para operar.

Y caminó hasta doblar la esquina del pasillo con esa cadencia altiva de quien ha ganado la última jugada, mientras Alberto se quedó bufando por la impotencia de no haber tenido tiempo de responderle, que ya él sabía eso.

Cuando Adam estuvo solo, lejos del campo de batalla que acababa de dejar atrás, se apoyó contra la pared y cerró los ojos. Un estremecimiento lo recorrió por dentro, una mezcla incómoda de triunfo y miedo lo carcomía. Las palabras de Alberto seguían vibrando en sus oídos: «Nos dejó mucho adentro», «Es difícil estar a la altura». Y aunque se había impuesto, aunque había marcado territorio, el eco de esas frases resquebrajó sus certezas.

La incertidumbre lo atravesó de nuevo. «¿Conocía de verdad a Sofía? ¿Estaba listo para ella, para amar así, a pecho abierto, con las defensas bajas?» Obviamente, no tenía la respuesta. Pero al volver a abrir los ojos, se obligó a tragar en seco y enderezarse.

Era hora de volver a la sala. Y de recordarse a sí mismo —aunque fuera a puro pulso— que Sofía era su presente. Pero justo entonces, como si el destino disfrutara ponerlo a prueba, y manipular su karma, un mensaje de texto inesperado alumbró la pantalla de su celular:

> **Julia:** *No se puede cancelar la reserva, y no tengo dinero ni tiempo para buscar otro sitio ahora. Lo siento.*

Era Julia. Le escribía para anunciarle que la renta del apartamento que habían reservado meses atrás —cuando todavía eran pareja— ya no podía cancelarse. En aquel entonces habían planeado que sus rotaciones del último año de la Especialidad coincidieran en la capital, convencidos de que compartir gastos también sería una forma de compartir vida. Ahora las fechas se acercaban, y el compromiso con aquel lugar seguía en pie, inamovible.

Adam bajó la mirada al teléfono, un nudo denso le subía desde el estómago hasta la nuca, apretándole la tráquea con la fuerza de un puño invisible.

—Maldita sea… —murmuró, pasándose la mano por el cabello, con la furia inútil de quien quisiera arrancarse de un tirón la frustración.

Apoyó la frente en la pared y respiró hondo, pero el mensaje seguía ahí, iluminando la pantalla como un recordatorio implacable. Él tampoco estaba a salvo; tenía mucho que contar aún. La sombra incómoda de su pasado reciente asomaba justo en medio de lo que apenas comenzaba a construirse con Sofía.

Por un segundo dejó de pensar en ella y pensó en sí mismo, en sus propios silencios, en lo que tampoco había dicho. No era solo Sofía la que cargaba un pasado haciendo interferencias: también él acumulaba asuntos sin cerrar, bombas de tiempo listas para estallar.

Ese apartamento…, esa rotación…, Julia. Lo había olvidado por completo entre el deseo arrollador por Sofía, la intensidad de lo que vivían, y el caos de la Residencia. Pero el calendario era implacable: faltaba un mes. Diez días después de su examen de pase de año tendría que viajar a la capital, dos meses, a estudiar.

Después de la ruptura con Julia, las rotaciones habían quedado fijas y la renta del apartamento seguía en pie. Adam, con tal de no pasar más tragos amargos, le había dejado a ella la tarea de cancelarla. Y ahora, justo ahora, un simple mensaje lo alcanzaba de lleno: nada se había resuelto. Golpeó la pared con la palma abierta, sin hacer ruido, buscando descargar algo de la rabia sin llamar la atención de nadie.

«Perfecto, Julia…, perfecto», se dijo entre dientes, sintiendo cómo el hilo tenso que sostenía sus emociones se estiraba un poco más. Se cubrió el rostro con ambas manos, como si pudiera borrar el mensaje junto con el cansancio, y dejó que la pregunta lo transgrediera como un bisturí: «¿Cuánto tiempo más podía caminar por esa cuerda floja antes de que todo se desplomara?»

Capítulo XXVI

Desempolvando silencios

El sol del final de la mañana pegaba oblicuo sobre la acera cuando Adam salió del hospital. Llevaba la bata colgando del brazo, el *scrubs* un poco estrujado y el gesto de alguien que ya no distingue entre cansancio y desvelo. Sofía lo esperaba junto a la puerta de salida, con el cabello recogido a la carrera y las ojeras profundas, pero aún con esa luz viva en la mirada.

—¿Nos vamos? —preguntó ella, enderezándose.

Adam asintió sin palabras, y comenzaron a caminar agarrados de la mano, con el calor del mediodía a cuestas, dejando atrás el bullicio de la guardia y el olor a hospital.

Durante varios minutos no hablaron. El silencio fertilizaba el terreno que Adam necesitaba para transgredirlo sin sonar brusco unos minutos después:

—Me encontré con Alberto en Radiología.

Sofía sintió un estruendo interior, como una extrasístole indiscreta. Se llevó la mano al cabello, nerviosa, y bajó un poco el ritmo al andar.

—Ya sé… —susurró, sin excusarse, sin adornar nada—. Ya sé que tenemos que hablar.

Adam bajó la cabeza, como guardándose algo, sin exigir, sin presionar. Su propio silencio lo condenaba. No tenía derecho a exigir nada, y lo sabía.

Llegaron a su casa. Al entrar, Adam dejó las llaves sobre la mesa de la sala con un chasquido metálico.

—¿Comemos algo? —preguntó, buscando aliviar la tensión —Pizza… o hamburguesas, lo que prefieras.

Ella se encogió de hombros, como quien se desentiende.

—Hamburguesas, entonces —decidió él, ya marcando el pedido mientras ella se dejaba caer en el sofá, con las rodillas abrazadas contra el pecho y los párpados pesados por el cansancio.

Mientras esperaban, la pausa se volvió insoportable. Sofía se frotó las manos, respiró profundo y se armó de valor.

—Mira, te lo voy a contar sin rodeos, ¿vale? —empezó, fijando sus ojos en los de él, aunque sus dedos temblaban, y su pie derecho se movía nervioso.

Adam se sentó a su lado, apoyando los codos en las rodillas, dispuesto a escuchar.

—Yo era estudiante de tercer año cuando conocí a Alberto —dijo con voz calmada—. Fue una mezcla de ilusión y novedad... Así estuvimos casi tres meses... Yo creía que estaba enamorada..., luego me enteré de que él llevaba otra vida paralela, o bueno, más bien la paralela era yo.

Al decirlo sintió un viejo pinchazo de orgullo herido, aunque ya no doliera como antes. Tragó saliva y se acomodó el moño.

—Es verdad que me costó muchísimo superar lo que esa historia hizo con mi autoestima..., pero con el tiempo entendí que fue un paso necesario para crecer, para madurar. Y, si algo aprendí, es que la mentira la detesto con todo mi ser. Nunca es una salida: solo pospone el desastre. —Hizo un breve silencio y retomó—: Le tengo cariño y respeto porque es un gran neurólogo, y sé que es buena persona. Pero eso acabó hace mucho tiempo. No me queda nada adentro por él. Ni físico, ni emocional. Nada. Te lo garantizo.

Adam entrelazó las manos con fuerza, clavando la vista en el suelo, y dejó escapar un suspiro lento. Lo que había dicho Sofía sobre la mentira, más que confesión, le sonó como una advertencia que ella misma no sabía que estaba dando, y lo dejaba al borde de ese mismo desastre. Se frotó la nuca; una parte de él quería huir en sentido contrario, porque no encontraba nada bueno que decir.

—Solo te pido coherencia, Sofía… —murmuró con calma temblorosa, sin atreverse a mirarla. Su propia incoherencia se lo impedía.

Ella asintió, notando cómo el aire regresaba poco a poco a sus pulmones. Entonces sonó el timbre: las hamburguesas habían llegado, con ese olor intenso a carne recién hecha. Sofía fue a buscarlas mientras Adam la seguía con la mirada, atrapado en una mezcla de cansancio, alivio y autoreproche…, queriendo hablar, pero sin encontrar las palabras, temiendo que, por su culpa, otra historia paralela pudiera ensombrecerle a Sofía la felicidad.

Ella dejó la hamburguesa a medio terminar, se frotó los ojos con ambas manos y soltó un suspiro largo.

—Estoy rendida… —murmuró, dejando caer la cabeza hacia atrás—. Necesito una ducha antes de dormir un rato.

Se levantó del sofá con pereza. Adam la siguió casi sin proponérselo hasta el baño. Se detuvo en el marco de la puerta entreabierta, sin que ella lo notara. La vio inclinarse para abrir la llave de la bañera y dejar correr el agua, mientras se deshacía del pijama de guardia con un gesto rápido, quedándose en ropa interior. La devoraba con los ojos; un estremecimiento lo recorrió al verla soltar el cabello, que cayó libre sobre su espalda, húmedo de sudor, enredado y hermoso.

Sintió un calor subirle desde el pecho hasta el centro del cerebro. Se mordió los labios resecos, intentando contenerse, pero el deseo lo atravesó como un latigazo. Siempre le pasaba igual cuando la tenía tan cerca. Sin pensarlo, comenzó a desvestirse, en el mismo instante en que Sofía se hundía en la bañera y el vapor llenaba el espacio.

Ella no lo escuchó acercarse. Lo sintió. El aire cambió de densidad y, de pronto, la firmeza de una mano grande se posó en su cintura mojada. Giró, sorprendida, y lo encontró ahí, entrando con ella. El agua tibia resbalaba sobre sus pieles, borrando el cansancio, transformándolo en pura electricidad.

Adam la sostuvo por la nuca y la besó hondo, con una urgencia que la hizo gemir bajito contra sus labios. Sus manos recorrieron la espalda de Sofía, la curva de sus caderas. Ella cerró los ojos, rendida al cansancio, arqueando su cuerpo contra el de él mientras el agua caía sobre ambos como una lluvia íntima.

El mundo se redujo al roce de sus pieles, al latido acelerado que compartían, a la respiración agitada y a la caricia posesiva deslizándose hasta encontrarla completa. Al principio se movieron despacio, explorándose; luego, con esa necesidad callada de quienes no quieren palabras, solo piel. Sofía hundió los dedos en sus hombros cuando él la levantó apenas, apoyándola contra los azulejos tibios.

Un espasmo profundo recorrió el cuerpo de Adam. Ella no llegó esta vez, quizá por el agotamiento, y eso estaba bien. Permaneció pegada a él, respirando en su cuello, mientras el agua seguía cayendo y su corazón latía caótico, golpeando fuerte.

Cuando el calor del baño comenzó a disiparse, salieron de la bañera y se envolvieron en toallas sin decir palabra. Adam, en un intento de aligerar el aire, hizo un chiste suave pidiendo revancha. Sofía le sonrió cansada antes de dejarse caer en la cama, vestida ya con una camiseta suya. Apenas apoyó la cabeza en la almohada, cerró los ojos y se durmió de inmediato, con una expresión serena, casi infantil.

Adam se quedó sentado en el borde, todavía mojado, el cabello goteando. Tomó el celular de la mesita y volvió a abrir el mensaje de Julia. Lo leyó otra vez, sintiendo la culpa apretarle el pecho como una faja invisible. Luego giró la mirada hacia Sofía, tan profundamente dormida, y una punzada le atravesó la conciencia.

Ya eran las cinco de la tarde cuando el teléfono de Sofía dio un timbre fuerte. Ella se despertó del sueño ligero, vio el nombre en la pantalla y se enderezó. Contestó, acomodándose el auricular con una sonrisa cansada.

—¡Mijita, estás perdida! —soltó Rachel al otro lado, con ese acento cálido que siempre traía consigo—. Espero que la justificación sea que estés feliz. ¿Cuándo vamos a vernos? ¡Tengo que actualizarte!

Sofía dejó escapar una risa suave, casi un suspiro.

—Te noto eufórica… —dijo con un bostezo enredado, mientras buscaba a Adam en la habitación. Ya se había levantado y estaba estudiando con su laptop en la cocina.

—Nada… —dijo Rachel, notándose una sonrisa a través de su voz—, es que he estado saliendo con Rafa y, bueno…, la cosa ha estado funcionando muy bien.

Sofía arqueó las cejas, divertida.

—¿En serio? Pero si tú estabas en modo «estabilidad total, ni una aventura más».

Rachel soltó una carcajada viva.

—¡Ya sé! ¡Ya sé! Y es muy joven…, pero no lo parece, es muy maduro. Sé que no era lo que estaba buscando para estabilizar mi vida… y, sin embargo, aquí estoy. Pero, chica, la verdad es que lo estoy disfrutando muchísimo.

Sofía sonrió, levantándose de la cama con la camiseta de Adam, descalza, caminando hacia la cocina. Al pasar detrás de él, le dio un beso rápido en el hombro, agarró una cerveza del refrigerador y salió a la terraza. Se dejó caer en la silla de mimbre, permitiendo que el aire de la tarde se acomodara a ella.

—Me gusta sentirte feliz. Al final…, una nunca sabe cuál es el desenlace de cada intento —dijo con esa voz baja y cómplice que solo usa entre amigas—. Tú disfrútalo y deja que la vida haga el resto.

Rachel hizo un pequeño silencio, saboreando esas palabras.

—Bueno, ¿y tú? ¿Estás en casa?

—Mmmm…, no, estoy en lo de Adam. Salimos de la guardia y estaba tan cansada que me quedé aquí.

—¡Ay, Dios!, imagino qué sacrificio —bromeó Rachel.

Sofía sonrió, apoyando el codo en la baranda y mirando hacia la puerta, donde Adam se había recostado, observándola con picardía.

—Ahora mismo no puedo darte detalles porque alguien aquí me está mirando demasiado —agregó, divertida.

—Entonces, ¿se resolvieron las cosas? —preguntó Rachel con positividad—. Pau me contó que tuvieron un encuentro fuerte.

—Eso parece… —dijo Sofía, disimulando el rostro—. Pero ya me conoces, aún no canto victoria.

Hablaron largo rato. Rachel se sentía feliz, estaba empezando algo nuevo y no le importaba romper sus propias reglas. Sofía la escuchaba con genuina alegría, sintiendo que esa conversación también le traía un respiro, un recordatorio de que a veces la felicidad llega desde lugares inesperados.

—Y entonces qué, ¿estudiamos? —preguntó Adam, inclinando un poco la cabeza como quien lanza un desafío, con esa sonrisa.

—Ya te he dicho muchas veces que a mí no me sonrías así, que me desconcentras mucho —respondió con otra risa más suave, dando un sorbo a la cerveza—. Empecemos con las tarjetas de preguntas.

—¿Estás lista para perder? —dijo, halándola por la mano.

Se instalaron en la mesa de la sala, todavía con el olor a hamburguesas flotando en el aire y el sonido lejano de la ciudad entrando por la ventana. Adam abrió su laptop, Sofía buscó las tarjetas y pronto el ambiente se llenó de preguntas cruzadas, de cronómetros y competencias.

—A ver, brillante neuróloga —dijo Adam, apoyando la barbilla en la mano—, ¿en qué lugar del hipocampo se integran las señales que conforman los recuerdos?

Sofía lo miró de reojo, con esa chispa competitiva que él ya conocía.

—¿En serio crees que me vas a pillar con eso? Pero si me lo enseñaste hace una semana —respondió—: en el pilar anterior del fórnix, ¿dónde si no?

—Qué bueno que te lo sabes bien —murmuró Adam, inclinándose un poco sobre su rostro—, porque justo allí pienso meterme yo.

Sofía intentó no reírse. Ya él estaba bien metido allí, pero no pensaba decírselo. Así que le devolvió la pregunta con otra sobre la epilepsia mesial que lo hizo arrugar la frente.

Entre explicación y explicación, cada tanto se acercaban demasiado para mirar una imagen en pantalla, y los labios se rozaban con besos locos, fugaces, que interrumpían la teoría.

—Eso no es justo, doctor —susurró Sofía después de uno de esos besos, acomodándose sobre sus piernas—. Así no puedo pensar.

—Pues justo de eso se trata, de poder pensar bajo presión —rio Adam, buscando sus ojos con descaro.

—¿Ah sí? Pues vamos a ver qué tal se te da a ti —dijo, soltando el bolígrafo sobre la mesa y dejando que sus dedos se aventuraran por su entrepierna, subiendo con intención—. Creo que es hora de cobrar mi revancha.

Adam arqueó una ceja, entendiendo al instante.

—¿Pero ahora? ¿En medio de una clase tan interesante?

—Ahora —confirmó ella, acercándose y enredando los dedos bajo su ropa, mientras la laptop se cerraba con un golpe suave—. Preciso entender a detalle la vía ascendente de la sensibilidad, integrada en el tálamo, y haciéndose consciente de la mejor manera posible.

—No juegues con mi mente, Sofía —soltó Adam, entre una risa breve y un temblor que lo traicionaba.

La mesa llena de libros quedaba atrás y la habitación se llenaba de otra clase de estudio: uno silencioso, hecho de caricias, gemidos y espasmos que los volvían inevitables el uno al otro.

Una de las cosas más inquietantes entre Adam y Sofía era lo imposible que resultaba, para ambos, ignorar el magnetismo físico que los conectaba; era casi compulsivo. Más allá de cualquier emoción que germinara entre ellos, aquella atracción se volvía peligrosa, sin concederles margen para retroceder. La impaciencia por tocarse y poseerse los consumía, sin darles tregua. A veces bastaba un simple cruce de miradas en los pasillos del hospital, para que, de inmediato, uno de los dos enviara un mensaje con las coordenadas del próximo encuentro, urgidos de liberar el deseo que se acumulaba entre ambos… y, con el tiempo, esa urgencia no cedía: al contrario, crecía de manera exponencial.

Así pasaron los días, entre guardias compartidas, tarjetas de estudio dispersas, cafés improvisados al amanecer, apuntes corregidos en la terraza al atardecer y silencios que se confundían con la paz. Cada jornada parecía acercarlos un poco más, afinando sus conocimientos, y también ese vínculo nuevo que empezaba a sentirse legítimo.

Sin que pudieran percatarse, el calendario siguió avanzando en un idilio que hizo que Adam olvidara, otra vez, que tenía que contarle algo muy importante a Sofía. Y así, de pronto, el examen de pase de año de Adam quedó a tan solo tres días de distancia.

Capítulo XXVII
Exámenes

El día del examen de Adam, amanecieron juntos y salieron temprano rumbo al hospital. Sofía y William lo habían ayudado con todos los preparativos del brindis de celebración que esperaba más tarde, pero, aun así, él caminaba con esa mezcla de nervios y determinación que a Sofía le aceleraba el corazón.

Él había despertado radiante. Llevaba una camisa de mangas largas, planchada con pulcritud, y una corbata sobria que se asomaba bajo la bata. El pelo, revuelto por el viento, le daba un aire despreocupado, aunque en sus ojos brillaba una seriedad enfocada. Sofía lo observaba mientras caminaban por un pasillo iluminado del hospital, con esa punzada dulce de orgullo y deseo. Estaba tan apuesto… «Tan seguro. Tan concentrado. Tan suyo».

Cuando llegaron al salón, ella se detuvo en la puerta.

—No creo que deba quedarme —dijo en voz baja—. Demasiados ojos…, demasiada testosterona neuroquirúrgica y no estoy lista para asumir este rol delante de todos.

Adam le acarició la mejilla con el dorso de la mano y asintió, sin presionarla.

—Lo entiendo. No hace falta que te quedes. Te buscaré cuando acabe. Gracias por todo.

—¡Acaba con ellos! —le susurro al oído antes de despedirse con un beso discreto en los labios.

El examen fue impecable. William le enviaba los audios a Sofía. Por supuesto que agarró la nota máxima…, brillando en su propio terreno, y, luego del brindis, él no perdió tiempo y salió a buscarla. La encontró esperando junto a las ventanas de su salón de conferencias.

Cuando ella lo vio, corrió a abrazarlo fuerte. Ya sabía que había sido un éxito, él casi la cargó con entusiasmo, eufórico.

—Estoy orgullosa de ti —le dijo desde adentro, con el corazón contraído de la admiración que le tenía.

En eso entró su jefa, la doctora Nerina, quien tras felicitar a Adam le dio la sorpresa a Sofía de dejarla ir temprano.

—Tú también tienes examen en dos días —le dijo—. Vete a estudiar.

Esa noche salieron a comer juntos, como dos cómplices celebrando una victoria. Adam, todavía con la euforia en la piel, le tomó la mano sobre la mesa.

—Ahora te toca a ti y también lo vas a hacer genial —le dijo—. Yo me voy a ocupar de todo. Tú concéntrate en estudiar.

Y cumplió su promesa. De regreso en casa, Sofía se instaló en la cama con los apuntes. Adam se movía a su alrededor en silencio, cuidando cada detalle, asegurándose de que nada la interrumpiera. Cuando el sueño por fin la venció, él se deslizó a su lado y durmieron abrazados, respirando al mismo ritmo.

El día antes de su examen, Sofía decidió quedarse en su casa para relajarse sola. Adam llegaría más temprano el otro día al hospital, como había prometido, para tenerlo todo listo y que ella no tuviera preocupaciones.

Pero la inquietud hizo que Sofía se despertara más temprano de lo habitual. Se levantó y se miró al espejo con la determinación de quien va a enfrentar algo grande. Dejó su cabello suelto, lo peinó con ondas suaves, eligió un vestido largo, negro y blanco, ajustado, que abrazaba su figura con discreción, y unos tacones que hacían sonar su seguridad con cada paso. El maquillaje era sencillo pero impecable, realzando sus ojos y dándole un aire sereno... y, por supuesto: los labios rojos. Recogió sus apuntes, respiró largo y salió rumbo al hospital.

Ya en el pasillo caminaba repasando una y otra vez los temas. Subió directo a la sala de Adam, para avisarle que ya había llegado y pasar unos minutos en calma con él. Cuando llegó, la puerta del cuarto médico estaba entreabierta. La empujó con cuidado… y se congeló.

Adam y Julia estaban allí, de pie, demasiado cerca, casi discutiendo en un tono que no necesitaba mucha traducción. Era la clase de proximidad cargada que solo existe entre quienes arrastran demasiada historia. Sofía sintió un golpe seco en el abdomen. Julia fue la primera en girar la cabeza; sus miradas se cruzaron. Adam se volteó enseguida.

Pero Sofía ya no estaba. Salió veloz por el pasillo, sin mirar a nadie, sin escuchar nada. El corazón le retumbaba en los oídos y los tacones martillaban el suelo, mientras la seguridad con la que había despertado se desmoronaba como un castillo de naipes.

—¡Sofía! —la voz de Adam la persiguió, grave y urgente—. ¡Sofía!

Ella solo siguió caminando, con los ojos cristalizados y el corazón deshecho, hecha tierra…, justo minutos antes de entrar al examen que llevaba semanas preparándose para enfrentar.

Las puertas del elevador estaban a punto de cerrarse cuando Adam por fin la alcanzó.

—¡Sofía! —gritó otra vez, mientras traspasaba la puerta antes que se cerrara.

Por suerte —o por desgracia— estaban solos. El ascensor comenzó a subir con un zumbido suave, pero el silencio que los rodeaba era ensordecedor. Sofía solo miraba el número cinco iluminado del panel, temblando, parpadeando para contener las lágrimas.

Adam intentó acercarse, estiró la mano para tomar la suya, pero ella dio un paso atrás como si el contacto quemara.

—No te atrevas a tocarme —soltó, con la voz rota y una rabia que nunca le había mostrado.

Adam se quedó helado, la mano suspendida en el aire.

—Sofía…, por favor, escúchame.

—¿Escucharte? —lo interrumpió, con un amago de rabia—. Déjame en paz, Adam. ¡Esto no es justo! ¡Es el día de mi examen! ¡Sabes muy bien cómo estoy…! Hoy no era el día para esto.

Su voz se quebró al final de la frase. Todo lo que había contenido en el pasillo se le vino encima. El corazón se le contrajo de golpe: los ojos estallaron.

—¡No tenías derecho! —logró decir con la respiración contenida antes de cubrirse la cara con una mano y doblarse hacia adelante. Ya el dolor, también era físico.

Adam, desconcertado, dio un paso más, dudando un segundo… y entonces la sostuvo. La abrazó con fuerza, sintiendo cómo ella se resistía al principio, golpeándole el pecho con la carpeta, hasta que un poco de llanto la venció y dejó de luchar.

—Lo siento…, lo siento, Sofía… —murmuró él contra su cabello, con la voz temblorosa —pero, por favor, no te atormentes con lo que no es.

El abrazo no duró. De pronto, Sofía recobró conciencia de dónde estaba y de lo que ocurría, y se apartó bruscamente. Lo miró con los ojos enrojecidos, el gesto quebrado en una mueca de vergüenza feroz.

Se limpió las lágrimas con el dedo índice flexionado, tratando de recomponerse, de borrar cualquier señal de lo que acababa de ocurrir. Sentía el maquillaje corrido, el cabello despeinado, las manos temblando…, hasta que reaccionó: «¿Qué estoy haciendo? ¡Qué escena más patética estoy dando!».

La vergüenza le ardía más que la rabia. Una fisura honda se abría en ella, dejándola desnuda frente a él y frente a sí misma. ¡Qué golpe tan retorcido del destino! ¡Qué ironía brutal! Lo que Adam llevaba meses temiendo para sí mismo le estaba ocurriendo ahora a Sofía… y era por culpa de él. Por su incoherencia, por su torpeza, por esa conversación con Julia que no supo evitar ni explicar.

Él la observaba y sintió que algo se le atoraba en la garganta, como si una mano invisible lo apretara por dentro. Un nudo áspero le subió hasta el cuello y, antes de poder contenerlo, los ojos se le llenaron de lágrimas. No era un llanto abierto, sino ese brillo insoportable que quema por dentro cuando descubres que has herido justo a quien menos querías lastimar.

Su mirada buscaba alcanzarla, pero los ojos de Sofía eran acusadores, le gritaban sin palabras: «¿Ves lo que has hecho?».

Adam tragó saliva, intentando encontrar algo que decir, algún modo de frenar aquel derrumbe, pero no halló nada. Solo sintió el peso de la culpa y la certeza de haber traicionado algo sagrado sin siquiera advertirlo.

Quiso dar un paso hacia ella, pero Sofía lo detuvo sin miramientos. Su voz, trémula pero afilada, lo cortó en seco:

—No te atrevas a dar un paso más. Vuelve a lo tuyo... y déjame en paz.

Sofía salió casi corriendo por el pasillo, los tacones marcaban un ritmo frenético contra el piso, la respiración entrecortada, la garganta cerrada por completo. Atravesó su sala sin mirar a nadie y se encerró en el baño del cuarto médico, tirando la puerta de un golpe.

Apoyó la espalda contra la pared y se dejó deslizar hasta quedar sentada en el suelo, abrazada a las rodillas. Las lágrimas ya no eran suaves ni contenidas: eran violentas, inconsolables; cada sollozo le arrancaba algo de adentro. Dolía imaginar el porqué de aquella escena, pero lo que más la devastaba era que él no hubiera podido posponerla, que hubiera escogido justo esa mañana para estar con Julia. Ese día, ella tendría que haber sido lo más importante para él... como él lo había sido para ella el día que se examinó.

El maquillaje se deshacía, el vestido elegante se arrugaba contra el piso frío, pero nada importaba. Se sintió traicionada hasta los huesos, aunque sobre todo por ella misma. Y lo peor: se sintió tonta. Tonta por confiar, por ilusionarse, por haberlo idealizado como su lugar seguro.

No había espacio para la razón ni para escuchar explicaciones. Solo quedaba un agujero inmenso en el pecho y la certeza de que, en ese estado, no sería capaz de responder ni la primera pregunta de su examen.

«Estoy a punto de romperme completa», pensó, apretando los ojos con las palmas de las manos, intentando apagar un mundo que ya se le venía encima, con solo suponer.

Interferencias 6

No pude contenerme cuando la vi pasar… y fui tras ella. Empujé la puerta del baño sin preguntar y cerré con seguro.

—¡Sofía, levántate del suelo ya! —le ordené—. Párate frente al espejo y compónte. ¡Deja el drama! No eres especial por esto. Esto le pasa a millones de mujeres en el mundo todos los días. Serás especial si sales ahí afuera y rompes ese examen como sabes hacerlo.

»Hay vida más allá de Adam, de Juan, de Pedro. Deja de pensar en lo que es justo o no. No te victimices: esto es el resultado de cada elección que has tomado, y siempre estuvo contemplado que podía salir mal.

»Igual estás suponiendo demasiado antes de tiempo…, pero ahora no es el momento de sacar conclusiones. Tus profesores están llegando y tú tienes un sueño que cumplir. No lo traiciones.

»¿Sabes cuál es la diferencia entre él y tú? Que él tiene clarísimo que no puede traicionar su plan. Tú, en cambio, amas… y dudas de tus prioridades. Piensa solo un segundo: Si esto le hubiera pasado a él, ¿crees que se daría el lujo de tirarse en el suelo a sufrir un día tan importante?

»¡Levántate del piso, carajo! —volví a decirle—. Arregla ese maquillaje, endereza la espalda, píntate los labios de rojo otra vez. Respira profundo por la nariz, sonríe… y sal a ser Sofía otra vez.

»Y atiende bien —añadí con énfasis —: Esta no es la historia de Sofía y Adam. Esta es la historia de Sofía y punto. Piensa bien cómo quieres escribirla.

»Te espero afuera. Confío en ti.

281

Capítulo XXVIII
Volver a ser Sofía

Sofía se incorporó del suelo con un dolor punzante en el pecho. Tomó la carpeta que había dejado caer y se plantó frente al espejo del baño. Al otro lado de la puerta se escuchaban las voces apagadas de profesores y compañeros; lejos de intimidarla, la anclaron.

«No me espera un examen. Me espera la oportunidad de pasar al siguiente nivel, de seguir aprendiendo… y eso, no me lo va a quitar nadie. Ni Adam. Ni nadie», pensó.

Se peinó despacio, secó las lágrimas con una toalla de papel y repasó el maquillaje corrido. Como un pequeño milagro cotidiano, sacó su creyón rojo del bolsillo de la bata, donde siempre estaba «por si acaso». Lo destapó, lo deslizó sobre sus labios con firmeza y, al mirarse de nuevo, reconoció en el espejo a esa Sofía que sabía reinventarse.

Empujó la puerta y salió. Por un instante, todos se giraron hacia ella. Christian y la doctora Nerina captaron enseguida el destello de la tormenta en su rostro; los demás siguieron en lo suyo, acomodándose para iniciar el examen.

Sofía tragó en seco al recordar que eran muchos, y que el brindis de celebración —los pasteles, las bebidas, todo lo preparado— también dependía de Adam. El teléfono en el bolsillo le pesaba como una piedra. El pecho volvió a apretarse, la garganta se cerró. Miró alrededor: Christian ordenaba papeles, Nerina hojeaba indicaciones, el profesor Rolando lanzaba una broma sobre el poco ambiente para celebrar… y ella permanecía ahí, inmóvil, con un dolor innombrable que palpitaba hacia dentro.

«¿En serio tengo que llamarlo ahora? ¿Y si no contesta? ¿Y si dice algo que me vuelva a romper?» Cerró los ojos un segundo, respiró hondo. «Concéntrate, Sofía. Puedes con esto».

Alargó la mano hacia el celular, ya dispuesta a marcar, cuando la puerta se abrió y la interrumpió el sonido de pasos y voces. Eran William y Maritza que llegaban con cajas y bolsas en las manos.

Sofía suspiró del alivio:

—Gracias —le dijo a William con un abrazo inesperado y los ojos todavía húmedos.

—Para mí es un placer, Sofi —respondió él, apartándola con cuidado, mirándola de frente y sosteniéndole las manos—. Ahora olvídalo todo. Concéntrate en lo buena que eres en esto. ¡Vamos a romperla!

Sofía asintió, respiró hondo y, cuando todo estuvo en orden, se volvió hacia sus profesores.

—Estoy lista —dijo.

Cuando Sofía se sentó ante la mesa de los examinadores, el corazón aún le latía con fiereza. Pero sentir el rojo en sus labios le devolvía un coraje íntimo, un recordatorio silencioso de quién era. A su alrededor, el murmullo de los otros residentes se fue apagando hasta convertirse en un silencio expectante. El profesor Rolando le hizo un gesto con la cabeza.

Sofía respiró hondo y se lanzó a presentar el caso que le habían asignado. Explicó cada tema con la precisión de quien ha pasado semanas desmenuzando libros, casos y notas. Las palabras le brotaban seguras, pero no frías; en cada una había un fuego sereno, una pasión que hacía vibrar hasta los conceptos más áridos. Cuando el profesor Fernando —el profesor de profesores— le pidió que justificara un planteamiento, ella sonrió apenas y desplegó un argumento tras otro, sólidos, concisos, como clavos firmes en una tabla. Fernando asintió con una sonrisa orgullosa.

Desde el fondo de la sala, William la observaba con los brazos cruzados y el celular en la mano, enviando mensajes breves a Adam, que, sin duda, él leía en tiempo real.

Pero justo cuando todo parecía fluir con armonía, el doctor Machado —célebre por sus preguntas capciosas— se inclinó hacia adelante:

—Doctora Sofía, ¿podría explicarme...?

La pregunta cayó como un corte en el aire. No venía al caso, pero exigía reflejos inmediatos. Sofía sintió que el aire se atascaba en su garganta. Titubeó. No porque no supiera, sino porque no esperaba tener que hilar ese concepto en ese instante. Buscó en su memoria, ordenó las ideas a trompicones, y finalmente respondió. Lo logró. Pero Machado ya tenía dibujada su media sonrisa condescendiente.

—Le faltó precisión —anotó sin mirarla—. Menos un punto.

Sofía asintió sin bajar la mirada. No iba a discutir. No iba a regalarle ni una sola grieta. Pero dentro de sí, sintió cómo nacía una chispa: una excusa perfecta, un resquicio para desplomarse más tarde, no por tristeza..., sino como exorcismo emocional.

Terminó el resto del examen con la misma entereza con la que lo había comenzado. El profesor Rolando concluyó:

—Muy bien, doctora Sofía. Excelente examen. Puede retirarse.

La sala se llenó de un murmullo cálido. Christian le dio una palmada en el hombro, Nerina le sonrió con complicidad, y William se acercó enseguida. La abrazó rápido, sin interrumpir el protocolo.

—Estuviste increíble —susurró—. Tienes un autocontrol admirable.

Sofía le devolvió la sonrisa, agradecida. Sus ojos, sin embargo, se deslizaron por reflejo hacia la pantalla del celular en su mano. El nombre de Adam brillaba entre las notificaciones... pero no preguntó.

El salón de clases estaba transformado. Las mesas estaban cubiertas de manteles blancos improvisados y de un aroma dulce a pasteles recién destapados comprados en la dulcería preferida de Adam. Isabel y su madre habían logrado llegar a tiempo; su madre, con la cámara del teléfono siempre en alto, iba captando cada sonrisa, cada abrazo, cada pequeño instante.

—¡Mira acá, Sofi! —gritaba entre risas, mientras ella posaba con algunos compañeros, un poco rígida, intentando disimular lo que llevaba adentro. Isabel, más callada, observaba desde un rincón. Conocía demasiado bien a su hermana; ese brillo extraño en sus ojos no era solo cansancio. Percibía algo más, un temblor sutil bajo la coraza del autocontrol. Y aunque le sorprendió no ver a Adam, no preguntó. No quería ser la chispa que hiciera estallar lo que fuera que Sofía intentaba contener.

El brindis comenzó. Christian se acercó a servir las copas de refresco y levantó una frente a ella.

—Lo hiciste increíble —le dijo en voz baja, inclinado hacia ella para no llamar la atención—. Y, lo de Machado…, bueno, ya sabes cómo es él, no deberías…

—Christian, no es para tanto —lo interrumpió Sofía con un filo inesperado en la voz—. No me des terapia, que no la necesito.

Christian se sorprendió con la agudeza lacerante de Sofía. El silencio entre ellos duró apenas un segundo, pero fue como un chasquido en medio del ruido alegre de la sala. Sofía parpadeó, sintiendo de inmediato la culpa de haber sido injusta. Christian siempre había estado para ella. No merecía salpicarse de su ira.

—Sabes qué… perdona. No me lo tengas en cuenta —agregó, bajando la mirada, con un hilo de voz más suave—, no he tenido una buena mañana.

Christian se quedó pensativo girando un vaso plástico entre sus dedos…, aunque la perdonó al instante. No sabía qué pasaba, pero intuía que Sofía cargaba algo más pesado de lo que mostraba y él también sabía lo que era tener que sostenerse cuando todo quema por dentro.

Ella dejó su vaso sobre la mesa y se escabulló entre el grupo de residentes y familiares, buscando aire. Cruzó el pasillo y se metió en el pequeño local de enfermería. El olor a alcohol y el murmullo lejano de las voces le dieron un respiro. Deslizó una silla y se dejó caer, cerrando los ojos un instante, intentando contener la marea que llevaba dentro.

No pasaron ni dos minutos cuando la puerta se abrió con un suave chirrido. William apareció con dos botellas de refresco bajo el brazo. Su expresión era serena pero llena de cuidado.

—Perdona que te siga, Sofi —dijo en voz baja mientras avanzaba despacio—. Me di cuenta de que los vasos se están acabando y…

Sofía lo miró con los ojos llenos de lágrimas. No pudo sostenerle la mirada; se cubrió el rostro con ambas manos. William dejó las botellas en la mesa y, sin prisa, se acercó. Le tomó una mano y luego la envolvió en un abrazo torpe, pero sincero, dejando que apoyara la frente en su hombro.

—No te preocupes, esto no se lo voy a contar —susurró. Y se quedó allí, dejándola llorar lo necesario.

Cuando notó que su respiración comenzaba a calmarse, William bajó la voz:

—¿Sabes que se ha estado ocupando de mis casos de la mañana para que yo pueda estar pendiente de todos los detalles de tu examen?

Sofía se apartó apenas, secándose las lágrimas con la manga de la bata.

—Me da igual —contestó encolerizada—. ¿O resulta que ahora también va a ser el salvador de esta historia? Yo lo vi con Julia esta mañana… discutiendo como una pareja que no tiene el pasado resuelto.

William bajó la cabeza.

—Lo sé —admitió con un hilo de voz—. También los vi cuando llegué, y no quise entrar. Pero, Sofía…, Adam te ama, le importas mucho. Es lo único seguro que tengo para decirte.

—Pero no es suficiente —murmuró ella, casi para sí misma—. Al final va a ser que sí tenías razón, y que nosotros dos, simplemente, no podemos estar juntos.

William se encogió de hombros, un poco arrepentido de haber sido tan sincero, con un gesto lento, empático. Sabía que ella tenía razón, que, tratándose de Adam, el amor no siempre alcanzaba y menos cuando se interponía en sus planes no negociables.

—Estoy harta de sus miedos y sus misterios... —continuó Sofía, apretando las manos contra las rodillas—. Siempre hay algo que no cierra en sus historias y comportamientos... y me he hecho la ciega, se lo he dejado pasar creyendo que no era importante. No hay nada que me joda más que me mientan en la cara. Pero es mi culpa..., me he dejado llevar.

William no dijo nada. Solo se inclinó un poco, apretó su mano entre las suyas y la sostuvo en silencio. Ella lo miró de reojo, agradecida de que no interrumpiera ni intentara salvarla, solo por quedarse allí mientras su mundo temblaba.

El teléfono vibró sobre la mesa, interrumpiendo el silencio del pequeño local de enfermería. Sofía lo tomó sin prisa, como quien teme lo que va a encontrar. La notificación iluminó la pantalla:

Adam: *Felicidades, sé que lo has hecho genial.*
Me habría encantado estar allí...
Te amo.

Sofía lo leyó sin pestañear. Una contracción súbita en el abdomen la obligó a cerrar los ojos. Por un instante, escuchó en su memoria la voz de Adam susurrándole semanas atrás: «Pase lo que pase, no lo olvides».

Un gesto de burla se dibujó en sus labios. Contuvo un suspiro y, con un movimiento seco, guardó el celular en el bolsillo sin contestar. «En algún momento tendré que hablar con él, pensó, pero, primero..., primero necesito enfriar mi mente».

Se incorporó, recogió sus apuntes y comenzó a meter sus cosas en el bolso. Entonces sus dedos tropezaron con algo frío y metálico. Lo sacó despacio y lo sostuvo unos segundos en el aire: era la llave de su casa..., de la casa de Adam.

Se quedó mirándola, sintiendo en la yema de los dedos el cosquilleo de una decisión imprevista, ausente en sus planes. Y, sin pensarlo demasiado, eligió creer que quizá, esta vez, el impulso le sería más útil que el cálculo.

Se despidió de sus colegas con una excusa apresurada —migraña, cansancio, cualquier cosa—. A su madre le dijo que llegaría un poco tarde a casa. Isabel la interceptó antes de salir; le tomó la mano con cariño y la apretó sin pronunciar palabra. Era su forma silenciosa de respaldarla.

Atravesó el hospital sin despedirse de nadie, esquivando miradas, perdiéndose entre los pasillos hasta alcanzar la calle. Necesitaba aire, pasos que la alejaran, distancia.

Sabía que Adam no llegaría hasta más tarde: tenía un caso en el quirófano. Aun así, ella no le avisó. No respondió a ninguno de los mensajes que seguían llegando, uno tras otro, como un eco insistente.

Cuando por fin cruzó la puerta de la casa, un silencio áspero la envolvió. Se dejó caer en el sofá sin encender las luces, con la llave aún apretada en la mano. Afuera, el mundo seguía su curso; adentro, el suyo quedaba suspendido en una mezcla de rabia y espera.

Decidió darse un baño para aligerar la tensión. El agua caliente corrió por su piel como un abrazo que no sabía si merecía o necesitaba. Se enjabonó sin prisa, intentando lavar algo más que el cansancio: las dudas, la rabia, el dolor. Cuando salió, se puso ropa cómoda, un *pullover* blanco de él que tenía impregnada su aroma y ropa interior suya que había dejado en el armario.

Regresó a la habitación y se tumbó en la cama. El techo blanco la observaba, implacable. Inspiró hondo y sintió que la respiración se le quebraba al exhalar. Hoy podría ser el final de su historia con Adam. Lo sentía en sus huesos.

Pensarlo la atravesó sin lágrimas, como una certeza que ardía despacio. Recordó la primera vez que Adam la llamó por su nombre en la escalera, las noches abrazados, el fin de semana en la playa, la primera vez que hicieron el amor, las largas horas de estudio, los planes..., los silencios que parecían cómplices..., pero también las grietas: las evasivas, las verdades a medias, las preguntas sin respuesta. Se giró de lado y abrazó la almohada, escuchando el eco del reloj de pared. No escribió, no revisó el móvil.

Adam estaba a punto de entrar al quirófano. Durante las horas anteriores la había buscado por todos lados sin hallar rastro, y el miedo lo tenía coaccionado. Se lavaba las manos en el área de asepsia, hipnotizado por el sonido del agua golpeando el acero. A su lado, William repetía el mismo ritual, con movimientos rápidos y precisos. Durante unos segundos, solo se escucharon los chorros y el roce del cepillo quirúrgico.

—No sabes cómo sentí no poder estar en su examen —dijo Adam, rompiendo la tensión con voz baja, cargada de un peso extraño.

William no dejó de frotarse los brazos.

—Realmente estuvo fenomenal. Se defendió muy bien. —Hizo una pausa y lo miró de reojo—. Le hicieron una injusticia quitándole ese punto.

Adam bajó la mirada, concentrado en sus propias manos.

—Ese punto no la saca de su eje. Ella sabe lo que vale.

William asintió con lentitud, dejando que el agua arrastrara la espuma.

—Sí, ella sabe lo que vale, lo tiene muy claro, por suerte para ella. —Lo miró de frente, con una firmeza inesperada—. Pero… ¿lo sabes tú?

El agua siguió corriendo. Adam permaneció inmóvil, con las manos bajo el chorro, sin dar señal de haber escuchado. Pero William lo conocía demasiado bien: notó la mandíbula rígida, los hombros apenas alzados, la pregunta golpeando justo en el centro de aquello que él evitaba mirar.

Él no respondió. Dejó que el silencio hablara, mientras el agua llenaba el espacio entre los dos.

Capítulo XXIX
Sin anestesia

Cerca de las seis de la tarde Sofía sintió el sonido de la cerradura, pero no se movió de la cama. Escuchó la puerta al cerrarse y los pasos lentos de Adam avanzando por el pasillo. Se sentó despacio en la cama, cruzando las manos sobre las rodillas abrazadas contra el pecho, sin apartar la mirada de la puerta.

Adam apareció en el umbral de la habitación todavía con la bata abierta sobre la ropa civil. Tenía ojeras y el gesto cansado, pero al verla allí se detuvo en seco, sorprendido, entre feliz y asustado.

—Sofía... —dijo al fin, con una voz que mezclaba sorpresa y alivio.

Ella levantó la vista despacio.

—¿Y ese susto? ¿Acaso debí pedir permiso para entrar? —contestó, sin más, dejando que las palabras cayeran pesadas entre ellos.

Adam dejó la carpeta que llevaba en la silla y dio un par de pasos hacia ella, dudando.

—Me preocupé... Te he llamado todo el día, no sabía dónde estabas —le dijo el acercándose un poco más sentándose en la orilla de la cama.

Sofía lo observó con los ojos todavía rojos y las manos crispadas sobre las rodillas. Cuando habló, la voz apenas tembló:

—¿Tenías que hacer esto justo hoy? ¿En serio? —no pudo evitar remembrarlo.

—Yo no planeé eso, Sofía, te lo juro. Ella llegó y fue inevitable la conversación —se apresuró él a responder.

A Sofía ya no le quedaba nada de paciencia.

—¿Inevitable dices? Mira..., no tengo mucho tiempo, Adam, y no quiero que lo dilates. Solo estoy aquí porque me merezco la verdad. Cuéntamelo todo de una vez.

Adam cerró los ojos un instante, tragó en seco. Avanzó un poco más y buscó sus manos, pero ella las retiró al instante. Ese solo roce le ardía.

—No es lo que piensas —murmuró.

Sofía apretó los labios, conteniendo la marea que subía desde el pecho hasta la garganta.

—Entonces..., explícame —le dijo sin titubeos, sin sospechar que lo que él tenía que decir era mucho peor de lo que imaginaba.

Adam inspiró hondo, bajó la mirada.

—Vale..., te lo voy a contar todo, pero necesito que no juzgues a la ligera.

—Habla —dijo ella, seca, clavándole la vista.

—Hace casi un año... Julia y yo hicimos coincidir las rotaciones del último año de nuestras especialidades en la capital. Cada uno tenía que ir dos meses... y... —esquivó su mirada, la voz reducida a un hilo— estábamos juntos.

El estómago de Sofía se contrajo con violencia. La sorpresa la atravesó sin anestesia, y el miedo se le instaló en el cuerpo como una descarga eléctrica imprevista. Quiso decir algo, pero permaneció quieta, en alerta. Solo las piernas dobladas sobre la cama se movían sin control.

Adam continuó, pero la confesión ya le pasaba demasiado en la conciencia.

—Reservamos un apartamento cerca de los dos hospitales y pagamos la mitad del dinero cada uno. Cuando ella y yo terminamos nuestra relación en abril, dejé en sus manos la tarea de cancelar esa reserva... ya que no podíamos cambiar las rotaciones.

Sofía lo seguía mirando, inmóvil, pero por dentro la impotencia le apretaba el pecho como una prensa.

—Hace unas semanas —prosiguió Adam, sin atreverse a alzar los ojos—, ella me envió un mensaje diciendo que la reserva no se podía cancelar. Supongo que nunca lo intentó… pero yo lo había olvidado completamente. Ni siquiera había recordado que la rotación es un mes.

—¿Hace unas semanas dijiste…, Adam?

Él no conseguía hacer contacto visual y Sofía comenzaba a impacientarse. Sus labios temblaban cuando al fin habló, con la voz rota, cargada de incredulidad y rabia:

—¿O sea que en treinta días te vas con Julia a la capital… a convivir durante dos meses… en un apartamento donde probablemente haya un solo cuarto, una sola cama… —hizo una pausa, tragando saliva con fuerza— …y no se te ocurrió, ni por un segundo, contármelo?

Los ojos de Sofía brillaban encharcados; la voz se distorsionaba apagándose como una vela. Todo le dolía, pero la furia la devoraba por dentro. Cada palabra de Adam era una piedra contra el vidrio fino de lo que habían construido.

—Pero… ¡¿cómo pude ser tan estúpida?! —escupió Sofía, con una ira feroz.

Adam levantó al fin la mirada. El efecto de aquellas palabras parecía haber tenido un impacto físico. Abrió la boca, pero las frases se le atascaron en la garganta. Su silencio se volvió un muro helado, tan pesado como la confesión recién lanzada.

Sofía intentó recuperar el aire y, con un atisbo de esperanza aferrado a un rincón del pecho, le preguntó:

—¿Y qué piensas hacer? No pretenderás que yo aplauda esto…, que lo acepte como si fuera un *sticker* pegado en la pared.

—Sofía, no tengo muchas opciones —respondió él, con la voz baja, casi temerosa—. Sabes perfectamente que no puedo perder esa rotación.

—¡Pero claro que sí puedes posponerla! —explotó ella, poniéndose de pie—. Solo tienes que hablar con la persona indicada. ¡Lo sabes!

Adam desvió la vista hacia el vacío. No quería responder a eso.

—Puedes dejarla para enero. Yo puedo tratar de adelantar mi rotación de segundo para ese mes. Es en el mismo hospital al que tienes que ir tú. Podríamos…, podríamos irnos juntos —decía nerviosa, dando pasos cortos, aferrada a cualquier opción que pudiera salvar «lo que tenían» del inminente desastre.

Él cerró los ojos un segundo, tragando duro. Pero en su mente no cabía alterar ese calendario milimétrico que era su vida.

—Intentaré buscar otro sitio para quedarme en cuanto reúna algo de dinero. Además…, hay dos habitaciones. Por favor, Sofía…, confía en mí.

Una sonrisa rezagada se antepuso a las lágrimas, incrédula, cansada, como quien sabe que ya ha perdido la batalla, pero no puede callarse:

—Ni siquiera has considerado la posibilidad de no ir ahora… ¡Qué tonta soy! ni siquiera eso —murmuró, dejando caer los brazos a los costados

— Lo siento…, no puedo. Pero, Sofía, por favor, piensa en lo que somos juntos, en lo que hemos logrado…, podemos superar esto…

Ella lo fulminó con los ojos encendidos como brasas.

—¿Y qué es lo que hemos logrado, Adam? —dijo con la voz temblando entre lágrimas y rabia—. Porque, según yo veo, aquí no ha pasado nada cierto; entre tú y yo no hay nada que pese de verdad. Tus planes van por un lado… y —alzó las manos para marcar las comillas en el aire— «lo nuestro» por otro.

—No digas eso, Sofía… —pidió él, con la voz implorante.

—¡Ja! —exhaló ella, con una mueca amarga—. Aquí, quien no piensa en nada más que en ti mismo, eres tú.

Su respiración se aceleró, el corazón le martillaba duro en sus entrañas.

—No vayas, Adam… Te juro que, si te vas con ella, no vas a saber más de mí. Ya he caído bastante bajo suplicándote que hagas lo correcto por nosotros, pero sé que no puedo imponértelo. Y el hecho de que ni siquiera te nazca… ya trae consigo un mensaje muy claro.

—Sofía, no seas injusta… Es una situación difícil. Tú sabes bien lo mucho que me importas, tú sabes bien que yo te amo

—dijo Adam, y entonces sí, las lágrimas se le resbalaban por las mejillas.

Ella lo miró un segundo, con los labios palpitantes, y luego retiró la vista.

—Ya yo no sé lo que sé… —respondió, mientras comenzaba a recoger sus cosas con urgencia—. Lo que sea que sientas por mí… evidentemente no es suficiente.

Cerró la puerta del baño con suavidad, dejando a Adam solo en la habitación. Apoyó la espalda contra la madera de la puerta y cerró los ojos. «¿En qué momento me convencí de que esto podía funcionar?» Las señales siempre habían estado ahí. Pensaba, sintiendo cómo el calor que le subía al rostro se mezclaba con un frío punzante en el pecho. Entonces recordó sin querer las palabras de Alberto cuando se separaron: «Que sea difícil, o que no sea posible… no significa que no sea cierto».

«Joder… otra vez esto», pensó.

Sofía inspiró hondo, se obligó a moverse, a cambiarse la ropa. Salió al cuarto sin mirarlo… y se fue de la casa, dando un tirón en la puerta. Definitivo.

No quiso tomar taxi. No quiso esperar un bus. Quiso caminar. Y caminó. El trayecto hasta su casa era largo, pero no lo sintió en kilómetros, sino en pensamientos. Sus pasos sonaban rítmicos contra las aceras irregulares, mientras su mente repasaba, uno a uno, todos los indicios que Adam le había dado desde el principio. «¿Cuántos había ignorado?»

Pensaba en esa manera de él de no ceder, en su egoísmo, en esa brújula inflexible que siempre apuntaba hacia su plan, hacia lo que él quería, sin importar quién quedara fuera. Y se sorprendió a sí misma preguntándose si eso debía juzgarse… o admirarse. Porque había algo en esa determinación que la había seducido desde el primer día. «Tan seguro. Tan concentrado. Tan suyo».

Ella, en cambio, siempre mezclando todo: la vida y el amor, la pasión y los horarios, los planes y los impulsos.

Mientras cruzaba la plaza San Juan de Dios, entre adoquines y melancolía, pensaba que quizás este golpe la obligaba a reajustar sus propias prioridades. Quizás era una llamada de atención que necesitaba escuchar. Pero todavía no podía. Antes tenía que doler. Tenía que dejar que el dolor pasara a través de ella como un incendio lento.

«Estoy enamorada». Lo pensó sin escapatoria. Eso era una realidad bastante jodida para el momento. Estaba muy enamorada y se había hecho demasiadas ilusiones con él. Los planes, los fines de semana, los abrazos, las guardias juntos. Ella lo había visto en su futuro… y ahora, no sabía cómo soltarlo. Estaba convencida de que debía dejarlo ir. «Pero ¿cómo se hace eso?»

Sus pasos se volvieron más lentos a medida que las imágenes llegaban. Se los imaginó juntos a Adam y Julia, compartiendo ese apartamento en la capital, dos meses enteros, desayunando, regresando tarde, riendo de cualquier tontería. Y, de pronto, el mundo se le hizo pedazos.

Y así siguió caminando, con los ojos ardiendo y el corazón hecho trizas. Ni el viento que se agitaba entre los edificios ni el murmullo lejano de los coches lograron distraerla. Seguía andando, pero por dentro ya se había detenido, observando cómo se desmoronaba todo lo que había imaginado junto a él.

Capítulo XXX

Con las heridas abiertas

Eran las ocho de la noche y Sofía ya estaba en su cama. La luz tenue de la lámpara dibujaba sombras sobre las paredes. Isabel estaba acostada a su lado, en silencio, sosteniéndole la mano de vez en cuando como si supiera que las palabras no resolverían nada. Sofía no le dio muchos detalles, pero no fue muy difícil para ella darse cuenta de que su hermana estaba rota.

Sofía miraba el techo, pero sus ojos se desviaban una y otra vez hacia el teléfono que descansaba en la mesita de noche.

¿Y ahora… qué hiciste?, el grupo de WhatsApp con sus amigas, estaba inundado de mensajes.

Rachel: *¿Cómo te fue en el examen?*

Camila: *Cuenta😬.*

Sarah: *Estamos esperando☺.*

La pantalla era un mar de interrogantes y emojis ansiosos. Sofía no había respondido ninguno. Ni una sola palabra. Todavía no podía contarles. Todavía no estaba lista para enfrentarse a ese encuentro, a ese desahogo que sabía que vendría cargado de preguntas, de consejos, de juicios inevitables que en ese momento dolerían más de lo que ayudarían. Tenía que entender muchas cosas primero. Tenía que dejar que al menos las heridas dejaran de estar tan abiertas, tan vivas. Finalmente, respiró hondo, y con los dedos temblorosos escribió:

Sofía: *Chicas, todo excelente, solo estoy muy cansada. Ha sido un día largo.*

Casi de inmediato llegaron las reacciones. Sus amigas la conocían demasiado bien… Algo no estaba bien. Ese silencio después de un examen tan importante era todo menos normal. Pero Sofía no estaba lista. No todavía. Paula cerró el debate en el grupo con un mensaje sencillo:

Paula: *Déjenla que descanse, lleva muchos días estudiando sin parar.*

Isabel le dio un abrazo y un beso en la frente antes de levantarse de la cama.

—Descansa, ¿sí? —le susurró y salió de la habitación, dejándola sola con el zumbido constante del aire acondicionado y el peso inquieto de sus pensamientos.

Sofía se acomodó de lado, buscando en vano la postura del sueño, cuando las notificaciones de Messenger comenzaron a vibrar sin descanso. Con un gesto automático deslizó el dedo sobre la pantalla. No esperaba nada nuevo.

Cesar: *Hey, tesoro. ¿Cómo estás? Me imagino que sacaste 100 en ese examen, ¿verdad?*

Sofía parpadeó, incrédula. Ese mensaje era lo último que hubiera esperado. Venía de Cesar, un ciberamigo de otra época. Después de meses de silencio, reaparecía así, como quien abre una ventana hacia la luz en medio de una noche larga.

Se habían conocido en las redes casi dos años atrás, cuando ella trabajaba fuera del país. En aquel tiempo, conversar con él se convirtió en un escape: hablaban de lo posible y de lo imposible, de lo que ella confesaba y de lo que prefería callar. Había entre ellos una complicidad ligera, sincera; de esas que no prometía nada y, sin embargo, terminaba por regalarlo todo.

Por un instante dudó en contestar. La tentación de dejarlo pasar era fuerte. Pero la alegría despreocupada de Cesar desprendía una chispa imposible de ignorar. Él era de esas personas a las que la vida parece darles siempre un guiño, capaces de volverlo todo más liviano. Y quizá, aunque ella no quisiera admitirlo, eso era justo lo que necesitaba en ese momento.

Sofía sintió un cosquilleo y tecleó despacio, con una sonrisa insinuada en los labios, antes de darle enviar.

Sofía: *¿Eh..., y tú cómo sabes que hoy he tenido un examen?*

Cesar: *Bueno, supongo que fue tu madre la que publicó la foto...*
Por cierto, ir vestida así a un examen debería ser ilegal.

La carcajada de Sofía fue inesperada. «El *efecto Cesar* está de vuelta», pensó. Así lo había nombrado años atrás, por esa facilidad suya de arrancarle una sonrisa sin esfuerzo. Conversar con él siempre había sido como desconectarse de la realidad. Cuando hablaban, el mundo se volvía simple. Y ahora, en medio del recuerdo de Adam y Julia en aquella sala del hospital, Cesar parecía un regalo del universo, un fragmento de energía ligera que le permitía respirar. Lo agradeció en silencio, antes de contestar:

Sofía: *Saqué 99/100.*
Un profesor me quitó un punto.

Cesar: *Pues ese debe ser* gay.

La risa volvió, limpia, como un desahogo que necesitaba más de lo que ella misma advertía.

Sofía: *Oye..., estabas perdido.*
Hacía tiempo que no sabía de ti.

Cesar: *Tuve que salirme de las redes.*
Ya sabes, el acoso…

Sofia: *¿Y por qué iban a acosarte a ti?*

Cesar: *¿Quieres que te lo recuerde?* 😌

Sofia: *Por favor.*

No tardó en llegar una foto en primer plano de sus ojos verdes, brillando con descaro. Sofía volvió a sonreír. Había olvidado lo guapo que era. Recordó que vivía en Nueva York, que trabajaba como ingeniero y que, aunque tenía más pinta de chico de playa que de profesional de oficina, sabía bien que su sonrisa peligrosa y aquellos ojos podían detenerle los pasos a cualquiera.

Sofia: *¿Algún día vas a crecer?* 😌

Cesar: *¿Para qué? Los adultos son muy aburridos.*
¿Cómo te va, tesoro? ¿Qué tal la vida? 😛

Sofia: *No puedo quejarme…*
Haciendo ya la Especialidad.

Cesar: *¿La Especialidad por la que no quisiste*
venir cuando tuviste el chance?

Sofia: *Ajá…, pero no me arrepiento.*

Cesar: *Todavía… Te tengo que dejar que me compliqué.*
Porfa, mándame tu número de teléfono,
así hablamos por WhatsApp más seguido;
aquí a Messenger casi no entro.

Sofía se lo envió y le deseó buenas noches. Durante unos minutos sintió un alivio leve, un efecto placebo que le estiraba la

299

sonrisa. Pero la sombra no tardó en volver, mordiendo el instante de calma, cuando otro mensaje iluminó la pantalla:

Adam: *No hagas esto, Sofía. No quiero perderte…*
Me siento demasiado mal. No puedo dormir.

Sofía no respondió. Cerró los ojos, apagó el teléfono y dejó que el silencio llenara la habitación.

Capítulo XXXI
En la cuerda floja

Pasaron casi tres días de una incertidumbre asfixiante. A pesar de la insistencia de Adam por buscarla, de sus mensajes, de aparecerse en lugares donde podría coincidir con ella, Sofía se mantuvo inquebrantable: cumplió al pie de la letra aquello de tomarse un tiempo. No respondía. No se explicaba. Se encerró en el estudio, en los pacientes, en el trabajo…, y en el lento y torpe arte de soltar. Había quedado con las chicas para juntarse el próximo viernes y desahogarse con calma.

Pero antes llegó el jueves, día de guardia, y, aunque lo intentó, no logró cambiarla. Esa noche tendría que verlo, era inevitable.

Adam llevaba esos mismos días atormentado, frustrado porque ella no le daba el chance de arreglar las cosas, al menos a su manera. Su ansiedad se mezclaba con el agotamiento, con el miedo de perderla… Así que esa mañana entró al hospital más temprano que nunca y la esperó en la entrada de su sala.

Ella apareció caminando rápido. Lo vio antes de que él se moviera, y por un segundo sintió que se encogía. Ahí estaba él, de pie, mirándola como si el mundo dependiera de eso. Trató de sostener la compostura, aunque un cosquilleo inquieto le recorrió los dedos y el corazón le marcaba un ritmo ajeno. «Dios…, cuánto lo he extrañado».

Adam no dijo nada al principio. Caminó a su lado, igualando su paso, respirando tan cerca que Sofía sintió el calor de su presencia antes de que hiciera nada. Cuando llegaron al cuarto médico, él empujó la puerta sigiloso y, sin darle espacio, la guio hacia adentro con la mano en la espalda.

El contacto fue mínimo, apenas unos dedos firmes sobre la tela de su bata… pero, para Sofía, fue como una descarga eléctrica. Un latigazo de tensión le recorrió la espalda y un frío ardiente se expandió bajo la piel. Fue como si aquella mano atravesara la tela para tocar un territorio al que nadie más tenía acceso.

«Maldita sea», pensó, atrapada en esa mezcla insoportable de rabia y deseo. Quería apartarse, quería gritarle…, pero su cuerpo seguía reaccionando a la cercanía de Adam con una lealtad visceral, incapaz de reconocer la herida que los separaba. Había en ella una fibra indomable que todavía la mantenía unida a él.

—Adam…, no hagas esto.

—Tenemos que hablar —dijo él, con la voz grave, cansada, casi suplicante.

Sofía dejó la mochila sobre la cama sin mirarlo, sacó el termo de café y bebió un sorbo para reunir fuerzas. No le ofreció, aunque sabía cuánto le gustaba. La respiración se le desordenaba, no por ira, sino por ese calor reprimido que la invadía a pesar suyo.

—No podemos seguir así, Sofía… —insistió él, acercándose—. Tienes que entender que la vida no es siempre color rosa, que estas cosas pasan, que nuestra felicidad depende de saber superarlas juntos.

Ella giró despacio. La sonrisa que se dibujó en sus labios era puro sarcasmo, un filo que cortaba.

—Me encantaría saber qué harías tú, cómo lo superarías, si fuera al revés… Si yo viajara dos meses a la capital y compartiera apartamento con Alberto, por ejemplo, para ponértela fácil.

Adam quedó en silencio. La pregunta lo desarmó. No lo había pensado así; nunca había sido su fuerte ponerse en el lugar de los demás.

—Lo sé… —admitió al fin, con la voz más baja—. Sé que es complicado creer que pueda tenerlo bajo control…, pero tienes que confiar en mí.

Hizo una pausa, la miró con los ojos cansados pero encendidos, y entonces soltó, casi con un deje agrio que no logró disimular:

—¿Crees que para mí es fácil irme y dejarte aquí, sola… con tus amigas perfectas e «inofensivas», que salen contigo cualquier día en la semana, que saben más de ti de lo que tú me cuentas…? —se inclinó hacia ella, con una sombra de reproche en la voz—. No creas que no lo noto, Sofía. Las miradas, las risitas… Y tú ahí, tan libre, como si no tuvieras que rendirle cuentas a nadie.

El ambiente se sobrecargó. Sofía abrió los ojos, sorprendida por el filo y la ironía de esas palabras. Adam acababa de mostrar una grieta oscura que ella había preferido ignorar.

—¿En serio estás insinuando…? —comenzó, pero él la interrumpió, la voz más tensa:

—Me vuelvo loco imaginando. Porque tú entras y sales, y yo no sé. Y no me digas que no pasa nada, porque…, porque así empezó todo contigo también, ¿no? Entre salidas, entre guardias…

El golpe fue directo. Sofía sintió que algo se le encendía dentro, un fuego entre rabia y decepción.

—Adam, cállate ya… —lo cortó, temblando con la voz afilada—. Mejor no sigas. Lo estás empeorando.

—¿Es que no tengo razón? —insistió él, dando un paso más, con más arrogancia que coherencia.

Sofía lo miró fijo con los ojos ardiendo.

—Tienes que aprender cuándo callar. No todo puede voltearse a tu conveniencia. Vete de aquí. No quiero seguir hablando contigo.

Adam se levantó de la cama de un salto, molesto, con el gesto crispado y la decepción dibujada en sus hombros caídos. Llevaba cuatro días sin dormir bien, con la ansiedad mordiéndole las entrañas. El exceso de cortisol empezaba a pasarle factura.

Ella, sin embargo, se adelantó a cualquier respuesta.

—Y para que sepas… sí que son grandiosas mis amigas. No tienes ni puta idea —dijo, y salió del cuarto médico antes que él, sin mirarlo, sin darle el gusto de que pudiera leerle la cara.

Su corazón latía a mil por hora, las manos aún temblaban mientras se alejaba por el pasillo. Una parte de ella tenía deseos de volver, de abrazarlo y besarlo hasta desaparecerlo… La otra, solo quería no verlo nunca más. Su cuerpo lo deseaba con una intensidad que la avergonzaba, pero su dignidad la sostenía, aunque doliera.

«Dios…, ¿cómo se suelta a alguien que aún está tan dentro?» Apretó los puños y siguió andando, mientras el bullicio de la guardia seguía rugiendo a su alrededor. Intentó mantener la espalda erguida, aunque, por dentro, se sintiera hecha pedazos.

El resto de la mañana, Adam se esforzó por perderse en el trabajo. A pesar de haber estado bastante movido, su mente seguía atrapada en la imagen de Sofía saliendo del cuarto médico sin mirarlo, tan fuerte y tan rota a la vez, tan Sofía, haciendo lo que le daba la gana siempre. Más de una vez se descubrió mordiéndose el labio de impotencia o apretando el bolígrafo hasta casi partirlo, como si en ese gesto inútil pudiera contener lo que se le escapaba.

Pasado el mediodía lo llamaron a Emergencias para valorar a un paciente politraumatizado. William lo acompañaba, repasando con él la lista de interconsultas pendientes. Adam estaba concentrado en revisar una tomografía cuando una voz conocida lo obligó a girarse.

—Adam… —dijo Julia, que también estaba de guardia, acercándose con pasos medidos y sujetando un historial entre los brazos—. Perdona que te interrumpa, pero necesito preguntarte algo sobre los pasajes a la capital. Me dijeron que había que confirmarlos esta semana…

William levantó la vista de sus notas, arqueando las cejas al percibir la tensión inmediata en el aire. Adam miró a Julia con el gesto duro, la mandíbula apretada.

—¿En serio, vienes ahora…, aquí…, a preguntarme eso? —su tono era bajo, pero tan cargado que hizo que Julia se detuviera.

—Solo quería saber si…

—¿Si qué? —la cortó, su mirada era fija, incisiva— ¿Si todo sigue en pie? Pues claro que sigue. Ya te has salido con la tuya, ¿no?… Te salió perfecto.

Julia dio un pequeño respingo, desconcertada por el ataque frontal…, aunque, en el fondo ella sabía que Adam siempre iba a necesitar a alguien a quien culpar, y en este caso…, eso era un daño colateral que le tocaba asumir.

—No entiendo… ¿de qué me estás hablando, Adam?

—¡Adam, la tomografía! —intervino William, poniéndose delante de él con firmeza y susurrándole entre dientes—. Estás en medio del Cuerpo de Guardia. No es el lugar para esto.

Julia lo miró una última vez, con los ojos húmedos, y se giró rápido, alejándose con pasos apurados entre el ir y venir de médicos y enfermeras. Adam se quedó recostado a una de las mesas cruzado de brazos mientras la seguía con la mirada, y el pecho tan apretado que apenas podía respirar.

William se quedó a su lado, observando cómo Julia desaparecía al doblar el pasillo.

—Tienes que calmarte, hermano. Esto no te ayuda en nada.

Adam se llevó las manos a la cintura y caminó en círculos, tragando saliva como quien intenta ahogar un incendio. Habló sin mirarlo, casi para sí mismo:

—Es que mi vida ha dado un cambio drástico… He pasado de la calma a la tormenta en nada… y yo sé que ella no tiene la culpa. Julia siempre hizo todo bien.

William lo escuchó en silencio un momento, luego le apoyó una mano en el hombro:

—Julia es una excelente mujer, Adam…, pero no es la mujer de la que estás enamorado.

Adam apretó los labios, golpeó la mesa con el puño cerrado y se marchó por el pasillo, arrastrando consigo el peso de lo que todavía no sabía cómo resolver.

Sofía se mantuvo ocupada, concentrada en lo suyo, pero a ratos la conversación de la mañana volvía como un eco molesto, repitiéndose sin tregua. Aún sentía la piel encendida en la espalda, en el punto exacto donde Adam la había rozado.

«Basta», se dijo, intentando enfocarse en la hoja frente a ella.

Al caer la tarde, salió al balcón del quinto piso en busca de aire. El hospital bullía a sus espaldas, pero ahí fuera la brisa era más limpia, tibia, cargada del olor de la ciudad y del rumor lejano del tráfico. Se apoyó en la baranda de hierro, con un vaso de café en la mano, y por inercia sacó el teléfono.

Entre las notificaciones amontonadas, había un número de WhatsApp desconocido:

> **+1 212 312 4255:** *¿Qué tal, doctora...,*
> *ya has superado ese 99 o sigues de luto?*

Era Cesar. Sofía no pudo evitar soltar una sonrisa corta pero genuina, de esas que casi se olvidan de aparecer. Soltó el café y tecleó rápido:

> **Sofía:** *Sobreviviendo. No creas..., todavía lloro*
> *a escondidas por ese punto. Ha sido duro 🫠.*

> **Cesar:** *¿Llorando? Uff, qué desperdicio... 😌*
> *No deberías llorar, al menos no por esos motivos.*
> *Conozco otros más interesantes... Si te intriga,*
> *soy excelente dando explicaciones prácticas.*

Sofía se dio un sorbo de café y luego se tapó la boca con la mano para ahogar una carcajada.

> **Cesar:** *¿Y qué haces esta noche? Dime que*
> *no estás desperdiciando tu* sex appeal...
> *mirando series en tu cuarto.*

> **Sofía:** *Pues..., de guardia.*
> *Así de sexy es mi vida.*

Y le envío un *selfie* con el *scrubs* y los lentes puestos.

Cesar: *Ufff, esos espejuelos. Confiesa:*
¿los necesitas o es un ataque premeditado
para que uno se desconcentre? 🔥🔥😏

Sofía volvió a sonreír, sintiendo el rubor subirle a las mejillas.

Sofía: *Tengo miopía, y no te imaginas cuánta...*
No veo las cosas ni siquiera cuando
me las ponen en frente. ¿Y tú qué haces?

Cesar: *Yo mirando el mar... pero de pronto*
me dieron unas ganas locas de escribirte.
Además, sentí que tú también estabas deseando
que lo hiciera.

Sofía: *¿Ah sí? ¿Y por qué iba yo a querer eso?*

Cesar: *Porque en este momento exacto*
te estás riendo...
y me encanta que sea por mí.

Sofía bajó la mirada al suelo del balcón, sonriendo más de lo que quería admitir. Miró el cielo púrpura, inspiró más calmada, sintiendo cómo, aunque fuera por unos minutos, la presión en el pecho se aflojaba.

Sofía: *La verdad es que no creo que*
tengas idea de lo bien que te sale esto.

Cesar: *¿Esto? ¿Hacer sonreír a neurólogas*
guapísimas en medio del caos? Créame, doctora...,
esa es mi especialidad.
Y en este tipo de terapias trabajo for free...
Pero, ahora, en serio..., ¿tú estás triste por algo?

Sofía leyó el mensaje, sintió el nudo en la garganta volver y no respondió. Guardó el teléfono en el bolsillo del pijama, bebió un último sorbo de café y se giró para volver al ruido de la sala.

«Volver al caos es lo que me toca…, pero con una sonrisa extra, por si acaso», pensó, respirando hondo antes de darse la vuelta.

Ya entrada la noche, Urgencias estaba al tope: monitores pitando, enfermeras corriendo de un lado a otro, el olor a alcohol mezclado con sudor y la presión constante de cada paso. Sofía y Adam trabajaban en paralelo, tan concentrados que apenas habían cruzado miradas. Era uno de esos días en que el exceso obliga a dividirse, a priorizar sin descanso.

Sofía salía de un cubículo, quitándose los guantes para anotar indicaciones, mientras Adam revisaba una tomografía en su *tablet* y atendía la llamada de un residente desde quirófano. El murmullo era el zumbido constante de un enjambre, hasta que un grito rompió la rutina:

—¡¿Qué le están haciendo?! ¡No me toquen a mi hermano!

Sofía, que estaba a solo unos pasos, levantó la vista y vio a un hombre de mirada vidriosa, olor fuerte a alcohol y manos temblorosas, abalanzarse hacia la camilla de un paciente intubado. Intentó interponerse con firmeza, pero calmada.

—Señor, por favor —dijo despacio—. Está en una zona restringida. Vamos a explicarle, pero necesito que se aparte…

El hombre no escuchó. Dio un paso más, tropezó con una camilla y, en un arranque torpe, empujó a Sofía con el antebrazo. Ella perdió el equilibrio, chocó contra la esquina de una mesa de acero y sintió el filo cortarle el brazo. El ardor fue inmediato, y la tela de su pijama azul, se manchó de sangre.

Adam levantó la cabeza al escuchar el ruido, pero en cuanto reconoció a Sofía en medio del desastre, se quedó helado un segundo, con el bolígrafo suspendido en el aire. El corazón se le fue a la garganta. «¿Sofía?» El mundo alrededor se le apagó antes de reaccionar.

En tres zancadas estaba ahí. Se lanzó sobre el acompañante sin pensarlo dos veces, presionándolo contra la pared apoyándole el antebrazo en el cuello, tenía la mirada encendida y la respiración entrecortada.

—¿Qué le pasa a usted? ¿Se volvió loco? ¿En qué coño está pensando? —le espetó, la voz baja, afilada, cargada de ira contenida.

William apareció justo a tiempo. Lo leyó en un instante: vio la tensión en el rostro de Adam y esa furia desbordada que podía traerle problemas si seguía. Sin decir mucho, le puso la mano en el brazo.

—Déjamelo a mí —le dijo tomando su lugar y controlando al agresor con la experiencia de quien sabe manejar un desastre para evitar otro.

Adam lo soltó de golpe, aún agitado, y sin mirar atrás se giró hacia Sofía.

Ella estaba de pie, pálida, con la mano apretada sobre el brazo para contener la sangre. El corte era pequeño, pero el susto brillaba en sus ojos. Adam la alcanzó en dos pasos.

—¿Dónde más te duele? ¿Te golpeaste la cabeza? —le preguntó atropellado, sujetándole el rostro y los hombros antes de mirar el corte.

—Ven conmigo —ordenó, sin dejar espacio a réplica, guiándola hacia un cubículo libre.

Sofía respiraba agitada todavía en *shock*, pero podía sentir el calor de sus manos sujetándola como si temiera que se desplomara. Se dejó llevar sin discutir, se sentó en una camilla y lo observó mientras él buscaba gasas y antiséptico con la urgencia de quien no admite distracciones.

El ruido de la guardia seguía alrededor, indiferente. Sofía lo observaba en silencio, olvidando el ardor de la herida: la forma en que él contenía el aire, el parpadeo nervioso, la rapidez de sus movimientos… curándola con una delicadeza extrema, como si temiera provocarle un dolor más. Todo en él revelaba un desorden ajeno a su carácter. Y en ese desajuste involuntario,

Sofía sintió que sí le importaba, tanto, que el miedo parecía habérsele incrustado a la piel.

Adam le colocó una venda y, sin poder contenerse, le acarició la cara. Sus ojos, aún desbordados de miedo, se clavaron en los de ella.

—En serio, ¿estás bien? —preguntó. Y antes de que pudiera responder, la abrazó, hundiendo el rostro en su cabello por un instante.

—Coño, Sofía..., me mataste del susto —murmuró con un hilo de voz, pasándose las manos por la cabeza mientras intentaba calmarse.

—Tranquilo..., que no fue para tanto. De verdad estoy bien. Gracias... por rescatarme —respondió ella, esbozando una sonrisa antes de bajarse de la camilla y caminar despacio hacia el guardia que la esperaba para hacerle unas preguntas.

Desde el fondo de la sala, Julia había visto todo. Descubrió a un Adam distinto, volcado en otra persona como si nada más existiera. Lo vio cuidar a Sofía con una mezcla de pánico y ternura que nunca había conocido en él. Sintió una punzada amarga, inesperada. «¿Habría reaccionado así si hubiese sido yo?»

Bajó la mirada, decepcionada, y se alejó con la mente atestada de preguntas que prefería no contestar. Porque al ver a Adam inclinarse sobre Sofía de aquella manera, comprendió que había algo en él —y en ellos— que no estaba dispuesta a aceptar.

William lo había notado. Se acercó a Adam y, señalando hacia Julia, advirtió en voz baja:

—Ten cuidado, hermano. No hay nada más peligroso que el orgullo herido... Cuando una mujer se deja arrastrar por la vanidad, la compasión desaparece. Incluso, si se trata de Julia.

Adam hundió la vista en su *tablet* y no le contestó nada..., pero algo dentro se le contrajo. Quizás la culpa o el miedo de que todo pudiera ponerse peor.

La guardia había bajado un poco el ritmo. Ya pasada la medianoche, el equipo médico parecía un ejército exhausto, cada uno refugiado en cualquier rincón disponible para robarle minutos al sueño. Sofía estaba en el cuarto, acostada en una cama. No dormía; solo dejaba que la penumbra y el zumbido lejano de un monitor le hicieran compañía.

La puerta se abrió despacio. Adam asomó la cabeza, con la bata arrugada y las ojeras marcadas, parecía cargar encima el peso de siglos. Avanzó un paso, luego otro, cerrando la puerta tras de sí.

—¿Te duele? —preguntó en voz baja, acercándose, intentando que no sonara como una disculpa, aunque lo era.

Sofía lo miró desde la cama, con esa media sonrisa cansada que no lograba engañar a nadie.

—Mis dolores… son de otro tipo —susurró sin apartarle la vista.

Adam se quedó quieto un segundo, tragó saliva y luego se inclinó lo suficiente para juntar su frente con la de ella con una delicadeza que a ella la desarmó.

—Dame unos días… —murmuró apartándose con la voz temblorosa—. Solo unos días para tratar de arreglar lo del viaje. Voy a hacer lo imposible por no ir con ella, pero necesito que confíes en mí…, por favor, no te alejes más.

Sofía retiró la vista, sin decir nada, sintiendo ese latido fuerte que dolía y consolaba a la vez.

—Mis días son más bonitos contigo… —siguió él incapaz de detenerse—. Llevo muchas noches extrañándote. Tengo una presión constante aquí dentro… y no pienso bien. De verdad, Sofía. Tú eres todo lo que quiero, por mucho miedo que me dé.

Inspiró profundo, se frotó la nuca y se quedó ahí, sentado a su lado, mirándola. Ella no respondió de inmediato; lo dejó en silencio, sintiendo cómo la herida del brazo palpitaba al ritmo de otra herida más honda. Por primera vez en días, sus ojos se ablandaron un poco.

Ese encuentro no les dejó ni promesas eternas ni soluciones mágicas. Solo la imagen de dos personas agotadas y heridas en diferentes puntos, que todavía hallaban la forma de encontrarse entre los escombros.

Adam tomó el móvil de Sofía y buscó esa canción en la que siempre se veía reflejado cuando pensaba en ella. Le dio *play*, le colocó los auriculares con delicadeza sobre los oídos y, sin decir nada más, se fue...

♫14- *Yo por tu amor, volvería a vivir, cambiaría mi destino, llegaría hasta el fin. Piedras en el camino que me lleva hasta ti...* ♫

Capítulo XXXII

Por fin viernes

El viernes había llegado como una cuerda floja, vibrando al borde de romperse. El hospital mantenía su ritmo despiadado, sin conceder respiro, pero Adam sabía que ya no podía seguir esperando.

La semana había sido un desfile de intentos por demostrar que hacía lo imposible por quedarse, mientras Sofía se mantenía a distancia. No fría, no hostil. Solo en pausa, como quien refuerza las ventanas con cintas de precaución al presentir que el huracán es inminente.

Esa tarde la encontró en el pasillo del quinto piso, saliendo de la sala de Neurología con la carpeta de indicaciones en la mano y el cabello recogido a prisa, con mechones rebeldes que, sin quererlo, lograban una perfección desordenada.

Él se acercó con el pulso acelerado, y cada paso convertido en una apuesta.

—Sofía —dijo, rozando su nombre con la voz, tomándole la mano con cuidado, casi pidiéndole permiso—. Esta noche... ¿puedes venir a casa? No voy a insistirte, solo... me gustaría que pasáramos la noche juntos. Tú y yo.

Se lo preguntó arriesgando su dignidad, porque necesitaba algo más que un abrazo. Ella lo miró con ese gesto entre amable y reservado que había adoptado desde que todo se volvió frágil.

—Adam..., esta noche no puedo —respondió con suavidad. Sin evasivas, sin concesiones.

Él no disimuló la punzada. Selló los labios y bajó la mirada un instante antes de insistir:

—¿Tienes planes?

—Sí —dijo, sin más. Y no mintió, pero tampoco explicó.

«Por supuesto que los tienes», se repitió, frustrado. Asintió como si aquella única palabra lo hubiera atravesado. Sabía que no era mentira, sabía que esos planes no eran con otro hombre, pero quedaba claro —y eso dolía más— que no eran con él.

«Siempre es lo mismo contigo, Sofía», pensó, convencido de tener derecho a enojarse. Contrariado, porque todavía no aceptaba que el vértigo de amar a una mujer libre no estaba en ella, sino en el abismo que abría en los hombres que creen poder controlarlo todo.

Podía operar cerebros, tomar decisiones quirúrgicas bajo presión, pero no sabía cómo sostener esa incertidumbre: no saber si ella volvería, si lo elegiría mañana… Porque él también exigía seguridad. Necesitaba sentir que ella lo necesitaba. Quería creer que no estaba retrasando su rotación en vano, que, si decidía quedarse, no sería solo por deseo, sino por una certeza. Esa certeza que Sofía, con «sus libertades y sus pausas», todavía no le había entregado.

Ella lo observó unos segundos y notó la tensión en sus hombros, ese silencio que decía más que cualquier reproche. Entonces le preguntó:

—Tu pasaje a la capital es el próximo viernes, ¿verdad?

Adam no contestó.

—¿En serio crees que vas a resolverlo todo en una semana? —insistió ella desde la calma.

—Lo estoy intentando, Sofía. Solo yo sé todo lo que lo estoy intentando —respondió él, un tanto molesto. Pues con «intentarlo», no solo se refería a las gestiones para no ir, sino también a la lucha brutal que libraba contra sus propias inseguridades respecto a ella.

—Pues muy bien…, creo que mejor volvemos a hablar cuando lo tengas todo claro.

Y sin decir más, se fue. Tranquila. Pero dejando un eco.

Adam la siguió con la mirada hasta que dobló el pasillo. Y entonces lo supo: lo que más le aterraba de Sofía no era que fuera impredecible. Era que, aun con todos sus temores, seguía eligiéndola. Y eso lo hacía más vulnerable de lo que podía permitirse.

Echó a andar y se puso los auriculares para calmar a sus demonios, pero lo primero que sonó fue esa canción que escuchaba en bucle, la misma que le gustaba cantarle cuando estaban juntos:

♫ 15- *Nunca supe si he llegado a mi destino. Mis sentidos solo saben de horizontes. Pero, tú disuelves cada torbellino. Tú eres savia que alimenta, yo soy torpe* ♫

La dejó correr unos segundos, hasta que sintió que la herida se abría más. Sofía no disolvía torbellinos, ella era el torbellino, sin embargo, él sí era torpe. Entonces se arrancó los auriculares con genio… y cambió de rumbo hacia la máquina de café más cercana, a prepararse uno bien cargado que lo mantuviera en pie.

La noche estaba fresca y la ciudad parecía tomarse un respiro. El neón suave del Bar Yesterday brillaba como un guiño cómplice y reparador. Era un sitio pequeño e íntimo, de luces tenues y paredes cubiertas de fotografías en blanco y negro, algunas viradas al sepia, todas de los Beatles. El hilo musical se deslizaba entre *Hey Jude*, *Let it Be* o *Yellow Submarine*, junto a otros himnos que habían marcado las décadas de los sesenta, setenta y ochenta.

Las mesas de madera oscura en el patio invitaban a quedarse horas, y la brisa de un verano que ya se iba, se sentía fenomenal.

Sofía llegó primera, agradecida por el murmullo amable del lugar. No era noche de gritos ni de bailes; era noche de conversar. Al poco rato llegaron Paula y Rachel, y ese abrazo de bienvenida fue como una corriente cálida que le atravesó el pecho.

Pidieron los primeros tragos y se acomodaron en la mesa del rincón, donde la luz apenas las rozaba. El mundo simulaba encogerse hasta quedar reducido a ellas tres.

Rachel fue la primera en romper el silencio. Se recostó contra el respaldo, tomó un sorbo largo y, con un suspiro que parecía venir de lejos, soltó:

—¿Pero y esas caras que tienen ustedes…? Nunca tenemos esas caras cuando estamos juntas.

Sofía sonrió, cansada pero sincera. Paula soltó una risa breve y negó con la cabeza:

—Lo mío es puro agotamiento. He tenido un día larguísimo.

—Lo mío es decepción… —dijo Sofía, bajando la voz, con un hilo de tristeza—. Pero hoy no venimos a hablar de mí.

Rachel dejó la copa sobre la mesa y las miró a ambas con los ojos llenos de chispa y ternura.

—Hoy venimos a hablar de las tres —corrigió, marcando cada gesto con suavidad—. O a no hablar de ninguna. Estar juntas es… —buscó la palabra, sonrió y la dejó caer— …es terapia. Se nos tiene que curar todo cuando estamos juntas. Si no, no estamos funcionando bien.

Lo dijo con tal convicción que las tres se quedaron en silencio unos segundos, dejando que la frase hiciera eco. Paula estiró el brazo y entrelazó sus dedos con los de Sofía, mientras Rachel apoyaba su mano sobre las de ambas, como un pacto silencioso.

En ese instante, Sofía sintió como algo se acomodaba dentro de ella. Podía estar decepcionada, rota, en guerra con el amor… pero las tenía a ellas. Y eso, en un mundo tan incierto, era un lujo que no se compraba ni con la redención de todos los Adam del universo.

Miró a Paula, miró a Rachel y sintió que, por primera vez en días, el nudo del pecho se aflojaba un poco:

—Ay, chicas…, ustedes sí son mi verdadero «pase lo que pase». ¡Brindemos por eso!

Las dos la miraron a la vez, primero extrañadas, luego enternecidas. Sofía bajó la mirada un segundo y dejó que la frase se quedara flotando entre ellas, porque sabía que sus amigas entendían lo que significaba. Pero esta noche, en ese rincón de luces cálidas, Sofía comprendía que quienes nunca habían fallado y siempre la sostenían sin condiciones, eran ellas.

Rachel apretó su mano y Paula sonrió con esa mezcla de complicidad y cariño que solo tienen las amigas que han visto tus mejores y peores versiones. Hablaban de Rachel y Rafa mientras comenzaba a sonar Sting con su clásico *«Every Breath You take»*.

—Estamos bien —confesó Rachel, bajando la voz—. De verdad, estamos acoplando muy bien…, aunque la diferencia de edad siga ahí, latiendo como una alarma insistente. Y no me animo a formalizar nada porque siento que estamos en etapas distintas. Pero… —hizo una pausa, con una sonrisa trémula— …mi reloj biológico no deja de mandarme SOS. Y eso es lo que más me asusta.

—Rachel, cariño —le dijo Sofía—, intenta desconectar el almanaque y déjate llevar. Todavía tienes tiempo y, además, él no se va a encontrar ninguna de su edad con toda esa luz que tienes tú. Y, si no lo sabía, seguro ya está empezando a descubrirlo.

—No es por él, muchachitas, es por mí —explicó Rachel otra vez—. No puedo evitar pensar que, al entregarme tanto a las emociones y a las ganas de vivir cada oportunidad con intensidad, termino saboteándome el futuro y reduzco el chance de hacer las cosas bien.

—¿Y por qué crees que ahora no estás haciendo las cosas bien? ¿Porque tiene 8 años menos? —preguntó Paula arqueando una ceja.

Rachel se quedó reflexiva, sabía que esa no podía ser la única razón… pero aún no lo conocía bien y no tenía idea de lo que él quería de la vida. Sin embargo, le gustaba bastante.

Sofía se quedó en silencio, escuchándola, sintiendo ese eco en su propio cuerpo, en sus propias dudas. Porque era cierto: cuando te acercas a los 35, aunque tengas la vida armada, ese reloj interno empieza a susurrar cosas que no siempre encajan con tus planes.

La charla se fue relajando. Entre risas, confesiones y chistes internos, pidieron la tercera ronda de tragos. El ambiente estaba ligero, casi reparador, hasta que el teléfono de Sofía vibró sobre la mesa.

Ella miró la pantalla, levantó las cejas y se la mostró a las otras dos.

Adam: *¿Dónde estás, Sofía?*

—¿Y qué se supone que debo contestarle a eso? —preguntó Sofía, nerviosa—. No sé con qué derecho me pregunta.

Rachel alzó la mano con decisión, tomó el teléfono y escribió sin pensarlo demasiado:

Sofía: *Con mis amigas.*

La respuesta de Adam llegó casi al instante, como un latido ansioso:

Adam: *No te pregunté con quién,*
eso ya era obvio, te pregunté dónde.

Rachel abrió los ojos, Paula dejó el vaso en la mesa y se inclinó hacia Sofía.

—¿Realmente le contesto… o lo dejo en visto? —pedía ayuda a sus amigas, con un nudo de contradicciones en la garganta.

Paula respiró hondo antes de contestar, con esa serenidad práctica que la caracterizaba:

—Por más que me moleste su soberbia, dada la situación en la que están, y lo que tú sientes por él, Sofía, no es bueno que le hagas la guerra ni que alimentes sus miedos y sus inseguridades. *Be Smart.* Solo dile dónde estás… y espera a ver qué hace.

Sofía asintió despacio. Rachel escribió y envió:

Sofía: *Estoy en el Bar Yesterday.*

Apenas pasaron unos segundos cuando la respuesta de Adam iluminó la pantalla:

Adam: *Yo estoy en El Templo,*
vine creyendo que te encontraría aquí.
Espérame ahí.

Paula dejó escapar un pequeño suspiro mientras bajaba la mirada al vaso, como calibrando el peso de esas palabras y Sofía se quedó en silencio unos instantes. Sintió el latido acelerarse en su cuello y esa mezcla de emoción y temor que solo Adam conseguía provocar.

Rachel alzó la vista sorprendida y levantó su copa, con ese gesto cómplice que las tres entendían, para darle a Sofía un poco de calma:

—Pues, por nosotras… Pase lo que pase.

Chocaron las copas dejando que la música de fondo llenara el silencio. Afuera, la ciudad seguía su curso.

Quince minutos después, entre el murmullo suave de la gente y la música, apareció Adam. El cabello revuelto delataba la prisa de quien había cruzado la ciudad sin pensarlo demasiado. Su mirada recorrió el bar hasta detenerse en Sofía, iluminada por la luz tenue del rincón.

Atravesó el lugar con pasos decididos, el pulso a mil y el corazón caótico. Al llegar a la mesa, dedicó un gesto educado a Paula y Rachel, sin apartar los ojos de Sofía.

—Necesito hablar contigo —dijo, con la voz grave, cargada de urgencia.

Sofía parpadeó, sorprendida.

—Adam, estoy con mis amigas…

Él las miró y se disculpó apenas por la intromisión:

—¿Me la prestan un momento?

Las chicas asintieron sin darle importancia y Sofía se levantó despacio para evitar escenas dramáticas. Él la tomó de la mano y la llevó a una esquina tranquila y privada del bar.

—No puedo más, Sofía —interrumpió, inclinándose un poco hacia ella—. Necesito que me digas, que te comuniques. Necesito seguridad. No…, no puedo seguir así. Tú nunca me has hablado claro, nunca me dices lo que de verdad sientes, y yo… yo ando sin brújulas decidiendo mi vida en torno a ti…

Su respiración se aceleraba, sus ojos ardían con la sensación de que todo el bar se reducía a ella.

—Tengo miedo de entregarte todo y que luego tú… —la voz se le quebró, incapaz de terminar la frase.

Sofía frunció el ceño, soltó una risita irónica, se irguió y le sostuvo la mirada con una mezcla de rabia y tristeza, ya demasiado agotada:

—¿Cómo vas a estar con alguien a quien le tienes miedo? —preguntó altiva—. No sé qué demonios crees que soy, Adam… pero, evidentemente, no confías en mí. A veces pienso que eso de repetirte a ti mismo que te sientes así conmigo es justo lo que necesitas para largarte sin mirar atrás.

Adam apretó los labios, buscó aire y, con el antebrazo aún apoyado en la pared, la miró con una intensidad que casi dolía. Sentía que no acertaba en nada de lo que decía.

—Yo no quiero dejarte atrás… y no sé si confío. Pero de algo no tengo la menor duda: Dios, Sofía…, te amo.

Ella negó, agotada, como si amagara una rendición que nunca llegaba.

—Eso tampoco es suficiente. ¿No te das cuenta? —susurró frustrada—. Si lo fuera, no estaríamos teniendo esta conversación. Tu rotación ya estaría cambiada de fecha y el tema de los pasajes del viernes no sería lo que no me deja dormir ahora mismo.

Cerró los ojos y tragó saliva. Él la observaba nervioso, con las lágrimas contenidas, cargadas de miedo e impotencia. Ella siguió. Estaba demasiado cerca de él, acorralada entre su cuerpo y aquella pared de ladrillos al descubierto.

—No te das cuenta de que buscas excusas una y otra vez para no ceder en nada. Y ya ni siquiera se trata de mí ni de Julia. Se trata de ti, de que tienes más que claro que no hay nada más importante que serte leal a ti mismo. Y me parece bien, ¿sabes? A estas alturas me parece muy bien…, pero, entonces, por favor, no juzgues ni te metas en mis propias lealtades hacia mí misma.

—Suena como que ya te rendiste —dijo él, con un hilo de voz.

—Suena como que estoy muy agotada de todo esto ya —respondió ella.

Él se acercó más, sin dejarle espacio para escapar. Sus manos le rodearon la espalda, la cintura, y la sintió temblar bajo sus dedos. Pegó su frente a la de ella, respirándole cerca, tan cerca que el olor de su piel lo extasió.

Sus labios entreabiertos se rozaron, primero con cautela, pero esa calma duró poco. Ellos no podían estar así y tener control al mismo tiempo. El deseo tomaba las riendas por cuenta propia. Se besaron con hambre. Él bajó a su cuello, aspirando ese perfume que le dolía reconocer.

Sofía sintió la presión de sus manos en la espalda, su pecho apretándola, sus labios trepidando contra su piel. Él estaba al borde de las lágrimas; se notaba en el ritmo quebrado de su respiración, en la fuerza con que cerraba los párpados…, pero no lloró. La impotencia disfrazaba sus dolores.

—Ven conmigo a mi casa, por favor… —susurró, con la voz hecha pedazos.

Sofía, al borde de hiperventilar, buscó su centro. Levantó la cara despacio, lo miró con los ojos aguados, llenos de rabia y deseo contenidos.

—¡No! Esta noche no es tuya, Adam. Esta noche es de mis amigas… y eso no me lo vas a quitar.

Él cerró los ojos un segundo, y apoyó la frente en su hombro, derrotado, necesitando sentirla una vez más antes de soltarla. Luego, despacio, se apartó… y la dejó ir.

Sofía lo miró. Lo miró como si pudiera hacerlo entrar en razón, como si quisiera gritarle en silencio que lo amaba con todas sus fuerzas, pero se reacomodó el cabello y regresó a la mesa, con el eco de esas palabras latiéndole en el pecho… y su olor grabado en la piel.

Él pasó de largo, veloz, sin mirar atrás. Lleno de ira.

Paula y Rachel la recibieron en silencio, como guardianas de un refugio. Y Sofía, pese a que temblaba por dentro, supo que estaba donde debía estar.

Interferencias 7

Sofía andaba muy concentrada siendo Sofía: desplazando el dolor, empeñada en demostrarle que seguiría siendo ella pasara lo que pasara. Pero olvidaba un detalle esencial: a veces, cuando una mujer desea algo de verdad, debe permitirse cierta vulnerabilidad..., sobre todo, frente a hombres como Adam. Para mí, ceder era, en este caso, una estrategia necesaria.

Ella no tenía idea de que lo que acababa de hacer, colocaba a Adam justo en el lugar donde menos quería verlo: al lado de Julia o de cualquier otra que pudiera prometerle tierra firme para seguir fertilizando sus propios sueños.

Una vez más intenté advertirle. Porque, aunque me llenaba de orgullo verla sostenerse así, me inquietaba mucho más lo que podía ocurrir si esa coraza de supervivencia emocional caía..., lo que pasaría si él realmente se iba, si no la elegía.

Adam podía abrir y cerrar cerebros, pero no era bueno abriendo su propio corazón. Y bastaría un primer intento fallido para sellarlo sin dejar resquicios. No soportaba lo imprevisible. Y Sofía, en cambio, parecía estar empeñada en señalar sus errores mientras pasaba por alto las señales —torpes, sí, pero sinceras— de que la amaba de verdad.

Elegir amar a Adam implicaba entenderlo y aceptarlo con toda su complejidad... y hasta ese punto, yo creo que Sofía solo lo amaba. Aceptarlo de verdad, con sus límites y sus sombras, era un paso que no daría hasta sentir que él lo hacía primero. En el fondo, lo de ellos era una guerra silenciosa entre sus egos.

Yo no quería que ella cediera, pero sí que entendiera que, con Adam, su mejor jugada sería fingir que sí lo hacía... al menos hasta que él se sintiera cómodo y seguro. Pero Sofía nunca fue buena actriz, y eso tampoco le pareció bien.

Por aquellos días, no pude evitar sentir que ella tampoco luchó lo suficiente. Intenté decírselo, pero me ignoró. O tal vez me escuchó, pero le recorrió ese escalofrío de terror que paraliza y contiene, y eligió no tenerlo en cuenta.

Yo también vi a Adam recordarla en canciones, extrañarla en los días de estudio, desear tenerla cerca en cada caso interesante. Lo vi imaginar futuros con ella dentro, enloquecer y pelear consigo mismo para no perderla. Pero sus inseguridades le exigían verla frágil. Porque, aunque a veces la encontraba al borde, en el lado más débil de la cuerda, en ella siempre había una fuerza implacable, una certeza de que volvería a levantarse, «pasara lo que pasara».

Y él, en el fondo, nunca se sintió realmente necesario para ella.

En la historia de Adam y Sofía, ella no era la víctima, y jamás le permitiría a él verla así. Tampoco en la suya propia se reconocería como tal: siempre estaba dispuesta a asumir las consecuencias de sus decisiones, no desde la culpa, sino desde la responsabilidad.

Ella no quería aceptarlo, pero, para salvar lo que tenían, Sofía necesitaba que él la viera desarmada, sin corazas, entera para él, al menos una vez.

Solo que ella era necia. Sospecho que todavía lo es.

Capítulo XXXIII
¿Y si fueras tú?

A Sofía el fin de semana se le hizo eterno. No cruzó la puerta de su casa ni una sola vez. Vagaba de la cocina al sofá, del sofá al cuarto, con el teléfono aferrado, esperando que en cualquier momento vibrara con un mensaje suyo. Pero no vibraba. Y ese silencio —invisible pero ruidoso— le arañaba los días.

Se imaginó mil versiones: «No me voy, Sofía», «Me quedo contigo», «Cancelé mi boleto». Pero ninguna llegó. El domingo cayó sobre ella como un telón pesado y, cuando se acostó, ya sabía que el día siguiente iba a doler.

El lunes se levantó temprano, se arregló con esa perfección meticulosa que era casi un escudo: labios rojos impecables, bata blanca y tacones discretos. Entró al hospital con el sigilo de quien llega a una guerra, disimulando las heridas. Nadie debía sospechar que estaba rota.

El pasillo central estaba tranquilo, demasiado temprano aún para el bullicio habitual. Ya en su sala, fue directo al salón de conferencias, dispuesta a actualizar sus historiales clínicos, respirando hondo y tratando de mantener la compostura, pero entonces lo vio.

Adam estaba ahí dentro, solo. De pie, apoyado en la mesa del frente, con las manos entrelazadas y la mirada fija en la puerta. No tenía bata blanca ni uniforme quirúrgico: llevaba un polo gris de mangas a medio brazo, un pantalón claro, tenis y el cabello cayéndole al descuido sobre los ojos. Parecía haberla esperado desde antes del amanecer.

Sofía se detuvo en seco al verlo. «Qué bien se ve con esa ropa, hasta parece relajado». El corazón le dio un salto que le subió hasta la garganta. Caminó hacia él, despacio.

Adam no se movió; solo la sostenía con la mirada. «Cada día está más hermosa. Si no fuera tan jodidamente testaruda».

—Buenos días —dijo él, serio, con una voz grave que parecía esconderse del presente.

—Buenos días… —respondió ella, colocando los historiales sobre una silla.

Hubo un silencio que se alargó hasta volverse insoportable, antes de que él hablara de nuevo:

—Te estaba esperando. Quería decirte que… llamé para cambiar la rotación.

Por un segundo, algo se encendió en Sofía. Fue apenas un destello, un brillo en los ojos que la traicionó antes de poder contenerlo. Pero se apagó de inmediato cuando él continuó:

—Me dijeron que, si lo hago, mi fecha de graduación se retrasaría cuatro meses. Y… ya tengo todo planeado. Mi madre viene para la fecha prevista, y también para la presentación de la tesis. No puedo cambiar la rotación, Sofía… Tengo que irme.

A Sofía algo le subía por el pecho —pesado, áspero, sin nombre—, como si la emoción buscara una salida. Suspiró intentando sofocar aquel dolor sordo, pero no pudo evitar que los ojos se le llenaran de lágrimas. Adam se quebró por dentro al verla, sabiendo que sufría por su culpa… y en ese instante, ambos parecieron reconocer el peso de unas decisiones que ya no tenían retorno.

—Ok… —murmuró Sofía, apenas moviendo los labios, con una sonrisa seca que no era sonrisa—. Pues…, suerte, entonces.

Él asintió despacio, con los labios apretados, conteniendo algo más y los ojos vidriosos, cargados de palabras que no se atrevía a soltar.

—¿Entonces esto es todo? —preguntó él. Las últimas sílabas se le ahogaban y sus ojos se enrojecían.

—Supongo que esto es todo —dijo Sofía, inamovible, apoyándose en el respaldo de una silla, sosteniéndole la mirada y a sí misma.

Él abandonó el salón casi arrastrando el cuerpo. No dejó de mirarla, pero no dijo nada más.

Sofía resistió unos segundos con el aire atrapado en el estómago, hasta que se desplomó. No quería llorar, pero sentía que él se había llevado algo esencial, algo sin lo cual le costaba respirar. Y, aun así, una certeza punzante se le instalaba en la cabeza: Adam podía haberse quedado, pero quedarse significaba renunciar a algo. Y él, por supuesto, no iba a hacerlo.

Se quedó ahí unos minutos, hasta que las piernas dejaron de temblarle. Por suerte, nadie llegó. Cuando por fin se destrabó ese nudo en el pecho que le impedía respirar, caminó hacia el baño del cuarto médico. Cerró la puerta y apoyó la frente en el espejo un minuto. Sacó de su bolso un pequeño estuche y, con manos aún temblorosas, volvió a pintarse los labios. Se miró otra vez, buscando en el reflejo a la mujer que sabía ser, y cuando la encontró —aunque fuera solo de manera precaria— abrió la puerta y salió.

Volvió al pasillo envuelta en esa capa invisible, la de la residente de segundo año de Neurología que no tenía tiempo para perder. Procedió a cumplir con su deber, el cual, según se repetía a sí misma, debía ser lo más importante para ella.

El resto del día transcurrió como un murmullo lejano. No dijo nada a nadie. Apenas habló. Escuchó presentaciones, revisó historiales, escribió indicaciones, sonrió cuando fue necesario. Las ganas de llorar se habían ido, pero lo que quedaba era peor: un dolor árido, sin desahogo, de esos que se sienten como un hueco detrás del esternón.

Al llegar a casa esa noche, se quitó los tacones, se dejó caer en la cama un momento y luego se obligó a meterse en la ducha. El agua tibia no calmó nada, pero al menos le limpió el día. Sin pensarlo demasiado, tomó un antialérgico de esos que dan sueño, y que se guardaba para las noches difíciles. Quince minutos después ya estaba rendida.

El martes amaneció con la indiferencia brutal de un mundo que gira sin pedir permiso y sin remordimientos, después de haberla revolcado a cachetadas. Regresó al hospital aparentando entereza, pero algo en ella había cambiado. Sentía que cargaba una mochila vacía a la espalda: no pesaba, pero estaba ahí. Y a veces, el vacío pesa más que las piedras.

A la media mañana, mientras revisaba las evoluciones de sus pacientes, sintió el teléfono vibrar en el bolsillo de la bata. Lo sacó sin apuro, pensando que sería alguna enfermera u otro residente... pero al ver el nombre en la pantalla, el estómago se le contrajo de golpe. Era Adam.

Por un segundo no pudo moverse. Sostuvo el móvil ardiendo en la mano, como si el calor le naciera desde dentro. De pronto, la mochila vacía que cargaba se llenó de plomo. La taquicardia se asomó, pero su rostro permaneció imperturbable, resguardado tras la máscara que se había colocado desde el día anterior.

Pensó en dejarlo sonar, en no contestar. Pero ya lo conocía demasiado bien como para ignorarlo. Si él estaba llamando no era para hablar de lo que no podían cambiar, sino porque algo necesitaba.

Inspiró y se humedeció los labios en un gesto que suplicaba cordura, antes de deslizar el dedo para atender.

—¿Sofía? —la voz al otro lado sonó grave, rápida, sin rodeos. Pero ella percibió ese hilo de cansancio y tensión que solo alguien que supiera leerlo bien podría notar.

—Dime —respondió, cuidando cada sílaba.

—¿Puedes bajar un momento a mi sala? Hay alguien que quiere verte. Me ha preguntado por ti... y por una taza de café, alto y claro.

Por un instante, Sofía cerró los ojos y se permitió sentir el golpe de realidad: «Esto no es personal, es trabajo».

Era el señor Edel, el tío de su amigo Carlos. Por fin despertaba de la cirugía del día anterior... y, aparentemente, sin secuelas.

A Sofía se le aflojó algo en el pecho, se alegró por él y, en silencio, también por Adam. Sabía que él se había dejado la piel —y hasta un par de discusiones con sus profesores— para realizar aquella cirugía que muchos consideraban demasiado arriesgada.

Tenía que bajar. Y, sin embargo, la sola idea de estar junto a él otra vez, después de lo del lunes, la estremecía entera.

—Bajo en cinco minutos —dijo, seca, profesional, y cortó la llamada antes de que la voz se le apagara.

Guardó el teléfono en el bolsillo y descendió despacio por las escaleras hacia la sala de Neurocirugía. Cada paso le recordaba que, aunque su mundo personal se desmoronara, en ese hospital ellos dos seguían siendo un equipo. Y eso, para bien o para mal, aún no había terminado.

Fue directo, sin titubear, al cubículo donde estaba el señor Edel. Lo encontró semi-incorporado en la cama, con la palidez propia de la recuperación, pero con los ojos despiertos, vivos. Al verla, el rostro se le iluminó con una sonrisa cansada. Extendió una mano y Sofía la tomó sin dudar. Sentir aquel apretón débil, pero cargado de gratitud, le devolvía un atisbo de esperanza y la anclaba a lo que debía ocupar toda su atención: su trabajo.

—Gracias, doctora… —susurró él con ternura.

Carlos, de pie a un lado de la cama, también sonrió y se inclinó un poco hacia Sofía con los brazos cruzados:

—Gracias, de verdad… —le dijo, con esa mezcla de alivio y respeto que no necesitaba más palabras.

Sofía asintió, dejando que la emoción se acomodara donde no doliera tanto. A su lado, Adam apareció en su campo de visión. Cuando sus miradas se cruzaron, hubo algo eléctrico pero silencioso. Estaban complacidos por el resultado de la cirugía y a la vez asustados por lo que significaban el uno para el otro y no lograban sincronizar.

Ella volvió la vista al paciente y, en un gesto casi instintivo, buscó darle énfasis a lo que quería dejarle claro:

—Bueno, es que… tuviste al mejor neurocirujano que podías tener.

El señor Edel sonrió levemente y, sin soltar su mano, respondió:

—Pero fue usted quien lo eligió.

Una opresión aguda se le instaló a Sofía en las costillas. Sonrió también, aunque aquella sonrisa le costó más de lo que dejaba ver. Sintió la mirada de Adam sobre ella, constante, inamovible. El señor Edel tenía razón: ella siempre lo elegía.

Salieron del cubículo juntos y caminaron por el pasillo. Hubo un silencio breve, cargado de subtextos, hasta que Adam habló sin hacer contacto visual:

—Gracias... por haber confiado en mí. Por poner a ese paciente en mis manos. La cirugía fue un reto, pero aprendí mucho con ella.

Sofía lo miró de soslayo y respondió con una voz cargada de sinceridad:

—No hubiera podido ponerlo en manos de nadie más. Nadie lo habría hecho mejor.

Adam bajó la vista un segundo y, sin pensarlo demasiado, preguntó:

—¿Tienes tiempo? ¿Te tomas un café conmigo?

Sofía se sorprendió, pero no mostró rechazo. Por dentro, algo en ella murmuró: «¿Por qué no?». Ya no tenía nada que perder.

—Tengo treinta minutos —respondió con naturalidad.

Caminaron hasta la pequeña estación de café. Por suerte, el sofá de enfrente estaba vacío. Se sentaron, cada uno con su vaso térmico humeante entre las manos, sin prisas y sin testigos.

Al principio, solo se miraron. Ella sostenía su mirada y él la de ella. Un silencio largo los rodeó, como si supieran que había cosas que ya no podían callar.

Sofía fue la primera en romperlo. Respiró hondo, era ahora o nunca.

—Adam... —dijo, y él alzó las cejas, atento—, ¿crees que, cuando al fin, seas todo lo que sueñas... vas a ser feliz?

Adam parpadeó, la pregunta lo descolocó. Desvió la mirada a su café y murmuró:

—No lo sé..., supongo que sí.

Sofía ladeó la cabeza y lo miró de frente:

—Ojalá. Ojalá seas feliz con todo lo que sabes que te falta.

Adam se quedó callado unos segundos, masticando la pregunta. Pero ella no pudo contenerse:

—¿En serio eres tan ingenuo como para creer que serás feliz, si no tienes a alguien que de verdad te importe para compartirlo?

Él ya sabía que ella no iba a dejarlo así. «Siempre tiene una lanza de contrataque bajo el brazo» Eso lo desajustaba, pero a la vez lo enamoraba más, aunque le costara aceptarlo. Entonces alzó la mirada y por fin habló, con un temblor que lo delataba:

—¿Y si fueras tú...? ¿Si fueras tú la persona con la que quiero compartirlo todo? —Hizo una pausa, como si las palabras se le clavaran en la garganta.

—Si fueras tú la persona con la que quiero casarme, tener hijos... —Otra pausa—. Si fuera... esa imagen tuya, desmaquillada, con un moño descuidado, los lentes y un libro, tirada en el sofá... lo último que quisiera ver cada noche antes de dormir. —Respiró hondo y, con una mezcla de miedo y esperanza, agregó—: Si fueras tú la mujer que quiero para mi vida... —Su voz se entrecortó antes de terminar—: Si fueras tú..., ¿crees que yo sería feliz?

Sofía lo miró con el corazón desbocado y una sonrisa rezagada entre lágrimas que ya empezaban a empañarle los ojos. Hubo un segundo de silencio, un instante en el que casi quiso creerle. Escucharlo decir esas palabras la conmovía sin piedad. Pero justo cuando estaba a punto de entregarse a esa ilusión, algo dentro de ella se replegó: un análisis frío, clínico, casi quirúrgico, se apoderó de su mente. Y contraatacó.

—Pues la verdad no lo sé. Porque, si esa mujer fuera yo..., no te irías el próximo viernes con otra. Si esa mujer fuera yo, no te importaría retrasar tu graduación unos malditos cuatro meses, cambiar el pasaje de tu madre o replanificar tu perfecto cronograma de vida. Si fuera yo, Adam, no estaríamos teniendo esta conversación.

Ante esa respuesta inesperada, Adam se contuvo. No encontraba el remate ideal, así que bajó la vista e hizo lo que siempre hacía:

—¿Tú realmente estás segura de que quieres a alguien para compartirte, Sofía?

—Por favor, no lo hagas otra vez —dijo ella, con un hilo de voz.

—¿Qué no haga qué? —preguntó él.

—Insultar a mi inteligencia y voltear la tortilla —explicó—. Yo sí quiero compartir todo lo que soy con alguien más. De hecho, te elegí a ti. Siempre te elijo a ti, y no solo como neurocirujano para mis pacientes. Te elijo para lanzarme a compartir el futuro sin condiciones ni promesas, asumiendo el riesgo. Pero me haces retroceder.

Hizo una pausa, contuvo el impulso y comenzó a decir que no con la cabeza:

—Te he elegido porque cuando estoy contigo me disfruto mucho más. Porque cierro los ojos y nos imagino en mil lugares del mundo, exitosos y felices. Porque me aterra no volver a encontrar en nadie más esta química que surge cuando estamos juntos. —Esbozó una sonrisa forzada, fingiendo aceptación—. Pero creo que merezco compartir lo que soy con alguien que también me elija, no con alguien a quien tenga que suplicarle que lo haga.

—Sofía… ¿Es que no te lo demuestro lo suficiente?

—No, Adam. Siempre parece que te esfuerzas demasiado. Y cuando uno ama de verdad, no debería ser una lucha tan grande entregarse por completo. Está bien si no soy yo. Estoy haciendo las paces con eso. Pero tú… deja ya tanto hermetismo. Eres mucho más que un brillante neurocirujano. Aprende a compartir eso con alguien antes de que termines aburriéndote de tu propia luz. Aunque, pensándolo bien, quizá nunca te aburras. Tal vez eso sea justo lo que necesitas.

—Todos los días, Sofía… Todos los días llego a ese maldito elevador a la hora en que lo pactamos. Tú no has vuelto a asomarte ni una sola vez…, pero yo siempre voy. Compartir lo otro que soy, además de neurocirujano, es lo que he hecho contigo desde el primer día. Eres la única mujer con quien lo he compartido.

—Tú fuiste el primero que rompió ese ritual del elevador una mañana… ¿o ya se te olvidó? Nada más y nada menos que para irte a conversar con Julia al balcón. Eso tampoco me lo contaste nunca, y yo no pregunté porque lo creí innecesario. Así que… No, Adam. No te engañes. Ni siquiera conmigo has podido compartir todo lo otro que eres.

Él desvió los ojos. Ahí estaba Sofía, tan Sofía otra vez… devolviéndole la jugada, escapando de una declaración demasiado grande…, siendo sincera pero jodidamente dura.

—En cuarenta y ocho horas te vas, Adam… ¡Perdón! No es que te vas…. Es que te vas con ella.

—Sofía, por favor…, no me lo hagas más difícil.

Ella se levantó, recogió su vaso de café y, antes de irse, lo miró una última vez. Ya no había dureza en su expresión, solo una transparencia visceral, casi tierna.

—Voy a estar esperando esa llamada tuya hasta el último minuto. Te lo juro.

Y sin pretender respuesta, se alejó rumbo a las escaleras, sintiendo que cada peldaño que subía era una fisura más en el corazón.

Pasaron las temidas cuarenta y ocho horas. Adam no volvió a aparecer. No hubo mensaje. No hubo llamada.

Ese viernes, a las 9:46 de la noche, el silencio de la habitación de Sofía se le hizo tan pesado que dolía. Estaba recostada sobre la almohada, vestida aún, sin fuerzas para cambiarse, con los ojos abiertos en la penumbra. Había llegado a ese punto en que la esperanza ya no duele porque se marchita, se apaga. Estaba lista para rendirse, para aceptar que no habría nada más.

Entonces sonó el teléfono, ese tono familiar que irrumpió como un latigazo en medio de la oscuridad.

Lo tomó con manos temblorosas, sintiendo que el corazón le golpeaba el pecho con furia, y contestó:

—¿Hola…? —apenas un susurro, frágil.

Del otro lado, primero, solo escuchó un murmullo de fondo… y luego, claro como un dardo, el eco metálico de los altavoces de la terminal de autobuses. En ese instante se le heló la sangre. Lo imaginó de pie, con sus maletas al lado… y también a ella, a Julia, tan cerca que podía oler su perfume, tan cerca que casi podía verlo tomándole la mano, listos para subirse al autobús que los llevaría juntos, uno al lado del otro, lejos de todo lo que había soñado construir con él

La imagen la atravesó como un cuchillo. Sintió cómo la distancia se hacía insoportable, cómo el pecho se le cerraba, y entonces ya no pudo contenerse:

—No te vayas, Adam…, por favor… —la voz se le quebró como cristal mientras las lágrimas comenzaron a correrle por las mejillas, ardientes, sin pudor.

Del otro lado de la línea hubo silencio. Un silencio tan lleno de cosas que dolió aún más. Luego escuchó su respiración profunda y temblorosa. Adam cerraba los ojos, apretaba el teléfono, aferrándose a la idea de ella desde la distancia. Una opresión torácica precedió a las palabras:

—Te amo, Sofía… —su voz sonó rota, ahogada—. No lo olvides. Pase lo que pase… Lo siento.

Y la llamada se cortó.

Sofía se quedó mirando la pantalla, escuchando ese pitido sordo que no decía nada y lo decía todo. Entonces, con un gesto desesperado, lanzó el teléfono sobre la cama, como si pinchara. Se cubrió el rostro con ambas manos y un llanto de dolor e ira la sacudió entera. Uno profundo, incontenible, casi animal. Como si algo se le hubiera desprendido del cuerpo para siempre, y la hubieran arrancado de golpe de un lugar donde aún quería quedarse.

En ese instante lo supo con una claridad brutal: Sofía y Adam… se habían acabado oficialmente.

Capítulo XXXIV
El viaje

Del otro lado de los dolores de Sofía, iba Adam, recostado a la ventanilla del autobús rumbo a cumplir con su estructurado e inflexible plan de vida. Justo cuando pasaba por frente al hospital en el que no estaría durante los próximos dos meses, en el que dejaba atrás a Sofía, lo sacudió un sentimiento que lo desbordaba en todas las dimensiones.

En ese instante, se le clavó la imagen de ella riendo, corriendo hacia él, abrazándolo como si el mundo se detuviera, y también la de él, siendo feliz, sintiéndose importante para ella. La garganta se le contrajo con violencia, y una lágrima se le escapó sin permiso. La limpió rápido con el dedo índice flexionado, pero la presión en el pecho no cedió.

A su lado, Julia iba tranquila, con su pelo rubio suelto y arreglado, el maquillaje un punto más cuidado de lo habitual, y usando aquel perfume que él mismo le había regalado en su último cumpleaños. Ella lo observaba en silencio, con esa calma suya que no exigía nada, hasta que al fin habló, suave, como quien no quiere romper un cristal:

—¿Tanto te afecta dejarla atrás?

Adam se sorprendió, giró sin pretenderlo la cabeza hacia ella. Las palabras se le atascaron un segundo antes de salir. Estaba muy molesto con Julia y no estaba seguro de querer iniciar una conversación con ella:

—No creo que deba hablar de esto contigo, Julia.

Julia sonrió apenas, sin perder la ternura:

—¿Por qué no? Creo que puedo aguantarlo. Te conozco bastante bien… y, por más que me afecte, no me gusta verte así.

Él clavó la mirada en el suelo del bus, entrelazando las manos. Luego la observó a ella:

—¿Así cómo? ¿Cómo me ves?

—Triste. Distraído. Distante…, casi me cuesta reconocerte —respondió ella, mirándolo de reojo.

Adam frunció un poco el ceño. No le gustaba oírlo; eso no encajaba con la imagen que tenía de sí mismo. Pero Julia sabía perfectamente lo que estaba haciendo.

—Hace casi tres años que nos conocimos —prosiguió ella, con una sonrisa evocadora—. ¿Te acuerdas de aquel día? Le decías al profe Camilo, en plena emergencia: «¿Y usted puede explicarme por qué un residente de primer año no puede tener la razón?»

Adam dejó escapar una risa corta, como sorprendido de sí mismo:

—Sí…, lo recuerdo.

—Yo estaba tomando notas y tuve que alzar la vista. Fue mucho atrevimiento el tuyo —agregó Julia, con brillo en los ojos.

—Y cuando se fue y me dejó hablando solo, tú te me acercaste y me dijiste: «Paciencia…, solo demuéstraselo».

Ambos rieron; la tensión se aflojó un instante.

—Y vaya que sí se lo demostraste después —le recordó ella, meneando la cabeza—. Te he visto esforzarte tanto para lograr lo que quieres.

El silencio volvió a caer, más blando esta vez. Adam inspiró hondo, bajó la voz:

—No solo me has visto, también me has ayudado a lograrlo. No creas que lo olvido —agregó él en tono reflexivo—. Lo siento, Julia…, de verdad. A veces creo que no he sido justo contigo.

Julia se quedó mirándolo, con esa serenidad suya que no hería ni exigía:

—Has sido sincero, Adam. Y eso también lo valoro mucho. Estas cosas pasan… y casi siempre pasan por algo. Lo importante es que estés feliz… ¿Estás feliz?

Adam no respondió. Tenía los ojos puestos en la carretera que se estiraba delante de ellos, pero su mente había vuelto a Sofía, a ese abrazo cuya ausencia dolía como el intento de atrapar a un fantasma, y sintió el pecho cerrarse de nuevo con la última pregunta.

Julia, en cambio, lo tenía muy claro… y lo dejó quedarse en silencio, porque sabía que en esa quietud él también encontraba algo de paz. Así que giró la cabeza hacia la ventanilla, viendo pasar las luces de la autopista.

Después de unos minutos, Julia sacó las galletas preferidas de Adam de su bolso…

—¿Te apetece una?

Adam sonrió y agarró una del paquete.

—Tenía tiempo sin probarlas. Tú, como siempre, pensando en todo.

Adam sabía que Julia prefería otro tipo de galletas…, que esas apenas le gustaban. Agradeció el gesto y, al mismo tiempo, se le escapó otra sonrisa irónica al pensar que, si fuese Sofía, habría llevado unas galletas neutras, pero ni muerta se comería las que no le gustaban.

—Adam…, perdona que te pregunte esto, pero me inquieta la duda… Hace unos días en Urgencias, te pusiste como un loco cuando ese hombre empujó a Sofía. No sé si fue una declaración de amor o un arrebato desproporcionado, y me quedé pensando… ¿y si hubiera sido yo?

—¿Cómo? —preguntó asombrado.

—Sí —insistió ella—, si hubiera sido yo a quien hubieran empujado. ¿Habrías reaccionado así?

Adam inspiró profundo, un poco confundido con el tema. Recordó el susto que sintió al creer que a Sofía le había pasado algo, y también las palabras de William sobre el orgullo herido y la vanidad.

—Esa nunca hubieras sido tú, Julia. Tú nunca te hubieras metido…, hubieras esperado a que llegara Seguridad. A ti no te gustan los torbellinos.

—Tienes razón —enfatizó ella—. Yo prefiero la calma en todas sus versiones.

Adam levantó la vista, apretó los labios y volvió a perderse en la música que sonaba en el autobús hasta quedarse dormido durante el resto del camino.

♫16- *Mientras yo sigo aquí y se me van los días, en el mismo lugar donde escribí tu nombre. Y ya no hago más que organizar mi vida, para que un día vuelvas y todo esté en orden.* ♫

El autobús se detuvo al fin casi 9 horas después, justo al amanecer, en la terminal de La Habana. Ambos bajaron despacio, cargando sus equipajes. El calor de la capital los recibió de golpe, espeso y pegajoso, caminaron hacia la salida sin hablar. Tomaron un taxi sin negociar, estaban demasiado cansados para regateos. El tráfico los envolvió con su bullicio mientras el coche avanzaba entre calles anchas y edificios con fachadas descoloridas.

Adam miraba por la ventanilla, pero no veía nada. Julia iba a su lado, callada, con las manos quietas sobre las rodillas, dejando que el aire caliente le rozara el cabello revuelto. Había algo raro en esa quietud: una tensión suspendida, incómoda, que ninguno de los dos se atrevía a nombrar.

Cuando llegaron al edificio, subieron despacio, arrastrando las maletas por las escaleras gastadas. Julia abrió la puerta del apartamento y encendió la luz. El espacio era pequeño, con muebles funcionales y un discreto olor a desuso. Adam dejó la maleta a un costado de la puerta, puso la mochila sobre una silla, avanzó hasta el cuarto... y se quedó de pie, detenido, como si alguien lo hubiera golpeado por dentro. «Una sola habitación, una sola cama».

Julia llegó detrás de él, observó la escena y luego lo miró de costado. Sus labios se curvaron en una sonrisa corta, irónica, pero no dijo nada.

Adam se pasó una mano por el cabello, contuvo la respiración y dijo, sin mirarla:

—No te preocupes. Yo duermo en el sofá.

Julia apoyó su maleta contra la pared, se quitó la chaqueta y, antes de sentarse en el borde de la cama, lo miró con calma.

—Como quieras —dijo, y una chispa casi imperceptible encendió sus ojos—. Pero creo que compartir la cama también es algo que podemos manejar. No hay necesidad de dormir incómodos.

Adam no respondió. Se limitó a mirar la cama una vez más, como si en ese colchón estuviera escrito el nombre de Sofía, y luego apartó la vista hacia la ventana, buscando oxígeno en medio de un cuarto que de repente se sentía demasiado pequeño...

A quinientos kilómetros de distancia... también eran las seis de la mañana. Sofía se despertó con las notificaciones del teléfono. Remoloneó un poco hasta que se incorporó, con una pesadez que no sentía desde hacía años.

Se pasó par de minutos sentada en una esquina de su cama, con las manos apoyadas en los muslos, sin moverse. La luz temprana se filtraba por la ventana, dibujándole líneas doradas en los brazos. Se levantó al fin y fue al baño.

El espejo le devolvió una imagen que la descolocó: los ojos hinchados, enrojecidos, la piel apagada, un gesto que no reconocía. Se apoyó en el lavabo y cerró los ojos un momento, pero entonces llegó ese destello punzante: la última llamada de Adam. Las palabras se le atravesaron como un eco: «Sofía, por favor...»

Volvió al cuarto y tomó el celular de la mesita de noche. La pantalla iluminada le mostró tres mensajes sin leer.

Adam: *Buenos días.*

Adam: *Por favor, contéstame.*

Adam: *Sofía, no desaparezcas.*

Sintió un tirón en el pecho, pero no contestó. Dejó el teléfono boca abajo sobre la cama y se quedó mirando la tela arrugada de las sábanas, con la mente dando vueltas.

«¿Qué hago?» pensó. «¿Hasta dónde voy a dejar que esto siga hiriéndome?». Una idea nueva, más áspera, comenzó a abrirse paso. Quizá había llegado el momento de tomar actitudes más drásticas, de trazar un límite real para evitar que cada confrontación, cada interacción con él, la hiciera pedazos otra vez.

Los días siguientes se hicieron insoportables. Entrar al hospital y saber que no lo veía, que no se cruzaría con él en ningún pasillo, que no tendría ese instante mínimo que le iluminaba la jornada, que no pelearía con él por una resonancia, que no podía avisarle cuando diagnosticara el próximo aneurisma…, fue un vacío al que le costó muchísimo acostumbrarse.

Él seguía escribiendo. A veces de madrugada, a veces en medio del día, como si al mandar mensajes pudiera sostener un hilo invisible con ella.

Adam: *¿Cómo estás?*

Adam: *Te extraño demasiado*

Adam: *No me ignores, por favor.*

Pero cada notificación era un latido paralizante, hasta que, a finales de semana, con los ojos cansados y el corazón exhausto, Sofía decidió bloquearlo. No más llamadas. No más mensajes. Necesitaba silencio. Solo así podría aceptar que él ya no estaba. Solo así podía volver a respirar.

Para Adam, el mensaje quedó claro y fue brutal. Él estaba allá, lejos, y cada minuto sentía más que haberse ido había sido traicionarla. También estaba luchando contra sí mismo, esquivando a Julia que llegaba siempre antes que él a la casa por las tardes, y lo recibía con la cena y alguna conversación fácil. Absolutamente dispuesta a escucharlo hablar de lo que él quisiera compartir.

Él quería ignorar ese regreso a una rutina que le daba paz, y a la vez luchar por salvar lo que tenía con Sofía, porque pensar en perderla lo desarmaba cada noche. El hecho de poder escribirle, de saber que, aunque ella no respondiera, lo leía y lo podía sentir de alguna forma presente, la ilusión de escuchar o leer, aunque fuera un «estoy bien», era lo único que lo mantenía fuerte…

Pero cuando ella lo bloqueó se le desbarató la esperanza. Sintió que el hilo se había cortado. Que él le estaba haciendo daño y ella sufría. Y quizás, en ese silencio absoluto, ambos se enfrentaron a la verdad más cruda. Estaban viviendo dos batallas distintas, a quinientos kilómetros de distancia, sin poder tocarse ni hablarse… y sin la más mínima certeza de si, al final de esos dos meses, aún seguirían esperándose.

Adam estaba molesto, se le notaba en cada gesto y no hacía el menor esfuerzo por ocultarlo. Le había dolido bastante que Sofía le negara todo acceso. Eso no podía pasarle a alguien como él que siempre controlaba los tiempos y los planes. Se sentía de pronto apartado, relegado, incapaz de mover una sola pieza en el tablero.

Esa noche mientras cenaba, masticaba en silencio, con los nudillos apoyados contra la boca y la mirada perdida en un punto fijo. Julia intentó decir algo ligero, pero él apenas asintió. Cada bocado sabía a nada. Por dentro, la frustración le ardía; por fuera, solo se veía un Adam frío, pragmático, negado a admitir cuánto le dolía todo.

Dejó la cena a medias y empujó el plato hacia el centro de la mesa. Se levantó, tomó aire y se pasó una mano por el cabello, como quien busca apagar un incendio interno con un gesto. Entonces se giró hacia Julia y casi inquisitivo le dijo:

—Vamos.

—¿A dónde? —preguntó Julia, sorprendida.

—Al bar de la esquina, a tomarnos algo. Necesito salir de aquí.

Era un bar pequeño con luces bajas y música subida de tono. Al principio hablaron poco, pero el ron hizo lo suyo: las palabras se volvieron más ligeras, las risas más frecuentes. Adam se dejó llevar por un pragmatismo extraño, casi desafiante, y hasta bailó con ella, algo torpe, pero con ese aire seguro que siempre lo rodeaba.

Volvieron al apartamento pasada la medianoche. Adam estaba un poco subido de tragos y la energía entre ellos vibraba diferente. Julia se sentó en la cama, se quitó los zapatos, y lo miró con esa media sonrisa que no buscaba permiso:

—Eso de dormir en el sofá es una lealtad innecesaria, Adam. No tiene sentido…, esta cama es demasiado grande para una sola persona.

Adam no dijo nada. Le sostuvo la mirada unos segundos, dejó que el cuerpo reaccionara por él, y se dejó caer sobre el colchón. Julia comenzó a acariciarle el cabello, primero lento, hasta provocarlo un poco, lo justo para que el instinto le anulara la conciencia. No es difícil eso en el cerebro masculino. Ella sabía que esa noche no se trataba de amor ni de deseo, sino de algo mucho más frío.

Él se dejó llevar. No hubo pasión, no hubo urgencia. Fue un acto casi mecánico, como si necesitara confirmar algo dentro de sí mismo, o quizá perderse por un rato. Julia, en cambio, sintió un triunfo helado: no por el placer físico —que ni la rozó—, sino por lo que representaba tenerlo de nuevo al lado suyo en la cama.

Cuando todo terminó, Adam se giró de lado, dándole la espalda, fingiendo un sueño profundo. Julia lo observó en silencio, con una satisfacción muda dibujada en los labios.

Adam, por dentro, estaba en otro lugar. Sintió el vacío enorme de ese instante, la falta absoluta de deseo, de pasión, incluso de eso que viene después, eso que suele ser más orgásmico que el clímax más estruendoso, ese momento en el que los que se aman se quedan abrazados y conversan o respiran acompasados, en el que las caricias son de otro tipo, y llenan todos los espacios… Fue inevitable que el rostro de Sofía apareciera nítido, incendiándole el pecho. Revivió muchas escenas en su cabeza y cerró los ojos con fuerza. «¿Qué carajos estoy haciendo?», pensó, sintiendo que, pese a todo, allí con Julia, no había pasado absolutamente nada.

Pero la mañana del sábado llegó perezosa, arrastrando una luz hogareña que se filtraba por las cortinas del apartamento. Julia se movía con sigilo, preparando el mejor de los desayunos como si aquella noche no hubiera dejado dudas, convencida de que la reconciliación era un hecho inevitable. Llevó la bandeja a la cama, sonriendo complacida al verlo aún medio dormido, y dejó que el aroma del café llenara el cuarto.

Ella jugaba su papel con maestría. No había mencionado ni una sola vez a Sofía; de hecho, con Adam había hablado muy poco de eso. La verdad era que ella nunca la reconoció, nunca la avaló. Conocía demasiado bien a Adam y, en silencio, daba por sentado que aquello con Sofía no duraría. Él no tenía el temperamento para lidiar con una mujer así, tan impredecible, tan intensa, tan libre.

Julia ni siquiera preguntaba si se escribían, si se hablaban, si había contacto. No lo necesitaba. Prefería moldear las circunstancias a su antojo, con paciencia y precisión. Tenía la certeza, de que podía hacerlo, y preparaba el terreno para que, poco a poco, él volviera a acostumbrarse a su presencia, a esa calma hecha a la medida.

Mientras desayunaban, Adam se quedó distraído un instante. Creyó sentir que la vida regresaba a la normalidad, que la taquicardia cedía y el miedo se desvanecía. Observó a Julia, que sin dudas era preciosa…, tan entregada y apacible, tan concentrada en ser para él todo lo que necesitaba. Y por un segundo pensó, quizá, que ya era hora de dejar ir a Sofía y volver a concentrarse en sí mismo. Y en eso…, en eso Julia nunca interferiría.

Se inclinó hacia ella y le dio un beso en la cabeza, fugaz, fue más un roce de afecto que de pasión, mientras se preparaba para salir sin decir a dónde.

Julia lo miró con cierta suspicacia, ladeando apenas la cabeza:

—¿Qué se siente no tener que elegir entre lo que amas y lo que amas más?

Adam se detuvo, giró sobre sus pasos, confundido:

342

—¿Perdón? ¿Qué has dicho, Julia?

Ella desvío la vista hacia la taza de café, sonrió segura y respondió con serenidad:

—A mí me encanta cuando te veo hacer eso que amas más... Me hace feliz. De verdad.

Adam apretó los labios y, en su interior, sintió un escalofrío. Qué extraña, qué distante le había parecido esa frase. Debía deducir que Sofía era lo que amaba... y que la Neurocirugía era lo que amaba más. Pensar que Julia podía aceptar eso sin ofrecer ninguna guerra, sin drama alguno, le resultaba profundamente... perturbador

Antes de salir, Adam buscó su cartera en el bolsillo y, sin querer, sacó una liga de pelo olvidada de Sofía. La miró unos segundos en silencio. La imagen de ella agotada, de guardia, recogiéndose el cabello lo golpeó al instante. Y también su voz, la de aquella última llamada que no podía dejar de escuchar en sus entrañas: «No te vayas, Adam».

Cerró los ojos un segundo, tragó saliva, guardó la liga en el bolsillo y abrió la puerta. Sin mirar atrás, salió a perderse por la ciudad, buscando aire junto al mar, solo.

Capítulo XXXV

A veces es bueno salir a correr

El mes de octubre avanzaba con una lentitud extraña para Sofía. Sus amigas inventaban excusas para distraerse juntas, Eddy había improvisado una rutina vespertina para ir a correr con ella a la pista de la ciudad, e incluso Cesar, siempre tan oportuno, escribía casi a diario sobre cualquier cosa que, por una razón u otra, lograba hacerla reír.

El hospital, aunque lleno de pacientes y de estudio, parecía poseído por una calma aburrida. Por suerte, los nuevos residentes de primer año absorbían buena parte del trabajo, lo que hacía todo más llevadero.

Era lunes por la tarde cuando se topó con William en el pasillo de Radiología. No lo veía desde hacía más de dos semanas.

—Eh..., pensé que también te habías ido a La Habana. Llevo tiempo sin verte —le dijo Sofía, con una medio sonrisa.

—Es que me fui de vacaciones. Ya me hacía falta —respondió él, relajado.

«Las vacaciones...» pensó ella, recordando que las suyas estaban previstas para diciembre. Por supuesto, con Adam.

—Qué bien. Pero me alegra que estés de vuelta. Tengo pocos cómplices en tu servicio —añadió, con afecto.

William le devolvió la sonrisa, con esa complicidad discreta que lo caracterizaba:

—¿Y cómo estás? —preguntó con sutileza.

—Ahí voy... soltando y acostumbrándome. Cero contacto. El solo hecho de recordar su existencia me duele, así que...

—Pues lamento hacer esto justo ahora, pero tengo que... —dijo William, interrumpiéndose a sí mismo mientras abría su mochila.

Sofía lo miró, desconcertada. Él sacó un libro de Neuroanatomía: el de Adam, su favorito. El que usaba para todo.

—Me pidió que te lo entregara.

Sofía lo tomó con delicadeza, como si se tratara de algo frágil. El corazón se le encogió de golpe. Era un objeto cotidiano… pero en sus manos ardía como una evidencia.

—Él ama este libro —murmuró, con los dientes apretados mientras lo inspeccionaba con nostalgia.

—Entonces tiene lógica que te lo haya dejado, supongo —respondió William, bajando la mirada con respeto.

Ella asintió, con un temblor imperceptible en las pestañas. Al abrirlo a la mitad, un subrayado en tinta azul le revolvió las entrañas: «El sistema límbico regula las emociones primitivas…» Lo cerró con cuidado, lo guardó en su bolso aprensiva, le dio las gracias a William y continuó su camino hacia la sala de imágenes. A cada paso sentía que cargaba algo más que papel y tinta. Cargaba un pedazo de él…, un pedazo de eso, que él, «amaba más».

Al salir de Radiología pasó por la estación del café; necesitaba uno para seguir. Mientras esperaba sentada en el sofá, sacó el libro otra vez. Al abrir la primera página, encontró una dedicatoria escrita por él:

Para Sofía:
Creo que ya me lo sé de memoria; ahora te toca aprendértelo a ti.
Recuerda que el conocimiento nos da poder, y eso nadie
nos lo puede quitar.
Determinación, disciplina y muchas ganas son la clave para
llegar al final de cualquier sueño. Espero que lo conserves siempre.
Tiene mucho de lo que somos cuando estamos juntos.
Te amo.
Adam.

A Sofía se le escapó una lágrima, que borró de inmediato con el dorso de la mano, como si nadie debiera verla. Bajo los espejuelos, sus ojos ardían de orgullo y desgarro. «Disciplina, determinación, ganas…» Eso lo había hecho admirable desde el primer día, eso era lo que la enamoró. Y, sin embargo, eran también las mismas razones que ahora lo alejaban. Por un instante, el dolor la atravesó con una pregunta cruel: ¿Había sido injusta? ¿Había querido que él renunciara a lo que lo definía solo para quedarse a su lado?

Por suerte —o por desgracia— una notificación en el teléfono la interrumpió. Sofía sonrió; por supuesto, era Cesar.

Cesar: *¿Cómo va tu día, doctora?*
¿Todavía en duelo por lo de seducida y abandonada?

Sofía: 😢 *No empieces…, lo que estoy es agotada,*
tomando café para aguantar lo que queda.

Sofía: (*selfie* con el café)
Deja el sarcasmo.

Cesar: *¿A ver, pero por qué mandas esas fotos?*
Tú sabes lo que me pasa cuando te veo
con esos espejuelos… Y, por cierto…,
no lo dije con sarcasmo.

Sofía: *No fue a propósito… la foto, digo.*
En cambio, tu ironía, creo que sí.

Cesar: *No fue ironía, tesoro. Tuve un día un poco loco.*
La muchacha de la que te hablé…,
pues, bueno, duró 15 días.

Cesar: *Créeme que ya no hay drama que me asuste.*
Un fiasco total: cuando le dije que no tenía planes
de irme a compartir renta con nadie,
me pidió que le devolviera un libro que me había regalado.

Sofía: 👩 ♀ *Cesar…, lo tuyo es demasiado, pero, bueno…, ¿y de qué era el libro?*

Cesar: *Pues yo qué sé. Se lo devolví con el mismo envoltorio que me lo dio, para que le sirva en la próxima conquista. Nunca lo abrí. ¡Pero, bueno!*

Cesar: *Te lo cuento para que veas que hay cosas peores que un neurocirujano con la brújula rota.*

Sofía: 😬

Cesar: *Mira, Sofi…, 😌 la vida no tiene por qué complicarse tanto. No siempre hay que elegir entre lo que uno quiere y lo que le conviene.*

Cesar: *A veces, esas dos cosas coinciden… y cuando eso pasa, ahí debe estar el lugar correcto.*

Sofía: …

Cesar: *Y tú…, tú te pareces bastante a la esperanza de que ese lugar existe.*

Sofía: 🥹 🖤

Cesar: 💬 *Me encanta dejarte sin palabras. ¿No hay otro selfie con esos espejuelos, por favor?*

Sofía: *Ya te gustaría.*

Después de ese chat guardó el teléfono… y el libro. Se lanzó escaleras arriba a resolver sus últimos casos pendientes del día. Mientras subía, se sorprendió sonriendo sola. Cesar siempre lograba eso: romper la neblina en la que se hundía, recordarle que la vida también tenía lugares ligeros, sin tantas preguntas ni sacrificios.

Pero, al apoyar la mano en la baranda, volvió a sentir el peso del libro en el bolso y, con él, ese latido sordo que no terminaba de apagarse. «¿Será cierto eso que dijo Cesar? ¿Habrá un lugar donde lo que quiero y lo que me conviene se encuentren sin tener que dejar nada atrás?».

Suspiró, se ajustó los espejuelos y siguió. Por ahora, el hospital y sus pacientes eran el único lugar donde podía sostenerse sin temblar…, pero en algún rincón de su mente, esa esperanza seguía viva, esperando su momento para convertirse en realidad.

Sofía llegó a su casa a las cinco de la tarde. Se quitó los zapatos del hospital y, sin pensarlo demasiado, se puso la ropa para correr: camiseta ligera, *leggins* oscuros, el cabello recogido por debajo de la gorra. Necesitaba sudar la tensión del día.

A las cinco y media ya estaba en la pista, calentando junto a Eddy. Comenzaron a trotar. Hablaban de tonterías, de un partido de fútbol, de un nuevo café en el centro. Eddy, como siempre, evitaba tocar las fibras sensibles. Las primeras vueltas fueron suaves; el cielo empezaba a teñirse de naranja y el calor cedía un poco.

A los quince minutos, Sofía sintió una presencia a su lado. Unas pisadas acompasadas se unieron a las suyas. Giró apenas el rostro y se encontró con una sonrisa que no esperaba ver allí.

—Qué bueno que también viene a correr, doctora… —dijo Luis, aquel interno monumental que ahora parecía hacer publicidad de ropa deportiva en lugar de pijamas quirúrgicos.

Sofía lo escaneó con la mirada y le devolvió la sonrisa, aflojando un poco el paso. Él hizo lo mismo, adaptándose a su ritmo. Eddy levantó una ceja, los miró de soslayo y se adelantó un par de metros, dándoles espacio.

—No te había visto por aquí —dijo Sofía, con una curiosidad sincera.

—Tiene lógica, es la primera vez que vengo —respondió él, con esa serenidad segura que parecía ensayada.

—¿Ah sí? ¿Y qué decepción te hizo a ti querer venir a mover el cuerpo? —preguntó, juguetona, intentando disimular el rubor que sentía bajo la piel.

—¿Decepción? Ninguna… —dijo Luis, ladeando la cabeza con una sonrisa juguetona—. El viernes pasado pasé por aquí en la tarde de casualidad y te vi desde afuera… grabé la hora en mi reloj. Vine hoy con la idea de verte otra vez. Y mira, acerté.

Sofía sintió que el corazón le latía distinto, pero lo atribuyó al ejercicio. Se sonrojó, aunque el calor y el esfuerzo lo ocultaron bien.

—¿En serio quieres que te crea eso?

—Bueno…, yo no soy neurocirujano —dijo él, bajando un poco la voz, con un brillo travieso en la mirada—. Ni me lo he planteado. Supongo que eso ayuda.

Sofía arqueó una ceja, sorprendida. Quedaba claro que su historia con el «Doctor Maravilla» ya se murmuraba por los pasillos. En un hospital los secretos nunca duran demasiado. Pero no se molestó. Al contrario, sonrió. Y mientras Luis corría a su lado con la ligereza de quien no carga con nada más que su propio cuerpo, ella sintió un contraste punzante: venía de un amor que pesaba como plomo, y la posibilidad de distraerse sin derrumbes emocionales.

Sus pasos siguieron marcando la pista, pero dentro de ella, algo se movía distinto.

—Me gusta que te rías así. Yo la verdad no soy de mucho correr…, pero algo tenía que hacer para conseguir tu número de teléfono.

Sofía volvió a reír, sacudiendo la cabeza, y se detuvo apoyando las manos sobre sus muslos, exhalando con el pecho agitado.

—¿Y qué te hace pensar que te voy a dar mi número de teléfono?

—Bueno…, había que intentarlo —dijo Luis trotando en reversa, sin perder la provocación—. Supongo que tendré que esforzarme más.

—Supones bien —respondió Sofía, lanzándole un guiño.

—Entonces insistiré, doctora, porque también «supongo» … que valdrá la pena —añadió él, acelerando el paso y alejándose, dejándola atrás.

Sofía alcanzó a Eddy, que la miraba con picardía y sarcasmo:

—Él tiene mi edad —dijo Eddy—. Es un niñito para ti.

—Tú tienes un año menos que él. Supongo que eso lo hace menos niño —replicó Sofía, con un mohín irónico—. ¿De dónde lo conoces?

—Es súper amigo de Liana, mi ex. Ella lo adora. Tiene la mejor opinión de él. Siempre ha dicho que es noble, transparente… y buen chico. Y no sé si ahora mismo eso sea lo ideal para ti.

—¿Perdón? —Sofía arqueó las cejas, divertida.

—Vamos a estar aquí, Sofía… Un muchacho sin maldad, lleno de ingenuidad y buenas intenciones. No creo que te convenga… o, por lo menos, no a él.

Ambos rieron y siguieron corriendo.

Luis rozaba los veinticuatro años, tenía casi dos menos que Sofía, aunque no se notaba. Rozaba el metro noventa y mostraba en el cuerpo una elegancia natural que se percibía incluso en la sencillez de su ropa. Llevaba su cabello oscuro peinado con desenfado, los ojos profundos parecían hablar por él, y había en su sonrisa algo genuinamente luminoso. Su porte imponía, sí, pero lo que realmente atraía era la serenidad con la que se movía, esa calidez tranquila que lo hacía distinto.

Tenía un aire respetuoso, casi inocente, que lo volvía irresistiblemente encantador. Para Sofía, era como un oasis en medio del desierto emocional que estaba atravesando. Y, aunque lo sabía, no quería engañarse ni engañar a nadie.

Se repitió en silencio su frase favorita: «Un día a la vez». Y comenzó a aminorar el paso, al ritmo de Melendi en sus auriculares:

♫17- *Dos extraños bailando bajo la luna. Se convierten en amantes al compás… de esa extraña melodía que algunos llaman destino. Y otros prefieren llamar casualidad…* ♫

Esa noche, cerca de las once, Sofía ya estaba en la cama viendo una serie para dormirse cuando escuchó que su madre tocaba la puerta con cierta urgencia.

—¿Qué pasa, mami?

—Pues no lo sé, dímelo tú —respondió su madre, acercándole el teléfono.

Sofía miró la pantalla y leyó el mensaje:

> **+535436111:** *Me encantó conversar contigo hoy, Dra. ¿Y si te atreves a ir mañana a tomar algo conmigo? Soy Luis.*

Sofía soltó una carcajada enorme. Luis había escrito al teléfono de su madre pensando que era el de ella; ese era el número que aparecía a su nombre en todos los directorios digitales. Ella y su mamá habían intercambiado las líneas telefónicas cuando compraron sus celulares, sin darse cuenta.

—A mí no me hace tanta gracia —refunfuñó su madre, aunque con una sonrisa escondida.

Sofía, todavía riéndose, tomó el móvil y escribió:

> **Sofía:** *Soy su madre…, pero no te preocupes, te cubriré por esta vez. Su número es 5360032018.*

A los pocos minutos, Sofía recibió un mensaje en su teléfono.

> **+535436111:** *He pasado la pena más grande de mi vida…* 🫢 *Le he escrito a tu madre pensando que eras tú… Ya hoy no me queda nada romántico para decirte… Solo espero que esto cuente antes de que me digas que no cuando te invite a salir…* 😊

Sofía sonrió. No contestó. Cerró los ojos… y, sin darse cuenta, esa fue la primera noche en semanas que no se durmió pensando en Adam.

El martes en la mañana, Sofía realizaba una interconsulta en la sala de Medicina Interna. De pie junto a la cama, revisaba el historial clínico mientras dictaba en voz baja algunas indicaciones a la enfermera. El pasillo estaba inusualmente tranquilo; apenas se escuchaban pasos apresurados y el murmullo de un pase de visita cercano.

—Ha tenido ya dos vómitos repentinos —dijo la enfermera.

—Puede ser una Encefalopatía Hipertensiva —respondió Sofía, abriendo su bolso para sacar el oftalmoscopio.

Mientras lo encendía y se inclinaba hacia el paciente, la imagen la golpeó sin aviso: «No necesitas un oftalmólogo para hacer un fondo de ojo». La voz de Adam, su sonrisa de aquella primera vez.

El recuerdo la atravesó como un relámpago, tan real e inoportuno que casi la hizo detenerse. Se obligó a continuar, pero dentro de sí una pregunta la confrontó: «¿Qué estará haciendo él ahora?».

Sacudió la cabeza, obligándose a volver al presente, concentrándose en la pupila iluminada delante de ella. Terminó el examen y bajó el aparato, guardándolo en el bolsillo y, sintiendo ese leve pinchazo en el corazón que conocía demasiado bien.

Al alzar la vista, se encontró con otra mirada fija. Luis estaba allí, de brazos cruzados, apoyado en el marco de la puerta, con la bata abierta, el estetoscopio colgando con descuido y esa sonrisa capaz de alegrarle el día a cualquiera.

—Doctora… —dijo despacio, como quien no tiene prisa—, ayer no me contestó el mensaje.

Sofía arqueó una ceja, intentando no reírse.

—¿Cuál? ¿El que le enviaste a mi madre… o el que finalmente llegó a mi celular mientras dormía?

Luis rio por lo bajo y avanzó unos pasos, con esa seguridad relajada que lo hacía peligroso.

—No esperaba tener que ganarme primero a tu madre para poder invitarte a cenar.

—¿A cenar? —preguntó ella, cerrando la historial con calma medida.

—O a lo que tú quieras. Pero hoy, después de que terminemos en el hospital, no aceptaré un no por respuesta... —se inclinó un poco hacia ella, bajando la voz—. Ya hice bastante el ridículo como para fracasar en este intento.

Sofía fingió revisar otra hoja para disimular el calor que le subió al rostro.

—Eres insistente, ¿eh?

—Lo necesario como para aparecer en la pista de atletismo y terminar escribiéndole a tu madre para llamar tu atención —replicó, sosteniendo su mirada—. ¿Qué más quieres como prueba de fe?

Ella soltó una risa de esas que se escapan sin permiso.

—Luis..., te advierto que mis días son complicados —dijo Sofía apretando el oftalmoscopio dentro del bolsillo.

Él se encogió de hombros, con una sonrisa ladeada.

—Entonces hagamos que la noche sea sencilla. Te paso a buscar a las ocho... y así descubres si vale la pena o no correr riesgos conmigo.

Sofía lo miró por un segundo que se sintió largo. Soltó un suspiro y le respondió:

—Tendrá que ser mañana. Hoy tengo planes con mis amigas en El Templo. —Le lanzó una sonrisa relajada mientras se alejaba caminando—. Pero no me escribas al número equivocado la próxima vez.

Luis la siguió con la mirada y ella se perdió por el pasillo. Y Sofía, sin proponérselo, descubrió que algo nuevo empezaba a distraerla... como si de pronto el día tuviera un matiz distinto, menos gris.

Capítulo XXXVI
Ecos que laten

El Templo hervía con esa energía bohemia que solo aquella ciudad podía darle. Las paredes de ladrillo, iluminadas por faroles antiguos, creaban la intimidad perfecta. Uno de los músicos afinaba su guitarra en la esquina, y el humo de los habanos mezclado con el aroma a ron viejo impregnaba el aire. Las risas y las conversaciones se superponían al ritmo suave de una trova que flotaba como un hilo invisible entre las mesas.

En una de ellas, bajo un arco de ladrillo, estaban ya las cinco: Sarah con un cóctel de frutas en la mano, Amber jugando con un mechón de su cabello, Paula observando distraída a un trovador, y Rachel y Camila compartiendo un plato de tapas mientras brindaban entre risas.

Sofía entró con paso rápido. Se quitó la chaqueta y la colgó del respaldo antes de sentarse, todavía con la piel tibia por el aire veraniego de la noche.

—¡Al fin llegaste! —exclamó Camila, chocando su vaso contra el de Rachel—. Pensé que ibas a echarte atrás.

—Nunca me echo atrás con ustedes —respondió Sofía, acomodándose en la silla y dejando que la música la envolviera—. Solo tuve un día largo en el hospital y luego fui un rato a correr con Eddy…, eso me hace bien.

Hablaron primero de tonterías, de un nuevo bar que estaba por abrir y de un viaje que querían preparar juntas, hasta que Sarah, con esa mirada indiscreta que siempre iba al grano, dejó caer la pregunta como quien lanza un guijarro al agua:

—¿Y cómo va todo… lo de Adam?

354

El bullicio del bar se volvió un eco lejano para Sofía. Hundió la vista en su vaso de mojito, moviendo distraída la hierbabuena con la pajilla buscando las palabras.

—Pues no lo sé…, me debato entre extrañarlo demasiado y odiarlo con la misma intensidad. Supongo que tarde o temprano esto se me pasará.

Las demás callaron. La luz amarillenta del farol acariciaba su rostro mientras seguía hablando:

—Las señales siempre fueron claras… Yo, la verdad, a veces tenía la sensación de que le recordaba sus conflictos internos sin resolver. Como si yo fuera un espejo de todo lo que no se atreve a ser, y una amenaza para su diseño de vida. Es difícil de explicar…, pero lo que sí sé es que yo no quiero ser eso para nadie.

Una carcajada de otro grupo estalló al fondo, seguida de un acorde de guitarra. Sofía respiró hondo.

—Así que sí… ha sido difícil, pero ya está.

Paula apoyó los codos en la mesa, inclinándose hacia ella con esa mirada que no admitía evasivas:

—Estoy orgullosa de ti, Sofi —dijo casi en un susurro—. Pero no te desgastes pensando. Para muchos hombres el amor es un negocio que no debe exigirles demasiado de sí mismos… y, en esos casos, es mejor invertir en nuestros propios negocios. Pero ya basta de Adam; esta noche es nuestra y es para relajarnos.

Las palabras la atravesaron como un alivio necesario, pero de inmediato, Sofía puso ojitos de chismecito fresco y en tono de cuchicheo cómplice les comentó:

—Ah…, pero tengo que contarles algo, chicas…

Dejó el mojito a un lado y se inclinó hacia el centro de la mesa:

—Hay un muchacho nuevo dándome vueltas. Me ha invitado a salir… y creo que me gusta.

El grupo reaccionó como un resorte: Camila aplaudió despacio, Amber abrió los ojos sorprendida, Sarah se cubrió la boca para contener la risa y Rachel silbó juguetona para luego preguntar:

—¿Cómo que un muchacho? ¡Queremos detalles ya!

Sofía rio, fue una risa clara que le devolvió algo que creía olvidado.

—Se llama Luis… Es interno… Tiene casi veinticuatro.

—¿¡Veinticuatro!? —repitió Rachel con teatralidad—. ¡Pero si estás asaltando cunas como yo!

Todas estallaron en risas contenidas, inclinándose sobre la mesa.

—Es que tienen que verlo… y me entenderán —dijo Sofía, haciendo un guiño.

Amber entrecerró los ojos, como si algo encajara de pronto:

—Sofía…, me temo que ya estoy empezando a entender, aunque preferiría no hacerlo. Pero es que hay un Luis de casi metro noventa, mirándote embobado ahora mismo desde la pared del fondo.

Las cabezas se giraron a la vez. Y ahí estaba, el mismo Luis, apoyado en la pared de ladrillos, con una camisa blanca arremangada que lo hacía lucir más sexy aún, un refresco en la mano y esa sonrisa fácil que iluminaba la penumbra del bar.

—¿No me jodas que ese es tu Luis, Sofía? —exclamó Amber, divertida.

Sofía se quedó mirándolo, con una sonrisa nerviosa, todavía incrédula.

—El mismísimo —respondió, con un dejo de orgullo travieso—. ¿Lo conoces?

—¿Que si lo conozco? Estudiamos juntos toda la vida… Fue mi novio en la primaria, pero él nunca se enteró.

La carcajada fue unánime.

—Esto es demasiado para mi corazón —bromeó Amber, poniéndose de pie mientras se alisaba el vestido—. Pero, Sofía, te lo digo en serio: es un gran muchacho. Ve a ver lo qué haces.

Con paso ligero, Amber cruzó entre las mesas hasta llegar a Luis y lo abrazó con cariño.

Sofía y las demás siguieron la escena con la mirada. Y por primera vez en semanas, ella se sintió liviana, como si en medio del Templo la vida le pintara un destello nuevo en la piel y le devolviera la chispa.

—Ciertamente, es un papacito —sentenció Rachel observándolo, llevándose el vaso a los labios con una sonrisa cómplice.

Sofía desvío los ojos, jugando con la servilleta entre los dedos, y luego se recostó en el espaldar de la silla, dejando escapar un suspiro.

—Si les soy sincera… no puedo evitar sentir culpa. Estar siquiera considerando algo con Luis me hace sentir como si, al final, le estuviera dando la razón a Adam en todas sus dudas sobre mí.

Sarah la sostuvo con una mirada serena, de esas que saben contener y al mismo tiempo empujar hacia la verdad.

—¿Sabes qué, Sofi? No veo nada de malo en que él tenga la razón… pero no de la manera que crees. Sus dudas sobre ti se basan en los miedos que él siente. Es él quien se aterra por la mujer que eres, es él quien no puede soportarlo. Pero, por lo que veo, al tal Luis eso no le incomoda mucho.

Hubo un murmullo de aprobación alrededor de la mesa, mientras la luz cálida de los faroles les pintaba los rostros. Paula, fiel a su estilo, lo remató sin titubear:

—Apuesto cualquier cosa que a esta hora está con Julia hablando del clima o viendo el noticiero… eso, si es que está hablando con ella.

Sofía guardó silencio unos instantes, dejando que las palabras de sus amigas calaran en ella. Entre el bullicio del Templo y las risas dispersas, sintió de pronto, algo dentro encontraba un respiro.

Alzó la vista hacia la pared del fondo: Luis seguía conversando con Amber, pero entre frase y frase sus ojos volvían a buscarla, como si ella fuera su punto fijo en medio del bar.

Entonces se levantó. Avanzó entre las mesas con paso decidido, sin detenerse a pensarlo demasiado.

—Buenas noches —interrumpió, mirándolo directo, esbozando una sonrisa traviesa que le ablandaba los rasgos.

—Buenas noches, doctora —respondió Luis, inclinándose lo justo para dejar en su mejilla un roce que parecía más reto que saludo.

Amber los observó con picardía y, antes de marcharse, se señaló los ojos con ambos dedos, haciéndole a Sofía el gesto inequívoco de «te estaré vigilando». Luego se perdió entre las mesas rumbo a las chicas.

Luis la recorrió de arriba abajo con los ojos, sin disimular el asombro.

—El pijama del hospital te va de maravillas, pero... —dijo en tono provocador—... esos pantalones te quedan de muerte.

Sofía arqueó una ceja, divertida.

—Tú no te ves tan mal tampoco —contestó, y ambos sonrieron, midiendo la tensión.

—¿Tienes problemas cuando te dicen que no... eh? —dijo ella, cruzando los brazos con fingida severidad—. ¡Vaya que eres insistente!

—No siempre —replicó él, desviando la mirada—. Depende de la motivación.

—¿Y estás solo? —preguntó Sofía, incapaz de contener la duda que le rondaba: «¿Qué hace un hombre así..., solo?».

—Casi siempre ando solo... —admitió—. No soy de muchos amigos.

Luis llevó el refresco a los labios y dio un trago lento, como quien se prepara para dejar caer algo más.

—No me dio tiempo de pasar por la pista esta tarde, así que pensé en venir aquí... para recrear la vista contigo —dijo con una sonrisa tranquila—. Pero no te preocupes, regresa con tus amigas. Entiendo que hay mucha gente del hospital y quizá no quieras que nos vean juntos.

Sofía lo miró fija, los labios se le curvaron en una sonrisa atrevida.

—Ay, Luis. Estoy en un momento de mi vida en el que ya me importa muy poco lo que ve o dice la gente —respondió despacio—. He aprendido a disfrutarme tal cual soy, no por arrogancia, sino por supervivencia. Ya no me permito cargar peso de extra.

Luis quedó un segundo en silencio, sorprendido, como si no esperara esa respuesta.

—Eso... —murmuró, asintiendo—. Eso me gusta.

En ese momento una melodía lenta y profunda se abrió camino entre las conversaciones. Luis dejó el refresco sobre una mesa y extendió la mano.

—Pues, si es así como me dices…, entonces no te molestará bailar conmigo esta canción. Luego me voy y te dejo disfrutar tranquila.

Sofía sintió un calor que le encendía por dentro y contuvo la sonrisa.

—Será un placer —respondió.

Él sonrió, mientras se acercaba a ella.

—Perdona si te piso… Aparte de que soy un poco torpe para el baile, estoy un poco nervioso.

—No te preocupes —dijo Sofía, inclinando la cabeza para dejarse envolver por la melodía—. Puedo lidiar con eso.

♫18- *Es que tu amor es un acertijo… un tornado del alma, que me lleva sin rumbo fijo.* ♫

Luis la guio hacia un rincón más oscuro e íntimo. Rodeó su cintura con una mano y con la otra tomó la suya. La cabeza de Sofía quedó bajo su barbilla; ella se dejó caer sutilmente contra él, escuchando cómo sus latidos se volvían un ritmo compartido.

Él le acarició el antebrazo con el pulgar, y ese roce mínimo la estremeció con un temblor placentero, como si la ternura se convirtiera en música bajo su piel. El perfume cálido y seco de Luis la envolvió.

Sofía no pensó en nada más, hasta que una imagen fugaz la atravesó: «Adam también era torpe al bailar…». El recuerdo le jugó una mala pasada por un instante, pero enseguida lo soltó, aferrándose al presente, a esa melodía y a ese abrazo nuevo que le sabía a paz.

Luis la sostuvo con delicadeza, marcando el compás. Sofía se dejó arrullar por la voz de Diana Fuentes, sintiendo cómo el mundo se reducía a ese vaivén tranquilo.

Mientras bailaban, él bajó un poco la mirada, con una incredulidad evidente, y le confesó en voz baja, casi riendo de sí mismo:

—Me has sorprendido, Sofía… Nunca pensé que me darías ni la hora. Siempre te vi… fuera de mi alcance.

Sofía esbozó una sonrisa provocativa:

—No soy yo, Luis. Eres tú. Si estamos aquí bailando, es porque viniste a por ello. Yo no he movido un dedo. —Hizo una pausa, divertida—. Y ojo, yo no bailo con cualquiera, ¿eh?

Luis sintió un pinchazo de orgullo, y acercándola un poco más contra él, le respondió:

—Bueno…, creo que aún te queda mucho por ver.

Sofía volvió a reír, esta vez lo miró con intención:

—No tengo dudas.

—Recuerda que mañana, la noche es mía —agregó él.

Ella sentía un alivio distinto, uno que quizás creía no merecer, pero que a la vez la hizo caer en cuenta de que, el dolor, no era obligatorio. Sin embargo, no entró en debates internos, solo dejó que la sonrisa que se dibujaba en su rostro fuera libre, mientras apoyaba la frente contra su hombro.

La canción terminó. Luis aflojó el abrazo despacio, aspiró el aroma de su cabello y, antes de soltarla, se inclinó para rozarle la comisura de los labios con un beso ligero, casi accidental. Aun así, la piel de ella reaccionó de inmediato, estremecida.

—Disfruta tu noche, doctora —susurró con una sonrisa—. Pásalo bien con tus amigas. Solo quería verte… y que me vieras tú también.

Se apartó con calma, alejándose entre las mesas. Sofía lo siguió con la mirada, atrapada en esa sensación contradictoria de alivio y de deseo, asumiendo que, en el fondo, le habría gustado que se quedara.

Volvió a la mesa con sus amigas, que la recibieron entre risas y codazos.

—Bueno, bueno… —canturreó Camila—, ¿y ese vals improvisado?

—Yo lo apoyo totalmente —dijo Rachel, levantando su copa—. Voto por Luis como candidato oficial para sacarte del caos.

—Por favor, Sofía, solo no juegues con él —añadió Amber, con cierto recelo.

—Ay, Amber, por favor, deja el drama. No seas aguafiestas. Aquí todo el mundo es adulto y responsable de sus actos —inquirió Paula.

Sofía no le hizo caso y se dejó caer en la silla, riendo mientras tomaba un sorbo del mojito. El teléfono vibró en la mesa. Lo tomó, leyó un mensaje en la pantalla y soltó una carcajada espontánea:

> **Cesar:** *Buenas noches, doctora…*
> *¿Aburrida o dormida ya?*
> *Si yo estuviera allá*
> *hoy martes y a esta hora…*
> *estarías conmigo en El Templo,*
> *tomándote un mojito*
> *y viéndole otros colores a la vida.*

—¡Eh!, ¿pero tan rápido y ya te hace reír así? —comentó Rachel, arqueando las cejas.

Sofía negó con la cabeza, todavía sonriendo.

—Oh, no…, no es él.

Alzó el teléfono, juntó a todas con un gesto y se inclinó hacia el centro de la mesa.

—Vengan, *selfie* grupal. —Levantó el vaso del mojito y lo puso en primer plano, capturando la risa de todas bajo la luz cálida del Templo. En segundos, la foto salió disparada rumbo al chat de Cesar.

—¿Que no es él? —dijo Sarah, intrigada—. ¿Entonces quién es? ¿Hay otro?

—¡Confiesa! —agregó Camila con risas.

Sofía sonrió, mordiéndose el labio antes de responder:

—No, qué va…, es Cesar. ¿Se acuerdan?

Paula enarcó las cejas y soltó entre risas:

—Ah…, el del famoso *efecto Cesar*.

—Oh, sí, pero ese Cesar está muy lejos… —añadió Camila, dejando la copa sobre la mesa—. Eso es puro flirteo digital, no es peligroso.

Sofía se relajó entre la música, las risas de sus amigas y el recuerdo aún fresco de Luis, pero llegó otra notificación que no se hizo esperar.

Cesar: *¡Wow!!Yo, en tu lugar,*
ya estaría preocupada.

Sofía: *¿Por?*

Cesar: *Porque ya me metí en tu cabeza*
y hasta me adelanto a tus movimientos…

Sofía sonrió otra vez, bajando la mirada, y, aunque no respondió, para Cesar fue muy fácil deducirlo.

Cesar: *Ya deja de reírte, que tus amigas*
me van a empezar a odiar antes de darme el chance.
Atiendes más al teléfono que a ellas…
y las amigas nunca pueden estar en contra. 😉

Sofía: 😊

Cesar: *Estás preciosa, doctora.*
Y si yo estuviera ahí… 😏

Otra risa inevitable se le escapó, pero guardó el celular.

—Ten cuidado, Caperucita…, que veo que ya no le tienes miedo al lobo —dijo Paula, riendo a carcajadas.

—A los lobos, querrás decir —agregó Rachel, levantando su vaso.

—Se vale aclarar —intervino Amber— que Luis tiene más de ciervo que de lobo…, por si acaso.

Sofía le devolvió un gesto desdeñoso con la mano y Paula la mandó a callar con una mueca exagerada.

El resto de la noche se fue entre risas, hasta que, casi al cerrar, vieron llegar a Rafa, el novio de Rachel, que venía a buscarla para que no regresara sola a casa. Rachel se levantó radiante, feliz… con ese rastro de incertidumbre que deja lo que uno aún no percibe duradero, pero con un brillo en la mirada distinto, renovado.

Sofía llegó a su casa dispuesta a descansar: al día siguiente le tocaba levantarse temprano para trabajar. Se dio una ducha rápida, se puso el pijama y, al recostar la cabeza en la almohada, casi sin pensarlo buscó el chat de Adam.

Ahí estaba el último mensaje, intacto: «Sofía, por favor, reacciona. Yo te amo».

Miró hacia el buró. El libro. El oftalmoscopio. Y se le llenó la cabeza de recuerdos. Abrazó la almohada contra su pecho…, y, sin pensarlo mucho, lo desbloqueó.

A las 4 de la madrugada, el timbre de su celular sonó alto en la habitación silenciosa. Era Adam. Ella no lo sabía, pero…, a pesar de todo, él no había dejado de marcarle ni un solo día desde que se fue, incluso después de saber que ella lo había bloqueado.

Al ver el nombre en la pantalla, su corazón se aceleró de manera caótica. No lo pudo evitar: deslizó para contestar. No dijo nada.

—Sofía… —susurró la voz de Adam al otro lado de la línea.

Y así como si nada, la noche, el baile, la esperanza, y hasta el mundo… volvían a desmoronarse en un instante.

Capítulo XXXVII

Esos roces que no arden

—Sofía… —dijo por segunda vez, paralizado por la sorpresa.

Ella guardó silencio. No sabía por qué había contestado; ya se arrepentía. Cerró los ojos con fuerza, pero el gesto no deshizo lo ocurrido. Sentada en el borde de la cama, permaneció inmóvil con el teléfono pegado a la oreja. El aire le faltaba; cualquier palabra prometía volver a romper algo dentro. Un latido sordo le martillaba en la sien.

Del otro lado, él insistió, con un dejo de angustia:

—¿Por qué me desbloqueaste?

Sofía sacudió el rostro un segundo y, con un suspiro que le calmó un poco los nervios, respondió mientras se recostaba contra la cabecera de la cama:

—Todo está bien, Adam… No tengo idea de por qué te desbloqueé. Tal vez es ahora cuando me siento lista para volver a hablarte. No lo sé…

—¿Algún motivo en especial? —preguntó él, con la voz suspendida entre la esperanza y el miedo—. ¿Pasó algo?

—El tiempo…, supongo. Ha pasado poco, pero ha pasado.

Hubo una pausa. Del otro lado, Adam respiró hondo antes de confesar:

—Te extraño, Sofía…

Ella selló los labios, sin conceder respuesta. Cambió el tono, a otro casi quirúrgico:

—¿Por qué me llamas?

Él tardó en contestar. Cuando lo hizo parecía que soltaba una carga insoportable:

—No ha habido un solo día en el que no te haya llamado. No puedo sacarte de mi cabeza… Vine creyendo que hacía lo correcto, pero cada día estoy menos seguro de eso.

Ella dejó escapar una risa forzada, sin humor.

—Ya es tarde para eso, Adam.

El silencio volvió. Ella bajó la mirada, pero la curiosidad la consumía y, aun sabiendo que la pregunta podía desnudarla más de lo que quería, la lanzó:

—Dime una cosa… ¿por fin cuántas habitaciones tiene el apartamento?

La línea se quedó en un vacío áspero. Adam no dijo nada…, solo se escuchaba su respiración.

Sofía trató de resintonizar su mente. «Tengo 86 mil millones de neuronas en el cerebro y, sin embargo, ninguna parece hacer sinapsis cuando se trata de este hombre. ¿Por qué me sorprendo?» Esto no debía afectarla, ella ya lo había presagiado en uno de sus acertados fenómenos de anticipación.

—Ya lo sabía… No pasa nada… Solo espero que estés feliz. ¿Estás feliz?

El silencio se estiró hasta doler. Y entonces, con la voz rota, Adam murmuró:

—Tengo que colgar.

Quizá, porque hablaba en susurros desde la cocina mientras Julia dormía. Quizá, porque Sofía le había lanzado la misma pregunta que Julia le hiciera en aquel autobús un mes atrás. Y de nuevo, no tenía respuesta. La llamada se cortó.

Sofía sabía que ya no volvería a conciliar el sueño, así que se metió bajo la ducha: tres horas de descanso no bastaban para nada. El agua caliente le despejó el cuerpo, pero no la mente. A las cinco se preparó un café fuerte y se quedó mirando por la ventana cómo la ciudad empezaba a desperezarse. En vez de esperar en casa, decidió vestirse y salir.

Cuando llegó al hospital apenas clareaba. Subió al balcón del quinto piso y se dejó envolver por la brisa y la quietud.

Eran casi las 6:30 a. m. cuando sacó el teléfono y llamó a Paula, que le contestó al tercer timbre medio dormida.

—¿Tú sabes qué hora es, loca? —dijo entre bostezos.

—Lo sé, perdona, pero necesito hablar… He metido la pata. Fuera de lugar, fuera de momento.

—¿Qué hiciste ahora?

—Desbloqueé a Adam. Y como por arte de magia, dos horas después me llamó… a las cuatro de la mañana.

Paula se enderezó en la cama, bostezando y abriendo los ojos con esfuerzo.

—¡Vaya que es oportuno el hombre! Parece que la precisión de Adam no es solo abriendo cerebros… ¿Y qué te dijo?

—Nada que no haya dicho antes. Que me extraña. Que no deja de pensar en mí. Bla, bla, bla. La misma mierda, Paula.

—¿Y tú qué le dijiste?

—Caí bajísimo, Pau. Imagínate que le pregunté… —Sofía se llevó la mano a la frente—. Le pregunté cuántas habitaciones tenía su apartamento.

Paula soltó una carcajada, un tanto incrédula.

—¡Nooo! —dijo entre risas—. Sofía, por favor. ¡Qué escena tan patética!... y tan normal a la vez.

Sofía suspiró largo, con esa mezcla de risa amarga y vergüenza.

—Ya sé. Pero fue más fuerte que yo. No me contestó. Hizo silencio. Y, después que le pregunté si era feliz…, colgó.

Paula bajó el tono, sin perder firmeza.

—Aaah, ¿porque también le preguntaste si era feliz?... Ja, ja, ja, ja —agregó Paula en tono de burla—. Sofía, de verdad…, te luciste. —Soltó otra carcajada—. Pero, mira, si no te contestó fue por vergüenza. Le diste justo donde más le dolía. Y, si me preguntas, eso deberías asumirlo como una victoria.

Hubo un silencio. De esos donde la verdad se queda respirando en medio.

—Lo cierto es que me siento fatal. No debí haberlo desbloqueado, menos aún contestarle.

—Sofía, cariño…, tienes que parar de intentar ser perfecta. Nosotras te queremos justo porque no lo eres. Deja de castigarte por sentir. Todas caemos. Todas preguntamos lo que juramos no preguntar. No es traicionar tu orgullo: es ser humana. Y, al final, eso es lo único que nos hace de verdad.

Hizo una pausa, y luego disparó con más fuerza:

—A ver cómo te lo digo para que tu cerebro de neuróloga lo procese mejor… Ahora lo que se usa es ir de duras y frías, como si eso fuera posible. Pero en el fondo somos todas unas hipócritas. Lloramos como magdalena cuando nadie nos ve. Nos sentimos como la mierda cuando nos rechazan. Nos apuntamos al gimnasio, corremos la pista, nos decimos que vamos a renacer. Rellenamos el hueco con cualquier risa bonita, aun sabiendo que no basta. Y después, el resto finge que nos cree. «La pobre, está hecha polvo», comentan por detrás —explicaba haciendo una mueca de lástima forzada que Sofía percibía sin dudas, mientras la escuchaba—. No hay cómo escapar, amiga. Lo mejor es aceptar que nos jode, y que nos jode bastante. Confiar en que, con el tiempo, lo vamos a superar. Pero fingir que no duele, que somos de acero, es agotador. Al menos entre nosotras, créeme, eso no hace falta.

Sofía cerró los ojos, dejando que el aire fresco de la mañana le enfriara las mejillas.

—¡Wow…!, viniendo de ti, esto fue una bofetada sin manos. Pero sí…, la verdad es que aún duele, Pau.

—Lo sé. Y va a seguir doliendo un rato. Pero, mientras tanto, agarra el espejo, saca el creyón rojo, retócate los labios… y entra ahí a comerte el mundo.

Sofía sonrió con los ojos cerrados y el corazón estrujado.

—Te quiero, arpía.

—Y yo a ti, mi *drama queen* favorita. Ahora déjame dormir, por favor…, y olvida esa llamada estúpida. No lo bloquees más. Pero no porque no merezca tu atención, sino porque ya no merece tu energía.

Paula colgó y Sofía se quedó unos minutos más en el balcón, mirando cómo el cielo se aclaraba de a poco y tratando de hacerlo ella también.

La mañana transcurría sin sobresaltos en la sala de Sofía. Los residentes de primero repasaban indicaciones terapéuticas para un seminario, los especialistas cruzaban con café en mano, y ella revisaba evoluciones cuando notó en la historia de un paciente, con ACV reciente que la glucemia se había disparado a más de 280 a pesar del esquema basal de insulina.

No lo dudó. Tomó el teléfono y llamó a Maritza.

—Maritza, ¿puedes darte una vuelta por aquí? Tengo un paciente con ACV que está haciendo una descompensación glucémica. Parece seria y prefiero que lo ajustes tú.

Diez minutos después, Maritza apareció en la sala con su clásica parsimonia y esa sonrisa conflictiva pero hermosa que la caracterizaba. Y, cómo no, traía a Luis detrás, como quien coloca una ficha en el lugar exacto del tablero. Sofía levantó una ceja, sorprendida y a la vez divertida por la jugada.

—¿Dónde está el diabético rebelde? —preguntó Maritza sin preámbulos.

Sofía le indicó la cama 5. Los tres se acercaron. Maritza hojeó los reportes, revisó los últimos controles y murmuró:

—Esto no me gusta. Vamos a hacer un perfil glucémico intensivo y ajustar el esquema. Luis, anota ahí: Control capilar cada dos horas por las próximas ocho horas, ajustar según protocolo de insulina rápida. Y suspéndele los hipoglicemiantes orales por el momento.

Luis escribía obediente, pero sin despegar la mirada de Sofía. Cuando Maritza se alejó unos pasos, él aprovechó el vacío:

—Se te notan las ojeras, parece que la fiesta acabó tarde —y bajando la voz junto a su oído, añadió—. Sigo esperando que me envíes la dirección. A las ocho paso por ti.

Sofía sintió la sonrisa queriendo escapársele, pero solo se limitó a ajustar el estetoscopio en su cuello, fingiendo concentración, y se giró despacio hacia él:

—¿Y a dónde vas a llevarme?

Luis ladeó la cabeza y dijo, sin titubear:

—Déjese sorprender, doctora.

Maritza observaba de reojo desde una esquina, y no dijo nada en ese instante. Pero en cuanto salieron del cubículo, giró en seco y tomó a Sofía del brazo con firmeza.

—Tú, conmigo. Ahora.

La arrastró sin disimulo por el pasillo hasta el cuarto médico. Abrió la puerta con decisión, la cerró con un golpe de cadera y se apoyó en la pared. Ya tenía los brazos cruzados, una ceja alzada, y esa mirada de rayos X que usaba cuando no iba a dejar pasar ni una.

—Ok. Ya. Suéltalo. Todo. Desde el principio.

—Todavía no hay nada que contar… Vamos a salir hoy —dijo Sofía, haciendo esfuerzos por sonar casual, pero su sonrisa la traicionaba.

—¿¡QUE VAN A SALIR!? —Maritza bajó la voz al instante, aunque ya era tarde. Dio un paso al frente como si eso aumentara la gravedad del asunto—. ¿Tú sabes lo que has hecho? ¡Ese niño es el *crush* oficial de medio hospital! Pero si es un niño, Sofía, parece un osito de peluche.

—Madre mía…, dicho así me siento una anciana.

En ese momento, la puerta se abrió sin aviso. Entró Alberto, que alcanzó a oír la última frase. Se detuvo, clavando la mirada en Sofía.

—¿Ancianas ustedes? —dijo con tono farsante mientras saludaba a Maritza—. ¿Y entonces yo qué soy?

—Un fósil con experiencia que lee bien los electroencefalogramas —le soltó Maritza con una risa burlona—. Te dejo ahí a Luis, Sofi, para que haga la nota. Si no tienes interno hoy, úsalo. Yo ya casi termino.

Le guiñó el ojo a Sofía, lanzó a Alberto un gesto de «compórtate» y se esfumó, dejando a su amiga con los nervios crispados.

Alberto, ya en su taquilla, se volteó entre provocador y nostálgico:

—¿Y el neurocirujano? Hace rato que no se aparece por aquí.

369

Sofía lo encaró sin rodeos. Se plantó frente a él, con los brazos cruzados y la mandíbula apretada.

—¿Y eso por qué te importa?

—La que me importa eres tú.

El silencio quedó pesado, como un aire espeso entre los dos. Luego ella respondió, tajante:

—Alberto…, crece. Ya son 42 años en esas costillas. Sé coherente con tu vida. Por favor.

Él frunció los labios, medio riendo, medio herido.

—Tan bonita… y tan odiosa —murmuró, dándole la espalda y saliendo.

Sofía respiró hondo, fue al espejo, se ajustó la bata con manos firmes, se arregló el peinado y se recompuso como quien se viste para la batalla.

Cuando salió al pasillo, Luis estaba terminando de escribir.

—¿Ya terminaste? —preguntó ella, más seria de lo que quería.

—Ya casi…, ¿por qué?

—Porque se te adelantó la cita. Estás atascado conmigo toda la tarde. Vamos a ver si de verdad sabes algo de Neurología.

Luis levantó la cabeza, sorprendido y encantado a la vez. La siguió sin pensarlo.

Justo al salir, Alberto, aún en la puerta, la haló del brazo con delicadeza. Se inclinó hacia ella con un tono más posesivo que protector:

—No repitas patrones, Sofía… Es un interno.

Sofía giró la cara, con una sonrisa filosa y una ceja enarcada. Se soltó de un tirón y le respondió con toda la intención de refrescarle el pasado:

—Por lo menos no está en tercer año.

Y siguió caminando oronda, con Luis al lado y el pulso un poco más rápido de lo que estaba dispuesta a admitir.

Luis no dijo nada, pero la tensión que acababa de percibir entre Alberto y Sofía le dejó una nota muda flotando en el ambiente, no obstante, eligió ignorarla. Prefirió seguir disfrutando de la tarde con ella. Recorrieron juntos Urgencias, revisaron tomografías, discutieron casos neurológicos con ese tipo de intensidad que a Sofía le fascinaba.

Él la escuchaba embobado, pero con profunda atención. Sus preguntas eran precisas, su entusiasmo evidente. Sofía, a pesar del cansancio, se sentía cómoda. Atractiva. Era nuevo y delicioso tener a alguien que fuera, al mismo tiempo, excelente compañía, alumno, y…, quizás algo más.

El sol comenzaba a bajar ya de tonos cuando el celular vibró en su bolsillo. Ella miró la pantalla y frunció el ceño. Era Adam. No contestó. Lo dejó sonar. Volvió a vibrar treinta segundos después. Esta vez Sofía bufó con un gesto de fastidio contenido.

—¿Nuestro neurocirujano estrella? —preguntó Luis, sin sarcasmo.

—Pues sí —respondió ella, sin mirar el teléfono.

—¿No vas a contestar?

Sofía se encogió de hombros.

—No sé si debería…

Luis la observó un instante, sin presionarla. Luego, solo le dijo:

—Tal vez es algo importante.

Ella suspiró, reflexiva. Finalmente aceptó la llamada con un gesto rápido, se llevó el celular al oído y, alejándose de Luis con sutileza, habló con voz serena, casi indiferente:

—¿Qué quieres, Adam? ¿De verdad es necesario que me llames?

—Tengo un paciente que me gustaría que valoraras —dijo él, seco.

—No hay problemas. Pásale toda la información a William y dile que me busque. Ahora mismo estoy con una interconsulta. Tengo que colgar. Y, por favor, evita llamarme…

Adam se quedó con el teléfono en la mano y una terrible duda perforándole la corteza prefrontal: ¿Sofía seguía enfadada… o simplemente ya le daba igual?

Luis no comentó nada. Solo sonrió con los ojos, como quien conquista un pequeño territorio. Sofía le devolvió la mirada con una mezcla de alivio y contradicción. El silencio que siguió no fue incómodo: fue cómplice, como un acuerdo tácito de que algo nuevo estaba naciendo.

La jornada en la tarde terminó sobre las cinco, con un sol tibio que se deslizaba por los ventanales como una caricia en cámara lenta. Luis se ofreció a llevarla a casa en su moto.

—¿Te llevo? —preguntó con esa sonrisa embriagadora que ya empezaba a volverse costumbre.

Sofía negó con delicadeza, aunque por dentro ardiera un impulso opuesto.

—No es necesario, Luis… Gracias. Hoy prefiero caminar un poco. Nos vemos luego.

No mentía. Necesitaba ese tramo a solas, no para huir, sino para contenerse a sí misma. Para alinear el cuerpo y los pensamientos —sobre todo el cuerpo— antes de la noche.

Luis arrancó la moto, y ella lo vio alejarse como se observa un deseo postergado, pero comenzó a caminar despacio. Cada paso era un ensayo. El aire le tocaba la piel con una electricidad que parecía anunciar algo inevitable.

En casa, se preparó sin apuro, con una precisión calculada. Eligió un vestido terracota oscuro, entallado al cuerpo, sobrio y sin disculpas. Las mangas, tres cuartos. El escote, medido: lo justo para insinuar la clavícula y una promesa sutil en el inicio del pecho. Tacones medianos, elegantes. Cabello suelto, ondulado. Y un perfume que, más que fragancia, era una invitación a acercarse.

A las ocho en punto, sonó el timbre. Sofía abrió la puerta y allí estaba Luis. Traía un pantalón de lino color crema, camisa azul marino, arremangada y reloj sobrio. Pero lo que la desarmó no fue la ropa, sino la manera en que la miraba: con calma y con peligro. Esa forma de verla como si ya la hubiera desnudado… no con las manos, sino con la paciencia de quien sabe esperar el instante preciso.

—¿Lista? —preguntó, ofreciéndole el brazo con esa solemnidad de época que vuelve todo más íntimo.

Ella asintió con la cabeza y se apoyó en él. Esa era su manera de decir que sí, que estaba lista… o al menos quería estarlo.

Subieron al taxi. El trayecto fue breve, pero electrizante. No hablaron demasiado. Las palabras sobraban porque las miradas estaban siendo bastante reveladoras. Él le acarició la mano un segundo, apenas un roce, como si necesitara comprobar que estaba ahí.

A las afueras de la ciudad, se detuvieron en la entrada de una finca inmensa, envuelta por una vegetación tropical exuberante y meticulosamente cuidada, que trepaba hasta una colina pequeña, casi oculta entre las sombras que el crepúsculo alargaba. Frente a un lago pequeño de aguas verdeazules, un restaurante parecía fundirse con el paisaje; sus luces amarillas se filtraban entre las hojas como faros para encuentros clandestinos.

Un anfitrión de traje oscuro los recibió en la entrada con una cortesía sobria y, tras comprobar la reserva, los condujo hasta su sitio a través de un sendero de madera iluminado por lámparas bajas. Las mesas, dispersas con generosidad, invitaban a la confidencia y a lo prohibido. Y, aunque ellos no se habían besado todavía, el deseo ya saturaba el aire, palpable y silencioso, ocupando el espacio que los contenía.

La cena transcurrió entre sabores suaves, risas discretas y silencios que hablaban más que las palabras. El vino tinto, espeso y cálido, parecía tener su propia cadencia, como si también supiera que aquella noche no sería cualquier noche.

Luis observaba a Sofía con detenimiento. No desde la admiración superficial, sino con esa quietud peligrosa de quien desea descubrir lo que no se muestra.

—Sofía… —murmuró, como si le confiara un secreto—. Gracias por aceptar mi invitación. De verdad.

Ella le sonrió con ternura.

—Creo que no me habría perdonado perderme esto. Es un lugar precioso, Luis. No lo conocía.

—Fue difícil escoger un sitio a tu altura y que además no te hiciera sentir incómoda —dijo él, bebiendo un sorbo de vino.

—No hay manera de que me sienta incómoda contigo —se apresuró ella a responder.

Luis sostuvo su mirada con un brillo distinto.

—Eres una mujer muy especial, Sofía…, y me gustas mucho. Desde hace tiempo.

Ella hundió la vista en el vino, sonrojada, sin certezas, pero atravesada por deseos viscerales.

—Tú también me gustas, Luis. Y no solo por lo que veo… pero no quiero engañarte. No sé qué es lo que buscas conmigo, y yo estoy en un momento difícil en el que ni siquiera sé lo que quiero. No puedo prometerte nada…

Antes de que terminara la frase, él se inclinó con sutileza y le colocó dos dedos sobre los labios.

—Shhh… —murmuró—. No quiero que me prometas nada. No estoy buscando promesas, ni garantías. Lo único que quiero es hacerte sentir bien… y conocerte un poco. Nada más.

Sofía lo miró callada, agradecida. Luego, tras un suspiro que cerraba la última defensa, le respondió:

—Pues, si es así…, estamos en la misma página entonces.

Luis asintió y, sin soltar su mano, alzó su copa. Sofía lo imitó. Las copas se encontraron en un suave «clin» sellando algo íntimo, callado, suficiente. Después de eso, conversaron con más ligereza. Menos reservas. La noche dejó de ser promesa para convertirse en posibilidad.

Después del postre y de reír genuinamente de cualquier cosa, salieron a la recepción, caminaron un rato alrededor del lago y, finalmente, se acercaron a un taxi para regresar. Luis le abrió la puerta, la ayudó a entrar y luego se acomodó a su lado.

—Te llevo a tu casa.

—¿A mi casa? — respondió ella con la sonrisa ladeada, provocativa y temeraria.

Él la observó unos segundos, enmudecido por el doble filo de esa pregunta.

—¿Estás segura? —preguntó, sin ironía.

Ella no tardó en responder. No necesitó rodeos ni palabras rebuscadas. Solo una afirmación limpia, clara, que soltó como un disparo preciso mientras se acomodaba en el asiento:

—Yo siempre estoy segura.

Aquella frase lo caló al instante. Pero a Sofía también, porque no era suya: era la inquebrantable respuesta que Adam solía dar cada vez que alguien desafiaba. «Qué mal momento he escogido para usarla», pensó, sintiendo cómo la memoria la punzaba.

Luis, sin embargo, no perdió la oportunidad. Se inclinó hacia ella y la interrumpió con un beso que no pudo contener, inevitable y perfecto.

Y el resto... fue destino.

La mañana siguiente, Sofía despertó en una habitación distinta a la suya, con una luz nueva filtrándose entre cortinas ajenas y una calidez adherida a la piel. Se giró, aún un poco perdida, y lo vio: Luis dormía con la respiración serena y su perfecta espalda al descubierto, en su mundo no existía ninguna urgencia.

Buscó su teléfono. La pantalla encendida fue un bofetón: 06:46.

—¡Mierda! —murmuró, incorporándose de golpe.

Luis entreabrió los ojos, con esa expresión perezosa de quien no teme al tiempo.

—Calma..., todavía tienes tiempo para llegar al hospital —susurró, con una sonrisa ladeada.

—¡Ya estoy tarde! —dijo ella, mientras buscaba su ropa con movimientos apresurados— y aún tengo que pasar por mi casa.

Él se levantó sin prisa y fue a la cocina. Unos minutos después volvió con un café en vaso térmico.

—Para el camino. No te vayas sin esto.

—Gracias..., de verdad —respondió ella, tomando el café como si fuera un salvavidas y rozándole los labios en un beso rápido.

Salió casi corriendo, llamó un taxi desde la esquina y se dejó caer en el asiento trasero como si acabara de terminar una maratón.

El auto arrancó. El sonido del motor y el aroma del café recién hecho fueron el escenario ideal para que apareciera el recuerdo.

No era tanto la noche que pasaron, ni el clímax compartido. Era cómo él la había tocado, con hambre, pero sin prisa. Con una atención extraña, desinteresada. Sintió que cada movimiento estuvo pensado para ella, para leer su cuerpo con respeto, pero también con deseo sincero. Luis no intentó dominar la escena, no improvisó trucos. Solo se hizo presente. Cálido, lento, entero. Todo lo que hizo fue por ella. Y eso, en un mundo de egoísmos veloces, se sentía como un milagro íntimo.

Sofía se sorprendió pensando: «Hacía mucho que no me sentía así». No eufórica, ni enamorada…, sino vista. Cuidada.

El taxi se detuvo en su casa. Se duchó, se cambió y salió rumbo al hospital, procurando no parecer una fugitiva emocional. Tomó aire, lo suficiente para recomponerse. Luis todavía deambulaba en su cabeza como esa nota musical que no pertenece a ninguna canción, pero que suena justo cuando más la necesitas. Y eso, en ese instante, valía mucho.

♫19- *Si te hago canción no te pido por eso que mueras por mí. Es tan solo un destello de tiempo, una chispa, un disparo perdido, en el recorrido de mí hacia ti.* ♫

376

Capítulo XXXVIII
Trampas emocionales

Durante las semanas siguientes, Sofía y Luis vivieron algo parecido a un idilio sin pretensiones. Compartían tiempo, cenas, meriendas espontáneas y alguna que otra escapada breve entre turnos. Había ternura, deseo, complicidad…, pero también una libertad que ninguno parecía dispuesto a ceder. No se hacían preguntas. No hablaban del pasado ni de lo que vendría. No se molestaban si no coincidían. No exigían explicaciones ni exclusividad.

Era una paz que Sofía agradecía. Un tipo de compañía que no la asfixiaba, que no pedía más de lo que ella podía dar. Y eso, después del huracán emocional que había sido Adam, se sentía como un descanso merecido.

Luis la hacía reír. Se notaba que la admiraba, que disfrutaba su cerebro tanto como su cuerpo. Y, aunque la química era innegable, Sofía sabía —desde algún lugar silencioso de su conciencia— que aquello no era amor. Pero era suficiente. En ese momento de su vida, era más que suficiente.

Las llamadas de Adam, sin embargo, al principio no cesaban. Cada madrugada, como un ritual espectral, su número aparecía en la pantalla…, incluso, si estaba durmiendo con Luis. Ella no contestaba. No lo bloqueó de nuevo, pero tampoco respondió ni siquiera a los mensajes que él le había dejado en un par de ocasiones. Había elegido el silencio, no como castigo, sino como un acto de protección.

Hasta que una madrugada no llamó… y luego no lo hizo más. Sin aviso, sin ruido, sin despedida.

Y aunque había sido eso lo que ella creía querer, el corazón le dio un pequeño vuelco. Porque el silencio absoluto también dolía. No porque lo necesitara de vuelta, sino porque entendía lo que significaba: Adam se había rendido. Había soltado. O, al menos, había entendido que ya no tenía lugar en su vida. Y eso, incluso en su decisión más firme, le pinchaba en el alma.

Ya eran finales de noviembre. El año comenzaba a doblar la curva hacia su cierre, y con él, también Sofía, experimentaba que algo en su interior se había acomodado. Nada estridente. Solo había encontrado un ritmo más lento, más suyo.

Una de esas mañanas atareadas, cruzando los pasillos del hospital se topó con William, que venía en dirección contraria.

—¿Tienes cinco minutos? —preguntó él con su tono habitual, medio distraído, medio cálido.

—Si hay café, tal vez te dé diez —respondió ella, sonriendo.

Terminaron en la cafetería de siempre. William pidió un expreso fuerte, Sofía un cortadito. Hablaron de pacientes, de turnos, de tomografías y resonancias… hasta que él mencionó aquel caso complicado, uno que Adam había derivado y que Sofía logró estabilizar con un esquema que ella misma ajustó.

—Por cierto…, ese paciente tuyo, bueno, de él —dijo William, con un dejo de complicidad—, está mucho mejor. Funcionó perfecto el cambio de medicamento.

Sofía bajó un poco la mirada, movió la cucharilla con parsimonia y murmuró:

—No fue nada…, es que ustedes los neurocirujanos y las epilepsias no se llevan nada bien.

William la miró un segundo, con una ternura que no necesitaba adornos.

—¿Y tú? ¿Cómo estás, Sofía?

Ella suspiró despacio. Luego levantó la mirada, con una sonrisa que ya no escondía cicatrices, sino madurez.

—Pues no me quejo. Me siento bien. En sincronía conmigo misma. Es hasta un alivio que tu amigo no esté —aseveró, con media carcajada—. Nunca pensé que diría eso.

William sonrió, desvió la mirada, removió el café y le respondió con voz suave:

—Me alegro. De verdad. Me gusta verte así…, tranquila, enfocada. No mereces menos que eso, Sofía.

Ella lo miró con gratitud. No por lo que dijo, sino por cómo lo dijo. Por la permanencia y la complicidad a pesar de ser amigo de Adam, pero, sobre todo, por el respeto.

—¿Has hablado con Adam? —preguntó William sin curvas, mientras giraba con cuidado su taza entre las manos.

Sofía lo miró, sorprendida por la pregunta. Tardó un par de segundos en responder.

—No. Ciertamente no. Hace mucho que no hablo con él… ¿Por qué?

William clavó la mirada en el café, como si hubiera dicho más de lo que debía. Sacudió la cabeza con una sonrisa breve, algo forzada.

—No, por nada…, solo curiosidad.

Sofía lo observó con atención, buscando entre líneas alguna pista. Pero él se paralizó en sus propios pensamientos, como quien carga con algo que no puede decir.

—La vida es una cabrona —murmuró entonces, sin mirarla.

—Así es… —respondió ella, bebiendo un sorbo de café, sin apartar los ojos de él, confusa.

Pasaron unos segundos en silencio, hasta que William volvió a hablar, pero con una sombra más espesa en la voz:

—A veces no entiendo por qué algunas personas son como son. Algunos creen que pueden pasar por encima de los demás… y que no va a pasar nada.

Sofía frunció el ceño, seguía confundida.

—¿Esto a qué viene? ¿Me estás hablando de Adam?

Él suspiró hondo y se encogió de hombros.

—Estoy hablando de todos. De mí. De ti. De Adam también…, supongo. A veces me frustra ver el comportamiento del ser humano. Algunos se pasan de egoístas y otros de generosos… Es que la línea entre protegerse uno mismo y joder al otro es tan delgada.

Sofía volvió a observarlo con las cejas alzadas. Había algo más. Lo sabía. Pero William no se lo iba a decir.

—¿Estás bien?

—Yo sí… —respondió él, bajando un poco la voz—. Y quiero que tú también lo sigas estando. De verdad, Sofía…, me alegra mucho que te sientas así.

Le puso la mano sobre la suya con un cariño genuino.

—No se te olvide quién eres.

Ella sintió un escalofrío inesperado muy parecido al miedo, el corazón se le agitó sin permiso, pero no quería saber. Asintió apenas. Y fue entonces cuando William se puso de pie, como si no pudiera quedarse un segundo más sentado a su lado, con todo lo que callaba.

—Nos vemos en la discusión de imágenes luego.

Y se fue, dejando tras de sí un aire impreciso, casi irrespirable, con la sensación de que en ese café se había dicho mucho más de lo que se escuchó.

Esa tarde, Luis acompañó a Sofía a correr en la pista. Ya entre él y Eddy se había armado una dinámica divertida. A Eddy le caía bien. Lo veía aparecer con su sonrisa fácil y su forma relajada de moverse, y no podía evitar pensar que, por fin, Sofía estaba viviendo algo sin sobresaltos. Le gustaba verla así: suelta, centrada, con el cuerpo y la mente caminando al mismo ritmo.

Hasta ese momento nadie había confirmado nada entre ellos, pero las miradas ya no se disimulaban. Los más cercanos sospechaban —y con razón—, aunque a ninguno de los dos le urgía ponerle nombre. Quizás Luis sí pensaba hacerlo más adelante, pero lo disimulaba bien. Se adaptaba al ritmo de Sofía con una paciencia elegante que, en el fondo, también era una forma de amor.

Lo que Sofía no sabía, mientras se despedía de Eddy, era que Luis tenía otros planes para esa noche. Al día siguiente ella cumpliría veintiséis años y, aunque una guardia inamovible amenazaba con robarle cualquier festejo, él había decidido adelantarse al reloj.

Después de correr, pasaron por casa de Sofía a recoger unas cosas, pues habían quedado en pasar la noche juntos. Ella, confiada, lo acompañó sin sospechar nada. Pero al entrar al apartamento de Luis, se encontró con una escena inesperada: velas encendidas, pétalos de rosas rojas, música suave en el aire. En un rincón, el mini jacuzzi ya burbujeaba. Sobre la mesa, dos botellas de vino y una cena italiana dispuesta con delicadeza. Todo preparado con una estética íntima y una intención que no necesitaba palabras.

—¿Y esto…? —dijo Sofía, con la ceja en alto y una sonrisa que se le escapaba por las comisuras.

—Considera que estoy ejerciendo mis funciones como interno del mes. Es tu cumpleaños, me tocaba ponerme cursi. Deja de reírte —respondió él, quitándose el *pullover* con una naturalidad que delataba lo bien que conocía el efecto que estaba causando.

Sofía no dijo nada más, acarició sus pectorales con las yemas de sus dedos y lo besó, largo, agradecida. Decidió relajarse, desconectar y permitirse recibir sin pensar tanto.

La noche fue lo que tenía que ser: ligera, sensual, divertida. Como una pausa perfectamente calculada, y cuando la madrugada los alcanzó, entre sábanas tibias y risas dormidas, Sofía se recostó sobre su pecho, y casi medio dormida le susurró:

—Gracias por ser tan especial conmigo…

Luis le besó la frente, sin alardes.

—¿Será que ya te quiero? —le preguntó con una ironía que abrazaba—. Solo quería regalarte un rato feliz. Parece que lo he logrado.

Sofía soltó una risa satisfecha y entonces sí, se durmieron. No por olvido ni por huida. Sino porque, dentro de unas horas esperaba una guardia más intensa de lo que ambos imaginaban.

Ella no había podido cambiar la guardia, por más intentos que hizo. A pesar de ser su cumpleaños número 26, el calendario hospitalario no perdonaba fechas ni sentimentalismos. Así que, en un acto de frialdad calculada —y algo de picardía—, decidió hacerse un regalo a su medida: pasar el día acompañada por el interno más eficiente del hospital. Y, por qué no decirlo, también el más apuesto, o sea: Luis.

No hubo peticiones dulces ni favores disfrazados. Fue una propuesta directa, sencilla, casi quirúrgica: cubrir la guardia juntos. Él aceptó con esa soltura que tenía para todo lo que la involucrara. Le gustaba estar cerca de ella. Y, aunque no se hablara mucho del tema, ambos sabían que compartir la guardia era una forma disimulada —y deliciosa— de compartir algo más.

El día avanzaba sin sorpresas. Luis se encargaba de todos los detalles: el café caliente, las notas en los historiales clínicos, las bromas oportunas. Sofía se sentía ligera, como si incluso un cumpleaños de guardia pudiera tener su propio encanto. Hasta que, alrededor de las dos de la tarde, el teléfono vibró en el bolsillo de su bata. Era un mensaje:

> **Cesar:** *Doctora, necesito un favor suyo urgente.*
> *Hay un amigo mío en Urgencias,*
> *ahí en su hospital, con un dolor de cabeza muy fuerte.*
> *Le he dicho que la busque.*
> *¿Crees que puedas bajar a verlo?*

Sofía frunció el ceño. Releyó el mensaje, percibiendo algo extraño entre líneas. Justo en ese momento, una enfermera de Observación la llamó: había un paciente que pedía verla.

Suspiró, todavía con la duda en la frente, y se dirigió sin prisa hacia Urgencias. Antes de bajar, le pidió a Luis que terminara las notas evolutivas de los pacientes neurológicos en la UCI. Nada parecía realmente urgente… pero accedió, sin cuestionar demasiado.

Al llegar, preguntó quién la buscaba. Un chico de complexión delgada, *jeans* rotos y un polo blanco levantó la mano desde la última camilla con una sonrisa tímida.

—¿Eres el amigo de Cesar? —preguntó Sofía, acercándose.

—Sí, soy yo. Mucho gusto: Alain —respondió, extendiéndole la mano.

—Encantada, Alain… Bueno, ¿qué fue lo que te pasó? —preguntó Sofía confundida pues el chico no parecía enfermo en lo absoluto.

Alain le devolvió la mirada, divertido.

—A mí no me ha pasado nada. Estoy de maravillas. Por cierto…, ¡feliz cumpleaños!

Y fue a una esquina del cubículo a buscarle una caja escandalosamente envuelta, con moño rojo y papel dorado metalizado. Sofía arqueó una ceja.

—¿Perdón?

—Solo soy el mensajero. Me dijeron que viniera a entregarte esto…, sin preguntas.

Sofía no pudo evitar sonreír y le agradeció al joven. Uno de los médicos de Observación, que alcanzó a ver la escena, soltó un «felicidades, doc» mientras ella agradecía con una inclinación de cabeza y regresaba rumbo al cuarto médico.

Subió rápido. Cerró la puerta. Se sentó. Cerró los ojos de la emoción y abrió la caja. Dentro, un estuche elegante de bombones, un libro de poesías de Elvira Sastre… *Aquella orilla nuestra* y un vestido negro precioso de tirantes anchos, escote elegante y espalda al descubierto, largo hasta la mitad del muslo, como si hubiese sido pensado para su cuerpo. El tipo de vestido que no pide permiso. Que no acompaña, sino que irrumpe.

En medio de los pliegues, un papelito amarillo, doblado con torpeza, como si el mensaje hubiera sido escrito con prisa.

Feliz cumpleaños, doctora.
¿De verdad pensaste que se me iba a pasar?
No te pongas este vestido.
Guárdalo.
Quiero que lo estrenes conmigo…, algún día.

Cesar.

Sofía se quedó allí un momento más, con la caja sobre el regazo y la respiración aún desacompasada. No era el regalo.

No era el vestido. Era la sensación de ser leída a la distancia con una exactitud peligrosa. Como si él supiera justo dónde tocar sin estar. Y eso…, eso la intrigaba más de lo que estaba dispuesta a admitir. Y en ese instante a pesar de ser una experta en evasiones hizo lo que cualquier mujer en estado de *shock* emocional hace: le tomó una foto al regalo y la envió al chat de sus amigas…

En el grupo de las arpías, la reacción fue inmediata y estrepitosa:

Camila: *De verdad que ese sabe lo que hace.*

Sarah: *Es tremendo, el Cesar.*

Rachel: *Ese hombre se va a aparecer cualquier día, ya verás.* 😄

Paula: *Ay, pero qué detallazo.* 🤩

Rachel: *Ay, chica, ese me cae bien ya…*

Amber: *Otra víctima. Pobre Luisito* 💀

Luego también envío la foto a Cesar, con un mensaje breve:

Sofía: *¿Es que quieres matarme del corazón?*

Cesar: *¡No! Solo quiero estar presente…*

Sofía quedó un poco paralizada. No había contado con la presencia de Cesar más allá de la pantalla de su celular. Estaba a más de mil millas de su vida real… y, sin embargo, conseguía tocarla. Esa capacidad de irrumpir desde la distancia le resultaba profundamente inquietante. Ella prefería que esos ojos verdes se mantuvieran bien lejos… aunque, si decidía ser sincera, ya demasiada intriga le causaban.

Finalmente hizo *switch*. La imagen de Luis, concentrado en las notas evolutivas, solo en UCI, le golpeó de repente con una mezcla de ternura y culpa. Lo había dejado encargado de los pacientes más críticos, olvidando que él también tenía un examen importante al día siguiente. Sacudió el cuerpo, respiró hondo y subió a buscarlo. Lo encontró aún frente al monitor, revisando una evolución.

—Luis..., ya vete a tu casa a estudiar, que es tarde. Yo me encargo de aquí en adelante —dijo con suavidad.

Él giró la silla, se acercó y le sostuvo la mirada con una chispa en los ojos.

—¿En serio quieres que me vaya? —preguntó, con los labios muy cerca de su boca.

Sofía sonrió, esta vez sellando los suyos, casi resignada:

—Querer, lo que se dice querer..., pues no. Pero no podría con el cargo de conciencia si mañana sale algo mal con ese examen. Es el fin de tu rotación en Medicina Interna. Tienes que salir bien.

Luis rodó los ojos, medio en broma, medio en verdad.

—No me lo recuerdes.

—¿Por qué?

—Porque eso significa que esta es mi última semana en este hospital. El lunes ya estaré en el Pediátrico.

Sofía levantó una ceja con una sonrisa irónica.

—Míralo por la parte buena, a lo mejor conquistas a una pediatra por allá.

Luis se encogió de hombros, provocador:

—A menos que cambies tú de Especialidad...

Ambos rieron, sabían que reír era la mejor manera de esquivar lo que de verdad sentían. Ella lo abrazó con fuerza medida. Le dio las gracias por la noche anterior, por el día y por la compañía silenciosa que a veces era más valiosa que cualquier promesa en voz alta.

Él le besó la frente y luego en los labios, con esa ternura que desarma.

—Mañana, cuando salga del examen, te llamo. Te debo una celebración como Dios manda. Ojalá y la guardia siga así de tranquila.

—Oyeeee que eso no se dice… Acabas de desatar la maldición.

—La superstición es la religión de los espíritus débiles… El tuyo está por encima de estas cosas —le respondió risueño, alejándose…

Y en ese instante, Sofía deseó que el mundo no estuviera tan lleno de decisiones difíciles.

Ella quedó allí, como ausente, y un frío inesperado se encendió en su espalda, un estremecimiento que hablaba sin palabras, como un calambre que se desplazaba justo bajo la piel. Era su cumpleaños, y odiaba ese vacío sordo que se instalaba sin permiso. No quería admitirlo, ni siquiera frente a sus amigas, pero haber pasado el día entero sin un solo mensaje de Adam para felicitarla había erosionado su orgullo y estaba dejando en ella un hueco —un hueco helado y punzante— donde la esperanza, ya muy frágil, se esfumaba sin piedad.

Capítulo XXXIX
Triage: Código Negro

Sofía descansaba en el cuarto médico, con la cabeza recostada sobre su bolso y los ojos entrecerrados. Había sido un cumpleaños atípico, de esos que no piden permiso ni esperan celebración. Apenas un respiro entre rondas clínicas, cafés a medias y reportes sin cerrar.

Justo cuando el cuerpo empezaba a rendirse al cansancio, sonó el teléfono interno. Era de Urgencias.

—Doctora, necesitamos que venga. Nos acaban de activar por un accidente masivo. El cuerpo de guardia está colapsado.

«Joder, Luis… ¿con que espíritus débiles, eh?», pensó Sofía mientras se incorporaba de golpe, agarrando su bolso de trabajo y colgándose el estetoscopio al cuello para bajar las escaleras a toda prisa. La noche, que hasta entonces se había deslizado tranquila, acababa de quebrarse… Porque dentro de un hospital, en medio de la guardia, hay un código inviolable sobre las cosas que nunca se dicen, y, «la guardia está tranquila», es una de ellas.

Apenas cruzó la puerta de Urgencias, el caos la envolvió: camillas alineadas en los pasillos, paramédicos entrando a toda velocidad, enfermeras corriendo con bandejas ensangrentadas, el eco de un llanto incontenible.

Entonces, entre el torbellino de voces, sintió la voz de William que sonaba un poco abrumado.

—¡Sofía! —exclamó, alzando las cejas mientras exploraba los reflejos de un paciente en la camilla—. Pero, si es tu cumpleaños… ¿Qué haces aquí?

—Gajes del oficio —murmuró ella, encogiéndose de hombros con una sonrisa que apenas sostuvo—. ¿Cómo te ayudo?

William apretó los labios, sin saber qué contestar. Giró el rostro, buscando algo —o a alguien— en medio del pasillo. Sofía siguió, casi sin querer, el trayecto de sus ojos. Y entonces lo vio.

Allí estaba Adam, en medio del caos, como siempre… con el *scrub* azul pegado al torso y el cabello despeinado. Quieto. Sosteniendo otra camilla, con los ojos clavados en ella.

El golpe llegó sin aviso. Un escalofrío le cruzó el abdomen a Sofía. Su corazón se disparó. Sus manos sudaban. La sangre ardía mientras la presión en sus arterias subía sin tregua. Un vacío brutal se apoderó de su estómago. La garganta se cerró y la vista se le nubló sin piedad.

No podía moverse. Ni siquiera pestañear. Por un segundo todo desapareció: no hubo pacientes, ni alarmas, ni gritos. Solo un zumbido sordo, un eco entre las costillas y un dolor agudo detrás del esternón.

Él estaba allí, a tan solo dos metros. Real. Sin anestesia. Y, como siempre, devastador.

Otra vez respiraban el mismo aire, ocupaban el mismo espacio, y él volvía a mirarla con esa mezcla feroz de ternura e impotencia, como si su propio cuerpo fuera una cárcel. Tenía los labios apretados, las pupilas fijas, y un tic apenas perceptible en la comisura izquierda. Sin embargo, no bajaba la mirada; la sostenía con desafío. Sabía que su sola presencia era un puñal, pero seguía ahí, clavado.

Sofía sintió cómo las piernas le flaqueaban y tuvo que aferrarse al borde metálico de una camilla. El vinilo frío bajo los dedos la ancló: seguía de guardia, seguía siendo doctora. Pero su cuerpo pedía otra cosa. Huir. Correr. Desaparecer.

Adam, náufrago ante una orilla que no sabía cómo alcanzar, desvió al fin la mirada, carraspeó y le habló de forma indirecta.

—Doctora, estoy haciendo *triage* de los casos de neuro. Necesito que revises las tomografías y reorganices los traslados posibles al área clínica —dijo mientras iluminaba las pupilas de un paciente—. Y, si puedes, adelanta con los fondos de ojo para priorizar las imágenes. Hay una sola oftalmóloga y está colapsada. Tú tienes un buen oftalmoscopio.

Su tono era preciso, aséptico, afilado como un informe. Pero el temblor en su mandíbula lo delataba.

Sofía seguía sin reaccionar. Él lo notó: no era normal verla vulnerable y, por alguna razón, sintió más culpa que alivio. Entregó una hoja de indicaciones a una enfermera y, sin pensarlo demasiado, dio unos pasos hacia ella. Se inclinó apenas sobre su cuello.

—Feliz cumpleaños —murmuró, oliéndola de nuevo, cerrando los ojos y apretando el puño con fuerza para no tocarla.

Sofía encogió el hombro, tensó el cuello en un intento inútil de protegerse, pero el escalofrío la traicionaba sin piedad, clavándose como un aguijón invisible bajo su epidermis. La respiración de Adam en su nuca era un acto despiadado, un susurro que le removía el aire y le aceleraba el pulso, desarmando cada frontera que había levantado en esos dos meses de ausencia. El cuerpo le ardía con la fragilidad de un incendio secreto, y, de pronto, toda su coraza interna se desvanecía ante esa presencia inesperada.

Finalmente asintió y echó a andar... sin control consciente de sus pasos.

William dejó lo que hacía por un instante y se acercó con cuidado.

—Lo siento, Sofi —dijo, mirando de reojo a Adam—. No tuve tiempo de avisarte, no sabía que estarías aquí hoy.

—Estoy bien. Haré lo que mejor sé hacer... Solo no quiero volver a cruzarme con él esta noche —respondió, con la voz entrecortada, sin levantar la vista.

—Eso no vas a poder evitarlo —contestó William, señalando con la mirada el caos de Urgencias—. Lo siento, de verdad.

Cuando terminó de reorganizar el flujo de pacientes con el intensivista, Sofía pidió las carpetas de los casos pendientes de neuroimagen. El desorden seguía en modo bucle, pero ella había logrado silenciar su tormenta interna con la precisión de quien ha aprendido a operar en piloto automático.

Minutos después estaba en Radiología. La luz azulada de las pantallas y el silbido del scanner ofrecían un alivio relativo. Revisaba una tomografía junto al radiólogo de guardia, señalando una hemorragia cerebelosa, cuando una voz a sus espaldas la sobresaltó:

—¿Puedo revisar la tomografía 1305 antes de entrar al quirófano?

Era Adam. Otra vez, sin anestesia, sin pedir permiso.

El radiólogo asintió y se levantó de su silla giratoria.

—Doctora, si no le molesta… lo dejo aquí con el doctor. Voy a revisar otra TAC con el ortopédico en la estación de al lado.

Sofía no dijo nada. Su cuerpo ya no tenía reflejos.

Adam se sentó a su lado. Demasiado cerca. Tan cerca que el calor de su brazo le rasgaba el aire. El silencio entre ellos tenía filo. Ella miraba la pantalla, inquebrantable; él, en cambio, la miraba a ella.

—Sofía…

—Por favor, no hables, Adam. No digas nada —respondió ella, sin mirarlo.

Adam le tomó la mano. Instintivo. Como si todavía tuviera consentimiento.

—Por Dios —susurró, con voz apenas audible—. No te imaginas las ganas que tengo de abrazarte.

Sofía tragó saliva. Los ojos le ardían.

—No hagas esto —dijo muy despacio—. Por favor, Adam…, no me hagas esto.

Él cerró los ojos. Las pestañas le temblaban.

—Solo déjame abrazarte, por favor. Solo eso…

Su aliento le rozaba el cuello y ella se desarmaba ante ese olor, el mismo de siempre. Imponente. Adictivo. El que tenía grabado en la mismísima médula.

Pero retiró la mano de golpe. Se levantó bruscamente y le sostuvo la mirada por primera vez.

—Es mi cumpleaños, coño —le dijo con los ojos llenos de lágrimas, con un dolor que no necesitaba gritarse—. No tienes derecho.

Y salió. Cruzó Radiología como un cuerpo expulsado. La puerta de cristal se abrió y ella irrumpió en el patio central del hospital, huyendo de un incendio invisible. Caminó a ciegas, en la oscuridad, con el pecho apretado, sintiendo que le habían arrancado el aire con un puñal.

Las lágrimas cayeron justo cuando el viento golpeó su cara. Alzó la vista al cielo, también oscuro. Se pasó la mano por la cabeza y flexionó las rodillas apoyando las manos sobre los muslos, casi en cuclillas, intentando contener la rabia con el cuerpo.

Entonces se permitió llorar un poco. Porque no había inconsciencia suficiente para todas sus heridas. Porque seguía enamorada de ese hombre, incluso en la decepción.

Después de un instante se incorporó. Se limpió el rostro con la palma temblorosa y permaneció unos segundos respirando hondo, intentando inhalar algo de entereza. Al darse cuenta de que estaba completamente sola en medio de la noche, un escalofrío más largo la recorrió. No era por Adam, sino por esa sensación muda de estar desprotegida en su propio mundo, sin paredes.

En su interior algo retrocedía. O quizás —y eso dolía más— nada había avanzado realmente en esos dos meses de distancia. Pero, aun así, volvió a Emergencias a darlo todo por sus pacientes.

A las tres de la madrugada, el caos cedió. Las sirenas callaron. Las camillas se dispersaron. Los pasillos recuperaron su eco. El hospital —y ella— respiraron profundo, como después de una tormenta.

Sofía terminó de revisar las últimas tomografías, firmó los informes con pulso exhausto, coordinó los traslados y dejó instrucciones a los residentes de Urgencias. Sentía el cuerpo extraño, como si lo habitara desde afuera.

Subió al cuarto médico con la falsa certeza de haber sobrevivido. Abrió la puerta, apagó la luz, dejó el bolso sobre la silla y se dejó caer en la cama, cubriéndose los ojos con el antebrazo. «Por fin», pensó, creyendo que lo había sorteado todo, que no habría más sorpresas…, pero en ese mismo instante la puerta volvió a abrirse, sin aviso. Ni un golpe. Ni un permiso. Adam volvía a irrumpir siendo Adam, brillante y torpe a la vez.

Sofía se sentó en la cama, con el corazón atascado entre las costillas, evitando cualquier movimiento que pudiera quebrarla. Él estaba allí. Cerrando la puerta tras de sí, con seguro. Ojeroso y tenso. Empapado de algo que no era sudor, sino desesperación. Dio dos pasos, encendió una de las lámparas pequeñas y, preservando una distancia prudencial, se giró hacia ella:

—Lo siento. Tenía que verte.

Ella se levantó con todo el cuerpo temblando. El deseo le trepaba por la columna, furioso, cruel. Pero también la rabia, la dignidad y el dolor. Era una batalla interna imposible de sostener. Una voz dentro de ella gritaba: «Sal, escápate, protégete». Otra le susurraba: «No te muevas».

Él se acercó más, hasta quedar frente a su boca. La observaba con los ojos aguados, haciendo ese gesto previo de quien sabe que va a herir, pero igual avanza.

—No hagas esto… —le suplicó ella, con la voz rota, sin poder retroceder.

Adam no obedeció. No podía. La miró con una intensidad que parecía arrancarle la vida, el aire mismo desaparecía sin su contacto. Le rodeó el cuello, la atrajo hacia sí y la retuvo un instante contra su pecho. Después la apartó un poco, la sujetó por la nuca y le mordió el labio inferior con sutileza para luego besarla con la desesperación acumulada de los últimos dos meses, con la culpa de haberla dejado, con la rabia por todo lo que ahora la alejaba, con la necesidad urgente de poseerla.

Fue un beso torpe y feroz, entre dos bocas que peleaban e intentaban perdonarse al mismo tiempo, aferrándose y despidiéndose en la misma escena.

Sofía lo empujó con lágrimas en los ojos. Luego lo atrajo. Luego volvió a empujarlo.

—No me hagas esto otra vez —susurró contra su boca, con los ojos anegados, los dedos temblando sobre su cuello, dándose cuenta de que ya era demasiado tarde.

El tiempo se había rendido. No quedaba lógica, ni ética, ni escapatoria. Solo un abismo inevitable y dos cuerpos ardiendo por dentro.

Ella por fin se dejó llevar y lo besó, odiándolo como si fuera la única manera de no romperse. Había furia, hambre y dolor dispersos a partes iguales en su inetrior. Adam la sostuvo con desesperación, creyendo que ese instante podía redimir lo perdido, temiendo que soltarla fuera una traición aún más imperdonable que todas las anteriores. Con la certeza de que, pasara lo que pasara después de tenerla así, valdría todas las consecuencias.

Se despojaban frenéticos de la ropa mientras sus bocas se buscaban con violencia. La piel no reconocía límites, necesitaban tocarse por todas partes. Era una guerra de deseo y rencor, una implosión contenida durante demasiado tiempo.

No fue tierno. Fue brutal. Fue necesidad al rojo vivo: despecho, amor y vacío mezclados en un mismo acto. Gemidos ahogados. Uñas dejando marcas. Jadeos que sonaban a llanto. No hubo palabras. Solo heridas expuestas que se rozaban y ardían. Y lo peor: fue perfecto. Tan perfecto que dolía.

Y luego… el silencio. Ese silencio insoportable que llega cuando ya se ha dicho todo con el cuerpo y solo queda la realidad, cruda, inapelable.

Adam apoyó la frente en la clavícula de Sofía. Su respiración vibraba, cada exhalación parecía estar cargada de ansias por quedarse y de imposibilidad para irse. Permaneció así, aferrado a ese momento, casi un minuto entero.

—Sofía…, tengo que decirte algo.

Ella no lo miró. Cerró los ojos con un gesto de impotencia. Ya sabía lo que venía, y no tenía fuerzas para oír el latido de su propia herida en voz ajena.

—No. No digas nada.

—Sofía…

—¡Te dije que no digas nada, carajo! —gritó, empujándolo e incorporándose de golpe mientras recogía la ropa del piso para vestirse.

De pronto lo miró. Fijo. Con los ojos incendiados, desbordados.

—Estás con ella…, ¿verdad? ¿Es eso?

Adam se levantó también, colocándose el pantalón a toda prisa, con torpeza. Dio un golpe contra la pared, como si eso pudiera borrar lo que acababa de pasar.

—Y acabas de acostarte conmigo. ¡Muy bien, Adam, muy bien!... Tú sí que sabes superarte.

Sofía seguía vistiéndose con las manos descoordinadas. Ya no había pudor, ni control. Solo una pizca de dignidad desgarrada, demasiada rabia y el olvido, casi involuntario, de que ella también tenía a alguien en su vida.

—Vete de aquí —dijo sin mirarlo, señalándole la puerta.

—Sofía… Pase lo que pase.

—Pase lo que pase una mierda… —le gritó ella con la voz quebrada y los ojos enrojecidos, apretando las mandíbulas—. ¡Que te vayas, coño!

Interferencias 8

Sofía me llamó. Estaba derrumbada, recostada en la cama, con la almohada cubriéndole los ojos. Ya no lloraba. Tenía la mirada vacía. Los pensamientos se le habían disuelto en la fatiga.

Me sintió llegar y apenas alzó la cabeza. No dijo nada, pero en su gesto había una súplica muda: otro abrazo, uno que la contuviera del derrumbe que ya no podía evitar. Uno que yo no podía darle. Ella sabía que yo no venía a consolar con mentiras dulces. Venía a decirle la verdad que duele, pero que también despierta. Y esa madrugada, eso parecía casi imposible.

Es difícil amar con la esperanza de que no te fallen. Pero más difícil aún es no poder dejar de amar después de que ya te fallaron.

Ahí estaba ella: justo en ese cruce. Aceptándolo. Me senté frente a su cama. En silencio. Esperando. Hasta que su voz rompió el aire:

—Estoy agotada —dijo. Su tono era hueco—. Es jodido entender que no he sido más que un puto paréntesis en su vida.

Yo no lo veía tan así. Siempre creí que Adam la amaba. Solo que sus amores venían con fronteras muy bien delimitadas.

—Me siento como una válvula de emergencia emocional. Él nunca me vio en realidad. —Forzó una sonrisa amarga—. Ni siquiera puedo decir que eligió a la otra. Está con ella porque es la forma más eficiente de seguir eligiéndose a sí mismo, sin quedarse solo.

—¿Y tú crees que está mal elegirse uno mismo?

—Creo que está mal si para eso hay que romper a alguien más.

—Eso solo sucede cuando la otra persona se deja romper. Y tú lo permitiste, Sofía. La culpa no es solo suya. Pero conozco el lugar desde donde lo dices.

Ella bajó la mirada. Luego la alzó, con indicios de claridad y vergüenza.

—¿Cómo se me ocurrió pensar que alguien que le teme tanto a su propio abismo iba a saltar al mío?

—La ilusión —dije—. Eso que nos vuelve humanos. Pero no te confundas, no fue cobardía. Él sabe perfectamente lo que quiere: no va a romper su mundo por nadie. O te unes a su órbita, o ardes en la caída. Lo que te falló no fue el instinto…, fue la esperanza.

—Me duele aquí —susurró, tocándose el pecho.

—Amar es un acto de coraje y hay que asumir el riesgo. Lo que sí no puedes esperar que alguien que le teme a tus alas, vuele contigo.

—¿Tú crees que él me ama?

—Sí. Creo que te ama más de lo que quisiera amarte. Pero…

—Pero cree que darle espacio a ese amor lo traiciona a sí mismo —completó ella, ya sin lágrimas—. No soy suficiente para él. Nunca lo fui. Y lo sabía.

—No es que no le seas suficiente, Sofía, es que, para él, eres demasiado. Tú eres como una puerta hacia otra vida. Una más libre, más desordenada, más real. Pero… ¿te has preguntado si él realmente quiere vivir otra vida?

—Ya sé que no —dijo, con la voz firme por primera vez.

Se hizo un silencio largo. Un silencio como de vértigo antes del salto.

Luego Sofía se incorporó. Se secó la cara con la sábana, respiró hondo y me sostuvo la mirada como no lo había hecho en meses.

—Está bien —dijo—. Ya puedes callarte. Ya entendí.

—¿Qué entendiste?

—Que no puedo seguir esperando el milagro. Que soy viento, no calma. Que nunca voy a ser su refugio, sino una especie de espejo en el que teme mirarse, porque hay reflejos que duelen demasiado. Que él solo sabe amar sin moverse, sin apostar a ciegas… como si eso fuera posible.

—¿Y ahora?

—Ahora…, no lo sé. La esperanza no se evapora de un día para otro.

—Y la duda… retiene cualquier intento de arrancarlo todo de raíz. Supongo que necesitarás más tiempo —le dije justo antes de salir de allí. No hacía falta agregar nada más.

Ella no estaba lista para dejarlo ir, pero sí estaba clara de que, quedarse, bajo esas circunstancias, sería una traición imperdonable a sí misma. Y, al final, eso era lo que más le dolía: traicionarse.

Pero la Sofía que quedó sentada en esa cama… ya no era la misma que me había llamado derrumbada.

Capítulo XL
Hope

Luis salió del examen a las diez de la mañana. Venía con el corazón liviano, casi feliz, listo para compartir con Sofía la buena noticia. Pero justo al pasar el umbral de la UCI, se cruzó con Adam que andaba aún con el pijama quirúrgico, el cabello revuelto y las ojeras marcadas de quien no había dormido en toda la noche. Parecía en su zona de confort, en el lugar que lo reclama.

Se detuvo un instante, poco más de un segundo, pero fue suficiente para que algo dentro de él se encogiera. Apretó los labios, bajó la mirada y se aseguró de hacer las paces con todas las posibilidades que se le pasaban por la mente antes de seguir. Subió directo al cuarto médico de Neurología. Allí estaba Sofía, recogiendo sus cosas con movimientos lentos. Llevaba un moño improvisado y los ojos hinchados.

—¿Cómo estás? —preguntó Luis, aun jadeando un poco—. Supe que hubo un accidente tremendo… ¿Pudiste dormir algo?

Sofía levantó la vista. Su sonrisa lejana, sorprendida, casi culpable:

—¿Qué te puedo decir? No fui yo quien dijo que la guardia estaba tranquila —dijo haciéndole un guiño—. ¿Y tú? ¿Cómo te fue?

—Me dieron el máximo —respondió, intentando sonar ligero—. Pero mi paciente tenía un Guillain-Barré en recuperación, así que fue demasiado fácil. He tenido una buena maestra de Neurología estas semanas.

Se dejó caer contra la taquilla y soltó el aire con fuerza, como si al fin sintiera el cansancio. Sofía se acercó y apoyó el hombro junto al suyo. Le acarició el rostro rápido, con ternura, seguido de ese silencio que anuncia cosas que no se quieren nombrar.

—Me alegra tanto —dijo ella—. De verdad.

Luis le sostuvo la mirada. Sonrió, pero le temblaron los labios.

—¿Y esos ojos hinchados?

Ella desvió la vista. Y entonces él supo.

—Vi que el neurocirujano estrella regresó. Me lo crucé hace un rato. —Hizo una pausa— ¿Es eso? ¿Pasó algo entre ustedes?

Sofía tragó saliva. Las lágrimas le anegaron los ojos, pero no huyó. Miró primero a la cama, luego a él. Y asintió, apenas.

—Lo siento, Luis. De verdad lo siento.

Luis bajó la cabeza. Sus hombros se tensaron.

—Auch... —susurró, más para sí mismo que para ella.

Se pasó la mano por la nuca, rígido, intentando sostener algo que se desmoronaba por dentro. Cerró los ojos un momento, sacudió la cabeza y se reconfiguró.

—No esperaba esto hoy... —dijo con un gesto resignado de negación—. Y menos que me pegara así.

Entonces alzó la mirada y esta vez sí la sostuvo. No había enojo, ni reproche. Solo un dolor manso, de esos que duelen más por todo lo que no se puede gritar.

—Supongo que era inevitable, ¿no? —le dijo derrotado— Esa cosa extraña, enfermiza que hay entre ustedes dos... Se notaba mucho, desde afuera digo. Cuando los veía de lejos.

Hundió los ojos en las ventanas, apretó los labios. Parecía a punto de decir algo más, pero no lo hizo. Solo tragó en seco.

—No dudo que te quiera, Sofía. —le dijo parpadeando como si le ardiese mirarla—. Pero ese hombre no te ve. No como tú mereces. Quizás no sepa cómo hacerlo. Supongo que no puede con tanto... Pero creo que tampoco lo intenta.

Sofía bajó los ojos. No dijo nada. No discutió. No se defendió. Porque dolía. Y porque, en el fondo, sabía que él tenía razón.

—Luis, yo…, no sé ni qué decirte. No quiero hacerte daño. No quiero que te alejes… Pero tampoco puedo mentirte.

Luis la miró con una mezcla serena de ternura y dolor. Entrelazó sus dedos con los de ella, que temblaban apenas.

—Tranquila, Sofía. No podías prometerme nada… ¿Te acuerdas? Esas fueron tus palabras exactas la primera noche que salimos juntos. Pero, por más que quiera quedarme a intentarlo, sé perfectamente cuando no estoy en el lugar correcto.

Ella no respondió. Solo lo miró. Y entonces, rompió a llorar. A llorar por todo, probablemente. Por el amor que no fue, por el consuelo que no alcanzaba, por la culpa y el desarraigo.

Luis la abrazó. Con esa delicadeza que uno tiene con lo que ya sabe perdido, pero aún desea.

—No llores… —susurró, rozando su mejilla con el dorso del pulgar—. No me gusta verte así. Mejor piensa que este mes fue mágico. Porque lo fue. Fue nuestro. Y no hubo medias tintas.

Entonces se quitó una pulsera oscura, tejida, que llevaba años en su muñeca. En letras blancas decía: *Hope*… y se la puso a Sofía.

—Mi abuela me la dio cuando logré entrar a la carrera de Medicina. Me dijo que la esperanza era lo último que debía perder. Quiero que la tengas tú, como un recuerdo de nosotros. Porque eso me diste: esperanza. Nunca te lo conté, pero también llegaste en un momento muy oscuro de mi vida —confesó, limpiándose una lágrima que se le escapaba.

—Así que gracias —añadió—. Pero no me pidas que no me aleje… porque esto me duele. Tampoco te lo dije, pero me imaginé cosas contigo. Cosas reales.

—Luis…

—Shhh… —la interrumpió, con una sonrisa frágil—. Aún soy interno. Todavía tengo mucho que aprender. Quizás, aprender a no ilusionarme tan rápido, sea una de ellas.

Le besó la frente. Largo. Con los ojos cerrados. Como quien se despide de algo que sabe que va a extrañar. Y se giró rumbo a la puerta.

—Escríbeme de vez en cuando… —murmuró ella, con la voz hecha polvo—. No pierdas mi número.

Luis sonrió, con orgullo:

—¿Tu número? —dijo—. Ese ya me lo sé de memoria.

Y así se fue. Dejándola entre la puerta que se cerraba… y un amor bonito con el que no supo quedarse.

Sofía permaneció recostada a la taquilla, en silencio. Sus dedos acariciaban, casi sin darse cuenta, la pulsera que Luis le había dejado. Deslizaba el pulgar sobre la palabra *Hope*, tratando de aferrarse a ella un poco más, de que el simple contacto le diera consuelo.

El eco de la puerta cerrándose aún flotaba en el aire. Luis había sido todo lo que ella no sabía que necesitaba: claro, honesto, profundamente bueno. Había sido ternura sin condiciones. Y dejarlo ir, dolía.

Dolía porque se había ido. Dolía porque él la había entendido. Y dolía, sobre todo, porque habría querido poder amarlo así. De esa forma tranquila y limpia. Con futuro. Pero no podía. No porque no quisiera. Sino porque algo adentro —el cuerpo, la herida, el pasado, la historia con Adam— la tiraba hacia otro lugar. La encadenaba, como si el amor, para ella, solo pudiera ser ese campo de batalla entre lo que soñaba y lo que la destruía.

Se enjuagó la cara con las manos. Se puso de pie. No era momento de desmoronarse más. Y, sin embargo, se sentía rota, otra vez.

Bajando las escaleras para irse a casa, Sofía sacó el celular del bolsillo y abrió el chat de *¿Y ahora... qué hiciste?*. Tecleó sin pensar demasiado:

Sofía: *Chicas…, Adam regresó.*

Las respuestas llegaron como latigazos suaves. Pero hubo un mensaje contundente:

Paula: *Te mando un abrazo.*

Sofía sintió el impacto de esas cinco palabras. No por su contenido, sino por lo que no decían. Paula siempre sabía cómo hablarle sin invadirla, sin ponerle nombres al caos. Y eso, a veces, era peor. Porque dejaba espacio para sentir.

Guardó el teléfono, se ajustó la mochila y cruzó la puerta del hospital como quien se arrastra por dentro. El cuerpo pedía cama. La cabeza, silencio. El alma… quién sabe.

Ya en casa, soltó las llaves en la mesita de la sala y corrió directo al baño. Se desvistió sin encender la luz y se metió en la ducha. El agua caliente le recorrió la espalda como una tregua breve. Enjuagó el día, las miradas, la herida abierta. Tomó un antialérgico. No porque lo necesitara, sino porque sabía que el cuerpo, si no lo ayudaba, no se iba a rendir. Se tiró en la cama con el cabello aún húmedo, puso el aire acondicionado lo más frío que pudo, se enredó en una colcha, abrazó una almohada, y se quedó dormida.

Despertó pasadas las tres de la madrugada, con la boca seca y el estómago haciendo ruido. Había dormido varias horas gracias a la pastilla. Fue directo al refrigerador se sirvió un poco de jugo… y agarró un pedazo de pan con mantequilla.

Volvió a la cama y agarró el celular para pasar el desvelo. Más de treinta mensajes. El chat de *¿Y ahora... qué hiciste?* ardía con emoticones, preguntas y memes de contención tras su escueto mensaje. Pero sus dedos no fueron hacia ese grupo. Instintivamente, se deslizaron hasta el nombre de Cesar.

21:07
Cesar: *¿Cómo terminó el cumpleaños,*
doctora?
¿Te quedó bien el vestido negro?

Sofía soltó esa risa inquieta de quien no espera ternura. Cuando tecleaba para responderle, apareció un nuevo mensaje. Al parecer, él había notado que estaba en línea.

04:02

Cesar: *Pero ¿qué haces despierta a estas horas, mujer?* 😳

Sofía: *Yo podría preguntarte lo mismo.*

Cesar: *Yo madrugo para trabajar.*
Pero tú... deberías estar durmiendo.
Estuviste de guardia hasta ayer en la tarde, ¿no?

Sofía: *Me tomé un antialérgico y caí rendida desde las tres de la tarde. ahora estoy desvelada, con hambre, y con ganas de revisar mensajes* 😆.

Cesar: Ya... ¿Y el vestido? ¿Te lo probaste?

Ella no se lo había probado, pero lo imaginó sobre su cuerpo y supo que le quedaba perfecto.

Sofía: *Me has medido bien.*
Me queda divino.
¿Quieres una foto?

Cesar: *Me encantaría..., pero no.*
Mejor mándame una sin el vestido.

Sofía: *Ya te gustaría...* 😌

Cesar: *El vestido lo veré en persona.*
Ya te lo he dicho. Con vino, con música, y con toda la ceremonia que merece.
Pero insisto...

Cesar: *Si me quieres mandar una sin el vestido,*
    I can take it. 😌

Sofía soltó una carcajada muda. Cesar tenía el arte de tejer puentes y separarle las orillas: la rota… de la que sabía reinventarse.

> **Sofía:** *Es que no tengo quien me quite el vestido.*
> *Esa foto tendrá que esperar…*

Entonces se levantó. Se puso el vestido. Encendió la lámpara tenue de la mesita de noche, y tomó una foto desde el borde de la tela negra sobre sus muslos, las piernas cruzadas sobre la cama, una imagen tan sugerente como elegante. Se la envió.

Cesar: *Qué jugada más sucia…*
    Qué foto tan inquietante, doctora.

> **Sofía:**…

Cesar: *¿Cuándo tienes vacaciones?*

> **Sofía:** *Eran el próximo mes,*
> *pero las pospuse*
> *para enero. ¿Por?*

Cesar: *No sé si pueda esperar hasta enero*
    para verte con ese vestido puesto.

> **Sofía:** *¿Ah, sí?*
> *Porque vas a salir de tu burbuja*
> *newyorkina hasta esta isla triste*
> *del Caribe solo para verme*
> *con un vestido negro.*

Cesar: *¿Y quién dijo que es solo para eso?* 😌

Sofía: *Es todo lo que obtendrás.*

Cesar: *Entonces…, ¿quieres que vaya?*

Por un segundo, Sofía se quedó en silencio. Por primera vez valoró la posibilidad de que el *efecto Cesar* atravesara el ciberespacio en algún momento.

Sofía: *Pues no lo sé. Pero podría averiguar.*
De momento… 💤
vuelvo a la cama un ratico más.

Cesar: *Espera… Antes de dormir cierra*
los ojos. Imagina que estoy ahí.
Que te bajo el tirante derecho.
Que te beso en el hombro… y que…
Dime tú, ¿qué más te gustaría que hiciera?

Sofía: *Bye, Cesar.* 😊

Cesar: *Esperaaaa…*
¡no puedes dormirte con ese vestido puesto!

Sofía rio en voz baja, con los labios apretados. Apagó la pantalla del celular. Y mientras se quitaba el vestido, se rozaba el hombro izquierdo sin darse cuenta… La curiosidad sobre Cesar comenzaba a instalarse en su piel.

Se acomodó en la cama, con el cuerpo tibio y el alma en pausa. Dejó el celular en la mesita de noche y cerró los ojos.

Luis le dolía con ternura. Con culpa. Adam laceraba profundo. La quemaba como el fuego. Y Cesar…, Cesar era como un oasis que no había pedido, pero que dejaba pasar el aire. Un soplo inesperado.

Esa noche aún no sabía hacia dónde iba, pero quizás iba entendiendo que a veces el dolor más que una herida, es una brújula que señala hacia donde no volver. Se giró hacia el lado frío de la cama. Volvió a abrazar la almohada. Y justo antes de quedarse dormida, sintió la pulsera en su muñeca rozarle la mejilla. «*Hope*». Y en ese instante…, eso no le supo a promesa, sino a posibilidad.

Capítulo XLI
Más respeto por las casualidades

El amanecer la encontró despierta. Después de una noche de sueños interrumpidos y silencios pesados, Sofía llegó al hospital con el cuerpo en automático y el alma todavía a medio recoger. Llevaba ojeras maquilladas y la dignidad en reconstrucción. Sabía que lo volvería a ver. Que sería inevitable. Lo que no imaginaba era que fuera a suceder tan pronto. Ni tan crudo.

Apenas cruzó la puerta de su sala, ahí estaba él. Sentado en la estación de enfermería, como en aquellos inicios en los que se conocieron. Café en mano, bata blanca bien plantada, mirada concentrada en el monitor. Parecía que no había pasado nada. Como si el mundo no se le hubiera derrumbado a nadie.

Ella se quedó quieta una fracción de segundo. Respiró consciente, enderezó la espalda y se preparó para pasar de largo. Pero entonces, él habló:

—Es una malformación arteriovenosa —dijo, sin levantar la vista—. El informe de la tomografía ya está dentro, échale un ojo.

Extendió la historia clínica como quien entrega una carta marcada. Ella la tomó sin responder, evitando todo contacto visual, y siguió caminando. Profesional, imperturbable… como si fuera posible.

Llegó al cubículo del paciente. Con la respiración contenida, abrió el expediente. Entre las hojas, algo sobresalía: un papelito amarillo, doblado en la esquina.

Lo siento.
Siempre buscaré la manera de tenerte cerca,
aunque sea con chantaje intelectual.
Hay casos a los que una buena neuróloga
no puede resistirse. Este es uno.

Sofía cerró los ojos no más de un segundo. Pero fue suficiente para que el temblor le subiera desde el estómago hasta la mandíbula. Porque había heridas que, aunque ya no sangraran hacia afuera, latían hacia dentro intensamente.

Estrujó el papel con frialdad. El instante en que pensó en guardarlo se convirtió en un lanzamiento inconsciente al cesto de la basura. Inspiró calmada, se giró hacia el paciente… y comenzó a examinarlo, como si no hubiera empezado el día tropezando con un fantasma que, aunque no la tocara, aún le quemaba el pecho.

El caso sin dudas era fascinante, complejo. Un hallazgo neuroquirúrgico de manual. Pero Sofía sabía que no necesitaba interactuar con Adam para aprovecharlo al máximo.

Así que se dedicó a estudiarlo con una precisión casi obsesiva: analizó las neuroimágenes con los especialistas, participó en las discusiones clínicas relacionadas y no se permitió ni una sola desviación emocional. Pero, al acercarse la hora de la evolución vespertina —la que Adam debía realizar—, comprendió que, si no ponía distancia, terminaría cayendo en el mismo círculo vicioso una y otra vez.

Anotó sus observaciones con extremo detalle y se acercó a Karen. Sus pasos eran firmes, pero al hablar, la voz le salió un poco más baja de lo normal.

—¿Te importaría seguir adelante con este caso tú? —preguntó, esforzándose por sonar natural.

Karen la miró en silencio. Solo un instante. Luego, con esa empatía que no requiere muchas palabras, asintió.

—Es que… Adam lo va a operar mañana, y… —añadió Sofía, soltando un suspiro corto, casi imperceptible. Como quien se quita una piedra del pecho sin que nadie lo note.

—Claro, no tienes que explicarme, por mí no hay problema —dijo Karen, con voz amable—. Yo me ocupo.

Sofía lo agradeció con una mirada silenciosa. De esas que no buscan gratitud, solo un poco de aire. Porque hay renuncias que no se celebran, pero salvan.

Para poder seguir trabajando, Sofía tuvo que desconectarse. No en el sentido de ceder, sino de soltar lo que no dependía de ella. Pero, aun así, no podía entender por qué Adam era tan egoísta. Si él ya había tomado su decisión, si estaba nuevamente con Julia, si iba camino a construir la vida que decía querer… ¿por qué insistía en interponerse en la suya? ¿Por qué acercarse, provocarla, mantener viva una llama absurda, cuando todo indicaba que sus caminos solo sabían desentrelazarse?

Cuando Adam regresó por la tarde para evolucionar a su paciente, la decepción fue doble. No solo se encontró con Karen en lugar de Sofía: también descubrió que las ganas de ella de no verlo eran más fuertes que sus deseos de llegar hasta el final con una malformación arteriovenosa intracraneal a punto de romperse.

Pero, claro…, para él, ni siquiera ese dolor que Sofía sentía parecía una justificación válida para apartarse de un caso extraordinario.

—¿No estaba Sofía lidiando con este paciente? —preguntó, fingiendo interés profesional.

—Me pidió que me encargara —respondió Karen con calma, sin alzar la vista del expediente.

Adam no dijo nada más. Solo apretó los labios y asintió en silencio. Pero, por dentro, algo se le retorció. No sabía si era culpa, frustración o esa forma disfrazada de egoísmo que a veces se le confundía con nostalgia. Hojeó el expediente con disimulada atención. Pero no leía. Solo pensaba en ella.

Para Adam, ni siquiera la piedad tenía espacio cuando se trataba de sus prioridades. Ya había elegido su camino con Julia, porque ella era el espejo donde podía verse con aumento. Sofía, en cambio, era el espejo donde tenía que mirarse a tamaño real. Y al parecer… ese reflejo no le gustaba demasiado.

Entonces, ¿por qué la ausencia de ella le raspaba en lo más íntimo como una astilla mal sacada? Sí, Sofía era el único lugar donde no podía esconderse de sí mismo y era justo por eso la había empujado tantas veces lejos. Estaba difícil de entender.

Varios días pasaron. Sin dramatismos y sin palabras, pero con una tensión subterránea que todo lo rozaba. Ni Sofía ni Adam volvieron a hablar. Él lo intentó. Dos veces. Una en persona, otra por mensaje…, pero ella había decidido cerrarle el paso también por ahí. Ya no le debía explicaciones a nadie, y mucho menos a quien no sabía sostener ni sus sentimientos ni su lealtad.

Así que la distancia se volvió hábito. Profesionales al extremo. Fríos en los pasillos. Invisibles en las reuniones. Como si el silencio entre ellos fuera parte del protocolo hospitalario.

Hasta que llegó el día de la guardia. Sofía supo desde que se despertó que el día iba a ser largo. Estaba de guardia con un residente de primer año que recién comenzaba…, y eso convertía a las próximas 24 horas en una clase práctica de principio a fin…, pero eso, además de que también lo disfrutaba, la mantendría sin mucho tiempo libre para pensar.

El día pasó sin grandes sobresaltos. Algunos ingresos menores, un par de interconsultas, y el residente de primer año preguntando más de lo que resolvía. Sofía no se quejaba. Era justo lo que necesitaba: una guardia técnicamente exigente, pero emocionalmente neutra.

Hasta que dieron las seis. Ella bajó a Radiología pues la habían convocado para valorar una tomografía urgente. El paciente estaba inestable, con signos neurológicos fluctuantes.

Cuando Sofía entró a la sala de imágenes, el recurrente «no puede ser» volvió a apoderarse de su expresión facial. Allí estaba Adam, valorando el mismo caso. También de guardia. Y, por alguna razón, estaban solos en el salón.

Él estaba de pie junto al monitor, brazos cruzados, con ese aire de superioridad que usaba como coraza. Sofía se acercó sin decir nada. Miraron juntos la tomografía, intercambiaron algunos comentarios técnicos y directos. Hasta que el silencio se volvió más complejo que la imagen misma.

—Esto no es casualidad, ¿verdad? —dijo ella, sin mirarlo—. Tú sabías que yo estaba de guardia.

Adam se giró a mirarla con una media sonrisa que no le alcanzaba los ojos.

—No has cambiado nada… —respondió, con tono irónico—. Te sigues creyendo demasiado importante.

Sofía tragó saliva. Bajó la vista. Se contuvo para no decirle todo lo que pensaba. Lo miró de reojo, pero no mordió el anzuelo. Solo murmuró, con calma:

—Habrá que tenerle más respeto a las casualidades.

Volvió la mirada a la pantalla. Era un tumor de fosa posterior. Pequeño, pero haciendo estragos. Igual no entendía para qué la habían llamado a ella; era un caso evidente de Neurocirugía, no de Neurología.

—¿Se puede saber qué hago yo aquí? —preguntó seca.

—En primer lugar, aprender. Y en segundo…, pues necesito tu ayuda. No hay espacio en Terapia Intermedia, y necesito saber si puedes ingresarlo en tu sala hasta mañana o pasado.

Sofía tenía tres camas libres. No podía decir que no.

—Vale. Envíalo con todas las indicaciones, el historial clínico y todos los exámenes solicitados —respondió mientras descolgaba el teléfono para avisarle a la enfermera de sala.

Adam aprovechó la llamada para acercársele:

—¿Hasta cuándo vamos a seguir así? Sabes que tenemos que hablar. Entre tú y yo no todo está dicho.

—¿Perdón? —dijo ella alzando una ceja—. Entre tú y yo no hay nada más que decir. Es más, ese «tú y yo» ni siquiera existe.

Él se mordió la lengua, pero no se calló:

—Aún hay cosas que tienes que escuchar. Sigo teniendo un plan para nosotros.

—«Nosotros» tampoco existe —le cortó firme—. Concéntrate en tu paciente… y déjame en paz.

Adam dio otro paso hacia ella, como si fuera a replicar, a intentar otra vez. Extendió una mano, en un gesto torpe que no llegó a ser caricia.

Pero ella no se detuvo…, se fue de allí sin mirar atrás.

Dos horas más tarde, en la sala de Neurología, el paciente admitido, empezó a mostrar signos de depresión respiratoria. Sofía lo notó de inmediato. Coordinó con el intensivista, se activó el protocolo, y en menos de quince minutos lo habían acoplado a ventilación mecánica artificial. Mientras se aseguraba de que todo estuviera en orden para el traslado a Terapia Intensiva, intentó localizar a Adam. Lo llamó. Una vez. Dos. Tres. Pero él no contestó.

Cuando al fin el paciente estuvo estabilizado y en manos del equipo de Intensivo, Sofía decidió buscarlo personalmente. Salió de su sala con paso rápido, bajó al segundo piso, atravesó el pasillo que conectaba con Neurocirugía y empujó la puerta del salón de clases.

Ahí lo vio. Sentado frente a una mesa, con la bata mal abrochada y el celular boca abajo. Cenando. Era comida casera, recién hecha, con ese aroma de hogar que Sofía nunca había sabido replicar. A su lado, Julia, con la expresión de alguien que no solo sabía cocinar, sino que se sentía dueña del momento.

Sofía se quedó en el umbral, un segundo apenas. Lo suficiente para sentir cómo algo le hacía un nudo en las entrañas. La última cucharada que Adam se llevó a la boca se detuvo a medio camino cuando la vio. Se le borró la sonrisa. Pero no dijo nada.

Sofía mantuvo la mirada fija y sin perder la compostura le dijo:

—Tuvimos que ventilar a tu paciente. Lo pasamos a Intensivo hace veinte minutos. Traté de avisarte por teléfono.

El tono era neutral, clínico y tan correcto que irritaba.

—Tenía el celular en silencio —dijo él, incómodo, volviendo a dejar la cuchara en el plato.

Sofía asintió.

—Ya veo. Es entendible —respondió con filo—. Solo te lo informaba. Pasa luego a verlo.

Y se dio la vuelta. Pero el golpe, ya estaba dado.

Capítulo XLII

Estocada

Sofía estaba casi segura de que Adam aparecería más tarde. Después de la escena doméstica que el destino le había plantado en su cara, él seguramente querría decir algo. Justificarse, marcar territorio. Y ella, por primera vez en días, había decidido que lo dejaría hacerlo… pero solo para aprovechar y de una vez por todas poner un punto final.

Eran casi las diez de la noche, la guardia fluía calmada y ella estaba intentando estudiar en el salón de conferencias de su sala, bajo una luz cálida que le daba al cansancio una forma casi líquida. Tenía el libro abierto en el capítulo, de las polineuropatías y un subrayador que no se sabía ni qué marcaba. A pesar de todo lo que había visto esa noche, algo en ella seguía en pausa. Ni siquiera le ardía el estómago. Su sistema emocional parecía tener los sensores quemados y la quemadura era tan jodida, tan profunda, que ya ni siquiera dolía. El nervio estaba muerto. Se lo habían matado.

Fue entonces cuando escuchó unos pasos acercándose, casi contenidos. Pero tocaron la puerta con una cortesía que no esperaba.

«Ahí está», pensó. Obvio. Él siempre aparecía a última hora, cuando el mundo se hacía más vulnerable. Solo le extrañó que golpeara en vez de irrumpir el espacio.

—Adelante —dijo, sin levantarse.

Pero la voz que escuchó no fue la de Adam. Y tampoco lo fue la energía que cruzó el umbral.

—Hola, Sofía. ¿Podemos hablar?

413

Era Julia. Con su rostro plácido. Con esa calma que se parece demasiado a la seguridad de quien cree tenerlo todo. Sofía tardó medio segundo en reaccionar. Medio segundo que pareció un siglo.

Julia entornó la puerta detrás de sí sin esperar respuesta, con un gesto casi ceremonioso. No parecía venir a confrontar…, pero tampoco a pedir permiso.

—¿Tienes cinco minutos? —insistió, como si temiera que la voz no le alcanzara.

Sofía asintió sin levantarse de la silla. Cerró el libro con una tranquilidad que no era desinterés… era pura contención.

—¿Qué haces aquí, Julia? ¿Qué es lo que quieres?

Julia se sentó frente a ella, sin rodeos, pero con elegancia.

—A ver… No quiero que pienses que vine a atacarte, pero es hora de que hablemos como adultas tú y yo.

Sofía levantó una ceja.

—Sabes que estamos juntos, ¿verdad? —insistió Julia

—Sí. Lo sé —respondió Sofía, serena.

—Entonces, ¿por qué sigues apareciendo en su vida? ¿Todavía crees que tienes derecho a meterte entre nosotros?

Sofía alzó la otra ceja, manteniendo la calma:

—No entiendo por qué dices eso, Julia. Explícate mejor.

—Estás hoy aquí, justo hoy, de guardia, con él… ¿No te parece eso suficiente?

Sofía tragó saliva. No porque le doliera. Sino porque la entendía…, entendía su miedo y su inseguridad, pero no por eso iba a darle una razón que no tenía.

—Oh, no, Julia… En eso te equivocas. Quien está hoy aquí, de guardia, conmigo… es él. Y si vas a entrar en este debate, deberías tener más claro el patrón de comportamiento del hombre con el que estás.

Julia pareció encogerse un poco. No esperaba esa respuesta. Y aunque ya lo intuía, le dolía confirmarlo. No le había creído del todo a Adam cuando, el día anterior, le comentó que le habían programado la guardia de imprevisto.

414

—¿Qué tanto sabes de nosotros, Sofía? —preguntó, con un brillo retador en la mirada.

—Lo suficiente. Y francamente, no me interesa saber más.

—Eso es curioso. Porque yo sí he querido saber de ti. Supongo que es inevitable. No soy tonta, sé que hay algo en ti que él no ha soltado... aún. Pero así son ellos... ¿o no?

Sofía se mantuvo en silencio. Mientras Julia se preparaba para dar un golpe maestro:

—Tenemos planes, ¿sabes?

—Sí, lo sé. Adam siempre ha tenido planes contigo. Incluso cuando el mismo creía que no. Sus planes de vida implican a una mujer como tú. Sin lugar a dudas —le respondió con un gesto desdeñoso, inofensivo.

Un silencio se impuso. Julia bajó la mirada por un segundo, solo para alzarla con algo más que firmeza: con cálculo.

—¿Te lo contó? —preguntó, levantando con cadencia la mano izquierda.

En el dedo anular brillaba un anillo de compromiso: elegante, sencillo, de oro blanco, con un diamante discreto que parecía brillar más por la intención que por el tamaño.

Sofía retrajo el rostro, aunque sostuvo la calma. Una calma que no nacía de la serenidad, sino de un cierre interno: abrupto, doloroso. El impacto, sin embargo, se le delató en la mirada.

De pronto se sintió intrusa en la novela de alguien más, fuera de escena, ocupando un papel que nunca fue suyo. Emboscada en un guion ajeno. Pero su dignidad no le permitiría quebrarse, ni mucho menos callar.

—No, no me lo contó. ¿Se comprometieron? —preguntó casi afirmando con gesto de poca sorpresa—. Pues enhorabuena, ¿o no?

—No, Sofía... —respondió Julia, bajando el tono mientras se le escapaba un dejo de compasión—. No nos comprometimos. Nos casamos hace una semana en la capital.

Julia se levantó con una indignación elegante, ejecutando cada movimiento con la precisión de una coreografía ensayada.

—No puedo creer que no te lo haya dicho —añadió, casi con lástima—. Aunque, pensándolo bien, no me sorprende.

Sofía se llevó los dedos a la sien, fingiendo un gesto trivial, cuando en realidad intentaba borrar cualquier rastro de derrumbe. Inspiró profundo. El aire le entró áspero, pero logró controlar el instinto de mandar a Julia bien lejos de una vez y por todas.

—Supongo que no tenía por qué hacerlo. Lo que pasó entre nosotros se acabó. Y, al parecer, justo a tiempo. Puedes estar tranquila.

Julia sonrió. No para herir, sino para marcar territorio, para dejar claro que ya no había nada que discutir. Su gesto irradiaba una seguridad que no pedía permiso. Estaba a punto de iniciar un monólogo hecho para escucharse a sí misma… y Sofía presentía que no tendría fuerzas para interrumpirla.

—Voy a ser muy sincera contigo, Sofía. No soy ciega, ni ingenua. Sé que lo de ustedes no fue banal, para ninguno de los dos. —Se inclinó ligera, con la paciencia de quien explica lo elemental a quien no acaba de comprenderlo—. Pero también supe, desde el inicio, que no iba a durar.

Hizo una pausa. Precisa. Cruel.

—Eres el tipo de mujer que él nunca había tenido. Y eso, además de excitante, fue incluso un desafío para alguien tan hermético como Adam. Pero nunca iba a ser suficiente. Él no podría tomarte en serio. No por lo que eres, sino por lo que nunca estarías dispuesta a ser.

Se enderezó, midiendo cada palabra, sabía que cada una llevaba un peso irrevocable.

—Nunca hubieras podido darle estabilidad ni estructura. No creo que sepas ser «hogar», Sofía. Porque también eres el tipo de mujer que no tolera que un hombre se coloque constantemente por delante de ti. ¿O me equivoco?

Sofía la observaba sorprendida mientras reacomodaba la postura en la silla y carraspeaba la garganta. Le inquietaba que Julia creyera estar luciendo suprema, mientras en realidad hacía una escena patética, mostrándose como una mujer conforme y fría.

A ciencia cierta no sabía si acababa de recibir un elogio envenenado o un tiro directo al corazón. Los ojos le ardían, no de rabia, sino con esa agonía muda que deja la derrota impuesta. «¿Julia irrumpía en su espacio por miedo..., o porque sentía que tenía derecho a hacerlo?»

Entonces, por fin, la interrumpió:

—Sigo sin entender a qué viniste, Julia... ¿A dejarme claras tus preocupaciones o a escucharte a ti misma?

—Vine a decirte la verdad que él no se atrevió a contarte —la voz de Julia ya no tenía filo, tenía peso—. Ya imaginaba que no lo había hecho. Supongo que saberlo te ayudará a tomar con claridad cualquier decisión que tengas pendiente con respecto a él.

Sofía sintió que le arrancaban la esperanza a sangre fría, parecía que se le aflojaba el alma. Estaba contenida, sí, pero cada palabra le dolía como si le presionaran con fuerza el esternón. El nervio muerto se regeneraba, volvía a latir. Y esta vez, el latigazo era insoportable.

—¿Te puedo hacer una pregunta, Julia?

—Sí. Dime. A estas alturas... ¿qué más da? —respondió ella, casi con resignación. Ya no tenía nada que ocultar, ni que perder.

—¿Cómo es que, estando tan consciente de todo lo que él es..., incluso sabiendo que no te ama... y siendo tú una mujer que claramente no lo necesita..., sigues en esa relación? ¿Qué es lo que defiendes, Julia? ¿Ese anillo, o eso que sientes por él y está mal correspondido?

—Pero si es que, en el fondo, eres una romántica. A ver cómo te lo explico, para que lo entiendas bien... Yo no necesito que me ame de la misma forma para saber que lo tengo, Sofía. Ese amor agónico, taquicárdico, que no deja respirar ni pensar, que enreda lo simple y confunde los sentidos..., para mí es una trampa emocional, un lujo innecesario.

Sofía asentía con cinismo. No daba crédito a lo que escuchaba. Julia hizo una pausa y se sentó de nuevo.

—Tú lo llamarás pasión; yo lo llamo pérdida de tiempo. Nunca te diste cuenta de que, para Adam, eso es agotador. Se ofusca cuando no puede ejercer control. Es así de sencillo:

hacerle sentir con tanto voltaje le provoca ruido en el cerebro. Ese siempre ha sido su talón de Aquiles. Y ahí, Sofía, fue exactamente donde clavé la flecha.

Julia inspiró profundo, solo para subrayar su dominio.

—Yo lo acepto tal cual es. Si quiere calma, eso le doy. Porque a estas alturas…, yo ya no juego a quererlo, y mucho menos a cambiarlo.

A Sofía le tembló el corazón. Julia ya le parecía reiterativa, y no se callaba.

—Así que no…, no me has lastimado con tu pregunta. Piénsalo un poco mejor: Supongamos que a ti si te ama como en las películas… pero ¿y qué? ¿Por qué no cambió su rotación de fecha?… Ya sé que no fue por mí, eso lo tengo claro. Pero su amor por ti tampoco le alcanzó para quedarse.

Julia se acercó un poco más, como si quisiera dejarle un secreto en la piel:

—No estoy a su lado porque soy masoquista, Sofía. Me quedé con él porque puedo quedarme. Porque una mujer que ha invertido tanto de sí y que ya ha entregado demasiado tiene una tremenda ventaja. No se rinde…, se reorganiza. Adam sabe verme, sabe necesitarme sin que le dé miedo.

Sofía asintió con el gesto irónico de quien aplaude ante un discurso fatuo y, con soltura, le disparó:

—¡Wow, bravo, Julia! ¡Qué orgullo me das! Supongo que eres de las que se gana fácil la piedad.

Julia sonrió, pero no desde la altivez, sino desde un desgarro bien administrado. Relajó los hombros y, por supuesto, le respondió, aunque no a esa provocación:

—Esperaba más de ti, Sofía, la verdad. —Soltó una risa breve, casi ácida—. Igual no te creas tan especial por estar sufriendo mucho ahora. Yo también he sufrido, ¡y bastante! También me enamoré de él, ¡y bastante! También sé por qué se queda conmigo… y sí, eso me jode, ¡bastante! Pero elijo pensar que va a valer la pena.

—Pues lo disimulas bien. Igual creo que, nada que se ha hecho a expensas de la… «pena», termine siendo valioso —respondió Sofía, sin inmutarse.

Julia entendió el sarcasmo, pero levantó apenas la barbilla, intentando reafirmarse a sí misma. La mirada se le endureció:

—Quédate tranquila. Confía en que, si estoy con él, es porque se lo merece. Y también porque yo ya no pienso entregarle esta historia a nadie más. Le he dado tiempo, energía, años. Y no me voy a quedar al margen de mi propio final.

Sofía asintió curvando los labios con ironía, como quien por fin entiende la incoherencia. La expresión no se quebró, pero el corazón sí. Apretó los labios antes de responder con un gesto despreocupado y sarcástico:

—Al final va a ser que en algo sí estamos de acuerdo tú y yo. Cada cual tiene lo que se merece.

Pero escuchar eso no le dolió a Julia. No era tonta: sabía exactamente lo que hacía… y lo que quería: ser la esposa de un neurocirujano brillante y reconocido, aun cuando eso implicara ponerse en pausa a sí misma. Y ni una, ni mil veces Sofía, podría joderle su plan. Ya había sufrido por amor; ahora tenía que valer la… «pena». Lo tenía muy claro.

En ese instante, el celular de Sofía comenzó a sonar sobre la mesa. Era Adam.

Ambas observaron la pantalla al mismo tiempo. Luego intercambiaron miradas con subtítulos demasiado obvios. Sofía no contestó. No por orgullo, sino porque ya no tenía nada que demostrar. De los tres, era Julia quien se llevaba la victoria. Era la única que podía salir ilesa, porque ya había aprendido a dejarse pedazos en el camino.

Para Julia, esa llamada en ese momento era un golpe bajo. Pero decidió ignorarlo. Se levantó de la silla y caminó hacia la puerta con pasos firmes, sin pausa, sin un gesto de más.

Y, sin embargo, al otro lado del pasillo, el karma la revolcó contra sus propios miedos. Justo al cruzar el umbral, apareció Adam caminando de prisa, sofocado, con el rostro tenso y el celular en la mano insistiendo en una llamada recientemente ignorada. Todo el hospital le estorbaba para llegar a donde necesitaba.

Porque cuando una mujer elige quedarse al lado de alguien cuyo corazón no deja de temblar —por el fantasma de un amor que no puede soltar—, tarde o temprano tendrá que aprender a sostener esa taquicardia como propia.

Adam se detuvo en seco. Julia también. Sus miradas se cruzaron un segundo, pero bastó para que el hielo volviera a imponer su ley.

—Llegas tarde —dijo Julia, sin levantar el tono, sin perder el ritmo—. Pero, tranquilo…, ya hablé yo por los dos. No te me vayas a agotar demasiado en esta guardia imprevista. —Le acarició con sarcasmo la parte baja del rostro—. Ah…, y si mal no recuerdo, tu paciente ya está en la UCI, ¿verdad? No aquí. Nos vemos mañana en casa.

Y sin esperar respuesta, siguió de largo por el pasillo, impecable en su retirada.

Adam se quedó inmóvil frente a la puerta. Con el terror helado de quien, sin darse cuenta, acaba de perderlo todo…, incluso, la última oportunidad de intentar arreglar algo.

Capítulo XLIII
Tú tampoco luchaste tanto... ¿o sí?

Sofía sentía que acababa de pasar por uno de los momentos más tensos desde que lo había conocido. Pero esta vez no había sido con Adam, sino con Julia… y, contra todo pronóstico, le resultó más difícil.

Le había incomodado demasiado estar en ese lugar, frente a otra mujer, en una escena que rozaba el triángulo absurdo al que siempre le había huido. No creía que ninguna historia —por intensa que fuera— justificara que dos mujeres se enfrentaran por un hombre. Para ella, eso era retroceder, traicionarse. Consideraba que el respeto entre mujeres era algo esencial, un pacto no dicho que le resultaba casi sagrado. Tal vez por eso le costó tanto responderle, incluso cuando el cinismo de Julia empujaba cada palabra hacia el filo.

Sintió cada frase como un forcejeo interno. Y, aun así, pudo notar que Julia no había llegado ahí con bajeza. No. Ella había ido directo a buscarla, sin rodeos ni intermediarios, asumiendo —con algo parecido a la dignidad— que aquella historia merecía cerrarse con la verdad en la cara. Sofía pudo ver eso, incluso mientras temblaba por dentro. Por eso aguantó, sin desdibujarse. Sabía que su vulnerabilidad estaba completamente expuesta, pero algo en ella se mantuvo en pie.

Sin embargo, todavía estaba procesando lo imposible. Adam se había casado con Julia en menos de dos meses… ¿Acaso era ese su famoso… «pase lo que pase»?

No lograba entenderlo. Le dolía, sí…, pero, no tanto como esperaba. Tal vez porque algo dentro de ella comenzaba a soltarse. Tal vez porque el Adam idealizado empezaba, por fin, a desvanecerse, dejando al descubierto al hombre real. Y eso…, además de un poco de paz, le daba argumentos.

Se pasaba los dedos por las sienes, en silencio, cuando escuchó la puerta abrirse. Adam entró.

Él esperaba otra escena. Otra Sofía. Pero ella solo alzó la vista… y le sonrió, con los ojos vidriosos, no de lágrimas, sino de decepción seca.

—¡Felicidades! ¡Enhorabuena! —se apresuró ella, con una dignidad que parecía más vieja que ella misma.

Adam se sentó justo en la misma silla donde, minutos antes, había estado Julia. Su apariencia mostraba vergüenza, parecía que su cuerpo elegía rendirse en el lugar exacto donde su error había sido más evidente.

—Lo siento, Sofía. Lo siento de verdad —dijo, con esa voz quebrada que ya no encontraba lugar en ella.

Ella lo miró sin conmoverse. Se notaba agotada de esperar explicaciones que siempre llegaban tarde.

—No te creo, en serio. No creo que sientas nada. Pero ahora estoy curiosa y quiero saber… —dijo con los brazos cruzados con una calma desconcertante—. ¿Por qué te casaste con ella?

Adam hizo un intento por tocarle la mano, pero Sofía la retiró con suavidad. No fue un gesto brusco, fue más bien definitivo. Era la piel la que se expresaba.

—Ese siempre había sido nuestro plan, antes de que termináramos. Yo se lo había prometido —murmuró él, bajando la mirada—. Cuando estuve en la capital, mi madre me puso en contacto con alguien que podía agilizar el proceso legal para que Julia pudiera salir del país en cuanto termine la Especialidad. Pero teníamos que casarnos… Yo estaba muy molesto, tú me bloqueaste, me cerraste todas las puertas, y ella, pues… estaba ahí. Esto no tiene nada que ver con el amor, Sofía, tú lo sabes.

—Ya —lo interrumpió Sofía, con un amago de sonrisa amarga—. No hace falta que me lo expliques. Ella lo acaba de hacer mejor que tú. Supongo que te la encontraste al salir, ¿no?

Adam asintió, desviando los ojos, incapaz de sostenerle la mirada.

—Otra pregunta, Adam… —dijo ella, sin perder el tino—. ¿Tu madre se enteró, en algún momento, de que yo existía?

Él respiró hondo, con vergüenza. No respondió.

Sofía soltó una risa corta, seca, pero insistió:

—Reformulo, ¿tu madre sabe que Julia y tú terminaron alguna vez?

—No…, nunca se lo dije. Perdona, es que mi madre ya le tenía mucho cariño a Julia, y no quería disgustarla… hasta no estar seguro.

—¿Seguro? —repitió ella, en voz baja, con una paciencia que casi se disipaba— ¿Seguro de qué?

—De que lo nuestro iba en serio —dijo él, bajísimo.

Entonces Sofía lo miró. Ya no con ira. Ni siquiera con tristeza. Lo miró como quien, por fin, termina de entender algo que le había dolido aceptar durante demasiado tiempo.

—Nunca te enteraste, ¿verdad?

—¿De qué?

Ella tragó saliva, despacio, y se quitó la coraza. No quedaba nada que proteger.

—De que lo nuestro, para mí, sí iba en serio. De que me enamoré de ti sin condiciones y habría pospuesto mi título, mi país, mis planes…, los meses que hicieran falta, con tal de que funcionara. Que me temblaban las manos cada vez que escuchaba tus pasos en el pasillo. Que te miraba con admiración cuando estabas con un paciente, y pensaba lo afortunada que era por poder aprender de ti. Que me sabía de memoria tus gestos, tus silencios, tus modos… y, a veces me adelantaba solo para verte reír.

Adam tenía los ojos encharcados, y sus piernas golpeaban el suelo con ansiedad. Sofía no se detuvo.

—Nunca te enteraste de que me enamoré de ti, Adam. Siempre estuviste más pendiente de lo que te daba miedo de mí, que de lo que yo sentía. Y estuve hasta el último minuto…, hasta el último…, esperando esa llamada en la que me dijeras que no te ibas a ir.

Hizo una pausa. No para dejarlo hablar. Sino para encontrar las palabras que todavía podían atravesarlo.

—Nunca supiste que lo que yo sentía por ti era lo más real que ibas a tener en esta vida. Y no solo lo dejaste atrás… ni siquiera tuviste un ápice de respeto por eso. Porque lo más importante para ti, Adam, siempre fuiste tú.

Adam tragó saliva. No intentó contenerse: dejó que las lágrimas corrieran. En ese momento respiraba distinto, desde un lugar más hondo, más humano.

—Sofía… —susurró, apenas audible—. ¿Y tú?

Ella lo miró, desconcertada.

—Tú tampoco luchaste tanto… ¿o sí?

Fue una pregunta genuina, pero con filo. No era una acusación, era una herida abierta buscando sentido.

—Porque a veces sentía que me querías, sí…, pero también que estabas lista para soltarme en cualquier momento. Que tu libertad siempre iba primero. Que, si alguna vez me elegías, tenía que ser desde un lugar perfecto…, uno donde yo nunca fallara. Y yo no sabía estar ahí. No así.

Las manos le temblaban sobre las rodillas. Ya no era el neurocirujano imperturbable: era solo un hombre —el hombre que se había quedado atrás— tratando de descifrar en qué instante lo perdió todo.

Sofía bajó la cabeza. La verdad era que ella también se había quedado con la duda. «¿Y si hubiera hecho algo más? ¿Dicho algo antes?» Pero sabía que esa pregunta ya no iba a salvarlo. Ni a salvarlos.

—Igual esta conversación no tiene sentido —murmuró, llevándose las manos a la cabeza, como quien intenta desactivar una bomba emocional—. Eres un hombre casado… ¡Por Dios, Adam! Eres un hombre casado.

Él dio un paso más, como quien se aferra a un último borde.

—Vente conmigo ahora en las vacaciones. Vámonos a la capital. Tengo contactos importantes, puedo mover cosas para ti, para nosotros. En septiembre hay un entrenamiento en Buenos Aires, de Neurofisiología... puedo inscribirte, conseguirte una invitación. Iríamos juntos. Podríamos resolver lo nuestro desde ahí..., podríamos...

—Adam... —lo interrumpió ella con una risa breve, incrédula—. Ya no hay nada «nuestro». No hay nada que resolver. —Lo miró con la risa árida de la compasión herida—. Lo que me da risa es que te atrevas a tanto.

—¿Perdón?

—Sí —asintió, cruzándose de brazos—. Es que hay que ser muy cínico... No solo llegas tarde con todas tus soluciones magistrales, sino que también das por sentado que puedes decidir por los dos. ¿De verdad pretendes que yo pare ahora mi Especialidad, que frene mi vida, para lanzarme a ciegas contigo a un entrenamiento de lo que sea..., mientras tu esposa te espera pacientemente en casa? ¿Eso es lo que me propones?

Se inclinó un poco para estar más cerca y lo dijo sin alzar la voz, pero con cada palabra afilada como bisturí.

—Que se pospongan mis planes, mis metas..., claro. Eso sí se puede. Las mías no son tan importantes como las tuyas, ¿verdad?

Suspiró y lo miró por última vez, con una calma que punzaba más que cualquier grito.

—¿Sabes qué? Tengo que hacer rondas. Ya entre tú y yo todo está dicho. No me busques más... a menos que sea por trabajo.

Tomó su estetoscopio con suavidad, como quien recoge lo único que vale la pena llevarse.

—Vive tu vida, Adam. Con la esposa que elegiste. Con los sueños que persigues. Con la tranquilidad que necesitas.

Y, tras una mirada que dolía y sentenciaba al mismo tiempo, añadió:

—Y déjame a mí seguir con la mía. Esto te lo pido en serio. Si alguna vez te importé, aunque fuera un poco..., déjame ya tranquila. No me hagas más daño.

Capítulo XLIV
Daiquirís en el Lumière

Después de aquel encuentro con Adam, Sofía se sumergió en sí misma durante semanas. No del todo, pero sí lo suficiente como para aislarse del ruido exterior. Prefirió encerrarse a lamer sus heridas sin hacer ruido. Solo veía a sus amigas en casa o cuando iba a visitarlas. El resto del tiempo era ella consigo misma: entre libros, trabajo, estudio, largos silencios, tazas de café que se enfriaban sin culpa y pensamientos que, poco a poco, dejaban de doler.

No era tristeza lo que la sostenía, sino una forma extraña de aceptación. Había algo exquisito y liberador en dejar de esperar.

Con el tiempo, incluso se había adaptado a cruzarse con Adam. A interactuar con él cuando no había de otra. Desde la calma, sin dramas, sin dardos hirientes, sin contrapunteos. Y, sobre todo, sin alargar el momento más de lo necesario. Lo miraba como se mira a alguien que alguna vez fue un universo… y ahora solo era utopía. El dolor era un efecto secundario que se había atenuado con la costumbre.

Con el único que hablaba —o, mejor dicho, chateaba— más de un rato, era con Cesar. Algo en ella no podía ni quería evitarlo. Él la retaba a encontrar guarida en las pequeñas cosas: esas que uno suele ignorar cuando el mundo duele demasiado. Y como solo la acompañaba con una presencia espectral e intangible, no representaba ningún riesgo para su estabilidad emocional. Al contrario, la distancia que los separaba era un bálsamo que se agradecía.

Entre ellos ya existía un espacio íntimo, casi secreto, donde se sentían libres para hablar de cualquier cosa. Sofía conocía casi todas las diabluras de Cesar —él no se guardaba nada— y hasta le daba consejos, a veces con ternura, a veces con ironía. Ella, en cambio, no hablaba mucho de su vida. No porque él no preguntara, sino porque ella no encontraba qué decir. Cesar lo entendía. Y respetaba el silencio como si también fuera una forma de conversación. Todo entre ellos era… como una sorpresa cómoda. Como cuando se puede descansar en alguien sin pedir permiso ni pagar un precio por ello.

Así pasaron casi tres meses, que coincidieron con los días más fríos del año. Hasta que, una tarde de finales de febrero, un mensaje de Paula en *¿Y ahora... qué hiciste?* la sacó del trance.

> **Paula:** *Nos vemos hoy a las 6*
> *en el Bar Lumière, que ya abrió…*
> *No quiero excusas.*

El Bar Lumière era una vieja casa colonial restaurada y ambientada con un gusto exquisito, convertida por completo en un espacio que fusionaba lo moderno y lo *vintage* sin perder su alma original. El patio central, pequeño pero encantador, estaba lleno de plantas colgantes, faroles de luz cálida y mesas de madera que invitaban a perderse por horas.

Adentro, el ambiente se volvía íntimo y envolvente: paredes de ladrillo visto, óleos abstractos sobre lienzo que parecían pensamientos en fuga, estanterías con libros que daban ganas de hojear sin prisa, tocadiscos de vinilo, música suave flotando en el aire, y una barra que ofrecía cócteles tan bien hechos que hasta el alma parecía servirse en copa ancha. Decían que en ese lugar el tiempo no se detenía…, se esfumaba.

Aquella noche, todas estaban ya en una de las mesas del patio central. Radiantes, intensas, inmensas como siempre. Ninguna contaba con que Sofía apareciera. Pero tampoco la reclamaban. Habían elegido, en silencioso acuerdo, darle el espacio que necesitaba.

Y entonces, luego de media hora de charlas y copas, una voz conocida las sorprendió:

—¿Alguien me puede explicar por qué en esta mesa solo hay cinco sillas?

Era Sofía. Sonreía sin euforia, ligera. Como quien empieza a volver a sí misma desde lugares difíciles… sin que le pese tanto.

El bar entero se giró cuando escucharon los gritos de emoción en aquella mesa. Paula, Rachel, Sarah Camila y Amber se levantaron casi al mismo tiempo, como si no les alcanzaran los brazos para abrazarla.

Darío, uno de los dueños del bar —cuarentón en resistencia, mirada galante, barba bien delimitada y camisa siempre arremangada—, apareció con una silla en la mano y una sonrisa en la boca. Como si el universo, en un gesto suave, conspirara para que Sofía fuera bien recibida esa noche…, no solo por sus amigas, sino por la vida misma.

—Y yo que creía que ya ellas cinco eran demasiado —dijo, colocándola en la mesa con teatralidad ligera.

Sofía se sentó con calma, recorrió con la mirada cada rostro querido y, antes de que el nudo en la garganta la traicionara, soltó:

—Ahmm…, en serio extrañaba esto —Y sonrió, con esa mezcla de alivio y ternura que solo aparece cuando algo que dolía… ya duele menos.

Darío se acercó de nuevo, servicial y curioso.

—¿Qué le traigo, señorita?

—Es mi primera vez aquí —respondió—. Voy a dejar que me sorprendas.

Él asintió con complicidad y desapareció rumbo a la barra. Pocos minutos después, volvió con un *peach daiquirí* en copa alta, como si el trago hubiera sido pensado especialmente para ella. A Sofía le vino de maravilla. Suave, frutal, con ese dejo fresco que despierta el cuerpo sin perturbarlo.

—¿Y por qué brindamos? —preguntó sonriente.

—Pues porque por fin estamos todas juntas de nuevo —dijo Rachel, alzando su copa—. No veo mejor motivo.

—¿Y cómo estás? —preguntó Camila, con esa dulzura que no necesita preámbulos.

Sofía se tomó un segundo. Hundió los ojos en su cóctel, luego miró el círculo de mujeres que tenía alrededor, y respondió:

—Se siente como si hubiera pasado el tiempo…, como si regresara de unas vacaciones largas. Supongo que eso es bueno.

Después de un par de rondas más —entre anécdotas ridículas, confesiones de guardia y carcajadas sin filtro—, Rachel, que hasta entonces solo había estado escuchando, dejó su copa sobre la mesa con delicadeza. Había algo en su gesto que anunciaba una pregunta de esas que incomodan…, pero que también despiertan.

—Oye, Sofi, te voy a preguntar esto porque de verdad me intriga, si te hace sentir mal, no me respondas… —dijo, con tono curioso—, pero… ¿cómo te sientes después de la decisión de dejar atrás a Adam?

Sofía no se apuró en responder. Se acomodó en la silla, tomó un sorbo del daiquirí y, solo entonces, habló:

—Pues… Una parte de mí aliviada…; otra no deja de preguntarse si pude haber hecho algo más… si pude haberle dado más de mí. Me revienta la duda de si para amar, siempre tendremos que ceder en algo.

Rachel asintió, pensativa. Luego alzó la mirada, no solo hacia Sofía, sino hacia todas.

—Es verdad que el amor a veces puede resultar torcido —dijo, casi en voz baja, pero con la fuerza de una verdad vieja—, pero no tiene por qué ser siempre así, ¿verdad?

Hubo un silencio. De esos que no duelen, pero sí hacen eco. Sarah bajó la vista hacia su copa. Amber entrecerró los ojos, como quien revisa sus propias grietas. Camila giraba su servilleta entre los dedos. Paula suspiró hondo y dijo:

—Quizás lo torcemos nosotras por miedo a enfrentar la verdad. Algunos hombres pueden ser muy manipuladores… y nosotras, necias, creemos que podremos con todo. Al final terminamos cambiando dentro para acomodarnos a ellos —suspiró, como en un autoanálisis—. Tal vez aún nos falte experiencia para amar desde lo que somos, y también para retirarnos a tiempo.

—¡Ja! —exclamó Sofía, con una mezcla de risa y cansancio—. ¡Pregúntame a mí! Que cuando decidí amar desde lo que soy…, se casaron con otra.

Todas callaron…, no sabían si Sofía estaba lista para seguir hablando del asunto, pero ella lo notó y les dio vía libre.

—No se preocupen que puedo manejarlo. Hablarlo me hace bien.

—Yo creo que también a veces una ama en los sitios equivocados —dijo Rachel—. Quizás no porque nos equivocamos de persona, sino porque no queremos poner el alma primero.

Sofía alzó una ceja, con una medio sonrisa que no llegaba a los ojos.

—¿Y tú crees que no puse mi alma primero? —dijo, casi en tono de reto—. Pues, menos mal…, porque si eso no fue ponerla, imagínate si lo hubiera hecho. Me equivoqué de persona y bien. Y eso no tiene maquillaje que lo salve.

—Yo no creo que sea solo por como son los hombres —añadió Camila reflexiva—. Nosotras también tenemos la mala costumbre de esperar lo perfecto, lo épico, lo que no incomoda, lo que no duele. Y claro…, eso no existe. Enamorarse y no traicionarnos es lo ideal, pero… ¿será que eso se puede?, sin borrarnos, aunque sea un poco en el intento.

Amber bufó, con una sonrisa torcida, mientras jugaba con el borde de su copa.

—Si paramos de idealizarlos tanto a ellos puede que sí —ironizó—. A veces soñamos demasiado… y nos hacemos del otro una idea que no es. Amar no es entregarse con los ojos vendados como dicen en las películas. También es un poco elegir con los ojos abiertos, y aprenderse el mapa de salida. Ya si nos vamos a estrellar, que al menos sea con conciencia.

—Pues no estoy del todo de acuerdo contigo, Amber, para variar —tomó el hilo Paula, con una firmeza cálida—. Tampoco me parece saludable tener que amar con una armadura. Eso debe ser agotador. Tiene que haber alguien que no nos haga elegir entre el amor y nosotras mismas…, que no nos haga apagarnos. Y mientras aparece habrá que equivocarse.

Desde una de las paredes cercanas, Darío las observaba en silencio. No intervenía. Solo las miraba, como si cada palabra resonara en sus esquirlas interiores.

—Eso de no apagarse…, creo que es lo más difícil, sobre todo cuando lidias con un hombre como… ya saben quien. —murmuró Sofía, sin mirar a nadie—. Yo tuve momentos en los que prefería no contarle algunas cosas, porque percibía que cuando brillaba por algo, quizás un poco más de lo normal, él se encogía. Y yo… hasta me sorprendía sintiéndome culpable. Como si mi luz fuera una amenaza.

Hubo un murmullo sutil de comprensión.

—Lo más increíble es que cuando se sienten amenazados, encuentran la forma de revertir el juego a su favor y hacernos sentir de algún modo culpables —dijo por fin Sarah, que llevaba un rato silenciosa pensando en bucle para sus adentros—. ¿Es que acaso no tenemos prioridades y sueños al igual que ellos? El amor más que todo debería traernos equilibrio emocional…, porque ese amor asfixiante… no nos lleva para ningún sitio bueno.

Amber alzó una ceja, con esa mezcla de picardía y escepticismo que le era tan propia:

—¿Creen que sea tan complicado entre lesbianas? —preguntó, lanzando una piedra al agua para ver las ondas.

Todas la miraron, confundidas, haciendo eco de la duda. La irrupción era un poco fuera de lugar, pero Amber no vaciló.

—Lo digo porque siempre he tenido la sospecha de que es más fácil… Miren cómo nos entendemos entre nosotras. Lo fluido, lo natural. ¿No será que hay menos interferencias?

—No sé…, yo más bien creo que cuando dos mujeres se aman de verdad, la intensidad puede duplicarse. Todo va sin filtro, sin tregua…, puede ser más profundo, sí, pero también más desgarrador —respondió Rachel.

Entonces Sarah, que no solía tomar a Amber muy en serio, las retornó al asunto:

—Lo que sucede con muchos hombres es que, aunque la mujer libre, independiente y segura les atraiga, siempre terminan prefiriendo a la mujer dulce, agradecida y necesitada… Casi todos adoran ser la prioridad y cuando no lo son se sienten inferiores y simplemente no saben cómo lidiar con ello. No saben cómo amar a una mujer que no los necesita… y eso tiene mucho que ver con que, el amor, con mujeres como nosotras se vuelva caos. Porque, ¡ojo! —recalcó haciendo un gesto con el índice— Esto no sucede con todas las mujeres.

Sofía hizo un gesto de aprobación con la cabeza. No dijo nada, pero tampoco hacía falta.

En ese momento, Darío apareció desde el fondo con una bandeja y una media sonrisa en los labios. Colocó unas tapitas sobre la mesa con la destreza de quien ha escuchado más de lo que aparenta.

—Esto va por la casa —anunció.

Paula lo miró con una mezcla de gratitud y curiosidad, enarcando una ceja.

—¿Y eso?

—Necesitan comida si van a seguir filosofando a punta de daiquirís como si fueran las únicas que han sufrido —dijo, ladeando la sonrisa—. Además, me conviene que se queden. Son la mejor estrategia de publicidad para mi bar esta noche.

Todas rieron. Esa risa de vientre, cómplice, que no necesita explicación.

—Hey…, ¿cómo te llamas? —preguntó Amber, con esa mezcla de ironía y curiosidad que la caracterizaba.

—Darío.

—Vale, Darío. Una pregunta. ¿Tú crees que el amor entre dos mujeres es más fácil?

—Y dale con el temita —dijo Paula sarcástica— ¿Tienes algo que contarnos, Amber?

—Tranquila arpía. Sigo eligiendo los búcaros para la decoración interior. Pero si hay cambios te dejo saber —le respondió con una mueca.

Darío sonrió, intimidado pero sincero. Él podía lidiar con los estrógenos de una, quizás dos al mismo tiempo… pero seis, armadas con argumentos y cócteles, le ponían la parada alta.

—Creo que entre dos mujeres hay más lenguaje emocional. Más claridad. Tal vez incluso más coraje para decir lo que se siente. Pero el amor, en sí… nunca es fácil. Es un torbellino. Un salto sin red.

Sofía aplaudió suave, con las palmas abiertas, mirándolo con una sonrisa contenida.

—Gracias, Darío.

Fue un gracias real, sentido. Ella había sido un «torbellino» mal correspondido desde el minuto cero con Adam, y que un desconocido, en una noche cualquiera, le respondiera en sincronía y sin querer desarmarla, ya era mucho.

Paula, atenta, notó el leve vértigo en su gesto y la sostuvo con suavidad.

—¿Y tú eres un hombre casado, Darío? —le preguntó Paula, con más ganas de pincharlo que de saber la respuesta. Ya conocía demasiado bien ese perfil masculino que juega entre el misterio y la omisión.

Darío sonrió de costado, como si ya supiera a qué jugaban. No respondió de inmediato. En cambio, tomó una silla vacía de otra mesa, la giró con calma y se sentó al revés, apoyando los brazos en el respaldo con esa soltura de quien ha aprendido a estar cómodo incluso en terreno hostil.

—¿Puedo? —preguntó mirando a Rachel, como si ella fuera la jueza de la mesa.

—Claro —respondió ella, con una sonrisa entre divertida y expectante. Sabía que lo que venía no iba a ser neutro.

Darío respiró hondo, como quien sabe que está por decir algo que probablemente le reste puntos, pero no le importa.

—Esa pregunta es muy injusta viniendo de una mesa con seis mujeres hermosas y solas —dijo, con la mirada fija en Paula, aunque sus palabras eran para todas—. Yo no soy el mejor ejemplo de nada, eso está claro. Pero, siendo sincero…, muchas veces son ustedes las que prenden la chispa del desastre.

—¿Ah sí? ¿Por preguntarte si estás casado? —replicó Paula, con una ceja arqueada y una sonrisa afilada como un puñal.

—No. Es que muchas no saben disfrutar una presencia sin sospechas —repitió Darío, con una calma incómoda—. Les gusta el misterio, pero luego se quejan de las sombras. Si soy sincero, me vuelvo el villano, pero si callo y me monto un personaje, me creen encantador. ¿Quién engaña a quién?

Se encogió de hombros, dejando la frase flotando como una provocación suave. Las miró con una mezcla de reto y vulnerabilidad mal disfrazada.

—Ustedes se hacen las que quieren amores transparentes y verdades directas…las que no quieren ser salvadas. Pero, cuando decimos una verdad que jode, se espantan. Y cuando las dejamos solas en su independencia… se sienten ignoradas y somos unos buenos para nada.

Darío tomaba la batuta como si fuese experto.

—Es mejor que no se engañen. Ustedes ceden en muchas cosas y no lo discuto, pero también nos exigen muchas otras. Y cuando tienen que elegir entre disfrutarlo porque lo desean mucho o alejarse para que no les haga daño…, casi todas prefieren arriesgarse, aunque que sea peligroso, pues claro, más morbo. Además, ustedes se aburren si no les dan guerra. Las he visto escapar de la calma como quien huye de una sentencia.

—Yo no sé si me gusta la calma la verdad, una vez también huí de ella sin ni siquiera darme cuenta —acotó Camila con la mirada perdida.

—¡Ya! —dijo Paula asintiendo con la cabeza—. La calma puede ser aburrida para algunas personas, hasta que se enamoran de verdad de alguien así…, pero en cualquier escenario yo seguiré prefiriendo «la verdad que jode». No me gusta la evasión emocional.

El silencio que siguió no era de incomodidad, sino de digestión. Rachel fue la primera en romperlo, con una calma distinta.

—No hay una fórmula mágica —dijo sin levantar la voz—. Creo que todo depende de cuánto nos importe la persona y de cuánto estemos dispuestas a entregarnos sin anularnos, pero traicionarnos no tiene por qué ser una opción… y dejar que nos mientan tampoco. ¿Y sabes qué, Darío? —le recalcó con la mirada— por más que me guste la adrenalina yo también prefiero la verdad, incluso si sale mal. Dejen ya de justificarse por ser unos mentirosos.

—Claro, claro —asintió Darío—. Pero no olvidemos que también hay muchas mujeres que mienten y que evaden igual. Que plantan la libertad como bandera para no comprometerse, para no quedarse. ¿Y si ustedes también aman mal?

—*Touché* —murmuró Amber, bajando la vista a su copa, como quien reconoce una verdad incómoda.

—Pues creo que, como dice la amiga —dijo Darío poniéndole la mano a Amber en el hombro—, tendrán que aprender a elegir con los ojos abiertos. Y luego, asumir. Porque no hay garantías. Hay que joderse.

—No, me niego rotundamente. No siempre hay que joderse —intervino Sarah, como quien deja caer un ancla en medio del oleaje—. El amor también puede ser bonito. También puede ser paz, calma y hogar.

—Sí…, clarooo…, así debe ser el amor con Julia —agregó Sofía, ya sin ánimo, con una risa breve y falsa.

Todas la miraron como si les hubiera dolido el comentario más que a ella misma.

—¿Qué me miran? ¿Muy malo el chiste…, o muy pronto?

—Lo que le pasa a él con Julia no es amor…, es otra cosa —dijo Paula, con la voz templada pero firme—. Pero Sarah tiene buen punto. El amor también puede ser bonito…, solo que no creo que pase todas las veces.

—Ni con todas las personas —cerró Rachel—. Pero, cuando pasa…, no debería doler. Debería sostener. Y, Sofi…, no es que yo sea la más romántica, pero te prometo que siempre habrá una próxima vez que tal vez sí sea maravillosa… Te lo digo con total certeza.

Sofía la miró y le dijo en tono burlón:

—Sin dudas sí eres una romántica… y, de lo frita que ya estás con Rafa. Hablamos otro día.

Todas rieron y levantaron las copas para brindar por eso.

—Igual Darío ha dicho algo que me resuena —dijo Camila—. Y es que no nos gusta tener la culpa.

Sofía se echó hacia atrás, con los ojos entrecerrados.

—Yo ya no quiero adivinar. Ni traducir indirectas. Ni vivir en modo sospecha. Quiero algo limpio. Claro. Lo que digas, que sea lo que es.

Darío las miró admirado, con ese rostro de «todo lo que diga a partir de ahora será usado en mi contra». Luego se levantó.

—Ha sido un honor formar parte de este debate. Sobreviví a seis mujeres sabias... y peligrosas. No me puedo quejar.

—¿Te vas? —preguntó Amber.

—Sí. Prefiero irme ya... Si me quedo cinco minutos más, no saldré de aquí ileso —respondió, mientras recogía la bandeja—. Pero si alguna encuentra a un hombre que las ame sin necesitar salvarlas..., preséntenmelo, que le invito un whisky.

—Ve con tu esposa —bromeó Paula.

—Claro..., me lo dices fácil porque no te importo. A ninguna le importo —dijo él, con su sonrisa traviesa que ya se hacía habitual.

—Que no nos importes no significa que no vayamos a volver... las seis —dijo Rachel, riendo.

—¡Por favor! —asintió con un gesto cómplice y se alejó sin mirar atrás.

Una canción de fondo volvió a llenar el aire. Sofía ya estaba medio mareada, tarareándola con entusiasmo.

♫20- *Déjala que baile, con otros zapatos, unos que no aprieten cuando quiera dar sus pasos.* ♫

—Esta se queda conmigo esta noche —dijo Paula, cubriéndola con su chaqueta.

Brindaron una vez más. Por la vida, por los hombres que saben irse a tiempo... y por seis mujeres decididas a no traicionarse.

Capítulo XLV
Niebla mental

El invierno empezaba a rendirse, como un huésped aburrido al que ya nadie quería retener. En el trópico, los inviernos nunca son demasiado crueles, pero incluso la brisa más tibia puede parecer un alivio cuando uno viene saliendo de adentro.

Era domingo, a mediados de marzo. Rachel y Sofía caminaban por uno de los parques más hermosos de la ciudad, de esos que todavía guardaban árboles centenarios y aves curiosas. Habían salido a almorzar, pero se quedaron con ganas de seguir hablando. Se trataba de eso: de un alma que empieza a soltar, aunque aún no sepa hacia dónde va.

—Te lo juro —decía Rachel—, si logramos coincidir todas, deberíamos irnos de viaje. Sería un retiro de mujeres insalvables y sabias.

Sofía sonrió. Iba a responder, cuando algo la detuvo. O alguien.

A lo lejos, por el mismo sendero, se acercaba una bicicleta a paso constante. Era Adam. Sofía lo reconoció al instante, como se reconocen los lugares que un día fueron propios. Pero no venía solo. En el marco delantero —donde ella tantas veces había ido riendo, con los brazos abiertos y el pelo suelto— estaba Julia. Cómoda, feliz, aferrada al manubrio como si ese fuera su lugar natural. Y lo era.

El aire frío volvió en ráfagas. No hería del todo, pero quemaba. Julia fingió no verla; Adam, en cambio, le sostuvo la mirada con indiscreción hasta que, sin preverlo, perdió el equilibrio: la bicicleta se ladeó y ambos cayeron justo donde unos niños jugaban a los trompos.

Rachel soltó una carcajada.

—De verdad que el karma es puntual.

Pero Sofía apretó la boca en un hilo y dejó que los ojos hablaran por ella.

—Levanta la cara y camina —le dijo Rachel sin filtros.

Y siguieron juntas, seguras de que no iban a flaquear. No ahí. No por eso. Porque la vida seguía, incluso cuando parecía suspenderse.

A los pocos minutos Rachel, que siempre supo leer silencios, se inclinó hacia ella.

—¿Estás bien?

Sofía tardó un segundo en responder. No por ocultar nada, sino porque estaba buscando la verdad más honesta en medio de esa marea interna.

—Sí. Creo que sí —asintió con suavidad—. Es que en el hospital no los había vuelto a ver juntos. Creo que es la primera vez desde aquella noche gloriosa. Pero me alegra que estén felices.

—Yo no sé si felices... pero magullados sí, y bastante. —Rachel arqueó una ceja—. En serio, ¿de verdad piensas que son felices?

Sofía forzó una risa y se quedó girando en la pregunta de su amiga.

—Pues..., es lo que parece.

Rachel la observó con ternura y escepticismo a partes iguales. Ladeó la cabeza antes de responder:

—Acuérdate de lo que decía ese amigo tuyo escritor: «Somos más nuestra insinuación que nuestra realidad».

Sofía soltó un suspiro largo, sin drama.

—Igual..., eso no cambia nada en mi vida ahora mismo.

Siguieron andando en silencio hasta la plaza adoquinada de la iglesia ancestral de San Juan de Dios. Allí el aire era distinto: más fresco, más noble, pero el olor a pasado era tentador. Se sentaron en una de las mesas de afuera del café de la esquina. Sofía intentaba sacudirse en silencio la imagen de Adam y Julia. Pero el presente, como siempre, tenía otros planes.

Una notificación en su celular la devolvió de golpe.

Cesar: *¿Qué tal tu domingo? ¿No me has extrañado ni un poquito hoy?* 😌

Esta vez, Sofía sonrió de verdad, amplia, sin reservas.

Rachel, a su lado, notó el gesto. Se inclinó apenas, curioseó la pantalla y luego la miró de reojo, con picardía.

—Me encanta —dijo en tono cómplice.

—¿Qué?

—Tu cara… cuando él aparece.

Sofía bajó la vista, como si la hubieran descubierto en medio de una confesión no dicha. Entonces alzó el teléfono y le dijo a Rachel:

—Ven, acércate.

Se tomaron una *selfie,* con el sol de la tarde filtrándose por el campanario de la iglesia y se la envió.

Cesar: *Ya sabía yo que estabas en mejores manos. Hola, Rache…, ¡cuídala!*

Rachel soltó una risa breve y tomó el celular sin pedir permiso.

Rachel: *Hola* 😌
¿Y por qué no vienes a cuidarla tú?

Cesar: *Porque ella no quiere que la cuiden…*

Cesar: *Pásame tu número antes de que te quite el móvil que necesito una aliada.*

Rachel, sin pensarlo demasiado, lo anotó en el chat y pulsó «enviar». Sofía recuperó el móvil, negando con una sonrisa, y escribió:

> **Sofía:** *Basta de estocadas a traición.*
> *Te escribo luego.*
> *Ahora voy a tomarme un café.*

No pasaron dos segundos. El teléfono de Rachel vibró con una nueva notificación.

> **Cesar:** *Dile que está preciosa hoy.*
> *Que ese azul le queda espectacular.*

Rachel alzó la vista, sonriendo sin contenerse:

—Oye, este hombre es un peligro… y no solo por los ojos verdes.

La tarde caía cuando el gesto de Sofía comenzó a cerrarse. Entrecerraba los ojos a intervalos, como si la luz y los ruidos de la plaza se le clavaran en la frente.

—¿Qué pasa Sofi? ¿Estás bien? —preguntó Rachel al notarlo.

—No —respondió Sofía, pasándose los dedos por la sien—. Creo que me viene una migraña. Será mejor que me vaya a casa.

Rachel no preguntó más. Solo asintió con comprensión y la ayudó a incorporarse.

—Te acompaño.

Al llegar a casa Sofía se tomó un analgésico, dejó el bolso sobre la mesa y entró al baño con pasos lentos. El agua tibia le ayudó a soltar parte de la tensión del cuerpo, aunque el malestar seguía ahí, agazapado.

Al salir, se puso ropa cómoda y se dejó caer en la cama, dejando el celular de lado, como si el presente pudiera esperar.

Sabía que el lunes sería largo: tenía que evolucionar pacientes antes de las ocho y, a mediodía, debía ir a pelear por resonancias magnéticas para dos enfermos. Nada complicado en apariencia, pero el cuerpo pedía tregua, y ella se la concedió.

El lunes avanzaba sin sobresaltos. A las doce en punto, Sofía y William caminaban por el pasillo que conducía al Departamento de Radiología. Todo parecía rutina hasta que Adam apareció y se les unió al trayecto como si fuera lo más natural.

—¿Tienes muchas resonancias para discutir hoy? —preguntó a Sofía, sin rodeos.

Ella lo miró de reojo, con cordialidad distante.

—Solo dos. Pero si tienes algún caso urgente, puedo cederte una.

Adam sonrió, más con los ojos que con los labios.

—No tienes que cederme nada. Yo puedo lucharla por mí mismo.

—No lo dudo. Veamos qué sucede.

—¡Eh! ¿Y qué te pasó en el brazo, Adam? —preguntó William al notar un vendaje discreto bajo la bata.

—Me caí ayer de la bicicleta por andar mirando hacia donde no debía —respondió, lanzando una mirada irónica a Sofía.

Ella sonrió, recordando la frase de Rachel sin poder evitarlo: «Yo no sé si felices, pero magullados…»

Minutos después, ya dentro del salón de imágenes, los tres tomaron asiento: Sofía adelante, Adam y William dos puestos más atrás. El aire estaba cargado con la tensión habitual de los debates médicos, pero también con algo más: ese silencio insoportable entre ellos, imposible de ignorar, que lo ocupaba todo.

Cuando Sofía se levantó para presentar su primer caso, una repentina inestabilidad la sacudió. Primero, una presión en los oídos, como si descendiera en un avión. Luego, una oleada de vértigo que subía del cuello a las sienes, acompañada de un zumbido persistente.

Todo comenzó a girar: las luces, las carpetas, los rostros se arremolinaban en un torbellino incomprensible. No sabía si era el mundo el que daba vueltas o si era ella la que pendía de un hilo invisible.

El vértigo fue tan súbito y violento que tuvo que aferrarse al respaldo de la silla, pero no logró sostenerse. La visión se volvió borrosa, los sonidos se amortiguaron como si estuviera bajo el agua. Un sudor frío le recorrió la espalda, seguido de una náusea sorda que no alcanzó a salir. Y el equilibrio, como todo lo demás, se le escapó de las manos.

Adam fue el primero en reaccionar. Se levantó de inmediato y la alcanzó justo cuando comenzaba a desplomarse hacia un lado. La sostuvo con ambos brazos, estable pero desesperado, como si temiera que algo vital se le escapara entre los dedos.

—¡Sofía! —exclamó, con una voz herida, más expuesta de lo que habría querido. —¿Estás bien?

William ya pedía una camilla. Las miradas de preocupación se cruzaban. Alguien apagó el proyector. La sesión médica se interrumpió.

Había ocurrido algo. Y esta vez no era un caso clínico. Era Sofía.

Adam la sostuvo hasta que llegó la camilla y le indicó a William que se hiciera cargo del trabajo.

—Quédate discutiendo las imágenes. Yo la llevo a Observación. Avísale a la doctora Nerina que hoy no podrá trabajar más —le pidió nervioso, sin levantar la voz, pero con una firmeza que nadie cuestionó.

William asintió. El camillero llegó enseguida y comenzó a empujar la camilla hacia la sala de Observación Clínica. Adam caminaba a un lado, sin apartarse ni un instante, con la mano de Sofía atrapada entre las suyas, como si soltarla no fuera una opción.

Ella, entre mareada y confusa, entreabrió los ojos y alcanzó a ver sus manos unidas. Una oleada de nostalgia la atravesó, y la imagen se le quedó guardada en la retina, como si quisiera preservarla para después. No supo si agradecer o temer, pero la conmovía, hasta lo más hondo, tenerlo ahí.

Una vez en la sala de Observación, Sofía intentó incorporarse en la camilla, todavía pálida y aturdida, pero el movimiento le provocó un vómito seco que no alcanzó a contener. Adam, sin pensarlo, le sostuvo la frente con una mano mientras con la otra le sujetaba los hombros para estabilizarla.

Ella se aferró a su muñeca con los ojos cerrados con fuerza, como si ese contacto fuera el único punto firme en medio del mareo.

—Me siento muy débil… No desayuné hoy —susurró, apenas audible.

Sin dudarlo, Adam salió al pasillo y llamó al internista de guardia. Indicó colocarle una vía periférica y pasarle hidratación con electrolitos de inmediato. Mientras el personal se ocupaba, él volvió junto a ella, arrastró una silla y se sentó a su lado. Permaneció allí, en silencio, observándola. Le gustaba creer que podía compensar el vértigo con su sola presencia. Como si, solo por estar, pudiera sostenerla más fuerte que el mundo.

Los minutos siguientes fueron confusos, pero Sofía, aún en la camilla, comenzó a recomponerse poco a poco. Cerró los ojos unos minutos, y al abrirlos de nuevo, trató de sentarse con esfuerzo. Miró a Adam, que seguía junto a ella, y le apartaba un mechón de la frente con una ternura casi infantil.

—Ya me siento mejor…, gracias —dijo con una voz que aún parecía colgar de un hilo.

—No te levantes aún —le advirtió él, sin perder la autoridad.

—No es para tanto. Solo fue un vértigo.

—¿Y te parece poco? —replicó él—. Al final, como siempre, ganaste. La resonancia que me tocaba mañana ahora es para ti.

Sofía frunció el ceño, entre divertida y molesta.

—Estás exagerando. ¿De verdad hacía falta tanto aspaviento por un vértigo periférico? ¿Una resonancia? ¿En serio? Pero si todo lo que necesito es un otorrino.

—Ah, claro. Porque ya se autodiagnosticó la neuróloga —ironizó Adam, cruzando los brazos—. Sin tomografía, sin resonancia…

—No necesito imágenes para saber que fue un vértigo periférico —insistió ella.

—Qué suerte que esta vez no puedas ser tu propia doctora —dijo él, con voz más baja—. Porque eso no lo decides tú. Y esta será de las pocas veces en mi vida en que no me atreva a especular un diagnóstico sin ver las imágenes. No puedo arriesgarme a equivocarme…, no contigo.

Sofía supo que esa confesión era importante. Podría haber respondido con una broma, pero optó por una ironía sutil, sin herirlo.

—¿Sabes que cuando se trata de vértigos no es ideal que los diagnostique un neurocirujano, verdad? Pero me alivia saber que, al menos esta vez, no quieras equivocarte conmigo.

Él la miró de reojo, pero no era momento para devolverle el dardo. Ella, más estable, bajó la guardia. Sabía que esa preocupación de Adam era real. Tal vez complicada, enredada en pasados que no terminaban de irse…, pero genuina. Y viva, aunque nadie lo dijera.

Adam se inclinó un poco hacia ella, con esa mezcla de autoridad médica y algo más personal, inevitable.

—Tienes que quedarte tranquila, Sofía. Vas a estar en observación al menos seis horas y solo llevas una. No te muevas de aquí. Voy a buscarte algo para que meriendes dentro de un rato —le dijo, sin dejarle más opciones.

Sofía asintió, aún recostada.

—No te preocupes. Estoy bien. Y soy bastante responsable como para saber que no debo moverme de aquí.

Adam le dedicó una última mirada antes de salir de la sala. El silencio volvió a rodearla como una sábana tibia.

Quince minutos después, la puerta de Observación se abrió otra vez. Era nada menos que Luis, que andaba buscando a un paciente, al parecer conocido. Su voz, familiar y cálida, se filtró entre el ruido disperso del lugar.

—¿González? ¿Camilo González?

Sofía se incorporó ligeramente al oírlo. Él levantó la vista y, al verla, interrumpió la búsqueda de inmediato.

—¡Sofía! ¿Qué haces aquí? ¿Qué te pasó?

Ella sonrió con gesto tranquilo, aunque el cuerpo aún le pedía pausa.

—Nada grave. Solo un vértigo. Estoy segura de que es periférico. Perdí un poco el equilibrio, pero ya me siento mejor.

Luis se acercó con rapidez y le pasó la mano por el brazo, preocupado.

—¿Un vértigo? ¿Estás segura de que solo es eso? ¿De verdad estás bien?

—Sí —repitió ella, con una calma que parecía sostenida con alfileres—. Solo estoy en Observación un rato.

Luis la miró un segundo más, como queriendo cerciorarse, y luego se sentó en la misma silla que minutos antes había ocupado Adam. La escena no tenía la misma intensidad, pero sí un dejo de ternura distinta. Más liviana. Más cómoda.

«Hoy es mi día de suerte», pensó Sofía, dejando que la sonrisa se le escapara sin permiso.

—Ha pasado tiempo desde la última vez que te vi... y, créeme que no hubiera querido volverte a ver como paciente —dijo Luis, sonriendo con esa calidez suya que siempre oportuna—. ¿Cómo has estado?

Sofía iba a responderle cuando la puerta se abrió de nuevo. Adam entraba con una bandeja en las manos. Su rostro, sereno hasta entonces, se tensó al instante al ver a Luis sentado en «su» silla.

A él solo le bastó un segundo para atormentarse con la escena: Sofía, semi recostada, sonriendo. Luis, demasiado cerca.

Al notar la presencia de Adam, Luis sacó sus conclusiones en silencio y, con esa calma que no necesitaba probar nada, se levantó de la silla sin apuro.

—Bueno..., tengo algo de prisa. Luego te llamo para saber cómo sigues. Ya sabes, si necesitas cualquier cosa, solo dime.

Sofía asintió, agradecida y a la vez avergonzada. No era justo para Luis, y en ese momento, frente a él, quedaba demasiado expuesta, en un lugar que, según él mismo, nunca había sido digno para ella.

Adam, sin decir palabra, dejó la bandeja sobre la mesa auxiliar. No fue un gesto hostil, pero el aire cambió, cargado de algo invisible. Tomó el historial de Sofía con el rostro serio, aunque más lento de lo habitual. Lo abrió sin mirarla, refugiándose en la escritura para no enfrentar lo que de verdad pesaba. Y mientras llenaba las casillas con inercia, soltó la pregunta:

—¿Y él quién es? —su voz sonó casual, pero no lo era—. Si se puede saber.

Sofía no se inmutó. Había aprendido a fingir calma con elegancia:

—Es un amigo.

Adam asintió, sin refutarlo. Pero su pluma se detuvo un instante antes de seguir.

—¿Solo un amigo?

—Lo demás no creo que quieras saberlo —añadió ella—. Además, no lo necesitas. Es como si yo te preguntara ahora si Julia sabe que estás aquí conmigo.

Adam levantó la vista, y ahí sí la miró. Firme. Dolido. Pero sin evitar la conversación.

—Julia está de camino a la capital. En una semana se va para Argentina… definitivamente.

Y esa palabra, «definitivamente», no cayó como un punto final, sino como un eco que se resistía a desparecer.

Después del encuentro con Luis, Adam no volvió a hablarle directo a Sofía. Conversaba con los otros médicos, revisaba indicaciones, pero sin dirigirle una sola palabra. Sin embargo, tampoco se alejó: se quedó a su lado, como si lo único que supiera hacer fuera permanecer mudo… y cuidarla.

Tal vez se sintió intimidado, desafiado o incluso humillado por aquella escena inesperada. Pero no se fue. El miedo por Sofía pesaba más que su orgullo.

A mitad de la tarde, cuando ella se quedó dormida, Adam no hizo ruido. Ni siquiera se movió de su sitio: la observó en silencio, con los brazos cruzados y la espalda hundida en la silla a su derecha, como si su única tarea en el mundo fuera esa: quedarse cerca.

Entonces buscó un libro en su *tablet* y se puso a estudiar en lo que pasaban las horas.

Y en ese pequeño gesto —la terquedad de seguir ahí, pese a todo— también, quizás, había una forma de amar. O, al menos, de no poder dejar de hacerlo.

Capítulo XLVI
La pregunta que faltaba

A las siete de la noche, Sofía había recuperado su centro. El mareo quedó atrás, el color volvió a su rostro y hasta el hambre le reclamaba su lugar. Hablaba con naturalidad, ligera, segura, y se permitió un par de sonrisas con los colegas de la sala, como quien confirma que ha regresado del todo. Su intuición le susurraba que era hora de marcharse.

Adam revisaba unos papeles cuando ella interrumpió con calma:

—Adam, ya me siento bien. Voy a casa.

Él levantó la vista, arqueó una ceja y la observó en silencio. Sabía que estaba recuperada, pero la duda lo ataba: ¿y si el mareo volvía? El temor disfrazado de cautela lo retuvo un instante más, hasta que terminó asintiendo, con la resistencia escrita todavía en la mirada.

—Déjame acompañarte.

—No hace falta —respondió Sofía, amable pero contundente—. Voy a tomar un taxi.

Adam se dejó caer en la silla frente a ella, con la bata arrugada y un aire inquieto que parecía suplicar atención. El cubículo estaba en penumbra, y en esa media luz aprovechó para soltar lo que lo devoraba, aun sin estar seguro de si era el momento.

—¿Tienes algo con ese muchacho?

Sofía lo miró, sorprendida, pero serena.

—¿Y para qué quieres saber eso? ¿En qué cambiaría tu día?

—En mucho —respondió al instante, con una franqueza más patética que honesta—. Podría incluso hacerme sentir mejor.

—¿Ah sí? ¿Y cómo es eso?

Adam bajó un poco la voz, pero no para ser discreto. Parecía un niño atrapado en su propio miedo.

—Si estás con él…, sería como confirmar que tenía razón. Que contigo la calma no es posible.

—Eres increíble —replicó Sofía, esbozando una sonrisa herida, lúcida—. Pues ahí lo tienes: otra duda que puedes sumar a tu colección. Así ratificas que conmigo la calma no es opción y que elegirla a ella fue lo mejor que pudiste hacer. Confirmas que…

Ya con la cartera en la mano, se giró y se inclinó hacia él, clavándole la mirada con una mezcla de decepción y asombro. El cansancio del día entero se le notaba en el rostro, y sin embargo su expresión de «qué absurdo, qué inmaduro, qué torpe» podía atravesarlo como un bisturí. Volvió a sentarse en la cama y, tras un silencio ceremonioso, concluyó con un reproche que sonaba a sentencia:

—Qué mal lo has hecho todo, Adam. Pero qué mal. ¡Cómo nos rompiste!

Adam cerró la garganta, pero no respondió. No hacía falta.

Sofía ya había cruzado ese umbral donde las palabras dejan de buscar consuelo, así que continuó:

—Todavía tengo lapsus en los que me sorprendo pensando en todo lo que podíamos haber sido. Todo lo que podíamos haber construido juntos… pero tú nunca te diste permiso. Eres brillante arreglando cerebros ajenos…, pero con el tuyo, Adam, ¡qué desastre! —la voz se le quebró, los ojos se cristalizaron—. Solo tenías que atreverte a amarme, y yo sí sé que me amabas.

Él la miró, también conmovido desde un sitio que ya no era rabia, ni deseo, ni duda. Era otra cosa. Estaba desarmado.

—O… como todavía te amo —balbuceó, casi en un susurro, como si no le diera miedo enfrentarse a sí mismo.

Ella apenas arqueó una ceja. Había previsto esa respuesta, era demasiado obvio. Con un gesto desdeñoso, cortó la escena.

—Gracias por cuidarme.

Se puso de pie, se acomodó la bata y caminó hacia la puerta.

—Mañana a las nueve de la mañana es tu resonancia —le gritó él, aferrándose a lo único que sabía sostener, su trabajo.

Sofía no se volteó, no lo necesitaba. El eco de su indiferencia era más demoledor que cualquier respuesta.

A las diez de la noche, Sofía ya había dado parte de todo lo sucedido en casa. Le había contado a sus amigas, y se sentía mejor. Se encontraba un poco aturdida aún, como quien regresa del fondo del mar y aún no regula la presión, pero bien.

Estaba tumbada en su cama, con el móvil en la mano, revisando todos los mensajes acumulados durante la tarde. Había dos llamadas perdidas de Luis, un mensaje, y el chat de Cesar mostraba doce mensajes sin leer. Por fin lo abrió. El último decía:

Cesar: *Tesoro… ¿Estás bien?*
Porque algo tiene que haber pasado
para que no me respondas. 😮
Y yo sé que mi efecto no es a corto plazo…
así que no me vengas con que ya te aburriste de mí.

Sofía: *Estoy en la cama y un poco mareada.*
Tuve un vértigo bastante intenso.
Me desequilibré y casi me caigo.
Pero nada serio.

Cesar: *¿Mareada? ¿Y no fue por mí?*
¿Me preocupo o me toca esforzarme más?

Sofía: *¡Qué atrevido eres!*

Cesar: *Ya sabes* 😌
♫21- Por decir lo que pienso, sin pensar lo que digo.
Más de un beso me dieron, y más de un bofetón…♫

Sofía: *Deja de hacerte el listo, y plagiar a*
Sabina para impresionarme
que todas sus canciones
me las sé de memoria, aunque ese pedazo
te viene como anillo al dedo. 😝

Cesar: *Y tú deja de montar escenitas, Sofía,*
que uno se preocupa de verdad.
Cuídate porque no pienso perdonarte si te mueres
antes de verte con ese vestido.
Y con suerte…, también quitártelo.

Sofía: *Yo muero con tu optimismo.*
Más que suerte vas a necesitar.

De repente y sin pedir permiso, entró una videollamada de Cesar.

Era la primera vez que se verían a través de la cámara, al menos en vivo. Sofía vaciló un segundo antes de contestar.

—Oye… —dijo, disimulando la sorpresa—. Tienes que avisar. Lo que tú querías era verme así, hecha un desastre.

Cesar sonrió en cuanto la vio. No era solo alivio, era el gesto de un hombre que confirma que el efecto que causa sigue intacto.

—Es que me asusté —confesó, con un tono juguetón en la voz—. Pensé que te había pasado algo y no querías contármelo.

—Bueno, sí me pasó…, pero ya te dije, nada grave.

—Fíjate, Sofía. Mírame bien.

Acercó el rostro a la cámara, exagerando el gesto hasta que sus ojos llenaron la pantalla.

—Sí, Cesar. Ya sé que tus ojos son verdes —dijo ella, entre risas.

Él sostuvo el silencio, alargando la espera como si afinara un arco.

—Pues escucha bien lo que estos ojos verdes te están diciendo... —bajó la voz, insolente, dueño de la escena—. No hay manera de que te me escapes. Nos vamos a ver. Y cuando eso pase..., no va a haber mareo que te salve de mí.

Ella tenía los nervios crispados y, aunque percibía como se avivan los sentidos, se obligó a permanecer irreverente, dentro lo posible.

—¿Te gustó verme? —preguntó él, con esa mirada pícara que parecía tener siempre lista.

Sofía titubeó, atrapada entre el juego y el vértigo, dándole permiso a esa sonrisa que se parecía a la esperanza.

—Lo que a ti te haga más feliz.

—Entonces deberíamos hacerlo más seguido —replicó él, inclinándose hacia la pantalla—. Sobre todo, si me recibes con esa ropa tan... peligrosa para la imaginación.

Sofía bajó la mirada, no se había percatado de su camisón de tirantes, ligero, casi transparente bajo la luz azulada. Jamás lo habría elegido para una primera videollamada.

Se rio, nerviosa y divertida a la vez, y tiró de la sábana para cubrirse.

—No, no, no... ¡No te tapes! —exclamó Cesar, teatral, como si le arrebataran un privilegio sagrado.

Ella soltó una carcajada genuina, pero enseguida recuperó la compostura.

—¿Y tú qué te crees? Eso es un lujo que todavía tienes que ganarte... no un regalo accidental.

—Pues entonces ya tengo otro motivo para verte pronto —contestó él, guiñándole un ojo—. Y te advierto que soy bastante competitivo.

Sofía negó con la cabeza, aun risueña, pero buscó cortar la llamada antes de que él siguiera enredándose en su mente.

—Mañana hablamos, ¿sí? Yo voy a descansar... hoy ha sido un día largo.

—Que pases bonita noche, doctora... Y cuidado... que dicen que uno sueña con lo último que ve antes de dormir.

Sofía curvó los labios, sin darle todo el gusto.

—En ese caso…, preocúpate tú, que has visto más de lo que debías —respondió, y colgó antes de que él alcanzara a replicar.

En otro punto de la ciudad, Adam descansaba boca arriba en la cama, los brazos cruzados sobre la frente, los ojos fijos en el techo. Parecía quieto, pero por dentro era un hervidero. Nadie lo sabía —y él se encargaba de mantenerlo así—, pero tenía un plan. Uno nuevo. Trazado con la misma precisión que lo había hecho exitoso en la vida. Solo que esta vez no había bisturís ni diagnósticos: el objetivo era Sofía.

La inminente partida de Julia no lo dejaba vacío; al contrario, le despejaba el tablero. Su paz —esa que había prometido cuidar— quedaría bajo la custodia de su madre, cuando Julia se instalara —dentro de tres días— en Buenos Aires, donde estaría muy entretenida en las gestiones de su homologación… y, por supuesto, en tener listo el hogar perfecto para esperarlo.

Sin embargo, Adam no lograba apartar de su cabeza la posibilidad de que Sofía estuviera con alguien más. No era solo celos. Era la aversión a llegar tarde. Él nunca llegaba tarde. A nada.

Y, aun así, esa noche lo que más lo angustiaba no era el ego, ni el miedo a perder. Era la resonancia magnética que le harían a Sofía al día siguiente. La sola idea de que algo pudiera estar mal con ella, lo paralizaba.

Para variar, todo para él volvía a reducirse a lo que le mostrara una neuroimagen. Así había construido su vida: decidiendo, arriesgando, corrigiendo a partir de esas fotos en blanco y negro que tanto lo fascinaban. Siempre dependía de ellas, y en eso encontraba control. Ahora no era distinto… su próximo día, sus planes, hasta su paz, quedarían sujetos a lo que apareciera en esa pantalla. Pero esta vez no se trataba del cerebro de un desconocido. Era el de Sofía, el mismo que —según él había decretado— jugaba con su mente, con una precisión implacable, como nadie más podía hacerlo.

Al día siguiente, a las nueve en punto, se encontraron en el departamento de Radiología. Sofía llegó tranquila, con el paso sereno de quien no carga tormenta. Adam, en cambio, parecía un reloj descompensado: iba y venía por el pasillo, se frotaba las manos, miraba el reloj, volvía a empezar.

Sofía lo seguía con la vista con una mezcla de ternura y fastidio.

—Adam, por favor... quédate quieto. Pareces tú el paciente.

—Es que no puedo —dijo él, sin detenerse—. Tú estás demasiado relajada y eso me estresa más.

Ella soltó una risa breve.

—Porque sé que va a salir bien. De verdad, lo sé.

—Yo también quiero creerlo..., pero igual me preocupo. No me hagas caso.

Sofía lo miró de reojo, sin insistir. Revisó el teléfono. Tenía un mensaje de Cesar, escrito media hora antes.

> **Cesar:** *Buenos días, mi desequilibrada favorita.*
> *¿Ya estás mejor?*

Ella prefirió no responder. Tenía dos días libres que la doctora Nerina le había impuesto como descanso. Así que no tenía prisa, ni excusas. Solo tiempo y una resonancia por delante.

Adam vestía de civil: *jeans*, polo casual, tenis cómodos. Sofía lo estudió en silencio. «Hoy se ve más guapo de lo normal», pensó, casi con fastidio por admitirlo. Lo miró con curiosidad:

—¿Y tú? ¿No trabajas hoy?

Él negó con la cabeza, con una mueca de orgullo.

—Tengo el resto de la semana libre para avanzar en la tesis.

Hizo una pausa y le sostuvo la mirada, porque el gesto de escepticismo de Sofía fue demasiado obvio

—Sí, Sofía. Si vine hoy a este hospital... fue única y exclusivamente por ti.

Sofía torció los labios, sin regalarle emoción.

—¡Ya!... Has venido a ver otra resonancia normal. Como una de las tantas que has visto en tu vida.

Adam giró el rostro hacia ella, entrecerrando los ojos con una mezcla de agotamiento y contención.

—Mejor no te contesto —murmuró—. No tuve una buena noche.

Sofía alzó los hombros con un gesto breve, resignado, y le dio un «ok» silencioso con la mirada.

En ese momento, el doctor Javier apareció para indicarle que podía pasar a la resonancia. Adam se quedó del otro lado del cristal, con las manos firmes tensas sobre la consola, observando en un mutismo febril. Seguía cada secuencia de imágenes con la concentración de un niño que cree que apretando los ojos puede cambiar el desenlace.

Pero al final ocurrió lo que Sofía ya había anticipado. Cuando terminó, salió un poco aturdida por el estruendo del escáner. Lo buscó al otro lado del vidrio y lo encontró inmóvil, con esa sonrisa que parecía mitad alivio, mitad agotamiento. Ella caminó hacia él.

—Es negativa, ¿verdad? —preguntó, directa.

—Sí. Negativa —asintió—. Parece que, al final, va a ser verdad que los neurocirujanos no somos tan buenos con los vértigos… habrá que dejarle algo de gloria al otorrino.

Sofía enarcó una ceja, con ironía suave:

—Ya era hora de que lo admitieras.

Ella se sentó en una de las sillas de la sala de espera. Él se dejó caer a su lado con el cuerpo vencido, como si hubiera sostenido la respiración durante horas. Se miraron y, por un instante inesperado, se regalaron una sonrisa de tregua.

—Gracias, Adam. De verdad. He notado tu preocupación, y la valoro mucho. —Hizo una breve pausa—. Sé que no he sido precisamente dulce…, pero agradezco que hayas estado aquí.

Él no respondió de inmediato. Se pasó una mano por la frente tratando de borrar la tensión, y luego miró hacia el pasillo en busca de aire.

—Necesito estar solo, salir de aquí un momento —guardó silencio un segundo más—. No recuerdo la última vez que sentí tanto miedo.

Sofía lo siguió con la mirada mientras se alejaba hacia la puerta que daba al patio central. La luz proyectaba su silueta contra el vidrio y, por un instante, lo despojó de todo. Ya no era el neurocirujano imperturbable: era solo un hombre vulnerable, expuesto, demasiado humano. Y, de pronto, como un latigazo desordenado, los recuerdos la golpearon. Gestos. Palabras. Noches robadas. Silencios que ardían más que cualquier palabra. Todo irrumpía sin permiso, caótico, imposible de apartar.

Nadie se cuestionaba si él aún la quería. Era evidente. Su manera de mirarla, de estar allí, de perder el sueño por una resonancia que él mismo sabía que saldría bien... lo confesaba sin palabras.

Y, sin embargo, Sofía recordó justo lo que había querido enterrar: Julia se había ido. Adam estaba, otra vez, en el punto perfecto para volver a ser el mismo idiota de siempre. Y ella... en el punto frágil para volver a caer.

Se ajustó la chaqueta, enderezó la espalda y se recompuso. Como quien recuerda —a tiempo— que algunas escenas no merecen repetirse. Y se fue.

Eran casi las cinco de la tarde. Sofía estaba en casa, recostada, flotando en ese limbo apacible entre una película de fondo y un libro que hojeaba sin demasiada atención. Cualquier cosa servía para mantener los pensamientos ocupados.

Entonces sonó el timbre. Y, al mismo tiempo, vibró el celular. Era Adam:

Adam: *Por favor, ábreme la puerta.*

Sofía se incorporó de golpe. El corazón se le aceleró antes de que pudiera frenarlo. «¿Qué coño hace aquí?», murmuró, dejando el libro a un lado.

Se levantó sin prisa, pretendiendo que el tiempo que le tomaba llegar hasta la puerta podía darle algo de ventaja. Cuando abrió, lo encontró ahí: de pie, con la misma ropa de la mañana y los ojos clavados en ella. Nada más existía.

—Pero ¿tú qué haces aquí? —le preguntó, sin disimular la incomodidad.

Adam alzó una ceja, con un deje de ironía.

—Soy médico, ¿no? He sido tu doctor las últimas cuarenta y ocho horas. Vengo a saber cómo sigues.

—Sabes que estoy bien. No he salido de casa. No me digas que viniste solo para eso.

Adam desvió la mirada un segundo, pero enseguida la sostuvo.

—No. No vine solo para eso. —Hizo una pausa que parecía ensayar desde hacía tiempo—. Tenemos que hablar.

—¿Hablar de qué?

—Hay algo que necesito decirte. Y no pienso irme sin hacerlo.

Sofía suspiró, agotada.

—Pasa y siéntate —le indicó, señalando el sofá con un gesto seco.

Él obedeció. Ella se acomodó a su lado, con los brazos cruzados y la expresión relajada de quien ya no teme escuchar:

—Soy toda oídos.

Adam tragó saliva. La observó fijamente, buscando en sus ojos la autorización que no se atrevía a pedir en voz alta. Por un instante, la rigidez de su rostro cedió. Sofía llevaba un camisón ligero, el cabello recogido al descuido y los espejuelos aún puestos.

Y en esa simple estampa doméstica —sencilla y sin artificios—, Adam volvió a sentirlo en sus entrañas: esa era la imagen que querría ver al final de todos los días de su vida. El problema era el mismo de siempre: no tenía idea de cómo llegar allí... sin volver a arruinarlo todo.

—Ok, voy a ir directo al grano. En mayo discuto la tesis. En junio me gradúo. —Calló un instante, como si ese silencio fuera parte del guion—. Y en julio..., antes de volver a Argentina, estaré quince días en la capital.

La miró fijo, con esa intensidad que parecía suplicar.

—Quiero que vengas conmigo.

Sofía lo observó incrédula, apoyando la barbilla en la mano. Frunció el ceño.

—Ay, Adam…, eso lo hablamos hace meses. Y te dije que no. ¿Para qué quieres que vaya contigo?

Él no respondió. Abrió la mochila y sacó un sobre, que le extendió con gesto sobrio.

—Lee esto. Pero hazlo sola, con calma. Después me dices.

Sofía lo recibió sin abrirlo. Lo sostuvo entre las manos, pensativa, como si pesara demasiado para lo que parecía ser.

—¿Eso era todo lo que tenías para decirme?

—Sí…, eso es todo. —Se puso de pie, incómodo—. Mejor me voy.

Avanzó hacia la puerta, ella lo siguió, pero al llegar al umbral se detuvo. Dudó unos segundos, giró sobre sus pasos y se volvió hacia ella.

Sofía no se movió. Solo le clavó la mirada, atrapada en la inquietud de no saber qué más podía sacar Adam de debajo de la manga.

Adam se acercó aún más, hasta quedar a un suspiro de distancia. Se inclinó apenas hacia su cuello y la olió. Ese aroma era su ancla, lo único capaz de apaciguar el miedo que todavía lo perseguía.

Sofía cerró los ojos sin darse cuenta. Los hombros se le encogieron, ladeó instintivamente la cabeza y respiró con él, mientras el corazón le golpeaba las costillas como si quisiera correr hacia él.

Adam llevó una mano a su rostro y la rozó con una delicadeza absurda, como si temiera dejar marca. Sus labios se encontraron en un roce suspendido. Él se quedó quieto, sin invadir. Ella aguantó el aire, hasta que no pudo más.

—No… —susurró, moviendo la cabeza sobre la boca de él—. De nuevo no.

Adam no solo escuchó las palabras: las sintió, con todo el peso del dolor que arrastraban. Entonces se apartó, sin discusión, y se fue.

Capítulo XLVII
Otra vez abril

Sofía estaba sentada en la cama, con el sobre todavía entre las manos. Lo examinaba con la ansiedad de quien teme que un simple papel pueda estallar. No era el contenido lo que la asustaba, sino lo que podía remover dentro de ella. Al final lo abrió. Sin rituales, sin rodeos.

Dentro encontró una carta de inscripción para el entrenamiento en Neurofisiología avanzada en Buenos Aires, a comenzar en septiembre. No era un simple gesto al azar: Adam había movido contactos, gestionado la invitación y asegurado la posibilidad de conseguir una visa en julio, cuando él regresara a La Habana.

Junto a la carta, había una nota breve, escrita con su letra inconfundible:

Esto no tiene que ver conmigo, Sofía. Tiene que ver con tus propios sueños.
Acéptalo porque lo mereces, no porque yo te lo esté ofreciendo.
Si no quieres hacerlo por nosotros, hazlo por ti.
Es una gran oportunidad profesional.
Y sí, también me hace mucha ilusión... que pasemos juntos ese entrenamiento.
PD: Es en septiembre. Te da tiempo a hacer el examen de pase de año.

Adam.

Sofía se quedó inmóvil. Llevaba meses blindándose. Había aprendido a rechazar cada intento de Adam por acercarse, a recordarse una y otra vez que era un hombre casado, con otra vida. Y, sin embargo, aquello no sonaba a súplica ni a nostalgia. Era otra cosa. Una apuesta. Una invitación peligrosa que, como efecto secundario, despertaba la ilusión de que todavía existiese un «nosotros». Pero al mismo tiempo la carta ardía en sus manos como una amenaza disfrazada de oportunidad.

Ya era abril. Casi un año desde que la historia con Adam había comenzado. Y, de repente, el miedo se le instaló en el alma: si no era cuidadosa, podía volver a quedar atrapada. Todo lo que había reconstruido con esfuerzo —su calma, su distancia, su entereza— podía desmoronarse con un chasquido de dedos, con la misma facilidad con la que un cristal se quiebra bajo un golpe seco.

Apartó el sobre con brusquedad y lo dejó en la esquina más lejana de la cama. No quería verlo. Ni sentirlo cerca. Buscó el teléfono, marcó, y en menos de un minuto tenía una videollamada en conferencia con Paula y Rachel.

—Chicas… —dijo sin introducción—. Necesito que escuchen esto.

Les contó todo. Desde la carta hasta la nota de Adam. Hubo un silencio espeso al otro lado de la línea. Rachel se llevó una mano al rostro, incrédula, pero fue Paula quien habló primero. Se acomodó frente a la cámara, los brazos cruzados y el gesto implacable.

—Mira, te voy a ser sincera. Mi primer instinto es que lo mandes al demonio. Directo. Sin escala.

Sofía soltó una risa amarga.

—Pero… —continuó Paula, sin suavizar la voz— tampoco voy a fingir que no veo la oportunidad. Y no hablo solo de él, hablo de ti. De lo que esa carta significa en un país donde la mayoría de la gente brillante que conocemos no consigue, ni por asomo, un chance así. Una parte de mí piensa que podrías ir… y desquitarte todas.

—¿Desquitarme? —preguntó Sofía, alzando las cejas.

—Sí, suena inmaduro, lo sé. Pero mira: lo haces por ti, aprovechas la oportunidad, y de paso... le enseñas que ya no lo necesitas para volar. Matas dos pájaros de un tiro.

Rachel bufó al otro lado, negando con un gesto enfadado.

—Yo no puedo con ustedes... —dijo, crispada—. Ya saben que soy la romántica del grupo, pero esta vez no me sale.

—¿No te sale qué? —preguntó Paula, arqueando una ceja.

—Creerle —Rachel alzó la voz, cortante—. Esto no es una oportunidad, Sofía. Es manipulación emocional camuflada en visa y posgrado. —Se inclinó hacia la cámara, con los ojos brillando de impotencia—. Yo digo que no vayas. Que no caigas otra vez.

Sofía bajó la mirada, se sentía atrapada entre dos voces fuertes y categóricas: la de la oportunidad y la del peligro.

—Pero..., si me calmo y miro el asunto desde otro ángulo —añadió Rachel, con un suspiro que le quebró la dureza—, me pongo en tu lugar y sé que aquí levantar el vuelo es casi imposible. Muy difícil... Y él lo sabe. Eso es lo peor.

—Y está clarísimo que lo usa a su favor —remató Paula, entrecerrando los ojos como quien dicta sentencia—. Pero en el amor y en la guerra se vale todo. ¿O no?

Rachel asintió, más suave pero igual de firme.

—No sé..., lo único que sí sé es que él no te merece, Sofía. No te merece, y no puedo evitar recordar la conversación que tuvimos el otro día en El Lumière.

Paula se llevó la mano a la frente y negó con la cabeza, como si el dilema la agotara incluso a ella.

—No lo sé, Sofía... Francamente —continuó Paula—, no es que no pueda alinearme con Rachel en su forma de ver esto. Tengo todo para decirte que no lo necesitas, que puedes lograr cosas igual de grandes o mejores por ti sola. Que entrenamientos como este habrá otros. Que sí hay más caminos, y los construirás tú, con tu cabeza y con tu esfuerzo, sin deberle nada a nadie.

Sofía no decía nada. Solo escuchaba.

—Pero hay una parte de mí... —Paula bajó la voz, casi con un nudo en la garganta—. La parte pragmática, la que se impone,

461

aunque me duela, que piensa: esto también puede ser una vía de escape. Incluso si es un acto de manipulación de él. Incluso si está lleno de segundas intenciones.

Guardó silencio, pero enseguida lo rompió con dureza.

—Porque, amiga mía, vivimos en un país donde no hay futuro. Nuestra generación está jodida, presa aquí dentro. Aquí los sueños tienen techo, los planes se desgastan antes de nacer. Te matas estudiando, trabajando, inventando…, y al final, siempre chocas contra el mismo muro. Y sí, Adam lo sabe también. Por eso duele tanto decidirse. Nunca vamos a saber con certeza qué hay detrás de su intención, pero… ¿y qué?

Miró a Rachel a través de la pantalla.

—Lo sigo viendo como una oportunidad real. Para que despegues. Para que salgas de aquí.

—¿De Cuba? —preguntó Sofía, aunque la respuesta era obvia.

—Sí —afirmó Paula—. De aquí tarde o temprano todos nos vamos a ir aunque nos dejemos los trozos, y él sabe muy bien que esta carta que te ha dado tiene peso. Porque en un país donde nada se mueve, una sola puerta abierta se siente como salvación… y, si además está el corazón metido en el asunto, imagínate tú.

Las palabras de Paula se quedaron retumbando en la cabeza de Sofía, porque lo cierto era que la idea de irse con Adam —en los tiempos en que todavía creía que podían tener un futuro juntos— jamás le había generado ilusión. Al contrario, la asfixiaba pensar en todo lo que tendría que dejar atrás.

Se preguntaba si no estaba siendo ingenua al mirar a Cuba con ojos distintos a los de Paula, menos pragmáticos, más anclados a lo que aún le daba un hilo de esperanza. Como si, pese al desastre, todavía encontrara en ese presente un motivo para no soltar del todo.

Rachel guardó silencio unos segundos, como si luchara contra algo que no quería decir. Luego, habló con voz más baja, casi a regañadientes:

—Mira, aunque yo no quiero a Adam cerca de ti ni en pintura…, tampoco puedo negar que existe un mejor escenario posible: que aceptes, que te vaya bien, y que al final consigas las tres cosas: ser libre, crecer profesionalmente y, quién sabe, incluso recomponer lo que tienes con él. —Hizo una pausa amarga—. El problema es que ese escenario es como jugar a la lotería. Y tú ya sabes cuánto duele apostar cuando se trata de él.

El silencio que siguió a la llamada no fue incómodo. Fue necesario. Sofía sentía que lo que Adam había dejado no era solo una carta… De repente parecía un enigma con forma de futuro.

Se dejó caer de espaldas sobre la cama, exhausta. La conversación con sus amigas, lejos de darle claridad, la había hundido en un torbellino aún más incierto. Paula con su pragmatismo implacable; Rachel con su dolor disfrazado de advertencia. Y lo cierto era que las dos tenían razón, cada una desde su orilla.

Aun así, irse del país nunca había estado en su lista de prioridades. Ya antes había dejado pasar oportunidades: cuando salió por trabajo dos años atrás, no se quedó, no emigró, no cruzó fronteras. Ni siquiera cuando Cesar, sin apenas conocerla, se ofreció a buscarla donde hiciera falta.

Sonrió sin querer ante ese recuerdo absurdo. «Cesar siempre ha estado un poco loco», pensó. Y en ese instante, sin premeditarlo, sus neuronas hicieron un giro brusco. Del peso agobiante de Adam a la ligereza peligrosa de Cesar.

El dedo se movió antes de que pudiera cuestionarse nada, y en un automatismo inexplicable, abrió su chat y le hizo una videollamada.

La pantalla tardó unos segundos en conectarse, hasta que apareció el rostro de Cesar: despeinado, con una camiseta negra y esa sonrisa torcida que parecía de repuesto.

—¿Cómo estás? —preguntó Sofía.

Él arqueó una ceja con aire burlón.

—¿Y eso que rompiste el hielo, doctora?

—No estoy en un buen momento ahora mismo. No sé…, creo que instintivamente te llamé.

—Te entiendo —respondió, recostándose en su cama con gesto relajado—. Si yo fuera tú, hubiera hecho lo mismo.

Sofía sonrió. Era una de esas frases que ella misma solía usar, y sabía muy bien lo que escondía: era un guiño de amor propio.

—¿Y qué es lo que te pasa? —insistió él, inclinándose hacia la cámara.

—Nada concreto. Digamos que tengo una oportunidad. Una invitación. Una posibilidad profesional fuera de Cuba. Me lo estoy pensando… pero implica abrir una puerta que creo que ya he cerrado.

Cesar guardó silencio unos segundos. El *delay* no era técnico, era mental: estaba escogiendo las palabras.

—Para variar —soltó al fin—. Este tipo de cosas siempre te las piensas. Dime… ¿nunca te has replanteado irte de Cuba en serio?

—Sí, como todo el mundo. Pero no me apura. Tengo otros planes ahora. Otros sueños. Y la gente que quiero, pues… todos están aquí.

Él ladeó la cabeza, y entonces lanzó la réplica cargada de ironía:

—Pues tendremos que lograr que quieras a alguien más en otro sitio. ¿Qué te parece New York?

Sofía se tapó la cara con la mano, riendo incrédula.

—Nunca pierdes la oportunidad, ¿verdad?

—Pues no. Esa no es mi naturaleza —su voz bajó un tono, desarmando la ligereza—. Pero atiéndeme bien, Sofía. Esa decisión no debe estar influenciada por nadie. El día que lo decidas tiene que ser por ti. Porque si mañana despiertas en otro país con esa duda en el pecho…, te va a pesar. Y lo sé porque lo he visto.

Ella lo miró fija en la pantalla, sorprendida por el viraje. No estaba acostumbrada a ese tono en Cesar, tan serio, tan firme.

—¿Y tú? ¿Nunca dudaste?

—Ni un segundo —respondió sin titubeos—. Yo siempre tuve claro que quería irme. Para mí aquel país es una cárcel rodeada de agua. Y yo no nací para estar preso. Así que no, no fue difícil decidirlo. Lo difícil vino después: aprender a vivir con la distancia, con la nostalgia, con esa sensación todos los días de que te falta un pedazo. —Se inclinó más hacia la cámara, buscando sus ojos—. Pero, quedarme allí… , eso jamás estuvo sobre la mesa.

Guardó un silencio breve, antes de suavizarse:

—Eso sí, entiendo que no sea igual para todos. Que haya quien necesite más tiempo, más razones… o menos despedidas. Y no juzgo eso. Cada uno suelta su ancla donde puede y cuando puede.

El descaro regresó de inmediato en su mirada provocadora, como para no dejar la charla demasiado solemne.

—Ahora…, si encima de crecer en lo profesional te dieras el lujo de coincidir conmigo, bueno…, eso ya sería inapelablemente perfecto. Ahí sí no quedaría más que irte y decirle adiós a quien sea. Pero me temo que ahora mismo no es el caso.

Sofía soltó una carcajada que le limpió la tensión de encima.

—Eres incorregible.

—Exacto. Y no pienso corregirme. —Le guiñó un ojo—. Pero volviendo a ti: no te agobies. Te escucho y siento que ya empezaste a responderte sola. Sé leal a ti, eso nada más. El resto… fluye. Y, créeme, cuando llegue el momento, vas a saber qué hacer.

Sofía suspiró, aliviada, y la sonrisa se le expandió por todo el rostro, más sincera que antes.

—Gracias, Cesar, de verdad… Ahora creo que necesito dormir un poco y resetearme.

—Pues entonces sueña bonito… Ya sabes en quién tienes que pensar. —Volvió a curvar los labios, travieso—. Buenas noches, doctora.

Ella le devolvió una mirada bonita, y respondió, justo antes de colgar:

—No tienes idea de cómo cambia un mal día con tus buenas noches.

Capítulo XLVIII
Cosas de Neurofisiología

Pasaron un par de semanas sin que Sofía respondiera a Adam. Él tampoco insistió. El silencio era comprensible: sabía que lo que había dejado en aquel sobre no era solo una carta, era dinamita. Y a la dinamita no se le aprieta: se le concede espacio.

Sofía, por su parte, se refugió en la rutina. Pero a comienzos de mayo le tocó, junto a Karen, una rotación corta de quince días en Neurocirugía. Allí se cruzaba con Adam a diario.

Él estaba en su elemento: lideraba los pases de visita, coordinaba las guías clínicas, dirigía sesiones académicas. Sus habilidades como docente eran brillantes: hablaba con precisión, sin prisa. Tenía esa forma suya —tan infalible como irritante— de volver comprensibles hasta los diagnósticos más intrincados. Sacaba esquemas y recursos nemotécnicos de debajo de la manga, como si la claridad fuera su arma secreta.

Era adictivo verlo en acción. Disfrutaba enseñar, pero disfrutaba aún más saberse capaz de hacerlo como nadie. Y Sofía no podía evitar admirarlo. Esa admiración corría por un carril distinto al de sus heridas y reproches. Adam era, sin dudas, un neurocirujano extraordinario.

Cada vez que lo veía caminar por los pasillos con esa seguridad que parecía heredada desde la infancia, y lo escuchaba desglosar paso a paso el abordaje quirúrgico de un caso complejo; cada vez que lo observaba cerrar los ojos por un instante, como si trazara el mapa exacto del cerebro o de la médula antes de entrar al quirófano… algo se le removía por dentro.

Él tenía un don. Operar en el sistema nervioso le salía mejor que todo, incluso que amar.

No era deseo —o no solo deseo—. Era esa clase de admiración que se instala en lo más hondo de la mente y no se disuelve ni con la rabia ni con el aislamiento. Una admiración obstinada, inmune incluso al desencanto. Una grieta por donde podían filtrarse cosas que nunca debían volver.

Uno de aquellos días, tras una conferencia sobre tumores gliales —que Adam, con su manera hipnótica de explicar, había vuelto casi encantadora—, Karen lo observaba fija, entre fascinada y suspicaz. Al salir del salón, se inclinó hacia Sofía y le susurró sin apartar la vista de él:

—¿Segura de que no lo has perdonado?

Sofía la miró sorprendida; Karen no solía meterse en la vida de los demás. Apretó los labios y siguió caminando, confiando en que el silencio frenara la curiosidad de su colega.

—Lo digo porque esa energía entre ustedes se nota. No disimula la manera en que te mira. Y además, Sofi..., él es encantador. Encima, te explica lo que te gusta de un modo que no aparece en ningún libro. Debe ser difícil tenerlo de profesor ahora mismo.

La mente de Sofía se llenó de pasajes que creía sepultados: momentos en los que Adam le había explicado, en espacios muy íntimos, aquello que no aparecía en los manuales... Estar allí era un *déjà vu*. La única diferencia era que, en ese instante, no hablaba solo para ella. Y, en verdad, no era tan complicado como Karen insinuaba. Al menos eso se decía a sí misma.

—Tranquila, no es tan difícil como parece. Puedo manejarlo —respondió con ligereza.

Pero lo cierto era que verlo así, tan dueño de su entorno, tan sereno en medio de las complicaciones, no le facilitaba la intención de no pensar en aquel sobre y eso la desordenaba por dentro. Porque el Adam del que se había enamorado también era ese: el que hablaba con dominio, el que desmenuzaba lo complejo con una suavidad inesperada, el que lograba que hasta los más distraídos lo escucharan atentos.

No era sencillo. Porque no solo ella lo admiraba. Se notaba en las miradas de los otros residentes, incluso en la de Karen, en los murmullos de respeto apenas disimulados, en esa especie de aura que rodea a quien ama lo que hace con precisión casi divina.

Ese mismo día había guardia, y la noche resultó ser una de esas demasiado largas e indefinidas, en las que el destino —caprichoso como siempre— vuelve a girar la ruleta sin pedir permiso. ¿A favor o en contra de Sofía? Eso solo podría saberse después.

El equipo de residentes de Neurocirugía estaba activo. Adam había delegado las tareas en William, mientras él se refugiaba en el cuarto médico, concentrado en el estudio para su examen estatal y en la presentación de su tesis.

A Sofía, honestamente, el quirófano no le entusiasmaba. Estaba lavándose las manos después de una craneotomía por un hematoma epidural, cuando le preguntó a William:

—Oye… ¿puedo saltarme la próxima cirugía?

—¿Y desde cuándo me pides permiso a mí para eso? —le respondió él, alzando una ceja con media sonrisa.

—Bueno…, por más que le pese a mi ego, tú estás al mando esta noche.

—Por mí puedes irte ahora mismo a descansar. Pero no soy yo quien tiene que firmar mañana que estuviste las veinticuatro horas de guardia —le recordó haciendo ese gesto de «ya sabes quién es»—. Aunque si prefieres estudiar… o irte con los tuyos…

—No, con los míos no. Después dicen que los neurocirujanos no enseñan nada —bromeó Sofía, y ambos rieron.

William se le quedó mirando con esa calma suya, tan distinta al ritmo general del hospital.

—Vete, Sofi. Pero si me dejas decir algo…, hoy tu lugar más seguro es el quirófano.

—¿Lo dices por Adam?

—Lo digo por los dos. Ustedes son magnéticos, no se ven como se miran… pero yo sí. Y es mucho. Demasiado, aunque se esfuercen por negarlo.

Sofía bajó la mirada, algo entre incómoda y agradecida.

—Gracias por el consejo William, pero estoy bien, en serio. Estoy a salvo.

Subió a la sala de Neurocirugía con la intención de darse un baño. Cuando entró al cuarto médico, lo vio allí, frente a su laptop, con la frente fruncida, los ojos fijos, como si diseccionara el mundo desde la pantalla.

Adam levantó la vista y al verla le sonrió.

—¿Qué tal el epidural?

—Todo bien. William lo hizo de maravilla.

—Me alegra que no me hayan necesitado.

—¿En serio? ¿Te alegra eso? —preguntó Sofía con una sonrisa irónica y y algo más en la voz.

Él no respondió. Solo la miró con un gesto íntimo y silencioso. Le bastaba tenerla cerca, y, no molestarla era su manera de mantenerla así. Sus ojos agradecían su presencia como quien agradece un privilegio inesperado.

Sofía tomó sus cosas con calma medida y entró al baño. Le pareció un acto temerario, casi insensato: desvestirse para tomar una ducha a menos de dos metros de Adam, con solo una puerta delgada entre ambos. Cerró el seguro con un clic seco en cuanto sintió el primer pensamiento colarse en su cabeza… pero ya era tarde: su cuerpo había reaccionado antes.

Le temblaban las manos mientras abría el grifo. El pulso se disparó. El agua tibia no bastaba para disolver el vértigo súbito que le provocaba saberse tan cerca, tan físicamente expuesta… y, sin embargo, invisible para él. Porque Adam, ahí afuera, seguía absorto. En sus esquemas, sus papeles, sus rutas neuroquirúrgicas… o al menos eso le parecía.

Al salir del baño, lo encontró de pie, caminando de un lado a otro del cuarto médico. Tenía el rostro contraído y los pasos erráticos. Parecía abrumado.

—¿Qué te pasa? —preguntó Sofía, guardando los lapiceros en el bolsillo.

—Estoy un poco atormentado —respondió, sin mirarla del todo—. Siento que no avanzo. Es demasiada información y todo parece urgente.

Sofía lo observó un instante: despeinado, con los ojos hinchados por un cansancio que solo conocen los obsesivos.

—¿Quieres café? —le dijo, señalando el termo en su mochila.

—¿En serio? Pensé que nunca más me lo ibas a ofrecer, que ya no era digno de tu famoso café.

—Deja el drama —replicó Sofía—. ¿Quieres o no?

—No hay forma de que te diga que no… y menos si es por café.

Entonces, en un gesto que no supo si era ternura genuina o estrategia emocional encubierta, se le acercó con un vaso en la mano. No lo miró directo. Solo estiró el brazo.

—Si quieres… puedo ayudarte a repasar un rato.

Adam alzó la vista. Olió el café como si fuera oxígeno. La mirada se le suavizó de inmediato.

—¿Estás segura? ¿Tú… ayudándome a estudiar Neurocirugía?

—No me interesa abrir cráneos ni columnas, ya lo sabes. Pero puedo preguntarte las tarjetas… leer los casos clínicos. Hacerlo más dinámico… No tengo nada mejor que hacer. Ese quirófano es muy aburrido.

Él hundió los ojos en el café y esbozó una sonrisa que, por un segundo, pareció sincera y no defensiva.

—Sería un placer… tenerte de nuevo como aliada en el estudio.

La palabra «aliada» flotó en el aire, suspendida entre el pasado y el presente, entre lo que habían sido y lo que fingían olvidar. Un segundo apenas…, pero suficiente para que ambos lo sintieran.

Sofía se sentó frente a él. Su piel aún estaba tibia por la ducha y su respiración todavía alterada por todo lo no dicho. Adam volvió a concentrarse en sus apuntes; tenerla cerca lo calmaba. Era eso, justo eso, lo que en realidad necesitaba.

Ella tomó las tarjetas que él tenía desperdigadas sobre una cama y empezó a lanzarle preguntas, una tras otra. Él respondía con esa precisión casi arrogante que solo le salía cuando estaba en su elemento. Falló solo una. Pero obvio, esa no estaba en ninguna tarjeta.

—¿Los potenciales de fibrilación y ondas positivas en reposo durante una electromiografía, sugieren el diagnóstico de...? —preguntó ella, mirándolo de reojo, como quien lanza un anzuelo.

Adam frunció el ceño. Repasó todos sus esquemas y nemotecnias en su mente, pero no halló la ruta. Se quedó en blanco.

Sofía arqueó una ceja, divertida.

—Claro..., ¿qué vas a saber tú de eso? Eso es Neurología pura.

Él la miró entrecerrando los ojos, sin dejar de sonreír.

—Acabas de inventarte la pregunta, ¿verdad?

—Obvio —dijo ella, conteniendo la risa—. Alguien tiene que darte una dosis de humildad.

Adam fingió una risa baja, esa que hacía con la garganta.

—Al final... —añadió Sofía, mientras barajaba las tarjetas— parece que tú sí vas a necesitar ese entrenamiento de Neurofisiología.

Él alzó la vista, y esta vez no fue solo una mirada. Fue una invitación muda, cargada.

—¿Y tú?... Ya que lo mencionas ¿Qué has pensado sobre eso? ¿Qué vas a hacer?

Sofía giró una tarjeta entre los dedos, como si necesitara distraer a sus manos de lo que pasaba dentro de ella.

—Nada todavía. Me cuesta decidir cuando algo me da miedo.

—¿Te da miedo? —preguntó él, bajando la voz.

—Sí —respondió sin titubeos—. Sería muy fuerte volver a enredarme en una historia que me ha costado tanto soltar... Es una oportunidad profesional, sí, pero implica estar el lado tuyo. ¿no?

Adam guardó silencio. Bajó la mirada, pensativo, pero enseguida volvió a alzarla, con una seriedad nueva.

—¿Sabes qué hace un neurocirujano apuntándose a un entrenamiento de Neurofisiología?

—No. Sorpréndeme.

—Intenta estar cerca de las pasiones de la mujer que ama…, aunque ella lo mire así, con tanta duda y tanto miedo, como me estás mirando tú ahora.

—Ya, claro… ¿serías capaz de no ir tú? Para que yo no me lo perdiera. ¿O tu presencia es un requisito indispensable?

Adam sonrió, con ironía.

—Sería capaz de decirte que no iré, solo para que vayas creyendo que mi presencia no es indispensable. —Arrastró su silla hacia ella despacio, acercándose sin romper el contacto visual.

Sofía tragó en seco. Se quedó paralizada, mirándolo a los ojos, sin saber exactamente por qué. El miedo y el deseo, otra vez, hablaban el mismo idioma. Ya estaba arrepentida de ese estudio improvisado, de haber intentado compartir con él un espacio que no doliera, de creer siquiera que podía haber paz entre los dos.

—Ya deja de mirarme así —dijo él.

—¿Así cómo? —respondió ella con una voz que se apagaba.

—Así como me estás mirando ahora… —le dijo, acercándose más—, como si nunca pudieras tenerme, y, al mismo tiempo…, te estuvieras muriendo porque te hiciera el amor.

Sofía se quedó congelada. Algo en ella —antiguo, visceral— se salía de control. Su mente retrocedía, temía; pero su cuerpo lo deseaba. Lo reclamaba.

Adam no pidió permiso. Se inclinó hasta rozarle los labios con los dedos; al instante, sus manos bajaron por su cuello y encontraron, sin esfuerzo, los lugares que ya conocían. La rodeó por la cintura y, al no sentir resistencia, la atrajo hacia sí. Ella se sentó sobre él instintivamente.

Sus bocas se encontraron en un choque que ninguno detuvo, un beso urgente, con la violencia dulce de querer borrar el tiempo, los errores y las palabras no dichas.

Adam creía que podía curar con su boca lo que había herido con su torpeza.

Sofía cerró los ojos e intentó contenerse unos segundos, hasta que no pudo más. Arqueó el cuello y respondió con la misma intensidad: sin tregua, sin medias tintas. La corteza prefrontal estaba apagada; nadie pensaba.

Lo levantó de la silla y lo empujó contra la cama, tirando las tarjetas al suelo. Se abalanzó sobre él con la necesidad de quien recupera aire tras semanas bajo el agua. Los besos se volvieron mordidas. La entrega, hambre.

La ropa cayó entre ellos como un estorbo inútil, arrancada con torpeza y prisa. Se buscaron con un frenesí que ya no admitía frenos. Cada caricia era hambre y revancha; cada beso, una herida que ardía y se cerraba al mismo tiempo. Él la recorrió como si su piel fuera un mapa que conocía de memoria, pero necesitara redescubrir: era ofrenda y castigo a la vez.

El vértigo los arrastró hasta el final. El orgasmo los tomó juntos, brutal, como un incendio que arrasa y después deja solo la ceniza. Entonces Adam bajó la frente hasta la de ella. Se quedaron abrazados, los ojos cerrados, respirando al unísono, todavía temblando.

—Sofía… —susurró él, sofocado, apenas audible—, déjame hacerlo bien esta vez. Vente conmigo a la capital, por favor.

Capítulo XLIX
Otra oportunidad con la vida

La luz impertinente del amanecer se filtró por la ventana del cuarto médico y le ardió directo en los ojos a Sofía. Tardó unos segundos en ubicarse, pero lo supo apenas sintió la textura de una piel familiar bajo su mejilla: estaba recostada sobre el pecho de Adam. Otra vez. En una de esas camas sin dueño, sin historia, como tantas otras veces. Él dormía profundo, con la respiración serena y el gesto en calma. Y eso fue lo primero que la desconcertó: su paz. Esa paz que con ella nunca había alcanzado. Lo miró por unos segundos, en silencio, con una rabia tibia que no era contra él… sino contra ella misma.

William nunca se equivocaba, ya debía haber aprendido eso. Era una bofetada de conciencia: «¿Qué rayos hago aquí, de nuevo?» «¿Cómo he terminado otra vez entre sobre su cuerpo, dentro de su órbita?»

Ese hombre —el mismo que durante un año repitió que la amaba, pero jamás se atrevió a elegirla— acababa de hacerle el amor, otra vez, hacía solo unas horas. Y lo hizo con ese equilibrio perfecto entre pasión y ternura que no dejaba espacio ni para un reproche que la reconfortara. Con esa entrega que desarma cualquier defensa, que no permite reclamar… nada.

Y sí, lo había disfrutado. Lo había sentido brutalmente real. Tal parecía que su cuerpo no aprendiera nunca. Todos esos años estudiando el cerebro parecían no servirle de nada cuando era la piel la que decidía, cuando el latido imponía su ritmo por encima de cualquier sinapsis.

Pero en la claridad implacable del amanecer, se sentía vulnerable. Dentro de ella había un hueco. Un silencio inquisidor que no se llenaba con orgasmos ni con ternura. Había un vacío que dolía justo donde, tan solo unas horas antes palpitaba la promesa —y hasta la esperanza— de no volver a fallarse a sí misma.

Se levantó con cuidado para no despertarlo, recogió sus cosas y salió del cuarto. Caminó por los pasillos silenciosos del hospital con el alma encogida, con la punzada amarga de saberse en deuda consigo misma. Cada paso era un recordatorio cruel de la noche anterior: la tensión contenida, las caricias, los susurros, los besos voraces. Había sido una detonación precisa… y devastadora.

La mente se despejaba, el placer se le volvía áspero, imposible de digerir. Lo que horas antes había sentido como éxtasis, comenzaba a inundarla como una derrota. Se descubría traicionada por su propio deseo.

Un recuerdo se le encendió como un *replay* involuntario: ese momento de la noche en que, entre caricias y besos, él le pidió que se fueran juntos a la capital…; y cómo su corazón, desbocado y desobediente, le respondió con un incoherente: «Vale, intentémoslo de nuevo».

«¿Cómo pudiste decir eso, Sofía?», se reprochaba con furia. Porque ya era un hecho, lo había lanzado así, como una moneda al vacío. Había olvidado de golpe todas las heridas que seguían abiertas. Había ignorado que él seguía casado, y que eso era parte de un plan de vida en el que ella nunca había estado incluida.

En ese instante de fría introspección, lo vio con nitidez. Tal vez aquella invitación, esa carta, esa propuesta… no eran un gesto sincero, sino una extensión calculada del mismo libreto de siempre. No un acto de amor, sino de control. Una jugada para apaciguar su ego. Para sentirse, otra vez, el hombre que lo consigue todo. El que podía ganarla y retenerla de nuevo…, aunque jamás hubiera sabido cómo amarla bien.

Sofía se detuvo en seco. Apoyó las manos sobre las rodillas, doblada, también por dentro, en medio de un pasillo vacío. Cerró los ojos con fuerza, tratando de empujarse hacia afuera ese nudo en el pecho. Quiso gritarse, sacudirse, regañarse. ¿Hasta cuándo iba a permitir que lo que sentía por él la arrastrara —constantemente— a los mismos lugares donde ya había quedado hecha pedazos? ¿Por qué la traicionaba el deseo insulso, de que fuese diferente la próxima vez?

Respiró bien profundo. No para calmarse, sino para sostenerse. Porque el cuerpo tiembla cuando el alma se dispersa, y la suya estaba a punto de distorsionarse otra vez.

Fuera del hospital, la ciudad despertaba como si nada. La vida seguía su curso, implacable, ajena. Y en medio de ese silencio, Sofía lo entendió con una claridad incómoda: si no se elegía a sí misma —con brutal egoísmo y obstinación— volvería a quedarse sola y rota. Aún podía decidir. Pero esta vez... tenía que ser por ella... Y solo por ella.

Se propuso no contarle a nadie lo que había pasado. No podía. Decirlo en voz alta sería amplificar el eco, y con el que ya retumbaba en su interior bastaba. Así que caminó sola hasta su casa, como quien regresa del campo de batalla: con el cuerpo entero, pero con el corazón traicionado. Abrió la puerta con las llaves temblorosas y fue directo al baño. Sin pensarlo. Sin detenerse.

Se desnudó como si se arrancara la noche de encima, y se metió bajo la ducha creyendo que el agua podría disolver todas sus malas decisiones. No era solo un baño, era un exorcismo silencioso.

Quería hacer las paces consigo. Y, más que nada, quería encontrar esa fuerza —la que tantas veces había postergado— para hacer, por fin, lo que debía. Porque atreverse a ser quien una es, no siempre se siente como un alivio. A veces, se percibe como un desgarro necesario.

Cuando se acostó en su cama, envuelta en sábanas limpias y con el cuerpo aún húmedo del baño, su teléfono vibró. El sonido, breve, certero, rompió el silencio con la puntualidad de una señal. Sofía giró el rostro, en esa mezcla de autoreproche y redención, y al ver el nombre en la pantalla... no pudo evitar sonreír.

Era Cesar, como si el universo, en un acto mínimo de compasión, le hubiera enviado un respiro.

Cesar: *¿Sería muy loco si yo fuera a verte?*

Sofía dudó, entre curiosa y agotada.

Sofía: *¿Sería muy loco creer
que me hablas en serio?*

Pasaron apenas segundos.

Cesar: *Realmente nunca me había planteado
volver a Cuba. Pero no puedo parar
de pensar en ti.*

Ella sonrió, incrédula y a la defensiva, como si una caricia se colara en medio de la decepción.

Sofía: *Hay cosas con las que
no se juega, Cesar.*

Cesar: *No estoy jugando.
Tampoco dejo de pensarte
con ese vestido negro puesto.*

Ella cerró los ojos por un segundo, respiró profundo.

Sofía: *Mi vida ahora mismo está
tan al revés...
que no tengo energía para intentar
tomar en serio lo que estás diciendo.*

Cesar tardó un poco más esta vez.

Cesar: *Nunca se sabe, doctora.*
A veces ser feliz es más simple de
lo que nos parece.
Dicen que de los imprevistos...
nacen las mejores historias.

Cesar: *Es importante hacerse caso a uno mismo.*
Así que si estas ganas locas de verte
continúan.
Iré por ti... así mismo: a ciegas.
No tengas duda.

Sofía se quedó mirando la pantalla. No escribió nada. Solo se quedó ahí, con el corazón al galope... y la intuición en guerra.

Entonces buscó el chat de Adam... y a él sí le escribió:

Sofía: *Lo de anoche no debió haber pasado.*
No creas que te culpo. Me dejé llevar,
pero ya no solo se trata de ti y de mí.

Sofía: *Ahora tienes una esposa y, si te conozco*
un poco, sé que tampoco te sientes
bien haciendo esto.
Creo que debemos mantener las
distancias mientras sea posible.

Adam no sintió culpa, no del todo. Lo que lo desbordaba era el peso de sus malas decisiones. Haber pasado la noche con Sofía había sido justo lo que deseaba... y lo que mejor lo había hecho sentir en meses. No se trataba solo de sexo. Era ella. Su compañía. Su risa entre frases. Dormir abrazado a la mujer que todavía amaba, como si el mundo se detuviera para ellos dos solos. Era una especie de droga —dulce, dolorosa, irrenunciable.

Pero al leer el mensaje de Sofía, supo al instante que tenía razón. Que no podía arrastrarla a ese lugar otra vez, ni usar el deseo como excusa para prolongar lo inevitable.

Entonces respondió:

Adam: *Me gustaría decirte que lo siento,*
Sofía, pero no es así.
No puedo evitar mirarte, desearte,
querer tocarte cuando estás cerca.

Adam: *Así que sabrás que volver a hacerte*
el amor y abrazarte toda la noche no es algo
de lo que me pueda arrepentir.
Sería hipócrita decirlo. Pero sí sé que no es justo
para nadie más. Y tú mereces algo limpio.
Algo que no te rompa por dentro.

Adam: *Intenta separar esto del entrenamiento en Argentina,*
de lo que ocurre entre nosotros.
Es algo muy bueno para tu carrera.
No dejes pasar esta oportunidad por mí.

Sofía cerró los ojos, apretó el celular contra el pecho... y, a los pocos minutos, se durmió.

Pasaron los días. Incluso las semanas. Adam, instintivamente, la interceptaba cada vez que podía —en un pasillo, entre neuroimágenes, durante las interconsultas—, pero Sofía lo esquivaba con la misma precisión con la que había aprendido a blindarse. Lo hacía sin enojo, sin drama, pero con una firmeza inquebrantable.

No volvieron a estar a solas. No se rozaron siquiera. No hubo más noches compartidas ni palabras al oído. Ella no lo permitió... y él, aunque le doliera, lo respetó. Pero eso no hacía las cosas más fáciles.

La idea del entrenamiento en Argentina seguía flotando sobre su cabeza como una nube densa. Por momentos la seducía con promesas de futuro y autonomía. Por otros, la acorralaba con la sospecha de estar disfrazando de impulso profesional lo que quizás aún era un resquicio de ilusión.

Y eso…, eso le jodía en lo más profundo. Le jodía no estar segura, no saber si, en el fondo, una parte de ella aún quería sentir que podía haber algún buen final para Sofía y Adam.

Si tomaba esa decisión, tendría que estar convencida hasta el tuétano de que lo hacía por ella. Solo por ella. No para prolongar un lazo roto, no para sostener una esperanza que ya no le pertenecía. Tendría que ser una elección suya, libre, firme. Parte de su plan. De su ruta. De su vida. Y, aunque avanzaba hacia ello, aún no había llegado del todo.

Era una tarde a mediados de julio, a solo unos días del viaje a La Habana para gestionar los trámites de la visa, cuando Adam le propuso encontrarse en el bar Lumière, para tomarse algo y conversar tranquilos. Sofía leyó el mensaje sin prisa… y sonrió. El lugar escogido le pareció casi un guiño del destino.

Ese sitio tenía algo inefable: una calma cálida, un aire de renacimiento. Y pensó, con esa certeza serena que da saberse en el centro de una misma, que lo que fuera que sucediera allí… sería lo que tenía que suceder.

Eligió con mimo lo que iba a ponerse, pero no desde la ansiedad del impacto, sino desde el placer de sentirse cómoda en su piel. Quería sentirse liviana, irreverente, tranquila. Ya no tenía nada que demostrar, ni que decidir. Solo se debía lealtad y coherencia a sí misma y a su propio futuro.

Se puso un vestido blanco de lino, por encima de las rodillas, suelto y audaz, como el verano, y unas sandalias carmelitas, sencillas. Llevaba su pelo suelto, ondulado, con olor a jazmín y aquel perfume floral seco, ese que usaba cuando quería sentirse libre.

Puso en marcha su *playlist* y salió al encuentro. En ese instante sonaba Ana Belén:

♫22- *Todo lo que diga está de más… Las luces siempre encienden en el alma, y cuando me pierdo en la ciudad…* ♫

Salió a la calle con el volumen justo para aislarla del ruido y devolverla a sí misma. La música siempre la salvaba; esas canciones la hacían flotar por encima de todo. Y así caminaba: paso a paso, ligera, firme, presente. No solo avanzaba hacia el bar…, también hacia esa versión de sí misma que, al fin, la definía.

Cuando llegó, lo vio. Adam estaba en una de las mesas del patio, bajo la sombra de un árbol. Traía una camisa blanca, coincidentemente, y el pelo un tanto despeinado. Una cerveza delante y la mirada fija en la puerta. Esperándola. Lo observó de lejos unos segundos, con ternura.

Sofía se detuvo un instante en la sala de entrada y se quitó los auriculares mientras la voz de Fito Páez sonaba de fondo. Por un momento, El Lumière se le volvió hogar.

Caminó despacio por el pasillo, dejándose envolver por el ambiente. Se detuvo frente a los lienzos abstractos de Samir, su amigo artista plástico, que colgaban de las paredes como torbellinos de color. Había algo hipnótico en ellos. Caos convertido en calma. Como si también ellos contuvieran un mensaje para ella.

No sabía qué iba a pasar esa tarde. Pero sí sabía, sin duda, que iba a ser importante.

Cuando llegó al patio y se acercó a la mesa, Adam se levantó de inmediato. Le abrió la silla con esa elegancia instintiva que nunca perdía. Sofía lo saludó con un beso en la mejilla, breve y sereno, y se sentó con una naturalidad nueva, relajada y observadora.

Mientras se acomodaba, sintió una mirada sobre los hombros. Era Darío, el dueño del bar, recostado en una columna cercana, tenía los brazos cruzados y su aire despreocupado. La miraba con esa sonrisa suya, pícara y cómplice, que decía más que todas las palabras. Sí. Estaba comprobado: Sofía se sentía en casa.

Ella le devolvió la sonrisa con un gesto sutil, cargado de complicidad. Y él, sin dudar, se acercó hasta la mesa.

—Buenas tardes, señorita —le dijo con voz cálida, inclinándose apenas hacia ella—. ¿Qué le traigo?

481

Sofía no dudó ni un segundo.

—Sorpréndeme —respondió, acompañando las palabras con un guiño ligero.

Darío lo entendió al vuelo. Mandó a preparar su *peach daiquiri* favorito. Minutos después, se lo dejó sobre la mesa con un gesto amable, pero elocuente: una sonrisa ladeada y un brillo en los ojos que le recordaban, sin necesidad de palabras que, aunque la mayoría de los hombres no sabían cómo amar a una mujer que no los necesitaba... ella era de las que, antes de conformarse, apostaría por la rara posibilidad de encontrarse con uno que sí supiera.

Adam, con su cerveza en mano y visiblemente incómodo por la cercanía inesperada de Darío, reclamó su lugar en la mesa con una sonrisa suave. Sofía, por fin, lo miró directo a los ojos. Y entonces él, sin decir una palabra más, deslizó sobre la mesa dos pasajes de autobús impresos.

—Son para este fin de semana —dijo con voz baja, tenso, observador—. Para La Habana... tienes que decidirlo ya, Sofía. No hay más tiempo.

Sofía los miró. Tocó el papel como si ardiera un poco. Le devolvió la sonrisa, pero más con los labios que con los ojos. Adam aprovechó ese instante para acariciarle la mano, apenas un roce. Pero justo entonces, el teléfono de Sofía vibró sobre la mesa. Ella no iba a responder... hasta que vio el nombre en la notificación: Cesar.

Abrió el mensaje sin poder evitarlo. El destino tenía maneras crueles de enredarlo todo: una captura de pantalla mostraba un boleto de avión desde Nueva York hasta una de las playas más hermosas del país. A nombre de Cesar. Cancelado.

Sofía frunció el ceño, entre sorprendida y confundida. Pero antes de poder procesarlo, entraron tres mensajes nuevos:

> **Cesar:** *Doctora, iba a darte la sorpresa*
> *este* weekend...
> *pero la vida es una cabrona.*
> *Me cancelaron el vuelo por mal tiempo.*

Cesar: *Estoy un poco* down *con eso.*
No sé cuándo vuelva a tener días libres.
Había reservado en un sitio precioso…
y si lo cancelo ahora, pierdo el dinero.

Cesar: *Ya lo sé, tremendo drama.*

Sofía no daba crédito. «¿Es esto en serio?» «¿Cesar de verdad ha intentado venir a verme?»

Nuevas notificaciones interrumpieron sus pensamientos:

Cesar: *Sé que no será lo mismo sin mis ojos verdes,*
pero… creo que deberías ir tú sola.
A darte otra oportunidad contigo…
y con la vida.
A estrenarte ese vestido negro.

Cesar: *Supongo que eso se parece un poco a eso*
de «escogerte a ti misma» que me soltaste hace
unos días.

Cesar: *Eso sí: si te lo pones, mándame una foto.*
O, al menos una pista, cuando te lo quites.

Sofía sonrió. No pudo evitarlo. Y, como si Cesar siempre estuviera al tanto del momento justo, llegó una última notificación. Otra captura de pantalla: un pasaje en autobús, esta vez a nombre de Sofía, para esa misma playa. Ese mismo fin de semana.

Abajo, un mensaje breve, sin presión, pero con toda la intención:

Cesar: *Por si te animas.*

Sofía se quedó quieta. Los ojos se le humedecieron, pero no por tristeza. Volvió la vista hacia Adam… y por fin lo vio entero, con todo lo que era y todo lo que no pudo ser.

Él esperaba su respuesta con los labios temblorosos, conteniendo su incertidumbre. Pero Sofía ya no tenía rencor. Lo suyo había sido un amor bonito, de esos que se sienten con las vísceras, incluso cuando duelen, incluso cuando no convienen, de esos que ocurren pocas veces en la vida y no todos tienen la dicha de sentir. Y ella había decidido defender eso. Lo había perdonado. Y, mejor aún, se había perdonado a sí misma. En ese momento supo que estaba en paz con lo que vivieron… y también con lo que no.

Tomó sus manos con ternura y lo miró hondo, como grabando su rostro en un lugar donde ya nada podría borrarlo. Él le sonrió, sereno. Ella respiró despacio. Tocó los pasajes sobre la mesa, los sostuvo apenas un segundo, y con una calma luminosa los deslizó de nuevo hacia él. Sin soberbia. Sin drama.

Se inclinó despacio hacia a su rostro, rozó su mejilla con un beso suave y, al oído, con la voz más delicada que guardaba, por fin se lo dijo:

—Lo siento mucho, Adam. De veras que sí… Te amé, te amé con todo lo que soy. Nunca lo olvides. Pase lo que pase.

Se puso de pie.

Salió del Lumière con los labios rojos intactos y los adoquines bajo sus pies.

Cruzó su comarca de tinajones y sombreros, con los auriculares puestos otra vez, y aquella canción de Silvio calándole los huesos:

> ♫ *23- Una mujer se ha perdido*
> *conocer el delirio y el polvo.*
> *Se ha perdido esta bella locura,*
> *su breve cintura debajo de mí.*
> *Se ha perdido mi forma de amar*
> *Se ha perdido mi huella en su mar.*
> ♫

Fin…

Ahora busca la canción y dale *play*:

Óleo de mujer con sombrero / Silvio Rodríguez

Una mujer se ha perdido
conocer el delirio y el polvo.
Se ha perdido esta bella locura,
su breve cintura debajo de mí.
Se ha perdido mi forma de amar
Se ha perdido mi huella en su mar.

Veo una luz que vacila
y promete dejarnos a oscuras.
Veo un perro ladrando a la luna
con otra figura que recuerda a mí.
Veo más, veo que no me halló.
Veo más, veo que se perdió.

La cobardía es asunto
de los hombres, no de los amantes.
Los amores cobardes no llegan a amores,
ni a historias se quedan allí.
Ni el recuerdo los puede salvar
Ni el mejor orador conjugar.

Una mujer innombrable
huye como una gaviota
y yo rápido seco mis botas,
blasfemo una nota y apago el reloj.
Qué me tenga cuidado el amor
Que le puedo cantar su canción
Una mujer con sombrero,
como un cuadro del viejo Chagall
corrompiéndose al centro del miedo
Y yo, que no soy bueno, me puse a llorar.
Pero entonces lloraba por mí
y ahora lloro por verla morir.

Epílogo

Yo se los advertí al principio: les dije que quizás esta no era una historia de amor. Pero ha sido la historia de una mujer que aprendió a elegirse a sí misma, aun con las piernas temblando y los latidos expuestos. Y eso siempre será un acto soberano de amor propio. El más leal de todos los amores.

A Sofía me la crucé hace unos días en una guardia en el hospital. Se ha cortado el cabello, y el rojo de sus labios ahora tiene un tono más vino. Me contó que hizo el examen de pase de año para el 3.º de la Especialidad, y que esta vez, nadie pudo quitarle un solo punto.

Fuimos juntas a la estación del café, y le agradecí por haberme dejado caminar a su lado todo este tiempo. Por enseñarme que, a veces, la mujer que se va... es la única que se queda completa.

Ella aún no tiene idea de lo que le espera. Nadie lo imagina, pero... en unos meses la vida puede girar inesperadamente. Tengo algunas sospechas al respecto, de las cuales ella no tiene la más mínima idea. Yo no doy nada por sentado, pero algunas voces misteriosas me llegan desde el futuro.

Creo que Eddy se prepara para irse definitivo del país.

Paula aun no cuenta nada, pero me parece que ha estado saliendo en silencio con un «villano» ... aunque, como siempre, seguro cree que no hay peligro.

Rachel se lo está tomando muy en serio con Rafa. Planes de familia comenzarán a rondarle la cabeza, pero...

Camila, en su incansable misión de trabajadora social, ha comenzado a salir con un adicto en recuperación. No sabe cómo contarle esto a las chicas.

Amber sueña con escapar a otras tierras con su novio misterioso, pero... el destino nunca se deja atrapar tan fácil.

Y Sarah..., Sarah está a punto de soltarles una bomba que las va a sacudir a todas.

William comenzará el último año de la Especialidad, y será el mejor de su promoción. Continuará prediciendo el futuro con asertividad solemne.

Luis se enamorará de una pediatra que también quedará prendada de él.

Alberto, pues no sé, pero todo parece indicar que se volcará en su rol de esposo y padre de familia. Una propuesta de trabajo en uno de los mejores hospitales de la capital podría sorprenderlo.

¿Adam?

Bueno…, obviamente se graduará de neurocirujano con honores. Y, por lo que veo, no le bastará con los cerebros. Anda planeando un entrenamiento en cirugías de columnas. Parece que seguirá muy concentrado en ser brillante, en viajar por el mundo, y ser fiel a su propósito de ayudar a quienes lo necesiten. Sé que cuando se vaya me escribirá y me preguntará por Sofía… como si todavía tuviera derecho.

¿Julia?

Pues esto está fuerte… sospecho que para cuando Adam llegue a Argentina, ya ella no estará allí. Nadie se lo imagina, pero sé de buena fuente que se ha rencontrado por internet con un amor del pasado y planea irse con él a vivir a Grecia, para empezar de nuevo.

¡Y no! No sé si Sofía se fue sola a aquella playa. Ni si se estrenó el vestido negro. Ni si Cesar llegó o llegará a ser algo más que un soplo de aire fresco. Tampoco quise preguntarle…Ella se veía plena. Quizá esa sea su manera de seguir intacta: nunca darnos todas las respuestas.

Cuando terminamos el café, se levantó y se fue corriendo por las escaleras a pasar visita a sus pacientes. Pero antes de perderse entre la gente, se volteó, y me gritó desde arriba:

—¡Hey, Thais, ¡gracias por no dejarme sola! Cuando escribas esa novela… no me dejes fuera.

¿Continuará?

¡Psss…! Nunca abandones un libro sin mirar la última página…

Las canciones de Sofía. Playlist

♫1- *25 años*. Raúl Paz

♫2- *Es tu mirada*. Leoni torres & Kelvis Ochoa

♫3- *Contigo*. Joaquín Sabina

♫4- *Yo también se jugarme la boca*. Joaquín Sabina

♫5- *When a Man Loves a Woman*. Michael Bolton

♫6- *Una palabra*. Carlos Varela

♫7- *A mis amigos*. Kany García & Melendi

♫8- *Desde cuándo*. Alejandro Sanz

♫9- *Tus luces sobre mí*. Descemer Bueno

♫10- *Chica mala*. Raúl Paz

♫11- *Pista 6*. Kelvis Ochoa

♫12- *Mis impulsos sobre ti*. David Torrens

♫13- *Drowing*. Backstreet Boys

♫14- *Por tu amor*. Descemer bueno & Omi

♫15- *360 grados*. Descemer Bueno

♫16- *Para que un día vuelvas*. Leoni Torres & Pablo Milanés

♫17- *Destino o casualidad*. Melendi & Ha*Ash

♫18- *Luna de vino tinto*. Diana Fuentes & Carlos Varela

♫19- *Si te hago canción*. Adrián Berazaín

♫20- *Déjala que baile*. Alejandro Sanz & Melendi

♫21- *Tan joven y tan viejo*. Joaquín Sabina

♫22- *Un vestido y un amor*. Ana Belén y Fito Páez

♫23- *Óleo de una mujer con sombrero*. Silvio Rodríguez

Aleatorias:

♫ *Hey Jude*. The Beatles
♫ *Let It Be*. The Beatles
♫ *Yellow Submarine*. The Beatles
♫ *Every Breath You Take*. Sting
♫ *Al lado del camino*. Fito Páez
♫ *Me enamoré*. Raúl Paz

Agradecimientos

Gracias
En primer lugar, a Sofía, por nunca irse.

A Lizi, por sostenerme siempre, incluso cuando no lo sabe.

A Yoanys, Laura, Marilin, Grettel, Jessica, Karla, Marisol, Sibelis, Yohana, Linnet, Lisnet…, por los buenos momentos, por contribuir con sus historias de ficción a esta novela, por permanecer, por la hermandad, por ser siempre un lugar seguro.

A Yoanys, de nuevo, por dejarse la piel en la cubierta de este libro. ¡Lo hicimos, hermana, lo hicimos juntas!

A mis brujas buenas y a mis lectoras de siempre… Yanita, Marja, Liliam, Anna Paula, Roxana, Danay, Daylin por esas energías extraordinarias.

A todos los del círculo Zero que me acompañaron a vivir este proceso de una forma tan especial.

A mis amigos y colegas del hospital, por las conversaciones, las guardias largas y los cafés, por lo que compartimos y aprendimos juntos, por la complicidad en medio de la rutina…, por las veces que vimos a Sofía pasar.

A todos los que en algún momento me han insistido con ese: «Escribe».

A Carlos, por el impulso.

A Mery, por quererme como soy. Por ese «Todo va a estar bien», que salva y reconforta.

A mi familia TODA, por estar siempre en la retaguardia, cuidando de mí y construyéndome el tiempo para que escriba. Yo sé que están ahí, incluso cuando no lo digo.

A las mujeres de mi vida:

A mi abuela Teresa, por esa fortaleza de mujer grandiosa que siempre me ha inspirado.

A mi tía Osaida, por impulsarme siempre a buscar más

A mi madre, por la primera edición de este libro, por la paciencia, por el amor.

A mi hija, Sophia, por sentarse a mi lado y escribir en sus cuadernos sus propios cuentos, por recordarme que escribir también es hogar, por hacerle honores a su nombre.

A mi esposo:

Gracias, Yoe, siempre…, por apostar por mí, por dejarme ser… y soñar. Por amarme incondicionalmente.

A ti, papá, por aquella música, por estas musas.

A Sequoia Editions por darle paso a los sueños, y convertirlos en libros.

A Alavante por ponerme alas para alcanzarlos.

Al universo… por esta vida.

¡Qué bonito es vivir!

Gracias, gracias, gracias.

Thais Lima

La última página

¿Es este el final... o el principio?
La historia de Sofía está llena de matices, secretos y heridas
que tardan
en sanar. Lo que has leído es solo una parte de su viaje.

Si te has quedado con ganas de más y quieres descubrir
lo que pasa después, a ti —y solo a ti— puedo dejarte
un avance en exclusiva de lo que podría ser
mi próximo libro.

Este es mi modo de agradecerte
por haberme acompañado y haber llegado hasta aquí.

Simplemente escanea el siguiente código QR y sigue con
Sofía en este viaje

Al unirte a mi comunidad de lectores, serás el primero
en saber si la historia de Sofía y Adam continúa...
¡Gracias por estar!